相信閱讀

Believing in Reading

風華館062

【天下小說選II】

1970～2010世界中文小說（大陸卷）

鍾怡雯、陳大為／主編

天下小說選

1970~2010世界中文小說（I）

台灣及海外卷

目錄

天下小說選 1970~2010世界中文小說（II）大陸卷

目錄

序

更恢宏的視野

陳大為
台北大學中文系教授

文學選集在廿世紀台灣文壇曾經被視為一種「威權視野」，有資格受邀為選集主編的，往往都是文壇上德高望重的前輩，或中堅份子。他們最終極的目標是以（自己的）權威視野，勾勒出該文類或時代的最高創作水平，儘管我們都知道那只是主編的個人見解。文學選集的生態，跨入廿一世紀之後產生了很大的改變，新一代學院出身的學者型作家躍上檯面，結合了教學經驗、創作經驗，以及學術研究的能力與視野，著手編選不同訴求的新型選集。然而，極大部分的選集都侷限在台灣現代文學範疇之內，一方面是中文系的課程結構所致（相關課程皆以五四時期或台灣現代文學為主，開設中國當代文學史的是異數，至於東南亞華文文學則更為罕見），一方面是出版社對台灣讀者缺乏信心。這個自我封閉的閱讀習性，讓新一代的（中文系）年輕讀者集體錯過華文世界的多元風景，在高度雷同性的選集／教材當中，坐井觀天。為了引領台灣讀者進入一個更恢宏的華文文學創作世界，我們編選了這一系列的「天下文學選」。

《天下散文選I，II：1970～2000台灣》和《天下散文選III：1970～2003大陸及海外》主要是根據「現代散文創作」和「台灣文學史」課程上的需要，以「隱藏式的主題取向」來編選的散文選。它既能滿足一般讀者與學生的閱讀需求，同時也能夠反映近四十年來台灣及海外散文的主題與技巧演變，這三本書組成台灣書市有史以來第一套具備「世界中文文學」格局的散文選（今年已增訂為《天下散文選I，II：1970～2010台灣》和《天下散文選III：1970～2010大陸及海外》），緊接其後的，才是《天下小說選I，II：1970～2004》（原版）。

近十年來，我和鍾怡雯先後在台北大學和元智大學開設了「二十世紀中國文學史」、「二十世紀台灣文學史」、「台灣文學與文藝思潮」、「大陸當代文學」、「亞洲華文文學專題」、「現代小說選讀」等六門跟現代小說脫不了關係的課程（散文和新詩課程不算在內），在講授二十世紀中國文學史的時候，尤其需要讓學生在有限的時間內消化大量的名家經典，好替史家滔滔不絕的論述，找到具體而堅實的印證。文學史課本只能透過有限的評述，在學生腦海中勾勒出足以應付考試的「作家印象」，裡頭充斥著專家的評述；唯有經過紮實的（創作）文本閱讀，才能建構起一套專屬於自己的文學史知識，可以對某些重要作家或思潮提出看法。小說是眾多文學史專著的論述主軸，非讀不可，台灣書市可以找到幾本「中國現代小說選」（1919～1949），「當代中國小說選」（1949～）則不見蹤影。我們迫切需要一部實至名歸的「世界中文小說選」來修補這個缺憾，《天下小說選》便是一項煉石補天的重要成果。

《天下小說選》的「時間跨度」是第一項難題。以一九七〇年代爲起點，主要考慮到篇幅問題，上下兩冊的容量十分有限，無法從兩岸分寫文學史的五〇年代選起；其次，是爲了跟《天下散文選》搭配成套；其三，可以免去中國大陸文學高度貧血的「十七年時期」（1949～1966）和「十年文革」（1966～1976），這時期發表的小說大多是教條式的政治宣傳品，只有極少的幾冊知青地下小說，略有研讀價值，但還算不上佳作。此外，當代馬華及香港文壇最重要的一批小說家，都在一九七〇年代以後才崛起；從台灣文壇角度來看，這個斷代範圍，正好以白先勇早期的短篇小說爲起點，不致產生太多遺珠。重新增訂的《天下小說選Ⅰ，Ⅱ：1970～2010世界中文小說》截止於二〇一〇年，比原版延長了六年，更能夠呈現二十一世紀初世界中文小說的最新趨勢與變化。

爲了更準確地掌握當代中文小說的發展脈動，我們先從二十餘種當代中國文學史或小說史專著、各地區華文文學史論著，以及數十種小說評論集，進行第一階段的作者篩選，找出廣受學界肯定的小說大家和經典名篇。其次，再研讀各國的文學大系、斷代選集、年度小說選、小說家自選集、代表性叢書、具有指標性意義的小說大獎，從中交集出具有代表性的作品。最後，我們從網路、書市及各大圖書館，展開另一波搜尋，搜尋某些剛崛起而不及被文學史專著論及的新銳小說家，讓這部小說選能夠呈現不同世代的創作風貌。

這部以「世界中文小說」為疆界的大型選集，有三項核心的編輯宗旨：

（一）展現超然、遼闊、多元化的「世界中文文學」視野。

（二）滿足中國當代文學史、台灣現代文學史，以及小說創作的課程需求。

（三）兼顧大眾讀者對現代小說的閱讀志趣，並解決跨國界的文化障礙。

簡而言之，我們期待它可以是同時具備「國際視野」、「經典文本」、「精彩故事」的小說選。

亞洲華文文學是我們的研究領域。以詩人和散文作家的身分來執行《天下小說選》的編選工作（怡雯一直對中國大陸的小說保持高度興趣，她的碩士論文研究的是莫言），非小說家的身分讓我們得以超越某些可能存在的風格障礙或成見（當然也有我們的不見與偏見），從學者和讀者的角度去閱讀當代中文小說（小說本來就不是只寫給小說家看的），找出「好看」的、有「深度」的精彩故事。站在這個看門道和看熱鬧的中間區域去選小說，產生的可能是一個不同於小說作者的編選眼光。

當代大陸小說跟歷史、政治、社會的變革有莫大關聯，小說家的創作意圖和命運往往被時代局勢牽扯得很緊；無論是個人歷史經驗的反芻，或者是文化尋根小說、先鋒小說的群體性影響，都可以爲每一篇大陸小說找到安身之處。我們原想從文革後的傷痕小說選起，但始終沒有選到理想的作品，所以便從文化尋根小說的始祖汪曾祺開始。鎖定每個主要的小說流派與類型，找出它們的代表作，或者某位小說家轉型後的近作。當代大陸小說卷因此具有小說（文學）史的發展脈絡。

至於將台灣、香港、馬華、歐美等地區的作品合爲一卷，除了篇幅比例的因素，另有實質上的形勢考量。近六十年來，台灣一直是世界中文文學最重要的出版中心，許多海外華人地區最具創作力的詩人、散文家和小說家，大多以台灣爲重要作品的出版根據地。即使在今日，從多元出版的角度而言，台灣（台北）依然是世界中文小說的「出版／研究／閱讀中心」。台灣小說影響了海外華文小說，而海外華文小說（包括部分頂尖的大陸小說家）則回流到台灣，豐富台灣書市和閱讀視野。儘管社會變遷等外緣因素與台灣小說的互動和影響不如大陸，但目光銳利的讀者照樣可以從本卷小說當中，讀出不同世代與時代思潮之間的互動與變革。

爲了照顧眾多自行閱讀的小說愛好者，我們進行了四項工作：（一）從作者的散文隨筆、自傳體小說、創作訪談中，整理出影響小說家創作風格的生平事蹟與經歷，甚至爲部分入選作品的誕生，尋找出靈感的來源。（二）特別針對台灣讀者較陌生的大陸文學史變革及其流派特色，進行適度的解說，並將重要的歷史背景和文學史思潮化整爲零，融入不同作家的導讀文字當中。香港、馬華、歐美的部分作家，也比照辦理。（三）對入選作品進行關鍵性的分析，但不做全面性導讀，爲讀者保留足夠的詮釋空間和閱讀樂趣。（四）製作一份包含台灣、大陸及海外版本的重要書目，讓有興趣的讀者或學校圖書館，可以自行採購各種版本的小說集。

這部選集共收錄中國大陸、台灣、香港、馬來西亞、美國、英國等地，五十一位小說家的中、短篇小說（一人一篇），六十餘萬字。主題包括：文化尋根、先鋒實驗、人性親情、族群歷史、政治喜劇、科幻推理、魔幻寫實、女權同志、驚悚荒誕、鄉土傳奇、都市情慾、後設神話、移民懷鄉、現代武俠。至於作者簡介暨作品導讀部分，約七萬餘字。除了主編自行撰述的評析，同時引用海內外小說評論名家的觀點；爲了篇幅上的考量，在徵引相關評論時，僅能摘錄最有助於作品賞析的片段文字，取其大要，再加以修飾、濃縮，並在每段引述文字的後面注明出處。此外，爲了方便台灣讀者尋找入選作品的（台灣版）出處，我們特別在文末注明台灣版書名及出版社，沒有台灣版的書籍則保留原出處。

這部七十萬字的《天下小說選Ⅰ，Ⅱ：1970～2010世界中文小說》，除了隨意的輕鬆閱讀，還有另一種比較複雜的讀法：閱畢全書，再將我們故意化整爲零，分散各處的小說史背景，重新拼貼／架構出當代世界中文小說的鳥瞰圖。這項高難度的閱讀樂趣，保留給（那群極少數的）讀者。

汪曾祺和他的小說

汪曾祺（一九二〇～一九九七），出生於江蘇高郵的一個書香世家，祖父是清末的拔貢（選拔貢入國子監的一種生員）兼眼科大夫，父親則擅長金石書畫。如此的家學淵源，讓汪曾祺能書能文，日後更將繪畫裡的留白技法運用到小說創作裡去。他的留白偏向含蓄與收斂、淡漠而非重彩；而江南山水，以及家傳的儒學教養與文化品味，成就了他的文學風格。汪曾祺就讀昆明西南聯大期間時常翹課，晚上在系圖看書看到凌晨三、四點。朱自清很不喜歡他的自由作風，但他卻是沈從文最得意的門生（張讓〈生活現象的美食家〉）。一九三九年，沈從文在西南聯大開創作課，汪曾祺是「各體文習作」的學生，其課堂寫作習作經沈從文的修改和推薦，於一九四〇年發表首篇小說，一九四三年畢業後在昆明、上海任中學國文教員和歷史博物館職員。一九四六年起發表〈戴車匠〉、〈復仇〉、〈綠貓〉、〈雞鴨名家〉等短篇小說，引起文壇注目，並於一九四八年出版小說集《邂逅集》。後來他在北京文聯、中國民間文學研究會工作，編輯《北京文藝》和《民間文學》等刊物。一九五八年起遭到下放土改，中斷了創作。一九六二年調北京京劇團（後改北京京劇院）任編劇。

一九七九年以後，汪曾祺重新出發，〈黃油烙餅〉引起文壇的極大迴響。一九八〇年發表的〈受戒〉，逸離現實時空，遁入另一種詩化的意境，無論題材、文字與敘述格調，對當時文壇造成很大的震撼，被視為「尋根派」之始祖。一九八二年，汪曾祺寫了一篇〈回到民族傳統，回到現實主義〉，提出一些文化尋根的看法。

尋根小說出現的主要原因之一，是針對「五四」啓蒙話語提出反證，即傳統文化並不全然像魯迅筆下那種封建禮教的吃人本質。做為支撐漢民族生存發展的主要基石，深厚的文化精神是一股巨大的感召力和凝聚力，它發展出漢民族的人性本質和人格價值，與西方的人文精神並不相悖。就在這個文化困惑、文化抉擇的歷史時刻，神祕、遙遠、充滿閱讀誘惑的尋根小說，自然虜獲人心。（丁帆、許志英《中國新時期小說主潮》）在汪曾祺〈大淖記事〉、〈受戒〉之後，即掀起韓少功、阿城、李銳等人的「文化尋根小說」風潮。

汪曾祺對小說所下的定義很獨特：「跟一個可以談得來的朋友很親切地談一些你所知道的生活」，他認為小說「故事性太強了，我就覺得不大真實」；所以他小說的「散」是有意為之，他「不喜歡布局嚴謹的小說，主張信馬由韁，為文無法」。就好像蘇東坡所謂的「大略如行雲流水，初無定質」，並且認為：「短篇小說應該有點散文詩的味道。」他對人物形塑也有另一番見解：「氣氛即人物，一篇小說要在字裡行間都浸透了人物作品的風格，就是人物性格。」〈受戒〉這篇小說即是最好的實踐。

汪曾祺的小說大多是以江蘇高郵的風土人情、市井生活為背景，因為那裡有他童年生活的全部夢想與記憶，其次才是昆明生活。他有意識地過濾掉濃烈、激動、過於悲傷和醜惡的東西，所以我們讀到的是一個經過歲月的沉澱，以及作者通達、寬容個性的篩選之後，充滿朦朧之美和溫情的生活描述，還有動人的風俗景致。汪曾祺的小說是「漫不經心的隨意性書寫」，小說主要呈現的是一種感覺和氛圍，一種對生活的印象。汪曾祺有意識的「散文化」書寫，在〈受戒〉裡可以清楚讀出來：明海和小英子健康明朗的初戀，有一分朦朧的詩意，寫得含蓄而節制，整篇小說虛實相間，產生獨特的美感（溫儒敏、趙祖謨編《中國現當代文學專題研究》）。

毫無疑問，〈受戒〉是汪曾祺最具代表性的作品，完美地詮釋了「人性的解放」的思想觀點（短篇小說集《受戒》入選「二十世紀中文小說一百強」）。他認為人非但不能受到壓抑，反而應當發掘人身上詩意的、美的東西，進而肯定人的價值。發表在「傷痕文學」時期的〈受戒〉因此完全沒有「傷痕文學」那種吶喊與批判，反而顯得內斂而溫暖，像一首詩。小英子這鄉村女孩的「思無邪」，可以上溯《詩經》，亦可回歸五四「思想解放」的現代傳統。汪曾祺在〈受戒〉裡對「出家」的世俗化描寫，符合人性卻超越禮俗，是創作回歸民間的最佳示範。

從結構上來說，〈受戒〉對敘事和抒情的結合十分巧妙，每一節都是從遠景開始，以近鏡結束。汪曾祺的敘述總是由遠而近、由抽象而具體、由群眾而個人、由眾人接受的清規到個體生命的覺醒與騷動。最後，小說結束在抒情最飽滿的一刻，才能餘韻不絕。整篇小說的結構，即是以抒情逐漸滲入敘事，與小說中人物之掙脫本來並不特別嚴苛的清規戒律而舒展自然生命，互相呼應。（也斯《昆明的除夕》）

從汪曾祺的寫作理念和小說中呈現的通達人情、詩化氛圍、散文化敘述，以及鄉土風情的筆觸，可以看出他跟沈從文的師承關係。尤其〈受戒〉裡自然樸素的生活理想和人生觀照、不受傳統社會道德約束的人物情感（浪漫、純真、美麗、善良）、由極簡明快的敘述語言構築出來的詩化空間（敘事的深處仍然隱藏著一絲現實世界中，無法徹底超脫的苦澀），以及對一種（儒道合一的）「超功利的率性自然的思想」生活境界的追尋。

這類型的散文化小說，高度仰賴敘述語言本身的魅力，阿城認為汪曾祺的文字「成精了，隨手便是，感覺得到這個人已經不再考慮那麼多技術上的東西，只要把它流出來，好像一個穩定的泉源，幾百年幾千年這個源泉不涸盡，仍然在平平的流出來」，總覺得「彷彿有歌天成，張口成調，有文天成，下筆成章」，張讓並這樣推許汪曾祺的小說藝術：「中文寫到這裡，是中文的驕傲。他筆下那種典雅而又俚俗的白話，那種達觀溫和的情調，幾乎再也找不到了。」（張讓〈生活現象的美食家〉）

重要作品有：短篇小說集《邂逅集》（上海：文化生活，一九四八）、《寂寞與溫暖》（台北：新地，一九八七）、《茱萸集》（台北：聯合文學，一九八八）、《受戒》（台北：國際文化，一九八九／長春：時代文藝，二〇〇一）、《汪曾祺小說選》（北京：人民文學，二〇〇九）；散文集《五味集》（台北：幼獅文化，一九九六）；文學評論集《晚翠文談新編》（北京：三聯書店，二〇〇二），以及《汪曾祺全集》（北京：北京師大，一九九八）。

受戒

汪曾祺

明海出家已經四年了。

他是十三歲來的。

這個地方的地名有點怪，叫庵趙莊。趙，是因爲莊上大都姓趙。叫做莊，可是人家住得很分散，這裡兩三家，那裡兩三家。一出門，遠遠可以看到，走起來得走一會，因爲沒有大路，都是彎彎曲曲的田埂。庵，是因爲有一個庵。庵叫菩提庵，可是大家叫訛了，叫成荸薺庵。連庵裡的和尚也這樣叫。「寶刹何處？」——「荸薺庵。」庵本來是住尼姑的。「和尚廟」、「尼姑庵」嘛。可是荸薺庵住的是和尚。也許因爲荸薺庵不大，大者爲廟，小者爲庵。

明海在家叫小明子。他是從小就確定要出家的。他的家鄉不叫「出家」，叫「當和尚」。他的家鄉出和尚。就像有的地方出醮豬的，有的地方出織蓆子的，有的地方出箍桶的，有的地方出彈棉花的，有的地方出畫匠，有的地方出婊子，他的家鄉出和尚。人家弟兄多，就派一個出去當和尚。當和尚也要通過關係，也有幫。這地方的和尚有的走得很遠。有到杭州靈隱寺的、上海靜安寺的、鎮江金山寺的、揚州天寧寺的。一般的就在本縣的寺廟。明海家田少，老大、老二、老三，就足夠種的了。他是老四。他七歲那年，他當和尚的舅舅回家，他爹、他娘就和舅舅商議，決定叫他當和尚。他當時在旁邊，覺得這實在是在情在理，沒有理由反對。當和尚有很多好處。一是可以吃現成飯。哪個廟裡都是管飯的。二是可以攢錢。只要學會了放瑜伽焰口，拜梁皇懺，可以按例分到辛苦錢。積攢起來，將來還俗娶親也可以；不想還俗，買幾畝田也可以。當和尚也不容易，一要面如朗月，二要聲如鐘磬，三要聰明記性好。他舅舅給他相了相面，叫他前走幾步，後走幾步，又叫他喊了一聲趕牛打場的號子：「格當得——」說是「明子準能當個好和尚，我包了！」要當和尚，得下點本——念幾年書。哪有不認字的和尚呢！於是明子就開蒙入學，讀了《三字經》、《百家姓》、《四言雜字》、《幼學瓊林》、《上論、下論》、《上孟、下孟》，每天還寫一張仿。村裡都誇他字寫得好，很黑。

舅舅按照約定的日期又回了家，帶了一件他自己穿的和尚領的短衫，叫明子娘改小一點，給明子穿上。明子穿了這件和尚短衫，下身還是在家穿的紫花褲子，赤腳穿了一雙新布鞋，跟他爹、他娘磕了一個頭，就隨舅舅走了。

他上學時起了個學名，叫明海。舅舅說，不用改了。於是「明海」就從學名變成了法名。

過了一個湖。好大一個湖！穿過一個縣城。縣城眞熱鬧：官鹽店，稅務局，肉舖裡掛著成邊的豬，一個驢子在磨芝麻，滿街都是小磨香油的香味，布店，賣茉莉粉、梳頭油的什麼齋，賣絨花的，賣絲線的，打把式賣膏藥的，吹糖人的，耍蛇的，……他什麼都想看看。舅舅一勁地推他：「快走！快走！」

到了一個河邊，有一隻船在等著他們。船上有一個五十來歲的瘦長瘦長的大伯，船頭蹲著一個跟明子差不多大的女孩子，在剝一個蓮蓬吃。明子和舅舅坐到艙裡，船就開了。

明子聽見有人跟他說話，是那個女孩子。

「是你要到荸薺庵當和尚嗎？」

明子點點頭。

「當和尚要燒戒疤嘔！你不怕？」

明子不知道怎麼回答，就含含糊糊地搖了搖頭。

「你叫什麼？」

「明海。」

「在家的時候？」

「叫明子。」

「明子！我叫小英子！我們是鄰居。我家挨著荸薺庵。——給你！」

小英子把吃剩的半個蓮蓬扔給明海，小明子就剝開蓮蓬殼，一顆一顆吃起來。

大伯一槳一槳地划著，只聽見船槳潑水的聲音：

「嘩——許！嘩——許！」

……

　　荸薺庵的地勢很好，在一片高地上。這一帶就數這片地高，當初建庵的人很會選地方。門前是一條河。門外是一片很大的打穀場。三面都是高大的柳樹。山門裡是一個穿堂。迎門供著彌勒佛。不知是哪一位名士撰寫了一副對聯：

　　大肚能容容天下難容之事
　　開顏一笑笑世間可笑之人

彌勒佛背後，是韋馱。過穿堂，是一個不小的天井，種著兩棵白果樹。天井兩邊各有三間廂房。走過天井，便是大殿，供著三世佛。佛像連龕才四尺來高。大殿東邊是方丈，西邊是庫房。大殿東側，有一個小小的六角門，白門綠字，刻著一副對聯：

　　一花一世界
　　三藐三菩提

進門有一個狹長的天井，幾塊假山石，幾盆花，有三間小房。

　　小和尚的日子清閒得很。一早起來，開山門，掃地。庵裡的地鋪的都是籮底方磚，好掃得很，給彌勒佛、韋馱燒一炷香，正殿的三世佛面前也燒一炷香、磕三個頭、唸三聲「南無阿彌陀佛」，敲三聲磬。這庵裡的和尙不興做什麼早課、晚課，明子這三聲磬就全都代替了。然後，挑水，餵豬。然後，等當家和尙，即明子的舅舅起來，教他唸經。

教唸經也跟教書一樣，師父面前一本經，徒弟面前一本經，師父唱一句，徒弟跟著唱一句。是唱哎。舅舅一邊唱，一邊還用手在桌上拍板。一板一眼，拍得很響，就跟教唱戲一樣。是跟教唱戲一樣，完全一樣哎。連用的名詞都一樣。舅舅說，唸經：一要板眼準，二要合工尺。說：當一個好和尙，得有條好嗓子。說：民國二十年鬧大水，運河倒了堤，最後在清水潭合龍，因爲大水淹死的人很多，放了一台大焰口，十三大師——十三個正座和尙，各大廟的方丈都來了，下面的和尙上百。誰當這個首座？推來推去，還是石橋——善因寺的方丈！他往上一坐，就跟地藏王菩薩一樣，這就不用說了；那一聲「開香贊」，圍看的上千人立時鴉雀無聲。說：嗓子要練，夏練三伏，冬練三九，要練丹田氣！說：要吃得苦中苦，方爲人上人！說：和尙裡也有狀元、榜眼、探花！要用心，不要貪玩！舅舅這一番大法要說得明海和尙實在是五體投地，於是就一板一眼地跟著舅舅唱起來：

「爐香乍爇——」

「爐香乍爇——」

「法界蒙薰——」

「法界蒙薰——」

「諸佛現全身……」

「諸佛現全身……」

……

等明海學完了早經，——他晚上臨睡前還要學一段，叫做晚經，——荸薺庵的師父們就都陸續起床了。

這庵裡人口簡單，一共六個人。連明海在內，五個和尚。

有一個老和尚，六十幾了，是舅舅的師叔，法名普照，但是知道的人很少，因爲很少人叫他法名，都稱之爲老和尚或老師父，明海叫他師爺爺。這是個很孤寂的人，一天關在房裡，就是那「一花一世界」裡。也看不見他唸佛，只是那麼一聲不響地坐著。他是吃齋的，過年時除外。

下面就是師兄弟三個，仁字排行：仁山、仁海、仁渡。庵裡庵外，有的稱他們爲大師父、二師父；有的稱之爲山師父、海師父。只有仁渡，沒有叫他「渡師父」的，因爲聽起來不像話，大都直呼之爲仁渡。他也只配如此，因爲他還年輕，才二十多歲。

仁山，即明子的舅舅，是當家的。不叫「方丈」，也不叫「住持」，卻叫「當家的」，是很有道理的，因爲他確確實實幹的是當家的職務。他屋裡擺的是一張帳桌，桌子上放的是帳簿和算盤。帳簿共有三本。一本是經帳，一本是租帳，一本是債帳。和尚要做法事，做法事要收錢，——要不，當和尚幹什麼？常做的法事是放焰口。正規的焰口是十個人。一個正座，一個敲鼓的，兩邊一邊四個。人少了，八個，一邊三個，也湊合了。荸薺庵只有四個和尚，要放整焰口就得和別的廟裡合夥。這樣的時候也有過。通常只是放半台焰口。一個正座，一個敲鼓，另外一邊一個。一來找別的廟裡合夥費事；二來這一帶放得起整焰口的人家也不多。有的時候，誰家死了人，就只請兩個，甚至一個和尚咕嚕咕嚕唸一通經，敲打幾聲法器算完事。很多人家的經錢不是當時就給，往往要等秋後才還。這就得記帳。另外，和尚放焰口的辛苦錢不是一樣的。就像唱戲一樣，有份子。正座第一份。因爲他要領唱，而且還要獨唱。當中有一大段「嘆骷髏」，別的和尚都放下法器休息，只有首座一個人有板有眼地慢聲吟唱。第二份是敲鼓的。你以爲這容易呀？哼，單是一開頭的「發擂」，手上沒功夫就敲不出遲疾頓挫！其餘的，就一樣了。這也得記上：某月某日、誰家焰口半台，誰正座，誰敲鼓……省得到年底結帳時賭咒罵娘。……這庵裡有幾十畝廟產，租給人種，到時候要收租。庵裡還放債。租、債一向倒很少虧欠，因爲租佃借錢的人怕菩薩不高興。這三本帳就夠仁山忙的了。另外香燭燈火、油鹽「福食」，這也得隨時記記帳呀。除了帳簿之外，山師父的方丈的牆上還掛著一塊水牌，上漆四個紅字：「勤筆免思」。

仁山所說當一個好和尚的三個條件，他自己其實一條也不具備。他的相貌只要用兩個字就說清楚了：黃、胖。聲音也不像鐘磬，倒像母豬。聰明麼？難說，打牌老輸。他在庵裡從不穿袈裟，連海青直裰也免了。經常是披著件短僧衣，袒露著一個黃色的肚子。下面是光腳趿拉著一雙僧鞋，——新鞋他也是趿拉著。他一天就是這樣不衫不履地這裡走走，那裡走走，發出母豬一樣的聲音，

「㖿——㖿——」。

二師父仁海。他是有老婆的。他老婆每年夏秋之間來住幾個月，因爲庵裡涼快。庵裡有六個人，其中之一，就是這位和尚的家眷。仁山、仁渡叫她嫂子，明海叫她師娘。這倆口子都很愛乾淨，整天的洗刷。傍晚的時候，坐在天井裡乘涼。白天，悶在屋裡不出來。

三師父是個很聰明精幹的人。有時一筆帳大師兄扒了半天算盤也算不清，他眼珠子轉兩轉，早算得一清二楚。他打牌贏的時候多，二三十張牌落地，上下家手裡有些什麼牌，他就差不多都知道了。他打牌時，總有人愛在他後面看歪頭胡。誰家約他打牌，就說「想送兩個錢給你」。他不但經懺俱通（小廟的和尚能夠拜懺的不多），而且身懷絕技，會「飛鐃」。七月間有些地方做盂蘭會，在曠地上放大焰口，幾十個和尚，穿繡花袈裟，飛鐃。飛鐃就是把十多斤重的大鐃鈸飛起來。到了一定的時候，全部法器皆停，只幾十副大鐃緊張急促地敲起來。忽然起手，大鐃向半空中飛去，一面飛，一面旋轉。然後，又落下來，接住。接住不是平平常常地接住，有各種架勢，「犀牛望月」、「蘇秦揹劍」，……這哪是唸經，這是耍雜技。也許是地藏王菩薩愛看這個，但眞正因此快樂起來的是人，尤其是婦女和孩子。這是年輕漂亮的和尚出鋒頭的機會。一場大焰口過後，也像一個好戲班子過後一樣，會有一個兩個大姑娘、小媳婦失蹤，——跟和尚跑了。他還會放「花焰口」。有的人家，親戚中多風流子弟，在不是很哀傷的佛事——如做冥壽時，就會提出放花焰口。所謂「花焰口」就是在正焰口之後，叫和尚唱小調，拉絲弦，吹管笛，敲鼓板，而且可以點唱。仁渡一個人可以唱一夜不重頭。仁渡前幾年一直在外面，近二年才常住在庵裡。據說他有相好的，而且不止一個。他平常可是很規矩，看到姑娘媳婦總是老老實實的，連一句玩笑話都不說，一句小調山歌都不唱。有一回，在打穀場上乘涼的時候，一夥人把他圍起來，非叫他唱兩個不可。他卻情不過，說：「好，唱一個。不唱家鄉的。家鄉的你們都熟。唱個安徽的。」

姐和小郎打大麥，
一轉子講得聽不得。
聽不得就聽不得。
打完了大麥打小麥。

唱完了，大家還嫌不夠，他就又唱了一個：

姐兒生得漂漂的，
兩個奶子翹翹的。
有心上去摸一把，
心裡有點跳跳的。

……………

這個庵裡無所謂清規，連這兩個字也沒人提起。

仁山吃水菸，連出門做法事也帶著他的水菸袋。

他們經常打牌。這是個打牌的好地方。把大殿上吃飯的方桌往門口一搭，斜放著，就是牌桌。桌子一放好，仁山就從他的方丈裡把籌碼拿出來，嘩啦一聲倒在桌上。鬥紙牌的時候多，搓麻將的時候少。牌客除了師兄弟三人，常來的是一個收鴨毛的，一個打兔子兼偷雞的，都是正經人。收鴨毛的擔一副竹筐，串鄉串鎮，拉長了沙啞的聲音喊叫：

「鴨毛賣錢——！」

偷雞的有一件家什——銅蜻蜓。看準了一隻老母雞，把銅蜻蜓一丟，雞婆子上去就是一口。這一啄，銅蜻蜓的硬簧綳開，雞嘴撐住了，叫不出來了。正在這雞十分納悶的時候，上去一把薅住。

明子曾經跟這位正經人要過銅蜻蜓看看。他拿到小英子家門前試了一試，果然！小英的娘知道了，罵明子：

「要死了！兒子，你怎麼到我家來玩銅蜻蜓了！」

小英子跑過來。

「給我！給我！」

她也試了試，眞靈，一個黑母雞一下子就把嘴撐住，傻了眼了！

下雨陰天，這二位就光臨荸薺庵，消磨一天。

有時沒有外客，就把老師叔也拉出來，打牌的結局，大都是當家和尙氣得鼓鼓的：「×媽媽的！又輸了！下回不來了！」

他們吃肉不瞞人。年下也殺豬。殺豬就在大殿上。一切都和在家人一樣，開水、木桶、尖刀。捆豬的時候，豬也是沒命地叫。跟在家人不同的，是多一道儀式，要給即將升天的豬唸一道「往生咒」，並且總是老師叔唸，神情很莊重：

「……一切胎生、卵生、息生，來從虛空來，還歸虛空去。往生再世，皆當歡喜。南無阿彌陀佛！」

三師父仁渡一刀子下去，鮮紅的豬血就帶著很多沫子噴出來。

……

明子老往小英子家裡跑。

小英子的家像一個小島：三面都是河，西面有一條小路通到荸薺庵。獨門獨戶，島上只有這一家。島上有六棵大桑樹，夏天都結大桑椹，三棵結白的，三棵結紫的，一個菜園子，瓜豆蔬菜，四時不缺。院牆下半截是磚砌的，上半截是泥夯的。大門是桐油油過的，貼著一副萬年紅的春聯：

向陽門第春常在
積善人家慶有餘

門裡是一個很寬的院子。院子裡一邊是牛屋、碓棚；一邊是豬圈、雞窠，還有個關鴨子的柵欄。露天地放著一具石磨。正北面是住房，也是磚基土築，上面蓋的一半是瓦，一半是草。房子翻修了才三年，木料還露著白茬。正中是堂屋，家神菩薩的畫像上貼的金還沒有發黑。兩邊是臥房。隔扇窗上各嵌了一塊一尺見方的玻璃，明亮亮的，——這在鄉下是不多見的。房簷下一邊種著一棵石榴樹，一邊種著一棵梔子花，都齊房簷高了。夏天開了花，一紅一白，好看得很。梔子花香得衝鼻子。順風的時候，在荸薺庵都聞得見。

這家人口不多。他家當然是姓趙。一共四口人：趙大伯、趙大媽、兩個女兒，大英子、小英子。老倆口沒有兒子。因為這些年人不得病，牛不生災，也沒有大旱大水鬧蝗蟲，日子過得很興旺。他們家自己有田，本來夠吃的了，又租種了庵上的十畝田。自己的田裡，一畝種了荸薺，——這一半是小英子的主意，她愛吃荸薺，一畝種了茨菇。家裡餵了一大群雞鴨，單是雞蛋鴨毛就夠一年的油鹽了。趙大伯是個能幹人。他是一個「全把式」，不但田裡場上樣樣精通，還會罩魚、洗磨、鑿礱、修水車、修船、砌牆、燒磚、箍桶、劈篾、絞麻繩。他不咳嗽，不腰疼，結結實實，像一棵榆樹。人很和氣，一天不聲不響。趙大伯是一棵搖錢樹，趙大娘就是個聚寶盆。大娘精神得出奇。五十歲了，兩個眼睛還是清亮亮的。不論什麼時候，頭都是梳得滑滴滴的，身上衣服都是格掙掙的。像老頭子一樣，她一天不閒著。煮豬食，餵豬，醃鹹菜，——她醃的鹹蘿蔔乾非常好吃，舂粉子，磨小豆腐，編蓑衣，織蘆篚。她還會剪花樣子。這裡嫁閨女，陪嫁妝，磁罈子、錫罐子，都要用梅紅紙剪出吉祥花樣，貼在上面，討個吉利，也才好看：「丹鳳朝陽」呀、「白頭到老」呀、「子孫萬代」呀、「福壽綿長」呀。二三十里的人家都來請她：「大娘，好日子是十六，你哪天去呀？」——「十五，我一大清早就來！」

「一定呀！」——「一定！一定！」

兩個女兒，長得跟她娘像一個模子裡托出來的。眼睛長得尤其像，白眼珠鴨蛋青，黑眼珠棋子黑，定神時如清水，閃動時像星星。渾身上下，頭是頭，腳是腳。頭髮滑滴滴的，衣服格掙掙的。——這裡的風俗，十五六歲的姑娘就都梳上頭了。這兩個丫頭，這一頭的好頭髮！通紅的髮根，雪白的簪子！娘女三個去趕集，一集的人都朝她們望。

姐妹倆長得很像，性格不同。大姑娘很文靜，話很少，像父親。小英子比她娘還會說，一天咭呱呱地不停。大姐說：

「你一天到晚咭咭呱呱——」

「像個喜鵲！」

「你自己說的！——吵得人心亂！」

「心亂？」

「心亂！」

「你心亂怪我呀！」

二姑娘話裡有話。大英子已經有了人家。小人她偷偷地看過，人很敦厚，也不難看，家道也殷實，她滿意。已經下過小定，日子還沒有定下來。她這二年，很少出房門，整天趕她的嫁妝。大裁大剪，她都會。挑花繡花，不如娘。她可又嫌娘出的樣子太老了。她到城裡看過新娘子，說人家現在繡的都是活花活草。這可把娘難住了。最後是喜鵲忽然一拍屁股：「我給你保舉一個人！」

這人是誰？是明子。明子唸《上孟下孟》的時候，不知怎麼得了半套《芥子園》，他喜歡得很。到了荸薺庵，他還常翻出來看，有時還把舊帳簿子翻過來，照著描。小英子說：

「他會畫！畫得跟活的一樣！」

小英子把明海請到家裡來，給他磨墨鋪紙，小和尚畫了幾張，大英子喜歡得了不得：

「就是這樣！就是這樣！這就可以亂孱！」——所謂「亂孱」是繡花的一種針法：繡了第一層，第二層的針腳插進第一層的針縫，這樣顏色就可由深到淡；不露痕跡，不像娘那一代繡的花是平針，深淺之間，界限分明，一道一道的。小英子就像個書僮，又像個參謀：

「畫一朵石榴花！」

「畫一朵梔子花！」

她把花掐來，明海就照著畫。

到後來，鳳仙花、石竹子、水蓼、淡竹葉、天竺果子、臘梅花，他都能畫。

大娘看著也喜歡，摟住明海的和尚頭：

「你眞聰明！你給我當一個乾兒子吧！」

小英子捺住他的肩膀，說：

「快叫！快叫！」

小明子跪在地下磕了一個頭，從此就叫小英子的娘做乾娘。

大英子繡的三雙鞋，三十里方圓都傳遍了。很多姑娘都走路坐船來看。看完了，就說：「嘖嘖嘖，眞好看！這哪是繡的，這是一朵鮮花！」她們就拿了紙來央大娘求了小和尚來畫。有求畫帳簷的，有求畫門簾飄帶的，有求畫鞋頭花的。每回明子來畫花，小英子就給他做點好吃的，煮兩個雞蛋，蒸一碗芋頭，煎幾個藕團子。

因爲照顧姐姐趕嫁妝，田裡的零碎生活小英子就全包了。她的幫手，是明子。

這地方的忙活是栽秧、車高田水、薅頭遍草、再就是割稻子、打場了。這幾茬重活，自己一家是忙不過來的。這地方興換工。排好了日期，幾家顧一家，輪流轉。不收工錢，但是吃好的。一天吃六頓，兩頭見肉，頓頓有酒。幹活時，敲著鑼鼓，唱著歌，熱鬧得很。其餘的時候，各顧各，不顯得緊張。

薅三遍草的時候，秧已經很高了，低下頭看不見人。一聽見非常脆亮的嗓子在一片濃綠裡唱：

梔子哎開花哎六瓣頭哎……

姐家哎門前哎一道橋哎……

明海就知道小英子在哪裡，三步兩步就趕到，趕到就低頭薅起草來。傍晚牽牛「打汪」，是明子的事。——水牛怕蚊子。這裡的習慣，牛卸了軛，飲了水，就牽到一口和好泥水的「汪」裡，由牠自己打滾撲騰，弄得全身都是泥漿，這樣蚊子就咬不透了。低田上水，只要一掛十四軋的水車，兩個人車半天就夠了。明子和小英子就伏在車槓上，不緊不慢地踩著車軸上的拐子，輕輕地唱著明海向三師父學來的各處山歌。打場的時候，明子能替趙大伯一會，讓他回家吃飯。——趙家自己沒有場，每年都在荸薺庵外面的場上打穀子。他一揚鞭子，喊起了打場號子：

「格當得——」

這打場號子有音無字，可是九轉十三彎，比什麼山歌號子都好聽。趙大娘在家，聽見明子的號子，就側起耳朵：

「這孩子這條嗓子！」

連大英子也停下針線：

「眞好聽！」

小英子非常驕傲地說：

「一十三省數第一！」

晚上，他們一起看場。——荸薺庵收來的租稻也曬在場上。他們並肩坐在一個石磙子上，聽青蛙打鼓，聽寒蛇唱歌，——這個地方以爲螻蛄叫是蚯蚓叫，而且叫蚯蚓叫「寒蛇」，聽紡紗婆子不停地紡紗，「砂——」，看螢火蟲飛來飛去，看天上的流星。

「呀！我忘了在褲帶上打一個結！」小英子說。

這裡的人相信，在流星掉下來的時候在褲帶上打一個結，心裡想什麼好事，就能如願。

「揑」荸薺，這是小英子最愛幹的生活。秋天過去了，地淨場光，荸薺的葉子枯了，——荸薺的筆直的小蔥一樣的圓葉子裡是一格一格的，用手一捋，嗶嗶地響，小英子最愛捋著玩，——荸薺藏在爛泥裡。赤了腳，在涼浸浸滑溜溜的泥裡踩著，——哎，一個硬疙瘩！伸手下去，一個紅紫紅紫的荸薺。她自己愛幹這生活，還拉了明子一起去。她老是故意用自己的光腳去踩明子的腳。

她挎著一籃子荸薺回去了，在柔軟的田埂上留了一串腳印。明海看著她的腳印，傻了。五個小小的趾頭，腳掌平平的，腳跟細細的，腳弓部分缺了一塊。明海身上有一種從來沒有過的感覺，他覺得心裡癢癢的。這一串美麗的腳印把小和尚的心搞亂了。

……

明子常搭趙家的船進城，給庵裡買香燭，買油鹽。閒時是趙大伯划船，忙時是小英子去，划船的是明子。

從庵趙莊到縣城，當中要經過一片很大的蘆花蕩子。蘆葦長得密密的，當中一條水路，四邊不見人。划到這裡，明子總是無端端地覺得心裡很緊張，他就使勁地划槳。

小英子喊起來：

「明子！明子！你怎麼啦？你發瘋啦？爲什麼划得這麼快？」

……

明海到善因寺去受戒。

「你眞的要去燒戒疤呀？」

「眞的。」

「好好的頭皮上燒十二個洞，那不疼死啦？」

「咬咬牙。舅舅說這是當和尚的一大關，總要過的。」

「不受戒不行嗎？」

「不受戒的是野和尚。」

「受了戒有啥好處？」

「受了戒就可以到處雲遊，逢寺掛褡。」

「什麼叫『掛褡』？」

「就是在廟裡住。有齋就吃。」

「不把錢？」

「不把錢。有法事，還得先盡外來的師父。」

「怪不得都說『遠來的和尚會唸經』。就憑頭上這幾個戒疤？」

「還要有一份戒牒。」

「鬧半天，受戒就是領一張和尚的合格文憑呀！」

「就是！」

「我划船送你去。」

「好。」

小英子早早就把船划到荸薺庵門前。不知是什麼道理，她興奮得很。她充滿了好奇心，想去看看善因寺這座大廟，看看受戒是個啥樣子。

善因寺是全縣第一大廟，在東門外，面臨一條水很深的護城河，三面都是大樹，寺在樹林子裡，遠處只能隱隱約約看到一點金碧輝煌的屋頂，不知道有多大。樹上到處掛著「謹防惡犬」的牌子。這寺裡的狗出名的厲害。平常不大有人進去。放戒期間，任人遊看，惡狗都鎖起來了。

好大一座廟！廟門的門檻比小英子的肐膝都高。迎門矗著兩塊大牌，一邊一塊，一塊寫著斗大兩個大字：「放戒」，一塊是：「禁止喧嘩」。這廟裡果然是氣象莊嚴，到了這裡誰也不敢大聲咳嗽。明海自去報名辦事，小英子就到處看看。好傢伙，這哼哈二將、四大天王，有三丈多高，都是簇新的，才裝修了不久。天井有二畝地大，鋪著青石，種著蒼松翠柏。「大雄寶殿」，這才眞是個「大殿」！一進去，涼颼颼的。到處都是金光耀眼。釋迦牟尼佛坐在一個蓮花座上。單是蓮座，就比小英子還高。抬起頭來也看不全他的臉，只看到一個微微閉著的嘴唇和胖墩墩的下巴。兩邊的兩根大紅蠟燭，一摟多粗。佛像前的大供桌上供著鮮花、絨花、絹花，還有珊瑚樹、玉如意、整顆的大象牙。香爐裡燒著檀香。小英子出了廟，聞著自己的衣服都是香的。掛了好些幡。這些幡不知是什麼緞子的，那麼厚重，繡的花眞細。這麼大一口磬，裡頭能裝五擔水！這麼大一個木魚，有一頭牛大，漆得通紅的。她又去轉了轉羅漢堂，爬到千佛樓上看了看。眞有一千個小佛！她還跟著一些人去看了看藏經樓。藏經樓沒有什麼看頭，都是經書！媽吔！逛了這麼一圈，腿都痠了。小英子想起還要給家裡打油，替姐姐配絲線，給娘買鞋面布，給自己買兩個墜圍裙飄帶的銀蝴蝶，給爹買旱菸，就出廟了。

等把事情辦齊，晌午了。她又到廟裡看了看，和尚正在吃粥。好大一個「膳堂」，坐得下八百個和尚。吃粥也有這樣多講究：正面法座上擺著兩個錫膽瓶，裡面插著紅絨花，後面盤膝坐著一個穿了大紅滿金繡袈裟的和尚，手裡拿了戒尺。這戒尺是要打人的。哪個和尚吃粥吃出了聲音，他下來就是一戒尺。不過他並不眞的打人，只是做個樣子。眞稀奇，那麼多的和尚吃粥，竟然不出一點聲音！她看見明子也坐在裡面，想跟他打個招呼又不好打。想了想，管他禁止不禁止喧嘩，就大聲喊了一句：「我走啦！」她看見明子目不斜視地微微點了點頭，就不管很多人都朝自己看，大搖大擺地走了。

第四天一大清早小英子就去看明子。她知道明子受戒是第三天半夜，——燒戒疤是不許人看的。她知道要請老剃頭師傅剃頭，要剃得橫摸順摸都摸不出頭髮茬子，要不然一燒，就會「走」了戒，燒成了一片。她知道是用棗泥子先點在頭皮上，然後用香頭子點著。她知道燒了戒疤就喝一碗蘑菇湯，讓它「發」，還不能躺下，要不停地走動，叫做「散戒」。這些都是明子告訴她的。明子是聽舅舅說的。

她一看，和尚眞在那裡「散戒」，在城牆根底下的荒地裡。一個一個，穿了新海青，光光的頭皮上都有十二個黑點子。——這黑疤掉了，才會露出白白的、圓圓的「戒疤」。和尚都笑嘻嘻的，好像很高興。她一眼就看見了明子。隔著一條護城河，就喊他：

「明子！」

「小英子！」

「你受了戒啦？」

「受了。」

「疼嗎？」

「疼。」

「現在還疼嗎？」

「現在疼過去了。」

「你哪天回去？」

「後天。」

「上午？下午？」

「下午。」

「我來接你！」

「好！」

……

小英子把明海接上船。

小英子這天穿了一件細白夏布上衣，下邊是黑洋紗的褲子，赤腳穿了一雙龍鬚草的細草鞋，頭上一邊插著一朵梔子花，一邊插著一朵石榴花。她看見明子穿了新海青，裡面露出短褂子的白領子，就說：「把你那外面的一件脫了，你不熱呀！」

他們一人一把槳。小英子在中艙，明子扳艄，在船尾。

她一路問了明子很多話，好像一年沒有看見了。

她問，燒戒疤的時候，有人哭嗎？喊嗎？

明子說，沒有人哭，只是不住地唸佛。有個山東和尚罵人：

「俺日你奶奶！俺不燒了！」

她問善因寺的方丈石橋是相貌和聲音都很出眾嗎？

「是的。」

「說他的方丈比小姐的繡房還講究？」

「講究。什麼東西都是繡花的。」

「他屋裡很香？」
「很香。他燒的是伽楠香，貴得很。」
「聽說他會做詩，會畫畫，會寫字？」
「會。廟裡走廊兩頭的磚額上，都刻著他寫的大字。」
「他是有個小老婆嗎？」
「有一個。」
「才十九歲？」
「聽說。」
「好看嗎？」
「都說好看。」
「你沒看見？」
「我怎麼會看見？我關在廟裡。」
明子告訴她，善因寺一個老和尚告訴他，寺裡有意選他當沙彌尾，不過還沒有定，要等主事的和尚商議。
「什麼叫『沙彌尾』？」
「放一堂戒，要選出一個沙彌頭，一個沙彌尾。沙彌頭要老成，要會唸很多經。沙彌尾要年輕、聰明、相貌好。」

「當了沙彌尾跟別的和尚有什麼不同？」

「沙彌頭，沙彌尾，將來都能當方丈。現在的方丈退居了，就當。石橋原來就是沙彌尾。」

「你當沙彌尾嗎？」

「還不一定哪。」

「你當方丈，管善因寺？管這麼大一個廟?!」

「還早吶！」

划了一氣，小英子說：「你不要當方丈！」

「好，不當。」

「你也不要當沙彌尾！」

「好，不當。」

又划了一氣，看見那一片蘆花蕩子了。

小英子忽然把槳放下，走到船尾，趴在明子的耳朵旁邊，小聲地說：

「我給你當老婆，你要不要？」

明子眼睛鼓得大大的。

「你說話呀！」

明子說：「嗯。」

「什麼叫『嗯』呀！要不要，要不要？」

明子大聲地說：「要！」

「你喊什麼！」

明子小小聲說：「要——！」

「快點划！」

英子跳到中艙，兩枝槳飛快地划起來，划進了蘆花蕩。

蘆花才吐新穗。紫灰色的蘆穗，發著銀光，軟軟的，滑溜溜的，像一串絲線。有的地方結了蒲棒，通紅的，像一枝一枝小蠟燭。青浮萍，紫浮萍。長腳蚊子，水蜘蛛。野菱角開著四瓣的小白花。驚起一隻青樁（一種水鳥），擦著蘆穗，撲嚕嚕嚕飛遠了。

……

一九八〇年八月十二日，寫四十三年前的一個夢

——收入《茱萸集》（聯合文學）

彭見明和他的小說

彭見明（一九五三～），出生於湖南省平江縣農村。自小喜歡寫寫、畫畫、閱讀，一九七〇年高中畢業後憑一手超出同齡水平的字畫本領，到縣城的花鼓戲劇團謀了一份公職，先後任平江縣劇團演員、美工、縣文化館副館長、平江縣文聯主席。

一九八〇年開始寫小說，一九八三年即以短篇小說〈那山　那人　那狗〉獲得全國優秀短篇小說獎；同名電影則獲中國電影金雞獎最佳劇情獎、加拿大蒙特婁國際電影節觀眾票選最佳影片、印度國際電影節「銀孔雀」獎，日本國家電影獎最佳外語片獎等四項電影大獎，並創下了三億五千萬日圓的票房佳績。一九八六年調岳陽市文化局任創作員、選為岳陽市作家協會主席；一九八七年任副研究館員、縣委副書記；一九八八年選為岳陽市文聯副主席；一九九四年選為湖南省作家協會副主席；一九九六年調任省作協專職副主席、評為國家一級作家，享受國務院政府津貼。

〈那山　那人　那狗〉是一篇田園牧歌式的鄉土小說，寫一個在山區擔任郵務員的父親，因為年老退休便把這份做了一輩子的工作移交給兒子。故事非常簡單，沒有戲劇性的高潮或轉折，彭見明把故事的情節變化降到最低（也許也最接近真實的生活），這種小說美學的操作，讓我們想起汪曾祺。彭見明以散文化的敘述、詩化的意境來經營的鄉土小說，在創作譜系上，確實可以追溯到沈從文和汪曾祺。

彭見明喜歡運用白描的筆法，一般而言，這類型的作家都不喜歡炫弄技巧，人物平凡、故事平凡，所追求的只是一種平凡生活中的細節以及這些細節的深長意味。所以這篇小說讓我們感興趣的不是發生了什麼意外事故，或父子之間有什麼矛盾衝突，而只是在最後交代工作的行程中，父子間所表達的那種似有若無的情意、他們所經歷的山光水色、與鄉民之間的關係，還有那隻追隨父親多年的狗在變換主人時的感受等等。正因為故事平淡無奇，人物樸實無華，彭見明便可以專注在文字上的經營（馬森〈樸素的魅力〉）。所以這篇小說最終營造出來的，是如詩如畫的意境，山徑水路之間蘊藏著一份細膩、含蓄的父子親情，以及人與大自然的和諧關係。

彭見明的作品既是以湖南鄉村文化為背景，在八〇年代中期就順理成章的被歸入「尋根派作家」。他在小說裡正面肯定了湘楚的傳統文化和道德，企圖塑造一個足以安身立命的原鄉，這一點是他跟其餘尋根小說家最大的不同。他認為人只要在故鄉土地上勤奮地付出，並珍惜周遭的人、事、物，這塊土地就「取之不盡，用之不竭」；重要的是心靈的滿足，而不是一味向外追求。（陳雅書）

重要作品有：短篇小說集《那山　那人　那狗》（長沙：湖南人民，一九八五／台北：小知堂，二〇〇二／北京：中國青年，二〇〇四）、《野渡》（北京：北京，一九九八）；長篇小說《玩古》（北京：中國青年，一九九五／一九九八）獲一九九〇～一九九五年全國優秀長篇小說獎，改編為十八集電視連續劇「玩是一陣風」播出；根據小說《愛情》改編的電影「菊花茶」獲上海影評人協會二〇〇〇年度全國十大影片。另有長篇小說《將年和他的家族》（上海：上海文藝，一九八八）、《大澤》（北京：作家，一九九〇）、《當代湖南作家作品選：彭見明卷》（長沙：湖南文藝，一九九七）等十餘部。

那山 那人 那狗

彭見明

父親對兒子說：「上路吧，到時候了。」

天還很暗，山、屋宇、河、田野都還蒙在霧裡。鳥兒沒醒，雞兒沒叫。早啊，還很早呢。可父親對兒子說：「到時候了。」

父親審視著兒子闊大的臉龐，心裡說：「你不後悔吧？這不是三天兩日，而是長年累月的早起哩！」

桌上擺著兩只整整齊齊的郵包。郵包已經半舊。父親在漿洗得乾乾淨淨之後，莊嚴地移交給兒子，並教他怎樣分門別類裝好郵件，教他如何包好油布。山裡霧大，郵件容易沾水。

父親小心地拿過一條不長的、彎彎的扁擔，熟練地繫好郵包。於是，在父親肩上度過了幾十個春秋的扁擔，帶著父親的體溫，移到了一個厚實的、富有彈性的肩膀上。這肩膀子很有些力量，像父親的當年。父親滿意這樣的肩膀。

父親覺得：自己的手有些發抖。特別是手脫離兒子肩膀的那一刻。眼睛有些模糊，屋裡的擺設忽然間都模糊了，把兒子高大的身影也融到了牆的那邊。呵呵，心裡梗得厲害。他趕緊催促兒子：

「上路吧，到時候了。」

父親和兒子的手背，同時拂過一抹毛茸茸的東西——是狗，大黃狗。牠早起來了。老人倒給牠的飯已舔光。狗緊挨著老人，牠對陌生的年輕漢子表示詫異：他怎麼挑起主人的郵包？主人的臉色怎麼那樣難看？這究竟發生了什麼？

不管怎樣，是要出發了，像往常一樣。遠處，有等待，有期望。在腳下，有無盡伸延的路。那枯燥、遙遠、鋪滿勞累、艱辛而又充滿情誼的路啊……

吹熄燈，輕輕地帶攏郵電所的綠色小門——輕輕的，莫要驚醒了大地的沉睡，莫要吵亂了鄉鄰們的好夢。黃狗在前面引路，父親和兒子相跟著，上路了。出門就是登山路。古老的石級，一級一級朝霧裡鋪去，朝高處鋪去，朝遠處鋪去……

在很漫長的日子裡，只有他和狗，悄悄地劃破清晨的寧靜。現在，是兩人——他和兒子。扁擔和郵包已經換到另外一副肩膀上，這是現實，想不到「現實」的步子這麼快——

支局長有一回上山來，對他說：「你老了。」

老了麼？什麼意思？他不理解。他和狗辭別支局長以後便進山了。

不久前，支局長通知他出山。在喝過支局長的香片茶以後，支局長按著他的肩膀，把他帶到大立櫃上的穿衣鏡跟前，說：「你看看你的頭髮。」

他看見一腦殼半「霉」的頭髮。心裡略頓，想：年歲不饒人哪。是老些了。

支局長捋起老人的褲管，撫著膝蓋上那發熱紅腫的地方，說：「你看你這腿。」

不假，腿有點毛病。這算什麼呢？人到老年，誰也不保誰沒個三病兩痛哩。

支局長看定老人，說：「你退休吧！」

老人急了：「我還能……」

「莫廢話了。你有病，組織上已經做了決定。」在找老人談話之前，支局長就暗地裡讓他兒子檢查身體，塡過表，學習訓練了半月餘。

他沒有讓過多的傷感和執拗纏住自己，他清楚，他的「熱」和「能」不太多了，像山尖上懸掛的落日，縱有無盡的眷戀，但是，那又能維持多久呢？他恨自己的腳，這該死的腳，那麼沉重、麻木，還鑽心般痛。唉，腳的事業，怎麼可以沒有硬朗的步伐呢？郎中說，搞蜈蚣配藥吃或許有效——他吃了一百條，不見效。有人說，吃叫雞公、吃狗肉或許好。都吃了，也不見好。那頑皮的膝蓋骨哎。什麼地方不可以痛，偏偏要痛在這裡。一片茅草阻河水，永世的遺憾喲。

讓兒子頂替，能頂替嗎？僅僅是往各家各戶遞信送報嗎？沒那麼簡單。僅僅是憑著年輕血旺，爬山過嶺嗎？沒那麼容易咯。

於是，要帶班，要領他走路，要教他盡職，還要告訴他許多許多。

於是，上路了。那新人邁開了莊嚴的第一步，那老人開始了告別過去的最後一趟行程。

還有狗。

晨霧在散，在飄，沒響聲地奔跑著，朝一個方向劈頭蓋臉倒去。最後留下一條絲帶、一帕紗巾、一縷輕煙。這時分，山的模樣，屋、田疇、梯土的模樣才有眉有眼——天亮了。近處有啁啾的小鳥，遠處和山城裡迴盪著雄雞悅耳的高唱。

父親發現：平川里來的年輕人滿臉喜色，眼睛朝田野裡亂轉。是呵，對於他，山裡的一切都是新奇的。

父親想告訴兒子：要留神腳下。腳下是狹窄的路、溜滑的青石板，怕失腳。但沒說，讓他飽覽一番吧，讓他愛上山，要與山過一輩子，要愛呢！

他告訴兒子：他跑的這趟郵路，有兩百多里路。在中途要歇兩個晚上，來去要三天。這第一天要走八十里上山路，翻過天車嶺，便是望風坑；走過九斗壠，緊爬寒婆坳；下了貓公嘴，中午飯在薄荷衝；再過搖掌山，夜宿葛藤坪。這一天最累人，最辛苦，所以要早起。走得緊，才不至於摸黑投宿。

「不可以歇在其它地方？」

「不能。第二天、第三天不好安排。」父親說。

狗在前面慢慢走。牠走的是老鄉郵員曾經走的速度。以往跑郵，高大而健壯的黃狗頸上繫著一根皮帶。上嶺的時分，主人一手抓著皮帶的另一頭，狗便用勁地幫主人一把。今天出發的時候，狗依慣例伏在老人腳旁，等待著繫好皮帶。老人卻拍拍牠的腦袋，酸楚地、動情地說：「今天，不用了，走吧。」狗昂起頭看定主人，牠不相信。當看到郵包確實已經移到了另外一個肩膀上，才慢慢爬了起來。牠跟隨主人九年，以往出發，主人總和牠喃喃地「聊」著。今天呢，沒有！是因那年輕人的緣故嗎？也許是。狗惡意地看了新來的陌生漢子一眼。

兒子嫌狗走得慢，便用膝蓋在狗屁股上頂了一下。父親說：「不要貪快哩，路要均勻走。遠著哩。暴食無好味，暴走無久力哩。」

狗越過陌生漢子的胯襠，看看老人的眼色。牠沒看出要加速的示意。牠不理睬年輕人的焦慮，牠依舊平衡著牠的速度。

老人從狗的步子裡，知道速度和往常一樣。但是，他發覺自己的雙腿已經不適應這種步子了。他不理解，兩肩空空，光身走路竟會這樣。倘若沒人來接班，倘若今天還是自己挑擔送郵，倘若支局長不催著自己退休，那會是個什麼樣子呢？是不是因爲有了寄託，思想上放落了一身枷，病痛抬頭了，人就變嬌了呢？是的，一定是。唉唉，人呵人，是這麼個樣子。

兒子從父親的呼吸裡聽出了什麼。他站住雙腳，穩穩地用雙手扶著扁擔換換肩。他看著父親，眼睛在皺起的眉毛底下流露出不安。在父親那風乾了的桔皮樣的臉龐上，浸出豆大滴汗珠，臉色呢，極不好看。

他對父親說：「爸，你累了。」

父親用袖子揩去汗珠子：「走熱的。」

「爸，你不行，你走不動了。轉身回去吧。」

「沒什麼。年紀不饒人哩。」

「你回去吧，放心，我曉得走的。俗話說，路在嘴巴上。」

父親臉色一沉，快生氣了。

於是，這才繼續著行程。

這時太陽已經把山的頂尖染成一片金色，而山腳卻被雲遮霧蓋了。好像這山浮在水裡，風吹霧動，這沒著落的山也跟著浮游。「難怪神仙要住在山上呢！」老人每每目睹這樣的美景，他便想起傳說中的神話。他的神情特別專注，說不定，哪個山坳拐彎處會飄過來一朵五彩祥雲，上面站著觀音聖母或是托塔李天王呢。這空空山野、漫漫行程，是一個任那萬千思緒神遊的天地；這空幽而縹緲的雲中島嶼，確實能勾起身臨其境的人恍惚而神奇的聯想。

呵呵，人哩，畢竟是幻覺最豐富、最有感受力的。老鄉郵員靠著它，戰勝寂寞、驅散疲勞。現在，他又回到了過去，他又陷入癡想，一個人兀自笑了，覺得身子腿腳輕鬆了許多，甚至，想吹幾句口哨兒。

可是，老人那憨實的獨生子卻早已游離於那迷人的景色。

那腳步，沉重得多了。

「汪、汪、汪。」

狗站在金色的峰巒上、站在那塊最高的岩石上，朝山那面高聲叫著。那聲音在山谷間碰撞，成了這天地裡最動聽、最富有生氣的樂句。

想不到，這沉默的、溫馴的狗竟有這麼響亮的嗓門。雙耳聳起、昂首翹尾，竟有這麼威武、神氣。父親說：牠在「告訴」山下塅裡的人，說什麼人來了。將有什麼山外邊的消息和信件帶給他們。

對於盼望，任誰都可能覺得，每一分鐘都是漫長的。狗在預告，在減短這討厭漫長的時間。

在山頂，在金色的、溫柔的陽光裡，父親、兒子和狗打住了。這兒有一塊歇腳的寬大的青石板。父親指著山的那面，告訴兒子這叫什麼地方，有多少大隊、生產隊，需要分門別類發放的報紙書刊的類別和數目。這筆細細的流水帳，好像刻在他那有著花白頭髮保護層的大腦裡。

在談完業務以後，父親特別叮囑兒子：「倘若桂花樹屋的葛榮榮有信，那就要不惜腳力，彎三里路給送去。他和大隊祕書關係不好，祕書不給他轉信。」

「哪個桂花樹屋？」

「你看。」父親用手帶著兒子的眼睛在山下的衝裡、壟裡、屋場間穿梭。

「木公坡的王五是個瞎子。他有個崽在外面工作，倘若來了匯票，你就代領了，要親手交給王五。他那在家的細崽不正路，以前曾被他瞞過一回匯款。你記住了？」

「記住了。」

「螺形灣這兩年養了兔。去送信時，要喊住狗，莫做野獸子咬，狗還沒習慣……」

還有許多。站在山頂、岩坎，俯瞰著縱橫交錯的山衝、墈落，父親讓兒子靠在他身邊，詳盡地講解著他的業務、經驗、他曾經注意過的事情和有必要引起注意的事項。每說一宗，他要問兒子一句：「記得不？」看兒子認真地點過頭，他才接著說。他甚至背出了馬上就要通過的幾個大隊的幹部、黨員、民辦教師、重要人物、經常性服務戶的人名單。兒子是否都點過頭？都記得牢？老人已不大追究了。他覺得：一些話、應該說。應該讓兒子知道。他不是來頂父親的班嗎？父親知道的，接班的怎麼可以不知道呢？

兒子很像父親。笑模樣、語氣、利索乾淨的手勢、有條有理的工作，都像。父親高興，鄉親們更高興。父親向人們說：今後這一帶得由兒子來跑郵。於是，大隊幹部馬上帶頭鼓掌歡迎。人們自然問起老鄉郵員的去路，老人沒說退休的事，他撒謊說：將來也是跑這一帶，和兒子輪流跑。說這話時，他覺得眼圈那兒一熱，他趕緊掏出手帕擦擦鼻子藉以掩飾。啊呀，這個謊，可是一個心酸的謊啊。

郵包掏空了一些，但很快又塞滿了。有要寄包裹的、要發信的、匯款的，都準備好放在學校民辦教師那裡。這是父親的規矩。郵遞員也是郵收員呢。八十多斤的郵包，挑回去，只怕是有增無減哩。

其實，只隔三天沒來，父親就像隔了半年似的，沒完沒了地打聽山裡的情況：牛啦，豬啦，結親嫁女啦，雞毛蒜皮、面面俱到。

容不得父親再婆婆媽媽，年輕漢子和狗已經沿著鄉間的阡陌、傍溪小道，打前頭上路了。

夜快降臨的時分，黃狗「倏」地跑過山坳，「汪汪」地一陣吠。然後興奮地搖著尾巴跑轉回來。兒子猜想：葛藤坪到了。

葛藤坪有一片高低不等的黑色和灰色的屋頂，門前有一條小溪。小溪這邊菜田裡，有人在暮色裡揮舞鋤頭，弓著腰爭搶那快去的光陰。

黃狗又跑到一個穿紅花衣服的女子身邊停下來，不走了，高興地在她身邊轉著。紅花衣女子伸起腰，拿眼睛在路上尋找郵遞員，用生脆的嗓子高喊著老鄉郵員的名字，並放下手中活計，奔跑過來，去接年輕人的擔子。老人看了出來，在兒子那高大的身架面前，那張有模有樣、健康紅潤的臉龐面前，姑娘顯得有些靦腆，臉上分明拂過一片胭雲。

老人向那姑娘介紹說：身邊這位是他的兒子，是剛上任的鄉郵員，壬寅年出生的。……說這些幹什麼呢？兒子狠狠地白了父親一眼。

這招惹了不少麻煩呢——洗腳水、一頓豐盛的晚餐、特別好的鋪蓋、還有夜宵。

父親發覺自己荒唐了。爲什麼要說那麼些話。爲什麼要住進這紅花衣女子家來呢？他有些慌亂。

他回想起自己年輕時節在平川里跑郵的時候，由於經常在一棟大屋裡歇腳、吃中午飯，引起了一個年輕女子的注意。於是，那年輕女子竟限時限刻站到楓樹底下等他。後來，又偷偷地送他。最後，偷偷地在那綠色的郵包裡塞了一雙布鞋和一雙繡著並蒂蓮的鞋墊——這女子後來成了兒子他娘。

他對不起兒子他娘。幾十年來，他跑他的郵，女人在家裡受了百般苦楚。人家的丈夫是棵大樹，爲女人避風擋雨。他只做了名譽丈夫。更多的只給女人帶來想像。回去一趟，做客一樣住上一、兩個晚上。

父親過去的經歷會不會在兒子身上重演呢？說不準。你看那女子，那喜歡勁。老人後悔沒想到這一層，爲什麼不住到別人家去。他眞不願兒子重演自己過去的一幕。

那姑娘哪兒不好呢？說不出。老人看著她長大，他喜歡她，也喜歡她家姐妹。他父親是個好匠人，母親是個賢慧女子。以往，老人多是住在她家。那冬天的厚絮和熱天的涼席都是他記憶中特別深刻的。在姑娘小的時候，他經常開她的玩笑：「將來把你帶到平川里去做我的兒媳婦，好不好？」姑娘推他，揉他，扯他的頭髮。只有一次，姑娘認眞地問：你兒子長得體面嗎？高大嗎？性情像你嗎？老人還記得，姑娘當時那神情特別有趣。於是，老人繼續開玩笑，把自己那獨生兒子誇成天仙般俊。

俗話說：小孩子記得千年事。現在眞正帶著兒子來了，怎麼就沒想到過去的玩笑呢？莫要弄得戲語成眞言哩。有一齣戲叫做「十五貫」就是戲語成眞言。

他喜歡這女子。她比自己年輕時節碰上的兒子他娘漂亮多了，出色多了。時髦呢，更不必說。那時節的姑娘懂什麼？只曉得繡並蒂蓮。連面都不敢出來和人相見，說句話把頭埋到胸脯上。現在的時代女性，居然……你看，不顧兒子臉不臉紅，眼睛死死地盯著鄉郵員。嘴巴不停地問平川里的事：問拖拉機、問水輪泵、問渡船、問自行車……那麼認眞，那麼專注。手托著腮，眼睛裡盪漾著水波、光波什麼的。有半點害羞嗎？沒有！

看來，在這條路上跑郵的年輕人，將難逃脫那人兒的手腕。好不好呢？固然好。可是，一個女子嫁給鄉郵員，是要吃很多苦的呀！咳咳，說轉來，鄉郵員總不能不結婚呢！管他去，兒孫自有兒孫福。

第二天，換了一身更合體的紅花衣裳的姑娘堅持要送父子倆一陣。年輕人好像還有些話要說，父親便退後一截獨自走。

父親哼一段打口腔給兒子聽：「過了曲江是禾江，禾江下去是濁江，濁江、南江連麗江，背江、橫江、矮子江，末末了是婆婆江。」

這是這一天的行程，是這一天的攔路虎。七十里彎彎路，不平坦也不陡險，就是難過那擋路的九條江。山裡沒大河，「江」是尊稱。其實只算得上小溪流。春夏季節。水足溪滿，一場暴雨，猛漲三尺，溪面丈餘，濁浪翻滾，架不成橋，砌不成墩。冬秋之季呢，灘乾水淺，河床乾涸，遍布鵝卵石。不怕路遠山險，不怕風霜雨雪，倒是怕這無足無頭水，怕這變幻莫測的惡流。對於山裡人，並不具很大威脅，漲水便不過河或繞道而行。對於鄉郵員呢？必須毫不猶豫地脫襪捲褲下河，嚴寒也罷，急流也罷，必須通過。有時，還要脫掉褲子過河，把郵包頂在頭上送過去。說不定，老人的關節炎就是這樣長年累月而積疾的。

支局長跟過一次班，體諒他，要給他請功，考慮要給他換換地段，讓年輕人來。他不。他擔心人家來不熟悉哪兒水大，哪兒水淺。

在平川里，他家鄉近旁有大河，兒子是水裡好漢。可是，兒子不一定能過好小溪，不一定能在生滿青苔的滑石板上踩得穩腳跟。他要一一告訴兒子過溪的方法，告訴他每條溪下水的合適方位，告訴他在某種情況下河水的大體深淺。肩膀上挑的是千斤重擔，這不是兒戲啊！

兒子有一雙粗實的有繭的腳，有著莊稼人穩重的步伐。他從容地涉過小溪，把擔子放在溪那面乾淨的草地上，又過溪來揹老子——他不讓父親脫鞋襪。該是父親結束下冷水的時候了。

狗不肯先過河。牠歷來是伴著老鄉郵員過河的。牠用牠的身子吃力地抵擋著水流，極力在減緩急流對老人日漸消瘦的腿桿子的衝力。

老人沒脫鞋襪，狗在一旁感到驚訝。

狗看著陌生漢子把郵包放好以後，又涉水過來。粗壯但凍得通紅的雙腳穩穩地踩在岸邊淺水裡，略曲著背，把雙手朝後抄過來……。

就這樣，父親彎著腿，雙手摟著兒子的頸根，前胸、腹部緊貼著兒子溫熱的厚實的背。兒子那粗大而有勁的雙手則牢牢地托著老人的雙膝。

狗高興地「嗷嗷」叫著，游在水裡的身子緊傍在兒子的腳上方，拚力抵擋著水流。

父親有一瞬間的眩暈。他懷疑這不是現實。當他睜開眼，看見溪面在縮，水推著狗的「嘩嘩」聲在變小——這顯然是過河了，快靠岸了。而腳呢？確實是溫暖的，沒有半點歷史留給的那種感覺。呵，竟然，對過去只留下了記憶。老人滴下了一滴眼淚。兒子的頸根一縮。兒子反過腦殼，嘟噥了句什麼。

……在父親的記憶裡，他也揹過一次獨生兒子。

那一次，支局長命令他回家過三天。嘿，可以和小兒子痛痛快快地玩三天哩。他女人生下二女一男。兒子出生他不在家，老婆反而寄來紅蛋，把丈夫當外客了。

滿週歲，特別隆重。本家四代都是獨生男孩，一線單傳，視男兒爲寶貝，據說辦了不少酒席，而他呢，帶著狗，在深山裡跋涉。回所後，留所的同事說：家裡寄來紅燒肉、高粱酒。於是，和同事、和狗，一道在山腳下，在綠色的門檻裡享用兒子做生日的佳餚。

這回啊，可以認真地親親兒子。他買了鞭炮，買了燈籠，在山上挖了一只竹兜給兒子做了一把打火炮的槍——兒子會玩這些了。

沒搭車，車要等。於是，和黃狗抄近路，爬山越嶺往平川里老家裡趕。

這年過年，他讓兒子騎在他背上玩了一整天。兒子想下來也不讓。他要彌補做爲父親的不足——他是揹過兒子一次，做爲父子情誼，能記起的，僅止於此啊。

現在，兒子揹著他。揹著他已經蒼老的身軀。這背腰、已經負過生活重荷的背腰像一堵牢固的屏障、像山、像密密的林子，保護著他。有一種安全、溫馨的感覺。父親驚奇地發現：他已經理解到了「享受」的含義。他正在享受像所有做父親的得到的那種享受。

呵呵，幾十年獨身來往於山與路、河與田之間，和孤單、和寂寞、和艱辛、和勞累、和狗、和郵包相處了半輩子，那其間的酸楚，現在被一種甜蜜的感觸全部溶化了。父親的這滴老淚，是對過去萬般辛苦的總結，還是對告別這熟悉的一切而難過呢？

上岸了。狗「汪汪」地朝老人喊。告訴他：別癡癡呆呆，該要做什麼了。

是的，差點糊塗了。老人和狗急忙奔進河沿的樹林子裡。這一會，狗奔跑著給年輕鄉郵員銜來一把茅草，又閃電似的奔進林子。兒子剛找到父親準備的火柴，點燃暖腳的茅草，狗又拖來一小把枯樹枝。

篝火已燃起，父親把火撥旺，好把兒子凍紅的腳暖過來。狗在遠處使勁抖著身子，把水珠子從毛裡撒開去，然後躺在火邊烤著。溫存地把舌子舔著年輕漢子的手背——他不陌生了，他是好人，他馱著牠的主人過了河，牠感激他。

狗叫著，跑著，朝被墨綠色的大山擠壓得十分可憐，而又被暮靄攪得七零八落的村莊跑去。遠遠的，引來一群人——

父子倆已經聞到了晚炊和鋪蓋底下稻草的氣息。

鄉郵員不能輪休，只能歇星期天。和兒子跑完一趟郵後的第二天，恰好是星期天。今天有太陽，父親和兒子搬來椅子，坐在後院菜園子裡當陽的地方。狗躺在一旁，用腳爪和蝴蝶鬧著玩。

父親要對兒子說的，說了三天，似乎已經說完了。但還是說個沒完，也許全是重複，父親記不起了，兒子也不厭煩。

父親說完了，兒子才開始說。

在山上，新上任，他沒有資格多說。父親現在要回平川里的農村去代替自己的位置。他出來工作了幾十年，一切對於他都是陌生的，一切都要重新做起，他是生手。應付那一攬事務，將是極不容易的呢。

「爸，回鄉以後，頭一要多去上屋場老更叔公那兒坐坐。困難時節，他照顧了我們家不少呢。借他家的油、糧食，計數不清了。後來他一概都不讓還。」

「這人不錯，是得去感謝。」

「感謝倒不必。他是個好愛面子的角色，平素說你架子大，沒去他家坐過。」

「哪能呢？抽不出時間嘛！」

「是倒是，今後你得注意。」兒子又說，「爸，大隊長是個厲害角色，千萬不要得罪，看不得聽不慣的事情權當耳邊風，莫要惹翻了人家父母官。他要給你好處，容易。要給你難看，你得忍氣吞聲。」

「這人我聽說過，不正路，莫非是紙老虎？」

「爸，你管他什麼虎。」

「你莫管，人家說老虎屁股摸不得，我看要摸的該摸。我是國家幹部。」

兒子急了，說：「你不知道，將來種子、化肥、農藥都要求人家。撕破了臉皮不好辦。」

「嘿，我看，沒那麼多要求的。人不求人一般大。」

父親性子倔，兒子不好多說。但露出了懇求而固執的目光。

父親理解少年老成的兒子，緩和地說：「當然，我也不是個蠻子，亂幹一氣。」

兒子告訴父親：一家四口人，包了三丘水田。田裡工夫他來頂職前已經委託給了同輩好友。他要父親答應：不理水田裡的事，不下水——兒子擔心父親的腿病。

「爸，你保證不下水嗎？」兒子問。

「就不下。」

兒子說：「母親曾經咯過一口血，冬天裡氣喘得厲害，她不吃藥，也不肯請郎中看。你回家後，定要帶她到縣裡去檢查一次，縣裡你熟。」

父親點點頭。

「這回鄉下去，會有這麼複雜呵。」父親想。

父親痛惜地望著早熟的兒子。十幾歲時，就已必然地、無可推託地挑起家庭重擔，默默地像牛一樣的勞作，爲在遠山奔走的父親解脫，爲操勞過度的母親分憂。他過早地放棄了學習，他沒有得到過獨生子所能得到的嬌慣。那厚實的然而仍是幼嫩的肩膀竟壓著這麼沉重、這麼複雜的擔子。

這過早的重荷，完全是由於自己的緣故啊。他眞想抱一抱兒子，親一親他。可是，他長大了。他想對兒子說幾句感激的話，可是，說不出。誇耀的句子，他一輩子沒用過呢！

父親最後爲兒子裝好兩只綠色郵包。這郵包是一生中裝得最滿意的。但裝的時間太久，老人的手已經十分不聽使喚了。

父子倆睡在一張床上。幾天的疲勞加上傍著兒子強壯的身軀所放出的熱量，老人應該是香甜地睡去的。但，沒有。很久很久還光著眼睛。夜風輕輕地敲打著玻璃的聲音，不知名的草蟲「嘰嘰」的叫聲那麼清晰、那麼頑固地灌進耳朵……

若不是狗用嘴巴在扯蚊帳，並「嗷嗷」地呼喚，差點睡過時辰。

老人「骨碌」一下爬起了床，三五下穿好衣服，用力推醒酣睡的兒子。

默默地煮熟飯，和狗一道吃過。父親把扁擔放到兒子肩膀上，吹熄燈，關攏門，相跟著，走向還眨著星星的曠野。

下完門檻的石階，父親踉蹌了一下，他不知道是怎樣挪開步子的，是怎樣地踉蹌了一下，他只知道身子往下一沉。他趕忙撐住兒子的肩膀才沒倒在地……

在一道唱著歡歌，不停不息地奔跑的小溪旁，在一座古老的不長的石拱橋的橋頭，兒子挑著郵包，站住不動了。父親如果不轉回山坳那面的綠門綠牆的營業所，他決計這樣站下去。直到晨霧散去。直到朝陽升起，哪怕耽誤一截行程。就這樣，讓八十多斤重的擔子壓著肩膀，就這樣站著。

霧不大，加上溪水的反光，父親分明地看見兒子臉上的固執。

於是，他決計不再送了。他對兒子說：「你……小心，走吧。」

兒子默默地點點頭。鼻子裡酸酸地「嗤」了一下。但，他仍沒開步。

於是，父親轉過身去。

狗呢？站在橋的當中，「嗷嗷」地著急地叫著。父親返身走上橋，蹲下去抱著狗的頸根。像小孩子一般地對牠說：「你去，跟他去，他會待你好的。你去吧，他需要你，要你做伴，要你做幫手；過河需要你，過絲茅源需要你帶路，不然，他會迷路的；沒有你，他鬥不過攔路的蛇；還有，山裡的人要聽你的聲音，也……捨不得你的。聽見了？聽清了？呵，呵……」

「汪汪汪。」狗著急地喊。說不願意？還是要跟老人去？

「你去吧。去！」老人猛喊。

兒子在逗狗：「呵，呵。」

父親猛地扭轉頭，逕自往回走了。狗略一躊躇，也跟了去。在老人身邊「嗷嗷」叫著。

老人突然撿起根竹棍，朝狗屁股上抽去。「汪——汪汪。」狗負著痛，朝橋那邊跑去。

老人把竹棍丟進透明的跳躍的山溪水裡，喉嚨裡猛地堵上一塊東西。好一陣，他覺得一股熱氣直撲膝蓋。他睜開眼一看，是狗！狗在吻他的膝蓋骨。

他又俯下身，從口袋裡掏出手帕，替狗擦去眼淚。輕輕地喃喃地說：「去吧。」

於是，一枝黃色的箭朝那綠色的夢裡射去。

——收入《那山　那人　那狗》（小知堂文化）

阿城

和他的小說

阿城，原名鍾阿城（一九四九～），出生於北京。他才十二、三歲就已讀遍曹雪芹、羅貫中、施耐庵、托爾斯泰、巴爾札克、杜斯妥也夫斯基、雨果等中外文學大師的名著。中學未讀完，就遇上文化大革命，被送到山西農村插隊，此時開始習畫。後來為了到草原寫生，轉往內蒙，再到雲南建設兵團農場落戶。文革結束後，重返北京工作。一九七九年，阿城協助父親鍾惦棐撰寫《電影美學》，阿城在與父親的切磋研討、耳濡目染中，博覽群書，從馬克思《資本論》、黑格爾《美學》，到易、儒、道、釋哲學，為日後創作風格的形塑奠定良好的基礎。阿城在一九八四年第七期的《上海文學》發表處女作〈棋王〉，隨即震驚文壇，榮獲第三屆全國優秀中篇小說獎，更被譽為尋根文學的扛鼎之作。

一九八四年十二月，由《上海文學》和浙江文藝出版社發起，由李銳、韓少功、鄭萬隆、李杭育等二十餘位作家和評論家，在杭州召開的「文學與當代性」座談會，討論〈棋王〉和張承志〈北方的河〉。與會者逐漸意識到必須用某個新的「觀念」來處理、組織、表現這個新事物。翌年，「尋根」一詞開始出籠，作家和評論家紛紛展開界定和解說（孟繁華、程光煒編《中國當代文學發展史》）。

阿城認為，文化對文學來說是一個「絕大的命題」，為尋根小說設定了一個話語樣式。尋根小說更肩負著雙重任務：「重現傳統的價值信仰系統和行為系統」、「回歸東方的審美情感並打開藝術與人生的通道」（丁帆、許志英《中國新時期小說主潮》）。隨後阿城再寫下〈樹王〉和〈孩子王〉（跟〈棋王〉合稱「三王」），以及筆記體小說《遍地風流》，將讀者帶入一個寧靜、遼闊的心靈世界，讓我們重新面對生命文化的自然和自由的體驗。八〇年代後期，阿城的小說風行全亞洲及歐美華人的閱讀世界。

〈棋王〉闡述了「以柔克剛」的道家處世哲學，阿城在小說主角王一生身上重現了古老的處世智慧，以及無限生機的文化精神。棋道不僅僅是精神世界與現實世界的橋樑，它更是某種信仰價值，一生遵循的大道，尤其在禍福莫測的文革時期，道家的處世哲學（「道家的棋」），可以讓人在逆境中蓄勢待發，激發巨大的吞噬力量，一如小說裡的描述：「若對手盛，則以柔化之。可要在化的同時，造成克勢。柔不是弱，是容、是收、是含。含而化之，讓對手入你的勢。這勢你要造，需無為而無不為。無為即是道。」老子的「無為而無不為」就是最高的兵法，可以用之於政壇、戰場、棋盤，或人生。那場「以一對九」的棋局有很深的含義。就中國傳統數術的法則而言：凡一二之所不能盡者，則約之以三，以見其多；三之所不能盡者，則約之以九，以見其極多（清·汪中《述學·釋三九上》）。故「九」泛指極多數，或許在此隱含「天下／九州」之意。從這個角度來看，王一生的「王」字，應該隱含著以道家哲學「王」天下（或「王」一生）的寓意。

阿城跟這一代的知青，都經歷過文革「破四舊，立四新」的文化浩劫，他在小說中塑造出「撿爛紙的拾荒老人」來辯證傳統文化的終極價值：「什麼是舊？我這兒每天撿爛紙是不是在撿舊？可我回去把它們分門別類賣了錢，養活自己，不是新？」拾荒老人傳授給王一生的棋道，即象徵了傳統文化的承襲；至於如何在傳統的基礎上「立新」，便是這一代人必須自行思考的事了。

在〈棋王〉面世之前，中國小說界剛剛歷經傷痕文學、反思文學和改革文學的風潮，很多小說都是窮盡千鈞之力來反撲文革的傷害，或奮力張揚自身的政治理念。阿城卻以舉重若輕的筆法，營造出柔弱勝剛強的嶄新態勢，儼然就是現實世界裡的王一生，以盲棋對弈整個世界。後來有一位香港導演將阿城的〈棋王〉和張系國的長篇小說《棋王》交錯融鑄成電影《棋王》。

重要作品有：《棋王》（北京：作家，一九八五／二〇〇〇）、《棋王、樹王、孩子王》（台北：新地，一九八六／台北：大地，二〇〇七）、《威尼斯日記》（台北：麥田，一九九四）、《小城之春》（北京：作家，一九九七／台北：時報文化，二〇〇二）、《遍地風流》（北京：作家，一九九八／台北：麥田，二〇〇一），《阿城精選集》（北京：燕山，二〇〇六）。

棋王

阿城

1

車站是亂得不能再亂，成千上萬的人都在說話。誰也不去注意那條臨時掛起來的大紅布標語。這標語大約掛了不少次，字紙都折得有些壞。喇叭裡放著一首又一首的語錄歌兒，唱得大家心更慌。

我的幾個朋友，都已被我送走插隊，現在輪到我了，竟沒有人來送。我雖無父無母，孤身一人，卻算不得獨子，不在留城政策之內。父母生前頗有些汙點，運動一開始即被打翻死去。家具上都有機關的鋁牌編號，於是統統收走，倒也名正言順。我野狼似的轉悠一年多，終於還是決定要走。此去的地方按月有二十幾元工資，我便很嚮往，爭了要去，居然就批了。因爲所去之地與別國相鄰，鬥爭之中除了階級，尚有國際，出身孬一些，組織上不太放心。我爭得這個信任和權利，歡喜是不用說的，更重要的是，每月二十幾元，一個人如何用得完？只是沒人來送，就有些不耐煩，於是先鑽進車廂，想找個地方坐下，任憑站台上千萬人話別。

車廂裡靠站台一面的窗子已經擠滿各校的知青，都探出身去說笑哭泣。另一面的窗子朝南，冬日的陽光斜射進來，冷清清地照在北邊兒眾多的屁股上。兩邊兒行李架上塞滿了東西，令人擔心。我走動著找我的座位號，卻發現還有一個精瘦的學生孤坐著，手攏在袖管兒裡，隔窗望著車站南邊兒的空車皮。

我的座位恰巧與他在一個格兒裡，是斜對面兒，於是就坐下了，也把手攏在袖裡。那個學生瞄了我一下，眼裡突然放出光來，問：「下棋嗎？」倒嚇了我一跳，急忙擺手說：「不會！」他不相信地看著我說：「這麼細長的手指頭，就是個捏棋子兒的，你肯定會。來一盤吧，我帶著傢伙呢。」說著就抬身從窗鉤上取下書包，往裡掏著。我說：「我只會馬走日，象走田。你沒人送嗎？」他已把棋盒拿出來，放在茶几上。塑料棋盤卻擱不下，他想了想，就橫擺了，說：「不礙事，一樣下。來來來，你先走。要不，讓你車、馬、炮？」我笑起來，說：「你沒人送嗎？這麼亂，下什麼棋？」他一邊碼好最後一個棋子，一邊說：「我他媽要誰送？去的是有飯吃的地方，鬧得這麼哭哭啼啼的。來，你先走。」我奇怪了，可還是拈起炮，往當頭上一移。我的棋還沒移到，他的馬卻「啪」地一聲跳好，比我還快。我就故意將炮移過當頭的地方停下。他很快地看了一眼我的下巴，說：「你還說不會？這炮二平六的開局，我在鄭州遇見一個葛人，就是這麼走，險些輸給他。炮二平五當頭跑，是老開局，可有氣勢，而且是最穩的。嗯？你走。」我倒不知怎麼走了，手在棋盤上游移著。他不動聲色地看著整個棋盤，又把手袖起來。

就在這時，車廂亂了起來。好多人擁進來，隔著玻璃往外招手。我就站起身，也隔著玻璃往北看月台上。站上的人都擁到車廂前，都在叫，亂成一片。車身忽地一動，人群「嗡」地一下，哭聲四起。我的背被誰捅了一下，回頭一看，他一手護著棋盤，說：「沒你這麼下棋的，走哇！」我實在沒心思下棋，而且心裡有些酸。就硬硬地說：「我不下了。這是什麼時候！」他很驚愕地看著我，忽然像明白了，身子軟下去，不再說話。

車開了一會兒，車廂開始平靜下來。有水送過來，大家就掏出缸子要水。我旁邊的人打了水，說：「誰的棋？收了放缸子。」他很可憐的樣子，問：「下棋嗎？」要放缸子的人說：「反正沒意思，來一盤吧。」他就很高興，連忙碼好棋子。對手說：「這橫著算怎麼回事兒？沒法兒看。」他搓著手說：「湊合了。平常看棋的時候，棋盤不等於是橫著的？你先走。」對手很老練地拿起棋子兒，嘴裡叫著：「當頭炮。」他跟著跳上馬。對手馬上把他的卒吃了，他也立刻用馬吃了對方的炮。我看這種簡單的開局沒有大意思，又實在對象棋不感興趣，就轉了頭。

這時一個同學走過來，像在找什麼人，一眼望到我，就說：「來來來，四缺一，就差你了。」我知道他們是在打牌，就搖搖頭。同學走到我們這一格，正待伸手拉我，忽然大叫：「棋呆子，你怎麼在這兒？你妹妹剛才把你找苦了，我說沒見啊。沒想到你在我們學校這節車廂裡，氣兒都不吭一聲兒。你瞧你瞧，又下上了。」

棋呆子紅了臉，沒好氣兒地說：「你管天管地，還管我下棋？走，該你走了。」就又催促我身邊的對手。我這時聽出點音兒來，就問同學：「他就是王一生？」同學睜了眼，說：「你不認識他？唉呀，你白活了。你不知道棋呆子？」我說：「我知道棋呆子就是王一生，可不知道王一生就是他。」說著，就仔細看著這個精瘦的學生。王一生勉強笑一笑，只看著棋盤。

王一生簡直大名鼎鼎。我們學校與旁邊幾個中學常常有學生之間的象棋廝殺，後來拼出幾個高手。幾個高手之間常擺擂台，漸漸地，幾乎每次冠軍就都是王一生了。我因為不喜歡象棋，也就不去關心什麼象棋冠軍，但王一生的大名，卻常被班上幾個棋簍子供在嘴上，我也就對其事跡略聞一二，知道王一生外號棋呆子，棋下得很神不用說，而且在他們學校那一年級裡數理成績總是前數名。我想棋下得好而有個數學腦子，這很合情理，可我又不信人們說的那些王一生的呆事，覺得不過是大家「尋逸聞鄙事，以快言論」罷了。後來運動起來，忽然有一天大家傳說棋呆子在串連時犯了事兒，被人押回學校了。我對棋呆子能出去串連表示懷疑，因為以前大家對他的描述說明他不可能解決串連時的吃喝問題。可大家說呆子確實去串連了，因為老下棋，被人瞄中，就同他各處走，常常送他一點兒錢，他也不問，只是收下。後來才知道，每到一處，呆子必要擠地頭看下棋。看上一盤，必要把輸家擠開，與贏家殺一盤。初時大家看他其貌不揚，不與他下。他執意要殺，於是就殺。幾步下來，對方出了小汗，嘴卻不軟。呆子也不說話，只是出手極快，像是連想都不想。待到對方終於閉了嘴，連一圈兒觀棋的人也要慢慢思索棋路而不再支招兒的時候，與呆子同行的人就開始摸包兒。大家正看得緊張，哪裡想到錢包已經易主？待三盤下來，眾人都摸頭。這時呆子倒成了棋主，連問可有誰還要殺？有哪位不服，就坐下來殺，最後仍是無一盤得利。後來常常是眾人齊做一方，七嘴八舌與呆子對手。呆子也不忙，反倒促眾人快走，因為師傅多了，常為一步棋如何走自家爭吵起來。就這樣，在一處呆子可以連殺上一天。後來有那觀棋的人發覺錢包丟了，鬧嚷起來。

慢慢有幾個有心計的人暗中觀察，看見有人掏包，也不響，之後見那人晚上來邀呆子走。就發一聲喊，將扒手與呆子一齊綁了，由造反隊審。呆子糊糊塗塗，只說別人常給他錢，大約是可憐他，也不知錢如何來，自己只是喜歡下棋。審主看他呆相，就命人押了回來，一時各校傳爲軼事。後來聽說呆子認爲外省馬路棋手高手不多，不能長進，就託人找城裡名手近戰。有個同學就帶他去見自己的父親，據說是國內名手。名手見了呆子，也不多說，只擺一副據說是宋時留下的殘局，要呆子走。呆子看了半晌，一五一十道來，替古人贏了。名手很驚奇，要收呆子爲徒。不料呆子卻問：「這殘局你可走通了？」名手沒反應過來，就說：「還未通。」呆子說：「那我爲什麼要做你的徒弟？」名手只好請呆子開路，事後對自己的兒子說：「你這個同學倨傲不遜，棋品連著人品，照這樣下去，棋品必劣。」又舉了一些最新指示，說若能好好學習，棋鋒必健。後來呆子認識一個撿爛紙的老頭兒，被老頭兒連殺三天而僅贏一盤。呆子就執意要替老頭兒去撕大字報紙，不要老頭兒勞動。不料有一天撕了某造反團剛貼的「檄文」，被人拿獲，又被這造反團栽誣於對立派，說對方「施陰謀，弄詭計」，必討之，而且是可忍，孰不可忍！對立派又陰使人偷出呆子，用了呆子的名義，對先前的造反團反戈一擊。一時呆子的大名「王一生」貼得滿街都是，許多外省來取經的革命戰士許久才明白王一生原來是個棋呆子，就有人請了去外省會一些江湖名手。交手之後，各有勝負，不過呆子的棋據說是愈下愈精了。只可惜全國忙於革命，否則呆子不知會有什麼造就。

這時我旁邊的人也明白對手是王一生，連說不下了。王一生便很沮喪。我說：「你妹妹來送你，你也不知道和家裡人說說話兒，倒拉著我下棋！」王一生看著我說：「你哪兒知道我們這些人是怎麼回事兒？你們這些人好日子過慣了，世上不明白的事兒多著呢！你家父母大約是捨不得你走了？」我怔了怔，看著手說：「哪兒來父母，都死㞗了。」我的同學就添油加醋地敘了我一番，我有些不耐煩，說：「我家死人，你倒有了故事了。」王一生想了想，對我說：「那你這兩年靠什麼活著？」我說：「混一天算一天。」王一生就看定了我問：「怎麼混？」我不答。呆了一會兒，王一生嘆一聲，說：「混可不易。一天不吃飯，棋路都亂。不管怎麼說，你父母在時，你家日子還好過。」我不服氣，說：「你父母在，當然要說風涼話。」我的同學見話不投機，就岔開說：「呆子，這裡沒有你的對手，走，和我們打牌去吧。」呆子笑一笑，說：「牌算什麼，瞌睡著也能贏你們。」我旁邊兒的人說：「據說你下棋可以不吃飯？」我說：「人一迷上什麼，吃飯倒是不重要的事。大約能幹出什麼事兒的人，總免不了有這種傻事。」王一生想一想，又搖搖頭，說：「我可不是這樣。」說完就去看窗外。

一路下去，慢慢我發覺我和王一生之間，既開始有互相的信任和基於經驗的同情，又有各自的疑問。他總是問我與他認識之前是怎麼生活的，尤其是父母死後的兩年是怎麼混的。我大略地告訴了他，可他又特別在一些細節上詳細地打聽，主要是關於吃。例如講到有一次我一天沒有吃到東西，他就問：「一點兒也沒吃到嗎？」我說：「一點兒也沒有。」他又問：「那你後來吃到東西是在什麼時候？」我說：「後來碰到一個同學。他要用書包裝很多東西，就把書包翻倒過來騰乾淨，裡面有一個乾饅頭，掉在桌上就碎了。我一邊兒和他說話，一邊兒就把這些碎饅頭吃下去。不過，說老實話，乾燒餅比乾饅頭解飽得多，而且頂時候兒。」他同意我關於乾燒餅的見解，可馬上又問：「我是說，你吃到這個乾饅頭的時候是幾點？過了當天夜裡十二點嗎？」我說：「噢，不。是晚上十點吧。」他又問：「那第二天你吃了什麼？」我有點兒不耐煩。講老實話，我不太願意複述這些事情，尤其是細節。我覺得這些事情總在腐蝕我，它們與我以前對生活的認識太不合轍，總好像是在嘲笑我的理想。我說：「當天晚上我睡在那個同學家。第二天早上，同學買了兩個油餅，我吃了一個。上午我隨他去跑一些事，中午他請我在街上吃。晚上嘛，我不好意思再在他那兒吃，可另一個同學來了，知道我沒什麼著落，硬拉了我去他家，當然吃得還可以。怎麼樣？還有什麼不清楚？」他笑了，說：「你才不是你剛才說的什麼『一天沒吃東西』，你十二點以前吃了一個饅頭，沒有超過二十四小時。更何況第二天你的伙食水平不低，平均下來，你兩天的熱量還是可以的。」我說：「你恐怕還是有些呆！要知道，人吃飯，不但是肚子的需要，而且是一種精神需要。不知道下一頓在什麼地方，人就特別想到吃，而且，餓得快。」他說：「你家道尚好的時候，有這種精神壓力嗎？恐怕沒有什麼精神需求吧？有，也只不過是想好上再好，那是饞。饞是你們這些人的特點。」我承認他說得有些道理，禁不住問他：「你總在說你們、你們，可你是什麼人？」他迅速看著其他地方，只是不看我，說：「我當然不同了。我主要是對吃要求得比較實在。唉，不說這些了，你眞的不喜歡下棋？『何以解憂？唯有象棋』。」我瞧著他說：「你有什麼憂？」他仍然不看我，「沒有什麼憂，沒有。『憂』這玩意兒，是他媽文人的作料兒。我們這種人，沒有什麼憂，頂多有些不痛快。何以解不痛快？唯有象棋。」

我看他對吃很感興趣，就注意他吃的時候。列車上給我們這幾節知青車廂送飯時，他若心思不在下棋上，就稍稍有些不安。聽見前面大家拿飯時鋁盒的碰撞聲，他常常閉上眼，嘴巴緊緊收著，倒好像有些噁心。拿到飯後，馬上就開始吃，吃得很快，喉結一縮一縮的，臉上綳滿了筋。常常突然停下來，很小心地將嘴邊或下巴上的飯粒兒和湯水油花兒用整個兒食指抹進嘴裡。若飯粒兒落在衣服上，就馬上一按，拈進嘴裡。若一個沒按住，飯粒兒由衣服上掉下地，他也立刻雙腳不再移動，轉了上身找。這時候他若碰上我的目光，就放慢速度。吃完以後，他把兩枝筷子吮淨，拿水把飯盒沖滿，先將上面一層油花吸淨，然後就帶著安全到達彼岸的神色小口小口地呷。有一次，他在下棋，左手輕輕地叩茶几。一粒乾縮了的飯粒兒也輕輕地小聲跳著。他一下注意到了，就迅速將那個乾飯粒兒放進嘴裡，腮上立刻顯出筋絡。我知道這種乾飯粒兒很容易嵌到槽牙裡，巴在那兒，舌頭是趕它不出的。果然，呆了一會兒，他就伸手到嘴裡去摳。終於嚼完，和著一大股口水，「咕」地一聲兒嚥下去，喉結慢慢移下來，眼睛裡有了淚花。他對吃是虔誠的，而且很精細。有時你會可憐那些飯被他吃得一個渣兒都不剩，眞有點兒慘無人道。我在火車上一直看他下棋，發現他同樣是精細的，但就有氣度得多。他常常在我們還根本看不出已是敗局時就開始重碼棋子，說：「再來一盤吧。」有的人不服輸，非要下完，總覺得被他那樣暗示死刑存些僥倖。他也奉陪，用四五步棋逼死對方，略帶嘲諷地說：「給你棋臉，非要聽『將』，有癮？」

我每看到他吃飯，就回想起傑克．倫敦的《熱愛生命》，終於在一次飯後他小口呷湯時講了這個故事。我因為有過饑餓的經驗，所以特別渲染了故事中的饑餓感覺。他不再喝湯，只是把飯盒端在嘴邊兒，一動不動地聽我講。我講完了，他呆了許久，凝視著飯盒裡的水，輕輕吸了一口，才很嚴肅地看著我說：「這個人是對的，他當然要把餅乾藏在褥子底下。照你講，他是對失去食物發生精神上的恐懼，是精神病？不，他有道理，太有道理了。寫書的人怎麼可以這麼理解這個人呢？傑……傑什麼？嗯，傑克·倫敦，這個小子他媽眞是飽漢子不知餓漢子饑。」我馬上指出傑克·倫敦是一個如何如何的人。他說：「是呀，不管怎麼樣，像你說的，傑克·倫敦後來出了名，肯定不愁吃的，他當然會叼著根菸，寫些嘲笑饑餓的故事。」我說：「傑克·倫敦絲毫也沒有嘲笑饑餓，他是……」他不耐煩地打斷我說：「怎麼不是嘲笑？把一個特別清楚饑餓是怎麼回事兒的人寫成發了神經，我不喜歡。」我只好苦笑，不再說什麼。可是一沒人和他下棋了，他就又問我：「嗯？再講個吃的故事？其實傑克·倫敦那個故事挺好。」我有些不高興地說：「那根本不是個吃的故事，那是一個講生命的故事。你不愧爲棋呆子。」大約是我臉上有種表情，他於是不知怎麼辦才好。我心裡有一種東西升上來，我還是喜歡他的，就說：「好吧，巴爾札克的《邦斯舅舅》聽過嗎？」他搖搖頭。我就又好好兒描述了一下邦斯這個老饕。不料他聽完，馬上就說：「這個故事不好，這是一個饞的故事，不是吃的故事。邦斯這個老頭兒若只是吃而不饞，不會死。我不喜歡這個故事。」他馬上意識到這最後一句話，就急忙說：「倒也不是不喜歡。不過洋人總和咱們不一樣，隔著一層。我給你講個故事吧。」我馬上感了興趣：棋呆子居然也有故事！他把身體靠得舒服一些，說：「從前哪，」笑了笑，又說：「老是他媽從前，可這個故事是我們院兒的五奶講的。嗯——老輩子的時候，有這麼一家子，吃喝不愁。糧食一囤一囤的，頓頓想吃多少吃多少，嘿，可美氣了。後來呢，娶了個兒媳婦。那眞能幹，就沒說把飯做糊過，不乾不稀，特解飽。可這媳婦，每做一頓飯，必抓出一把米藏好……」聽到這兒，我忍不住插嘴：「老掉牙的故事了，還不是後來遇了荒年，大家沒飯吃，媳婦把每日攢下的米拿出來，不但自家有了，還分給窮人？」他很驚奇地坐直了，看著我說：「你知道這個故事？可那米沒有分給別人，五奶沒有說分給別人。」我笑了，說：「這是教育小孩兒要節約的故事，你還拿來有滋有味兒地講，你眞是呆子。這不是一個吃的故事。」他搖搖頭，說：「這太是吃的故事了。首先得有飯，才能吃，這家子有一囤一囤的糧食。可光窮吃不行，得記著斷頓兒的時候，每頓都要欠一點兒。老話兒說『半饑半飽日子長』嘛。」我想笑但沒笑出來，似乎明白了一些什麼。爲了打消這種異樣的感觸，就說：「呆子，我跟你下棋吧。」他一下高興起來，緊一緊手臉，啪啪啪就把棋碼好，說：「對，說什麼吃的故事，還是下棋。下棋最好，何以解不痛快？唯有下象棋。啊？哈哈哈！你先走。」我又是當頭炮，他隨後把馬跳好。我隨便動了一個子兒，他很快地把兵移前一格兒。我並不眞心下棋，心想他念到中學，大約是讀過不少書的，就問：「你讀過曹操的〈短歌行〉？」他說：「什麼〈短歌行〉？」我說：「那你怎麼知道『何以解憂，唯有杜康』？」他愣了，問：「杜康是什麼？」我說：「杜康是一個造酒的人，後來也就代表酒，你把杜康換成象棋，倒也風趣。」他擺了一下頭，說：「啊，不是。這句話是一個老頭兒說的，我每回和他下棋，他總說這句。」我想起了傳聞中的撿爛紙的老頭兒，就問：「是撿爛紙的老頭兒嗎？」他看了我一眼，說：「不是。不過，撿爛紙的老頭兒棋下得好，我在他那兒學到不少東西。」我很感興趣地問：「這老頭兒是個什麼人？怎麼下得一手兒好棋還撿爛紙？」他很輕地笑了一下，說：「下棋不當飯。老頭兒要吃飯，還得撿爛紙。可不知他以前是什麼人。有一回，我抄的幾張棋譜不知怎麼找不到了，以爲當垃圾倒出去了，就到垃圾站去翻。正翻著，這個老頭兒推著筐過來了，指著我說，『你這大小夥子，怎麼搶我的買賣？』我說不是，是找丟了的東西，他問什麼東西，我沒搭理他。可他問個不停，『錢？存摺兒？結婚帖子？』我只好說是棋譜，正說著，就找著了。他說叫他看看。他在路燈底下挺快就看完了，說『這棋沒根哪』。我說這是以前市裡的象棋比賽。可他說，『哪兒的比賽也沒用，你瞧這，這叫棋路？狗腦子。』我心想怕是遇上異人了，就問他當怎麼走。老頭兒嘩嘩說了一通譜兒，我一聽，眞的不凡，就提出要跟他下一盤。老頭兒讓我先說。我們倆就在垃圾站下盲棋，我是連輸五盤。老頭兒棋路猛，聽頭幾步，沒什麼，可著子眞陰眞狠，打閃一般，網得開，收得又緊又快。後來我們見天兒在垃圾站下盲棋，每天回去我就琢磨他的棋路，以後居然跟他平過一盤，還贏過一盤。其實贏的那盤我們一共才走了十幾步。老頭兒用鉛絲扒子敲了半天地面，嘆一聲，『你贏了。』我高興了，直說要到他那兒去看看。老頭兒白了我一眼，說，『撐的?!』告訴我明天晚上再在這兒等他。第二天我去了，見他推著筐遠遠來了。到了跟前，從筐裡取出一個小布包，遞到我手上，說這也是譜兒，讓我拿回去，看瞧得懂不。又說哪天有走不動的棋，讓我到這兒說給他聽聽，興許他就走動了。我趕緊回到家裡，打開一看，還眞他媽看不懂。這是本異書，也不知是哪朝哪代的，手抄，邊邊角角兒，補了又補。上面寫的東西，不像是說象棋，好像是說另外的什麼事兒。我第二天又去找老頭兒，說我看不懂，他哈哈一笑，說他先給我說一段兒，提個醒兒。他一開說，把我嚇了一跳。原來開宗明義，是講男女的事兒。我說這是四舊。老頭兒嘆了，說什麼是舊？我這每天撿爛紙是不是在撿舊？可我回去把它們分門別類，賣了錢，養活自己，不是新？又說咱們中國道家講陰陽，這開篇是借男女講陰陽之氣。陰陽之氣相游相交，初不可太勝，太勝則折，折就是『折斷』的『折』。」我點點頭。「『太勝則折，太弱則瀉』。老頭兒說我的毛病是太勝。又說，若對手勝，則以柔化之。可要在化的同時，造成克勢。柔不是弱，是容，是收，是含。含而化之，讓對手入你的勢。這勢要你造，需無爲而無不爲。無爲即是道，也就是棋運之大不可變，你想變，就不是象棋，輸不用說了，連棋邊兒都沾不上。棋運不可悖，但每局的勢要自己造。棋運和勢既有，那可就無所不爲了。玄是眞玄，可細琢磨，是那麼個理兒。我說，這麼講是眞提氣，可這下棋，千變萬化，怎麼才能準贏呢？老頭兒說這就是造勢的學問了。造勢妙在契機。誰也不走子兒，這棋沒法兒下。可只要對方一動，勢就可入，就可導。高手你入他很難，這就要損。損他一個子兒，損自己一個子兒，先導開，或找眼釘下，止住他的入勢，鋪排下自己的入勢。這時你萬不可死損，勢式要相機而變。勢式有相因之氣，勢套勢，小勢導開，大勢含而化之，根連根，別人就奈何不得。老頭兒說我只有套，勢不太明。套可以算出百步之遠，但無勢，不成氣候。又說我腦子好，有琢磨勁兒，後來輸我的那一盤，就是大勢已破，再下，就是玩了。老頭兒說他日子不多了，無兒無女，遇見我，就傳給我吧。我說你老人家棋道這麼好，怎麼還幹這種營生呢？老頭兒嘆了一口氣，說這棋是祖上傳下來的，但有訓——『爲棋不爲生』，爲棋是養性，生會壞性，所以生不可太勝。又說他從小沒學過什麼謀生本事，現在想來，倒是訓壞了他。」我似乎聽明白了一些棋道，可很奇怪，就問：「棋道與生道難道有什麼不同麼？」王一生說：「我也是這麼說，而且魔症起來，問他天下大勢。老頭兒說，棋就是這麼幾個子兒，棋盤就這麼大，無非是道同勢不同，可這子兒你全能看在眼底。天下的事，不知道的太多。這每天的大字報，張張都新鮮，雖看出點道兒，可不能究底。子兒不全擺上，這棋就沒法兒下。」

我就又問那本棋譜。王一生很沮喪地說：「我每天帶在身上，反覆地看。後來你知道，我撕大字報被造反團捉住，書就被他們搜了去，說是四舊，給毀了，而且是當著我的面兒毀的。好在書已在我腦子裡，不怕他們。」我就又和王一生感嘆了許久。

火車終於到了。所有的知識青年都又被用卡車運到農場。在總場，各分場的人上來領我們。我找到王一生，說：「呆子，要分手了，別忘了交情，有事兒沒事兒，互相走動。」他說當然。

2

這個農場在大山林裡，活計就是砍樹，燒山，挖坑，再栽樹。不栽樹的時候，就種點兒糧食。交通不便，運輸不夠，常常就買不到煤油點燈。晚上黑燈瞎火，大家湊在一起臭聊，天南地北。又因為常割資本主義尾巴，生活就清苦得很，常常一個月每人只有五錢油，吃飯鐘一敲，大家就疾跑如飛。落在後邊，常常就只能吃清水南瓜或清水茄子。大鍋菜是先煮後擱油，油又少，只在湯上浮幾個大花兒。米倒是不缺，國家供應商品糧，每人每月四十二斤。可沒油水，挖山又不是鬆活，肚子就愈吃愈大。我倒是沒什麼，畢竟強似討吃。每月又有二十幾元工薪，家裡沒有人惦記著，又沒有找女朋友，就買了菸學抽，不料愈抽愈凶。

山上活兒緊時，常常累翻，就想：呆子不知怎麼幹？那麼精瘦的一個人。晚上大家閒聊，多是精神會餐。我又想，呆子的吃相可能更惡了。我父親在時，炒得一手好菜，母親都比不上他。星期天常邀了同事，專事品嚐，我自然精於此道。因此聊起來，常常是主角，說得大家個個兒肥脹，常常發一聲喊，將我按倒在地上，說像我這樣的人實在是禍害，不如宰了炒吃。下雨時節，大家都慌忙上山去挖筍，又到溝裡捉田雞，無奈沒有油，常常吃得胃酸。山上總要放火，野獸們都驚走了，極難打到。即使打到，野物們走慣了，沒有膘，熬不得油。尺把長的老鼠也捉來吃，因鼠是吃糧的，大家說鼠肉就是人肉，也算吃人吧。我又常想，呆子難道不饞？好上加好，固然是饞，其實餓時更饞。不饞，吃的本能不能發揮，也不得寄託。又想，呆子不知還下不下棋。我們分場與他們分場隔著近百里，來去一趟不容易，也就見不著。

轉眼到了夏季。有一天，我正在山上幹活兒，遠遠望見山下小路上有一個人。大家覺得影兒生，就議論是什麼人。有人說是小毛的男的吧。小毛是隊裡一個女知青，新近在外場找了一個朋友，可誰也沒見過。大家就議論可能是這個人來找小毛，於是滿山喊小毛，說她的漢子來了。小毛丟了鋤，趺趺撞撞跑過來，伸了脖子看。還沒等小毛看好，我卻認出來人是王一生——棋呆子。於是大叫，別人倒嚇了一跳，都問：「找你的？」我很得意。我們這個隊有四個省市的知青，與我同來的不多，自然他們不認識王一生。我這時正代理一個管三四個人的小組長，於是對大家說：「散了，不幹了。大家也別回去，幫我看看山上可有什麼吃的弄點兒。到鐘點兒再下山，拿到我那兒去燒。你們打了飯，都過來一起吃。」大家於是就鑽進亂草裡去尋了。

我跳著跑下山，王一生已經站住，一臉高興的樣子，遠遠地問：「你怎麼知道是我？」我到了他跟前說：「遠遠就看你呆頭呆腦，還眞是你。你怎麼老也不來看我？」他跟我並排走著，說：「你也老不來看我呀！」我見他背上的汗浸出衣衫，頭髮已是一綹一綹的，一臉的灰土，只有眼睛和牙齒放光，嘴上也是一層土，乾得起皺，就說：「你怎麼摸來的？」他說：「搭一段兒車，走一段兒路，出來半個月了。」我嚇了一跳，問：「不到百里，怎麼走這麼多天？」他說：「回去細說。」

說話間已經到了溝底隊裡。場上幾頭豬跑來跑去，個個兒瘦得賽狗。還不到下班時間，冷冷清清的，只有隊上伙房隱隱傳來叮叮噹噹的聲音。

到了我的宿舍，就直進去。這裡並不鎖門，都沒有多餘東西可拿，不必防誰。我放了盆，叫他等著，就提桶打熱水來給他洗。到了伙房，與炊事員講，我這個月的五錢油全數領出來，以後就領生菜，不再打熟菜。炊事員問：「來客了？」我說：「可不！」炊事員就打開鎖了的櫃子，舀一小匙油找了個碗盛給我，又拿了三隻長茄子，說：「明天還來打菜吧，從後天算起，方便。」我從鍋裡舀了熱水，提回宿舍。

王一生把衣裳脫了，只剩一條褲衩，呼嚕呼嚕地洗。洗完後，將髒衣服按在水裡泡著，然後一件一件搓，洗好刷好，擰乾晾在門口繩上。我說：「你還挺麻利的。」他說：「從小自己幹，慣了。幾件衣服，也不費事。」說著就在床上坐下，彎過手臂，去撓後背，肋骨一根根動著。我拿出菸來請他抽。他很老練地敲出一枝，舔了一頭兒，倒過來叼著。我先給他點了，自己也點上。他支起肩深吸進去，慢慢地吐出來，渾身蕩一下，笑了，說：「眞不錯。」我說：「怎麼樣？也抽上了？日子過得不錯呀。」他看看草頂，又看看在門口轉來轉去的豬，低下頭，輕輕拍著淨是綠筋的瘦腿，半晌才說：「不錯，眞的不錯。還說什麼呢？糧？錢？還要什麼呢？不錯，眞不錯。你怎麼樣？」他透過煙霧問我。我也感嘆了，說：「錢是不少，糧也多，沒錯兒，可沒油哇。大鍋菜吃得胃酸。主要是沒什麼玩兒的，沒書，沒電，沒電影兒。去哪兒也不容易，老在這個溝兒裡轉，悶得無聊。」他看看我，搖一下頭，說：「你們這些人哪！沒法兒說，想的淨是錦上添花。我挺知足，還要什麼呢？你呀，你就是叫書害了。你在車上給我講的兩個故事，我琢磨了，後來挺喜歡的。你不錯，讀了不少書。可是，歸到底，解決什麼呢？是呀，一個人拚命想活著，最後都神經了，後來好了，活下來了，可接著怎麼活呢？像邦斯那樣？有吃，有喝，好收藏個什麼，可有個饞的毛病，人家不請吃就活得不痛快。人要知足，頓頓飽就是福。」他不說了，看著自己的腳趾動來動去，又用後腳跟去擦另一隻腳的背，吐出一回煙，用手在腿上撣了撣。

我很後悔用油來表示我對生活的不滿意，還用書和電影兒這種可有可無的東西表示我對生活的不滿足，因爲這些在他看來，實在是超出基準線之上的東西，他不會爲這些煩悶。我突然覺得很洩氣，有些同意他的說法。是呀，還要什麼呢？我不是也感到挺好了嗎？不用吃了上頓惦記著下頓，床不管怎麼爛，也還是自己的，不用竄來竄去找刷夜的地方。可我常常煩悶的是什麼呢？爲什麼就那麼想看看隨便什麼一本書呢？電影兒這種東西，燈一亮就全醒過來了，圖個什麼呢？可我隱隱有一種慾望在心裡，說不清楚，但我大致覺出是關於活著的什麼東西。

我問他：「你還下棋嗎？」他就像走棋那麼快地說：「當然，還用說？」我說：「是呀，你覺得一切都好，幹嘛還要下棋呢？下棋不多餘嗎？」他把菸捲兒停在半空，摸了一下臉，說：「我迷象棋。一下棋，就什麼都忘了。待在棋裡舒服。就是沒有棋盤、棋子兒，我在心裡就能下，礙誰的事兒啦？」我說：「假如有一天不讓你下棋，也不許你想走棋的事兒，你覺得怎麼樣？」他挺奇怪地看著我說：「不可能，那怎麼可能？我能在心裡下呀！還能把我腦子挖了？你淨說些不可能的事兒。」我嘆了一口氣，說：「下棋這事兒看來是不錯。看了一本兒書，你不能老在腦子裡過篇兒，老想看看新的。可棋不一樣了，自己能變著花樣兒玩。」他笑著對我說：「怎麼樣，學棋吧？咱們現在吃喝不愁了，頂多是照你說的，不夠好，又活不出個大意思來。書你哪兒找去？下棋吧，有憂下棋解。」我想了想，說：「我實在對棋不感興趣。我們隊倒有個人，據說下得不錯。」他把菸屁股使勁兒扔出門外，眼睛又放出光來：「眞的？有下棋的？嘿，我眞還來對了。他在哪兒？」我說：「還沒下班呢。看你急的，你還是來看我的嗎？」他雙手抱著脖子仰在我的被子上，看著自己鬆鬆的肚皮，說：「我這半年，就找不到下棋的。後來想，天下異人多得很，這野林子裡我就不信找不到個下棋下得好的。現在我請了事假，一路找人下棋，就找到你這兒來了。」我說：「你不掙錢了？怎麼活著呢？」他說：「你不知道，我妹妹在城裡分了工礦，掙錢啦，我也就不用給家寄那麼多錢了。我就想，趁這工夫兒，會會棋手。怎麼樣？你一會兒把你說的那人找來下一盤？」我說當然，心裡一動，就又問他：「你家裡到底是怎麼個情況呢？」他嘆了一口氣，望著屋頂，很久才說：「窮。困難啊！我們家三口兒人，母親死了，只有父親、妹妹和我。我父親嘛，掙得少，按平均生活費的說法兒，我們一人才不到十塊。我母親死後，父親就喝酒，而且愈喝愈多，手裡有倆錢兒就喝，就罵人。鄰居勸，他不是不聽，就是一把鼻涕一把淚，弄得人家也挺難過。我有一回跟我父親說，『你不喝就不行？有什麼好處呢？』他說：『你不知道酒是什麼玩意兒，它是老爺們兒的覺啊！咱們這日子挺不易，你媽去了，你們又小。我煩哪，我沒文化，這把年紀，一輩子這點子錢算是到頭兒了。你媽死的時候，囑咐了，怎麼著也要供你念完初中再掙錢。你們讓我喝口酒，啊？對老人有什麼過不去的，下輩子算吧。』」他看了看我，又說：「不瞞你說，我母親解放前是窯子裡的。後來大概是有人看上了，做了人家的小，也算從良。有菸嗎？」我扔過一根菸給他，他點上了，把菸頭兒吹得紅紅的，兩眼不錯眼珠兒地盯著，許久才說：「後來，我媽又跟人跑了，據說買她的那家欺負她，當老媽子不說，還打。後來跟的這個是什麼人，我不知道，我只知道我是我媽跟這個人生的。剛一解放，我媽跟的那個人就不見了。當時我媽懷著我，吃穿無著，就跟了我現在這個父親。我這個後爹是賣力氣的，可臨到解放的時候兒，身子骨兒不行了，又沒文化，錢就掙得少。和我媽過了以後，原指著相幫著好一點兒，可沒想到添了我妹妹後，我媽一天不如一天。那時候我才上小學，我腦筋好，老師都喜歡我。可學校春遊、看電影我都不去，給家裡省一點兒是一點兒。我媽怕委屈了我，拖累著個身子，到處找活。有一回，我和我母親給印刷廠疊書頁子，是一本講象棋的書。疊好了，我媽還沒送去，我就一篇一篇對著看。不承想，就看出點兒意思來。於是有空兒就到街上看人家下棋。看了有些日子，就手癢癢，沒敢跟家裡要錢，自己用硬紙剪了一副棋，拿到學校去下。下著下著就熟了。於是又到街上和別人下。原先我看人家下得挺好，可我這一跟他們眞下，還就贏了。一傢伙就下了一晚上，飯也沒吃。我媽找了來，把我打回去。唉，我媽身子弱，都打不疼我。到了家，她竟給我跪下了，說『小祖宗，我就指望你了！你若不好好兒念書，媽就死在這兒』。我一聽這話嚇壞了，忙說，『媽，我沒不好好兒念書。您起來，我不下棋了。』我把我媽扶起來坐著。那天晚上，我跟我媽疊頁子，疊著疊著，就走了神兒，想著一路棋。我媽嘆一口氣說，『你也是，看不上電影兒，也不去公園，就玩兒這麼個棋。唉，下吧。可媽的話你得記著，不許玩兒瘋了。功課要是拉下了，我不饒你。我和你爹都不識字兒，可我們會問老師。老師若說你功課跟不上，你再說什麼也不行。』我答應了。我怎麼會把功課拉下呢？學校的算術，我跟玩兒似的。這以後，我放了學，先做功課，完了就下棋，吃完飯，就幫我媽幹活兒，一直到睡覺。因爲疊頁子不用動腦筋，所以就在腦子裡走棋，有的時候，魔症了，會突然一拍書頁、喊棋步，把家裡人都嚇一跳。」我說：「怨不得你棋下得這麼好，小時候棋就都在你腦子裡呢！」他苦笑笑說：「是呀，後來老師就讓我去少年宮象棋組，說好好兒學，將來能拿大冠軍呢！可我媽說，『咱們不去什麼象棋組，要學，就學有用的本事。下棋下得好，還當飯吃了？有那點兒功夫，在學校多學點兒東西比什麼不好？你跟你們老師說，不去象棋組，要是你們老師還有沒教你的本事，你就跟老師說，你教了我，將來有大用呢。啊？專學下棋？這以前都是有錢人幹的！媽以前見過這種人，那都是身分，他們不指著下棋吃飯。媽以前待過的地方，也有女的會下棋，可要的錢也多。唉，你不知道，你不懂。下下玩兒可以，別專學，啊？』我跟老師說了，老師想了想，沒說什麼。後來老師買了一副棋送我，我拿給媽看，媽說，『唉，這是善心人哪！可你記住，先說吃，再說下棋。等你掙了錢，養活家了，愛怎麼下就怎麼下，隨你。』」我感嘆了，說：「這下兒好了，你掙錢了，你就能撒著歡兒地下了，你媽也就放心了。」王一生把腳搬上床，盤了坐，兩隻手互相捏著腕子，看著地下說：「我媽看不見我掙錢了。家裡供我念到初一，我媽就死了。死之前，特別跟我說，『這一條街都說你棋下得好，媽信。可媽在棋上疼不了你。你在棋上怎麼出息，到底不是飯碗。媽不能看你念完初中，跟你爹說了，怎麼著困難，也要念完。高中，媽打聽了，那是爲上大學。咱們家用不著上大學，你爹也不行了，你妹妹還小，等你初中念完了就掙錢，家裡就靠你了。媽要走了，一輩子也沒給你留下什麼，只撿人家的牙刷把，給你磨了一副棋。』說著，就叫我從枕頭底下拿出一個小布包來，打開一看，都是一小點兒大的子兒，磨得是光了又光，賽象牙，可上頭沒字兒。媽說，『我不識字，怕刻不對。你拿了去，自己刻吧，也算媽疼你好下棋。』我們家多困難，我沒哭過，哭管什麼呢？可看著這副沒字兒的棋，我綳不住了。」

我鼻子有些酸，就低了眼，嘆道：「唉，當母親的。」王一生不再說話，只是抽菸。

山上的人下來了，打到兩條蛇。大家見了王一生，都很客氣，問是幾分場的，那邊兒伙食怎麼樣。王一生答了，就過去摸一摸晾著的衣褲，還沒有乾。我讓他先穿我的，他說吃飯要出汗，先光著吧。大家見他很隨和，也就隨便聊起來。我自然將王一生的棋道吹了一番，以示來者不凡。大家就都說讓隊裡的高手「腳卵」來與王一生下。一個人跑去喊，不一刻，腳卵來了。腳卵是南方大城市的知識青年，個子非常高，又非常瘦。動作起來頗有些文氣，衣服總要穿得整整齊齊，有時候走在山間小路上，看到這樣一個高個兒纖塵不染，衣冠楚楚，眞令人生疑。腳卵彎腰進來，很遠就伸出手來要握，王一生糊塗了一下，馬上明白了，也伸出手去，臉卻紅了。握過手，腳卵把雙手捏在一起端在肚子前面，說：「我叫倪斌，人兒倪，文武斌。因爲腿長，大家叫我腳卵。卵是很粗俗的話，請不要介意，這裡的人文化水平是很低的。貴姓？」王一生比倪斌矮下去兩個頭，就仰著頭說：「我姓王，叫王一生。」倪斌說：「王一生？滿好，滿好，名字滿好的。一生是哪兩個字？」王一生一直仰著脖子，說：「一二三的一，生活的生。」倪斌說：「滿好，滿好。」就把長臂曲著往外一擺，說：「請坐。聽說你鑽研象棋？滿好，滿好，象棋是很高級的文化。我父親是下得很好的，有些名氣，喏，他們都知道的。我會走一點點，很愛好，不過在這裡沒有對手。你請坐。」王一生坐回床上，很尷尬地笑著，不知說什麼好。倪斌並不坐下，只把手虛放在胸前，微微向前側了一下身子，說：「對不起，我剛剛下班，還沒有梳洗，你候一下好了，我馬上就來。噢，問一下，家父也是棋道裡的人麼？」王一生很快地搖頭，剛要說什麼，但只是喘了一口氣。倪斌說：「滿好。滿好。好，一會兒我再來。」我說：「腳卵，洗了澡，來吃蛇肉。」倪斌一邊退出去，一邊說：「不必了，不必了。好的，好的。」大家笑起來，向外嚷：「你到底來是不來？什麼『不必了，好的』！」倪斌在門外說：「蛇肉當然是要吃的，一會兒下棋是要動腦筋的。」

大家笑著腳卵，關了門，三四個人精著屁股，上上下下地洗，互相開著身體的玩笑。王一生不知在想什麼，坐在床裡邊，讓開擦身的人。我一邊將蛇頭撕下來，一邊對王一生說：「別理腳卵，他就是這麼神神道道的一個人。」有一個人對我說：「你的這個朋友要眞是有兩下子，今天有一場好殺。腳卵的父親在我們市裡，眞是很有名氣哩。」另外的人說：「爹是爹，兒是兒，棋還遺傳了？」王一生說：「家傳的棋，有厲害的。幾代沉下的棋路，不可小看。一會兒下起來看吧。」說著就緊一緊手臉。我把蛇掛起來，將皮剝下，不洗，放在案板上，用竹刀把肉劃開，並不切斷，盤在一個大碗內，放進一個大鍋裡，鍋底蓄上水，叫：「洗完了沒有？我可開門了！」大家慌忙穿上短褲。我到外邊地上擺三塊土坯，中間架起柴引著，就將鍋放在土坯上，把豬吆喝遠了，說：「誰來看著？別叫豬拱了。開鍋後十分鐘端下來。」就進屋收拾茄子。

有人把臉盆洗乾淨，到伙房打了四五斤飯和一小盆清水茄子，捎回來一棵蔥和兩瓣野蒜、一小塊薑，我說還缺鹽，就又有人跑去拿來一塊，搗碎在紙上放著。

腳卵遠遠地來了，手裡抓著一個黑木盒子。我問：「腳卵，可有醬油膏？」腳卵遲疑了一下，又返身回去。我又大叫：「有醋精拿點兒來！」

蛇肉到了時間，端進屋裡，掀開鍋，一大團蒸氣冒出來，大家並不縮頭，慢慢看清了，都叫一聲好。兩大條蛇肉亮晶晶地盤在碗裡，粉粉的冒鮮氣。我颼地一下將碗端出來，吹吹手指，說：「開始準備胃液吧！」王一生也擠過來看，問：「整著怎麼吃？」我說：「蛇肉碰不得鐵，碰鐵就腥，所以不切，用筷子撕著蘸料吃。」我又將切好的茄塊兒放進鍋裡蒸。

腳卵來了，用紙包了一小塊兒醬油膏，又用一張小紙包了幾顆白色的小粒兒，我問是什麼，腳卵說：「這是草酸，去汗用的，不過可以代替醋。我沒有醋精，醬油膏也沒有了，就這一點點。」我說：「湊合了。」腳卵把盒子放在床上，打開，原來是一副棋，烏木做的棋子，暗暗地發亮。字用刀刻出來，筆畫很細，卻是篆字，用金絲銀絲嵌了，古色古香。棋盤是一幅絹，中間亦是篆字：楚河漢界。大家湊過去看，腳卵就很得意，說：「這是古董，明朝的，很值錢。我來的時候，我父親給我的。以前和你們下棋，用不著這麼好的棋。今天王一生來嘛，我們好好下。」王一生大約從來沒有見過這麼精彩的棋具，很小心地摸，又緊一緊手臉。

我將醬油膏和草酸沖好水，把蔥末、薑末和蒜末投進去，叫聲：「吃起來！」大家就乒乒乓乓地盛飯，伸筷撕那蛇肉蘸料，剛入嘴嚼，紛紛嚷鮮。

我問王一生是不是有些像蟹肉，王一生一邊兒嚼著，一邊兒說：「我沒吃過螃蟹，不知道。」腳卵伸過頭去問：「你沒吃過螃蟹？怎麼會呢？」王一生也不答話，只顧吃。腳卵就放下碗筷，說：「年年中秋節，我父親就約一些名人到家裡來，吃螃蟹，下棋，品酒，作詩。都是些很高雅的人，詩作得很好的，還要互相寫在扇子上。這些扇子過多少年也是很值錢的。」大家並不理會他，只顧吃。腳卵眼見蛇肉漸少，也急忙捏起筷子夾，不再說什麼。

不一刻，蛇肉吃完，只剩兩副蛇骨在碗裡。我又把蒸熟的茄塊兒端上來，放少許蒜和鹽拌了。再將鍋裡熱水倒掉，續上新水，把蛇骨放進去熬湯。大家喘一口氣，接著伸筷，不一刻，茄子也吃淨。我便把湯端上來，蛇骨已經煮散，在鍋底刷拉刷拉地響。這裡屋外常有一二處小叢的野茴香，我就拔來幾棵，揪在湯裡，立刻屋裡異香撲鼻。大家這時飯已吃淨，紛紛舀了湯在碗裡，熱熱的小口呷，不似剛才緊張，話也多起來了。

腳卵抹一抹頭髮，說：「滿好，滿好的。」就拿出一隻菸，先讓了王一生，又自己叼了一枝，菸包正待放回衣袋裡，想了想，便放在小飯桌上，擺一擺手說：「今天吃的，都是山珍，海味是吃不到了。我家裡常吃海味的，非常講究。據我父親講，我爺爺在時，專僱一個老太婆，整天就是從燕窩裡撥髒東西。燕窩這種東西，是海鳥叼來小魚小蝦，用口水黏起來的，所以裡面各種髒東西多得很，要很細心地一點一點清理，一天也就能搞清一個，再用小火慢慢地蒸。每天吃一點，對身體非常好。」王一生聽呆了，問：「一個人每天就專門是管做燕窩的？好傢伙！自己買來魚蝦，熬在一起，不等於燕窩嗎？」腳卵微微一笑，說：「要不怎麼燕窩貴呢？第一，這燕窩長在海中峭壁上，要捨命去挖。第二，這海鳥的口水是很珍貴的東西，是溫補的。因此，捨命，費工時，又是補品；能吃燕窩，也是說明家裡有錢和有身分。」大家就說這燕窩一定非常好吃。腳卵又微微一笑，說：「我吃過的，很腥。」大家就感嘆了，說費這麼多錢，吃一口腥，太划不來。

天黑下來，早升在半空的月亮漸漸亮了。我點起油燈，立刻四壁都是人影子。腳卵就說：「王一生，我們下一盤？」王一生大概還沒有從燕窩裡醒過來，聽見腳卵問，只微微點一點頭。腳卵出去了。王一生奇怪了，問：「嗯？」大家笑而不答。一會兒，腳卵又來了，穿得筆挺，身後隨來許多人，進屋都看看王一生。腳卵慢慢擺好棋，問：「你先走？」王一生說：「你吧。」大家就上上下下圍了看。

走出十多步，王一生有些不安，但也只是暗暗捻一下手指。走過三十幾步，王一生很快地說：「重擺吧。」大家奇怪，看看王一生，又看看腳卵，不知是誰贏了。腳卵微微一笑，說：「一贏不算勝。」就伸手抽一根菸點上。王一生沒有表情，默默地把棋重新碼好。兩人又走。又走到十多步，腳卵半天不動，直到把一根菸吸完，又走了幾步，腳卵慢慢地說：「再來一盤。」大家又奇怪是誰贏了，紛紛問。王一生很快地將棋碼成一個方堆，看著腳卵問：「走盲棋？」腳卵沉吟了一下，點點頭。兩人就口述棋步。好幾個人摸摸頭，摸摸脖子，說下得好沒意思，不知誰是贏家。就有幾個人離開走出去，把油燈帶得一明一暗。

我覺出有點兒冷，就問王一生：「你不穿點兒衣裳？」王一生沒有理我。我感到沒有意思，就坐在床裡，看大家也是一會兒看看腳卵，一會兒看看王一生，像是瞧從來沒見過的兩個怪物。油燈下，王一生抱了雙膝，鎖骨後陷下兩個深窩，盯著油燈，時不時拍一下身上的蚊蟲。腳卵兩條長腿抵在胸口，一隻大手將整個兒臉遮了，另一隻大手飛快地將指頭捏來弄去。說了許久，腳卵放下手，很快地笑一笑，說：「我亂了，記不得。」就又擺了棋再下。不久，腳卵抬起頭，看著王一生說：「天下是你的。」抽出一枝菸給王一生，又說：「你的棋是跟誰學的？」王一生也看著腳卵，說：「跟天下人。」腳卵說：「滿好，滿好，你的棋滿好。」大家看出是誰贏了，都高興鬆動起來，盯著王一生看。

腳卵把手搓來搓去，說：「我們這裡沒有會下棋的人，我的棋路生了。今天碰到你，滿高興的，我們做個朋友。」王一生說：「將來有機會，一定見見你父親。」腳卵很高興，說：「那好，好極了。有機會一定去見見他。我不過是玩玩棋。」停了一會兒，又說：「你參加地區的比賽，沒有問題。」王一生問：「什麼比賽？」腳卵說：「咱們地區，要組織一個運動會，其中有棋類。地區管文教的書記我認得，他早年在我們市裡，與我父親認識。我到農場來，我父親給他帶過信，請他照顧。我找過他，他說我不如打籃球。我怎麼會打籃球呢？那是很野蠻的運動，要傷身體的。這次運動會，他來信告訴我，讓我爭取參加農場的棋類隊到地區比賽，贏了，調動自然好說。你棋下到這個地步，參加農場隊，不成問題。你回你們場，去報名就可以了。將來總場選拔，肯定會有你。」王一生很高興，起來把衣裳穿上，顯得更瘦。大家又聊了很久。

將近午夜，大家都散去，只剩下宿舍裡同住的四個人與王一生、腳卵。腳卵站起來，說：「我去拿些東西來吃。」大家都很興奮，等著他。一會兒，腳卵彎腰進來，把東西放在床上，擺出六顆巧克力，半袋麥乳精，紙包的一斤精白掛麵。巧克力大家都一口嚥了，來回舔著嘴唇。麥乳精沖得稀稀的六碗，喝得滿屋喉嚨響。王一生笑嘻嘻地說：「世界上還有這種東西？苦甜苦甜的。」我又把火升起來，開了鍋，把麵下了，說：「可惜沒有調料。」腳卵說：「我還有醬油膏。」我說：「你不是只有一小塊兒了嗎？」腳卵不好意思地說：「咳，今天不容易，王一生來了，我再貢獻一些。」就又拿了來。

大家吃了，紛紛點起菸，打著哈欠，說沒想到腳卵還有如許存貨，藏得倒嚴實。腳卵急忙申辯這是剩下的全部了。大家吵著要去翻，王一生說：「不要鬧，人家的是人家的，從來農場存到現在，說明人家會過日子。倪斌，你說，這比賽什麼時候開始呢？」腳卵說：「起碼還有半年。」王一生不再說話。我說：「好了，休息吧。王一生，你和我睡在我的床上。腳卵，明天再聊。」大家就起身收拾床鋪，放蚊帳。我和王一生送腳卵到門口，看他高高的個子在青白的月光下遠遠去了。王一生嘆一口氣，說：「倪斌是個好人。」

王一生又待了一天，第三天早上，執意要走。腳卵穿了破衣服，肩著鋤來送。兩人握了手，倪斌說：「後會有期。」大家遠遠在山坡上招手。我送王一生出了山溝，王一生攔住，說：「回去吧。」我囑咐他，到了別的分場，有什麼困難，託人來告訴我，若回來路過，再來玩兒。王一生整了整書包帶兒，就急急地順公路走了，腳下揚起細土，衣裳晃來晃去，褲管兒前後蕩著，像是沒有屁股。

3

這以後，大家沒事兒，常提起王一生，津津有味兒地回憶王一生光膀子大戰腳卵。我說了王一生如何如何不容易，腳卵說：「我父親說過的，『寒門出高士』。據我父親講，我們祖上是元朝的倪雲林。倪祖很愛乾淨，開始的時候，家裡有錢，當然是講究的。後來兵荒馬亂，家道敗了，倪祖就賣了家產，到處走，常在荒村野店投宿，很遇到一些高士。後來與一個會下棋的村野之人相識，學得一手好棋。現在大家只曉得倪雲林是元四家裡的一個，詩書畫絕佳，卻不曉道倪雲林還會下棋。倪祖後來信佛參禪，將棋煉進禪宗，自成一路。這棋只我們這一宗傳下來。王一生贏了我，不曉得他是什麼路，總歸是高手了。」大家都不知道倪雲林是什麼人，只聽腳卵神吹，將信將疑，可也認定腳卵的棋有些來路，王一生既贏了腳卵，當然更了不起。這裡的知青在城裡都是平民出身，多是寒苦的，自然更看重王一生。

將近半年，王一生不再露面。只是這裡那裡傳來消息，說有個叫王一生的，外號棋呆子，在某處與某某下棋，贏了某某。大家也很高興，即使有輸的消息，都一致否認，說王一生怎麼會輸呢？我給王一生所在的分場隊裡寫了信，也不見回音，大家就催我去一趟。我因為這樣那樣的事，加上農場知青常常鬥毆，又輸進火藥槍互相射擊，路途險惡，終於沒有去。

一天腳卵在山上對我說，他已經報名參加棋類比賽了，過兩天就去總場，問王一生可有消息？我說沒有。大家就說王一生肯定會到總場比賽，相約一起請假去總場看看。

過了兩天，隊裡的活兒稀鬆，大家就紛紛找了各種藉口請假到總場，盼著能見著王一生。我也請了假出來。

總場就在地區所在地，大家走了兩天才到。這個地區雖是省以下的行政單位，卻只有交叉的兩條街，沿街有一些商店，貨架上不是空的，即是「展品概不出售」。可是大家仍然很興奮，覺得到了繁華地界，就沿街一個館子一個館子地吃，都先只叫淨肉，一盤一盤地吞下去，拍拍肚子出來，覺得日光晃眼，竟有些肉醉，就找了一處草地，躺下來抽菸，又紛紛昏睡過去。

醒來後，大家又回到街上細細吃了一些麵食，然後到總場去。

一行人高高興興到了總場，找到文體幹事，問可有一個叫王一生的來報到。幹事翻了半天花名冊，說沒有。大家不信，拿起花名冊來七手八腳地找，真的沒有，就問幹事是不是搞漏掉了。幹事說花名冊是按各分場報上來的名字編的，都已分好號碼，編好組，只等明天開賽。大家你望望我，我望望你，搞不清是怎麼回事兒。我說：「找腳卵去。」腳卵在運動員們住下的草棚裡，見了他，大家就問。腳卵說：「我也奇怪呢。這裡亂糟糟的，我的號是棋類，可把我分到球類組來住，讓我今晚就參加總場聯隊訓練，說了半天也不行，還說主要靠我進球得分。」大家笑起來，說：「管他賽什麼，你們的伙食差不了。可王一生沒來太可惜了。」

直到比賽開始，也沒有見王一生的影子。問了他們分場來的人，都說很久沒見王一生了。大家有些慌，又沒辦法，只好去看腳卵賽籃球。腳卵痛苦不堪，規矩一點兒不懂，球也抓不住，投出去總是三不沾，搶得猛一些，他就抽身出來，瞪著大眼看別人爭。文體幹事急得抓耳撓腮，大家又笑得前仰後合。每場下來，腳卵總是嚷野蠻，埋怨髒。

賽了兩天，決出總場各類運動代表隊，到地區參加地區決賽。大家看看王一生還沒有影子，就都相約要回去了。腳卵要留在地區文教書記家再待一兩天，就送我們走一段。快到街口，忽然有人一指：「那不是王一生？」大家順著方向一看，眞是他。王一生在街另一面急急地走來，沒有看見我們。我們一齊大叫，他猛地站住，看見我們，就橫過街向我們跑來。到了跟前，大家紛紛問他怎麼不來參加比賽？王一生很著急的樣子，說：「這半年我總請事假出來下棋，等我知道報名趕回去，分場說我表現不好，不准我出來參加比賽，連名都沒報上。我剛找了由頭兒，跑上來看看賽得怎麼樣。怎麼樣？賽得怎麼樣？」大家一迭聲兒地說早賽完了，現在是參加與各縣代表隊的比賽，奪地區冠軍。王一生愣了半晌，說：「也好，奪地區冠軍必是各縣高手，看看也不賴。」我說：「你還沒吃東西吧？走，街上隨便吃點兒什麼去。」腳卵與王一生握過手，也惋惜不已。大家就又擁到一家小館兒，買了一些飯菜，邊吃邊嘆息。王一生說：「我是要看看地區的象棋大賽。你們怎麼樣？要回去了嗎？」大家都說出來的時間太長了，要回去。我說：「我再陪你一兩天吧。腳卵也在這裡。」於是又有兩三個人也說留下來再耍一耍。

腳卵就領留下的人去文教書記家，說是看看王一生還有沒有參加比賽的可能。走不多久，就到了。只見一扇小鐵門緊閉著，進去就有人問找誰，見了腳卵，不再說什麼，只讓等一下。一會兒叫進了，大家一起走進一幢大房子，只見窗台上擺了一溜兒花草，伺候得很滋潤。大大的一面牆上只一幅毛主席詩詞的掛軸兒，綾子黃黃的很淺。屋內只擺幾把籐椅，茶几上放著幾張大報與油印的簡報。不一會兒，書記出來，胖胖的，很快地與每個人握手，又叫人把簡報收走，就請大家坐下來。大家沒見過管著幾個縣的人的家，頭都轉來轉去地看。書記呆了一下，就問：「都是倪斌的同學嗎？」大家紛紛回過頭看書記，不知該誰回答。腳卵欠一欠身，說：「都是我們隊上的。這一位就是王一生。」說著用手掌向王一生一傾。書記看著王一生說：「噢，你就是王一生？好。這兩天，倪斌常提到你。怎麼樣，選到地區來賽了嗎？」王一生正想答話，倪斌馬上就說：「王一生這次有些事耽誤了，沒有報上名。現在事情辦完了，看看還能不能參加地區比賽。您看呢？」書記用胖手在扶手上輕輕拍了兩下，又輕輕用中指很慢地擦著鼻溝兒，說：「啊，是這樣。不好辦。你沒有取得縣一級的資格，不好辦。聽說你很有天才，可是沒有取得資格去參加比賽，下面要說話的，啊？」王一生低了頭，說：「我也不是要參加比賽，只是來看看。」書記說：「那是可以的，那歡迎。倪斌，你去桌上，左邊的那個桌子，上面有一份打印的比賽日程。你拿來看看，象棋類是怎麼安排的。」倪斌早一步跨進裡屋，馬上把材料拿出來，看了一下，說：「要賽三天呢！」就遞給書記。書記也不看。把它放在茶几上，揮一揮手，說：「是啊，幾個縣嘛。啊？還有什麼問題嗎？」大家都站起來，說走了。書記與離他近的人很快地握了手，說：「倪斌，你晚上來，嗯？」倪斌欠身說好的，就和大家一起出來。大家到了街上，舒了一口氣，說笑起來。

大家漫無目的地在街上走，講起還要在這裡待三天，恐怕身上的錢支持不住。王一生說他可以找到睡覺的地方，人多一點恐怕還是有辦法，這樣就能不去住店，省下不少錢。倪斌不好意思地說他可以住在書記家。於是大家一起隨王一生去找住的地方。

原來王一生已經來過幾次地區，認識了一個文化館畫畫兒的。王一生便帶了我們投奔這位畫家。到了文化館，一進去，就聽見遠遠有唱的，有拉的，有吹的，便猜是宣傳隊在演練。只見三四個女的，穿著藍線衣褲，胸挺得不能再高，一扭一扭地走過來，近了，並不讓路，直脖直臉地過去。我們趕緊閃在一邊兒，都有點兒臉紅。倪斌低低地說：「這幾位是地區的名角。在小地方，有她們這樣的功夫，滿不容易的。」大家就又回過頭去看名角。

畫家住在一個小角落裡，門口雞鴨轉來轉去，沿牆攏了一溜兒各類雜物，草就在雜物中間長出來。門前又被許多曬著的衣褲布單遮住。王一生領我們從衣褲中彎腰過去，叫那畫家。馬上就乒乒乓乓出來一個人，見了王一生，說：「來了？都進來吧。」畫家只是一間小屋，裡面一張小木床，到處是書、雜誌、顏色和紙筆。牆上釘滿了畫的畫兒。大家順序進去，畫家就把東西挪來挪去騰地方，大家擠著坐下，不敢再動。畫家又邁過大家出去，一會兒提來一個暖瓶，給大家倒水。大家傳著各式的缸子、碗，都有了，捧著喝。畫家也坐下來，問王一生：「參加運動會了嗎？」王一生嘆著將事情講了一遍。畫家說：「只好這樣了。要待幾天呢？」王一生就說：「正是爲這事來找你。這些都是我的朋友。你看能不能找個地方，大家擠一擠睡？」畫家沉吟半晌，說：「你每次來，在我這裡擠還湊合。這麼多人，嗯——讓我看看。」他忽然眼裡放出光來，說：「文化館有個禮堂，舞台倒是很大。今天晚上為運動會的人演出，演出之後，你們就在舞台上睡，怎麼樣？今天我還可以帶你們進去看演出。電工與我很熟的，跟他說一聲，進去睡沒問題。只不過髒一些。」大家都紛紛說再好不過了。腳卵放下心的樣子，小心地站起來，說：「那好，諸位，我先走一步。」大家要站起來送，卻誰也站不起來。腳卵按住大家，連說不必了，一腳就邁出屋外。畫家說：「好大的個子！是打球的吧？」大家笑起來，講了腳卵的笑話。畫家聽了，說：「是啊，你們也都夠髒的。走，去洗洗澡，我也去。」大家就一個一個順序出去，還是碰得叮噹亂響。

原來這地區所在地，有一條江遠遠流過。大家走了許久，方才到了。江面上不甚寬闊，水卻很急，近岸的地方，有一些小窪兒。四處無人，大家脫了衣褲，都很認眞地洗，將畫家帶來的一塊肥皂用完。又把衣褲泡了，在石頭上抽打，擰乾後鋪在石頭上曬，除了游水的，其餘便紛紛趴在岸上曬。畫家早洗完，坐在一邊兒，掏出個本子在畫。我發覺了，過去站在他身後看。原來他在畫我們幾個人的裸體速寫。經他這一畫，我倒發現我們這些每日在山上苦的人，卻矯健異常，不禁讚嘆起來。大家又圍過來看，屁股白白的晃來晃去。畫家說：「幹活兒的人，肌肉線條極有特點，又很分明。雖然各部分發展可能不太平衡，可眞的人體，常常是這樣，變化萬端。我以前在學院畫人體，女人體居多，太往標準處靠，男人體也常靜在那裡，感覺不出肌肉滾動，愈畫愈死。今天眞是個難得的機會。」有人說羞處不好看，畫家就在紙上用筆把說的人的羞處塗成一個疙瘩，大家就都笑起來。衣褲乾了，紛紛穿上。

這時已近傍晚，太陽垂在兩山之間，江面上金子一樣滾動，岸邊石頭也如熱鐵般紅起來。有鳥兒在水面上掠來掠去，叫聲傳得很遠。對岸有人在拖長聲音吼山歌，卻不見影子，只覺聲音慢慢小了。大家都凝了神看。許久，王一生長嘆一聲，卻不說什麼。

大家又都往回走，在街上拉了畫家一起吃些東西，畫家倒好酒量。天黑了，畫家領我們到禮堂後台入口，與一個人點頭說了，招呼大家悄悄進去，縮在邊幕上看。時間到了，幕並不開，說是書記還未來。演員們都化了妝，在後台走來走去，抻一抻手腳，互相取笑著。忽然外面響動起來，我撥了幕布一看，只見胖書記緩緩進來，在前排坐下，周圍空著，後面黑壓壓一禮堂人。於是開演。演出甚爲激烈，塵土四起。演員們在台上淚光閃閃，退下來一過邊幕，就喜笑顏開，連說怎麼怎麼錯了。王一生倒很入戲，臉上時陰時晴，嘴一直張著，全沒有在棋盤前的鎮靜。戲一結束，王一生一個人在邊幕拍起手來，我連忙止住他，向台下望去，書記不知什麼時候已經走了，前兩排仍然空著。

大家出來，摸黑拐到畫家家裡，腳卵已在屋裡，見我們來了，就與畫家出來和大家在外面站著，畫家說：「王一生，你可以參加比賽了。」王一生問：「怎麼回事兒？」腳卵說，晚上他在書記家裡，書記跟他敘起家常，說十幾年前常去他家，見過不少字畫兒，不知運動起來，損失了沒有？腳卵說還有一些，書記就不說話了。過了一會兒書記又說，腳卵的調動大約不成問題，到地區文教部門找個位置，跟下面打個招呼，辦起來也快，讓腳卵寫信回家講一講。於是又談起字畫古董，說大家現在都不知道這些東西的價值，書記自己倒是常在心裡想著。腳卵就說，他寫信給家裡，看能不能送書記一兩幅，既然書記幫了這麼大忙，感謝是應該的。又說，自己在隊裡有一副明朝的烏木棋，極是考究，書記若是還看得上，下次帶上來。書記很高興，連說帶上來看看。又說你的朋友王一生，他倒可以和下面的人說一說，一個地區的比賽，不必那麼嚴格，舉賢不避私嘛。就掛了電話，電話裡回答說，沒有問題，請書記放心，叫王一生明天就參加比賽。

大家聽了，都很高興，稱讚腳卵路道粗。王一生卻沒說話。腳卵走後，畫家帶了大家找到電工，開了禮堂後門，悄悄進去。電工說天涼了，問要不要把幕布放下來墊蓋著？大家都說好，就七手八腳爬上去摘下幕布鋪在台上。一個人走到台邊，對著空空的座位一敬禮，尖著嗓子學報幕員，說：「下一個節目——睡覺。現在開始。」大家悄悄地笑，紛紛鑽進幕布躺下了。

躺下許久，我發覺王一生還沒有睡著，就說：「睡吧，明天要參加比賽呢！」王一生在黑暗裡說：「我不賽了，沒意思。倪斌是好心，可我不想賽了。」我說：「咳，管它！你能賽棋，腳卵能調上來，一副棋算什麼？」王一生說：「那是他父親的棋呀！東西好壞不說，是個信物。我媽留給我的那副無字棋，我一直性命一樣存著，現在生活好了，媽的話，我也忘不了。倪斌怎麼就可以送人呢？」我說：「腳卵家裡有錢，一副棋算什麼呢？他家裡知道兒子活得好一些了，棋是捨得的。」王一生說：「我反正是不賽了，被人做了交易，倒像是我沾了便宜。我下得贏下不贏是我自己的事，這樣賽，被人戳脊梁骨。」不知是誰也沒睡著，大約都聽見了，咕嚕一聲：「你眞是呆子。」

4

第二天一早兒，大家滿身是土地起來，找水擦了擦，又約畫家到街上去吃。畫家執意不肯，正說著，腳卵來了，很高興的樣子。王一生對他說：「我不參加這個比賽。」大家呆了，腳卵問：「滿好的，怎麼不賽了呢？省裡還下來人視察呢！」王一生說：「不賽就不賽了。」我說了說，腳卵嘆道：「書記是個文化人，滿喜歡這些的。棋雖然是家裡傳下的，可我實在受不了農場這個罪，我只想有個乾淨的地方住一住，不要每天髒兮兮的。棋不能當飯吃的，用它通一些關節，還是值得。家裡也不很景氣，不會怪我。」畫家把雙臂抱在胸前，抬起一隻手摸了摸臉，看著天說：「理想沒有了，只剩下目的。倪斌，不能怪你。你沒有什麼不得了的要求。我這兩年，也常常犯糊塗，生活太具體了。幸虧我還會畫畫兒。何以解憂？唯有——唉。」王一生很驚奇地看著畫家，慢慢轉了臉對腳卵說：「倪斌，謝謝你。這次比賽決出高手，我登門去與他們下。我不參加這次比賽了。」腳卵忽然很興奮，攥起大手一頓，說：「這樣，這樣！我呢，去跟書記說一下，組織一個友誼賽。你要是贏了這次的冠軍，無疑是眞正的冠軍，輸了呢，也不太失身分。」王一生呆了呆：「千萬不要跟什麼書記說，我自己找他們下。要下，就與前三名都下。」

大家也不好再說什麼，就去看各種比賽，倒也熱鬧。王一生只鑽在棋類場地外面，看各局的明棋。第三天，決出前三名。之後是發獎，又是演出，會場亂烘烘的，也聽不清誰得的是什麼獎。

腳卵讓我們在會場等著，過了不久，就領來兩個人，都是制服打扮。腳卵做了介紹，原來是象棋比賽的第二、三名。腳卵說：「這位是王一生，棋滿厲害的，想與你們兩位高手下一下，大家也是一個互相學習的機會。」兩個人看了看王一生，問：「那怎麼不參加比賽呢？我們在這裡待了許多天，要回去了。」王一生說：「我不耽誤你們，與你們兩人同時下。」兩人互相看了看，忽然悟到，說：「盲棋？」王一生點一點頭。兩人立刻變了態度，笑著說：「我們沒下過盲棋。」王一生說：「不要緊，你們看著明棋下。來，咱們找個地方兒。」話不知怎麼就傳了出去，立刻嚷動了，會場上各縣的人都說有一個農場的小子沒有賽著，不服氣，要同時與亞、季軍比試。百十個人把我們圍了起來，擠來擠去地看，大家覺得有了責任，便站在王一生身邊兒。王一生倒低了頭，對兩個人說：「走吧，走吧，太扎眼。」有一個人擠了進來，說：「哪個要下棋？就是你嗎？我們大爺這次是冠軍，聽說你不服氣，叫我來請你。」王一生慢慢地說：「不必。你大爺要是肯下，我和你們三人同下。」眾人都轟動了，擁著往棋場走去。到了街上，百十人走成一片。行人見了，紛紛問怎麼回事，可是知青打架？待明白了，就都跟著走。走過半條街，竟有上千人跟著跑來跑去。商店裡的店員和顧客也都站出來張望。長途車路過這裡開不過，乘客們紛紛探出頭來，只見一街人頭鑽動，塵土飛起多高，轟轟的，亂紙踏得嚓嚓響。一個傻子呆呆地在街中心，咿咿呀呀地唱，有人發了善心，把他拖開，傻子就倚了牆根兒唱。四五條狗竄來竄去，覺得是牠們在引路打狼，汪汪叫著。

到了棋場，竟有數千人圍住，土揚在半空，許久落不下來。棋場的標語標誌早已摘除，出來一個人，見這麼多人，臉都白了。腳卵上去與他交涉，他很快地看著眾人，連連點頭兒，半天才明白是借場子用，急忙打開門，連說「可以可以」，見眾人都要進去，就急了。我們幾個，馬上到門口守住，放進腳卵、王一生和兩個得了榮譽的人。這時有一個人走出來，對我們說：「高手既然和三個人下，多我一個不怕，我也算一個。」眾人又嚷動了，又有人報名。我不知怎麼辦好，只得進去告訴王一生。王一生咬一咬嘴說：「你們兩個怎麼樣？」那兩個人趕緊站起來，連說可以。我出去統計了，連冠軍在內，對手共是十人。腳卵說：「十人是滿數，不吉利的，九個人好了。」於是就九個人。冠軍總不見來，有人來報，既是下盲棋，冠軍只在家裡，命人傳棋。王一生想了想，說好吧。九個人就關在場裡。牆外一副明棋不夠用，於是有人拿來八張整開白紙，很快地畫了格兒。又有人用硬紙剪了百十個方棋子兒，用紅黑顏色寫了，背後黏上細繩，掛在棋格兒的釘子上，風一吹，輕輕地晃成一片，街上人們也嚷成一片。

人是愈來愈多。後來的人拚命往前擠，擠不進去，就抓住人打聽，以爲是殺人的告示。婦女們也抱著孩子們，遠遠圍成一片。又有許多人支了自行車，站在後架上伸脖子看，人群一擠，連著倒，喊成一團。半大的孩子們鑽來鑽去，被大人們用腿拱出去。數千人鬧鬧嚷嚷，街上像半空響著悶雷。

王一生坐在場當中一個靠背椅上，把手放在兩條腿上，眼睛虛望著，一頭一臉都是土，像是被傳訊的歹人。我不禁笑起來，過去給他拍一拍土。他按住我的手，我覺出他有些抖。王一生低低地說：「事情鬧大了。你們幾個朋友看好，一有動靜，一起跑。」我說：「不會。只要你贏了，什麼都好辦。爭口氣。怎麼樣？有把握嗎？九個人哪！頭三名都在這裡！」王一生沉吟了一下，說：「怕江湖的不怕朝廷的，參加過比賽的人的棋路我都看了，就不知道其他六個人會不會冒出冤家。書包你拿著，不管怎麼樣，書包不能丟。書包裡有……」王一生看了看我，「我媽的無字棋。」他的瘦臉上又乾又髒，鼻溝兒也黑了，頭髮立著，喉嚨一動一動的，兩眼黑得嚇人。我知道他拚了，心裡有些酸，只說：「保重！」就離了他。他一個人空空地在場中央，誰也不看，靜靜的像一塊鐵。

棋開始了。上千人不再出聲兒。只有自願服務的人一會兒緊一會兒慢地用話傳出棋步，外邊兒自願服務的人就變動著棋子兒。風吹得八張大紙嘩嘩地響，棋子兒蕩來蕩去。太陽斜斜地照在一切上，燒得耀眼。前幾十排的人都坐下了，仰起頭看，後面的人也擠得緊緊的，一個個土眉土眼，頭髮長長短短吹得飄，再沒人動一下，似乎都把命放在棋裡搏。

我心裡忽然有一種很古的東西湧上來，喉嚨緊緊地往上走。讀過的書，有的近了，有的遠了，模糊了。平時十分佩服的項羽、劉邦都在目瞪口呆，倒是屍橫遍野的那些黑臉士兵，從地下爬起來，啞了喉嚨，慢慢移動。一個樵夫，提了斧在野唱。忽然又彷彿見了棋呆子的母親，用一雙弱手一頁一頁地摺書頁。

我不由伸手到王一生的書包裡去掏摸，捏到一個小布包兒，拽出來一看，是個舊藍斜紋布的小口袋，上面用線繡了一隻蝙蝠，布的四邊兒都用線做了圈口，針腳很是細密。取出一個棋子，確實很小，在太陽底下竟是半透明的，像是一隻眼睛，正柔和地瞧著。我把它攥在手裡。

太陽終於落下去，立刻爽快了。人們仍在看著，但議論起來。裡邊兒傳出一句王一生的棋步，外邊兒的人就嚷動一下。專有幾個人騎車為在家的冠軍傳送著棋步，大家就不太客氣，笑話起來。

我又進去，看見腳卵很高興的樣子，心裡就鬆開一些，問：「怎麼樣？我不懂棋。」腳卵抹一抹頭髮，說：「滿好，滿好。這種陣勢，我從來也沒見過，你想想看，九個人與他一個人下，九局連環！車輪大戰！我要寫信給我的父親，把這次的棋譜都寄給他。」這時有兩個人從各自的棋盤前站起來，朝著王一生一鞠躬，說：「甘拜下風。」就捏著手出去了。王一生點點頭兒，看了他們的位置一眼。

王一生的姿勢沒有變，仍舊是雙手扶膝，眼平視著，像是望著極遠極遠的遠處，又像是盯著極近極近的近處，瘦瘦的肩挑著寬大的衣服，土沒拍乾淨，東一塊兒，西一塊兒。喉節許久才動一下。我第一次承認象棋也是運動，而且是馬拉松，是多一倍的馬拉松！我在學校時，參加過長跑，開始後的五百米，確實極累，但過了一個限度，就像不是在用腦子跑，而像一架無人駕駛飛機，又像是一架到了高度的滑翔機，只管滑翔下去。可這象棋，始終是處在一種機敏的運動之中，兜捕對手，逼向死角，不能疏忽。我忽然擔心起王一生的身體來。這幾天，大家因爲錢緊，不敢怎麼吃，晚上睡得又晚，誰也沒想到會有這麼一個場面。看著王一生穩穩地坐在那裡，我又替他賭一口氣：死頂吧！我們在山上扛木料，兩個人一根，不管路不是路，溝不是溝，也得咬牙，死活不能放手。誰若是頂不住軟了，自己傷了不說，另一個也得被木頭震得吐血。可這回是王一生一個人過溝過坎兒，我們幫不上忙。我找了點兒涼水來，悄悄走近他，在他眼前一擋，他抖了一下，眼睛刀子似的看了我一下，一會兒才認出是我，就乾乾地笑了一下。我指指水碗，他接過去，正要喝，一個局號報了棋步。他把碗高高地平端著，水紋絲兒不動。他看著碗邊兒，回報了棋步，就把碗緩緩湊到嘴邊兒。這時下一個局號又報了棋步，他把嘴定在碗邊兒，半晌，回報了棋步，才嚥一口水下去，「咕」的一聲兒，聲音大得可怕，眼裡有了淚花。他把碗遞過來，眼睛望望我，有一種說不出的東西在裡面游動，苦甜苦甜的。嘴角兒緩緩流下一滴水，把下巴和脖子上的土沖開一道溝兒。我又把碗遞過去，他豎起手掌止住我，回到他的世界裡去了。

我出來，天已黑了。有山民打著松枝火把，有人用手電照著，黃乎乎的，一團明亮。大約是地區的各種單位下班了，人更多了。狗也在人前蹲著，看人掛動棋子，不知是懂不懂，只是眼神淒淒的，像是在擔憂。幾個同來的隊上知青，各被人圍了打聽。不一會兒「王一生」、「棋呆子」、「是個知青」、「棋是道家的棋」，就在人們嘴上傳。我有些發噱，本想到人群裡說說，但又止住了，隨人們傳吧，我開始高興起來。這時牆上只有三局在下了。

忽然人群發一聲喊。我回頭一看，原來只剩了一盤，恰是與冠軍的那一盤。盤上只有不多幾個子兒。王一生的黑子兒遠遠近近地峙在對方棋營格裡，後方老帥穩穩地待著，尚有一「士」伴著，好像帝王與近侍在聊天兒，等著前方將士得勝回朝；又似乎隱隱看見有人在伺候酒宴，點起尺把長的紅蠟燭，有人在悄悄地調整管弦，單等有人跪奏捷報，鼓樂齊鳴。我的肚子拖長了音兒在響，腳下覺得軟了，就撿個地方坐下，仰頭看最後的圍獵，生怕有什麼差池。

紅子兒半天不動，大家不耐煩了，紛紛看騎車的人來沒來，嗡嗡地響成一片。忽然人群亂起來，紛紛閃開。只見一老者，精光頭皮，由旁人攙著，慢慢走出來，嘴嚼動著，上上下下看著八張定局殘子。眾人紛紛傳著，這就是本屆地區冠軍，是這個山區的一個世家後人，這次「出山」玩玩兒棋，不想就奪了頭把交椅，評了這次比賽的大勢，直嘆棋道不興。老者看完了棋，輕輕抻一抻衣衫，跺一跺土，昂了頭，由人攙進棋場。眾人都一擁而起。我急忙搶進了大門，跟在後面。只見老者進了大門，立定，往前看去。

王一生孤身一人坐在大屋子中央，瞪眼看著我們，雙手支在膝上，鐵鑄一個細樹樁，似無所見，似無所聞。高高的一盞電燈，暗暗地照在他臉上，眼睛深陷進去，黑黑的似俯視大千世界，茫茫宇宙。那生命像聚在一頭亂髮中，久久不散，又慢慢瀰漫開來，灼得人臉熱。

眾人都呆了，都不說話。外面傳了半天，眼前卻是一介瘦小黑魂，靜靜地坐著，眾人都不禁吸了一口涼氣。

半晌，老者咳嗽一下，底氣很足，十分洪亮，在屋裡蕩來蕩去。王一生忽然目光短了，發覺了眾人，輕輕地掙了一下，卻動不了。老者推開攙的人，向前邁了幾步，立定，雙手合在腹前摩挲了一下，朗聲叫道：「後生，老朽身有不便，不能親赴沙場。命人傳棋，實出無奈。你小小年紀，就有這般棋道，我看了，匯道禪於一爐，神機妙算，先聲有勢，後發制人，遣龍治水，氣貫陰陽，古今儒將，不過如此。老朽有幸與你接手，感觸不少，中華棋道，畢竟不頹，願與你做個忘年之交。老朽這盤棋下到這裡，權做賞玩，不知你可願意平手言和，給老朽一點面子？」

王一生再掙了一下，仍起不來。我和腳卵急忙過去，托住他的腋下，提他起來。他的腿仍然是坐著的樣子，直不了，半空懸著。我感到手裡好像只有幾斤的分量，就示意腳卵把王一生放下，用手去揉他的雙腿。大家都擁過來，老者搖頭嘆息著。腳卵用大手在王一生身上，臉上，脖子上緩緩地用力揉。半晌，王一生的身子軟下來，靠在我們手上，喉嚨嘶嘶地響著，慢慢把嘴張開，又合上，再張開，「啊啊」著。很久，才嗚嗚地說：「和了吧。」

老者很感動的樣子，說：「今晚你是不是就在我那兒歇了？養息兩天，我們談談棋？」王一生搖搖頭，輕輕地說：「不了，我還有朋友。大家一起出來的，還是大家在一起吧。我們到、到文化館去，那裡有個朋友。」畫家就在人群裡喊：「走吧，到我那裡去，我已經買好了吃的，你們幾個一起去。眞不容易啊。」大家慢慢擁了我們出來，火把一圈兒照著。山民和地區的人層層圍了，爭睹棋王丰采，又都點頭兒嘆息。

我攙了王一生慢慢走，光亮一直隨著。幼時曾見過荷蘭畫家倫勃朗名作「夜巡」，恍惚覺得就是這般情景。進了文化館，到了畫家的屋子，雖然有人幫著勸散，窗上還是擠滿了人，慌得畫家急忙把一些畫兒藏了。

人漸漸散了，王一生還有些木。我忽然覺出左手還攥著那個棋子，就張了手給王一生看。王一生呆呆地盯著，似乎不認得，可喉嚨裡就有了響聲，猛然「哇」地一聲兒吐出一些黏液，眼淚就流了下來，嗚嗚地哭著說：「媽，兒今天明白事兒了。人還要有點兒東西，才叫活著。媽——」大家都有些酸，掃了地下，打來水，勸了。王一生哭過，滯氣調理過來，有了精神，就一起吃飯。畫家竟喝得大醉，也不管大家，一個人倒在木床上睡去。電工領了我們，腳卵也跟著，一齊到禮堂台上去睡。

夜黑黑的，伸手不見五指。王一生已經睡死。我卻還似乎耳邊人聲嚷動，眼前火把通明，山民們鐵了臉，肩著柴火在林中走，咿咿呀呀地唱。我笑起來，想：不做俗人，哪兒會知道這般樂趣？家破人亡，平了頭每日荷鋤，卻自有眞人生在裡面，識到了，即是幸，即是福。衣食是本，自有人類，就是每日在忙這個。可囿在其中，終於還不太像人。倦意漸漸上來，就擁了幕布，沉沉睡去。

——收入《棋王》（北京作家）

韓少功和他的小說

韓少功（一九五三～），出生於湖南長沙，一九六八年初中畢業後赴湖南省汨羅縣插隊務農，一九七四年調該縣文化館工作，一九七八年就讀湖南師範大學中文系。一九七九年起，陸續發表〈月蘭〉、〈西望茅草地〉等小說，引起文壇的矚目。一九八二年後任湖南省《主人翁》雜誌編輯、副主編，一九八五年進修於武漢大學英文系，隨後任湖南省作家協會專業作家。一九八八年，韓少功遷調海南省，歷任《海南紀實》雜誌主編、《天涯》雜誌社長、海南省作協主席、海南省文聯主席、中國作家協會全委委員、主席團委員、中國文聯全委委員。

韓少功是「尋根文學」的代表作家，短篇小說〈歸去來〉和中篇小說〈爸爸爸〉都是很有代表性的作品。中國「文化尋根」意識的興起與確立，跟歐美小說的引入有莫大關係。尤其像一九八二年諾貝爾文學獎得主馬奎斯的經典小說《百年孤寂》，以魔幻寫實技巧再現古印第安文化的神祕感和想像力，強烈而且充滿自信的民族文化色彩，以及獨樹一幟的美學表現，對韓少功等插隊到少數民族邊陲地區的知青而言，具有很大的鼓舞作用，讓他們對荊楚吳越文化的原始價值充滿信心，將這被中原文化遮蔽的古老文化區塊重新出土。

在汨羅插隊期間，韓少功發現長久封存在〈離騷〉裡的楚文化，依舊活生生地保存在湘西的苗、侗、瑤、土家族所分布的崇山峻嶺當中。現實生活與文學經典的對照與印證，讓他對「文學的根」產生一連串的省思，除了小說創作的實踐，他在一九八五年發表了〈文學的「根」〉，指出：「文學之『根』應深植於民族傳說文化的土壤裡，根不深，則葉難茂。」尤其鄉土中所凝結的，比較能夠表現生命自然面貌的傳統文化——俚語、野史、傳說、民歌、神怪故事——卻鮮見於正典。這些文化遺產，都有重新出土，再將之吸收、消化之必要。〈文學的「根」〉連同阿城的〈文化制約著人類〉、鄭萬隆的〈我的根〉、李杭育的〈理一理我們的「根」〉等重要的文章，正式打出尋根文學的旗號。儘管他們的主張並不一致，對古文化的處理也有兩極化的取向，但「尋根」之實（原有的作品），總算獲得正名（文學史的自我定位）。

這股先有創作成果才產生流派宣言的文化尋根思潮，主要表現出三個特點：（一）努力展示一種被主流文化遮蔽和遺忘的習俗，於是作家們在小說中大量書寫地方風俗；（二）訴諸中國傳統文化的議題和文化負面因素的揭示，進而批判國民的劣根性問題；（三）著重於挖掘傳統文化中非常野性的原慾，展現一種生機勃勃的、被正統文化一直遮沒的民間生命力（吳炫《新時期文學熱點作品講演錄》）。

韓少功在重鑄湘西文化之際，同時產生了兩重價值取向：一方面要批評民間文化形態中「糟粕」的一面，極力表現湘西原始山民的野蠻、蒙昧、殺戮，帶有強烈的審醜色彩。另一方面又富有激情地尋找著支持民族的「根」，在批判的同時又表現出他對民間文化形態的審美意義和藝術精神的高度重視，並將之納入自己的生命體驗中，用各種方法來展現它的本土性特質。韓少功跟民間文化的對話中充滿矛盾和游移（王光東、李雪林〈與民間的對話及意義的發現〉），從〈爸爸爸〉、〈女女女〉，到〈歸去來〉，都可以讀到這種心理。

一九八四年發表的〈歸去來〉是一則十分弔詭的「寓言」，剛發表時受到熱烈的討論，但論者大多以超現實和形而上的角度來分析它。其實，它透露了韓少功本身，以及那些下放到鄉村的城市知青內心的巨大矛盾和掙扎。

從故事的表面上看來，主角黃治先只是一個被誤認身分的老知青，但他跟原身分的擁有者之間，有太相契之處，無論是鄉村印象或跟其他人的情感糾葛，彷彿眼前錯置的一切本來都是他自己的事。被誤認的身分，其實就是黃治先潛藏在內心的另一個側面，或另一個被城市生活壓抑的自我，他不自覺重返鄉村進入被誤認的身分／角色，卻引發心靈的回溯與拷問。這趟鄉村之行，實乃黃治先自我心靈的一次失控的遨遊。它真實地顯示出黃治先內心深處充滿著強烈悖反性的情惑與文化世界，也潛在地表現出其內在文化精神隱含著巨大的割裂與痛苦的困惑。（丁帆、許志英《中國新時期小說主潮》）

說得更明白一些，就是知青們（韓少功、黃治先，和其他擁有共同經驗的知青）長年生活在都市，累積而成的根深柢固的現代都市文化，跟這幾年插隊生涯所接觸到的鄉村文化，產生劇烈的價值衝突。前者是他們現代知識與寫作能力的來源，以及發聲的位置；後者不但是另一種層次的文化／生活體驗，更是一種得以在文壇脫穎而出的珍貴創作素材。文化尋根的大旗必須守住鄉野，但寫作的經驗終究得回到城市。在這兩種文化選擇中，自然會產生無所適從、無所遁逃的矛盾與掙扎。「歸去來」一詞，已十分具體地揭露知青的內心世界，在城鄉之間，找不到可以毅然歸返、永久安身之處。

作品曾獲：全國優秀短篇小說獎、上海中長篇小說大獎、法蘭西文藝騎士獎章、台灣《聯合報》及《中國時報》年度十大好書獎，長篇小說《馬橋詞典》入選「二十世紀中文小說一百強」，長篇小說《暗示》

獲第二屆華語文學傳媒大獎「年度小說家獎」。重要作品有：中短篇小說集《誘惑》（長沙：湖南文藝，一九八六）、《空城》（台北：林白，一九八八）、《謀殺》（台北：遠景，一九八九）；中篇小說集《爸爸爸》（北京：作家，一九九三），中短篇小說集《報告政府》（北京：人民文學，二〇〇八）；長篇小說《馬橋詞典》（北京：作家，一九九六／台北：時報文化，一九九七／香港：三聯書店，一九九七）、《暗示》（北京：人民文學，二〇〇二／台北：聯合文學，二〇〇三）、《北門口預言》（南京：江蘇文藝，二〇〇三）；選集《韓少功自選集（四卷）》（北京：作家，一九九六）、《韓少功文庫（十卷）》（濟南：山東文藝，二〇〇一）；以及散文、隨筆、翻譯小說等多種。部分作品已有法、英、義、荷、德、俄、日、韓、希伯來等文種的譯本。

歸去來

韓少功

很多人說過，他們有時第一次到某個地方，卻覺得那地方很熟悉，不知道是什麼原因。現在，我就是這樣。

我走著。土路一段段被山水沖洗得很壞，留下一棱棱土埂和一窩窩卵石，像剜去了皮肉，暴露出一束束筋骨，一塊塊乾枯了的內臟。溝裡有幾根腐竹，有一截爛牛繩，是村寨將要出現的預告。路邊小水潭裡冒出幾團一動不動的黑影，不在意就以爲是石頭，細看才發現是小牛的頭，鬼頭鬼腦地盯著我。牠們都有皺紋，有鬍鬚，生下來就蒼老了，有蒼老的遺傳。前面的蕉林後面，冒出一座四四方方的炮樓，冷冷的炮眼，牆壁特別黑暗，像被煙熏火燎過，像凝結了很多夜晚。我聽說過，這地方以前多土匪，什麼十年不剿地無民，怪不得村村有炮樓，而且山民的房子絕不分散，互相緊緊地擠靠著，都厚實，都畏縮，窗戶開得小眉小眼的，又高，盜匪不容易翻進去。

這些很眼熟，也很陌生；像平時看一個字，愈看愈像，也愈看愈不像。見鬼，我到底來過這裡沒有呢？讓我來推測一下吧：踏上前面那石板路，繞過芭蕉林，在油榨房邊往左一折，也許可以看見炮樓後面一棵老樹、銀杏或者是樟樹，已經被雷劈死了。

片刻之後，推測果然被證實了。連那空空的樹心，樹洞前有兩個小娃崽在燒草玩耍，似乎都在我的想像之中。

我又怯怯地推測：老樹後面可能有棟矮矮的牛房，房前有幾堆牛糞，簷下有一張鏽了的犁或耙。當我走過去，它們果然清清晰晰地向我迎來！甚至那個歪歪的麻石舂臼，那臼底的泥沙和兩片落葉，也似曾相識。

當然，想像中的石臼裡是沒有泥水的。但細一想，剛下過雨，屋簷水不應該流到那裡面去嗎？於是，涼氣又從我的腳跟升上來，直上我的頸後。

我一定沒有來過這裡，絕不可能。我沒得過腦膜炎，沒患過神經病，腦子還管用。也許是在電影裡看過？聽朋友們談過？或是在夢中……我慌慌地回憶著。

更奇怪的是，山民們似乎都認識我。剛才紮起褲腳探著石頭過溪水時，一個漢子挑著兩根紮成A字形的樹，從上邊來。見我溜溜滑滑，就從路邊的瓜棚裡拔出一根乾樹枝，丟給我，莫名其妙地露出一口黃牙，笑了笑。

「來了？」

「嗯，來了……」

「怕有上十年了吧？」

「十年……」

「到屋裡去坐吧，三貴在門前犁秧田。」

他屋裡在哪裡？三貴又是誰？我糊塗了。

隨著我走上一個小坡，一片簷瓦門庭在前面升了起來。幾個人影在地坪中翻打著什麼，連枷搖得叭叭響，幾下重，又有一下輕。他們都赤腳，蓄寸頭，臉上有棕色的汗釉，釉的邊緣殘缺不齊。日光下一晃，顴骨處的汗釉有一小塊反光。上衣都短短地吊著，露出軟和的肚皮和臍眼，褲邊也鬆鬆地搭在胯骨上。只有發現他們中的一個走向搖籃開始解懷給小孩餵奶，又發現都掛了耳環，才知道她們——是女人。有一位對我睜大了眼。

「這不是馬……」

「馬眼鏡。」另一個提醒她。覺得這個名字好笑，她們都笑了。

「我不姓馬，姓黃……」

「改姓了？」

「沒改。」

「就是，還是愛逗個耍方呵？哪裡來的？」

「當然是縣裡。」

「眞是稀方客。梁妹呢？」

「哪個梁妹？」

「你娘子不是姓梁？」

「我那位姓楊。」

「未必是吾記糟了？不會不會，那時候她還說是吾本家哩。吾婆家是三江口的，梁家畬。你曉得的。」

我曉得什麼？再說，那個什麼又與我有什麼關係？我似乎是想去找她，卻來到了這裡。我不知自己是怎麼來的。

這位大嫂丟下連枷，把我引進她家裡。門檻極高，極粗重，不知被多少由少到老的人踩踏過，坐過，已經磨得中部微微凹了下去。黃黃的木紋，像一圈圈月光在門檻上擴散浸染開來，凝成了一截化石。小娃崽過門檻要靠爬，大人須高高地勾起腿，才能艱難地傾著身子拐進去。門內很黑，一切都看不清楚。只有一個高高的小窗眼漏下一點光線，劃開了潮濕的黑暗，還有米潲和雞糞的氣味。好半天瞳孔才適應過來，可以看見壁樑上全是煙灰，還有同樣蒼黑的一個什麼吊簍。我坐在一截木墩上——這裡奇怪地沒有椅子，只有木墩和板凳。老婦和少婦們都嘰嘰喳喳地擠在門邊，餵奶的那位毫不害羞，把另一隻長長的奶子掏出來，換到孩子嘴裡，衝我笑了笑，而換出的那一隻還滴著乳汁。她們都說了些奇怪的話……「小琴……」「不是小琴。」「是吧？」「是小玲。」「哦哦。小玲還在教書吧？」「何事不也來耍耍呵？」「你們都回了長沙吧？」「是長沙城裡還是長沙鄉裡？」「有娃崽沒有？」「一個還是兩個？」「小羅有娃崽沒有？」「一個還是兩個？」「陳志華有娃崽沒有？」「一個還是兩個？」「熊頭呢？找了娘子沒有？」「也有娃崽了吧？一個還是兩個？」……

我很快察覺到，她們都把我錯當成一個既認識什麼小玲也認識什麼熊頭之類的「馬眼鏡」了。也許那傢伙同我長得很像，也躲在眼鏡後面看人。

他是什麼人？我需要去想他嗎？從女人們的笑臉來看，今天的吃和住是不成問題了，謝天謝地。當一個什麼姓馬的也不壞。回答關於一個還是兩個的問題，讓女人們驚訝或惋惜一陣，不費氣力。

梁家畬來的大嫂端來一個茶盤，四大碗油茶，我後來知道，這是取四季平安的意思。碗邊黑黑的，令我不敢把嘴沾上去，不過茶倒香，有油炒芝麻和糯米的氣味。她把地下兩件娃崽的髒衣撿起來，丟進木盆，端到裡屋去了，於是一句話被分切成兩截：「老久沒有聽到你的音信，聽水根夫子話……（半晌才從裡屋出來）你一回去，就坐了大牢？」

我吃了一驚，差點讓油茶燙了手。「沒有。什麼大牢？」

「背時的水根，打鬼講！害得吾家公公還嚇心嚇膽，爲你燒了好多香。」她捂嘴笑起來，「哎喲，要死了。」

婦女們都笑起來。有一嘴黃牙還補充：「還到楊公嶺求了菩薩呢。」

眞是晦氣，扯上了香火菩薩。也許那個姓馬的眞地撞了什麼煞，有牢獄之災，而我代替他在這裡喝油茶，在這裡蠢笑。

大嫂又端上了第二碗茶，一隻手照例橫搭在端茶這隻手的腕子上，大概是一種禮節。而我第一碗還沒有喝完，水乾了，芝麻和糯米卻沒有滑到碗邊來，不知用什麼辦法才能斯文體面地吃上。「他老是掛牽你，說你仁義，有天良。你那件褸子，他穿了好幾個冬天。他故了，我就把它改了條棉褲，滿崽又穿……」

我想談談天氣。

屋裡突然暗了下來，回頭一看，一個黑影幾乎遮擋了整個門。看得出是男的，赤著上身，隆起的肌肉沒有曲線，有稜有角像一塊塊岩石。手裡提著一個什麼東西，從那剪影來看，是個牛頭。黑影向我籠罩過來了，沒容我看清面孔，嗵地一下丟掉了手裡的東西，兩隻大掌捉住了我的手鏟起來。「是馬同志呵，哎喲喲，呵呀呀……」

我又不是一條毛蟲，驚恐什麼呢？

當他轉到火塘邊，側面被鍍上了一層光亮，我這才看清是一張笑臉，有黑洞洞的大嘴巴，兩臂上都刺了些青色的花紋。

「馬同志，何時來的？」

我想說我根本不姓馬，姓黃，叫黃治先，也不是深沉而豪邁地來尋訪舊地的。

「還識（認？記？）得吾吧？你走的那年，還在螺絲嶺修公路，吾叫艾八呵。」

「艾八，識得識得。」回答得很卑鄙，「你那時候當隊長。」

「不是隊長，吾記工。你嫂子，還識不識喲？」

「識得識得，她最會打油茶。」

「吾同你去趕過肉的，識不識得？（趕肉，是否就是打獵？）那次吾要安山神，你話（說？）那是迷信。收末還不是，你碰上牧麻草，染了一身毒瘡。那回你還碰了隻麂子，從你胯下過，沒叉著……」

「嗯嗯，沒叉著，就差一點點。我眼睛不好。」

黑洞洞的大嘴巴哈哈笑起來。女人們慢慢起了身，搖晃著寬大的臀部，出門去了。自稱艾八的男人搬出一個葫蘆，向我大碗大碗敬酒。酒很渾濁，有甜味，也有辣味和苦味，據說浸過什麼草藥和虎骨。他不抽我的紙菸，用報紙捲喇叭筒，吸一口，菸紙燒起了明火。他不急，甚至看也不看一眼，待我急了好一陣，才從從容容一口氣把明火蕩滅，菸還是好好的。

「如今酒肉盡你吃，過年，家家都宰了牛。」他抹著嘴巴，「那年學大寨，誰都沒得祿。你曉得的。」

「是沒得祿。」我想談談大好形勢。

「你視見德龍哥了嗎？他當了鄉長，昨日到捉妹橋栽樹去了，興許回來，興許不回來，興許又會回的。」他談起一些令我糊塗的人和事：某某做了新屋，丈六高；某某也做了新屋，丈八高；某某也要做屋了，丈六高；某某正在打地基，興許是丈六也興許是丈八。我緊張地聽著，捕捉這些話後面的各種脈絡。我發現這裡的話有些怪，看成了「視」，安靜成了「淨辦」。還有一個個「集」，是起的意思？還是站立的意思？

我有點醺醺然了，對丈六或丈八胡亂地表示著高興。

「你這個人過得舊，還進山來視一視。」他又把菸紙吸出了淺淺的明火，又讓我暗暗急了兩秒鐘。「你當民師那陣發的書，吾還存著哩。」他咚咚地上樓，好半天才頭頂幾絲蜘蛛網下來，拍著幾頁黃黃的紙。這是幾頁油印的小書，大概是識字課本，已經撕去封面了，散發出霉氣和桐油氣。上面好像有什麼夜校歌謠、農用雜字、辛亥革命，還有馬克思論農民運動及什麼地圖，印得很粗糙，一個個字大得很，還有油墨團子。我覺得這些字我也能寫出來，沒什麼稀奇的。

「你那時也遭孽，餓得臉上只剩一雙眼睛，還來講書。」

「沒什麼，沒什麼。」

「臘月大雪天，好冷啊。」

「好冷的，鼻子都差點凍落。」

「還要開田，打起松明子出工。」

「嗯啦，松明子。」

他突然神祕起來，顴骨上那一小塊光亮，幾顆酒刺，朝我逼近了。「吾想打聽件事，陽矮子是不是你殺的？」

什麼陽矮子？我頭蓋骨乍地一緊，口腔也僵硬了，連連搖頭。我壓根兒不姓馬，也沒見過什麼陽矮子，怎麼刑事案都往我身上扯？

「都說是你殺的。那傢伙是條兩頭蛇，該殺！」他憤怒著，見我否認，似乎有點懷疑，又有點遺憾。

「還有酒沒有？」我岔開話題。

「有的有的，盡你的量。」

「這裡有蚊子。」

「蚊子欺生，要不要燒把草？」

草燒起來了。又有一批批的人來看我，拐進門來，照例問起身體可好和府上可安一類。男人們接過我的紙菸，嗞嗞地抽得很響，靠門或靠牆坐下，瞇瞇笑，不多言語。聽他們自己偶爾說上一兩句，有的說我胖了，有的說我瘦了；有的說我老多了，有的說我還很「少顏」，當然是由於城裡的油水厚。直待煙燒完，他們又笑一笑，說是去倒樹或下牛糞。有幾個娃崽跑過來，把我的眼鏡片考察了片刻，然後緊張得興高采烈，恐懼得有滋有味，「裡面有鬼崽！有鬼崽！」一邊宣告一邊四下奔逃。一位姑娘，總是咬著一根草站在門邊，癡癡地望著我，還好像亮晶晶地旋著淚花，不知是什麼意思。弄得我很不自在，只好正經地總不時地盯住艾八。

這類事我已經碰得多了，剛才去看他們種的鴉片，路上碰到一位中年婦人。她一見我就顯得恐懼，臉像一盞燈突然黯淡，趕緊拔著鞋後跟，低頭擇路而去。也不知道是什麼意思。

艾八說我還應該去看看三阿公——其實三阿公已經不在，說是不久前被蛇咬死了，只是在人們的談論中，還留下一個名字。在磚窯那邊，還有他一棟孤零零的小屋。已有一半傾斜，眼看就要倒塌。兩棵大桐樹下，青草蓬蓬勃勃地生長，有腰深，已從四面八方包圍過來，陰險地漫上了台階，搖著尖舌般的草葉，就要吞滅小屋，像要吞滅一個家族的最後幾根殘骨。掛了鎖的木門，已被蟲蛀出了密密的黑洞。我不知道主人在的時候，房屋是否會破敗得這麼厲害。難道人是房屋的靈魂，靈魂飛去，軀殼就會腐朽得這麼迅速嗎？草叢裡倒栽著一盞鏽馬燈，上面有幾點白白的鳥糞。還有一個破了的瓦罈子，你一碰，罈子裡就嗡地一下湧出很多蚊子。艾八說這瓦罈總是浸酸菜，當年我經常到三阿公家裡來吃酸黃瓜的。（是嗎？）牆上灰殼剝落，隱隱約約有幾個油漆字，僅筆觸的邊沿還未完全褪色：「放眼世界……」艾八說那還是我寫的。（是嗎？）艾八扯了一把車前草，又打望樹上的鳥窩。我則朝窗裡瞥了一眼，見屋角有半筐石灰，還有一個大圓盤，細看，發現是鐵槓鈴，鏽得不成樣子了——我感到驚異，這種罕見的體育用品，怎麼會出現在深山裡？怎麼運到這裡來的？

大概不用問，也是我送給三阿公的，是麼？我把它送給三阿公去打鋤頭或耙頭，而他終究還是沒有打。是麼？

有人在坡上喚牛：「嗚嗚——嗚嗚——」於是對面的林子裡有隱隱的牛鈴聲。這裡喚牛的方式比較奇特，像喊媽媽，喊得很淒涼。也許那炮樓的磚壁就是被它喊黑的罷。

一位老阿婆揹著小小的一捆柴，從山上下來。腰彎得幾乎成了直角，走一步，扯出的下巴就一鋤，像鋤著步子。她深深地仰望了我一眼，似乎不是看我，而是從前面看到了我腦後的桐樹，模糊的黑瞳孔全頂著上眼皮，沒有任何表情，只有滿臉皺紋深刻得使我一震。她看看三阿公的老屋，又回頭看看寨子口上的那棵老樹，沒頭沒腦地咕嚕了一聲：「樹也死了。」又慢慢地鋤著步子遠去。頭上幾根枯枯的銀絲，隨著風壓下去，壓下去。

我現在相信，我確實沒有來過這裡。我也無法理解老阿婆的這句話——一個無法看透的深潭。

晚飯弄得很隆重，牛肉和豬肉都大模大樣，神氣十足，手掌大一塊，熬得不怎麼熟，有一股生膩味。堆出了碗口，就繫上草箍，一層層往上碼，像碼磚窯——幾千年前就有這種吃法罷。男客才能上桌。有一位沒到，主人在空著的位子上放了一張草紙，大家吃一塊，往紙上夾一塊，算是他也吃了。席間我談到了香米，他們根本不肯出價錢，簡直是要白送。至於鴉片，今年鴉片好是好，但國家藥材站統購。我不好再說什麼。

「陽矮子該殺。」艾八嗬嗬地喝下一口熱湯，把湯勺放回桌面那黏乎乎的老位置上，又眼盯肉碗敲著筷子，「翹屁股，圓手板，什麼功夫都做不像，還起屋，不就是陰毒？」

「就是，哪個沒挨過他一繩子？吾腕子上現在還兩道疤。操他老娘頓頓的！」

「他到底是何事死的？真的碰了血汙鬼，跌到崖坳下去了？」

「人再狠，拗不過八字。命裡只有一升，偏要吃一斗。夏家灣的洪生也是這個樣。」

「連老鼠都吃，幾多毒辣！」

「是滿毒辣，沒聽見過的。」

「熊頭也遭孽，挨了他兩巴掌。明明是幾袋顏料，吾視見過的，染不得布，只畫得菩薩伢子。他說是炮子。」

「也怪熊頭的成分大了一點。」

我鼓足勇氣插了一句：「陽矮子的事，上面沒派人來查過麼？」

艾八咬得一塊肥肉吱吱響：「查過的，查卵！那天來找我，我就去尋雞婆。哎，馬同志，你的酒沒動呵？來，取菜取菜，取。」

他又壓給我一大塊肉。我喉頭緊縮，只好再次做出去裝飯的模樣，躲入暗處，把肉撥給了胯下一擠而過的狗。

飯後，他們說什麼也要讓我洗澡，我懷疑這是不是當地一種風俗，得裝得很懂。沒有澡盆，只有澡桶，很高大，足可以裝幾大鍋熱水，就放在灶屋一角。女人們可以在桶前來來去去，梁家畲來的大嫂還不時用瓜瓢來加水，使我不好意思，往桶內一次次蹲。直到她提桶去餵豬，才偷偷出了口長氣。我已經洗得一身發熱，汗氣騰騰了。大概水是用青蒿熬出來的，全身蚊蟲咬出來的紅斑也不怎麼癢了。頭上那盞野豬油的燈殼子，在蒸汽中發出一團團淡藍色的光霧，給肉體也抹上一層藍。穿鞋之前，我望著這個藍色的我，突然有種異樣的感覺，好像這身體很陌生，很怪。這裡沒有服飾，沒有外人，就沒有掩蓋和作態的對象，也沒有條件，只有赤裸裸的自己，自己的眞實。有手腳，可以幹點什麼；有腸胃，要吃點什麼；生殖器可以繁殖後代。世界被暫時關在門外了，走到那裡就忙忙碌碌，無暇來打量和思量這一切。由於很久以前一個精子和一個卵子的巧合，才有了一位祖先；這位祖先與另一位祖先的再巧合，才有了另一個受精卵子，才有了一個世世代代以後可能存在的我。我也是連接無數偶然的一個藍色受精卵子。來到世界幹什麼？可以幹些什麼？……我蠢頭蠢腦地想得太多了。

我擦拭著小腿上一道寸多長的傷痕，這是足球場上被一隻釘鞋刺傷的。似乎也不是，而是……一個什麼矮子咬的。是那個雨霧濛濛的早上？那條窄窄的山道上？他撐著陽傘過來，被我的目光嚇得顫抖了。然後跪下，說他再也不敢，再也不敢；還說二嫂的死與他毫無關係，三阿公的牛也不是他牽走的。最後，他反抗，眼球凸突得像要掉出來，咬住了我的腿。雙手開始揪住套著喉管的一根牛繩，接著又猛地伸開去，像兩隻螃蟹在地上爬著，彈著，摳進泥沙裡。不知什麼時候，這兩隻螃蟹才慢慢地休息了，安靜下來……

我不敢想下去，甚至不敢看自己的手——是否有股血腥味和牛繩勒出的痕跡？

我現在努力斷定，我從來沒有來過這裡，也不認識什麼矮子。這一團團藍色的光霧，甚至夢也沒有夢見過。沒有。

堂屋裡很熱鬧。有一位老人進來，踩滅了松明子，說他以前託我買過染布的顏料，欠了我兩塊錢，現在是還錢來的，又請我明天到他家去吃飯和「臥夜」。這就同艾八爭起來了，艾八說他明天接裁縫，已經砍了肉，明天我毫無疑義地該到他家去……

趁他們還在爭執，我潛出門，淺一腳深一腳，想去看看「我」以前住過的老屋——聽艾八說，就是老樹後的牛房。前年才把它改做牛房的。

又經過桐樹下，又看見了雜草將要吞滅的老阿公——傾斜茅屋的黑影。它靜靜地望著我，用烏鴉的叫聲咳嗽，用樹葉的沙沙聲與我交談。我甚至感到了一股似有似無的酒氣。

孩子，回來了麼？自己抽椅子坐下吧。吾對你話過的，你要遠遠地走，遠遠地走，再也不要回來。

可是，我想著你的酸黃瓜。我自己也學著做過，做不出那個味來。

那些糟東西有什麼好吃呢？那時候是視見你們餓，遭孽，一犁拉到頭，連田塍上的生蠶豆也剝著吃，吾才設法子做一點。

你總是惦記著我們，我知道的。

誰沒個出門的時候呢？那是該的。

那次擔樹椏，我們只擔了九擔，你記數，總說我們擔了十擔。

吾不記得了。

你還總要我們剃頭，說頭髮和鬍鬚都是吃血的東西，留長了會傷精氣。

是麼？吾不記得了。

我該早一點來看你的。我沒想到，變化會這麼大，你走得這麼快。

該走了。再活不快成精了麼？吾就是喜歡一口酒，現在喝足了，可以安安穩穩睡了。

阿公，你抽菸麼？

小馬，喝茶自己去燒吧。

……………

我離開了那股酒氣，舉著將要熄滅的松明子，想著明天早上的農活，不時聽到腳邊的青蛙跳到水圳裡去，回家了。但我現在手中沒有松明子，我的家也變成了牛房，顯得如此生疏和冷漠。看不清什麼，只有牛反芻的聲音，還有牛糞草熱烘烘的酸氣，湧出門來。牛以為是主人來了，頭擠頭往外探，碰得門欄咔嗒響。我一走，腳步聲就從牛房的土壁上回過來，像還有一個人在牆那邊走，或是在牆土裡面走——這個人知道我的祕密。

對面的山壁黑森森的，夜裡比白日裡顯得更高大更近了，使你有呼吸困難的感覺。仰望頭上那寬窄不勻的一線星空，地近天遠，似乎自己就要被一股莫名的力量拉住，就要往這地縫深處沉下去再沉下去。

巨大的月亮冒出來，寨裡的狗好像很吃驚，狺狺地叫。我踏著樹影篩下的月光，踏著水藻浮萍似的圈圈點點，向溪邊走。我猜測，在溪邊可能坐著一個人，也許是一位姑娘，嘴裡正含著一片木葉。

溪邊沒有人。但我回來時，終於見老樹下有一個人影。

夜色這樣好，是該有個剪影的。

「是小馬哥？」

「是我。」居然應答得毫不慌張。

「從溪邊來？」

「你……你是誰？」

「四妹子。」

「四妹子，你長得好高了。要是在外面碰到，會根本認不出你。」

「你跑的世界大，就覺得什麼都變了。」

「家裡人都好嗎？」

她突然沉默了，望著那邊的榨房，聲音有些異樣。「吾姐，好恨你……」

「恨……」我緊張得瞥了瞥通向燈光和地坪的路，想逃跑，「我……很多事不好說。我對她說過……」

「那天你為哪樣要往她背簍裡放包穀呢？女崽家的背簍裡，隨便放得東西的麼？她給了你一根頭髮，你也不曉得麼？」

「我……我不懂，不懂這裡的規矩。我……想要她幫忙，就讓她揹幾個包穀。」
大概回答得不錯，還可以混過去。
「人家都這樣話，你是個聾子麼？我都視見過，你教她扎針。」
「她喜歡學，想當個醫生。其實，我那時也不懂，只是亂扎。」
「你們城裡人，是沒情義的。」
「不要這樣……」
「就是！就是！」
「我知道，……你姐姐是個好姑娘，我知道的。她歌唱得好聽，針線也做得巧。有一次帶我們去捉鱔魚，下手就是一條。我病了，她哭得好厲害……我都是知道的。可是，有好些事你們不懂，也說不清楚。我一生都會奔波辛苦，我……有我的事業。」
終於選擇了「事業」這個詞，儘管有點咬口。
她捂著臉抽泣起來。「那個姓胡的，好狠毒哩。」
我似乎知道這是什麼意思，繼續試探著回答下去：「我聽說了，我要找他算帳。」
「有什麼用？有什麼用？」她跺著腳，哭得更傷心了，「你要是早說一句話，也不會成這個樣。吾姐已變成了一隻鳥，天天在這裡叫你，叫你。你聽見沒有？」
月光下，我看見她瘦削的背脊在起伏，上面是光滑的頸脖，甚至頭髮中縫中白白的頭髮也清晰入目。我眞想給她擦淚，想抓住她的肩膀，吻她那頭皮，像吻我的妹妹，讓她的淚水貼到我的嘴唇上，鹹鹹的，被我吞飲。

但是我不敢，這是一個奇怪的故事，我不敢舔破它。

樹上確實有隻鳥在叫喚，「行不得也哥哥，行不得也哥哥——」聲音孤零零的，像利箭射入高空，又飄忽忽地墜入群山，墜入綠林，墜入遠方那一抹烏雲和無聲的閃閃雷電中。我抽了枝菸，望著雷電。

行不得也哥哥。

我走了，行前給四妹子留了封信，請梁家畲來的大嫂轉交。信中說她姐姐以前想當醫生，終究沒當成，但願妹妹能實現姐姐的願望。路是人闖的，她願意投考衛生學校麼？我將寄給她很多很多複習資料，一定。我還說，我不會忘記她姐姐。艾八把那隻樹上的鷓鴣捕住了，我將帶回去，讓牠天天在我的窗前歌唱，與我成爲永遠的朋友。

我幾乎像是潛逃，沒給村寨裡的人告別，也沒顧上香米——其實我要香米或鴉片幹什麼呢？似乎本不是爲這個來的。整個村寨，整個莫名其妙的我，使我感到窒息，我必須逃。回頭看了看，又見寨口那棵死於雷電的老樹，伸展的枯枝，像痙攣的手指。手的主人在一次戰鬥中倒下了，變成了山，但它還掙扎著舉起這隻手，要抓住什麼。

進了縣鎮的旅杜，在床頭鷓鴣的咕咕嘟嘟聲中入睡。我做了個夢，夢見我還在皺巴巴的山路上走著和走著，土路被山水沖洗得像剜去了皮肉，留下一束束筋骨和一塊塊乾枯了的內臟，來承受山民們的草鞋。這條路總也走不到頭。我看著手腕上的日曆表，已經走了一小時，一天，一個星期了……可腳下還是這條路。甚至後來我不管到哪裡，都做這同樣一個夢。

我驚醒過來，喝了三次水，撒了兩次尿，最後向朋友掛了個長途電話，本想問問他在牌桌上把那個曹癩子打「跪」沒有，出口卻成了打聽自學成才考試的事。

朋友稱我爲「黃治先」。

「什麼？」

「什麼的什麼？」

「你叫我什麼？」

「你不是黃治先嗎？」

「你是叫我黃治先嗎？」

「我不是叫你黃治先嗎？」

我愣然了，腦子裡空空的。是的，我在旅社裡，過道裡蚊蟲撲繞的昏燈，有一排臨時床。就在我話筒之下，還有個呼呼打鼾的胖大腦袋。可是——世界上還有個叫黃治先的？而這個黃治先就是我麼？

我累了，永遠也走不出那個巨大的我了。媽媽！

扎西達娃和他的小說

扎西達娃（一九五九～），四川甘孜藏族自治州巴塘縣人，成年之前的名字叫張念生，藏語「扎西」是「幸福」，「達娃」是「月亮」。扎西達娃從小在重慶長大，少年時到西藏，在拉薩中學讀書，之後他在藏南的農村待了一段日子，這片土地後來成為〈西藏，繫在皮繩扣上的魂〉和〈西藏，隱祕歲月〉等系列小說的首選背景，其餘小說有的取景自拉薩，以及他父親的老家藏東地區。扎西達娃曾經在西藏的藏劇團從事舞台美術和編劇。

一九七九年，扎西達娃在《西藏文學》發表處女作〈沉默〉，早期作品主要表現藏族青年在傳統與現代化生活的衝突、矛盾中的選擇與追求，大都停留在社會學層面的敘述，還不能夠凸顯出民族文化的特色。後來他從拉丁美洲魔幻寫實主義小說吸收了創作靈感，一九八五年在《西藏文學》發表〈西藏，繫在皮繩扣上的魂〉，以及後續的〈西藏，隱祕歲月〉、〈去拉薩的路上〉等作品，才正式進入成熟期。扎西達娃這時期的小說已經深入西藏民族、宗教、歷史與文化的深層，把現實、歷史、宗教、神話和神祕文化結合在一起，為中國先鋒小說開創了一個現代神話模式。（金漢編《中國當代文學發展史》）

扎西達娃在〈西藏，繫在皮繩扣上的魂〉裡，開宗明義地告訴讀者，這是一個「故事裡的故事」，一篇完全虛構的小說，同時出自（虛構的）扎安．桑傑達普活佛，和被他自己封存起來的小說手稿。「時間」座標的掌握，是讀懂這篇小說的關鍵，我（敘述者）和活佛對談的時間點，是未來已經高度現代化的西藏，活佛「回憶起當年那兩個年輕人來到帕布乃岡山區」，已經是遠在一九八四年（扎西達娃撰寫這篇小說的時間）的舊事了。作者要講的是：一個即將被「未來」的活佛「回憶」的「現在」的西藏。古老經書裡的人間淨土「香巴拉」其實就是完美狀態的西藏，它將經歷一場現代文明與傳統價值的文化戰爭，《香巴拉誓言》已經預告了結局。不過，《時輪金剛法》卻建立一個善惡生滅循環的信念，歷經這場數百年的劫難之後，宗教盛世會重臨人間。故事中的故事，只是一個結果既定的徒然之旅，是一則末日預言。

千百年來的西藏都高度仰賴宗教信仰的力量，它的文化體系、社會意識、宗法結構、人生價值皆離不開密教的指引與影響，一旦處於宗教核心地位的活佛不再轉世，這個龐大的傳統文化架構勢必崩潰，「也許便走向它的末日」。作者憂心忡忡面臨現代化衝擊的西藏，直接去探討這個問題又顯得太沉重，魔幻寫實手法正好派上用場，不但成功捕捉西藏宗教文化的神祕感，更巧妙地透過「時空」的錯置、延伸、滲透、移轉，構築末日預言，完成小說創作本身的實驗。

這篇小說的敘述者在故事的最後，追上他在文本中敘述的人物，塔貝和瓊非但沒有找到香巴拉淨土，反而陷入現代化的俗世，連敘述者自己也不知道該把他們帶到什麼地方去。這個故事無法獲得一個正式、完滿的結局，因為扎西達娃還在苦苦思索、凝視著「現代西藏」的誕生。在塔貝和瓊之外，一種能夠完美融合傳統與現代的「新人」還未能創造出來。

〈西藏，繫在皮繩扣上的魂〉象徵著西藏新小說的發端，也讓扎西達娃躍居先鋒小說作家之列。他的小說不但入選各種重要選集，更被譯成英、法、義、荷、西、日文。重要作品有：短篇小說集《西藏，繫在皮繩扣上的魂》（天津：百花文藝，一九八六）、《西藏，隱祕歲月》（台北：遠流，一九九一），長篇小說《騷動的香巴拉》（北京：作家，一九九三／長春：時代文藝，二〇〇一），中短篇小說集《夏天酸溜溜的日子》（台北：三民，一九九〇），以及《扎西達娃小說選》（北京：中國文學，一九九九）。

西藏，繫在皮繩扣上的魂

扎西達娃

現在很少能聽見那首唱得很遲鈍、淳樸的祕魯民歌「山鷹」。我在自己的錄音帶裡保存了下來。每次播放出來，我眼前便看見高原的山谷、亂石縫裡竄出的羊群、山腳下被分割成小塊的田地、稀疏的莊稼、溪水邊的水磨房、石頭砌成的低矮的農舍、負重的山民、繫在牛頸上的銅鈴、寂寞的小旋風、耀眼的陽光。

這些景致並非在祕魯安第斯山脈下的中部高原，而是在西藏南部的帕布乃岡山區。我記不清是夢中見過還是親身去過，記不清了。我去過的地方太多。直到後來某一天我眞正來到帕布乃岡山區，才知道存留在我記憶中的帕布乃岡只是一幅康斯太勃筆下的十九世紀優美的田園風景畫。

雖然還是寧靜的山區，但這裡的人們正悄悄享受著現代化的生活。這裡有座小型民航站，每星期有五班直升飛機定期開往城裡。附近有一座太陽能發電站。在哲魯村口自動加油站旁的一家小餐廳裡，與我同桌的是一位喋喋不休的大鬍子，他是城裡一家名氣很大的「喜馬拉雅運輸公司」的董事長，在全西藏第一個擁有德國進口的大型集裝箱車隊。我去訪問當地一家地毯廠時，裡面的設計人員正使用電腦程序設計圖案。地面衛星接收站播放著五個頻道，每天向觀眾提供三十八小時的電視節目。

不管現代的物質文明怎樣迫使人們從傳統的觀念意識中解放出來，帕布乃岡山區的人們，自身總還殘留著某種古老的表達方式，獲得農業博士學位的村長與我交談時，嘴裡不時抽著冷氣，用舌頭彈出「囉囉」的謙卑的應聲。人們有事相求時，照樣豎起拇指搖晃著，一連吐出七八個「咕嘰咕嘰」的哀求。一些老人們對待遠方的城裡人，仍舊脫下帽子捧在懷中站到一旁表示真誠的敬意。雖然多年前國家早已統一了計量法，這裡的人們表示長度時還是伸直一條胳膊，另一隻手掌橫砍在胳膊的手腕、小臂、肘部直到肩膀上。

桑傑達普活佛快要死了，他是扎妥寺的第二十三位轉世活佛。高齡九十八歲。在他之後，將不再會有轉世繼位。我想為此寫篇專題報告。我和他以前有過交道。全世界最深奧和玄祕之一的西藏喇嘛教（包括各教派）在沒有了轉世繼位制度從而不再有大大小小的宗教領袖以後，也許便走向了它的末日。形式在一定程度上也支配著意識，我說。扎妥．桑傑達普活佛搖搖頭，表示否認我的觀點。他的瞳孔正慢慢擴散。「香巴拉，」他蠕動嘴唇，「戰爭已經開始。」

根據古老的經書記載，北方有個「人間淨土」的理想國——香巴拉。據說天上瑜伽密教起源於此，第一個國王索查德那普在這裡受過釋迦的教誨，後來宏傳密教《時輪金剛法》。上面記載說，在某一天，香巴拉這個雪山環抱的國家將要發生一場大戰。「你率領十二天師，在天兵神將中，你永不回頭，騎馬馳騁。你把長矛擲向哈魯太蒙的前胸，擲向那反對香巴拉的群魔之首，魔鬼也隨之全部除淨。」這是《香巴拉誓言》中對最後一位國王神武輪王讚美的描寫。扎妥．桑傑達普有一次跟我說起過這場戰爭。他說經過數百年的惡戰，妖魔被消滅後，史丹寺裡的宗喀巴墓會自動打開，再次傳布釋迦的教義，將進行一千年。隨後，就發生風災、火災，最後洪水淹沒整個世界。在世界末日到達時，總會有一些倖存的人被神祇救出天宮。於是當世界再次形成時，宗教又隨之興起。扎妥·桑傑達普躺在床上，他進入幻覺狀態，跟眼前看不見的什麼人在說話：「當你翻過喀隆雪山，站在蓮花生大師的掌紋中間，不要追求，不要尋找。在祈禱中領悟，在領悟中獲得幻象。在縱橫交錯的掌紋裡，只有一條是通往人間淨土的生存之路。」

我恍惚看見蓮花生離開人世時，天上飛來了一輛戰車，他在兩位仙女的陪伴下登上戰車，向遙遠的南方凌空駛去。

「兩個康巴地區的年輕人，他們去找通往香巴拉的路了。」活佛說。

我疲憊地看著他。「你要說的是——在一九八四年，這裡來了兩個康巴人，一男一女？」我問。

他點點頭。

「男的在這裡受了傷？」我又問。

「你也知道這件事。」活佛說。

扎妥·桑傑達普活佛閉上眼，斷斷續續回憶起當年那兩個年輕人來到帕布乃岡山區的事，他講起那兩個人告訴他一路上的經歷。我聽出扎妥活佛是在背誦我虛構的一篇小說。這篇小說我給誰都沒有看過，寫完鎖進了箱裡。他幾乎是在逐字逐句地背誦。地點是一路上直到帕布乃岡一個叫甲的村莊。時間是一九八四年。人物一男一女。這篇小說沒給別人看的原因就是到最後我也不知道主人公要去什麼地方。經活佛點明我現在才清楚。唯一不同的一點是結尾時主人公是坐在酒店裡有一位老人指路。我沒寫老人指的是什麼路，當時連我自己也不知道。而扎妥活佛說是在他的房子裡給那兩人指的路，但這裡還有一個巧合，即老人與活佛都談起過關於蓮花生的掌紋。

最後，其他人進屋來圍在活佛身邊，活佛眼睛半睜，漸漸進入了失去知覺和思想的狀態。有人開始準備後事了。扎妥活佛將被火葬，我知道有人想拾到活佛的舍利做爲永久的收藏和紀念。與扎妥．桑傑達普訣別後，在回家的路上，我邊走邊考慮著有關文學創作的動機問題……

回到家，我打開貼有「可愛的棄兒」題詞的箱子蓋。裡面整齊地排列著上百只牛皮紙袋，我所有不被發表或我不願發表的作品都存在這兒。我取出一個編碼是八四〇七二〇的紙袋，裡面是一個短篇小說，記錄著兩個康巴人來到帕布乃岡的經過，還沒有題目。下面是這篇小說的原文：

瓊趕著她的二十幾隻羊下山的時候，站在半山腰。她看見山腳底下那一條寬闊蜿蜒、礫石纍纍的枯乾的河床有個螞蟻般的小黑點在緩緩移動。她辨認出那是一個男人，正朝她家的方向走來，瓊揮揮羊鞭，匆匆把羊往山下趕。

她粗略算了算，那人得走到天黑時才能到這兒。周圍荒野只有這隆起的小山崗上有幾間鵝卵壘起的矮房，房後是羊圈，一共兩戶人家：瓊和她的爸爸，還有一個五十多歲的啞女人。爸爸是個說《格薩爾》的藝人，常常被幾十里遠的外村人請去說唱，有時還被請到更遠的鎮裡。短則幾天，長則數月。來人騎馬，還牽匹空馬來到小山崗，把身揹長柄六弦琴的爸爸請上馬。隨後馬蹄伴著銅鈴聲有節奏地久久敲響著荒野裡的寂靜。瓊站在崗上，一手撫摸坐立在她裙邊的大黑狗，一直望到兩匹馬拐過前面的山彎。

瓊從小就在馬蹄和銅鈴單調的節奏聲中長大，每當放羊坐在石頭上，在孤獨中冥思時，那聲音就變成一支從遙遠的山谷中飄過的無字的歌，歌中蘊含著荒野中不息的生命和寂寞中透出的一絲蒼涼的渴望。

啞女人整天織氆氇，每天早晨站在小山崗上，向空中撒出一把碗豆糌粑，呼喊著觀音菩薩。然後手搖一柄浸滿油汙的經輪筒，朝東方喃喃祈禱。偶爾在半夜時分，爸爸爬起身去女人房裡，天濛濛亮時頭頂蒙著長長的袍子又鑽進自己的羊皮墊裡。早晨了起來擠完奶打好茶，喝糌粑糊。然後背上裝了一天口糧的小羊皮口袋，揹一隻小黑鍋，去房後拉開羊圈柵欄，軟鞭一揮，趕著羊群上山。生活就是這樣。瓊把食物和熱茶準備好，趴在毯子上等待來客。室外的狗叫了，她衝出門，月亮剛剛升起。她拉住狗鏈，不見四周有人，一會兒，從她前面的坡下冒出個腦袋。

「來吧，不要緊，我抓住狗的。」瓊說。

來人是一位頂天立地的漢子。

「辛苦，大哥。」瓊說。她把漢子領進了房裡，他禮帽下的額邊垂著一綹鮮紅的絲穗。爸爸不在家，去說《格薩爾》了。隔壁傳來啞女人織氆氇時木棰砸下的梆梆聲。這位疲憊的漢子吃過飯道完謝後便倒在瓊的爸爸床上睡了。

瓊在門外站了一會兒，天空繁星點點，周圍沉寂得沒有一點大自然的聲音。眼前空曠的峽谷地帶在月光下泛著青白色。大黑狗被鐵鏈拴著在原地轉圈。瓊過去蹲下身摟著牠的脖子，想起自己在這寂寞簡樸的小山崗上度過的童年和少年時代，想起每次來接爸爸上馬的都是些沉悶不語的人，想到屋裡那位從遠方來明天又要去遠方的酣睡的旅人，她哭了，跪在地上捧著臉，默默祈求爸爸的寬恕，然後將眼淚在黑狗的皮毛上蹭擦乾，起身回屋。黑暗中，她像發瘧疾似地渾身打顫，一聲不響地鑽進了漢子的羊毛毯裡。

當東方的啓明星剛剛升起，在搖曳的酥油燈下，瓊把自己的薄毯裹成一個捲，在一隻布袋裡塞了些牛肉乾、揉糌粑的皮口袋、粗鹽和一塊酥油，又揹上天天放羊時在山上熬茶用的小黑鍋，一個姑娘該帶的都在她背上了。她最後巡視一眼昏暗的小屋。「好了。」她說。漢子吹完最後一撮鼻菸，拍拍巴掌上的菸末起身。摸她頭頂，摟住她的肩膀，兩人低頭鑽出小屋，向黑魆魆的西方走去。瓊全身負重，身上的東西一路上叮噹作響。她根本不想去打聽漢子會把她帶向何處，她只知道她要永遠離開這片毫無生氣的土地了。漢子手中只提著一串檀香木佛珠，他昂首闊步，似乎對前方漫漫的旅途充滿了信心。

「你腰上掛條皮繩幹什麼？像隻沒人牽的小狗。」塔貝問。

「用它來計算天數，你沒見上面打了五個結嗎！」瓊告訴他，「我離開家有五天了。」

「五天算什麼，我生來沒有家。」

她跟著塔貝徒步行走，一路上，有時在村莊的麥場上過夜，有時住羊圈裡，有時臥在寺廟廢墟的牆角下，有時住山洞，運氣好時，能在農人外屋借宿，或是在牧人的帳篷裡。

每進一個寺廟，他倆便逐一在每個菩薩像的座台前伸出額頭觸碰幾下，膜拜頂禮。在寺廟外，道路旁，江河邊，山口上，只要看見瑪尼堆，都少不了拾幾塊小白石放在上面。一路上還有些磕等身長頭的佛教徒，他們一步一磕，繫著厚帆布圍裙，胸部和膝部磨穿了，又補了幾層厚補釘。他們臉上突出的地方全是灰，額頭上磕了一個雞蛋大的肉瘤，血和土黏在一起，手掌上釘鐵皮的木板護套在他們身體俯臥的兩邊地上印出兩道深深的擦痕。塔貝和瓊沒有磕長頭，他倆是走路，於是超過了他們。

西藏高原群山綿延，重重疊疊，一路上人煙稀少。走上幾天看不到一個人影，更沒有村莊。山谷裡颳來呼呼的涼風。對著藍色的天空仰望片刻，就會感到身體在飄忽上升，要離開腳下的大地。烈日烤炙，大地灼燙。在白晝下沉睡的高原山脈，永恆與無極般寧靜。塔貝的身體矯健靈活，上山時腳尖踩著一塊塊滑動的石頭步步上躥，他徑直攀上一塊圓石，回頭看見瓊被甩下好長一截，便坐下來等她。他們在趕路時總是默默無言，瓊有時在難以忍受的沉默中突然暴發出她的歌聲，像山谷裡的一隻母獸在仰天吼叫。塔貝並不轉過頭看她一眼，只顧行路。瓊過一會不唱了，周圍又是死一般沉寂。瓊低頭跟在他身後，只有坐下來小憩時才說說話。

「不流血了吧？」

「它現在一點也不疼。」

「我看看。」

「你去給我捉幾隻蜘蛛來，我捏碎了塗在上面就會好得快。」
「這兒沒有蜘蛛。」
「去找找，石頭縫裡，你扒開石塊會有的。」
瓊在四周扒開一塊塊半掩在土中的石塊，認眞地尋找蜘蛛。一會兒她就捉了五六隻，握在掌中，走過來扳開塔貝的手掌放在上面。他一隻隻捏碎後塗在小腿的傷口上。
「那條狗好凶，我跑跑跑跑，背上的鍋老碰我的後腦勺，碰得我眼睛都花了。」
「當初我該拔出刀宰了牠。」
「那女人給我們這個。」她模仿著做了個最汙辱人的下流動作，「眞嚇人。」
塔貝又抓起一把土撒在傷口上，讓太陽曬著。
「她錢放在哪兒的？」
「你用它想買什麼呢？」
「在酒店的屋櫃子裡，有這麼厚一沓。」他亮亮巴掌，「我只拿了十幾張。」
「我要買什麼？前面山下有個次古寺，我給菩薩送去。我還要留一點。」
「好的。你現在好點了嗎？不疼了吧？」。
「不疼了。我說，我口渴得要冒煙。」
「你沒見我把鍋已經架上了嗎？我就去撿點乾刺枝。」
塔貝懶洋洋躺在石頭上，將寬禮帽拉在眼睛上擋住陽光，嘴裡嚼著乾草，瓊趴在三顆白石壘成的灶前，臉貼著地，鼓起腮幫吹火熬茶。火苗「嘭」地燃燒起來。她跳起身，揉揉被煙熏得灼辣的眼，拉下前額的頭髮看看，已經被火舌燎焦了。

遠處高山頂上有兩個黑影，大約是牧羊人，一高一矮，像是盤踞在山頂岩石上的黑鷹。他們一動也不動。

瓊也看見了他們，揮起右手在空中畫圈向他們招呼，上面的人晃動起來，也畫起圈向她致意。距離太遠，扯破嗓子喊互相也聽不見。

「我還以爲這裡只有我們兩個人。」瓊對塔貝說。

「我在等你的茶。」他閉上眼。

瓊忽然想起了什麼，她從懷裡掏出一本書，很得意地向塔貝展示自己的獵物，那是昨晚上在村裡投宿時從一個往她耳裡灌滿了甜言蜜語、行爲並不太規矩的小夥子屁股兜裡偷來的。塔貝接過一看，他不認識這種文字和一些機械圖，封面印的是一台拖拉機。「這玩意兒沒一點用處。」他扔給瓊。瓊很沮喪，下一次燒茶時她一頁頁撕下來用做引火的燃料了。

走到黃昏，站在山巒遠遠看見前面一個被綠樹懷抱的村莊時，瓊的精神重新振奮起來，又唱起歌了。她掄起拄棍在地邊的馬蘭草堆裡亂舞，又端起棍子小心翼翼地戳戳塔貝的胳肢窩和腰下，想逗他發癢。塔貝不耐煩地抓住棍梢往外一甩，拽得她趔趄幾下跌倒在地。

進了村，塔貝自己一個人去喝酒或者幹別的什麼去了。他倆約好在村裡小學校邊一幢剛剛蓋好還沒有安裝門窗的空房子裡住宿。村裡的廣場晚上演電影，有人在木桿上掛銀幕。瓊在一片林子裡拾柴火時被一群小孩圍住，孩子們趴在牆頭朝她扔石頭。有一顆打在她肩上，她沒有回頭，直到一個戴黃帽子的年輕人把孩子們轟走。

「他們扔了八顆石頭，有一顆打中你了。」黃帽子笑瞇瞇地說，他把手中握著的一隻電子計算機攤在瓊跟前，顯示屏顯出一個阿拉伯數字「8」，「你從哪兒來？」

瓊看著他。

「你記不記得你走了多少天？」

「我不記得。」瓊撩起皮繩說，「我數數看。你幫我數數。」

「這一個結算一天嗎？」他跪在她跟前。「有意思……九十二天。」

「眞的！」

「你沒數過嗎？」

瓊搖搖頭。

「九十二天，一天按二十公里計算。」他戳戳計算機上的數字鍵碼，「一千八百四十公里。」

瓊沒有數字概念。

「我是這兒的會計。」小夥子說，「我遇到什麼問題，都用它來幫我解答。」

「這是什麼？」瓊問。

「是電子計算機，好玩極了。它知道你今年多大。」他按出一個數字給瓊看。

「多大？」

「十九歲。」

「我今年十九歲嗎？」

「那你說。」

「我不知道。」

「我們藏族以前從不計算自己的年齡，但它卻知道。看，上面寫的是十九吧。」

「不像。」

「是嗎？我看看。哦，剛開始看有些不習慣，它的數字有點怪。」

「它能知道我名字嗎？」

「當然。」

「叫什麼。」

他一連按出八位數，把顯示屏顯得滿滿的。

「怎麼樣？它知道吧。」

「叫什麼？」

「你連自己的名字還看不出來？笨蛋。」

「怎麼看？」

「你這樣看，」他豎著給她看。

「這是叫瓊嗎？」

「當然叫瓊，洽霞布久曲呵瓊。」

「嘿！」她興奮地叫道。

「嘿什麼，人家外國人早用了。我在想一個問題，以前我們沒日沒夜地幹活，用經濟學的解釋是輸出的勞動力應該和創造的價值成正比。」他信口開河起來，把工分值、勞動值以及商品值和年月日加減乘除亂說一通。又顯出數字，「你看看，計算出來倒成了負數。結果到年終我們還要吃返銷糧，向國家伸手要糧，這是違反經濟規律的……你瞪我幹什麼？想吃掉我？」

「如果你沒晚飯吃，就在這兒吃好了，我拾了柴就燒菜。」

「他媽的。你是從中世紀走來的嗎？或者你是……是叫什麼外星人。」

「我從很遠的地方來，走了……」她又撩起皮繩，「剛才你數了多少？」

「我想想，八十五天。」

「走了八十五天。不對，你剛才說九十二天，你騙我。」瓊咯咯笑起來。

「啊嘖嘖！菩薩喲，我快醉了。」他閉眼喃喃道。

「你在這兒吃嗎？我還有點肉乾。」

「姑娘，我帶你去一個地方好吧？有快活的年輕人，有音樂、啤酒，還有迪斯可。把你手上那些爛樹枝扔掉吧！」

塔貝從黑壓壓一片看電影的人群中擠出來。他沒被酒灌醉，倒被那銀幕上五光十色、晃來晃去、時大時小的景物和人物弄得昏頭脹腦、疲憊不堪，只好拖著腳步回到那幢空房裡。小黑鍋架在石頭上，石頭是冰涼的。瓊的東西都放在角落邊。他端起鍋喝了幾口涼水，便背靠牆壁對著天空冥思苦想。愈往後走，所投宿的村莊愈來愈失去了大自然夜晚的恬靜，愈來愈嘈雜、喧囂。機器聲，歌聲，叫喊聲。他要走的絕不是一條通往更嘈雜和各種音響混合聲的大都市，他要走的是……

瓊撞撞跌跌回來，她靠著沒有門框的土坯牆，隔著一段距離塔貝就聞到她身上發出的酒氣，比他噴出的酒氣要香一些。

「眞好玩，他們眞快活，」瓊似哭似笑地說，「他們像神仙一樣快活。大哥，我們後……大後天再走。」

「不行。」他從不在一個村裡住兩個晚上。

「我累了，我很疲倦。」瓊晃著沉甸甸的腦袋。

「你才不懂什麼叫累，瞧你那粗腿，比犛牛還健壯。你生來就不懂什麼叫累。」

「不，我說的不是身體。」她戳戳自己的心窩。

「你醉了，睡覺。」他扳住瓊的肩頭將她按倒在滿是灰土的地上。最後替她在皮繩上繫了個結。

瓊愈來愈疲倦了，每次在途中小憩時，她躺下就不想繼續往前走。

「起來，別像貪睡的野狗一樣賴著。」塔貝說。

「大哥，我不想走了。」她躺在陽光下，瞇起眼望著他。

「你說什麼？」

「你一人走吧，我不願再天天跟著你走啊走啊走啊走。連你都不知道該去什麼地方，所以永遠在流浪。」

「女人，你什麼都不懂。」但是他知道該往哪個方向走。

「是，我不懂。」她閉上眼，蜷縮成一團。

「滾起來，」他在瓊屁股上踹了兩腳，高高揚起巴掌，做出砍來的樣子。「要不，我揍你。」

「你是個魔鬼！」瓊哼哼唧唧爬起身，塔貝先走了，她拄著棍子跟在後面。

瓊在一個她認為適當的機會時逃跑了。他倆睡在山洞裡，半夜時她爬起身，沒忘記揹上她的小黑鍋，藉著星光和月光朝山下往回跑。她覺得自己像出籠的小鳥一樣自由。到第二天中午，在一邊是深谷的岩邊休息時，從對面山脊出現了一個黑點，就像那天她放羊回家時所看見的一樣。塔貝截住了她，走來。她氣得發抖，掄起小黑鍋向他頭上死命砸去，那其大無比的力量足以使一頭野公牛的腦漿飛迸出來。塔貝驚駭機智地閃過，抬手一撥，黑鍋從她手中飛脫，叮叮噹噹滾下深谷裡。他倆互相看看，聽見那聲音響了好一陣。最後瓊只得嗚嗚咽咽攀下深谷，幾個時辰後才把鍋撿上來。鍋身碰滿了大大小小的凹坑。

「你賠我的鍋。」瓊說。

「我看看，」他接過來。兩人仔細檢查了一陣，「只有一條小縫，我能補好。」

塔貝走了，瓊垂頭喪氣地跟著。

「哎——」她用大得出奇的聲音唱起一首歌，把整個山谷震得嗡嗡響。

大概有那麼一天，塔貝對瓊也厭倦了，他想：只因我前世積了福德和智慧資糧，棄惡從善，才沒有投到地獄，生在邪門外道，成爲餓鬼癡呆，而生於中土，善得人身。然而在走向解脫苦難終結的道路上，女人和錢財都是身外之物，是道路中的絆腳石。

不久，他倆來到名叫「甲」的村莊。這個時候，瓊的腰間那根皮繩已繫了一串密密麻麻的結。沒想到甲村的人們會敲鐘打鼓站在村口迎接他倆。民兵組成儀仗隊揹著半自動步槍站在兩旁，爲了保險起見，槍口都塞了紅布捲。兩頭由四位村民裝扮的犛牛在夾道中跳著舞。村長和幾位姑娘捧著哈達和壺嘴上沾著酥油花的銀壺在最前面迎接。原來這裡一直大旱。前不久有人打了卦，今天黃昏時會有兩個從東邊來的人進村，他們將帶來一場瓊漿般吉祥的雨水，使久旱的莊稼得到好收成。他倆果然出現了，人們認爲這是一個好兆頭。歡天喜地將塔貝和瓊扶上掛滿哈達的鐵牛拖拉機簇擁著進了村。男女老少都穿著新衣，家家戶戶的屋頂都換了新的五色經幡布。有人從瓊的音容、談吐和體態上看出了她有轉世下凡的白度母的特徵，於是塔貝被撇在了一邊。但是塔貝知道瓊絕不是白度母的化身。因爲在瓊睡熟的時候，他發現她的睡相醜陋不堪，臉上皮肉鬆弛，半張的嘴角流出一股口涎。

他一人悶悶不樂地去酒店喝酒，他想惹點事，最好有人討厭他，跟他過不去，他就有事幹了。打上一場，那人敢跟他拚刀子更好。

酒店只有一個老頭在喝酒。蒼蠅在他頭頂飛來飛去。塔貝進去後，帶著挑釁的神氣坐在他對面。一個包花頭巾的農家姑娘取一隻玻璃杯放在他桌前，斟滿酒。

「這酒像馬尿。」他喝了一口大聲說。

沒有人回答。

「你說像不像？」他問老頭。

「要說馬尿，我年輕時喝過。那眞正是用嘴對著公馬底下那玩意兒喝的。」

塔貝得意地笑起來。

「爲了把我的牛羊從阿米麗爾大盜手中奪回來，我從格則一直追到塔克拉瑪干沙漠。」

「阿米麗爾是誰？」

「嘿，那是幾十年前從新疆那邊來的一支強盜的女首領，是哈薩克人，在阿里和藏北一帶赫赫有名。一個萬戶數不清的牛羊群在一夜之間就從草原上帶走，第二天從帳篷出來一看，白茫茫一片，留下的只有數不清的蹄印，連噶廈政府派出的藏兵也制不了她。」

「後來？」

「剛才你說馬尿。是啊，我揹著叉子槍，騎馬追我的牛羊，在那大沙漠裡，就是那幾口馬尿救了我的命。」

「再後來？」

「再後來，女首領要留我，留我給她當……」

「丈夫？」

「羊倌。我是萬戶的兒子啊！她娘的長得眞漂亮，她簡直是太陽，誰都不敢對直看她一眼，我逃了回來。你說說，我除了地獄和天堂，還有什麼地方沒去過？」

「我要去的地方你就沒去過。」塔貝說。

「你準備去哪兒？」老頭問。

「我，不知道。」塔貝第一次對前方的目標感到迷惘，他不知道該繼續朝前面什麼地方去。老頭明白他的心思。

老頭指著他身後的一座山說：「誰也沒有往那邊去過。我們甲村以前是驛站，通四面八方，可就是沒人往那邊去。一九六四年的時候，」他回憶起來，「這裡開始辦人民公社，大家都講走共產主義道路，那時沒有幾個人講得清楚共產主義是什麼，在哪兒，不知道。問衛藏的來人說，沒有。問阿里的來人說，沒有。康藏的人也說沒看見。那只有喀隆雪山沒人去過。村裡就有幾個人變賣了家產，揹著糌粑口袋，他們說去共產主義，翻越喀隆雪山，從此沒回來。後來，村裡人沒一個再去那邊，哪怕日子過得再苦。」塔貝用牙咬住玻璃杯口，翻起眼看他。

「但是我知道有關喀隆雪山下的一點祕密。」老頭眨眨眼。

「說吧。」

「你準備去那邊嗎？」

「也許。」

「爬到山頂，你會聽見一種奇怪的哭聲，像一個被遺棄的私生子的哭聲，不要緊，那是從一個石縫裡吹來的風聲。爬完七天，到山頂時剛好天亮，不要急著下山。太陽下，雪的反光會刺瞎你的眼，等天黑後再下山。」

「這不是祕密。」塔貝說。

「對，這不是祕密。我要說的是，下山走兩天，能看見山腳下時，那底下有數不清的深深淺淺的溝壑。它們向四面八方伸展，彎彎曲曲。你走進溝底就算是進了迷宮。對，這也不是什麼祕密，別打斷我的話，你知道山腳爲什麼有比別的山腳多得多的溝壑嗎？那是蓮花大師右手的掌紋。當年他與一個叫喜巴美如的妖魔在那裡混戰了一百零八天不分勝負，大師施出種種法力未能降伏喜巴美如。當妖魔變成一隻小小的虱子想使對手看不見時，蓮花生舉起了神奇的右手，口中高聲念誦著咒經，一巴掌蓋向大地，把喜巴美如鎮到了地獄中，從此在那裡留下了自己的掌紋。凡人只要走到那裡面就會迷失方向。據說在這數不清的溝壑中只有一條能走出去，剩下的全是死路。那條生路沒有任何標記。」

塔貝神情嚴肅地看著老頭。

「這是一個傳說，我也不知道走出去以後前面是個什麼世界。」老頭搖搖頭，咕嚕道。

塔貝準備去那兒了。老頭後來向他提出要求，請他將瓊留下。他家有個兒子，最近剛買了一台拖拉機。現在家家都想買拖拉機。大清早，隆隆的機器聲掩蓋了千百年雄雞的打鳴聲。道路上的馬車和毛驢被擠到了邊上。人們喝著從雪山流下的純潔透明的溪水時，也嗅到一股淡淡的柴油氣味。老頭自己經營著一座電機磨房，老伴耕種著十幾畝田地。前不久，老頭還去大城市出席了一個「治窮致富先進代表大會」，領到獎狀和獎品，報紙上也登過他的四吋大照片。他們世世代代沒像現在這麼富裕過，也世世代代沒像現在這麼忙碌過，需要一個操持家務的媳婦。說話的時候，他兒子進來了，掏出一沓花花綠綠的鈔票，想在外鄉人面前炫耀。兒子戴著電子錶，腰間掛著小巧的放聲機，頭上戴著耳機，他隨著別人聽不見的音樂節奏扭著舞步，眞是把城裡公子哥兒的派頭學到家了。塔貝對此無動於衷，只是門外停著的那輛沒熄火的手扶拖拉機的突突聲牽動了一下他的心弦。他起身走向拖拉機旁，摸摸扶手。

「好的，瓊留給你了。」塔貝說。小夥子大概剛從瓊那裡得到了一點什麼，笑眼矇矓。

「我能坐坐你這玩意兒嗎？」塔貝問。

「當然，半個小時保你會開。」小夥子上前教他操作常識，教他怎樣控制油門，教他怎樣換檔、離合器怎樣配合、怎樣起步和煞車。

塔貝慢慢開動了拖拉機，行駛在黃昏的鄉村土道上。瓊在一旁看著他。她要留下來了。她愉快地流著眼淚。這時後面開來一輛速度很快的帶拖斗的鐵牛拖拉機，塔貝不知道怎麼辦。旁邊是條淺溝，小夥子在後面高聲喊他開進溝裡。塔貝從駕駛座跳到了路中間，手扶拖拉機自己慢慢溜進了溝裡。他被來不及煞車的「鐵牛」後面的拖斗撞倒在地。大家全圍上前。塔貝爬起身，拍拍土。他的腰部被撞了，他說沒什麼，一點事也沒有。大家鬆了口氣。

塔貝要走了，他第一次擺弄機器就被它咬了一口。他抱住瓊，跟她行了個碰頭禮，往喀隆雪山那邊去了。到夜晚時，果然下了一場雨，村裡人高高興興唱起歌。塔貝離開甲村，一人進了山。在半路上，他吐了一口血，他的內臟受了傷。

小說到此結束。

我決定回到帕布乃岡，翻過喀隆雪山，去蓮花生的掌紋地尋找我的主人公。

從甲村翻過喀隆雪山到掌紋地的路途比我預料的要遙遠得多。僱的一匹騾子在途中累倒了。牠臥在地上，口中流著白沫，用臨死前那樣一種眼光看著我。我只得卸下牠馱的包囊揹在自己身上，在牠嘴邊放了幾塊捏碎的壓縮麵包。一翻過喀隆雪山，首先聽見海嘯般轟轟巨響，山下的雪堆像雲朵般上下翻捲，腳下的雪粒像急流的河水。但是我的整個身體一點沒感到風的吹動，空氣就像無風的冬夜一樣寒冷而靜謐。我戴著防護鏡，所以用不著等到天黑才下山。整個山面是被厚雪覆蓋的一片平滑的大斜坡，看上去沒什麼凸凹障礙，我揹著囊包走「Z」形緩慢下山。沉重的囊包從背上慢慢墜到腰間，就在我收腹挺胸聳肩想把囊包提起來時，由於猛烈的失重，腳下站立不穩，一個跟頭朝前跌倒。我知道已經無法再站起來，身體正快速往下滑動，於是手腳抱成一團，接著天旋地轉向山下滾去。萬幸的是，還沒掉進雪窩裡去。等我醒來，已躺在平整鬆軟的雪地上，我已到了山腳，向上望去，在雪坡中一道深深的條痕通到高處雪霧飄渺的空間。

在山頂時我看了一次錶，時間是九點四十六分，此刻再次看錶時，指針卻指向八點零三分。走下雪線便進入草苔地帶，再往下是草地，高寒灌木叢，小樹林，接著是一片大森林。穿出森林，樹木植物又漸漸稀少，呈現出光禿禿的荒涼的山石、空壩。整個途中，我不時地看錶，把心裡估計的時間和錶上的時間不斷加以對照，計算一番後得出了結論：翻過喀隆雪山以後，時間開始出現倒流現象，右手腕上這塊精工牌全自動太陽能電子錶從月份數字到星期日曆全向後翻，指針向逆方向運轉，速度快於平常的五倍。

愈往前走，映入視覺中的自然景象也愈來愈產生了形的異變：一株株長著卵形葉子，枝幹黃白的菩提樹，根部像生長在輸送帶上一樣整整齊齊從我跟前緩緩移過。旁邊有座古代寺廟的廢墟。在一片廣闊的大壩上走來一隻長著天梯般長腳的大象。牠使我想起了薩爾瓦多．達利的「聖安東尼的誘惑」，我小心翼翼避開這一切，加快腳步，並不回頭再望一眼。一直走到蒸騰著熱氣的溫泉邊才歇息一會兒。我實在太累了，但不敢睡，我知道一旦闔上眼皮，將永遠長眠不醒了。透過溫泉的熱氣，前面有些不知哪個時代遺棄在這裡的金馬鞍、弓箭鐵矛、盔甲、轉經筒和法號，還有破成布條的黃旗，這裡很像是一個古戰場。如果我不那麼累的話，我會走過去仔細看看，也許能考證出《格薩爾》史詩中所描寫的某一戰場是在這裡。現在我只能坐在一旁遠遠地觀看。這些金屬被溫泉長時間的高溫熔化了，軟綿綿攤在那裡，失去了視覺上的硬度感，有的已無法辨認出它本身的形狀，變成稀釋的物質四處流溢，頗有規律地排列組合成像瑪雅文字一樣難解的符號。起先我懷疑眼前這一切物象是由於患上了孤獨症而錯誤地感知外界客體產生形的變異，但馬上又排斥了這個想法，因爲我大腦的思維是有邏輯性的，記憶力和分析能力都良好。太陽自始至終由東向西，宇宙不管怎樣還是在按照自身的規律存在和運動。雖然白晝和黑夜交替出現，但由於手錶上的指針繼續向反時針方向做快速運行，日曆和星期月份牌不斷向後翻。這使我心理上產生一種體內生物鐘的紊亂，甚至身體出現失重現象。

等我從一個黎明醒來，發現自己睡在一塊高大無比的紅色巨石下面。我是在一個呈放射形向前延伸的數不清溝壑的匯聚點上。一定是這又涼又潮的寒意把我凍醒了，加上從四處溝底吹來的風更冷得我牙齒打顫。我急忙攀上眼前一面亂石突出的溝壁，探頭一看，前面是一望無際的地平線，我已經到了掌紋地。數不清的黑溝像魔爪一樣四處伸展，溝壑像是乾旱千百年所形成的無法彌合的龜裂地縫，有的溝深不見底。竟然找不到一棵樹，一根草。一片蠻荒，它使我想起一部描寫核子戰爭電影的最後一個廣角鏡頭：在世界末日的焦土上，一東一西兩個男女主人公慢慢抬起頭，費力地向對方爬去，最後這兩個世界上唯一的倖存者終於爬到一起，擁抱。苦難的眼光。定格。他們將成爲又一對亞當和夏娃。

扎妥．桑傑達普的軀體早已被火葬，大概有人在燙手的灰燼中撿到了幾塊珍寶般的舍利。我的主人公卻沒有在眼前出現。

「塔——貝！你——在——哪——兒？」我放開聲音喊叫，我覺得他走不出這塊地方。聲音傳得很遠，卻沒有一點回音。

不一會兒，我便看見了奇蹟：一兩公里外的前面出現了一個黑點。我沿著龍溝朝前飛跑，一面喊著我的主人公的名字。等我看清時，驚訝得站住了：是瓊！這是我萬萬沒預料到的。

「塔貝要死了。」她哭哭啼啼走過來說。

「他在哪兒？」

瓊把我帶到她身邊的溝底下。塔貝躺在地上，他臉色蒼白，憔悴，沉重地呼吸著。溝邊長著苔蘚的石縫裡滴著水，在地上積成個小水窪，瓊不停地用腰帶蘸一點水，滴在他半張的嘴裡。

「先知，我在等待，在領悟，神會啓示我的。」塔貝睜眼看著我說。

「他腰上的傷很嚴重，需要不停地喝水。」瓊在我耳邊低語。

「你爲什麼沒留在甲村？」我問。

「我爲什麼要留在甲村呢？」她反問。「我根本沒這樣想過，他從來沒答應我留在什麼地方。他把我的心摘去繫在自己腰上，離開他我準活不了。」

「不見得。」我說。

「他一直想知道那是什麼。」瓊指著我身後，我回過頭，從溝底往回望去，這是一條筆直的深溝，一直可見到頭，前面那座紅色巨石正是我昨晚過夜的地方。現在才看清，紅色的心臟上刻著一個雪白的「弓」。站在紅石下仰起頭是無法看見的。「弓」通常是喇嘛唸「唵嘛呢叭彌吽」六字眞言一百遍時要喊出的一個音節。它刻在紅石上。據我所知，要麼，就是此地是神靈鬼怪出沒的地方，要麼，這裡曾埋葬過一位偉人的英靈。在從江孜到帕里的一個名叫曲米新古河邊的一塊岩石上也刻著這樣一個「弓」，那是爲紀念一九〇四年爲抵抗英國人的侵略在那裡獻身的藏軍首領二代本拉丁而刻的。但這一切，我覺得沒有再對塔貝解釋的必要。此時此刻，我才發現一個爲時過晚的眞理，我那些「可愛的棄兒」們原來都是被賦予了生命和意志的。我讓塔貝和瓊從編有號碼的牛皮紙袋裡走出來，顯然是犯了一個不可彌補的錯誤。爲什麼我至今還沒塑造出一個「新人」的形象來？這更是一個錯誤。對人物的塑造完成後，他們的一舉一動即成客觀事實，如果有人責問我在今天這個偉大的時代爲什麼還允許他們的存在，我將做何回答呢？

懷著最後的一絲僥倖心理，我俯在塔貝耳邊，輕聲細語地用各種他似乎能理解的道理說服他，使他相信他要尋找的地方是不存在的，就像托馬斯·莫爾創造的《烏托邦》，就那麼一回事。晚了，在他生命的最後一刻要讓他放棄多少年形成的信仰是不可能了。他翻了個身，將腦袋貼在地面。

「塔貝，」我說，「你會好起來的，你等我一會兒，我的東西全放在那邊，裡面還有些急救藥……」

「噓！」塔貝制止住我，耳朵貼緊冰涼潮濕的地面。「你聽！聽！」好半天，我只聽見自己心律跳動中出現的一點微弱的雜音。

「扶我上去！我要到上面去！」塔貝坐起身，揮舞著手喊道。

我只得扶起他。瓊先爬到溝上面，我在下面托住塔貝，他身體居然很沉。我扛著他，一手小心護著他腰，另一隻手扭住鋒利突出的岩石塊，一點點把他往上托。兩隻腳踩在外凸的石塊上，攀石的那隻手被劃了一下，先是麻木，接著灼痛，熱呼呼的血流了出來，順著胳膊流到衣袖裡。瓊趴在上面，伸下兩隻手夾住了塔貝的胳肢窩。一個在上面拽，一個在下面托，費好大的勁才把他抬上溝來。太陽正要從地平線上升起，東邊輝映著一派耀眼的光芒。他貪婪地吸了一口早晨的空氣，眼睛警覺地四處搜尋，想要發現什麼。

「它說的是什麼，先知？我聽不懂，快告訴我，你一定聽懂了，求求你。」他轉過身匍匐在我腳下。他耳朵裡接收的信號比我早幾分鐘，隨後我和瓊都聽見了一個從天上傳來的非常眞實的聲音。我們注意聆聽。

「是寺廟屋頂的銅鈴聲。」瓊喊道。

「是教堂的鐘聲。」我糾正道。

「山崩了，好嚇人。」瓊說。

「不，這是氣勢龐大的鼓號樂和千萬人的合唱。」我再次糾正道。瓊困惑地看我一眼。

「神開始說話了。」塔貝嚴肅地說。

這次我沒敢糾正。是一個男人用英語從擴音器傳來的聲音。我怎麼也不能告訴他，這是在美國洛杉磯舉行的第二十三屆奧林匹克運動會的開幕式，電視和廣播正通過太空向地球上的每一個角落報送著這一盛會的實況。我終於獲得了時間感。手錶上的指針和日曆全停止了，整個顯出的數字告訴我：現在是公元一千九百八十四年七月，北京時間二十九日上午七點三十分。

「這不是神的啓示，是人向世界挑戰的鐘聲、號聲，還有合唱聲，我的孩子。」我只能對他這樣講。

不知他聽見沒有，或者他什麼都明白了。他好像很冷似地蜷縮起身子，閉上眼，跟睡著了一樣。我放下塔貝，跪在他身邊，爲他整理著破爛的衣衫，將他的身體擺成一個弓形，由於我右手上的血沾在了他衣衫上，這使我感到很內疚。是我害了他，也許，這以前我曾不止一次地將我其他的主人公引向死亡的路。是該好好內省一番了。

「現在，只剩下我一個人了。」瓊可憐巴巴地說。

「你不會死。瓊，你已經經歷了苦難的歷程，我會慢慢地把你塑造成一個新人的。」我仰面望著她說，我從她純眞的神情中看見了她的希望。

她腰間的皮繩在我鼻子前晃盪。我抓住皮繩，想知道她離家的日子，便順著頂端第一個結認眞地往下數：「五……八……二十五……五十七……九十六……」

數到最後一個結是一百零八個，正好與塔貝手腕上盒珠的顆數相吻合。

這時候，太陽以它氣度雍容的儀態冉冉升起，把天空和大地輝映得黃金一般燦爛。我代替了塔貝，瓊跟在我後面，我們一起往回走。時間又從頭算起。

——收入《繫在皮繩扣上的魂》（新地文學）

李銳和他的小說

李銳（一九五〇～），祖籍四川自貢，出生於北京。一九六六年中學畢業，一九六九年，十九歲的李銳自北京赴山西省呂梁山區邸家河村插隊落戶，先後做過六年農民，一九七五年又在山西臨汾鋼鐵工廠做了兩年勞工，直到一九七七年調入《山西文學》編輯部才離開農村。因此他對呂梁山區的農村生活有非常深刻的體會，並催生了《厚土》系列小說。一九八四年畢業於遼寧大學中文系函授部，一九八七年正式發表《厚土》系列，一九八八年轉為山西作家協會專業作家，現為北京寫家文學院客座教授。

自一九七四年發表第一篇小說迄今，李銳已發表各類作品百餘萬字，其中最為海內外讀者熟悉的是短篇小說集《厚土：呂梁山印象》，以及最具代表性的長篇小說《無風之樹》。《厚土》是由系列短篇小說構築而成，書寫插隊六年的呂梁山區，它表現了李銳最深邃的生命體驗。呂梁山是西北赤貧之地，因而保有最原始、最純粹的，與現代工業文明絕緣的中國本土性，正好跟西方現代文明構成強烈的對比。原本純樸的人性表現（或某種很中國的民族性），一旦將它放在現代文明的天秤上，立即凸顯出其困頓、保守和迷惑。這片綿延無盡的荒山禿嶺讓李銳首次獨自面對命運，以及一種天長地久的悲情。日後他談到這段歲月，多次引用「前不見古人，後不見來者；念天地之悠悠，獨愴然而涕下」，來表達內心感受到的精神困頓，以及對苦難的巨大同情。

李銳把山民的原始形態，以冷峻而粗獷的筆調剖析開來，讓我們看見山民那種「憨厚」又「土氣」的人性特質、令人難過的愚昧和卑微、保守得近乎迂腐的思想模式。「厚土」一詞，象徵著某種僵化的思想「積累」與苦難的永續「重複」；既沉重又沉悶，缺乏（同時也在抑制）人民反省或改變的力量，這些恆久沉積下來的厚實土層，封存了所有思想、事物的演進，歷千年而不變。李銳以舉重若輕、簡潔俐落的幽默敘述，化解了它原來的沉重感，讓每個人物活了起來，稱職地演繹著各自的角色，〈選賊〉便是很好的例子。這篇「做賊的卻喊抓賊，甚至選賊」的短篇小說，生動地描繪了老百姓的憨厚天性，以及自我的麻木；大家心裡明白誰是真正的竊賊，雖有反抗的念頭卻又不敢真的行動，僅僅在選票上稍為反彈一下，但他們還是擔心萬一隊長被定罪之後，會產生預想不到的結果。正所謂「人無頭不走，鳥無頭不飛」，所以大夥還是不了了之。呂梁山的一切最好永遠「不動如山」，維持一個超穩定狀態。

評論家王德威認為：文革中上山插隊的經驗是李銳揮之不去的癥候兼靈感，驅使他不斷的回溯及書寫。他描述知青與農民間相互改造、教育的艱難，及種種哭笑不得的後果，為中國追求現代化最歇斯底里的歲月，留下見證。他又將這人為的歷史創痕擺在天地不仁的框架中審思，從亙古長在的蒼山領會生命渺小無常。（王德威〈呂梁山色有無間——李銳的小說天地〉）

也有學者指出：李銳對文化的觀照著眼於「生存」的議題，他企圖通過人們的生存方式與傳統文化之間的思考，去呈現生存本身的意義與價值。《厚土：呂梁山印象》即顯示了深厚的文化意蘊，表現了呂梁山這塊有著古老歷史文化遺跡的黃土高原，特有的沉重、凝滯的生存景觀，以及由此孕育出來的封閉、古樸的文化性格與生存命運。李銳的小說在客觀的敘事中努力還原生活的原生態，在冷峻地審視人物靈魂的

過程當中，著力挖掘文化與哲理的內涵，體現了他對人類生存的終極關懷。（金漢編《中國當代文學發展史》）

《厚土：呂梁山印象》曾獲第八屆全國優秀短篇小說獎，以及第十二屆《中國時報》文學獎。其他作品曾獲《山西文學》優秀小說獎、趙樹理文學獎、《中國時報》文學推薦獎，及京、津、滬等地文學獎多種，並翻譯成法文、德文、瑞典文、英文。

重要作品有：中短篇小說集《紅房子》（北京：人民文學，一九八八）、《厚土：呂梁山印象》（杭州：浙江文藝，一九八九／台北：洪範書店，一九八九）、《天上有塊雲》（南京：江蘇文藝，二〇〇三）；長篇小說《舊址》（上海：上海文藝，一九九三／台北：洪範書店，一九九三）、《無風之樹》（南京：江蘇文藝，一九九六／台北：麥田，一九九八）、《萬里無雲》（北京：中國青年，一九九七／台北：一方，二〇〇二／台北：麥田，二〇〇六）、《銀城故事》（南京：長江文藝，二〇〇二／台北：麥田，二〇〇二）、《太平風物：農具系列小說展覽》（台北：麥田，二〇〇六）。

選賊

李　銳

「行了，選吧！」

隊長敲驚堂木一般，把手中的青石片在碾砣上叭地敲了一下，而後又把一條腿高高地舉起來，朝碾盤上很有氣勢地一踏。

天太熱，熱得人迷迷糊糊的。老檀樹底下的村民們一個個愣怔著臉，全都糊在那不吭氣。隊長發火了：

「日他老先人！不是嫌我太霸道？給了你們民主又不動彈，咋？還得叫我替你們民主？縣官大老爺也不能有這麼大的派頭。選！今天不把這偷麥的賊選出來，咱的場就不打了，今年的麥子就不收了，過大年全都啃窩窩！快些，快些，各人選各人的，不許商量！」

還是沒人吭氣，還是全都愣怔著臉，這件事情委實有些難辦。

昨天夜裡是隊長值班看場，清早起來一查，裝好袋的麥子丟了一袋。叫來會計、保管再查，還是丟了一袋。隊長操起祖宗來，發誓要把盜賊捉拿歸案。查來訪去，線索只有一條——麥子丟了一袋。眾人幫著分析：第一，不是婆姨偷的，一百多斤婆姨扛不動。第二，不是六個北京來的學生娃偷的，學生娃都住在剛蓋的集體宿舍裡，偷了沒處放。第三，不是隊長偷的，隊長看場。看來就是賊偷的。可賊偷是爲個人享用，不會自告奮勇投案，可惡。可惡卻又不露馬腳，無奈。眾人愈寬心，隊長就愈是把祖宗操個不停。他覺得尊嚴受辱，這個偷麥的人專挑這一晚不是爲偷麥，是爲要他隊長的好看。直氣得隊長眼冒金星，看著人人臉上都寫了個賊字。一氣之下他把村民們召集起來，發動群眾選舉破案；婆姨們沒有選舉權，攬著娃娃擠在犄角裡看熱鬧；學生們也不選，準備好了紙和筆，只等著有誰想好了結果，走過來趴在耳朵上說一聲就記下一票——只記被選舉人。

可是，天太熱，熱得人迷迷糊糊的，擠在蔭涼底下的男人們全都熱得發傻。看看罵不動，隊長把緊繃繃的臉鬆下來：

「不怕，民主選舉麼，想選誰選誰。你看著誰像是偷麥的就選誰。」而後一拍胸脯，「選我也行！選出來也不定準就是賊，咱們選的是線索。選吧，選吧，從你這兒開始！」

隊長的指頭戳點著離碾盤最近的那個人。指到臉上了不能不動，那糰成一團的人群開始出現了第一個缺口，接著第二個，接著第三個……有隻花尾巴喜鵲落到檀樹上，嘰嘰喳喳地叫起來，著著急急的，彷彿也想飛下來湊一票。

選民們一本正經，一個個湊到耳朵上去嘴唇動動，然後又神態莊重地退回原地。選舉進行得十分順利，十四張選票，無人棄權。學生們笑笑，把選票交給隊長，隊長的眉毛頓時擰了起來：

「好哇，狗日們，你們就這麼恨我？這麼多年我就算是白給你們幹啦？全都選我，我真想吃麥用著上場裡偷去？狗日的們，知人知面不知心哇。我，我全都操你們的祖宗！全都操！我不幹了。

這個爛隊長誰想當誰當，到年下誰有本事誰上公社爭救濟款、救濟糧去，看有毬門兒麼？看能鬧回一分錢來麼？狗日的們，喝西北風去吧！」

一甩手，隊長退出選舉，走了。

選民們又愣怔怔地糊成一團了：

「把他家日的呢，誰想就能這麼齊心，哎——」

不知是誰綳不住弦了，噗哧一聲笑出來，老檀樹底下頓時嘩啦啦地笑成一片，眼淚淌下來了，肚皮直抽筋，男人女人全都東倒西歪，好像是有股旋風在麥田裡攪。

笑夠了，有人發起愁來：

「他要眞不幹，今後晌當下就沒有人喊工派活，弄不好眞要把麥子耽誤了。」

「人無頭不走，鳥無頭不飛。村裡沒有頭兒了，沒個人管這還能行？」

學生們不知深淺：

「他實在不幹咱們就再改選一個唄！」

「選誰？選你？到年下你能給隊裡弄回來救濟糧、救濟款麼？」

老檀樹底下的村民們從剛才的幽默中清醒過來：眼下的麥子，年底的救濟，衣食性命豈是可以開玩笑的？剛才那一場確實鬧得有些過頭了。於是，笑容退淨了的臉上，愣怔怔地添上許多惶恐。

女人堆裡傳出嘰嘰喳喳的埋怨來：

「盡是胡鬧哩，這回惹下了，看你們咋呀？」

「有本事鬧，就有本事收場，你們自己當隊長吧！」

「一袋麥子，丟就丟啦，吃就吃啦，值得為這得罪人？」

天太熱，熱得人迷迷糊糊的。男人們自知惹了禍，嘻嘻地露出些白牙，可那露出來的白牙卻掩不住愈聚愈多的惶恐。誰也想不出今天怎麼收場。隊長不在，老檀樹下面頓時留下一片塡不滿的空白。毒毒的太陽底下，人們從惶恐中又生出些怨恨來：

「這個東西，你偷就偷吧，非得等他看場才下手？」

「這雜種是成心壞大家的事情哩，逮住不能饒他！」

「讓狗日的吃了麥子爛腸子，爛成一節一節的！」

「查出來搗爛個龜孫！」

「搜，挨家挨戶搜，就不信找不見那條口袋！」

可是，不管多麼激動，不管多麼義憤，撇下了村民的隊長並不見回來。隊長不回來，人們只有惶惶地在老檀樹的陰影裡懸著。

有人建議：

「還是推舉個人去家裡叫吧。」

誰去？

義憤平息了的人群又糨成團了——漏子是大家捅的。該讓誰一個人去頂槓子？去了能有好話？少說也得把十八輩的祖宗給人家預備下。

「大家的事情大家去吧！」

人群挪動起來。又有人補充道：

「婆姨們在前頭，婆姨家好說話，拉拉扯扯的面子上就混過去了。」

「對，婆姨們走前頭！」

人們黑油油的臉上又有些白牙露出來，糨成團的人群終於活動起來。隨著一陣從屁股上蕩起來的灰塵，全體村民，女人在前，男人殿後，從老檀樹下離離拉拉走到灼人陽光裡去。一眨眼，留下了空蕩蕩的一片陰影和幾個不知所措的學生。

有一隻大膽的公雞，自信地跳到碾盤上一啄一啄地在碾盤裂縫中叼起些陳年的米麵而後抖擻著華麗的冠羽，勾舉脖頸，旁若無人地唱起來，那神態，那氣度，頗有幾分領袖的風采。

——收入《厚土》（洪範書店）

馬原

和他的小說

馬原（一九五三～），原籍吉林省通遼市，出生在遼寧省錦州市的一個鐵路員工家庭。當過工人與知青，曾插隊落戶四年。一九七八年考入遼寧大學中文系，八二年畢業後前往西藏群眾藝術館工作七年。西藏獨特的自然景觀，深深的吸引著馬原。那裡不僅是他的最愛，在西藏的那段生活經歷也成為他創作時的重要題材。一九八九年回到瀋陽，任遼寧省作家協會專業作家，現定居上海，在同濟大學文學院執教。

馬原是中國「先鋒文學」開山立派的首要作家，先鋒即是所謂的「前衛」，在中國另有「探索小說」及「實驗小說」的稱謂。馬原在七〇年代開始小說創作，早期作品以內地生活為主。一九八四年發表的《拉薩河女神》，使用獨特的敘述手法，將一些沒有因果關係的事件串連起來，構成風格迥異的小說。馬原小說敘事風格，自此產生巨大的變化的起點，高度的實驗性和叛逆性，引起文壇的廣泛注意。

他接著發表了一系列以西藏故事為背景的小說，在奇詭的高原地形、迥異的生活形態、聳人聽聞的故事情節之外，馬原大膽打破內容與形式、真實與虛構的界限，把敘事本身看作審美對象。在中國當代文學史上，馬原第一個把敘事因素置於比情節因素更重要的地位，他廣泛採用「元小說」或「後設小說」的敘事技巧，在文本中有意暴露作者的敘事思考與行為，以及虛構性的小說策略，追求一種亦幻亦真的敘事效果，形成著名的「馬原的敘事圈套」，也成為以後作家的敘事藍本和先鋒小說實驗的起點。先鋒小說家特別喜歡「獨白」式的敘述，幾乎都以「我」來開展故事，可是此「我」偏偏是一個擺明虛構，沒有血肉或情感起伏的「無我」，是一個純粹的說故事者，以致極大部分先鋒小說都比傳統小說來得冷冽清淡。

馬原的「元小說」試驗，啓發了蘇童、余華、格非、葉兆言等先鋒小說家，故有評論家將他視為「先鋒派中的先鋒」。馬原之後，「寫作的寫作」、「故事的故事」在中國小說界風靡一時，青年小說家競相仿效馬原的小說，新一代崛起的先鋒派更被稱為「馬原後」作家。（吳秀明編《中國當代文學史寫真》）

一九八五年，馬原發表震驚文壇的中篇小說〈岡底斯的誘惑〉，象徵著「敘事圈套」的成熟。他把三個非常吸引人卻互不相干的故事拉扯到一起，再擾亂解讀的習慣視線，把故事扭曲起來隱藏在敘事的背後。一九八六年發表的中篇小說〈虛構〉更上層樓，提示了最新的小說經驗。他從「虛構」出發卻以最大的可能性切近「真實」，這種「真實」的虛構由作者直接進入文本，偽裝敘述者來建立，這個敘述者跨越「真實」和「虛構」的雙重領地，真實在這裡被虛構化了，敘述時間在這裡成為真實與虛構雙向流變的自由通道（陳曉明《無邊的挑戰：中國先鋒文學的後現代性》）。

其實這篇小說的篇名——〈虛構〉——早已揭示它的中心議題：虛構即是小說敘事的本質。馬原為讀者創造了一則像小說的故事／事件：有個叫馬原的到瑪曲村（麻瘋隔離區）考察七天，然而這裡的事物卻在虛幻與真實之間，失去有效的區隔。而且他居然在這個令常人卻步的地方，展開對性愛的探索，以及對中國性文化的反思。這構想本身就很具震撼力，再套進「敘事圈套」當中，便成了形式與內容的雙重閱讀。

為了讓小說更有可看性（內行的看門道，外行的看熱鬧），除了「敘事圈套」本身的美學意義，馬原的故事一向填滿天葬、狩獵等藏族文化的神祕主義元素。如此一來，也提高了「元小說」實驗的創作難度。馬原在他的創作高峰期，突然停止了寫作，十年時間未寫一字。個中原因，一直是文學界的謎團。他的代表作《岡底斯的誘惑》入選「二十世紀中文小說一百強」。

重要的作品有：長篇小說《上下都很平坦》（上海：上海文藝，一九八九／太原：北岳文藝，二〇〇一）；中短篇小說集《岡底斯的誘惑》（北京：作家，一九八七／一九九二）、《虛構》（武漢：長沙文藝，一九九三）、《遊神》（杭州：浙江文藝，二〇〇一／台北：小知堂，二〇〇二）、《懸疑地帶》（福州：海峽文藝，二〇〇二）；《馬原文集》（北京：作家，一九九七）、《馬原自選集》（北京：現代，二〇〇六）；評論集《閱讀大師》（上海：上海文藝，二〇〇二）。

虛構

馬原

各種神祇都同樣地盲目自信，祂們唯我獨尊的意識就是這麼建立起來的。祂們以爲唯有自己不同凡響，其實祂們彼此極其相彷；比如創世傳說，祂們各自的方法論如出一轍，這個方法就是重複虛構。

——《佛陀法乘外經》

1

我就是那個叫馬原的漢人，我寫小說。我喜歡天馬行空，我的故事多多少少都有那麼一點聳人聽聞。我用漢語講故事；漢字據說是所有語言中最難接近語言本身的文字，我爲我用漢字寫作而得意。全世界的好作家都做不到這一點，只有我是個例外。

我的潛台詞大概是想說我是個好作家，大概還想說用漢字寫作的好作家只有我一個。這麼一來我好像自信得過了頭。自負？誰知道！

這麼自信的人好像應該說些表現自信方面的話，好像應該對自己的小說充滿同樣信心。比如絕對不必像我這樣畫蛇添足硬要在現在強迫我的讀者聽我自報寫過些什麼東西。

我現在就要告訴你我寫了些什麼了，原因是我深信你沒有（或者極少）讀過這些東西。別爲我感到悲哀（更別替我不好意思），順便告訴你，我心安理得泰然自若著呢。

有的說我是爲了寫小說到西藏去的。我現在不想在這裡討論這種說法是否確切。我到西藏是個事實。另外一些事實是我寫了十幾萬字有關西藏的小說。用漢字漢語。我到西藏好像有許多時間了，我不會講一句那裡的話；我講的只是那裡的人，講那裡的環境，講那個環境裡可能有的故事。細心的讀者不會不發現我用了一個模稜兩可的漢語辭彙，可能。我想這一部分讀者也許不會發現我爲什麼沒用另外一個漢語動詞，發生。我在別人用發生的位置上，用了一個單音漢語詞，有。

我不講語言學教程，這個話題到此爲止。

我寫了一個陰性的神祇，拉薩河女神。我沒有說明我在選擇神祇性別時的良苦用心。我寫了幾個男人幾個女人，但我有意不寫男人女人幹的那檔子事。我寫了一些褐鷹一些禿鷲一些紙鷂；寫了一些熊一些狼一些豹子一些諸如此類的其他凶惡的動物；寫了一些小動物（有凶惡的）如蠍子，（有溫順的）如羊羔，（也有不那麼溫順也不那麼凶惡的）如狐狸旱獺。

我當然還寫了一些我的同類的生生死死，寫了一些生的方式和死的方法。我當然是用我的方法想當然地構造這一切。大概我這樣做是爲了證明我是個不同凡響的作家。誰知道呢？

我其實與別的作家沒有本質不同，我也需要像別的作家一樣去觀察點什麼，然後借助這些觀察結果去杜撰。天馬行空，前提總得有馬有天空。

比如這一次我爲了杜撰這個故事，把腦袋掖在腰裡鑽了七天瑪曲村。做一點補充說明，這是個關於痲瘋病人的故事，瑪曲村是國家指定的病區，痲瘋村。

毫無疑問，我只是要借助這個住滿病人的小村莊做背景。我需要使用這七天時間裡得到的觀察結果，然後我再去編排一個聳人聽聞的故事。我敢斷言，許多苦於找不到突破性題材的作家（包括那些想當作家的人）肯定會因此羨慕我的好運氣。這篇小說的讀者中間有這樣的人嗎？請來信告訴我。我就叫馬原，眞名。我用過筆名，這篇東西不用。

當然肯定也有另一些人寧可不當作家也絕不會鋌而走險走我這一步。不走就對了。羨慕的不必羨慕。

實話說，我現在住在一家叫安定醫院的醫院裡；安定醫院是對外名稱，所有知情的都知道這是一家精神病院。我住在這裡寫作。我周圍是些老人，這是老人病房。房間裡很乾淨。大約是個二十平方米的房間，有六張病床。

實話說，我當初不知道痲瘋病的潛伏期最長可達二十年以上。我剛剛出來三個月，現在我還沒有呈現任何病兆。

我開始完全抱了浪漫的想法，我相信我的非凡的想像力，我認定我就此可以創造出一部眞正可以傳諸後世的傑作。

（請注意上面最後一個分句。我在一個分句中用了兩個——可以。）

我不是個滿足於「想一想不是也很好嗎」的海明威式的可以自己寬解愁腸的男人。我想了就一定得幹，我幹了。海明威是個美國佬。

我不敢誇口我是唯一敢這麼幹的人。因爲我進瑪曲村認識的第一個人就是另一個這麼幹的。他說他也不是第一個。

2

你看我有多大年齡，說你第一眼時的直觀判斷。不要憐憫我。不要說那些想使我高興一點的話。不不。我說了別這樣。

這裡有鏡子。有水。我每天都能看到我。可是我不知道我是否顯得衰老。我不知道別人到我這個年齡時的樣子。你告訴我實話。你應該知道這沒有關係的。我早就從你們的世界裡退出來了。那個世界是你們的。

有三十年了。也許四十年。我沒去計算時間。時間沒法計算。昨天跟今天一個樣。今天跟明天一個樣。你記不住重複了許多次的早上或晚上。山綠了又黃。我是記不住了。

我是個啞巴。這裡的人都當我是啞巴。我到這裡就再沒說過話。我怕我早把漢話忘了。跟你說這些話的時候我敢肯定我還記著。有些事會了就忘不了。游泳就是這樣。我七歲那年學會游泳。那好像是一百年以前的事了。不是地道漢族。我爸親是個做生意的印度人。

我不說話。後來也沒人跟我說話了。就不要問這個了。叫什麼名字有什麼關係呢。這麼多年我沒有名字一樣活著。他們都不叫我。沒有人知道我叫什麼。他們當我是個聾子。

你眞有眼力。這裡沒有人看出我讀過書。我爸親有錢。是我自己不想再讀下去了。

你要吃東西嗎。你有再好不過了。我至少幾十年沒吃過點心了。好吃。我們再不回去就錯過吃午飯了。那好。我們就往溝溝裡走。

我一直不想這些事。這些事現在想起來好像跟我沒有關係了。也許不是關於我的。其實我的別人的又有什麼關係呢。

你肯定不信我有一枝槍。二十響盒子。我們一會就會看到了。有七發。這麼多時間了不知道是不是還能打響。沒一點鏽。我放的地方雨淋不到。沒人知道。沒有人往山上爬。我爬山他們都當我是傻瓜。從這兒往上去。

從到這的第一天我就爬山。這條路就是我踩出來的。這種地方沒人來。你累了就歇歇。上面的路還遠。我盡可能走得遠一點。我不放心那枝槍。走吧。一會兒累了再歇。

3

我們邊說邊往山上爬。他看上去很衰老，可是腳步比我要健。我不期待發生奇蹟，我同樣不反對有奇蹟發生。我們走走歇歇，最後還是到了他要到的地方。他讓我等一下。

他像變戲法一樣，突然從一個可憐的老人變成荷槍實彈的強盜。他動作迅捷模樣凶狠，我從聲音和外形可以斷定他手裡的是眞槍。他用槍口對著我的臉，我想起他說的彈匣裡還有七發子彈。我的腿突然哆嗦起來。

這時他說：「把背包裡吃的東西統統拿出來！快點！聽見了沒有?!」

我完全嚇傻了。我那時腦子裡什麼都不能想，我只是盯住黑森森的槍口。我記得它比我想像的要大得多，像個山洞，我完全可以直著腰走進去。我能做的大概誰都能做。我伸手到背包裡，把先觸摸到的一筒罐頭拿出來扔到地上。接著扔出來的有另外兩筒罐頭，一包巧克力和剩下的乾點心。

我還在猶豫是否要把照相機也拿出來的時候，他又突然笑了。「我以前就是幹這個的。過了幾十年，我想看看現在的人。什麼都跟從前一樣，沒變，嘻嘻，沒變。」

他笑。我把笑忘得一乾二淨，因爲我前面的那個山洞。他的話我聽見了，可是我不明白這些話的含義，我的腦袋已經不運轉了。

槍口從我眼前慢慢移開垂向地面。我的意識像春天的蛇一樣開始甦醒。我開始回味他剛才的話，我回憶起剛剛過去的半天時間。

不行，我的腦袋還是處於半麻木狀態。我甚至不明白他下面那些動作的實際意義。

他把槍重新端在手上，我注意到他拿槍的是左手。他用右手撥開保險，然後他把左臂伸向空中。槍口朝天，他要幹什麼呢？

我盯住他扣在槍板機上的左手食指，我看到他開始用力。槍響了。

空氣劇烈震動起來，近山遠山充滿回音。我覺得整個世界在看我們。山下的瑪曲村這時正沐浴在中午的陽光下，它顯得很小，小得不眞實了，像沙盤上模型。村裡看不到人，但我覺得所有的人都在看著我們倆。

「可惜只有六發了。眞不錯，幾十年了。」

這兩句話我馬上就聽懂了。我知道剛才的夢境已經過去，可我那時還不知道這個細節在我那部傑作裡面的位置。

他在不知不覺中消隱在山石中了。他再出現的時候，手裡的槍已經不見了。他好像已經忘了我，不再理睬我，從我身邊輕盈地跳著下山了。跳動的身影在山石中時隱時現，就像個放羊的男孩子。他個子高大，這時顯得瘦小。

我一個人蹲下身，撿起剛扔在地上的食品罐頭。我再站起來時他已經完全消失。我這時產生了想找找那枝槍的念頭。

我有一種預感。我要證實這種預感。我的預感沒有錯。我找不到它；或許它根本就不存在，或許它只存在於我的想像中。

我下山的時候，我才想到關於所有的痲瘋病的問題。他是個痲瘋病人嗎？他已經在這個滿是痲瘋病人的地方生活了幾十年。我不知道我爲什麼會遇到他，爲什麼先不進村子。

4

我沒有把握得到醫生的許可，我是偷著溜進這塊禁地的。我事先已經聽說有兩個醫生負責瑪曲村的事。聽說是兩個年輕的藏族，其中有一個女的；聽說那個男的也很漂亮。

病區沒有任何形式的圍欄，這樣它既不能防止病人外出，又不能防止外人進入。我就是鑽了這個空子。

公路傍江而行，附近百里沒有人居住。因此這兩幢石砌的小屋就顯得格外冷清。西邊的一幢是公路道班，瑪曲醫院占了另一幢。而瑪曲村離這裡還遠，在十幾里外的山腳下，和公路隔著大片的漂礫灘。從公路向北望，一眼十幾里無遮無攔，小村子看得一清二楚。把瑪曲村與外部世界連接起來的是條小路，彎彎曲曲的像條乾絛蟲。

我搭乘一輛運貨卡車，在離道班很遠的地方先下了車。我爲了不驚動兩位醫生，就從下車的地方徑直向北往瑪曲村跋涉。我相信醫生絕不會想到我的侵入。

我事先準備了睡袋和一些食品，我拿定主意自己解決食宿問題。我沒想好該逗留幾天，但我沒有當天就離開的打算。

村子北面的山非常高大，因而有一些山溝溝到山下時就變成了洩洪道。洩洪道把大塊漂礫灘分割成條條塊塊。

我決定在靠近村子但又人跡罕到的地方找個能睡覺的地方。我找到了一條又窄又深的洩洪道，我在一個拐彎處埋下背囊和多數食品，只揹了挎包和相機進了村子。

下午的陽光曬得人快乾枯了。村子裡靜悄悄的，沒有馬牛羊豬雞這類常見的禽畜，只有一些在陰涼處躺著睡覺的狗。

房子都是石塊砌的，典型的農區藏式房，平頂而低矮。房子格局分布與其他村子都沒有什麼兩樣。土路，多半都很狹窄，看來不是車馬道。我在村子閒逛，我沒見院子裡有人，我走遍了村子沒見到一個人影。我拿定主意不輕易走進人家的院子和房間。

更有趣的是沒有一隻狗朝我吠一聲，連狗都沒興趣理我。我感到由衷的悲哀。

如果不是我在事前多方了解，我此時肯定要認爲這是個被人遺棄的村莊。我知道不是。這裡至少住著一百二十幾個活人。我還知道這些居民不事耕作或放牧，他們吃的用的都由國家免費供給。

第一個有人的信息是從村裡最後一幢二層樓院裡傳出來的。我這時已經轉到村後。這是村裡唯一的樓房，上樓的石階在北面。我聽到的是孩子的哭叫聲，聲音尖利，我毫不猶豫地走上石階推開門。我沒想到我會看到女人們。

三個女人一字排開，靠在牆邊昏昏欲睡。我不好意思講我的窘態，我只能告訴你，她們下身都沒穿衣服，都只是在上身穿著漢人式樣的舊布衣，三個人都敞著懷，露出奶子。其中有一個人身上趴著個男孩吮奶頭，看得出這就是剛才哭叫聲的來源。

我知道我走錯了地方，不過三個女人似乎都沒注意到我，只有那個男孩的眼珠往我這邊溜來溜去。女人們閉著眼，舒舒服服地享受著陽光的沐浴。我像所有敏感的年輕男人一樣，特別注意到她們有意把腿叉得很開，像專門曬那個地方。我當然不會盯住她們，我也沒有像個冒失鬼似的轉身跑開。

準確地說，這不能叫樓，它只不過是兩間小小的房上房罷了。住人的小房間建在東廂屋頂上，又在正房屋頂北面壘起一道一人多高的石牆。正房屋頂成了這幾個女居民的日常活動場所。住房在東面，西面則堆放著一些用來做燒柴的矮棵植物。看來這裡沒有居住男人。

我站在門口，進退維谷。我沒有看到女人們的臉。憑著一瞥瞬間的印象，我認定有男孩的女人還很年輕。我想我不該走進去。就在我轉過身的同時，一個聲音傳過來了。

「我會說漢話。」

我只能重新轉回身去，這時我看到了那個有男孩吃奶的女人的臉。是她在對我說話。

我說：「我也說漢話。」

我不知道我是否在發抖，那張女人的面孔叫我毛骨悚然。鼻子已經爛沒了，整個臉像被嚴重燒傷後落了疤，皮膚發亮，緊繃繃的。

她表情奇特，兩個瞳仁外斜，像在看我又不像在看我。她說：「你是拉薩來的。拉薩來的人說漢話。」

我說：「你到過拉薩嗎？」

她說：「拉薩是個大地方……」

我說：「是個大地方。你是什麼地方的？」

她說：「我到過昌都。聽人說。拉薩比昌都還大，我想拉薩一定很大。」

我說：「你怎麼會說漢話呢？」

她說：「我們那裡的人都會說漢話。」

我說：「你男人呢？」

她說：「你問的哪一個男人都在他們自己的房子裡。這裡都是女人，還有孩子。」

我說：「你來的時間很長了嗎？」

她說：「山綠了又綠，」她拍拍男孩的腦殼，「他是到這裡生下來的。你進來吧。」

我說：「醫生每天都到村裡來嗎？」

她說：「聽說換了兩個，我沒見過呢。」

我下意識地「噢、噢」了兩聲，連自己也不知道要表達什麼意思。我不知道再該說點什麼，就轉身往下去了。到了石階下，我又想起該問一下村裡是否還有會說漢話的，我重新想走上石階。這時我發現剛才的四個人正都扒著門框看我。

5

她是村裡唯一會說漢話的人。

我沒有別的選擇。我讓她轉告她們穿上衣服。我看得出她們三個年齡都不大，只是另外兩個乾癟瘦弱。她們三個人面目極其相似。

她比另外兩個多一點生氣也豐滿得多。我跟著她進了她們的房間。這一間都是她的，她和她的孩子。我猶豫了一下坐在一個木椅上。

她說：「那個矮的是癡呆。高的腰壞了。她們都不能生孩子。」

孩子剛剛能走動，可是眼睛裡都有某種看了叫人心悸的老成。他扭著臉看我，一邊蹣跚地朝門外走。陽光照在他赤條條的身體上，使他看上去像有幾分透明了。

她說：「他什麼都懂，有人來他就出去。」

以我們看來，她的話裡暗示著某種東西。我得說這是我們的錯覺。她不是我們熟悉的那一類女人，這是我在以後幾天裡通過接觸視察得出的結論。

我告訴她，我要在村裡住幾天。

她說：「沒有一個外來的人住村子裡，他們都是跟醫生一起來，轉了一圈又一起走掉。他們不住村子裡。村子裡沒有外人住的地方。」

我肯定地告訴她，我要在村裡住幾天。然後我說：「我不會藏話。我只能說漢話。」

她說：「你說漢話吧。」

她說話的時候，我下意識地看她沒有鼻子的兩個鼻孔。我說話的時候心不在焉，我甚至忘了恐怖。我只是覺得她臉上的這兩個小洞非常滑稽，滑稽到荒唐的程度。

我說：「我這樣一個外來人到村裡，村裡的人會不高興吧？」

她說：「村裡的人不會注意你。別人的事跟他們沒有關係。來送糧食的和來放電影的才會引起他們的注意。他們不注意別的外來人。」過了一會她又說話了，「你要到村裡去。外來的人都在村裡轉來轉去。他們都有醫生陪著。你只有一個人，沒有人陪你來。」

我說：「我一個人來的。我不要醫生陪。」

她說：「我陪你到村裡去。你可以問我。」

我說：「問你什麼？」

她說：「你要問什麼就問什麼。我比那些醫生知道得多。」她說話中間總要間斷，我過了一段時間才逐漸習慣了。「我住在村裡。」

出門以前，我想起一件事。

我說：「你抱著孩子，我給你們照相。」

她說：「我不照相，我不懂照相。」

我從挎包裡拿出隨身帶著的小相冊。我找出一張我的彩照指給她看。

她毫不猶豫地說：「這個是你。」

我就勢告訴她，我可以把她也留在這樣的東西上。她搖了搖頭。

她說：「我懂。我不照相。我不懂照相。」

她的話自相矛盾，不過我猜到了她要表達的意思。她是說她知道（懂）照相這件事，但是她不懂為什麼照相會把人移到東西（紙）上面去？她不要別人給她照相。我記起一本書裡寫過一個類似的故事，說的是沒經過現代文明的人見了照相，以為是攝魂術，以為照相之後人的魂魄就被裝到那個小盒子裡（照相機）去了。我知道這個細節在我未來的那部傑作裡將要出現。看來她曾經見過照相或攝影或攝像。

她不想照，我只得作罷。

後來證明我又犯了自以為是的錯誤。我忘了這裡的人們不止一次地看過電影。攝影這種事對於他們並非我想的那樣難於理解。她說不懂，說不要照相其實另有原因。那是後話。

6

村子中部偏南是一塊空地，空地兩端各立著一個簡易籃球架。黃昏時分，人們陸續匯聚到空地附近。這大概是村裡唯一的公共場所。

我和她站在離空地稍遠的地方。她表情安閒恬淡，手裡拉著那個蹣跚學步的男孩。我沒有拿出相機。

正如她說的那樣，村裡的居民好像完全沒注意到多了我這個生人。

這裡的人大多面相淡漠，一副無所欲求的樣子。我覺得那些繃緊的皮膚並不如剛見時那麼可怕。夕陽的黃色光芒照在這些臉上，使他們更富幻想色彩。沒有人對別人表示關注，這個發現使我一直緊張的神經慢慢鬆弛下來了。

病兆使他們許多人看上去模樣相似，一樣的塌鼻梁，一樣的皮膚發亮，連兩眼距離過寬也都是一樣的。我格外注意到許多人斜視。

我說：「他們走路都慢吞吞的。」

她說：「他們用不著快走。」

我說：「有人玩籃球嗎？」

她轉過臉看了我一眼。好像奇怪我怎麼問這種問題。我不明白。不過我馬上就明白了。

有一個年輕的男人拍著籃球從南面的房子轉過來，立刻有另外一些男人響應。他們吹口哨，叫喊，顯出了出人意料的生氣。

我注意到，上場打球的男人有一些已經不年輕；他們同樣分成兩夥。沒有裁判，因此比賽看上去一團糟，有點像橄欖球賽。

她在一旁像是解說：「男人到了晚上都來打球。」

我「噢」了一聲。她又說：「你去打球吧。男人應該打球。」

我意識到她在說什麼，我不能再心不在焉地隨便答應了。我是個籃球好手。不過這時我無意以此來向她炫耀。

比賽吸引了所有的人，我們也隨著人群一點一點湊到球場周圍。她抱了孩子站在人群裡層，我站在她身邊。

打球的人中有個小個子突出地靈活，我估計他有四十歲左右。他是所有球員中唯一懂得運球和投籃要領的人。他一個人投進了幾次，每次都贏得一片起鬨式的喝采。

他又投進了一個球。就在大家起鬨時，她用肩膀撞了我一下，然後用手拍拍男孩。

她說：「是他的兒子。」

我就是傻子也聽得出她話裡的自豪意味。

她又說：「他有時過來跟我睡覺。」

她說話時全不放低聲音，我們周圍擠滿了觀戰的人們。她不在乎，我臉卻紅了。

接下來發生的事使我來不及多想，籃球不知受了什麼東西吸引，突如其來滾到我腳下。我用腳尖一踮，球就到了我手裡。

我當時後悔自己太冒失，不過我的確來不及多想。我站在場外偏東一側，離球籃少說也有十步遠，我運足力氣，壓腕將球投出。

我不說你們也能猜到，天公作美球進了，而且空心入籃。沒有網，太可惜了。

我終於引起了瑪曲村民的關注，所有的人都在為我叫好。我成了大家目光的焦點，所謂眾目睽睽。我當時後悔的就是我自己暴露了。

也就是在這個瞬間裡，我發現兩個不那麼友好的人的注視。一個是那個打球的小個子男人。另一個已經相當年邁，個子高高的，背駝得很厲害；他的乾皺的臉上沒有鬍子，很像一枚陳年核桃。他是所有村民中唯一沒有發滯神情的人。而且他皮膚晦暗，看不出痲瘋病人那種顯而易見的徵兆。

村民們馬上把我忘掉，比賽繼續了。

7

我一個人悄悄擠出人群。

剛才的那一陣子，我幾乎忘了自己身在何處。我自己絕沒想到，置身痲瘋病患者中間我會這樣從容。我覺得背後有人看我。

人的第六感覺經常驚人地準確。我一下認出了他。他見我回頭忙扭過臉去。那時我還不知道他第二天早上會和我一起爬山。

我站了一下，等著他再次回頭。他果然沒有辜負我的期待。他用與他年齡不相稱的敏捷迅速回頭看了我一下，然後再也不回頭地走進人群。太陽已經走到山脊上，天就要黑了。

我正考慮是否與她道一下別時，她抱著男孩向我走過來了。她腳步很重，在地上踏出咚咚的聲響。她來到我跟前，把孩子放到地上。

她說：「啞巴總是盯著外來人，別怕他。」

我說：「啞巴是哪一個？」

她說：「駝背的老人。他很老實。」

我說：「他一個人在這兒嗎？我是說，他在這兒還有親人嗎？」

她說：「他是村裡年齡最大的，他一個人住在村西南角那個小房子裡。他不和別的人來往。他每天一個人往北面山上爬。」

我說：「什麼時候？」

她說：「早上吃糌粑的時候。」

我說：「我明天再來。」

她說：「夜裡外面冷。要下雨了。」

我不明白她爲什麼說這個。我沒告訴她我準備睡在什麼地方，莫名其妙。還有，現在滿天湛藍，剛有幾顆亮星在閃爍。

我說：「我走啦。」

她堅持說：「要下雨，外面冷。」

外面不冷。我在心裡暗笑她，她又說下雨又說冷，我睜著眼躺在睡袋裡看滿天亮星，一點也不冷。我的這處洩洪道位置很不錯，背風而且安靜，我不知道我是什麼時候睡的。

不過我記得，在睡著以前我決定明天早一點到村後去等那個每天爬山的啞巴老人。

我做了一些關於拉薩的夢。我夢見了拉薩的朋友和八角街朝佛的康巴女人。涼雨把我從夢裡打了出來，真的下起雨了。

我慌里慌張從睡袋裡爬出來。天陰得像黑鍋底，不留一絲縫隙。雨點很大但是很疏，伴著陣陣冷風。我凍得哆嗦不止，又得抱著團成一捲的睡袋和食品。我怕地上潮濕，只能在溝裡走來走去以求暖暖身子。我擔心雨大起來會淋濕壓縮乾糧。我無處可投，雖然我明知道瑪曲村就在不遠處。

好在風很快吹散了雨雲，天又晴了。我試探著用手觸摸地面，這雨居然連地皮都沒有打濕。可是氣溫至少降下十幾度。我重新鋪好睡袋躺下，這一夜剩下的時間我再沒睡實。

我凍壞了。我覺得自己身上很熱。

8

天剛泛白我就起身了。我幾乎忘了要去村後等那個老啞巴，早上實在太冷了。可能我應該先進村子，到她的小屋子裡打一聲招呼。

我把背囊重新埋好。我沒有先到她那去。

從山上回來，我遠遠就看見她的房子。她們住的小樓正好處在這個溝的溝口，我很奇怪自己有種急切的心情，步子也快了。

昨天黃昏時出來以後，我經歷了多麼奇特的一夜加半天啊。能再回到她的房間，這本身已經是了不起的奇蹟了。

太陽愉快地懸在頭頂，她的小門和石階完全被小片陰影籠罩了。那是一塊多麼涼爽多麼叫人愉快的陰影啊。

走近時，我看出了她一個人坐在門檻。她一動不動，她的剪影就像一幀剪紙作品。在我走進了這幢房子的陰影時，她站起身走入門內並且把門關了。我站在石階前，一時愣住了。

我有點餓了，我不想餓著肚皮在村裡逛來逛去。於是我坐在石階第一級上，拿出點心慢慢咀嚼。一邊吃，我一邊想著下一步我該做的事。如果她不再接待我，我就要一個人闖這個世界了。我已經揭開了帷幕的一角，我自想可以最終進入其中。不過我也知道以後將更不容易，我知道全村僅有的兩個說漢話的人都不會幫我。語言不通，我能行嗎？

我沒有把握。可能是因爲坐到陰涼的石上的緣故，我突然劇烈地咳嗽起來。一咳就是十幾次，連續不斷，使我喘不過氣。一陣劇咳之後，我感到肺裡又熱又脹。我大概病了。

我聽到身後的那扇門開了。我站在那，我沒有回頭。我聽著她走下石階的腳步。

一，二，三，四，五，六，七，八，九，十，十一。她已經到了我身後。我仍然沒有回頭。我似乎像個孩子，以孩子的方式賭氣，我絕不首先跟她說話。

我又猛烈地咳嗽起來，止也止不住，直咳到滿臉通紅頭皮發炸。這時她說話了。

她說：「上去吧。」

我第一個念頭是要搖頭拒絕，但我馬上否決了這個卑劣的想法。她不是我什麼人，她甚至不是我熟悉的那個世界中的人，我有什麼權力——我爲什麼？

我乖乖地走在前面，我腦子裡機械地數著石階，是十一級。我進了門。她跟在我身後。

除了她不在那個位置上，門後的情形跟昨天完全一樣。她的位置在裡面，現在那裡是她的兒子。另外兩人倚著牆半睡半睡了，裸著下身曬太陽。她對我示意，要我到屋子裡去。

她的屋前，鐵皮爐子裡噼噼叭叭地燃燒，給煙火熏得漆黑的茶壺沸騰著，散出好聞的奶茶氣味。我禁不住嚥了口唾沫。

我進屋坐到卡墊上，這時我看到了什麼？我無法相信自己的眼睛，我的背囊！我伸手抓了一把，沒錯。裡面是軟軟的鴨絨睡袋，還有罐頭和壓縮乾糧。我把背囊塞到背後，舒舒服服地靠倚著。

她不說話，我也懶得開口。她給我倒了一杯茶，然後出了屋子。我透過窗子看到她又回到她們中間，回到她的位置，把孩子放在懷裡，解開衣服給孩子餵奶。她與另外兩個女人不同的是她穿了一條褲子。

茶非常熱，我等著涼一點再喝，可我等不得茶涼就睡著了。這個白天剩下的時間我一直在沉睡，我沒做夢。我知道在睡著的時候我仍然不時咳上一陣。我感到口乾舌燥，我渴得要死，可我睏得睜不開眼。

我醒過來的第一個舉動是找水喝。我抓起藏桌上的茶杯一飲而盡，好香的涼奶茶！這時我發現天已經濛濛黑了。房子裡沒人，房子外面也沒人。我想起昨晚，我想她們一定都在球場附近。我的頭像被什麼硬物敲了一下，疼得非常厲害，我只能重新靠在背囊上。

就是這時我還沒發覺自己做了多麼可怕的事：我用痲瘋病患者的杯子喝了滿滿一杯茶。我沒有再睡，我的昏昏沉沉的意識像一隻受傷的小鳥，飛不了多高多遠可又不肯落到地上。

我又咳了起來，嗓子像裂開一樣痛。瑪曲村成了一件往事，彷彿隔了很多時間。我記不得那個女人的模樣了，可我盼著她來，盼著馬上回到她身邊去。我隱約記得我打開睡袋鋪到屋裡地上，我堅持睡在地上，結果睡在睡袋裡的是那個男孩。我還記得她給我嘴裡塞了白色藥片，好像是她問醫生要的，好像她說來的是那個女醫生。我還是第一次喪失時間概念，我的感受時間的那根神經肯定搭錯位置了。那個晚上我發了一夜高燒，天亮時我才沉沉睡去。後來她說我整夜都在說話，又說不清楚。她說她一夜沒睡。我就這樣成了她的病人。

9

有整整兩天時間我足不出戶。她不允許，另外我也確實非常虛弱。

我最多被允許走到她房間門口。我坐在那個舊木椅上，百無聊賴地觀望這個小小的屋頂平台。我從早到晚地看著兩個鄰居，倒也發現了一些非常有趣的現象。

白天她經常出去，有時帶著孩子，有時就把孩子留在家裡。留在家裡的時候，孩子很少自己到兩個女人那兒去曬太陽，他一動不動地坐在卡墊上看我。我也看著他。我覺得他在研究我，被一個大約一歲的嬰兒注視不是件叫人愉快的事。他目光深不可測，額頭上有三道淺淺的膚紋。我喜歡和他對視，這是一種可以愉悅心性的遊戲，前提是你不要總是認定自己被對方猜度。我在心裡單方面約定，比試看誰後眨眼，一次不行，要比九十九次。

我反正有的是時間。遺憾的是我沒比上九次，就對自己喪失了信心。九次裡我只贏了一次，而這一次還是在他連續六次保持不敗後才眨的。換一句話說，我眨了六次以後，他只眨過一次。實力懸殊，我無心戀戰了。

我的眼睛又澀又疼，我就不該進行這種遊戲。這個遊戲的唯一好處是我忘記被這個小精靈研究，被他研究可是太不舒服了。

我又想出了新主意。因為我自己無聊得要死，所以我的主意也都是些無聊的主意。我把他抱到膝上（他竟輕得出人意料），讓他臉對臉看著我，我又把自己左手食指放到自己兩眼中間，我成了對眼，兩個黑瞳仁聚到兩眼內側。這是我的一手絕活，我知道這時我的樣子非常滑稽。他果然被逗笑了，這是我認識他這幾十個小時以來他的第一次笑。

他笑的時候就不那麼老成了，不再是那種潛心研究別人的神態。我決定把這手絕活教給他。他其實聰明絕頂，我只消把手指往他兩眼中間一指，他的兩個小小的黑瞳仁立刻併攏，那樣子真是說不出的可愛。

我大笑起來，他也和我一起笑個不停。

我過了好一陣才發現問題的。我的手指不再指他，他仍然瞳仁併攏一副對眼相，我叫他喊他都沒有效果。我知道出了毛病。我兩手抓住他的小腦袋晃了兩晃，還是老樣子。我眞的急了。我想起一個著名的故事，講一個老朽文人中了狀元喜歡瘋了，被他丈人一個嘴巴打回清醒境界。我沒有多想，抽手一個嘴巴，他立刻大哭起來，惹得那兩個遲鈍女人也一起扭頭往這邊看。我一看他嘴裡流血，心裡有些不是滋味；不過畢竟這個嘴巴結束了關於小對眼兒的無聊故事。

不是有個哲人說過，「人到無聊比什麼都可怕」嗎？我被禁錮了兩天以至如此，那麼另外一些禁錮在此終年的人，他們的生活也許僅用無聊就不夠了。比如那兩個女人，我這幾天的鄰居。她們其實是她的鄰居，名副其實。我只不過是個外來人，是她的臨時房客。

我注意觀察了很長時間，這兩個女人彼此不說一句話。兩個人中較矮的那個更遲鈍些，無時無刻不在流口水。早上是她先起身活動，來回進出她們住的房間幾次，還有一次出了大門。她早上是穿著褲子活動的，太陽出來以後她又攙出同樣穿褲子的高個子。她把她攙到牆根坐下，坐下後她們彼此就極少交流了。她們各坐各的。她看天時，她可能已經在打瞌睡了。我還注意到她們各自的位置是固定的。

這樣大約坐了兩小時以後，她們開始坐不住了。高的扭動脖子，矮的則把手伸到衣服裡用力搔癢。動了一陣，高的從衣服的什麼地方摸出一個小鐵盒，小心翼翼地扭開盒蓋，輕輕地倒出一點東西在左手拇指甲上，然後把這個拇指甲再倒進鼻孔裡。我看她用力地吸了一下鼻子，臉相怪模怪樣抬向空中，過了好一陣用力打了個噴嚏，神態極滿足。這個全過程被矮女人看在眼裡，遲鈍的臉上也露出了羨慕。

我不知道這是否就是鼻煙，可我看得出這是她們極其重要的一份精神享受。高個子又在重複剛才的準備動作，不過這一次她是爲同伴準備的。當她把拇指伸向矮個兒鼻孔時，我看得眼睛都濕潤了。矮個兒的鼻涕沾了高個子的拇指，高個子全然不顧。她像自己吸一樣專注，一直凝神看著矮個兒打出噴嚏。

非常可惜，這一幕到此爲止，我甚至在以後幾天裡也沒看到第二次。於是她們又回復到一貫的姿態，坐著不動，各坐各的。

天近中午時開始熱起來，又是矮個兒先動手脫了褲子，接著敞開懷，讓陽光盡情撫摸。高個子脫得晚一些，她比矮個子更瘦。她們已經曬得非常黑，膚色看上去已經完全沒有質感了。我不明白她們爲什麼這樣迷戀陽光。

午飯是矮個兒去取來的，是個搪瓷鉢，舀了滿滿一鉢糌粑麵。矮個兒女人又拿了一鉢水坐回到自己的位置。兩個人不聲不響，各自用水把糌粑握成團，之後放到嘴裡一塊，有板有眼地咀嚼一陣，最後揚起脖子費力地嚥下去。

我看得出她們食慾都還好。

飯後她們東倒西歪地睡了，睡得很沉，相信打雷也不會驚醒她們。大約兩三個小時以後她們才會醒來，先是坐著伸伸腰腿，以後就又不再動作，安靜地坐到太陽西斜。

她們兩個都不去球場。她們先攙扶著到大門外走一遭，估計是解手，回來就進到自己屋裡，關上門一直到次日早上。我想，她們不至於每天吃一頓飯，估計早飯和晚飯是在房間用過的。我看到，她們用的水都是我的女房東用一只小木桶提來的。她們不燒茶。

有時，男孩也自己走出去，走到她們倆跟前。這種時候離男孩近的人必定要伸出手，拉住男孩的小手。我注意到，她們都不抱他，可是看得出她們也都愛他。她們願意把自己的時間勻出一些給他，假如他有事要她們幫忙，我想她倆誰都不會拒絕的。

開始我沒注意到下面的房子裡也住著人，而且不只一個兩個。她們都很少說話，動作也都輕輕的。我先是聽到一聲門響，才知道下面還有一個活生生的世界。我看到的先後有五個老年婦女，她們都是單個行動，不聲不響地進進出出，就像啞劇中的配角演員，也像幽靈。看得出，她們在這裡都沒有親人，她們一些人混住在一起，可是她們互不往來。我甚至想到連她們的靈魂都是孤獨的，如果她們眞有靈魂的話。她們的頭髮全都花白了。

她說下面總共住著六個人，「但是有一個已經全癱了很久，她從不出屋。」

「她們都不會說話嗎？」「都說話。她們很少說話，沒有什麼可說的。」「還有，樓上兩個人也都不說話。」「矮的想說說不出，高的能說不想說。」「都是藏族嗎？」「有一些漢人，有一些回族，有一些珞巴人。」「你不是說，沒有人會說漢話嗎？」「是這裡土生土長的漢人，他們說藏話。這裡沒有人說漢話。」「下面那些老人出去幹什麼？她們都出去。」「我也出去。我們出去轉經。村子西面有兩棵神樹，我們到神樹轉經。」「你信佛？」

話剛出口我就後悔了。我馬上意識到我犯了錯誤。那兩棵樹很高，我只是遠遠看過它。

「我總得做點事。我不能像她們，」她用手指指隔壁房間，「那樣總是曬太陽。」

我心裡有什麼東西被拽了一下。

10

「這兩天，村裡人都說老啞巴瘋了。平時他除了爬山很少出門，可他兩天不爬山了，一大早就在村裡轉來轉去的，他從來不在村裡轉來轉去。他不停地走，大家都說他瘋了。」

「他爲什麼要在村裡來回走呢？」

「沒有人知道他爲什麼轉來轉去。他從早走到晚，可是他再也不去爬山了。」

「也沒有人知道他爲什麼爬山嗎？」

「沒有人知道誰爲什麼爬山，沒有人知道誰爲什麼轉經，沒有人知道誰爲什麼曬太陽。」

如果我不是自作多情，我敢斷定他是在找我。我是知道他一些底蘊的人，他一定後悔不該讓我知道，他慌了。也許他要做出什麼舉動來彌補他的饒舌，我想起了兩天前的上午，想起那個可以直著腰走進去的山洞，我覺得汗毛孔發炸，頭皮針刺一樣鑽心地癢。

「我說我讀過書，我認得許多漢字。」

「你說什麼？」我心緒頗亂，我不知道她說的話的實際意義。

「你有點累了。你的病沒好。你躺一下，我要出去了。」

「你說你讀過書，你說認得許多漢字？」

「你睡一會兒。你白天總要睡一會兒。」

她扶我躺下，自己走到外面。

我不想睡。她爲什麼告訴我這個？她說話坦坦白白，從不閃爍其詞。而且我早就注意到她用語非常簡單，但是同時又非常特別。她說話沒有疑問，還原成文字沒有問號。我是個寫小說的作家，我格外注意人們說話的情形，我知道她的情況極爲罕見。她的思維跟我們絕大多數人不一樣，我們的思維儘管跳躍幅度大，總是有問號。沒有問號的思維眞是一樁奇蹟。對她來說，現存的一切都是現成的，一目了然沒有任何問題。剛才她說她讀過書。

頭疼。

房間裡悶得太久了。我要出去走走。我想她一定已經走了，我不希望在門口或是在村裡碰到她。離黃昏還有一段時間，村裡幾乎沒有人走動。她什麼也沒有說，我猜她不一定又去轉經。我來以後，她說的那個打籃球的小個男人沒來過。聽說話的口氣，那是她的男人，他不來，難道她不會去？也許是我胡思亂想，我想說我考慮到這個問題時不摻一點妒忌成分。我拿不準，我這樣說是不是有點此地無銀三百兩？不管怎麼說，我認定了她是去找他。

我的打擾一定使她煩了。我在她家妨礙了她的正常生活。我是否應該考慮不再住她那？這兩天我睡卡墊，孩子睡睡袋，好像她一直沒睡過。我睡下的時候，她坐在地上拍孩子，我醒時她已經在屋裡屋外做什麼事了。這幾天我非常能睡，躺下一覺到天亮，夜裡即使天塌下來，我也只能稀里糊塗睡著去死。

有人跟在我身後。距離還遠。

我不回頭。我知道那是誰。我慢慢走，等著他逐漸走近。他不走近，估計他也放慢了步子。我不知道他爲什麼如此。我決定給他來個突然襲擊。

我給自己下了口令。我按口令也按規範向後轉走，我們面對面了。我大步向他走過去，我認定他會驚慌失措，他不會料到我這一手。我很快走到他跟前。我站下了。

我說：「你兩天沒去爬山了。」

他竟全不理睬我，視若無睹地從我身旁走過去。我呆住了。過了好一陣我才想起，他是啞巴。他在這個村裡當了幾十年啞巴了。他不會輕易改變這個形象。看來是我唐突。儘管村裡看不到人影，可誰也不能說我和他談話不被人撞見。我決定再和他幾次交臂而過，我抄近路截他的路，我也像他一樣在村裡走了幾回。

後來他不再繞小路，他回自己住處去了。

我不想跟著他，但我決定要到他住的地方去一次，這是後話。

又快到黃昏了。我開始往回走。這時我才想起剛才沒有結果的問題：我要從她家裡搬出來嗎？這不僅僅是我一個人的問題。

我決定，這件事由她來決定。

走上台階以後，我完全沒想到會遇到打球的小個子男人。他在逗他的兒子，他回頭朝我笑了一下。我發現我喜歡這個人。

我進到屋裡，我又猜錯了，她不在。說明她不是去找他。我坐到卡墊上，透過窗子看那幅天倫之樂的圖畫。

爸爸臉上扮出各種怪相，兒子則嘻嘻地笑個不停。爸爸把兒子從背後舉到與自己同高，兒子卻執意要扭頭看爸爸的臉。顯然這是個經典遊戲。他們以這個方式捉迷藏，當爸爸的把頭躲來躲去，以至臉完全貼上兒子的屁股。

就在這時事情發生了戲劇性變化。爸爸單方面地放棄了遊戲，把兒子放到地上。兒子的笑凝在臉上，叫人難以忘懷。爸爸變得惶恐，一副心不在焉的樣子，原來是她回來了。

我密切注視事態發展。

她不理他，他也沒正眼看她一眼。他只一味看著腳下。她從他身邊走過去，彎身抱起孩子往屋裡走，他匆匆忙忙瞥了她母子一眼轉身出了大門。這又是怎麼回事呢。

晚飯我拿出一筒豬肉罐頭打開。我看著她們母子幾下就吃光了。我心裡很痛快。她有點不好意思，說：「好吃。」

11

這個晚上我沒有睡意，我想大概是因爲體力逐漸恢復的緣故。我照常先躺下，我蓋著她們僅有的一床羊毛被。我爲了不使她在意，把臉轉向裡面，我一動不動地躺在那兒。

房間裡黑黝黝的，能見度很差。我從聲音判斷她已經躺下，好像就躺在我旁邊不遠的地上。我強忍著不翻身看一下她鋪蓋什麼，夜間很涼，我心裡非常難受。

我一動不動地躺著，睜著眼。我漸漸習慣了黑暗，我數數兒消磨時間，一百爲一單元，我一直數到三千三百三十三。我還是睡不著，我聽得出她已經睡了。於是我輕輕轉過身來。

竟有微弱的月光從窗子照進來，我想一定是彎彎的月牙。借著月光，我看到她裹了一件翻皮毛的藏袍，她的臉側向外面，只聽見酣睡的鼻息。她的一條光腿從袍襟伸出來，圓滾滾地泛著淺淺的光澤。

氣溫很低，我露在外面的臉是最敏感的溫度計。我的鼻尖冰涼，身子在羊毛被下蜷縮成一團。這時我看到她露在外面的腿下意識地往裡收縮了一下。她肯定比我要冷得多。

我畢竟是個五大三粗的男人，我受不了這個。我有羽絨服，沒有羊毛被我怎麼也能應付過去。我憑什麼？我一骨碌坐起來，用腳試探著找到鞋，我把羊毛被輕輕蓋到她身上，特別爲她蓋上裸露的小腿。

我重新坐到卡墊上，心裡湧出莫名的溫暖感覺。我坐著，看著充滿月光的小窗，一點也不想睡，甚至不想躺下。我索性閉了眼。

我想起她坐在門檻等著我回來，想起她關了門以後我的胡思亂想。我覺得我認識她已經一輩子了，這些事是那麼遙遠又那麼親切。我弄不明白她怎麼把我的背囊找回來的，還有她像先知一樣告訴我那天夜裡會下雨。想起下雨我仍然禁不住從心裡打顫，我於是又想起厚厚的羊毛被沉重地壓到身上時那種感覺。我這時覺到了羊毛被的溫暖又帶點羶味兒的覆蓋。我不睜眼，我怕我再從那種感覺中走出來。

蓋在膝上的羽絨服掉到地上，我無意撿起，我憑直覺感知道她緊靠著我的肩膀是赤裸著的。我們披著羊毛被坐著，彼此無話可說。

我是男人，應該是我。我把手放在她的大腿上，她把手放到我手上，我們不約而同地在手掌上用力。什麼都不需要說。她全身光著，我們幹嘛還乾坐在那兒？讓羊毛被把我們兩個人一起覆蓋吧。這個瑪曲村之夜是溫馨的。

我永遠也忘不了她做愛時的激情。我知道這種激情的後果也許將使我的餘生留下陰影，但我絕不會爲此懊悔。我當時並不清醒，我的理智早被她的熱情燒成了灰燼。不過如果有機會讓我重新選擇的話，我還是不要那該死的理智。我做了一次瘋狂的奉獻。後來我們睡了，在夢裡我們仍然緊抱在一起，羊毛被使我們渾身汗津津的。我們睡得眞沉。我眞心希望就這樣一直睡到來世。

非常奇怪的一件事是我既然在沉睡，又怎麼能去希望呢？我向來不問自己這類傻問題。

太陽又升起來了。

12

我已經躺了很久，我還有許多事要做。

我想知道我到瑪曲幾天了，我以爲這是件再容易不過的事。可是我掰著手指算了又算，仍然算不出個一二三來。我的時間觀念依賴鐘錶。我來時匆忙，竟忘了帶手錶，我的手錶有日曆。我記得我是過了「五．一」從拉薩出來的，五月二日，路上走了兩天應該是五月三日。

我傾向借助現成的事物來假設。我喜歡時間上用七；重複的經驗，六比較合我的意。我憑直感斷定，我在瑪曲的時間已經過了一半，我就假設是四天吧。那麼今天應該是第五天。說實在話，我不大喜歡五，這是個帶著陰鬱色彩的數字。不過這沒辦法。

早上陰天。雲層很高，又高又穩，看來短時間不會轉晴。我首先否定了要搬出她家的想法；其次，我決定今天要做的第二件事是到神樹去。第一件昨天就決定了的，我記得老啞巴的家在村子的西南角上。

我要先確定一件事。我站到大門口向北翹望，如果我猜得不錯，他這個時間應該在爬山途中。我站了很長時間，細心地看了又看，我得承認我感覺出了毛病。沒有他的影子。

我以爲昨晚他已經找到了我，他大概就不會瘋瘋傻傻地在村裡轉圈子了，他一定會重新回到原來的生活節奏，他應該在今早來爬山。

看來，應該——僅僅是一種願望。

我不想耽擱，我辨別方位，走最近的路，我走到他住的房子只用了一枝菸的時間。

他的房子非常矮小，且沒有一般藏式房屋必不可少的院牆。他的背駝得那麼厲害，肯定與長時間住在這個小房子裡有關。

門虛掩著。我沒敲門，我不想讓屋裡的人有所準備。我想突然闖進去，也許我會發現什麼奇蹟。我推門和移動腳步都很輕，不留心絕對不會注意有人進來了。進來的這個瞬間我才發現我失策了。整個房間沒有窗子，能見度極差。這樣，屋子裡的人看我一清二楚，可我由於剛從強光下進來，眼睛不能適應，什麼也看不見。我只知道頭碰到屋頂，我低下頭。我還聽到一種叫人恐怖的聲音，像惡狗撲食時發出的那種低吠。我感到緊張，渾身鑽心地刺癢起來。可是我不便退卻，我要是就這樣退出來可太荒唐了。我決定站著不動，我知道用不了多久我的眼睛就可以適應。

這一次我沒錯。幾分鐘以後我可以分辨出屋裡的情形了。他不在。在他睡覺的卡墊上臥著一條老狗。那眞是一條老狗，已經老得一目了然，牙已經掉光了。然而牠到底是狗，牠的記憶裡肯定深深刻著往日的威猛，牠用只有威猛的動物才可能有的聲音恫嚇我。很有效果。牠的目光充滿敵意，我不明白牠爲什麼這樣不友好？牠的歹毒毫無來由。

我不在乎牠。我甚至不在乎有犬牙的猛犬——我摔角拳擊都搞過，一條狗算不了什麼。憑牠沒牙的老樣子，牠的吠叫有點裝腔作勢。我覺得很滑稽。牠臥的姿勢很特別，細看我才發現牠只有一隻前腿。是個殘廢，看來在他這裡領殘廢津貼。我之所以不厭其詳地寫牠，是因爲除了牠，這間屋子裡就再沒有什麼可以一提的了。另外牠的確引人注目，當然這裡面另有其他因素。牠的耳朵被人用剪子齊根剪掉。

我躺了兩天多，心裡無聊得要死，我很想找點夠刺激的事。我希望牠撲上來，好給我一個痛打牠一頓的理由。看牠那副凶模樣，我估計我再向前一步牠就不讓了。我因此向牠前進了兩三步，奇怪的是牠居然沒脾氣了，牠不再吠叫。我再向前時牠開始蜷縮起身體，露出一副可憐巴巴的樣子。

牠的眼神仍然是陌生的。這是個可憐的傢伙，我沒興致理牠了。

我想在這個有槍又裝啞巴又說漢話的老人家裡發現點不同尋常的東西，我仔細察看房間的幾個角落。除了鐵皮爐子、鋼精水壺和一堆趴地松燒柴，還有一雙破得不能再破的老式皮鞋，一個藏式方桌，一個木桶，一個唐古（糌粑口袋）和兩只木碗。牆壁上光禿禿的，沒有黏貼任何東西。如果說這個房子裡能藏點東西的話，我估計只有卡墊木架的下面。

我單膝跪下，把臉側貼向地面向卡墊下觀望，我發現有件東西。我看不清是什麼，但可以斷定不是鞋。我走近卡墊，牠更怕了，竟將肚皮翻過來向上，恐懼地抖個不停。

我用腳探到下面，沒費力氣就撥出了那件東西。是個舊軍隊的大檐帽，前面正中嵌著一枚青天白日大徽章。我這下吃驚不小，連忙把大檐帽重新踢到卡墊下面，心裡突突地跳個不停。這時門被推開了，泛濫的陽光瀉了進來，不用說是他回來了。

13

他和我一樣，他沒有馬上發現我在屋裡。他先轉身關了門。這時牠突然快活地叫起來。我嚇了一跳。他用槍口對著我的全部細節，我仍然記憶猶新。我不想驚擾他，我決定先開口說話，讓他有個思想準備。

「我在這兒等你好一陣子了。」

我以爲他會驚訝屋子裡有人。他不驚訝，好像我說話他根本沒聽見。

「你爲什麼沒去爬山？」

他走到卡墊跟前，用手爲狗肚子搔癢。我看出這是條母狗，好像從來沒狗顯得特別快活，愈發伸展開肚皮，並且盡力叉開兩條後腿。沒下過狗崽兒的老母狗極爲罕見，至少我從沒見下過崽子，因爲三對小奶子像公狗一樣小而乾癟。沒下過狗崽兒的老母狗極爲罕見，至少我從沒見過。我又一次先開口了。

「你不記得我了嗎？」我小聲問他。

他充耳不聞，我以爲他爲了小心，怕隔牆有耳。我再一次放低聲音：「你不記得我了？」

他只顧低頭爲狗搔癢，我看不見他的臉，可我看到那狗的發情一般的神態，我心裡格登了一下。我不敢想那種假設。

我沒法把那個大檐帽、那枝盒子槍和眼前這個又瘦又駝的乾巴老頭聯繫到一起。我尤其想不出他怎麼度過了這三十多年。

我乍著膽子用手碰了他一下，他抬起頭。完全是一副癡呆相。這不可能是裝出來的，我憑我的全部經驗起誓。我懷疑自己的記憶，我不知道幾天前山上的一幕該怎樣解釋。他和她鄰屋的矮個兒女人完全處在同一智力水準上，莫非他和他的槍只是我的妄想？我得了可怕的妄想症？我偷眼看卡墊下，那頂大檐帽明白無誤地在那裡，到底見什麼鬼了？

另外一種解釋也許能夠成立：他眞的像村裡人說的，瘋了？就在這兩天裡瘋了？

我從心裡推測了一下時間。解放西藏是一九五〇年，也就是說他在三十六年以前就進了瑪曲，那麼他為什麼躲到這裡來呢？難道他不知道痲瘋病會傳染？如果知道（估計他不會不知道）還要進來，那麼可以假想他在躲避生死攸關的追捕，進一步可以假想他犯了大罪（不犯大罪不至於冒這麼大風險——我的推理）。那麼，如果這種推理能夠成立的話，他也許是國民黨的一位要人，或許這位要人在解放西藏的時候神祕地失蹤了。他在這裡潛伏了三十六年了，他已經是個壽數極高的老人了。

我這麼想的時候，心裡開始發抖。假如他就是這樣一個人，我現在已經落到他手裡，恐怕凶多吉少。不過他似乎無意與我為難，我站在他身後，他一點也不戒備。他一副癡呆相。

我斷定，他要麼是個精神殘廢，要麼是個最了不起的演員，是個魔鬼和凶惡的殺人犯。

我想溜出來，我不能坐以待斃，也許有機會逃出一條命。我想，他反正不理我，我何不試試運氣？我拔腳的那個瞬間，又瞥了他和老母狗一眼。我被那情形震駭了。他的右手食指和中指正摳進狗的陰部。牠舒服地閉著眼。

我輕而易舉地從這個洞穴裡逃出了性命。

我不明白他在家裡還怕什麼，他即使真的瘋了，他說話的功能並沒喪失。他總該說點什麼吧，特別是瘋了以後神經中樞紊亂，控制系統失調了，他不會再怕暴露眞實身分。而且他不理睬我，他為什麼拒絕承認我呢？

強烈的陽光使我自以為重新回到了我生活過三十多年的那個我熟悉的世界，我從他的小房子走向西邊有樹的地方，我不願再去想他，我努力把有關他的全部細節忘掉。

有那麼半天時間我做到了。因爲神樹。

14

村子向西有約步行需要一小時的路程。

我可以看到前面有兩個人，這兩個人之間也拉開很大距離。我踩在一條小路上，小路很窄，只能容人單行。這裡礫石灘還算平坦，完全不必非循著小路走，可事實人們只走這條小路，這條路純粹是日久年深踩出來的。我不想另闢蹊徑，走現成的路也是慣性使然。

地勢漸漸高起來了，我一路上坡，有點喘了。我站下歇息，回頭看瑪曲村。瑪曲村了無生息，像一小片被遺棄的廢墟。瑪曲村處在一大片泥石流礫石灘上的邊緣，遠看那些小房子很像一些大塊漂礫。這片石灘上很少泥土，因此也很少綠色的草皮。這裡很像一塊年輕的泥石流灘地，好像剛剛發生過翻天覆地的變化。然而身後那兩棵大樹提醒我，上一次山川劇變至少是千百年以前的故事。

後面又有兩個人跟上來，由於上午順光，我可以看得出是兩個女人。她們都拉開距離，遠遠地相跟著往這邊走。

我繼續向前去，到神樹已經沒多遠了。

這兩棵樹連根並生，極其粗大，是我所見過的最粗的樹。我叫不出這樹的名字。強光下它們簇擁著一大片陰涼。它們的綠葉非常鮮亮耀眼，可葉子生在很高的枝幹上，看上去又過分遙遠了。我聽到一種悅耳的敲擊聲。

樹下有幾個人，緩慢地繞著樹基逆時針轉動。我抓緊拿出相機，從各種角度拍了幾張。看來我的舉動並未引起她們的注意。我記得，在拉薩轉經的人們總是順時針方向轉動，我不明白其中的道理。還有拉薩轉經不分男女，可這裡卻全部都是女人。我的照片可以記錄下這裡的情形，我帶的是日本原裝彩色負片，富士膠捲。前後有六個女人走進了我的取景框。

遠景攝完我走進樹下的陰影，這時意外地發現有個男人坐在兩棵樹的夾縫裡。我非常驚奇居然會是他！那悅耳的聲音是他弄出來的。

轉經的人們另一個與拉薩不同的，是她們沒有捻珠也不唱誦六字眞言。她們幾乎是閉著眼在走，步履機械有板有眼，她們的年齡都不算小了，我估計沒有少於四十五歲的。當我剛斷定她不在她們中間之後，她跟在我後面進入了轉經行列。

她不看我，她像她們一樣閉著眼，兩腿機械地向前移動。別人那麼虔誠，我不好意思一個勁兒地東張西望。我儘量不扭頭，但我忍不住用眼角觀察這個莊嚴的場面。

他在用錘子敲一塊石頭，那是一尊未完成的雕像。是個人頭浮雕。想不到他是個造佛的匠人。樹基周圍沒有經幡或哈達，有的是圓圓的小石子，有幾十個浮雕人頭像均勻地擺放在樹基周圍。我憑著不多的佛學知識，可以知道祂們不是釋迦牟尼、松贊干布和蓮花生大師。祂們甚至不像神態各異的歡喜佛。但是無論如何他造出了一些偶像，這些偶像與神樹共存，供人們膜拜供奉。

我一路過來，陽光曬得渾身刺癢難禁。我本來該在陰涼下歇一歇。我奇怪我這樣跟著她們轉了許多圈之後，搔癢不知不覺消失了。

好像她們每個人都規定了轉一定圈數，我看著先來的陸續走了，後來的也都走了，看太陽應該是吃午飯的時間了。我成了轉經人中最後一個。她也已經走了。她走時也沒看他或看我一眼。我覺神清氣爽，心情也平靜得像一泊碧藍的湖水。如果不是他向我擺手，我也許會繼續轉個不停。

他的話我不懂，可我懂了他的手勢。他要我為他照相。我當然樂於效勞。我用手勢讓他繼續鑿雕石像，我從兩個角度拍下了他工作時情態。然後又為他拍了全身正面留影照。

我感到了他的善意，他對我是友好的。我們一路往回走，路上彼此沒有任何交流。這時有種顫動從我心底處傳導出來，我無端感到深深的不安。我不知道緣由，我只是覺得要發生什麼事，是大事。我們進村前分手，臨走時我送了他一瓶豬肉罐頭（和昨晚在她家吃的一樣的），他高興地收下，並且表示要送我一尊石浮雕。這眞是意外。我心裡興奮得發抖。

15

說不清道理，我覺到了即將離開的悵然。我第二次在黃昏來到籃球場。我雖然還沒決定明天離開瑪曲，但我憑直感知道這是我平生最後一次在他們中間。他們雖然和我們同時生存在這個星球上，各自的世界彼此卻是不相通的——他們是棄兒。這麼說很殘酷，事實如此。

我知道，這裡差不多集中了全村人，只有少數嚴重癡呆患者和老年婦女不在。我想在他們中間走一走，每張面孔都多看上兩眼，看看他們中的一部分男人打球，看看其餘的人自願成為熱情的觀眾。我不再怕別人注意我，我在人群中慢慢踱步。我注意到許多年輕女子或壯年女子都有好幾個孩子，並且大小差不多。

這天夜裡，我問她：「我聽說，好像，病——我是說你們，你們的病，傳染？」

她說：「我不太知道。別人怕我們。」

我說：「聽說特別遺傳傳染。就是，病人生孩子，孩子生下來就是痲瘋病人。」

這是我們談話中首次提到病的名字。

她說：「都這麼說。沒別的辦法呀。」

我說：「我見到好幾個女人都生了很多孩子，她們不生不行嗎？孩子生下來就是病人，做母親的心裡就不難受？」

「她們沒別的辦法，她們只得生了又生。」

「她們不懂，你也不懂?!你不是讀過書嗎？你爲什麼也要生？你太不負責任了。」

「不生也得生。也許我又懷上了，懷上你的，用不了多久我又要生了。」

「那就不要懷，不懷！」

我沒發現我的歇斯底里又發作了，我的聲音又重又疾。

「這種事情由不得女人，你應該明白。」

「那，那——爲什麼——不避孕？」

「你說的什麼我不懂。你再說。」

我忘了我在什麼地方。這種新名詞新概念我怎麼解釋明白呢？我愈來愈不近人情了。

我說：「那就不要……男人女人就不要在一起睡覺……」

「那麼還幹什麼？這裡的情形你都看到了——除了男人打球，除了和男人睡覺，你說女人還幹什麼？年輕女人沒有別人去轉經，只有我跟那些老太太們去。男人沒別的事可幹，女人也一樣。讓你說，不幹這種事他們幹什麼？」

我想提醒她，爲孩子們著想。我馬上又覺得這話太空洞。我緘口了。

後來我想起告訴她，打球的小個子男人要送我一尊石浮雕像。她輕盈地笑了。

「他喜歡你。你叫人喜歡。」

她的話使我惱火，我又不是三歲的孩子。我不喜歡對我說這種話。我意外地發現了一個非常重大的變化：她剛才也生氣的時候用了一連串的問號，一連三個「幹什麼？」這個發現使我無比欣喜，雖然別人會認爲這根本算不了什麼。我知道這個變化的意義。我不知道是否該把我的觀察和發現告訴她，我沒想好。

她說：「你知道他喜歡你。」

我鄭重其事地點頭首肯。

她說：「你不知道他是珞巴人。」

我的確不知道。我故意用極平靜而又冷淡的口吻說：「我不知道。」

她說：「他們不喜歡珞巴人，他們不讓我跟珞巴人來往。他早就不和我來往了。」

我不便問她說的——他們——指的是誰。她不解釋有她的理由，也許不便解釋吧。我又回憶起第一次在球場，她自豪地說孩子是他的——還有那次在她家裡他們彼此冷淡。因爲別人（他們）不讓，她就拋棄他，這個事實使我生她的氣，恨她，鄙視她。這時我眞是不帶一點妒忌地考慮這些事了。

我說：「你叫我憤怒。」

她說：「你常說我不懂的話。」

我說：「我爲這個恨你，生你的氣，瞧不起你！這下你懂了吧？」

她說：「你瞧不起我吧。」

她這麼說，我竟不知道說什麼好了。

最掃興最最掃興的還在後面。做愛之後，我氣喘吁吁精疲力竭，我盡了全力。可是她說：「你長得強壯是假的。你不如他。他到我這裡幹一夜不會喘得像你這樣。」

我能告訴她我有高山反應嗎？這種爲自己的無能做辯解的話，我說不出口。

16

臨睡以前，我又覺到了那種發生在心底深處的顫動。我開始把它當成了放縱的激動，我以爲我過分累了。她已經睡得渾身鬆弛了，她的脹鼓鼓的胸膛和大腿貼緊我，我愛它們。我不在乎她乳頭已經爛掉。我早就知道她的手指腳趾也都爛掉了半截。她是個溫馨的女人，這比什麼都要緊，我還知道另一件也很要緊的事——就是她愛我。有那麼一個瞬間，我甚至想過留下來，留在他們中間，留在她身邊。

我對自己說起了寬心話，我說那不會是什麼凶兆，我希望（非常非常）我最終能說服自己。只有那樣我才能入睡。不會。不會。不……會……不……我在不知不覺中戰勝了失眠引起的無端恐懼。我把握十足，只要我一旦睡過去，再睜開眼時一定已經光明朗照。

那種顫動帶來的不安，隨著滿天的陽光化入虛無中去了。早晨又是一個豔陽天。

從昨天上午去神樹，我已經把老啞巴的事忘得一乾二淨。我睜開眼第一個念頭就是複習昨天在老啞巴家的情形。

我一個細節一個細節地重新咀嚼。

國民黨軍官帽。淫狗。癡呆相。

還有那天在街上，他和我視若不見，失之交臂。我認定我發現了問題的癥結。

半小時以後，我走在老啞巴踩出來的小路上。我故意穿上紅色羽絨服，我不緊不慢地往上爬，一邊爬一邊停下來回來張望。早上陽光出來天就暖了，這時我覺得很熱。

於是我坐在半山休息。我特別坐到一塊突出的山石上，這裡可以清楚地看到整片白褐色的礫石灘，看到礫石一直推進到江邊，看到江邊兩幢火柴盒似的小房子，看到暗綠色的穩穩流動的江水。對面的山迤邐起伏，比我身後的山要矮一些秀美一些，已經泛出嫩鵝黃色。

我收回目光，我看到那個小小的人影在村子裡快速移動，我知道他來了。我到底成功了一次。他已經出了村子來到山腳下，我有意要他著急，就起身奮力朝山上奔去。

我回頭看他，他簡直拿出了拚命的架式，我心裡不免有幾分得意。我索性躲到一塊石叢後面，脊背貼著涼爽的石面坐下來。我忘了他是個古稀已過的老人了。

他已經到了跟前了，我聽得見他的喘息。

我從石叢後面出來，心平氣和地站到他跟前。他看到我就洩氣了，一屁股坐到地上。

他汗如雨下，滿臉驚恐。我突然從心裡湧出憐憫。我深知他不值得憐憫，他心裡有鬼，這樣拚了命地爬山是他自找的。他實在可以選擇另外一種方式生活，那樣起碼他不至於整個一生都提心吊膽。

我低著頭看他。他實際年齡大概有八十歲，老年塊斑已經遍布他臉上、脖子上和手上。他仍然是不清醒的，他的眼神混濁，瞳仁的光點幾乎已經散盡，他已經完了。他在喘息。

我很奇怪他四天前還那麼結實，他那時讓你覺到他還有一種咄咄逼人的架式，他喋喋不休的講這講那，可是剛剛過了四天啊！過去的三十多年對他來說也許更殘酷，畢竟他活過來了，我想不出這四天怎麼會置他於死地？

也許他一直都是個癡呆患者（這種生存環境無疑是培育癡呆症最適宜的土壤）；也許只是由於一個說漢話的人的到來，啓發了他壓抑了幾十年的說話慾望；也許他發洩了這一次他就再也不會復原。什麼是不可能的呢？

他能在這個滿是痲瘋病人的村子裡生活這幾十年，這件事本身就是不可思議的，何況他自願封住嘴做了啞巴！啞巴說話了，說了也就完了，就這麼回事。他到底是不是痲瘋病人，我無從確定，他的病癥不明顯。但我可以確定他是典型的神經病患者，他完全崩潰了。我說不準我這時的感情。也許他曾經是個罪大惡極的逃犯，也許他什麼壞事也沒做過，無論如何他自願躲進瑪曲村肯定有重大隱祕。我不想知道他是誰，不想知道他幹過什麼。我只是不能容忍他選擇的這樣一種生活。

出乎我的意料，他再一次開口說話了。

「我是個啞巴。這裡的人都當我是啞巴。我怕我早把漢話忘了。跟你說話的時候我敢肯定我還記著。你看我有多大年齡。」

「你多大年齡？」

「說你第一眼的直觀判斷。不要憐憫我。不要說那些想使我高興一點的話。你告訴我實話。你應該知道這沒有關係的。」

「我看你有八十歲。聽見了嗎八十歲？」

「我爸親有錢。是我自己不想再讀書了。這裡沒有人看出我讀過書。我爸親是個做生意的印度人。」

「你媽媽呢？阿媽——母親？」

「我不說話。後來也沒人跟我說話了。他們當我是聾子。叫什麼名字有什麼關係呢。這麼多年我沒名字一樣活著。我爬山他們都當我是傻瓜。」

「他們不知道我爲什麼爬山。」

「你肯定不相信我有一枝槍。」

「我知道你有槍，二十響盒子。」

他眼睛直直的，他無法重複四天前他說的那些話了，我截住了他要說的。

我說：「你要吃點心嗎？我帶了點心。」

他好像想了好一陣才說：「點心。什麼叫點心？」

我從背包裡拿出兩方軍用壓縮乾糧，遞到他手裡。他把它們看了又看，抬起頭看著我。

他說：「你肯定不相信我有一枝槍。」

我說：「二十響盒子，我相信。」

他顯得非常沮喪。他把乾糧往石頭上敲，逐漸敲成了碎末。他抬頭看看我，接著敲碎第二塊乾糧。他這次不抬頭了。

他低聲說：「你肯定不相信我有一枝槍。」

我本能地抑制自己不去接話。結果我卻說了一句反話：「我當然不信。」

他驕傲地補充說：「二十響盒子。」

我說：「我還是不信。」

他說：「我們一會就會看到了。我放的地方雨淋不到，沒一點鏽。沒人知道。從到這的第一天我就爬山。這條路就是我踩出來的。」

直到這時我才有一點覺悟。他說的每一句話我都不是第一次聽見。我無論如何不想讓四天前的情節劇重演，我對我扮演的那個角色實在沒有信心。我不想聽到他最後那句台詞。

他說：「可惜只有六發了。眞不錯，幾十年了。」六發是上次，這次就只剩五發了。

這一次我過慮了。他始終沒有從地上站起來，看來這次爬山傷了他的元氣，他太老了。

估計他短時間很難恢復，我先下山了。

17

也許是心虛，怕背後挨冷槍，我下山的速度很快。我產生了錯覺，我感到整個山坡都在向下滑動。我知道我有點頭暈，我體力沒完全恢復，不應該這樣急上急下。

我回頭時，已經看不到老啞巴了。但是爲愼重起見，我還是躲到一塊巨石後面去休息。我心情緊張，加上累，總感到心裡抖個不停。我不喜歡這種感覺，因此又一次產生了毫無來由的不安。我眼也花了。我看著整個礫石灘正滑離大山。我恨這種感覺，我寧可累一點再累一點。我繼續往山下去，也不時地回頭看看，我看不到他的影子。

一路上我幾次勸自己不要心慌，要穩住腳步。我步子卻一次又一次加快，我眞怕了。

我沒回她家。我想起前一天要辦的事。我想起她說他是珞巴人，怪不得他的話我聽起來有點特別。我想我大概可以找到他住的地方，村子總共那麼十幾二十多幢房子，我又在這裡待了一些時間。估計沒什麼問題。

她昨晚說：你知道他喜歡你。

我當時點頭了。其實我不知道。他待我比較友善，這我看得出來。可他肯定看得出我和她的關係，他會不會認定我搶了他的女人呢？我不了解這裡的習俗，不過我估計世界任何地方的男人都不會對這類事安之若素的。他會例外嗎？她誇他能幹時，我反正心裡不舒服。

我看得很清楚，對於她來說，她不屬於任何一個人，她是自由的，她屬於她自己。而他似乎對此沒有表示異議。

我卻不能那麼達觀，我甚至不能忍受在想像中她屬於別的男人。我不是她的男人，我只是她的房客——一個男房客——如此而已。可我自作多情，心裡打翻了醋瓶子。她爲他生了孩子這個現實使我愈來愈不能忍受了。我居然爲了爭這口氣，認眞地盼她也爲我懷上孩子，頂好也是個男孩。我相信準比他的兒子要好。想到這些，我幾乎不再想找他了。

不行，他的石刻太讓我著迷了。況且我已經送過他禮物，接受他的禮物，我以爲也在情理之中。雖然我深知彼此的禮物不是等價物，我沒道理心安理得地借用交換法則平衡內心。我不想那麼多，我反正一定能找到他的住處。

我在瑪曲村裡要找一個人可沒那麼簡單。

首先我語言不通，其次村裡沒人走動，各家各戶閉門不出，我沒有想到去敲人家的門，我空轉了一圈，最後還是決定回去問她。

我這時發現我有點怕見她。昨晚睡覺前的談話使我們拉開了距離。我們到底是兩個世界裡的人，各不相通也各不相擾。兩個人抱在一起做愛的時候產生了一些沒有益處的幻象，比如痲瘋的傳染或預防，比如誰屬於誰，再比如莫須有的愛情以至爲了愛去獻身等等。

我實在只是個寫小說的拉薩居民，時而有一點超出常規的浪漫想法；我讀過幾本書，了解一點人道的零星內容，於是我眞的浪漫主義起來，天馬行空地瞎想一氣，再沒有比我更沒用的人了。我隔一段時間，總要像昨晚那樣慷慨激昂一陣子，發燒發熱，發一頓人生感嘆，發一堆大道理，之後就涼快下來，該幹什麼還幹什麼，夾起尾巴老老實實地做人。

我吼了一通，之後拍拍屁股走了。解決了什麼呢？避孕還是遺傳傳染？或許我還要留下點麻煩。我沒有能力改變瑪曲村的生活現狀，又在這裡施放文明藥粉，結果是很難想像的。現在想來，我的話一定傷了她的心。

等等，他是珞巴人，她說過他是珞巴人。珞巴人是不習慣住在石頭房子裡面的。他如果仍然承襲珞巴人的習慣，應該住木頭房子。

村裡有兩幢木頭房子這我早就知道，只不過沒格外注意就是了。看來這兩幢房子應該住的珞巴人。

兩幢房子是並排的，相距不遠。我來到房子南面，一個門開著，門口趴著一條大狗，是那種一看就令人膽虛虛的傢伙。我可不願招惹牠，我先去敲關著門的房子。

隨著一聲應答，門從裡向外推開了。出來的女人個子極矮小，但模樣秀氣而且年紀輕，一身典型的珞巴女人裝束。我又不知道該怎麼辦了。她肯定不是痲瘋病人，她對我的來訪顯出驚詫。她相對來說膚色白一些，看來很少出門。我只能用漢話問她。

我說，你男人在嗎？

她搖頭。我覺得她好像聽出了我的問話，她搖頭不是表示聽不懂，而是告訴我：不在。

我說，他到什麼地方去了？

她馬上用手指著西邊。看來他還在村西的神樹造佛。她指著，並用另一隻手比畫，告訴我很高，我以爲她在說那兩棵大樹。

我說，他是你男人嗎？

她連連點頭，顯出充分的自豪感。

我這時看到她身後有個男孩子，個子齊她胯高，精瘦得像個猴子。這孩子長得跟他一模一樣，只是瘦成一把骨頭。還有，這麼小的孩子眼睛太大了。孩子盡力往母親身後躲，又忍不住偷看著我。屋裡傳出一聲嬰兒的啼哭。她馬上丟下我和小男孩，轉身去照應嬰兒；男孩嚇得緊跟在她後面。我就勢進了屋子。

我不想細緻描寫屋子的情形，那樣太過分殘酷了。我在這裡只能講另一個叫人同樣難過的事。我在這個屋子裡發現了六個孩子，一個比一個小，看來都是他和這個女人生的。

我不忍細心察看，其中幾個有病兆？我反正心裡堵得死死的，我也看到了昨天我送給他的玻璃瓶罐頭。他把它放到一個孩子們搆不到的地方，像是當成了供奉物。

我不能再待下去了，而且我也注意到這房子裡沒有他的石刻作品。我決定再去神樹。這時又快到中午了。大狗在背後低吠。

18

我站到村西，我看到有幾個人往村裡來，是那些老年婦女。我沒往前走，我不願破壞這裡所有現成的東西。這條路是一腳之路，我迎面過去勢必另外踩出一條路。不能那麼做。

在她們進到村裡之後我仍然沒再向西去。我獨自站在村邊，大約等到過了中午才看見他捧著石頭從遠處走來。看來石頭很重，他走走停停，我看得滿眼淚水。

他也看到了我，他又那樣友善地笑了。這一次我知道了。他真的喜歡我。我更喜歡他。

這就是他昨天一直在刻鑿的那尊。一對極度誇大的眼睛，完全是表現派技法，鼻子只有又短又窄的一條，沒有嘴，卻有一個尖削的下巴。奇怪的是前額。寬寬的額面正中，非常形象地用刻線畫出一座山。

他把它鄭重地遞到我手上，忽然迎面跪在我腳下。我連忙把石刻像放到地上，伸手去扶他。我弄明白了，他在拜石像，這一定是他的神。是他們的偶像。我像他一樣跪到他身後；最後他站起來，頭也不回地走了。我好一陣沒動，我想起一句藏話，朝著他的背影大聲說：吐切齊！（謝謝！）他回一下頭表示聽到了。這時我在心裡卻在說著：再見。再見。

19

讀者朋友，在講完這個悲慘的故事之前，我得說下面的結尾是杜撰的。我像許多講故事的人一樣，生怕你們中間一些人認起眞；因爲我住在安定醫院裡是暫時的，我總要出來，回到你們中間。我個子高大，滿臉鬍鬚，我是個有名有姓的男性公民，說不定你們中的好多人會在人群中認出我。我不希望那些認眞的人看了故事，就說我與痲瘋病患者有染，把我當成妖魔鬼怪。我更怕的是所有公共場所對我關閉，甚至因此把我送到一個類似瑪曲村的地方隔離起來。所以有了下面的結尾。

我有一尊那樣的石浮雕刻像，是件珍貴的珞巴藝術珍品。我就不講來歷了吧。

我到過西藏境內許多地方。西藏是一塊年輕的高原（地質學家這麼說的），隨處可見壯觀的礫石灘。礫石灘是我喜歡的素材，我可以由此激發靈感，而且它是有生命的。

我老婆是個新聞記者。在一次會議採訪中她認識了一位女醫生，她在痲瘋病醫院工作了一年多時間。我老婆聽她講了一些醫院的事，回到家裡又告訴我。我老婆和我無話不談。

我碰巧又讀了一本法國人寫的書，叫《給痲瘋病人的吻》。我對這種聳人聽聞的題目很感興趣。後來我不巧又讀了另一本英國人寫的書，也是寫痲瘋村裡的，叫《一個自行發完病毒的病例》。

不久前我又去藏東南，當時春風正勁。雅魯藏布江穩穩地東流，江水澄碧，幾隻白色的高原湖鷗在水面漂亮地掠飛。我身後是高拔的大山，身邊是個牧羊的藏族小姑娘，我沉醉在她的牧歌裡。我和大山之間有一種默契，隔著一望十幾里的礫石灘我們無言無聲地交談。

我坐車返回拉薩。開車的司機是個朋友，他說他跑遍了全藏。有一段時間他不愛說話，我問他怎麼了，他說剛才經過的地方向北走十里是痲瘋病村。他還說，他曾經在這裡搭過一個病人，是個胖墩墩的女人，還抱著孩子。

這些事都讓我碰上了，該著我當作家。誰碰上是誰的運氣。我得說我運氣不錯。

我還得說下面的結尾是我爲了洗刷自己杜撰的，我沒別的辦法。我這樣再三聲明，也許會使這部傑作失掉一部分光彩，我割愛了。我說了我沒別的辦法。我自認晦氣，我是個倒楣蛋。誰讓我找上這個倒楣的素材？找上這個倒楣的行當？當然沒別人。我自認倒楣就是了。

下面我還得把這個杜撰的結尾給你們。說一句悄悄話，我的全部悲哀和全部得意都在這一點上。

20

當天晚上發生了一件事。

當時我在收拾東西。我把石刻裹到睡袋裡再往背囊裡塞，她在一旁幫我。孩子已經不再把我當外來人，他騎在我脖頸上看我們幹活，兩手牢牢攥緊我的頭髮。我用手電筒照明。

她說這樣太重了。我說沒問題，揹得動。

她說我再也不會回來了。

她還說他喜歡我，這話她昨晚說過了。

我說我看到了他的女人，看到他和那女人的六個孩子。她說村裡還有一些他的孩子。

「他是個能幹的男人。」她這樣總結。

我不接這樣的話。

隔了一段時間她又說話了。

她說，早晨天亮以前常有小鳥在房子上唱歌；她說明天我早早就會醒來，在天亮以前動身上路。她的聲音非常平靜。

我努力使自己不發出聲音，我背過臉什麼話也不想說。看來她也並不希望我說什麼。

她說，天快黑的時候，她看到老啞巴一個人從山上走回來。老啞巴走過來又走過去。她認為老啞巴跟平時不大一樣。

「怎麼不一樣？」我問。

她說：「他走得慢。他平時走得很快，你都見過的。今晚他走得慢。」

我說：「他剛從山上下來嗎？」

她說：「是從山下走回來的，我看見他下午在山上。他過去上午爬山。」

我說：「我就要走了。」

她說：「你明天早上走。」

我說：「是的，明天早上。」

她說：「你反正要走。你明天早上走吧。早上別人睡覺，我也睡覺。你早上走。」

我說：「我想給你照相，行嗎？」

她說：「我不懂照相。」

她伸出手掌撫摸自己的臉，動作很慢。我看到她慢慢地流淚了。我突然明白了，她爲什麼不要照相，她知道自己病後的樣子不好看。她是女人呵。我進而想到，也許在得病前她是個美麗的小姑娘，她一定很美。

她說：「我不懂照相。」

槍聲就是這時響起來的，我知道終於出事了。我說我要出去一下。我走到門口時，她用我剛好聽得到的聲音說：「你早上走吧。早上我睡覺。」我鄭重地點頭應允。

21

剛才這一聲槍響，我就全明白了。

缺月已經走到中天。白生生的，瑪曲村沐浴在清朗的月光中。路很平，我於是小跑著穿越整個村莊。我的腳步聲驚動了夜遊的野狗，結果此呼彼應，全村一片狗吠聲。

我發現剛才的槍聲沒有引起村裡人注意，這樣總歸好些。我跑到老啞巴的房子前面，門大開著，他正從屋裡往外拽那條母狗：剛才他把牠打死了。他爲什麼要拽牠出來呢？

他用一隻手拽狗後腿，像拋棄垃圾一樣把牠扔到房前的曠野上。從他的動作裡我看到了他心底的厭惡。他沒拿槍。

我有手電筒，我想我應該搶先把槍找到，這樣就可以避免事態進一步發展。我先他一步邁進屋子，同時按亮手電。

地上，卡墊上，我沒有發現槍放在什麼地方。我看到了那頂嵌著青天白日帽徽的軍官大檐帽，已經被人踏得稀爛。無疑是他幹的。

他就站在我身邊，眼睛隨著電光移動。我可以聽到他急促的喘息。我相信他不會對我怎樣了。當然這種自信毫無道理。

我也想到，他推開屋門以後也許把槍放到外面了，我一個人跟著手電的光圈一步一步來到外面。月光如瀉，平灘顯得更荒更空曠。

那條死狗像一堆破布，看不出絲毫曾經有過生命的跡象。一個生命的結束就這麼簡單。

我再也想不出還有什麼地方可以藏槍，這幾分鐘裡我的腦袋給槍塞得滿滿的，完全不能想別的，這就給了他充分的準備時間。我像做夢一樣聽到另外一聲槍響，我模模糊糊地知道槍一直在他身上，是我給了他足夠的時間讓他從容地把自己打死。

我於是決定不再進到他房裡去了。

我決定連夜動身。

我回到她的房裡，她已經睡著（或者故意裝出睡著的樣子）。我輕手輕腳拿起背囊，又用手電在地上照了一圈。我最後把手電關掉，並排放到剩下的三筒罐頭旁邊。

我想吻她一下，結果我只吻了孩子。我揹著背囊出了小門，關門。又出了大門，關門。

最後出了村子。

22

背囊很重，路很遠。我一路走一路喘，我看到前面遠處有一點燈光。

我咬住牙不休息，我眞是累得要死。累得要死我還是不放下背囊，我連腳步也沒停過一下，我知道我要是停下來準會再也站不起來。

那點燈光一直在前面眨眼，好像小時候常捉的螢火蟲。我走著走著，竟做起夢了。我夢見了幼兒園裡的小情人，我們睡一個木床裡，蓋一條兒童絨毯，後來我尿了。她大哭起來，後來我忘了我是不是也哭了。我知道我睏了，我是睏了才尿床才做夢的。還因爲螢火蟲，因爲已經到了跟前的燈光。

我不記得我是怎麼敲開門的；我甚至不記得那兩個藏族養路工怎麼睡到一鋪卡墊上，把我安排到另一鋪卡墊上睡的。我反正睏得睜不開眼了，稀里糊塗地一直睡到第二天上午。

我是被一陣隆隆聲弄醒的。我醒了又睡一直睡到太陽老高。我睜了眼以後還在做夢，我鬧不清怎麼躺在一個陌生的房間裡。我看到門口站著兩個男人，他們正在張望同時交談。

我說：「嗨，出了什麼事？」

那個塊頭大的告訴我，說夜裡有泥石流，北邊的山塌了半邊。我一下躥起來跑到門口，只見滿眼鋪天蓋地的漂礫，不過漂礫已經不再滾動了。我再沒看到瑪曲村，我想泥石流一定也把那兩棵大樹翻到漂礫下面去了。

那個瘦小的回過身擰開了收音機，我卻心不在焉地看著北面。「……我們現在是在北京工人體育場，在這裡向廣大觀眾朋友轉播由《中國青年報》主辦的北京五四國際青年足球邀請賽開幕式的實況——朋友們，這一次參賽的有世界足壇勁旅義大利隊、西德隊、巴拉圭隊……」等等，是我說的等等。

「等等，」我發現有什麼東西不對頭，是什麼呢？對了，時間。我知道又出了毛病了。「我想問一下師傅，今天是什麼日子？」

塊頭大的說：「青年節。五月四號。」

我機械地重複了一句，五月四號。

格非和他的小說

格非（一九六四～），原名劉勇，出生於江蘇省丹徒縣，一九八一年進入上海華東師範大學中文系，一九八五年大學畢業，二○○○年獲文學博士學位。曾任華東師範大學中文系教授，二○○○年調入清華大學，任中文系教授。

一九八六年格非發表處女作〈追憶烏攸先生〉，翌年在《收穫》發表成名作短篇小說〈迷舟〉，接著陸續發表〈褐色鳥群〉、〈風琴〉、〈青黃〉、〈推背圖〉等多篇廣受評論家與讀者喜愛的小說，奠定他在文壇上的地位，並與余華、蘇童並稱為「先鋒派三駕馬車」。格非認為先鋒文學首先存在的基礎、價值就在於它突破了原有傳統的文體、語言、思想傳統的規範，使文學回到了文體上，恢復了文學活力。但他並沒有固守先鋒派的書寫形式／實驗形式，卻在不同的創作階段適度調整他的美學風格。

有評論家以為，格非是先鋒小說家當中，最具波赫斯迷宮美學色彩的典型代表。他的敘事結構往往以一種奇特的方式相互承接，敘事主體貫穿於作品的首尾，但卻並非唯一的線索。這種上承波赫斯「圓形廢墟」的多層次的迴圈性敘事，是格非的拿手好戲。此外，格非小說中敘事動機的啓發者，往往是一個身分曖昧的外鄉人，或者甚至是一個閃爍不定的意象符號。在格非看來，生存／歷史的本質是無法介入的，現實與記憶的界限也往往模糊不清，因而人物在進入敘事的主體後也終將被消解在敘事的推進之中（火烈鳥

〈時空碎片中重構的個人體——格非〉)。一九八八年發表的短篇小說〈青黃〉，便是一座很典型的格非迷宮。

小說發表的前兩年，格非與友人到千島湖考察，縣文化館長所介紹的風土人情當中，「九姓漁戶」吸引了他們的好奇，還特地到所在地去，但一無所獲。當地居民說：從縣誌上得知漁戶的祖先曾是陳友諒的部下，但絕無賣淫之事。〈青黃〉就是將這一則真實見聞當作故事的引子，展開經驗重建與虛構工程。

在小說的最前端，格非將〈青黃〉的敘事基礎建立在諸多「擬真實的仿造品」上：一九五三年版的《麥村地方誌》、最新出版的譚維年《中國娼妓史》（甚至指出精確的頁碼），但他的敘述口吻卻擺明這一切都是虛構的，連原本唯一真實的九姓漁戶也虛幻起來。「青黃」是一個不確定名詞，由譚維年的臆想創造出最早的原型——記載九姓漁戶妓女編年史——然後啓動它的尋訪之旅。時間將「青黃」的原意嚴重磨損，卻創造了更多的可能：老艄公女兒小青的名字、九姓漁戶船上妓女的代稱、一條毛色怪異的狗、一種多年生的玄參科草木植物。格非在這個意義的迷宮裡，營造撲朔迷離的人物和氛圍，每一種線索都在開發新的指涉意義。格非對「青黃」的詞源學式的考證，表面上看來好像志在追索、重建「青黃」一詞的原初意義，可是行為本身卻像在書寫一部《青黃失蹤史》，同時又不斷剝奪最原初的可能（妓女史），最後指向某種植物。

始於地誌，終於《詞蹤》的〈青黃〉，根本就是在寫「對一個失蹤的『詞』所展開的追尋『蹤』跡」。重點不在詞本身，而是它在波長時空裡不停流變的蹤跡。否則「我」一開始即翻查《詞蹤》，就可省去一場虛幻又徒勞的查訪。格非彷彿在暗示：這篇名形同一座「詞蹤／語義迷宮」的短篇小說〈青黃〉，將在不同時代的解讀行為中，陸續衍生新的詮釋，層層遮蔽作者的原意。迷宮的終極意義不在尋獲唯一的出口，而是在尋覓過程中創造出更多元、更豐富、更曲折的路徑和樂趣。格非設下一座迷宮，讓無數的讀者「把對『青黃』這個充滿魅惑的詞的探訪，變成了意義的後現代旅程」（張旭東語）。〈青黃〉強烈的「後現代」特質令我們聯想到甫逝世的文批家德希達（Jacques Derrida），在他那裡，語言彷彿是一場無止盡的「延異」遊戲，每一次的指涉和說明，都把那被述說之物／詞推得更加遙遠，更加迷離，更加難以把握。

重要作品有：短篇小說集《迷舟》（北京：作家，一九八九／台北：小知堂，二〇〇二）、《呼哨》（武漢：長江文藝，一九九二）、《雨季的感覺》（北京：新世界，一九九四）、《青黃》（杭州：浙江文藝，二〇〇一）、《樹與石》（南京：江蘇文藝，一九九六）、《寂靜的聲音》（南京：江蘇文藝，一九九六）；長篇小說《敵人》（台北：遠流，一九九三）、《邊緣》（杭州：浙江文藝，一九九三）、《相遇》（台北：遠流，一九九三）、《人面桃花》（北京：作家，二〇〇四／台北：人人，二〇〇七）、《山河入夢》（北京：作家，二〇〇七／台北：人人，二〇〇八），《人面桃花》曾經一舉奪下「華語文學傳媒大獎．年度傑出成就獎」、「廿一世紀鼎鈞雙年文學獎」、以及「二〇〇四年中國小說排行榜（首位）」等三大獎項，被譽為「距離經典最近的中國當代文學作品」。格非的小說目前有十多種外國語文翻譯出版。

青黃

格非

九姓漁戶做爲一支漂泊在蘇子河上的妓女船隊早在四十年前就已經消亡了。民間有關它的傳說卻經久不息。《麥村地方誌》（一九五三年版）是這樣描述這個故事的：九姓漁戶在官兵的追逼和當地幫會的騷擾下，他的最後一代張姓子孫在一天黎明從麥村上了岸。令人疑惑的是，這部由三個私塾先生編纂的書對那個「天空中飄逝著各種顏色」的黎明做了極其詳細的描繪，但對於這幾個船民上岸後的情況卻語焉不詳。在最新出版的《中國娼妓史》（譚維年著）一書中，對九姓漁戶模稜兩可的論述部分完全是《麥村地方誌》的拙劣的抄襲。在譚維年教授頭腦清晰的好些日子裡，他爲人的風度和著述的嚴謹曾使我默默地仿效過，可是現在呢？一旦他所論述的對象和麥村、九姓漁戶這些字眼連接在一起，就會連續不斷地出現錯誤。在那些飄忽不定的字句中間，我彷彿看見了譚教授在痛苦的晚年穿著肥大的馬褲跨過一隻火盆的滑稽身影。和許多其他學者一樣，譚維年在那本書的第四百二十七頁上，同樣提到了那個頗有爭議的名詞——青黃。按照他的理論，傳說中把「青黃」一詞解釋爲一個漂亮少婦的名字「至少是不謹慎的」，至於有些人將它說成是春夏之交季節的代稱更是荒誕不經。憑著他先天的預感和固執，他認爲「青黃」是一部記載九姓漁戶妓女生活的編年史。他聲稱，如果不出意外的話，這部書依然散落在民間。

正是基於這樣一個充滿魅惑的說法，我決定再次到麥村去。在臨走之前，我在一家私人酒店裡碰到了譚維年，我向他談起了我的計畫。像往常一樣，譚教授聽完了我的話立即對我做了一個不耐煩的手勢：

「你到了那裡將一無所獲。」

1

埃利蒂斯說，樹木和石子使歲月流失。對於一件四十年前發生的事，人們不至於忘記得那樣快。我來到麥村三天後的一個傍晚，在蘇子河邊的一片低矮的榛樹林裡，我遇到了一個正在給羊圈加固木柵欄的老人。他和村裡的許多人一樣，對於那件「不光彩的事」不願重新提起。悲傷的陰影重疊在他的臉上，使他的皮膚看上去像石頭一樣堅硬。我在那圈散發著羊羶腥的木柵欄前躑躅了好久，老人才開始和我搭上了話，他在回憶往事的時候，顯得非常吃力，彷彿要讓時間在他眼前的某一個視點凝固或重現。他說話時齒音很重，喉音混濁不清，這使我在記錄時遇到了一些麻煩。在我聽不清楚的地方，我讓他稍作停頓或是重複一兩遍。

那條頂著涼篷的破船是在黎明的時候到岸的。那時正巧碰上了仲夏時節的梅雨。那天早上天氣有些涼，那個姓張的人帶著一個瘦弱的女孩沿著泥濘的谷道艱難地朝村子裡走來。從天空的東南角颳來的大風把他們吹得東倒西歪。村裡幾乎所有的人都看見了他們。在他們身後，停泊在岸邊的木船上燃起了大火。竹篷在火中燃燒爆出清脆的聲音，這是一個精明的外鄉人。他也許擔心村裡的人不肯收留他們而放火燒掉了那條船。

這個疲憊不堪的中年人來到村裡的時候，看見所有的大門都向他們關上了，心中憂傷，挨著他的女兒在雨中站立了很久。中午的時候，人們隔著門縫看見村頭的一個給人擺渡的艄公將他們領走了。「直到現在，」老人回憶說，「我還不知道他的名字。他的女兒好像叫小青。現在她已經老了，在後村住著，也不叫這個名。」

「以後的事呢？」

「以後的事我也不怎樣清楚，他們來的時候是端午節的前三天，也許是前四天，因爲老艄公的船在端午節那天翻了，死了三個人。人們都以爲災禍是這兩個外鄉人帶來的。那個中年人一直不大說話，很少笑，好像有什麼心事，也許是對村子裡的水土不太習慣。」

老人對我間或提到的「青黃」這個詞沒有絲毫的反應。他在敘述往事時給人造成的一個奇怪的印象是：他在揭示一些事情的同時也掩蓋了另一些事。最後，在我打算離開他之前，他補充說：「我幾乎每天傍晚都要到蘇子河邊去挑水，我有時看見這個外鄉人坐在門前的一只矮凳上，呆呆地看著他的女兒在一塊長滿蒿草的山坡上捉蝴蝶。但在大部分日子裡，在太陽落山的時候，那扇舊松木門板早早就關上了。他也許是一個很好的父親。又過了兩年，他的女兒像是一下子長大了。」

現在，蘇子河在我的腳下靜靜地流淌，河面微微透著涼意。這條河的邊緣散落著一些破舊、坍塌的棚屋，有些房子的擱柵和屋頂都深深地陷了下去。眼下正是初秋的季節，田野上看不到耕作的人群。人們聚集在牆邊曬著太陽，等待著棉花成熟。村裡的人（包括那些四處走動的黃狗）對我的到來沒有表現出什麼興趣。事實上，我第一天到達麥村的時候，他們費了好大的勁才模模糊糊知道了我的來意，然後，他們把我安置在村東的一家麵粉加工廠裡。這裡的機器在一個星期之前壞了，被送到離村幾十公里之外的集鎮上去修。

我回到那座房子裡，又聞到了麥屑令人窒息的粉塵的氣味。我想，這是一個缺乏熱情和好奇心的村子，不僅是那個可憐的姓張的人，任何一個來這裡的外鄉人都會感到孤獨。時間還很早，我就在牆邊的一張木床上躺了下來。就在昏昏沉沉地進入夢境之際，我突然記起了一件往事。儘管這件事講起來也許並沒有什麼特別，但是，裡面有一些地方想起來總讓人感到哪兒不舒服。

2

九年前的一個炎熱的黃昏，在通往麥村的大道上，我遇到了一個換麥芽糖的老頭。當時，他坐在路邊排水溝高高的土坎上，一棵楝樹的陰影罩住了他。

他的模樣看上去像一個正經的手藝人，面前擺著的兩只竹簍由於日曬雨淋，顏色已轉成灰黑。他手裡握著一根竹笛，憂鬱的目光像是在期待著什麼。在他對面，西斜的夕陽將大片開闊的黃麻地染得橙紅。我注意到他並試圖和他說話，完全是他的神態吸引了我。我有一種無法說明的感覺，他彷彿整整一天都坐在那裡，慢慢地吸著旱菸。當我在他身邊停下來，察覺到歲月在他臉上留下的各種痕跡時，我才知道他是多麼蒼老。

他說他叫李貴，在橫塘住。在我的記憶中，「橫塘」是一個古典詞學教科書中常提到的地名。他說大約在今天早上就迷了路。「這裡的一切似乎已經被什麼人修改過了。」我挨著他在那株棟樹下坐了下來，他將手裡的旱菸鍋遞給我。

「你的笛子好像沒有膜孔。」我說。

「不過，它能夠吹響，可現在我已經吹不動了。」

老人輕輕地撫摸著笛管，注視著遠處蜿蜒的大路和它盡頭的村落，像是已經聽到了它的聲音。

「你是本地人嗎？」老人問。

「不，我路過這兒。」

隨後，我們似乎找不到合適的話題來閒聊，便陷入了沉默。我覺得這一切都非常自然。最後，老人提出能否和我一起進村借宿，我答應了。

天完全黑下來的時候，我們沿著印有深深車轍和凹槽的大路朝村裡走。我們穿過一座泥砌的院牆，在最先發現亮光的地方停下來敲門。住在這座房子裡的是一個外科郎中，他仔細地打量著我們，詢問了一些他想知道的枝節，最後勉強同意我們留宿。他把我們帶到西廂房的一間堆滿乾草的屋子裡，撥亮了牆上佛龕裡的油燈。他的臉上流露出鄉下人那種特有的擔心和警覺的神情。在臨走之前，他說他今晚要到外鄉去出診——那裡一位婦女患了濕疹。

我和老人挨著草垛斜躺了下來，我們聽見外科郎中在這座房子其餘的門上都上了鎖，然後他就走了。接下來就發生了一件奇怪的事。

半夜時分，天空突然下起了大雨。我從夢中被雷聲驚醒。院子裡空蕩蕩的，大門被風吹開了，晃當晃當碰撞著土牆。我住的這座廂房的窗子也沒有關緊，有幾縷雨絲飄到了我的臉上。我起身關窗的時候，在一道刺眼的閃電中，我似乎覺察到情況有些不妙。我摸到門邊，重新點亮了那盞油燈，我突然發現那個換麥芽糖的老人不知在什麼時候已經離開了屋子。門邊的兩只竹簍還在，我想這個老頭也許到屋外去解手什麼的，肯定沒有走遠。可是外面這麼大的雨……到處是溪水匯集的嘩嘩聲。在飄搖的燈光下，我看著剛才老頭睡過的那堆乾草上深深的窩痕，心中掠過一絲膽怯。

時間彷彿過去了很久，我在昏沉的睡意中，聽到了廂房的門被輕輕推開的聲音，那個老人拎著一雙破布鞋，赤著腳出現在門口，他的褲管挽過膝蓋，露出一截和他的年齡和身分都極不相稱的白皙的小腿。他的身上沾滿烏黑的泥水。他倚在門邊，突然對我笑了一下。他的笑似乎在暗示我：他所做的事沒有必要向我做出解釋。他走回到原先睡覺的地方躺了下來，在微弱的光線中，我看見他的一隻腳拇指被玻璃碎片或鐵釘之類的東西劃破了一塊，正向外滲著血。

雨很快就停了，我毫無睡意。整整一個晚上——直到現在我都在思索著這件事。第二天早上，那個郎中挾著一把油紙傘回到了家裡。他的神情非常沮喪。他說那個婦女死了。我說我大約還要在他家住兩天。郎中答應了。晌午的時候，換麥芽糖的老人挑起他的竹簍向我告辭。我看見他的身影邁出了門檻，走上了蘇子河上那道窄窄的木橋。許多年的光陰已經把他縮小、磨光，就像流水使石塊銷蝕一樣。在我的印象中，他好像是一個可憐而又忠實的人。後來的事似乎證明了我的判斷。一九六七年冬天，我從洛州換乘長途汽車到阿川去，無意之中，我在行車路線圖上發現了橫塘這個站名。當我辦完事從阿川返回時，我決定到橫塘去一趟。我不知道爲什麼要去看望這個老人，也許是爲了找到我在他身上失去的一種感覺，或者是消除掉一些莫名其妙的恐懼的意念。我下車後不久，就在一片竹林背後的小溪谷裡找到了他。我記得那是一個陽光燦爛的中午，一個漂亮的姑娘在門前的池塘裡爲他拆洗被褥。在以後的日子裡，我常常去洛州一帶了解那裡的方言，偶爾也去橫塘看看這個老人。漸漸地，那裡的人（尤其是那個姑娘）便把我當成他的一個忘年的朋友。

3

我的調查一無進展。時間的長河總是悄無聲息地淹沒一切，但記憶卻常常將那些早已沉入河底的碎片浮出水面，就像青草從雪地裡重新凸現出來一樣。在麥村的日子裡，我在白天像遊魂一般四處飄蕩，追索往昔的蛛跡，卻把一個又一個的黑夜消耗在對遙遠過去的懸想之中。一天清晨，我來到了九年前曾經借宿過的那個外科郎中家裡，那間堆滿乾草的廂房又一次使我陷入了雨夜的回憶——在我看來它只不過是一個微不足道的插曲，看不出它和九姓漁戶的故事有什麼關聯。那個外科郎中只是稍稍思索了一下便認出了我。

他對那個「影子一般的矮個子男人」沒有太多的了解。他說，那時候，我還很小。有一次那個外鄉人患了疥瘡，我跟隨父親到他河邊的棚屋裡去過一回。他看上去非常健康，沒有人料到他會死得那麼早。我記得他曾續娶過一個名叫二翠的女人。這個在我看來還算漂亮的女人並沒有使這個外鄉人開朗起來，陰影在他臉上似乎永遠不會散去。當時，村子裡流傳著各種各樣的說法。有人說他在那個裝滿妓女的長長的船隊上生活了近三十年，至少和一百個女人睡過覺。

「河裡的魚一旦上岸便會渴死，」外科郎中這樣說道，「在他來到麥村的第十二個春天，光陰剛好轉過一輪，一天晚上，二翠披頭散髮出現在我家的窗口，我記得當時我母親長長地嘆了一口氣說了一句：『那個倒楣的人死了。』夜晚非常寂靜，那個女人的哭聲和尖叫驚起棲息在刺樹上的成群的喜鵲。第二天早上，我和母親到河邊的棚屋去看死人，當我們趕到那兒的時候，棺材的蓋早已被釘死了。那口棺材本來是老艄公攢錢買下的，現在睡在裡面的卻是另外一個人。小青呆呆地坐在路坎上，喪父的悲痛使她的臉色變得非常古怪。中午的時候，人們匆匆忙忙將那個姓張的人安葬了。那天下著黃梅時節斷斷續續的小雨，我記得雨水把漆黑的棺材澆得鋥亮。事後，當二翠向人們描述那個晚上的情景的時候，手指依然禁不住地顫抖，『他幾乎一下子就斷了氣。』」

外科郎中用棉球擦著那把帶有木柄的手術刀，顯得有些心不在焉。「我從來沒有和那個外鄉人說過一句話，他的心思……也許……他的女兒……有幾次黃昏的時候，我隨父親從外鄉出診回來，看見他帶著小青划著一只小船在蘇子河邊的蘆葦叢裡打轉。他或許一直懷念著水上的生活。」

當我詢問起有關「青黃」這個詞的種種傳說時，他的回答幾乎使我吃了一驚。「在這一帶我沒有聽說過這個詞，不過，它也可能存在，在九姓漁戶的船上，妓女一般分爲兩類，『青黃』會不會是那些年輕或年老妓女的簡稱？女人們總是像竹子一樣，青了又黃。」

臨走之前，外科郎中把我送到門外，他好像突然記起了一件事，他告訴我有一個叫康康的青年住在村中的祠堂裡，「他也許會給你講一些別的什麼事。」

4

站在那堵行將頹圮的院牆下，我對一隻木製的稻箱凝視了很久。這是一座很大的院子，隔著牆頭上那些在風中搖擺的馬齒草，我能看見村後隱隱約約的一線青山和大片大片潔淨的田野。秋風挾著半黃的樹葉飄進院子，帶來了寒冷的消息。

「這就是那個人的棺材。」康康指著稻箱對我說。看上去他是一個直率的青年人，他蹲在井邊的一只磙碡上，手裡擺弄著一些沙缽殘破的瓷片，他對我拐彎抹角的提問顯得很有耐心。

「那年夏天，暴雨斷斷續續下了二十多天，村子裡的房屋和樹木都浸在了水中。村裡的人都逃到了山上去避水。幾天後，雨停了，大水慢慢退去。一天清晨天剛亮，我站在這座祠堂的閣樓上，看著在水中露出的林子和房屋發愣，突然我發現不遠處有一個黑乎乎的東西朝這邊漂過來。我下了樓，淌著水朝它走了過去。那是一口棺材。它也許是用上等的木料做成的，樣子看上去很結實。棺材吸飽了雨水變得非常沉，我和弟弟費了好大的勁才把它弄到了家裡。當天晚上，村裡的郎中到我家來，看見停在院中的棺材嚇得跳了起來：『我還以爲又死了什麼人。』起先我們不知道它從哪裡漂來，我想一定是大水沖垮了村外墓地的圍欄，把墳墓托浮了起來。墓地離村子至少有一二里路，奇怪的是它像一隻認路的黑狗一樣逕自漂到村裡。第二天我和弟弟來到墓地上，果然看見墓地外側的那個墳被洪水沖開了一個巨大的豁口，露出了一個長方形的深深洞穴，那墳包看起來像一顆開花的棉桃。事後，我們才知道它是那個姓張的人的墳墓。我和弟弟用土把那個洞穴填平，然後把墳包重新堆得像饅頭一樣圓。那天夜裡，我們全家圍著那口棺材爭吵了起來。我的弟弟是一個精明人，雖說他當時只有十七歲，可是已經在鄰村找到了一個相好，他堅持要把那口棺材改做成一張大床，留著他結婚時用。最後，我的母親用眼淚阻止了他。她說：『新婚夫妻躺在用棺材做成的床上就會整夜做惡夢。』在這件事情上，我的父親坐在一旁始終沒有說話。我知道他的心思，他也許想把這口棺材完好無損地保留下來，因爲它看上去幾乎和新的一模一樣。最後，我們還是把它改做成了一只稻箱。在收割的季節裡，我們用它來打穀子，其他的時候，我們就把它抬到屋內貯存糧食。」

「你有沒有在棺材裡看見什麼東西？」我問。

「沒有，」康康想了一下說道，「那個郎中好像也向我打聽過裡面有什麼錢財。」

「我是說，你有沒有看見一本什麼書？」

「沒有。」

我在和這個年輕人說話的時候，我注意到他像姑娘一樣多變的眼神中掩飾著什麼心事，這一點，在他向我描述那場洪水時，我就已經看出來了。

「裡面總會有一些東西吧，」我說，「那個外鄉人才死了幾十年——，不會所有的東西都爛掉。」

康康稚嫩的臉上出現恐慌的神色，沙缽的碎片在他手裡捏得咔咔作響。過了好一陣，康康從碌碡上走下來，來到我的跟前，他的聲音變得非常低：

「沒有，我是說什麼也沒有，連屍骨都沒有。」

我一愣。

「起先我心裡也納悶，這個狗日的外鄉人怎麼會連一根頭髮、一根骨頭都不見？也許他的墓早已被人盜過了。這件事，除了弟弟和我，誰也不知道。現在我也有些害怕，有時眞想把那只稻箱劈了當柴禾燒掉。」

那只稻箱拘束地占據著院子的一角，菜畦中的一根牽牛花爬上了赭黃的箱壁。它彷彿是一個早已消逝的生命留下的依稀可辨的痕跡，又像是一句諺語——在民間的流傳中保留下來的最精煉的部分。

5

重陽節的那一天，我在一個圓形池塘的邊上找到了小青。她看上去五十歲左右，美麗的容顏像一支歌謠一樣消失了，又如一隻鳥永遠飛出了牠的巢穴。衰老彷彿是一道黑色的屏障，把她與以往的歲月隔開。

她蹲在河邊的一塊背風的乾地上，把懷裡的一疊黃紙揉皺，然後點著了火。「我在前些天就見到過你。」她對我說。我說我想找你談一件事。她抬起頭，看了我一眼：「你莫非是想從我這兒買幾隻兔子吧？」我搖了搖頭。她笑了。「如果你想買一張床或是幾張椅子，最好和我的男人去說。」我知道她的丈夫是一個木匠。

「你在給誰燒紙？」我問。

……

「你爲什麼不把這些紙拿到你父親的墳上去燒？」

……

我遞給她一枝菸。她接過菸，熟練地銜在嘴裡。這時，那堆黃紙已經燒完了。她在一塊青石板上撣了撣土，然後坐下來。這個看上去面目慈祥的女人不像我先前想像的那樣難以接近，她也許早已習慣了讓記憶死去，讓痛苦的根在內心深處的荒原裡發芽。在沉默中，她大口大口地吸著菸。我覺得她的神情，她的黑顏色的綢布衫，她胸前鼓蕩的重重的乳房都浸透在往事中間。她在吸完第三枝菸後，開始向我談起了去年冬天發生的一件事。

那是一個下雪天的早晨，小青像往常一樣在灶屋裡做飯，她的丈夫坐在堆滿木料和刨花的屋子中間。天氣太冷了，他的墨繩被凍成了一團，他等待著女人在煮菜時把它在灶壁裡烘化。很久沒有下過這麼大的雪了。隔著半掩的門，她看見自己唯一的兒子在門外陷在雪中玩耍。從瓦縫裡漏進來的雪花將乾草打得濡濕。她好不容易引著了火，濃烈的回煙瀰漫了整個屋子。在煙霧中，她看見兒子推開門渾身沾滿雪片走了進來。他好像在父親的耳邊說了些什麼，他的父親正被煙熏得直流眼淚，就一把推開了他。等到小青做完了飯從灶屋走出來，兒子便拽住了她的衣角。他說有一個瘦老頭在門外轉來轉去。小青跟著他走到門外——漫天的風雪中連一隻鳥的影子也看不到。小青想，那一定是一個要飯的老頭，就沒有理他。中午吃飯的時候，她的兒子又一次提起了這件事，他說那個老頭長得很古怪。接著，他便一五一十地把那個老頭的容貌比畫了出來。

「我兒子說起的那個人和我父親長得一模一樣，連穿的衣服都一樣。那時，我的父親已死去多年。」小青說，「我雖然覺得奇怪，但沒有細想這件事，只是一整天總覺得哪兒不對勁，傍晚的時候，我的兒子就在門前的這個池塘淹死了。他是在冰上玩的時候掉下去的——我想這裡面一定有些什麼事情，可當我把這件事講給村裡的人聽，他們沒有一個人相信我的話。」

剛勁的風敲響了林中的樹葉，吹得紙燼的碎片四處紛飛。小青木然地看著我，神情肅穆，恍若隔世。我想起了一本名爲《圖騰與火》的書，書中提到在中國南方的一些省分，常常發生一些靈魂重現的現象。我想，在鄉間，人們往往把接踵而至的災難歸咎於冥冥中的天意，我不知道這個女人的敘述包含多少可信的成分，但顯然——，她的迷惑和不快立刻感染了我。發生在這個僻靜的山村的每一件事，都彷彿是懸在屋簷下的冰凌，每一秒鐘，它都在悄悄地變化著。

「你和父親來到村裡的時候，你母親在哪兒？」我問。

「她或許早就死了，我沒有見過她。我父親也可能不是親生的——可村裡的人都這麼看。」

「你父親好像在村裡一直不太習慣？」

「是的，那天我和父親到麥村來的時候，剛好碰上了這一帶的梅雨天氣，村中的每一扇門都朝我們關上了……我們只能待在雨中。後來，一個老艄公答應我們住到他的屋子裡去——他自己睡在船上。剛來的時候，我們對什麼都不習慣，夜晚，我睡在老艄公的屋子裡，在夢中都感到床板像船一樣在水中搖晃。這個村子裡女人很少。老艄公到了六十多歲還沒有娶上媳婦……我們上岸的第二天，老艄公把我叫到了他的船上……他把我咬得渾身是血。我回到屋子裡就發起了高燒。父親給我解開衣服，用鹽水擦洗傷口……後來，老艄公的船就翻了。」

6

夜晚，我坐在麵粉加工廠冰涼的磅秤上，注視著窗外疾速移動的烏雲和閃爍的樹影，一夜未睡。對於現在看來完全可能是譚維年教授杜撰的那個詞，我喪失了所有的興趣。而傳說中那個事件的片段——一排稀稀落落的房屋，一片柳樹林，一塊空地，卻時常混雜著童年的記憶一起侵入我的夢中。

中午的時候，我在麥村的街角碰到一個看林人。他當時正蜷縮在一扇破舊店舖的門檻上賣茶。從嘴角流出來的口涎弄濕了他的袖管。他的目光注視著天空壓得很低的黃色雲層，辨別著他身邊發出的各種聲音。

「所有的事物都比人活得更長久。」看林人說。對四十年前的事，他能記住「村中每一株山藥樹的樣子和河床裡每一粒石子的形狀」。正月十七的一天，也就是那個外鄉人突然決定結婚的那一天，人們在清晨的時候看見這個姓張的人蹲在蘇子河邊，敲開河上的封冰用一把剃刀刮鬍子。那時，看林人和母親正在河對岸的林子裡給新栽的枇杷樹壅土。到了晌午，他看見一頂花轎搖搖晃晃地從一個山坡下閃了出來，慢慢地朝村子裡走。花轎像是從很遠的地方來的，轎夫們裹著綁腿，走路的架勢看上去顯得很累。母親用手掌遮住耀眼的太陽光，朝村頭張望著。「村裡好像有什麼人要娶媳婦了。」她說。

過了一會兒，花轎在河邊的那間棚屋前停了下來。他看見村中的媒婆踮著小腳，比畫著手勢和轎夫們說著什麼。在她身後，小青正把一張紅紙糊在那扇泥窗的窗骨上。轎簾掀開，從裡面走出一個高個子的女人。隔著飄滿薄霧的蘇子河，他看不清那個女人的臉。誰都不知道那個外鄉人怎麼把這個女人弄到手的。看林人丟開手中的鐵鍬，準備去村中看熱鬧的時候，聽見母親在身後咕噥了一句：「可憐的人，把婚事弄得像送葬一樣。」

麥村的人似乎很容易忘記以往的事，時間過了幾年之後，人們對這個安分的外鄉人的態度漸漸變得親暱起來。一些婦女給他送來了山棗和穀物，老人們也來到那間破屋裡幫他張羅著。外鄉人的臉色變得晴朗柔和起來。村中祠堂的老倌提出可以在祠堂裡增設一個祖先的牌位，讓這對新婚的「年輕人」在那裡拜堂成親，但是這個外鄉人默默地拒絕了。他執拗地認爲他的祖先不在祠堂裡而在水中，他拉著那個高個子的女人來到了蘇子河邊，對著寬闊的水面跑了下來，吻了一下河邊的爛泥。

那眞是一個漂亮的女人。

晚上，林中的那間木房的門被大風吹散了，看林人準備回村取來一些鐵釘將它重新釘好。他提著馬燈，踏著堅硬的凍土朝村裡走，當他走到蘇子河上那條窄窄的木橋上時，他看見河邊的那間屋子裡亮著燈光。那亮光在靜謐的黑夜中將樹木襯得橙黃。他的心劇烈地跳了起來。「一想到那個晚上的月光就使人莫名其妙地難受。」看林人說。他的眼前一次次閃現出那個女人的模樣，腦子裡出現了一個「荒唐的想法」。他朝那片燈光走了過去，腳步聲愈來愈輕，最後，他在那扇暗紅的泥窗下蹲了下來，捅破了窗戶紙。

那年正月，已經開春二十多天了，而天氣卻像隆冬一樣寒冷。刺骨的風從落光了葉子的樹梢上吹過，在屋簷和瓦縫中發出低低的迴響。那個女人坐在床沿的一邊，男人在另一邊出神地望著她。過了一會兒，屋子裡傳出女人上馬桶的聲音，看林人看見女人掀開簾子出來的時候，準備將褲腰帶繫上，男人走過去抓住了她的手，女人肥大的黑褲子一下子滑到了地上。

「我一輩子只看見過一次女人的身體，我的心一下子提到了嗓子眼，」看林人說，「現在看起來，女人是一件可有可無的東西。」他端起面前的茶杯喝了一口，抹了抹嘴角又稀又白的鬍鬚，又重複了一遍剛才的話：「眞的，可有可無——這事也許當你老了的時候，你就明白了。」

那時，看林人伏在窗下，在閃閃忽忽的燈光中，他看見那個外鄉人把女人的衣服剝得精光，然後吻她，從她的小腳趾開始，沿著她身體的中間慢慢往上。女人的身體顫慄著。她的神色看上去有些不對勁。她那老鼠一樣可憐的眼睛中，像是在擔心著一件什麼事發生。男人的動作愈來愈粗魯，她的身體顫抖得更厲害。隨後，那個外鄉人把她抱起來，放在床上。那張破床吱吱嘎嘎地響著，女人的身體像盛在杯中的水一樣晃盪著。這時，看林人聽見隔壁小青在睡夢中發出的咳嗽聲，外鄉人像是遲疑了一下，然後開始脫掉衣服，露出瘦蛇一樣精赤的背脊。

「不久，我看到了一件讓人納悶的事——那個外鄉人竄到床上後不一會兒，又從帳子裡鑽了出來，他沮喪地穿上衣服，走到牆邊的一張桌前坐了下來，我從來沒有見過他那麼可怕的臉色。他點上菸斗慢慢地吸著。女人在床上低聲地啜泣。我不知道發生了什麼事。原先我想也許是那個外鄉人不會幹那事，但後來我才聽說那個叫二翠的女人屁眼邊上少了一個小洞。」看林人說。

就這樣，那個外鄉人在屋子裡一直坐到天明。後半夜，風停了，油燈也快燃盡了，看林人在窗外迷迷糊糊地進入了夢鄉，天亮的時候，暖烘烘的陽光將他曬醒。

7

棉花成熟的時節，秋色漸漸地深了。這天早上，我又一次來到了那個圓形的池塘前。枯黃的樹葉和草尖上覆蓋了一層薄霜，鳥兒遲暮地飛走了，在牠孤單的叫聲中，空氣變得愈來愈乾燥。

在一間陰暗的屋子裡，小青正在剝一隻兔子。她黑布衫的對襟上也沾上了兔子的血跡。「昨天晚上，有兩隻兔子給狼咬死了，秋天快要過去的時候，村裡的狼多了起來。」小青說。過了一會兒，她問我能不能幫她把爐子生上，我答應了。「我知道你在村子四處打聽我父親的事，他已死了四十多年，我不懂那些事對你有什麼用處？」她說。我笑了笑。

「你從哪裡來？」小青問。

「城裡。」

「城裡幹那種事的人也一定很多吧？」

「什麼事？」

「我是說妓女。」
「過去有。」
「在我們的船上，這種事不算什麼，」小青說，「可岸上的人都把它看得很重。我來這裡後的四十多年，村裡很少有人願意和我說話。據說外地人經過麥村的時候，也繞著道走。本來，我們船上的人都是一些本分的漁民，後來我們的祖先幫助一個叫陳友諒的土匪打過仗，姓朱的皇帝得到天下後，就下旨不准我們上岸。有一年，這一帶發生了嚴重的饑荒，船上的婦女才開始上岸拉客，慢慢地，船隊就變成了後來的那個樣子。」
「你父親死後，那個叫二翠的女人去了哪裡？」我問。
「死了。」
「死了？」
老人許久沒有說話。她把剝了皮的兔子放在盆裡洗淨。擱在一只鐵鍋裡，燉在爐子上，回到她原先待著的那個位置坐下。
「二翠是一個善良的女人，她的死完全是因爲我。父親死後，她就被娘家的人接回去了，她的家在二十里外的山腳下。有一年夏天，二翠來村裡看我，順便給我捎來了幾件褂子。她在村裡住了幾天。剛巧碰上了那件事。那天晚上，我和二翠正在桌邊剪鞋樣，聽到村頭響起了狗的叫聲，二翠說，好像有什麼陌生人到村子裡來。過了一會兒，狗也不叫了，我們以爲不會有什麼事，可是牆上石龕裡的油燈突然滅了。我起先還以爲是風將它吹滅的，正準備將它重新點亮，一個黑影閃了進來。在暗中我們誰都看不清楚他的模樣。我感到腰上被一個尖尖的東西頂著，那個黑影把我逼到了牆角。我終於知道那個人要幹什麼了。那個人抬手將我的衣服輕輕一捋，肩膀上就被撕開了一個大口子。我聞到了一股濃烈的酒氣，他將嘴湊在我的胸脯上……」

老人雙手交臂抱在胸前，她像是感到有些冷，又彷彿沉浸在那件令人心悸的往事中。臉上露出恐怖的神色。我注視著地上的兔子的內臟，心頭一陣冰涼。

「二翠像是被嚇懵了，過了好久她才鎭定下來。她從屋子的另一側跑過來，跪在地上死死抱住了那個人的腿。二翠對那個黑影說：『她還是一個小姑娘，還沒有出閣，你一定想幹那種事，就和我幹吧……』那個人像是笑了一下，稍稍轉過身，我感到他手裡的匕首在空中揮了一下，二翠的手就鬆開了。」

「現在想想，」小青說，「二翠當初眞不該那樣攔他。這種事我從小就在船上看慣了，每天晚上都有一些當官的和商人到船上來，有時候，天還沒有黑下來，他們就在船艙裡鋪上一塊草席，抱著妓女滾在了一起。那個男人將我按在地上，那時候，我並沒有感到怎樣害怕，開始的時候我只是覺得有些疼。在蟋蟀的叫聲中，我聽見二翠的呼吸變得愈來愈急促。那個男人走後，她的身體已經變得像鐵一樣硬了。後來，村裡的媒婆有一天來到了我的屋裡，她問我是不是願意嫁人，我說好吧，幾天後，我就嫁給了現在的這個木匠。他是一個老實人。」

「所有的事情全都會過去，只有人死了不能再生。」小青說，她走到那個火爐旁，用蒲扇在爐門前撲了幾下，爐火漸漸地旺了，屋子裡充滿了一股兔肉的香味。

這時，太陽已經升高了，屋子裡的光線也亮堂了許多。我看見窗外很遠的地方，有幾個農婦在摘棉花。

「你的父親是不是寫過一本什麼書？」我問。

「沒有，他不認識字。」

「那麼，你們祖上是不是有一些書傳下來，比如家譜之類？」

「不知道，如果有的話，也同父親一起埋掉了，」小青說，「這件事也許父親知道，可他死得那樣早，誰都沒有料到，要是活到現在也該有八十多歲了。我總也忘不了他那張臉。我常常到離村很遠的市集上去賣花，秋天是金菊，春天是梔子花。每天我賣完花回來，他都坐在門前的山楡樹下等我。」

老人用手背揩了揩眼圈，呆呆地看著爐子上冒起的輕煙出神。

「我現在還是非常想他。」小青說，「有一次，我正在洗澡……」

這時，她的丈夫推門進來，小青站起身幫他把刨錘和鋸子從肩上拿下來，擱在雞塒上。木匠逕自走到水缸邊，舀起一瓢涼水咕咕咚咚地喝完。

「地裡的棉花該收了。」他說。

8

一個黃昏接著一個黃昏，時間很快地流走了，在村落頂上平坦而又傾斜的天空中，在柵欄和窗外延伸的山脈和荒原中沒有留下一絲痕跡。我整日整夜被那個可憐的人謎一般的命運所困擾，當我決定離開這裡的時候，我突然有了一種不眞實的感覺。這個村子——它的寂靜的河流，河邊紅色的沙子，匆匆行走的人和他們的影子彷彿都是被人虛構出來的，又像是一幅寫生畫中常常見到的事物。

在我離開麥村回到城裡的當天，我在門廊裡拿到一封信。信是一個姑娘寫來的，一九六七年冬天，我去橫塘看望那個叫李貴的老人時，她正在門前的池塘爲他拆洗被褥。她在信中說，李貴患了一種「很嚴重的病」，也許活不長久了，他在臨終之前，爲了許多年之前結下的一面之緣，很想再見我一次。晚上，我坐在燈下重讀了這封信，我注意到信封上的郵戳已經模糊不清了。但依然能夠看出這封信是一個月之前寄來的。這個昔日賣麥芽糖的老人臉上凸出的顴骨和姑娘深陷的笑靨同時躍入我的眼簾。第二天早上，我踏上北去的火車。

當我在竹林背後找到那座低矮的平房時，已是三天後的中午。老人倚在牆邊，在溫暖的陽光下打盹。他很快就看到了我，扶著牆站起來，朝前走了幾步。

「我知道你會來，」老人說，「前些天，死神和我開了一個玩笑，我在棺蓋上躺了一個白天，晚上又醒了過來。」
我們挨著牆根坐了下來，在老人說話的時候，我彷彿看到了一架完好無缺的機器，它內部的每一個零件都生了鏽，只是憑著慣性在慢慢運轉著。他看上去沒有什麼病，只是自然的衰老將他帶到死亡的邊緣。

「我的姪女整天在念叨你，她說你也許由於事情忙不會來了，我想你一定會來。」老人說。那個姑娘正在一根鉛絲繩上晾衣服，她轉過身朝我笑了一下。

「我最近到麥村去了一次，回來後才看到你們的信。」我說。

「麥村？」

「就是我碰見你的那個村子。」

老人點了點頭，他的灰暗的眼珠凹陷在眼眶裡，注視著天空下飛過的幾隻鳥，像是要將一些光在眼前聚集起來。

「有一件事，我一直想問你。」我說。

「什麼事？」

「你是不是記得在麥村的那個晚上？」

「記得，我們像是宿在一個郎中家裡。」

「後來下起了大雨。」

「是的。」

「那天晚上你好像出去過。」

老人怔了一下，開始猛烈地咳嗽起來。那個姑娘走到他身邊，在他背上捶了幾下，老人轉過身，將一口濃痰吐在了牆邊的草叢裡。他的嘴角朝兩邊撇了一下，做出一個笑容：「我從小就患了夢遊症。你說的事我一點都不知道，那天晚上我以爲一直睡得很好。」

「你確實出去過一次。」我說。

「也許吧。有一次我從夢中爬起來在外面的曠野上走了一夜，第二天黎明我的姪女才在一塊麥田裡找到了我。」

午後，我正想躺下來休息一下，連日的奔波已使我精疲力竭。這時，那個姑娘推門走了進來。她說天氣漸漸冷下來了，風雨將屋頂上的稻草打得又黑又薄，她問我能不能幫她把稻草換成新的，我雖然從來沒有上過房頂，但還是答應了。

這件事我幹得非常慢，到了晚上，老人披著一件單衣，手裡擎著油燈站在屋簷下，他的樣子使我聯想到一只被蛀蟲啃空的核桃殼，我的心中掠過一絲憂傷。

我在那裡住了三天。臨走之前，老人堅持要把我送到竹林外，一條狗從後面追上了我們。我們走到一處斷流的溪谷旁，老人停了下來。

「這一帶人很少，每天傍晚我都到這裡來散步。」老人說，「在黑夜來臨之前，總是青黃陪伴著我。」

「青黃?」

「這是一條良種狗。牠的毛色很特別，背上是青藍色的，肚子的一側有一個黃顏色的斑圈，看上去像一塊膏藥。」

我抬起頭，看見那條狗嗅著田野上泥土的氣息，搖著尾巴走遠了。

9

幾年之後，我在市立圖書館的二樓翻閱一本編於明代天啓年間的《詞蹤》，在這本書的第九百七十一頁上，我偶然看到了「青黃」這個詞條。

「**青黃**」多年生玄參科草本植物。全株密被灰色柔毛和腺毛。根狀莖黃色。夏季開花。

——收入《迷舟》（小知堂文化）

此文獻給仲月樓公。

殘雪 和她的小說

殘雪（一九五三～），本名鄧小華，出生於湖南長沙。父母是三四十年代的中共黨員，父親曾任《新湖南報》社長，母親也在報社工作。一九五七年，殘雪父親做為「新湖南報右派反黨集團」頭目被打倒，家庭由此陷入困頓。殘雪由外婆帶大，外婆心地善良卻有些怪力亂神的信仰習慣，譬如半夜趕鬼，以唾液代藥為孩子療傷，但殘雪跟外婆相處得很快樂。這種湘楚文化的巫術精神，對有點神經質的小殘雪可能構成某種影響，啓發了她日後體驗、觀察人生的方式。外婆在她七歲時因饑餓而死。一九六六年文革開始，殘雪小學畢業即失學，當過赤腳醫生、銑工、裝配工、車工，開過裁縫店。

一九八五年一月殘雪發表了處女作短篇小說〈汙水上的肥皂泡〉，同年七月又發表成名作〈山上的小屋〉，至今已有三百萬字作品，被美國和日本文學界認為是二十世紀中葉以來中國文學最具創造性的作家。她是作品在國外被翻譯、出版最多的中國作家之一，她的小說並成為美國哈佛、康乃爾、哥倫比亞等大學及日本東京中央大學、國學院的文學教材，作品被美國和日本等國收入世界優秀小說選集。

在先鋒小說陣營中，殘雪的小說是令人驚嘆的異類。她常用變異的感覺去展示一個荒誕、變形、夢魘般的世界，陰鬱、晦澀、恐懼、焦慮、窺探和變態的人物心理，透過這些糾纏的事物，她勾勒出人類生存的悲劇和人性的醜惡。這一點跟卡夫卡等西方現代主義荒誕小說有相似之處，但她傳達出來的生命本體的痛苦、對生存的深刻絕望，以及在絕望邊緣的吶喊與掙扎，絕不是模擬，而是跟她存在的現實環境，和經歷的歷史有密切的關係（陳思和編《中國當代文學史教程》）。

寫作對殘雪來說，即是「讓靈魂說話」。她想要血從脈管裡汩汩湧出，想要進行前所未有的掙破，開口說出第一個詞，從未有過的詞，從世俗而來卻又擺脫了世俗，成為講述天堂故事的開端。她苦苦思索著：什麼樣的壓榨運動，才會使得靈魂出竅？一切都似乎是匪夷所思的。而匪夷所思，就是這種小說創作的基本特點。當然並不僅僅是絕望與焦慮；高度的振奮，緩解中的回顧產生的幸福感，滲透著創作的全過程，這些，自然而然成了戰勝頹廢，重新奮起的動力。至於靈感，也僅僅是一種要說話的衝動。她覺得自己像是坐在世俗的真空裡練習發音，嘗試著吐出第一個詞，她的嘗試熱切而焦慮。幾乎每一次，都堅持著說下去了。於是她說出了〈天堂裡的對話〉、〈飼養毒蛇的小孩〉等作品，它們都是焦慮、噁心、不滿，以及振奮與幸福摻雜在一起的產物。（殘雪〈異端境界〉）

一九九〇年發表在《收穫》上的〈飼養毒蛇的小孩〉，是一篇容許多元詮釋的短篇小說。殘雪以陰鬱、詭譎的筆觸寫一個孩子和他的家庭，「毒蛇」的意象可以解讀成砂原性格／性靈深處的某種陰暗元素，它以嚴重的自我幻想方式，構成一種讓父母親無力掌控或管教，卻又無從、不忍加以責罰的叛逆性；而且它會在感受到觸犯時，發揮應有的攻擊性。在肚子裡養蛇，其實就是在善於偽裝的日常言行表現底下，暗中培育另一個冷漠、遺世的自我，孤獨、殘暴，卻樂在其中。這篇小說也可以從另一個角度來解讀：世俗眼光裡森冷、醜惡的「毒蛇」，象徵著幻想者自行構築的一個超越性的心靈世界，擁有自成一格的思想價值；如同小說家在文本中創造一個自給自足的異想空間，讓自己在「養蛇／書寫」時，得以徹底掙脫俗世的一切煩瑣事物。砂原在面對嘮叨的訓話時「自顧自地睡著了」，其實就是脫身的手段之一，成功超脫出人與人的「奇妙的牽制」關係。砂原對現實世界的「虛無化」異行，使得以父母親為觀測基準的現實世界因而變得虛幻、充滿不確定感。現實在真幻之間，失去了明確的疆界。荒誕與變形，是某些人（現代／存在主義者）應對、超越這個黏滯的現實社會，重建心靈世界的一種手段和策略。

楊聯芬認為：現代主義手法在殘雪小說中，是自然天成的。因為，現代主義所展現的變形世界，在殘雪的（湘楚文化）思維和感受中，也許正是世界的本相（楊聯芬《中國現代小說導論》）。近年來殘雪寫了不少關於西方經典文學的評論，她以純粹藝術家的感悟，結合自己的創作觀念和體會，獨闢蹊徑，以創作與評論相融合的文體形式對卡夫卡、博爾赫斯、歌德、莎士比亞、但丁等經典作家做了全新的闡釋和描述。

重要作品有：中短篇小說集《黃泥街》（台北：圓神，一九八七／武漢：長江文藝，一九九六）、《天堂裡的對話》（北京：作家，一九八八）、《輝煌的日子》（石家莊：河北教育，一九九五）、《種在走廊上的蘋果樹》（台北：遠景，一九九〇）；中篇小說集《思想匯報》（長沙：湖南文藝，一九九四）；短篇精選《雙重的生活》（台北：木馬文化，二〇〇四）、《殘雪短篇小說全集》（北京：作家，二〇〇四）；長篇小說《突圍表演》（上海：上海文藝，一九九〇／香港：青文，一九九〇）、《五香街》（福州：海峽文藝，二〇〇二／台北：木馬文化，二〇〇三）、《愛情魔方》（北京：民族，二〇〇四）；《殘雪文集》（長沙：湖南文藝，一九九八）；評論集《靈魂的城堡：理解卡夫卡》（上海：上海文藝，一九九九）、《解讀博爾赫斯》（北京：人民文學，二〇〇〇）、《解讀神曲》（北京：十月文藝，二〇〇四）。

飼養毒蛇的小孩

殘雪

砂原的長相很平常，找不出什麼特點，不說話的時候，幾乎是空空洞洞的一張臉，當然和死人還是有點區別。

「一直乖乖的，」砂原的母親對我訴說，「壞就壞在不該出門，要是一直待在家裡，什麼問題也不會有。六歲那年就有了這個問題。當時我和他爸一不防備，他溜了出去，我們找了好久，最後發現他在公園裡的月季花叢中睡覺，仰著身子，四肢攤得很開，一副不管不顧的樣子。事後他告訴我們，他看見的不是月季花，而是很多蛇頭，還說連蛇的骨骼都看得清清楚楚，因爲一條蛇咬了他一口，他就倒下睡覺了。說老實話，砂原那時還從未見過眞蛇，只在電視裡看到過，我和他爸嚇壞了，加倍留心著不讓他出門。」

我們談話的時候，砂原就坐在屋裡，一動不動地將臉對著一扇貼了木紋紙的櫃門，我很詫異，不住地往他那邊探頭。

「用不著擔心，他早就聽不到了，想要不聽就不聽。後來有一個醫生勸我們帶孩子到風景優美的地方去，並讓他多與人交往，說會有些改善。我們去了海邊。砂原白天常和海邊的野孩子一起玩耍，不過他很容易疲倦。我們一直注意觀察他，這孩子就是讓人放心不下。他只要一累，就隨便倒在什麼地方睡覺了。他過於隨便，晚上洗腳時也可以一邊洗一邊睡，我們認爲他在洗腳，實際上那只是一種機械動作，他的大腦早就休息了。我們到海邊的第三天，一個漁民的孩子舉著血淋淋的中指跑進屋來，說是砂原咬的。事後我們追問他，他恍恍惚惚地笑著，告訴我們那是一條蛇的頭，他不咬牠的話，那傢伙就會來咬他了。我們在海邊住了一個月，優美的風景並沒有在他身上產生良好的影響，那一年砂原九歲。此後我們年年旅行，去沙漠，去湖泊，去大森林，大草原，砂原無動於衷，他坐在火車車廂裡就像坐在家裡一樣，既不向窗外觀望，也不與別人交談，可能他根本就不知道自己在旅行。當然，我和他爸都知道，這孩子從小就過於隨便，對周圍的事漠不關心，或者說有點冷淡，怎麼說呢，他缺乏一種對新鮮事物的敏感性。

「是前年的事了，我們發現他右手臂上傷痕累累，逼問之下，他領我們走出去，到了一個防空洞裡，裡面墨墨黑黑的，他打著手電蹲下去，我們看見一個紙箱子裡裝著一窩小花蛇。他爸膽顫心驚地問他哪裡來的，他說：『這裡一條那裡一條捉來的唄。』眞奇怪，他不是整天和我們在一起嗎？我們一直精心照看著他的呀！『並不總和你們在一起的，那只是表面現象罷了。』他又用那種隨隨便便的口氣說話了。他爸把他哄走以後，我就找了一把鋤頭，一頓亂砍將那些小毒蛇消滅了。回來之後，我們通宵達旦地守夜，防止他溜出去，不過兩天之後，他手臂上又出現了新鮮的傷痕，一律是那種兩點紅紅的齒印。他還對我們說：『你們這是何苦呢，累成這樣，你們就是不明白，我只不過是表面上和你們在一起。我坐在這裡什麼地方不能去？蛇很多，牠們常迷路，我這裡一條那裡一條把牠們聚攏來，免得牠們孤單。當然你們是看不見的，昨天我就在那邊的書櫃下找到一條，我只要找就能找到。小的時候我怕牠們，還咬過一條蛇的頭，現在想起來眞是好笑。』他就是這樣跟我們說話。」

那一天，砂原背對我們坐著，他忽然伸手拍了拍腦袋。我們走過去，砂原母親扳過他的肩頭使他面向我們，他臉上的表情是很隨和的。我就謹愼地選擇字眼問他坐在這裡想什麼？不寂寞嗎？

「聽。」他簡短地回答我的問題。

「聽見了什麼呢？」

「什麼也沒有，很安靜。不過一到晚上九點情況就不同了。」

「你就這樣撇下我們，我們還怎麼活？」砂原母親又開始嘮叨。

「談不上什麼拋棄，」砂原和藹地說，「我生來就是捉蛇的。」

我開始勸阻砂原的母親不要管兒子的事，依我看，他的兒子雖有點怪氣，但天生傑出，說不定會幹出什麼大事來呢。

「我們不希罕他幹什麼大事業，」砂原的母親說，「我和他爸爸都是普普通通的人，兒子卻在做見不得人的勾當，飼養毒蛇，這太嚇人了，他到底想幹什麼？這不就和我生了一條毒蛇一樣可怕嗎？我們一直放心不下，被他拖得形容枯槁，最可怕的是他現在根本不出門就可以幹出奇怪的事情來，他總能達到目的。」

有一天，我碰見砂原的母親從防空洞出來，滿臉憔悴，手持一把鋤頭，一問，才知道她又消滅了一窩小蛇，共八條。她的頭髮快要脫光，步履老態龍鍾。在她的身後，跟著砂原的父親，一隻眼眨個不停的老人。砂原是最後出來的，彎著背，臉上的表情很隨和，見了我點點頭，說起話來：「我特意製造了這個殺戮的場面，可以說有點壯觀的意味，八條生命毀於一旦。對於牠們來說，並不見得就有什麼了不得的恐怖，使我詫異的是拿鋤頭的手爲何如此的自信。」

我就問他是不是他帶他雙親到防空洞裡去的，他說正是這樣，他們一說要去，他立刻就帶他們去了，他總是對父母的行爲有種好奇心。他說這話時，他母親瞪著遠處的空中，眼神茫茫然然，父親則總在說著同一句話：「一個人要是太偏激，就會給生存造成許多困難，美麗的風景可以使人眼界大開。」

我發現這三個人裡面最爲垂頭喪氣的是擔任劊子手的母親，砂原總是那副無動於衷的老樣子。刹那間我恍然大悟，這三個人之間有種微妙的關係，一種奇特的牽制。這件事就是一個確證。本來，他完全用不著帶父母去防空洞，他可以帶他們去別的什麼地方，但這僅僅是由於他性格隨和嗎？

我回憶起砂原嬰兒時代的事。毫無疑問，他是一個異常靈敏的嬰兒，臉部的表情十分豐富。砂原的母親非常自豪，卻又有點惴惴不安，她曾悄悄告訴我，這孩子十分容易疲倦，尤其不能聽人談話，只要誰對他說話，他的眼皮就耷拉下來，再過一會兒就呼呼入睡，「簡直像棵含羞草，可他並不害羞。」後來一直到五歲，他都保留了這種習慣，再往後他就學會控制自己了，但那也只是一種禮貌。別人對他說話，稍一多說幾句，他就哈欠連天，如果再說下去，他就自顧自地睡著了。那時候，他對旅行的生活並不厭惡，反而有點喜歡，因爲用不著聽別人談話。當父母去欣賞大自然的風景時，他就獨自坐下，傾聽小動物弄出的騷響。他總是可以準確無誤地指出田鼠在什麼地方打洞，金環蛇在什麼地方潛行，也許一生下來，他就在練他那種特殊的聽覺，人說話的聲音是被排除在這種聽覺之外的。鍛鍊到如今，他已經可以通過意會的萌動來達到某種行動的目的了。從表面看，他是一個性情柔順的孩子，這種孩子最容易讓人失去戒備心理，被咬的漁民的孩子就是在這種狀況下受到傷害的，現在又輪到他的父母了。他究竟怎麼看待周圍的人和物，實在是個深奧的謎，比如他似乎憐憫小蛇，卻又唆使父母進行殺戮，這一類的事是很難想通的。不能說美麗的風景對他就不起作用，或許正是美麗的風景孕育了他這種性情，各人對風景的感受是大不相同的。這麼說，父母的苦心只是起到了與他們的期望相反的作用。

忽有一天，砂原不再面壁沉思了，對父母的態度也由隨和轉爲親切起來。我去的時候，總看見他們一家三口很和諧的樣子，砂原的母親臉上也有了笑容，在過去十幾年裡，這老婦人完全被他的兒子拖垮了，而現在，她臉上的皺紋似乎正在舒展開來，她高興地對我說：「砂原這孩子正在懂事起來，想想看，爲了他，我殺了多少條毒蛇！」她說這話的時候，砂原笑瞇瞇地坐在一旁附和著。

我不相信事情會這麼簡單，我隱約地感到砂原的笑容有些虛僞。雖然他現在不再養毒蛇，誰知道他又會搞出什麼新的名堂來呢？我決心和他好好談一下。

「我用不著找地方養蛇了，」砂原回答說，「牠們就在我的肚子裡，當然不是時刻待在裡面，我想要牠們待牠們就來，尤其那條小花蛇是我心愛的。」

我凝視著他日漸消瘦的身體，問他是否他母親知道這些事？他說用不著告訴母親，因爲小蛇根本不占空間，如果他不說，就等於沒有這回事，大家快快活活的正好。我又問他這是否影響他本人的健康？

他注意地看了我一眼，忽然睡意矇矓的樣子，邊打哈欠邊說：「誰的肚子裡又沒有幾條這類東西呢？不知道罷了，所以才健康。我總是想睡，你說得相當多，我很少說這麼多，你是一個怪人。」

我還要問他，可是他腦袋往胸前一垂，就站在桌邊睡著了。

砂原的母親又振奮起來，年輕了好多。「看來旅行還是必要的，」她邊收拾行李邊說。砂原也幫著一起收拾，很高興的樣子。可是不多一會，砂原就背轉身去嘔吐起來。「小問題。」他抹著蒼白的嘴唇說，還私下裡對我咕噥一句，「是那條小花蛇搗亂。」

很快他們又坐著火車出發了，車是開向西南方向的，那天風很大。

約莫過了兩年他們才回來，三個人都是老樣子，仍很和睦，細看之下，一點也看不出有什麼異常。倒是砂原明顯地胖了一些，臉上也有了一點光澤。當我偷偷地問他關於蛇的事時，他說蛇還在肚子裡，但他已學會了適應，就是跳高跑步也不會有什麼危險，有的時候，這種情況還對身體有好處呢！當我問他有什麼好處時，他又打哈欠了，抱怨說聽人講話眞是一樁苦差事。砂原的母親邀請我吃晚飯，在飯桌上，一貫喜歡嘮叨的老婦人變得沉默寡言起來，而且也沒有從前自信了。砂原的父親說了一句：「再也不出去旅行了。」就大家都沒有話了。

從那以後他們的大門總是敞開，父母也不再監視砂原的行動，就彷彿失去了興致，就彷彿遲鈍了許多一樣。他們焦躁不安，從早到晚不停地看錶，分明是在等待著什麼。「等死吧。」砂原說，輕輕地拍了拍自己的肚子，那肚子扁扁的，看不出有什麼東西在裡面。砂原說這樣正好，這一來，大家都認爲他不再飼養小蛇了，實際上哪裡改得了？

深秋的風從平原上吹過來，從早到晚像在唱歌一樣，這神祕的一家愈來愈讓我想不通了。我記起砂原的母親才五十歲，父親五十五，可是瞧他們老成什麼樣子了啊，兩人的行動都遲緩得令人擔心，兩人都患了心血管硬化。「他害了我們。」那父親有一天突然說，臉上的表情十分複雜，「我們這麼快就完蛋了。」他說完之後，臉上的表情馬上又緩和了，目光停留在砂原瘦削的肩頭，化爲慈祥的愛撫，他們仨人心照不宣。

關於這小孩是怎麼沒有了的，父母的說法很不一樣。父親說，他吃過晚飯就說要去防空洞看一看，因爲好久沒有去過了，說不定那裡面變了樣呢。當時二老都不在意兒子的話，因爲他們實在也厭倦了。兒子說了就站起來，跌跌撞撞向門口走去，最近他已瘦得像根枯柴。結果是他一晚未歸，家裡人也懶得去找。「這種事，心煩得很。」父親說，癡癡呆呆地瞪定了窗玻璃。

砂原的母親似乎不承認兒子出走這件事。「這個孩子本來就不大可靠，我們倆瞪大眼監視了他十多年，沒有什麼顯著的效果。怎麼說呢，他照樣可以大搖大擺四處遊逛，而我們看不見他。現在我也死了心了，誰知道他本來是不是我的孩子，他是不是一直和我們住在一起呢？我並不認爲他是昨天走掉的，我從來就無法肯定他是不是存在。」

他們這麼一說，我也迷惑起來。砂原是什麼？思來想去，留在腦子裡的只有一些碎片，一些古怪的語句，再一凝神，句子也消失了。關於砂原，除了這個名字之外，我實在也想不出什麼了。

在大家都以爲他沒有了的時候，砂原卻又回來了，照舊在家安安靜靜的，很和藹的樣子。他這樣一搞，父母更不在乎他的存在不存在了，他們也實在疲倦了。

「砂原這個名字是怎麼來的呢？」我忽然想起來問道。

「我一想起這件事就納悶，誰也不曾給他起名，這個名字是怎麼來的呢？」母親懵懵懂懂地說。

鐵凝和她的小說

鐵凝（一九五七～），出生於北京，祖籍河北趙縣，成長於黃河兩岸，父母親皆為藝術工作者。她在十七歲時發表小說處女作〈會飛的鐮刀〉，一九七五年於保定高中畢業後，懷著對「文化大革命」的憧憬，自願到河北博野農村插隊落戶當了四年的「知青」。一九七九年回保定，在保定地區文聯《花山》編輯部任小說編輯。知青的生活經驗給了她極大的啓示與感想，一九八〇年便出版第一本小說集《夜路》。一九八四年鐵凝調入河北省文聯任專業作家，現為中國作家協會主席。

自一九七五年開始發表作品，至今已發表文學作品約一百五十餘萬字。一九八二年發表短篇小說〈哦，香雪〉描寫一個農村少女香雪在火車站用一籃雞蛋，向一個女大學生換來一只渴望已久的鉛筆盒，表現了農村少女的純樸可親和對現代文明的嚮往，作品獲當年全國優秀短篇小說獎；根據小說改編的同名電影，則獲四十一屆柏林電影節青春片最高獎。同年，中篇小說〈沒有鈕扣的紅襯衫〉獲第三屆全國優秀中篇小說獎，後來改編成電影「紅衣少女」，又獲中國電影「金雞獎」、「百花獎」最佳故事片獎。一九八四年〈六月的話題〉獲全國優秀短篇小說獎。一九八六年和八八年先後發表反省古老歷史文化、關注女性生存的兩部中篇小說〈麥稭垛〉（獲《中篇小說選刊》優秀作品獎）和〈棉花垛〉，被提升到神話學和敘事學的角度進行探討，它標誌著鐵凝步入一個新的創作時期。一九八八年完成首部長篇小說《玫瑰門》，一改以往那和諧理想的詩意境界，透過幾代女人生存競爭間的較量廝殺，徹底撕開了生活中醜陋和血汙的一面。其後，她又以中篇小說〈永遠有多遠〉連獲《小說月報》百花獎、魯迅文學獎、老舍文學獎等大獎，並改編成二十集連續劇播出。

當整個八○年代熱情地謳歌著「撞擊世紀之門」的歷史契機，痛切地書寫在貧窮與愚昧中沉淪的老中國；當尋根文學在拯救與控訴之間進退維谷，甚至宣告老中國的覆亡，鐵凝卻以她細膩、幽默而冷峻的筆觸，對平凡人生的悲喜劇展開獨具一格的書寫，顯露出另類的聲音。而鐵凝對女性體驗的書寫，更是一種內省式的探尋，一種對女性的歷史與現實境遇深刻的、近於冷峻的質詢。鐵凝深刻地體味到在現代文明社會中，一個現代女性境遇的尷尬、可疑與無所適從。這正是鐵凝的作品中女性困窘的由來。（戴錦華〈鐵凝的世界〉）

這篇獲得莊重文文學獎的中篇小說〈對面〉，是一則以（擬）男性慾望視角來窺探女體魅力和社會地位的「反串敘述」。「對面」一詞有很深邃的指涉意義：表面上是在指稱故事中主角窺覬的那位「對面」的住戶。然而，當他將她命名為「對面」時，卻意味著在男性慾望裡的女人不需要名字，最好也不需要身世，安分地簡約成一具純粹被窺探的女體，再從慾望的原點逐步展開他的窺探。鐵凝彷彿也在暗示：唯有站在「對面」（男性／對面的性別）的慾望視角去揣摩他們的情慾心理，才能夠深刻、赤裸地凸顯現代女性的社會地位，以及在感情世界裡的宿命。因為女人總是「以為她面對的仍然是一座被大自然包圍著的老倉庫」，長期暴露在窺伺中卻不自知。女人必須徹底了解她的「對面」，才能真正「面對」他。

重要作品有：長篇小說《玫瑰門》（北京：作家，一九八九）、《無雨之城》（瀋陽：春風文藝，一九九四）、《大浴女》（瀋陽：春風文藝，二〇〇〇）；中短篇小說集《夜路》（天津：百花文藝，一九八〇）、《沒有鈕扣的紅襯衫》（北京：中國青年，一九八三／台北：新地，一九八八）、《哦，香雪》（鄭州：中原農民，一九八六）、《麥秸垛》（北京：中國作家，一九九〇）、《對面》（石家莊：河北教育，一九九五）、《永遠有多遠》（北京：解放軍文藝，二〇〇〇）、《第十二夜》（南京：江蘇文藝，二〇〇三），小說選《鐵凝自選集》（海口：海南，二〇〇六）、《鐵凝小說選》（北京：人民文學，二〇〇九）。

對面

鐵凝

我從北門市搬到南門市，多半是爲了逃離蕭禾的追逐。

我第一次接觸的女人便是蕭禾，那時我們念高三，蕭禾被我們男生稱作「洋馬」。她那高大蓬勃的身材和手臂上濃密的金色汗毛，以及微微上翹的圓屁股，使很多人想入非非。加上她那個既天眞幼稚、又欠莊重的壞毛病——吮大拇指，更使校園裡的氣氛時不時地顯出焦躁和壓抑。

我與蕭禾是鄰居，她家住在我家的樓上。高考之後等待錄取通知的一個下午，她打電話叫我上樓，說要讓我看一樣東西。我上樓按了她家的門鈴，她吮著大拇指給我開了門。那個長期被唾液浸淹著的大拇指離我很近，味兒很酸，很羶，使我心中突然像多了點兒累贅，雖然我也同許多男生一樣，爲她做過一些想入非非的夢。

她請我坐下，從桌上的鉛筆盒裡取出一張紙條塞給我說：「你自己看吧。」說完就進了廚房，就像有意給我騰出看紙條的時間。我打開紙條，上面寫著「蕭禾我想和你性交」。以我當時不滿十九歲的年齡，很爲這幾個字感到羞慚，感到震驚，感到太陽穴蹦蹦亂跳，還感到一種慾望的不可扼制。雖然這紙條不是出自我手，卻直白地表述了我意識的深處。雖然蕭禾大拇指上的氣味兒破壞了我對她的整體感受，此刻我卻急迫地想再細看看整個的蕭禾。她從廚房裡出來了，神情有點猶豫不定，兩眼卻堅定地望著我。她挨著我坐下，默不作聲地低著頭，好像那小紙條使她蒙受了天大的恥辱，只有我才能幫她抹去這恥辱。或者乾脆那小紙條就是我寫的，而她甘願爲我照紙條上所寫的去做——和我做。她說此刻她爸她媽不在家。見我沒反應，她又強調了一遍她爸她媽不在家。這之前我與蕭禾甚至連朋友也說不上，可是突然間她把我弄得必須得爲她做點什麼。在這裡我用「爲她」一詞好使我顯出和她在意識上的區別，實際眞要做起來，我也是爲我——雖然看上去我像個無辜者。

她又說了一遍她爸和她媽不在家。果然，我的精神和慾望被這暗示抖擻起來，一套只有我和蕭禾的房子和一張只有我們倆看過的紙條使一切都不在話下。房間驟然變得窄小了，我似乎頂天立地，渾身說不出的憋悶，下巴一個勁兒哆嗦。我伸手試著去摸她的臉頰，她閃開我，站起來領我走進她的房間，然後我們在她那張整潔的小床上做了我們想做的。對於事情的全過程我一直缺乏細節的記憶，儘管細節肯定存在。我完全不記得那天她穿的衣服，也不記得她是怎樣在我面前把自己脫光（或者沒脫光）。我只記得我懷著戰勝了所有男生的得意，懷著邪惡的激動匍匐在一堆白花花的物體之上忙活了一陣。我手忙腳亂卻裝作充滿活力；我害羞靦腆卻裝作見過世面的大男人。因爲要裝見過世面的大男人，一直沉默不語的我還忽然脫口而出地說了一聲「親愛的」。在我的間接經驗裡，這三個字似乎是文明的做愛必不可少的內容之一，這初次對它的脫口而出使我對自己惱恨萬分，因爲它是那樣地做作，那樣地口是心非。這裝腔作勢的模仿是那樣拙劣，我盼望蕭禾根本就沒有聽見。但是她聽見了。

我的「親愛的」使蕭禾那閉著的雙眼睜了開來（當她睜開眼時我才發覺她一直閉著眼），她伸出雙臂摟住我的脖子，被男生們嚮往過的那些汗毛蹭著我汗津津的臉，使我心中升起一股無名火，因爲我覺得她這麼摟我也是一種模仿。我們模仿著又在心中揭穿著彼此的模仿行爲（至少我是這樣），直到像兩個陌生人一樣分開。我們快速穿好衣服，鬧了彆扭似的誰也不看誰。又愣了一會兒，我離開蕭禾回到自己家。一連幾天，我們碰面時不說一句話，仇人一般。我初次領會到做這事不僅可以緊密地結合男人和女人，更可以殘酷地分離男人和女人。我爲我這初次的領會感到一種無處訴說的委屈：我不曾與誰做愛，我只是在猝不及防的機會到來時「做事」。

很久之後我偶然地讀過一段「荊軻刺秦王」的野史，其中寫到燕太子丹爲了籠絡荊軻使之爲其效力，絞盡了腦汁。比如荊軻騎千里馬遊玩歸來，偶然提及千里馬的肝分外鮮嫩，燕太子丹馬上叫人殺馬取肝，烹調成菜獻給荊軻；又比如荊軻誇讚一位給他斟酒的宮女手長得好看，燕太子丹立即叫人砍掉宮女雙手，放在銅盤中獻給荊軻。這使我想起了我在蕭禾家度過的那個下午，那個白花花的身體與蕭禾本人並無關係，那只是一堆純物質的皮肉，好比宮女那雙放在銅盤裡的手。那雙美麗的玉手倘若不復長在宮女身上，它便只能具有標本的意義。當我們用自己最初的全部柔情，用自己最敏感、最脆弱的心靈，小心翼翼地注視著我們一無所知的神祕的少女，以無限朦朧而又豐富的想像編織我們與她們之間的故事時，這少女突然直截了當地脫去衣裙朝我們逼來，愛和柔情便逃遁了，剩下的只有明白的慾望和粗魯。更何況，我對蕭禾從來就不曾生發「脆弱的柔情」，事後我甚至懷疑那張小紙條是她自己寫的，她假借別人之口說出了她想要我做的，我則利用了這「假借」。我的虛榮我的好奇我滿腦瓜的胡思亂想和這「假借」糾纏在一起，助我完成了這初次的毫無意思的體驗。爲此我憎恨蕭禾，她的手段使我略過了也喪失了我應該體味和享受的一切：細緻的顧盼，美妙的暗示，彼此相見時那心花怒放的情緒，甚至平淡無奇的瑣碎對話。

後來我等到了大學錄取通知去了北京，蕭禾沒有等到。四年之後我大學畢業又回到北門市，蕭禾早在北門市一所大學的實驗室找到了工作。我們仍然是鄰居，在校園裡蕭禾仍然被人想入非非，其中有涉世未深的學生，也有稍具閱歷的教師。有一次她坦率地告訴我，她已經和幾個男人有過交往，他們使她體味了這件事情的快樂，也使她學會了如何快樂。她卻因此而更加想念我。她要彌補從前我們那苦澀而又尷尬的經歷，她要像個眞正的女人那樣把我應得的一切給我。每次見面談話，我們都是先繞著這個主題，可結果還是歸到這個主題之下。說這話時她已不像當年那麼拘謹、生硬，卻仍然吮著大拇指，有一瞬間我覺得她像個淫蕩的白癡。白癡並不是不能激起人的慾望，有時候在街角垃圾桶旁坐著的女乞丐、女傻子會莫名其妙地引起男人理直氣壯的衝動，使我相信人有時候會有一種自然的企盼淋漓盡致地褻瀆自己的妄想。

蕭禾並不是乞丐、傻子，她之所以又激發起我的興致，正因爲她聲稱她和除我之外的一些人幹過，而他們給了她快樂。這使我恨不得立刻將她按倒在地立刻討伐她，以證實我的出色。此時我的狀態好比兩個爲了吉尼斯紀錄而比賽喝啤酒的人，起決定作用的並非他們對啤酒的愛，而是戰勝對方的渴望。蕭禾就是啤酒，我必得通過這啤酒來挽回從前的手忙腳亂，從前的羞澀靦腆，從前那一聲虛假做作之至的「親愛的」。

我們重複了那個下午的事情。事後蕭禾誇獎了我，她甚至激動得哭起來，任鼻涕眼淚亂七八糟地往下流。她說她相信這幾年我肯定也有過女伴，但她不在乎，她要用跟我結婚來證實她的不在乎——這時彷彿我又成了那比賽中的啤酒。

我還不想結婚，尤其不想同蕭禾結婚。她的坦率能勾起我的性慾，她的坦率也使我比任何時候都更加明確了：我不要這個女人。

這個女人卻打定主意要跟我，到處散布我和她睡覺。她想用睡覺來證明我和她關係的嚴重性、深刻性。有時你確實覺得性行爲和睡覺有所區別，人世間大部分性行爲是達不到睡覺的深度的。一個男人和一個女人眞正心甘情願、坦然無忌地睡在一起（這裡的睡沒有性的意味）是不容易的，這很可能是人類最難的幾件事情之一。蕭禾把它看得過於容易，她輕易就想用睡覺的輿論來迫我就範。在那些日子裡我成了厚顏無恥的不負責任的誘騙女性的公子哥，我的父母也多次規勸我要認眞地對待生活。我無法向世人表明我的認眞，倘若我說，除了蕭禾我還和好幾個女人「睡過」，但我並沒有通過這些「睡」找到愛情，因此我還在繼續尋找，而這正是我的認眞之處，他們肯定會大罵我下流。

說到對待生活的認眞，我母親可說是個典範。她在規勸我娶蕭禾時，除去列舉蕭禾的諸多優點，還指出蕭禾的人中長得又深又長，說這種女人生育能力強並且頭胎多半是兒子。這話的含義雖不再是中國民間的「多子多福」論，起碼也是暗示我，蕭禾女人特徵之出眾吧。我立刻想起「洋馬」

那個外號，而我的母親則是牲口市上的行家。

很長一段時間我被蕭禾忽而軟忽而硬、忽而悲戚萬狀忽而強悍野蠻的行徑包圍著，我甚至懼怕聽到樓上她家傳來的腳步聲，不管那是誰的腳步都使我一律地想起馬蹄嘚嘚，這「馬蹄」還使我開始厭惡我生活的這座城市。

人是可以因了厭惡存在於這城市中的一個人，繼而厭惡整座城市的。我已無法容忍北門市，我花費了兩年的努力，才從北門搬到南門。

南門市被很多人看作單調、乏味，甚至連自己的口音都未形成的城市。它的歷史短暫，不像其他城市那樣，總能從犄角旮旯找出點歷史的痕跡：一塊石碑啦，一間小廟啦，幾處名人的公館啦……便值得驕傲了。倘若基建時再挖出幾個罈子罐子，一座城市就更加非比尋常。南門沒有這些，基建挖坑時連塊古瓷片也沒見過。但這並沒有妨礙南門市成爲一個大城市。它沒有閱歷，也就沒有包袱；它拿不出值得子孫後代驕傲的古董，也就不那麼任性。不那麼任性，才使南門市能夠更快、更少麻煩地接納新事物：房地產、高科技開發、三資企業、股票市場接踵出現，乃至聘請外國專家規劃市容，街上連自動櫃員機也有了。而大批外地、外省人的流入，終於使南門市有了自己口音的雛形。這是一種以原裝南門口音爲基礎、雜以京津味道的「普通話」。所謂原裝的南門口音，實際是一百年前這塊土地上種棉者的鄉音，那時南門尚是幾十戶人家的小村。那鄉音有點生硬有點愣，但對話極爲簡練，有著直出直入的風範。比如有騎車者在街上撞了人，警察過來干預。

警察問：「爲什麼撞人？」

南門人答：「莫（沒）鈴兒（指車）！」

警察又問：「爲什麼不安鈴兒？」

南門人答：「莫（沒）空兒！」

九十年代的南門口音裡，「莫」已經進化成了「沒」，這種對普通話的質樸嚮往和頑強靠攏還使南門人養就了較爲厚道的待人習性。他們不排斥外人，因爲實際上南門是個被外人占領的城市。它無法引人懷舊，卻能誘人尋找機會。我常常以爲在一個充滿懷舊意蘊的古老城市，機會終究不會太多。特別像我這樣一個揣著狼狽的麻煩從故里逃脫的人，更是願意在一個彼此糾纏不深的環境裡尋找我的一切可能。目前我在一個被稱作設計院的大單位工作。

我爲之服務的這家設計院是個頗具規模且保密性很強的單位。據老同事們講，過去各科室、各車間之間都不了解彼此的任務，外人進院辦事，要自帶檔案。由於它的規模和性質，使它地處南門市的最邊緣，與郊區的鄉村土地接壤。它彷彿是被南門市拋擲出去的一個龐然大物，又彷彿是南門市繼續向外擴張自己的一個急先鋒。連接南門市與這「急先鋒」的，是每隔二十五分鐘開來一輛的公共汽車。汽車把粉末兒一樣乾細的黃土帶進市區，又從那裡載回一些大院裡我已熟悉的面孔。除非特殊需要，我難得乘公共汽車去瀏覽一次市區。因爲這設計院好比一座微型小城，吃、穿、用、玩的設施基本齊備，它無時不在告訴我這兒就是我需要的一切，何必要用乘公共汽車來證實你在南門市的存在呢。我只乘公共汽車去過一次市中心的大命酒店，一位大學同學發了財，路過南門市在那兒請我吃飯。

這同學是倒騰電腦發起來的，身邊伴著一位女郎。女郎臉上塗抹著疲憊的脂粉，脖子上爭先恐後地繞著好幾圈金項鍊。我以爲這是他的太太，他卻大大方方地告訴我說不是，但比太太更親密。女郎大腿壓著二腿直樂，兩條腿神經質地抖個沒完。這同學問我是不是已經給什麼人做了丈夫，我說沒有，他說這就對了——不過就算當了丈夫也用不著誰怕誰。什麼叫丈夫？丈夫丈夫就是一丈之內是你的夫，一丈之外立即作廢。那天我們吃了不少也喝了不少，彼此又說了些哥兒們義氣之類的廢話，一瞬間我感到我自己挺沒意思。

當我從酒店乘車歸來，當汽車駛出市區我在車上遙望著矗立在原野上的設計院那白色的樓群，它就像行走在平靜海面上的一艘巨輪，襯托著它的似乎將永遠是風平浪靜。

我打算就在這「巨輪」上從容、自在地活上一陣，而且我已經在這裡發現了幾個有些姿色的女性，比如設計院幼兒園的一個阿姨——後來我知道她叫林林。這是個黑眉毛白臉的小個子姑娘，在人前裝得文文雅雅，領著孩子們在馬路上散步時，走到僻靜處就伸手到白大褂兜裡摸零食吃。或許正是這個摸零食吃的動作吸引了我，使我有時候很想把她擁在懷裡，像餵孩子一樣餵她吃點什麼。這個俗不可耐的想像總鼓動著我尋找機會接近林林。比如算好時間故意在她帶孩子散步時走過來。那時我裝得步履匆匆，「匆匆」到簡直就像沒看見身旁有一隊孩子和一個漂亮姑娘。有一次當我一無所獲地白白穿過了林林的隊伍，在我身後卻突然暴發出孩子們齊聲的招呼：「叔——叔——好！」我無比激動地回頭看林林，她正低頭彎腰給一個孩子擦鼻涕。她裝作對一切渾然不知，那僅僅是裝作，我懷著百分之百的把握想。果然，當她以爲我已遠去時就慢慢抬起頭來，我正好放肆地迎住了她的目光。她很矜持地衝我笑笑，只有我知道這分明是久已對我有過觀察的笑。假如不是這期間我出了點事，很快我就會邀請她去我的單身宿舍做客了，但事情就出在我的宿舍裡。

起初宿舍獨屬於我個人，也許正因爲它曾經獨屬於我，才使我產生摟著幼兒園阿姨餵她零食吃的念頭。但好景不常，正當我和林林有了交往可能的時候，這宿舍不再獨屬於我，行政處給我塞進來一個名叫羅欣的人，從此這個戴眼鏡的孱弱的瘦子成了我的同屋。我得承認羅欣基本是個善解人意、不惹是生非的「舍友」，而且他對我有一種莫名其妙的敬意。每當我坐在自己桌前翻著閒書喝幾口白酒時，他總是拿出他的啤酒很誠懇地說：「喂，喝點兒啤的吧。」我討厭有人把啤酒說成「啤的」，但我竭力壓抑著心中的厭惡，竭力譴責我這種挑剔他人用詞的毛病。況且羅欣與我相比眞是不堪一擊的樣子，若是將他剝光了去給畫家當模特兒，畫家們肯定無法找出他身上的哪塊肌肉在哪兒。於是我可憐起羅欣，捎帶著也可憐起他那句「喝點啤的吧」。

但羅欣的另一個習慣卻使我愈發不能容忍，便是他每晚必須一次的洗刷他的那個玩意兒。爲此他的床下總備著一個稍大於飯盆的搪瓷小盆，盆內總扔著一塊烏七麻黑的小毛巾。我相信這絕不是出於衛生的需要，因爲離我們不遠就有浴室，每晚我們都可以去洗熱水澡或冷水澡。羅欣的洗刷在熄燈之後。當月光透過輕薄的窗簾使房間從漆黑一片轉向朦朦朧朧，羅欣便躡手躡腳到床下取他那個小盆，然後是一陣撩水聲。那聲音謹愼而忸怩，那聲音使我輾轉反側，使我常像遭到猥褻。我想發無名火，想探出誰是羅欣的未婚妻然後趕快把羅欣的事告訴她。我還想出其不意地把羅欣痛打一頓，最好就在他正洗得起勁的時刻。後來打人的念頭終於把我弄得十分快樂，渾身的肌肉一陣陣發脹。一日，當羅欣又在使用他的小盆時，我一躍而起「啪」地拉開了燈。正蹲在屋角的羅欣嚇得跳了起來，雙手摀住腿襠。當他想拽過一條毛巾圍住自己時，我幾拳就把他打出了門。羅欣的眼鏡跌在地上，使他連還擊都找不到目標。我一邊痛打羅欣，一邊不忘將他那小盆踢到走廊。我的舉動驚醒了熟睡的人們，當我被保衛處的人強行拽走時，羅欣已是鼻青臉腫。我一路後悔著沒有踢到他的襠裡。

我打羅欣，實屬蠻不講理，便想閃出一朵道德的火花——自己把責任完全擔起來。當保衛處審問我這次事件的原因時，我對羅欣那個毛病隻字未提，只說是因爲我晚上喝醉了酒。後來保衛處、行政處（可能還有院領導）研究對我的處理，我便寫了該寫的檢查，接受了該接受的處分。我毫無怨言，最後只聲明一點：絕不搬回宿舍去住。行政處問我不回宿舍回哪兒，我說去看倉庫。

設計院的這個倉庫，是一座遠離辦公樓區、緊挨院牆的獨立建築，灰磚三層樓。我早就注意到平時很少有人光顧這裡，這使它顯得孤立而冷清。原以爲這庫裡存放著單位的一些祕密，其實不然，這裡塞滿了早被替換下來的桌椅、櫃櫥、舊床和鋪板，像個家具庫。徜徉其中，我常常百思不得其解：一座住房緊迫的城市，爲什麼能夠容忍一座好端端的樓房專供存放破舊的桌椅？這些蒙著厚厚灰塵的桌椅亂七八糟地相互交疊著腿腳，像是一場惡戰剛剛開始，又彷彿它們從前的主人無休止的爭論之後留下的遺跡。主人中有的雖已故去，但魂靈還會在夜深人靜時飄游而來，尋找他或她坐過的椅子，尋找他或她存放過祕密的帶鎖的抽屜。或者還要尋找他或她用過的某一張床，回味發生在床上的他們那不可言說的事，好比我同蕭禾發生在她床上的那樣。你可以永遠不理睬這些靈魂的飄游，但你卻不要妄圖毀滅這飄游本身。愈是貌似沒用的傢伙，對人愈是有一種不可言說的威力。因此看守還是必要的，派專人看守這滿樓的爛木頭雖說有點煞有介事，卻也顯出了一種莊重和正規，誰能保證那些家什有一天不會拔腿出來給社會添亂呢。

當我進駐了倉庫，才知道或許我是第一個正規看守它的人，也才知道行政處為什麼挺痛快地答應了我的請求：這倉庫其實就沒人看守過。這意味著我忽然獲得了一種無邊無際的自由，有的是桌椅供我用，床也任我挑，可以打著滾兒地睡了這張睡那張。我攜著行李來到行政處指定給我的房間，房間在三樓。這裡的桌椅相對少一些，使我從門到窗戶可以順暢行走。共有三張單人床可供我選擇，我毫不猶豫地把行李扔在靠窗的床上。這時我才聞見滿屋子那種辛辣、潮濕的塵土味兒。我用力推開幾乎鏽住的窗戶，正對著這窗戶的，是一個用鋼窗封起來的明淨的後陽台。後來我才知道，這是南門市醫學院的一座宿舍樓，我的倉庫與這幢宿舍樓僅一牆之隔。距離是如此地迫近，以至於我都能聞見對面陽台上做飯時飄來的陣陣米香。米香飄過來，迫使我朝著有米香的地方觀測。我看見對面陽台的煤氣灶上有一只中型不鏽鋼鍋，有氣從鍋裡冒出來。那麼，鍋裡煮的肯定是大米粥。後來，鍋漕了，乳白色湯汁頂起鍋蓋往外溢，引出一個披頭散髮的女人。她從房裡（廚房）衝出來掀開鍋蓋，熱氣還嘘了她的手，她奓起手來放在嘴邊直吹。

我目瞪口呆。

我所以目瞪口呆，是因爲這個女人只披了件浴衣。所謂「只」，是因爲她實在是光著身子的。她衝出廚房時，裸體就被我一覽無餘。我覺得眼前很亮，像被一個東西猛地那麼一照。常有消息說，一種天外來的飛碟就是赫然放著光明一劃而過。她放著光明一劃而過，但還是給我留下了觀察的機會。我猜她不再是情竇未開的姑娘，有三十吧，三十出頭吧。但她體態很棒。棒，不光是美。有人很美但不棒。她的脖子、乳房、肚子、大腿……我看到的一切都很棒。這使你覺得最打動人的女人不是美，實在是棒，男人的目瞪口呆只能是面對一個棒女人，面對蕭禾我從不目瞪口呆，還沒有女人使我目瞪口呆過。

我開始研究她的行爲邏輯，發現她那一頭濕漉漉的短髮。這顯然是正在洗澡，想起陽台上的鍋，才迅速從衛生間抓件浴衣就奔了出來。那麼，是什麼原因使她不把浴衣穿好呢？顯然，她早就知道她面對的是一座從無人問津的大倉庫，她完全可以對它視而不見。於是她放心了，無拘無束了。人在放心時，在無拘無束時也願意把自己暴露給自己。

這是五月的一個黃昏，南風把麥子吹黃的季節。麥海在這陳舊倉庫的周圍洶湧。我感謝我的選擇，感謝行政處爲我指定的這個房間。我悄悄地關起窗戶，又蹬上桌子擰下燈泡，並且把燈繩用力拉斷。我願意在黑暗中生活，願意讓對面——以後我一直這樣稱呼她——以爲她面對的仍然是一座被大自然包圍著的老倉庫。

我在北京念書的第二年暑假，因爲無所事事，就受了一則電視廣告的慫恿，乘火車去兩百公里之外的一道大峽谷旅遊。在峽谷入口處，我和當地嚮導因爲價錢發生了爭執，這時有個姑娘趕過來說，如果我不介意，可以與她合僱一個嚮導，每人就能少拿一半兒錢。我看了她一眼，立刻表示同意。我已斷定在我和她之間注定要發生點什麼。她是合我心意的那種女性，不張狂也不忸怩，身材削瘦，腦後束著馬尾辮；臉上的兩三粒小黑痦子使她的面孔顯得俏皮、動情；眼睛不大但挺亮，總像在爲什麼事而激動。

我們走進涼森森的峽谷，陡峭的崖壁上正盛開著濃密的海棠花，遠看去像飄逸的雲。底處盡是鵝毛筆一樣的羊齒莧和葉片圓圓的獨根草，逆著珍貴的陽光，它們格外剔透。嚮導是老實巴交的當地農民，操一口當地土話，舌頭該打彎時打不過彎來。他笨嘴拙舌地給我們介紹完海棠花和羊齒莧，又講起當地的故事傳說，許多故事都和明朝的朱棣（燕王）聯繫著。有一個故事說，燕王掃北時，這峽谷周圍的山村野舍也頗受兵荒馬亂之苦。一日他正率兵騎馬追趕聞風而逃的山民，發現一個逃命的婦女懷裡抱著一個大小孩，手中牽著一個小小孩。燕王心中奇怪，勒馬問那婦女，爲什麼讓小小孩走路，卻把大小孩抱起來？婦女說小小孩是自己親生的，大小孩是丈夫的前妻所生。燕王聽後感慨萬端，驚奇這窮山惡水之中竟有如此善良仁義之人，隨即告訴婦女不必再出逃。燕王讓她回村後在院門口插一桃枝，士兵見到桃枝便會繞過她家。婦女回到村裡卻將此事挨家相告，第二天燕王的隊伍一進村，發現家家門口都插滿了桃枝，燕王只好命士兵放過整個村子。後人爲了紀念這婦女的德行，年年四月都在門口插桃枝，久之，又將桃枝換作了桃符。

我只對這故事的後一半感興趣：春風和煦的四月，在一個荒僻的山村裡到處插滿著含苞欲放的桃樹枝，這景象頗似美國那個著名的故事——「幸福的黃手帕」，使人覺得再過一百年當它被人重複時，依舊會充滿一種激蕩人心的吉祥境界，一種人類心心相印的古老魅力。我對故事的前一半頗不以爲然，覺得那女人對待兩個孩子的態度實在做作。何必呢，爲了向世人證實自己的賢慧，偏要費勁巴力地抱著大孩子，卻將一個沒有行走能力的小孩扔在地上。若將兩個孩子的位置換一換，說不定母子三人都能逃脫追趕——當然也就沒有了這故事的後一半。

嚮導彎腰拔了一棵蠍子草，告訴我們不要碰它，它的葉面有一層毛刺，人的皮膚碰上去會立刻紅腫一片疼痛難忍。說有些遊客不知蠍子草的厲害，蹲在石頭後邊拉完屎就拿它當手紙用，他親眼見過他們是怎樣被螫得一蹦老高，眼裡轉著淚花哇哇大叫。蠍子草的故事令我和她很開心，我們倆大笑起來，我趁她笑得渾身顫抖時伸手扶在她的腰上。她對這試探性的一扶沒有顯出介意，似乎不知不覺，我隨即用力摟住了手下那一圍纖細的腰肢。

我聞到她身上一股好聞的氣味，像青草，像小溪撞在石子上濺起的那種涼味兒。我低頭問她用的是什麼香水，她說她用的是水味兒香水。怪不得我聞見了水味兒。這更叫我對她另眼相看。

當我對自己嚮往的姑娘揣摩不準時總是焦慮和急躁，總是盼望著一件事情趕快結束、下一件事情趕快開始，好讓我有可能繼續新的試探。現在我已不再急躁，也沒有焦慮，我和她肩並肩地走在一起，心照不宣地說些不關痛癢的廢話，心花怒放而又從容沉著地檢閱著峽谷。峽谷沒有白來，這對我果然是一條幸福的峽谷。我開始悉心品味幸福到來之前的一切瑣碎過程，而這過程本身其實也就是幸福的一個內容。

當晚我們合夥吃了晚飯，還合租了當地旅遊公司的「鴛鴦帳篷」。帳篷裡並排放著兩只用來做床的淡藍色氣墊，我們躺了上去，我迫不及待地閉掉了吊在帳篷頂上那枝發著灰白光亮的節能燈，剛才圍燈飛舞的小蟲們立刻就在臉上碰撞起來。我帶著被小蟲子碰撞的激情去觸摸黑暗中的她，她說：「先別，先說點兒別的。」我聞著她的氣味問她別的什麼，她問我是不是讀過那麼一篇小說，她說出小說的名字和一個有名的作家。很可惜我沒讀過這篇小說也沒聽說過這個作家，但我卻一迭聲地說著我知道我知道。此時我想用我知道我知道來打斷她可能要開始的講述，因爲我已熱血沸騰，我已按捺不住地想立即得到自己要得到的。她卻完全不顧我的熱望，一味地自言自語般地講起那個小說：一個男人和一個女人在一艘客輪上偶然地相識，當客輪停泊在一個熱帶小島時他和她心照不宣地下了船，他們在島上的一家小旅館度過了銷魂的一夜。第二天當男人醒來時女人已離他遠去，船也離島，船帶走了那於他來說無比親近又萬分陌生的女人。他甚至不知她的姓名，只在他們溫存過的床上找到一枚她失落的髮針。於是那髮針一直陪伴著這男人，他終生都在渴望通過這枚髮針找到那個他心愛的女人。

我們都被這個故事弄得失魂落魄，一時間我們都成了小說中的人物，彼此相愛又永不相知，說不定明天早晨這帳篷裡也會留下她的一枚髮卡。她的故事引導著我盡可能做到既風流又溫柔，在她這浪漫故事的籠罩下我刻意使自己讓她滿意。但是也許我太年輕了，年輕到還沒有學會如何疼愛手中的女人，我一味地折磨她使她從自造的浪漫中回到了現實。她開始指責我，說你是多麼地粗糙啊！她的指責深深地刺傷了我的自尊，好像我一下子成了她在感情上的試驗品。我粗糙，那麼就必然有比我細緻的。我忽然像憎恨蕭禾一樣地憎恨起她，而男女之間氣氛的突變是難以快速轉換的，它必須要一方首先做出犧牲。我做出了犧牲，暫時犧牲了我的自尊又一次親近了她，但先前的浪漫就化作了生理上單純之至的達到目的。這時她小聲告訴我說現在是她的危險期，要我保證絕不給她帶來麻煩。我說我一定保證保證一定，然後我們就像兩個簽了約的人那樣大鬆心地度過了後半夜。最後，最後我終於淋漓盡致地將「麻煩」帶給了她。也許當我向她做過保證後就決心要麻煩她一下了，在這件事上男人永遠掌握著主動男女永遠無法平等，而我使用的這個卑劣手段正是要報復她對我的「粗糙」的指責。

第二天早晨我醒來時她已經不見了，屬於她的那只淡藍色氣墊上果然遺落著一枚黑髮卡，正符合了小說裡的情節。

這種故意的遺落使我覺得我眞地又一次進入了圈套，雖然她的圈套遠比蕭禾的圈套要高雅。使她感興趣的不是我本人，而是在一種特定氛圍中的我。當我配合著她完成了她夢幻般的經歷，確有其事地把她變成了她盼望成爲的小說中的人，我的存在便已不具意義。如果在我製造麻煩的一刹那內心曾對自己生發過譴責，那麼這事後的分析使我變得坦然了，我甚至原諒了自己從一開始就對她抱有的不負責任的企圖。

我捏起那枚髮卡，髮卡上還掛著她的一根頭髮。我再次意識到我永遠不會看見她了，假如由於我，她身上眞地有了麻煩，也永遠沒人來逼我負責。一切正因了她的浪漫，正因了我們彼此終不相知。這念頭令我竊喜，又使我微微地不安。當歲月流逝我粗糙的心靈變得有了一點細膩的模樣，我才敢正視我曾經多麼地虛僞和下流。

那枚髮卡被我揣在口袋裡，沒出半個月我就掏出來扔了。我可不想跟那篇小說裡的男人一樣，捏著個卡子捉迷藏似的把那女人找上一輩子。我慶幸自己連她的姓名也沒問，只記住了那意味深長的桃符。

我的對面通常在早晨六點半鐘推開陽台的窗子，這使得本來愛睡懶覺的我也隨之調整了作息時間，我願意趕在六點半之前起床。

我看見她穿著只有兩根細帶子的白色睡裙來到陽台上，乳房在睡裙裡若隱若現。她的眼裡分明還帶著朦朧的睡意，這使她在掛窗鉤時，手顯得很不準確。打開窗戶她便閃回房間，我的視線也跟著穿越陽台，穿越廚房大開著的門向裡跟蹤。她已彎過衛生間去洗漱自己，我只能看見一小段走廊和廚房對面那個房間的一角。那個房間也經常開著門，有一塊棕紅色發亮的東西貼牆而立，好像是鋼琴的一個側面。

這時對面又出來了，頭髮整整齊齊，滿臉濕潤的新鮮，我覺得我甚至能聞見她嘴裡的牙膏味兒。她帶著一身新鮮開始點著煤氣灶熱奶，熱完奶就用平底鍋煎雞蛋。從時間上判斷，她把雞蛋煎得很嫩，煎完小心翼翼地用木鏟盛進盤子，像是怕破壞了雞蛋的完整。她這種對待食物的認眞態度，叫人立刻想到家裡正坐著一位等待她伺候的丈夫，可是一連數日她家就她自己。

對面把陽台改做廚房，和陽台毗連的廚房卻被布置成一間小型餐室。我看見她坐在高腳圓木凳上吃早飯，就著光明可鑑的白色操作台。晚飯時她才坐在餐桌旁邊。儘管獨自一人，對於進餐的形式她也一絲不苟，台布、餐巾、筷子、刀、叉，秩序從不紊亂。當牛奶正冒著熱氣時，便有麵包片從一只小匣子裡跳出來。我知道匣子叫作吐司爐，能把麵包烤得微黃，我在北京時認識了它。她吃得挺多，挺仔細，然後常以一個西紅柿做爲早餐的結束。她彷彿從來沒有厭煩過這種在常人看來十分講究的早餐形式——我欣賞她的講究，這也是文化之一種吧，我常常研究是什麼經歷培養了她這種半中半洋的吃飯習慣。我聽說過「大家閨秀」這個詞，可我接觸過的女人實在連「小家碧玉」也比不上，有時我突然覺得，她們只配用蠍子草當手紙。後來天氣漸漸變熱，她的穿著也愈來愈簡單，身上被遮擋的常常只有那三點。對於那三點，與其說是爲了遮擋，不如說是爲了特意暴露。設計這些只用來做遮擋玩意兒的人實在是聰明，它們給人類增加的色彩，實在不僅僅是這些玩意兒的本身。

面對這個講究到極致的隨便或者隨便到極致的講究的女人，我常常怦然心動。奇怪的是我並沒有要結識她本人的打算，我只想知道她的來歷她的家庭她的丈夫和她的孩子，我像等待災難一樣地等待著他們。但，這個家裡從來也沒有出現過丈夫樣的人和孩子樣的人，於是我又猜測她的丈夫正在出差，而他們可能還沒有孩子。那麼，在醫學院工作的究竟是誰呢？房主如果是她丈夫，什麼事情使他連續一個多月（我已有一個月的看守倉庫的歷史）外出不歸呢？如果是她本人，爲什麼她經常不回家吃午飯——在醫學院裡工作意味著有條件回家吃午飯。如此說來，在這所大院裡工作的還是她的丈夫，她應該另有職業。

我一時看不準她的職業，我看到的僅僅是她在廚房裡和陽台上那些微乎其微的作爲。

她剝蔥剝蒜，擦洗煤氣灶；她也美容，有時候她會帶著一張塗了面膜的大白臉站在陽台上削土豆皮，像鬼怪，卻令我感到親近，似乎這是她專爲我而扮的一個「鬼臉兒」。

還有一天，我看見她在家裡整整忙了一個下午。她收拾魚、肉，把杯盤弄得叮噹直響。她肩上搭條毛巾，不時拽下來擦臉上的汗，稍有空閒便翹起手指欣賞自己手上的戒指。這使我想到，她的忙活一定和這枚戒指有關，她的忙活應該是爲了迎接一個人，一個送她戒指的人。這人絕不是她的丈夫，迎接丈夫用不著如此鄭重，我想。果然，她在餐桌上擺了兩套餐具。

天色暗了下去，我縮在窗前把自己埋沒在黑影裡。其實我的身體並不曾縮著，「縮」只是人在暗處的一種形象感覺。身在暗處窺視他人，這本身就有一種縮頭縮腦的味道。我縮頭縮腦地等待著，就像等待電影裡一個跌宕的情節。

當對面的陽台燈火通明時，我的視線裡終於出現了一個高個子男人。他靜悄悄地出現在對面廚房裡，出現在對面的身後。他伸出雙臂猛然攏住她的腰，就勢歪過頭吻住了她的脖子。對面的手中正攥著一只尚未打開的酒瓶，她胡亂地把酒瓶放在桌上，試圖轉過身去擁抱這個男人。這男人只一味地擁抱著她，不許她轉身。這舉動，這景象，再次證明我的判斷是對的：這人絕不是她的丈夫。中國的家庭沒這規矩，沒這層次。回來就回來，放下手裡的東西該幹什麼就幹什麼去，吃飯就說吃飯。冷不防，她終於轉了過去，他們立刻抱在一起，沒完沒了地接起吻來，吻到不可收拾時，他把她抱起來離開了廚房。

當他們再次出現在廚房時顯得平靜多了（幹完了）。他們坐下來喝酒、吃魚。他們吃得很香，很少說話。冷清時（我猜）就停下來隔著飯菜親吻一下，他的一隻手握住她的一隻手（那戴著戒指的手）。

我站在窗前感受到雙重的饑餓，卻在心裡起勁兒地笑這一男一女的煞有介事。我再次揣測那男人絕不會是對面的丈夫，直到有人怯生生地敲門。

這是我住進倉庫後所聽到的第一次敲門聲，但我不想開門。我默不作聲——屋裡既然沒燈，有人沒人誰看得出來？敲門聲卻持續的響著，並且有人叫著我的名字。我聽出是林林，才摸著黑開了門。林林站在門口不進來，說：「你怎麼不開燈呵？」

這使我無言以對，因爲從來也沒人問過我這個問題。但對於一個正派的女孩子，這個提問是再正常不過了。現在我不準備回答她的問話，只想先把她拽過來。我拽過了她，把門反鎖上。不用問，林林對我連打帶罵，她罵我是流氓。但她的罵聲很快就消失了，因爲我用我的嘴堵住了她的嘴。我把她緊緊抱在胸前任她像條憤怒的小蛇、小豬一樣扭來扭去。擁抱林林堵林林的嘴，這實在是個權宜之計，我不願意讓她和我一起看見對面的陽台。就爲這，狗急跳牆，我「跳」到了林林身上。果然，林林一慌便什麼也看不見了。我還趁機對著林林的耳朵說：「你知道我和羅欣爲什麼打起來麼？就爲了你。」林林不再那麼驚慌失措了，但仍要從我懷裡掙脫出來。這時我覺得一個硬邦邦的東西直撞我的腿，順腿摸去原來是一只飯盒，是林林提著的一只飯盒。林林趁勢掙脫我說：「你讓我出去，這飯盒給你。」只聽咣噹一聲她把它放在桌上。

房間忽然比剛才又黑了一層，我發現這是因爲對面陽台已經熄燈。我放下心來，一場虛驚總算過去了。可林林沒有走，黑暗中我看不見她的表情，只聽她再一次問我：「你爲什麼不開燈呀？」我說燈泡壞了再說開燈招蚊子，再說多一個燈泡多一份熱。林林不再提開燈不開燈的事，只告訴我飯盒裡是餡兒餅。我摸到飯盒拿出個餡兒餅咬了兩口，彷彿我早就在等著她的這盒餡兒餅似的。我請林林坐下。

林林在黑暗中挨我坐了下來，問我剛才都說了些什麼。顯然，黑暗中的一切使她產生了驚險的愉悅，才迫不及待地追問我剛才的話。我只好又重複一遍關於我和羅欣都對她如何如何。她嘆了口氣（我想這是得意的一嘆），說只感到我對她有意思，沒想到羅欣。她問我願不願意她常來看我，我說我當然願意，不過最好晚上別來，中午比較合適。她問我晚上怎麼啦？我說，怕對她不好，沒燈。對我倒沒什麼。她小聲兒笑了，說，「只要你高興就行。」這是句會說話的女孩子的話，會說話的女孩子都會這麼說。分手時，她站在門口連連說了幾次「我走了」，這當然是一種暗示，暗示我重演她進門時的那一幕。但我只是替她開了門，摸了摸（不是握）她的手。林林唰唰唰地大步下了樓，我覺得精疲力竭。

月亮升起來，對面還是一片漆黑。我躺在床上想著剛才的一幕，想著對林林的一次「權宜之計」換來的將是什麼？肯定是她將不斷提著餡兒餅來看我的事實。想了一會兒即將來臨的「事實」，我又想起了對面的明天，明天，出現在對面的將是一個人，還是兩個人？

天剛亮我就從床上坐起來，覺得嘴裡又苦又臭。可我不想刷牙洗臉，我一動不動地盯住窗外。

對面的窗子打開了，又是掛好窗鉤，又是消失，又是對自己的漱洗，又是有秩有序的早餐。看上去她心緒很好，飯後又從廚房拎出高腳凳，登上凳子擦玻璃。她穿著一件舊襯衣和一條短褲，她哼著歌，翻來覆去地總是那麼一句：「咕咕、咕咕……」像雞叫。但她的口形卻因此而變得有意思了，彷彿正熱切地親著什麼。

那個男人沒有出現，我的猜測已得到證實。他不是她丈夫，他沒有在此過夜。他們只是熟人，熟到他隨時可以來，隨時可以走。我心中卻突然一陣陣疼痛。

念大三時我有過一次比較正式的戀愛，我喜歡低班一個名叫尹金鳳的女生。有一回宿舍樓洗漱間的下水道堵了，汙水溢到走廊裡來。男生女生們都奓著胳膊吱哩喳啦地叫，只有尹金鳳挽起袖子脫了鞋，光腳走進洗漱間，掀開下水道蓖子伸手就掏，掏出一大堆爛頭髮、牙膏皮什麼的。髒水泡著她白淨的腳丫，原來尹金鳳長得很出眾。很快我就打聽到她是從邊遠山區考來的，正應了「深山出俊鳥」那句俗話。

我開始追逐她，一邊得意著我的眼力。她很少參加校內娛樂活動，整天泡在圖書館看書。我於是也追她到圖書館，我們終於友好地認識了。我驚奇她的普通話講得那麼好，只有細聽才會發現個別咬字的發音還帶著山裡味兒，比如她老是把「二」念作「惡」。但這更使她變得嬌憨似乎在無意識地對人撒嬌。她坦率地向我講述了小時候貧窮的日子，說那時吃不飽飯，她們兄弟姐妹五個人，每天中午放學後都比賽著往家跑。誰先到家誰能搶上鍋裡的稠米湯，誰後到家誰就撈不著米了，盛到碗裡的只是湯。學校離家有三里地，每次他們都跑得上氣不接下氣。她的講述更激起了我「騎士」一般的熱望，我多麼樂意盡我的所能使她永不回首那搶著喝稠米湯的日子。我頻繁地送她東西，有一回甚至把母親家傳的一枚翡翠項墜偷出來取悅於她。我記得那次她抱住我大哭起來，當時我也很激動，我為她擦著眼淚試圖去親她的臉，但她很警覺地推開了我。她對我防範很嚴，這種防範更把我折磨得六神無主。這段時間一個名叫表妹的人又摻和了進來。

這表妹其實是我同宿舍的表妹。表妹的父親是個做化妝品發了財的企業家，他們那個化妝品系列裡有一項還得過布魯塞爾優里卡發明獎。不過用表妹的話來說，中國的化妝品就像中國的酒一樣，都在某個地方得過獎。她經常提著一大袋子男用面霜、粉刺靈什麼的到學校來分送給一些人，唯獨不給我。這舉動常常把我弄得很忐忑。有一次我問她為什麼不送我，她說因為我愛你，怎麼能把白拿的東西送給心愛的人呢？我會送你東西的。

表妹開始送我東西，我也開始接受表妹的東西。其實我接受表妹的東西是為了拿過來轉贈尹金鳳。手錶、打火機、運動鞋、眞皮錢夾、名牌襯衫……我無一遺漏地都送到了尹金鳳手上。我讓她寄回山裡老家，說這是我給她兄弟姐妹買的。表妹接下來就開始約我吃飯，去「肯德基」，去「王府」，去「香格里拉」。有一次在飯桌上，她竟然把一粒櫻桃叼在嘴上讓我用嘴去接。這動作有點刺激，卻把我弄得非常彆扭，一時間彷彿她嘴裡叼的不是櫻桃而是抹布——就算是櫻桃，我怎麼能嘸下一個陌生女人嘴裡的東西呢，這太不可思議了。我裝著沒反應，表妹倒也沒生氣，嚼著櫻桃說我沒見過世面。我心想這動作也配叫世面？

表妹繼續向我進攻，有一回約我出來在「崑崙」吃飯，當著我的面，她花八千塊錢買了一條二十四K金的藍寶石項鍊，說是送給我母親的。我推辭不要，表妹雲山霧罩地說，不要就是看不起她爸。她告訴我，她爸爸最近跟她談了一次，說他們家有的是錢，表妹嫁人就不要再嫁給錢了，最好嫁給知識，知識加錢，兩輩子花不完。

我不得不佩服這個做雪花膏的老傢伙的遠見，我也十分地明白這表妹簡直是提著一條寶石項鍊向我求婚。可我的心裡只有尹金鳳，假如她那個野天鵝一般的脖子上有這麼一條項鍊該是多麼不同凡響！我不記得那天我究竟說了些什麼，只記得酒後的我們跌撞著來到她家，進了她的房間，上了她的床。過後我提著那條項鍊想：我這不是做了一回男妓嗎！

第二天我迫不及待地把項鍊獻給了尹金鳳。當我親手將它圍在尹金鳳的脖子上時，我對她第一次產生了不可扼制的衝動。這衝動也許是基於我對自己的憐憫：我覺得我付出的太多太多了，我需要回報需要尹金鳳的親近。我給她戴上項鍊就去扯她的上衣，誰知她揚手給了我一個耳光，那一刻我才算真正領教了山裡人的力氣。有一會兒工夫我眼冒金星什麼也看不見，尹金鳳趁機跑了，臨走她小聲說：「我會對你好的。」我想，有這樣的女人，對這種人你心急不得。

令人可憐的是，在不久以後的新年聯歡會上，我看見那條藍寶石項鍊竟然戴在一個綽號叫做「一比四」的女生脖子上，「一比四」是尹金鳳的同班好友。我忍耐不到散會就把尹金鳳叫出來，在操場上我聲色俱厲地請她給我解釋清楚。她無聲地笑笑（即使操場漆黑我也知道她在笑），承認「一比四」脖子上的項鍊是我送她的那條。她說她所以送給「一比四」項鍊是在巴結「一比四」，她所以巴結「一比四」是因爲「一比四」的父親是北門市副市長——「就是你們那個城市，」她提醒我。停了一會兒她又說：「最重要的是『一比四』的母親剛去世你明白了吧？」

我說我不明白，尹金鳳說那我就說白了吧，我要向他們家進攻。

我說這回明白了，你想給「一比四」當後媽。

尹金鳳說應該是我想嫁給「一比四」她爸。

有什麼不一樣麼？我問。

尹金鳳說怎麼解釋都行，反正我告訴你了，這是相信你。

我說那咱們算怎麼回事？

尹金鳳說咱們怎麼了？

（也是，咱們怎麼也沒有怎麼。）

我說，這麼說我還得感謝你對我的信任？你一邊和我不清不楚，一邊又借花獻佛想給副市長當老婆。我告訴你，北門市的市民可不把「二」念成「惡」，見面時別忘了先改改口音。

我想你不仁我也不義，先汙辱汙辱你再說。我以爲我會激怒尹金鳳，她卻十分鎮靜地說，我正在努力把「惡」讀成「二」，我還要努力修正身上的其它缺陷。「改正缺點，修正錯誤」，毛澤東說的。知道我鑽在圖書館淨幹什麼嗎？我通讀了全世界二百多個總統、總理、政治家的傳記。我喜歡權力，如果我得不到權力我也得站在有權力的人身邊。從小到大我受了那麼多罪，只有權力可以免除我再受這樣那樣的罪——也包括不再受你這樣的人的奚落。

我說我……

尹金鳳說你奚落我的口音，這才是你們這種人的原形畢露。你以爲給我們點兒小恩小惠我們就得把自己獻出來？他媽做夢！

我說這總比又要當婊子又要立牌坊好。

尹金鳳說我不是婊子，我還清清白白地留著我自己呢（給那個副市長留著）。你才是婊子，男婊子，「一比四」把什麼都告訴我了。戴你的項鍊還嫌髒脖子呢。

好傢伙！我已無地自容。在這個山裡姑娘面前我還能再解釋什麼說什麼？她的精明和野心已夠我的脊梁骨寒冷一陣子了。分手時我只說了一句「祝你成功」，沒想到又招出她一堆話來。她說我會成功的，還記得那次我在洗漱間掏下水道吧，總有一天我會指揮著別人去掏下水道去幹這幹那，因爲我自己幹過、會幹，我更知道怎麼指揮別人幹。哎，你等等，你先別走！她叫住我。

我停住腳，她站在我的對面，身子直挺挺的，伸出脖子輕輕親了一下我的下巴，宛若秋風把一片乾枯的樹葉吹上了我的臉。親完她對我說，我說過我會對你好的，言而無信非禮也。

暑假的時候「一比四」邀請尹金鳳去了北門市，畢業後尹金鳳果然如願以償，做了市長太太。

我回到北門市以後，表妹曾經開車從北京來看我。這使我的良心深受譴責，我覺得最倒楣的莫過於這個表妹了，花了錢又獻了身。我不想再這麼和表妹支吾下去就把實情告訴了她，我甚至還說出了與這無關的從前的事情，比如蕭禾，比如峽谷裡的浪漫，以證實我的不可救藥。表妹說她自己也不是什麼好東西，還打過一次胎呢。她揮揮手一副很瀟灑的樣子，好像以揮手的姿勢幫助我趕走了從前那些亂七八糟的糾纏。然後她說我只想告訴你一句話：就算你不愛我，我也不後悔，眞的，雖然我這回是眞心。

我看見她眼裡噙著淚，可她沒讓眼淚掉出來就開車走了。我回到家來才發現我的桌子上有一千塊錢，這他媽是什麼意思？想救濟我還是怎麼的。那時候項鍊有點用，現在錢有個什麼用。操你媽！我在心裡大罵。我罵的不是表妹，可我得罵一聲。

中午林林來了，把自己刻意拾掇了一番，一塵不染的樣子。她給我帶來幾個桃子，據她說都是洗好並用洗滌靈消過毒的。我們倆並排坐在床邊吃桃子，一時竟想不出什麼話來。我竭力回憶著初次遇見她的情景，就因爲她喜歡在背人的地方吃零食，我才想把她摊在懷裡餵她吃。回憶給了我一點兒感覺，好像我們已經認識了很久。現在人和零食都在眼前，難道我不該餵她吃個桃子麼？我拿了一個桃子送到她嘴邊，把手臂搭上她的肩膀。她並不推開我，扭臉看了我一眼，我想我終於如願以償。接著我餵起她來，手臂也把她箍得更緊了。雖然我覺得這一切並不十分高級，有點俗，有點表演成分，可我猜林林還是需要這點表演的。

林林大概沒有把這看成表演，昨晚我對她的粗魯加「規矩」也許反而促使她倍加信賴我。她微閉著眼，一口口地嚼桃子，顯得心醉神迷。我趁她不備，趁她正心醉神迷，往她嘴裡塞了一個桃核。她一咬，睜開了眼，攥起拳頭就捶打我。她罵我「討厭」，還說要打死我。男人等待的簡直就是女人嘴裡這個「討厭」，「討厭」實在是個信號，要是聽著「討厭」再挨上兩拳頭，就更貨眞價實了。林林一捶我，我就勢往床上一躺說，既是討厭不如死了算了。林林又給了我兩拳，頭也頂了過來，頂在我肩膀上、胳膊上，然後便說我的襯衫都餿了，要給我洗襯衫。

一聽說眼前的女人要給我洗衣服，我心中一陣悲涼，就彷彿我已經是一個丈夫了。對於「丈夫」，我還是要提高些警惕的。我必須懸崖勒馬，適可而止。我們剛正式接觸過兩次，再過幾天說不定她就要替我領工資還得限制我一天抽多少菸。

對面的陽台空蕩無人我感到孤立無援。我弄明白了我需要林林就像需要一個妹妹，我願意逗她開心，願意她欣賞我適可而止的自我表現——一個好心大哥、「博學多才」大哥的自我表現。但我絕不願意再讓她拿頭頂我，罵我「討厭」，事情發展起來會無止境的。那麼，我決定把她的注意力引開，比如領她參觀這座滿是灰塵的大倉庫。

我們走進了這倉庫的每一個房間。我指著如山的桌椅、如山的櫃櫥、如山的木床對林林說，這兒是個博物館，聯繫著人類學的博物館。你別以爲它們就是桌椅板凳，它們都有各自的生命各自的記憶，人類早就遺忘的事，它們卻記憶猶新。我一邊說著，嘩啦拽開一個抽屜，把林林嚇得一激靈。我說不必驚慌，請看這是什麼：兩張點心票（指甲蓋大）是一九六〇年印製的。當時中國正值天災人禍，所有食品一律憑票購買，點心已成了稀奇，每人每月只能得到一張半斤的點心票。也有不少能人爲此毀掉半生的，便是造了假點心票，其罪過如同當今造假鈔、走私大麻一樣。不過這兩張是眞的。至於主人爲什麼慷慨而粗心地把它們遺忘在這裡，你能解釋嗎？

林林做了幾種解釋，都被我否定了。林林問我：你說呢？我說只有抽屜知道。接著我又嘩地拉開一個抽屜，裡面有張紙條，上寫：「四月三日大麗借我奶票兩張。」我問林林這又是怎麼回事，林林說也是一九六〇年的陳年老帳吧。我說並非，那時節哪有牛奶可買，奶牛早被殺吃了。現在的關鍵是這個四月三日，這個四月三日究竟是哪一年的四月三日，這倒是我們一個長期的研究課題。接著我又拉開一個抽屜，這抽屜裡沒有點心票，也沒有欠條，只在抽屜邊沿上刻著幾個黃豆大的字：「同胞們，警惕小芝」，後面有個驚嘆號，刻得最深。我和林林腦袋挨著腦袋看了半天。我說，懂了吧，現在電視台的小品愈編愈乏味，就是因為缺乏這類線索。這裡的每個線索都能編出一個上等小品。

在我的啓發下，林林也給我講了一個和抽屜有關的故事，說，有一個工程師是設計院出了名的怕老婆，經濟上沒有一點自主權，工資全部由老婆代領，花二分錢買火柴都得提前向老婆申請。後來這工程師去南方出差時飛機失事，死了。另一個工程師搬進了他的辦公室占用了他的辦公桌。過了好幾年那辦公桌的一個抽屜掉了底，工程師才發現在那抽屜縫裡有一個疊成窄細長條的存摺。打開存摺看看，上面有五千多塊錢。你猜那存摺是誰的？是死了的工程師的。那死了的工程師是誰？是我爸。

林林說那些錢是她爸發表論文的零散稿費，說現在的抽屜主人當即就把錢送到了她們家。來人以為林林的母親會喜出望外，誰知她母親卻要求這人把那張桌子的所有抽屜都拆下來看看，說沒準兒還能翻出存摺來呢。我對林林說你母親挺叫人掃興的，林林說可不是麼，如果我是那個工程師，拿到這個存摺根本就不往死者遺孀手裡交。你好心交給她，她反倒懷疑你指不定還昧起來幾個呢，反倒怎麼也說不清了。

我說就是，我說這也是一個上好的故事，說不定這桌子就在我們眼前，至於是哪張，也許已經無關重要。我說林林，現在你應該懂得我領你參觀倉庫的含義了吧？今後有的是時間，我們應該把所有的家具都做一番調查，說不定能寫出一部比《三言二拍》更偉大的小說來。我一邊說一邊嘩啦嘩啦地拽抽屜，林林也開始拽。她看上去比我認眞，那是因爲她比我更相信那些與她們家有關的故事。這拉抽屜的運動持續了好幾天，所有房間的塵土都被我們攪了起來，所有的抽屜都已被搜開而我們卻不知道將它們閤上，致使這座倉庫好像塞滿了因上吊而吐出舌頭的死屍。我們一無所獲。

林林對此逐漸失去了興趣，好幾天不來了。我這樣折騰她，這樣跟她瞎「白話」，純屬爲了排遣和塡充午間的寂寞。我實在是厭煩中午，我期盼的是傍晚的來臨。

黃昏了，對面亮起了燈，有時是她自己，有時也有那個高個子男人。在我的視野裡，我從未漏掉過一次她和他的擁抱、親吻、說笑，也有過爭吵：她從圍裙兜裡拿出一封信給他看，他看了幾眼扔在地上，然後彎腰撿起來再看，看完把信撕掉。她從他手裡奪那撕碎的信，臉脹得通紅，突然從無名指上褪下那枚戒指開窗便扔了下去。這使我不禁想到，尹金鳳即使在給了我一耳光之後，也不曾有勇氣把那條寶石項鍊一併扔給我。我看見那男人驚愕著衝她喊了一聲，接著就衝到陽台上和她一起探著頭往下看。她闖了禍一般抽身回到廚房，然後就不見了。男人繼續向下探著頭，我猜對面肯定是下樓撿戒指去了。這時男人臉上漸漸有了笑意，一定是戒指找到了。過了一會兒，對面舉著戒指出現在廚房裡，男人從她手中奪過戒指，攥住她的手，爲她重新戴戒指。他和她都笑了。後來男人就幫她洗碗，她從他的身後爲他繫圍裙，他又扭過頭來親她，像往常一樣。

我想，這沒什麼，戀人（或情人）之間常有的事。但那封信卻非同一般，它一定聯繫著另外一個人。我終於在一個本該是安靜的中午發現了對面有新情況。

這個中午林林仍然沒來。我無比輕鬆，洗了兩根黃瓜，打開一瓶啤酒，坐在窗前開始吃午飯。這時對面突然出現在陽台上。跟在對面身後的是個男人，這不是那位高個子，這人比高個子歲數大，身體偏胖，也許五十歲，也許五十多歲。他尾隨著對面來到陽台，對面向窗外指點著，我猜是向他介紹四周的環境。他有分寸地點著頭，然後他們一起回到廚房。看得出這男人對這裡並不熟悉，廚房裡的一切也令他感到陌生而有趣。他拿起一些瓶瓶罐罐向對面詢問著什麼，她微笑著回答得有分有寸。可是當對面伏在水池前洗手時，他猛地抱住了她的腰。對面顯然反抗了兩下，但反抗得並不果斷，於是那胖子將她扳了過來……我不知道後來發生了什麼，因爲關鍵時刻有人敲我的門。我以爲是林林，氣急敗壞地開了門，門口站著蕭禾。

我驚訝地問她是怎麼找到這兒來的，她說哈薩克斯坦她都去過了，索契也去過了，區區一個設計院怎麼就找不到？她還說開始她找到了我的正式宿舍，有個姓羅的告訴她，我住在倉庫裡。我聽著蕭禾說話，眼睛卻死盯住對面，陽台上已空無一人就像我剛做過一個噩夢。蕭禾說喂！看你那神不守舍的樣兒！我這麼遠來看你。

我讓她坐下，還給她倒了一杯啤酒，只覺得心亂如麻。我說我現在這個德性實在不值得你看望。蕭禾說我就知道你得這麼說，放心吧，我不是來逼你結婚的，我只是來看你。

她大口喝著啤酒，一口下去半杯，告訴我說她已經辭了職，眼下正和俄羅斯做生意，倒騰服裝，什麼都倒。她說你知道嗎，有一回我在哈薩克斯坦遇見一個小夥子長得特別像你，就爲這個我跟他白話了半天，語言又不通，他說他的我說我的，但是憑直覺我覺得我什麼都懂他也什麼都懂了，天哪，分手時我的心都碎了，我想回國以後第一件事就是找到你看你一眼，你信不信？

我說我信，但我可是地道的國粹怎麼會像洋人。蕭禾說旁觀者清呵。她說她還帶給我一樣東西，是在國際列車上從一個俄羅斯倒爺手裡買的，我說拿出來看看。她拿了出來，是一架仿古單筒望遠鏡，尺把長，拿在手中沉甸甸的，像一枚大號手榴彈。她替我把它拉長，給我對對焦距，遞給我說，你四處看看，帶微距的。我舉起望遠鏡向窗外一掃，一下就掃到了對面的陽台，心中一個顫抖——我不是走上對面陽台了嗎！陽台無人，我只看見廚房餐桌上有個瓶子，寫著番茄沙司，一瓶啤酒是豪門乾啤。

蕭禾見我喜歡這望遠鏡，頓時也喜洋洋的，她告訴我雖然望遠鏡外觀笨拙，但鏡片是德國蔡斯，出自二戰後德國向蘇聯賠款造的工廠。

我拿著望遠鏡故意裝作對於對面的若無其事，當蕭禾也想用它看看對面時，我立即用望遠鏡瞄準了蕭禾。我說蕭禾你猜我看見什麼了？蕭禾說看見什麼了？我說我看見你胃裡的俄國列巴還沒消化完呢。還有……還有我不說了。蕭禾說淨放屁，這又不是X光。我們倆都樂了。我們都不再提望遠鏡。我說蕭禾，望遠鏡我也看了，現在我可是想領你參觀參觀這座倉庫。蕭禾說這兒有什麼可看的，我說這兒有祕密，我是想把蕭禾調開，我不願意她也窺測對面，不得已時我就給她講那些空抽屜。我邊說邊往外走，蕭禾還眞傻乎乎地跟了上來。

我領著蕭禾樓上樓下亂轉，走了好幾個房間。當我們又進了一個房間時，蕭禾一眼就發現這裡全是床。

是的，到處是床，散發著被冷落的寂寥，也散發著勾人慾念的誘惑。而密布著蜘蛛網和灰塵的空間更使這一切宛若戰後廢墟或者陰濕的巢穴。有時能喚起人慾望的正是這些廢墟和巢穴，在廢墟和巢穴裡人更要以百倍的瘋狂來證實自己的生命。就因爲站在眼前的是蕭禾，我第一次意識到這些布滿塵埃的床比抽屜可愛。

蕭禾在一張床前站住，我繞到她的背後，低頭親親她的後脖梗，然後伸手將她擁在懷裡，我的胸膛緊貼著她那汗津津的充滿彈性的脊背，我想起這姿勢分明是從對面那個高個子男人那兒學來的。我不知道爲什麼我要模仿他的姿態，只感到這模仿的必要。蕭禾對我的行爲或許有些意外，或許有些不意外。她愣了一下便轉過身來用力使我倒向一張床，我又聞見了她大拇指上的唾沫味兒。

我們在床上滾著塵土。事後蕭禾對我說，她很後悔把我從北門市逼到了南門市，說現在我不必怕她了，她思路開闊多了，早晚會跟別人結婚。但假如她和我偶然相遇，希望我也別拒絕她，這就夠了。我說你看上誰啦？她說她希望能看上這設計院的一位，這樣就離我近了。我說眞要結婚，還是要愼重的。她說你是誰？你管得著嗎？

我是誰呀，她的確也不用我管。她的話倒是卸掉了我多年的重負，我才說些愼重什麼的。當我心中不再有負擔，反而對蕭禾產生了一種說不盡的滋味，我們又換了一個房間又換了一張床，蕭禾有時哭有時笑。我們又換了一個房間，我把蕭禾扒得光光的，我也光光的，也很深入，直到我們變成兩個泥猴，我們土鼻子土眼兒的裸體坐在床上，我頭一回覺得蕭禾有那麼點可憐。可蕭禾卻是一副滿意相兒，兩隻髒奶在胸前翹著，還不時扭扭這兒，弄弄那兒。觀察了一會兒這房子，她沒頭沒腦地說：咱倆開旅館呀。我說在哪兒，她說就在這兒，先給它起個名兒叫「愛神」。我說多難聽呀，聽上去像妓院。蕭禾說何必這麼刻薄，要不就叫「路人之家」——過路的誰住都行。我說聽上去像收容所。最後蕭禾說我沒誠意，說她永遠也不知道我腦子裡在想什麼。我說人之常情吧，我說人所以爲人，就是具備了這點聰明，全人類都一樣。蕭禾說是啊，可是爲什麼我想什麼你都知道？我說那是你樂意告訴我。蕭禾說就算是吧。

她說著，猛一轉身把我壓在她的身子下邊，兩條胳膊緊緊箍住我的脖子彷彿要掐死我。我感覺有人進了房間，我看見林林站在床前。她穿著白大褂，雙手插在口袋裡，滿臉通紅，竭力想證實眼前是怎麼回事。後來她終於弄清了，張了幾次嘴，沒發出音來，兩隻拳頭在口袋裡一鼓一鼓的。奇怪的是我並不尷尬，只一門心思地琢磨爲什麼她不把拳頭從口袋裡拿出來。

林林走了。過了一會兒蕭禾也走了。我回到自己的房間朝對面望去，覺得對面已被我遺失了一百年。我迫不及待地獨自用望遠鏡向對面巡視，窗內仍然無人，煤氣灶很白，灶上有只打火器，打火器上有一行小字：MADE IN JAPAN……

清晨，我等待著對面出現在我的鏡頭裡。我早把模糊已久的玻璃擦亮了一小塊。把望遠鏡頂在玻璃上。我甚至提前刷了牙洗了臉，我願意讓一個乾乾淨淨的自己去注視一個新鮮的對面。

她推開門走到陽台上，隨便穿了一件大背心，頭髮有點亂。當她猛然間把臉轉向我時，她的臉就彷彿一下子貼在了我的臉上，甚至比貼還近。我發現她確實已不年輕，眼角已有了淺顯的魚尾紋，但嘴唇飽滿，脖子結實，腮邊有一粒黑痦子。她坦然地盯著我就像有意迎接我的瞄準，我心跳了幾下就平靜下來，因爲我發現她並沒看我，她的眼光正穿越了我和我身處的這座倉庫，凝視著房後的原野。那裡，麥子已經收割，秋莊稼尚未長成，田野一片豁達，她凝視了半天才收回眼光，這時我看見她眼裡滿是淚水。我第一次發現了她的眼睛的與眾不同，眼淚使它們閃爍出一種嬌豔的玫瑰色。

她獨自對著窗外，就那麼默默地流了一會兒淚，不像有什麼大不了的悲痛。給人感到這種人即便有大不了的悲痛，她也會不在話下。果然，一切都恢復了正常，在這個時間該做的，她又開始做起來，當她坐下來吃早飯時，一切又是有秩有序。

至於對面的兩個男人，我卻不願意用望眼鏡瞄準他們。起初我想把這解釋成不屑於，實際我是不願意他們的臉在我的視線裡呈現出不容置疑的清晰，我討厭這種清晰就像討厭他們的存在。這時我已明瞭我是那樣地討厭他們，若在他倆之間再做選擇，我對那矮個兒男人更是充滿憎惡。這一高一矮兩個男人輪番出現，卻沒有碰面的時候。我很想弄清他們出現的規律：高個子每星期什麼時間來，矮個子每星期什麼時間到。這段時間我爲搞清他們出現的規律而心神不寧，搞清這件事簡直成了我的生活目的。我曾經把某人假定成一、三、五，把某人假定成二、四、六，不對。我又把某人定爲一、二、三，把某人定爲四、五、六，又不對。我把每週的七天一次次地顛倒排列，一次次地失敗。那麼他們是無規律的，可無規律就要撞車。有時我覺得我簡直成了私家偵探。後來我只搞清了一點，就是高的和矮的誰都不曾在這兒過夜。我想，女人和男人能睡在一起終歸是不易的。找到了這個信條，我便從中得到了些許安慰，蕭禾散布我和她的「睡覺」，也就成了地道的無稽之談，我眞願意落個：你是誰呀！

誰知我的信條也有被打碎的時候：有一個深夜我被對面驚醒了，驚醒我的是對面的燈光。我從床上爬起來朝窗外望去，原來深更半夜對面陽台上亮起了燈——確切地說，是陽台的廚房裡亮著燈。對面正在喝飲料，只穿著一件寬大的男式襯衫，襯衫下襬齊著大腿，給人一種裡邊什麼也沒穿的感覺（穿沒穿誰知道）。令我不能容忍的是，那矮個子男人就站在她的身邊，他也舉著一杯飲料不慌不忙地喝著，還一邊俯身去親她的胸脯。對面對他沒有激情，但有一種溫和的接納。我感到周身熱血沸騰就彷彿對面和這男人一道欺騙了我。

我開始像憎惡那矮個子男人一樣憎恨起對面，心中閃過我能夠記住的所有五花八門的道德箴言。從痛打羅欣到現在已經兩個多月，我甘心情願在黑暗中熬著時光，忍受著惡濁的空氣，難道就爲了欣賞這個女人和兩個男人的鬼混麼？我從來也沒有像此刻這樣渴望電燈的光明和洪亮、寬廣的聲音，假如不是處在深夜我會立刻拔腿出去找總務處要燈泡。找燈泡、把屋子弄亮的念頭持續了一夜。

第二天一早我就直奔總務處，在幼兒園門口碰見了林林，她正領著孩子們往外走。我有些不知所措地衝她笑笑，她瞪了我一眼（這是我意料之中的）。但當我快步走過了她和她的孩子們，身後

卻響起了一片嘹亮的童聲：「叔——叔——好！」（這是我意料之外的）

我不得不回過頭來答應著孩子們，順勢再衝林林點點頭。她又瞪了我一眼，這次不如剛才狠，我感到她有話要說。我迎過來，背對孩子們，她說她有件事想告訴我，說蕭禾找過羅欣。原來這傢伙到底流竄到了南門市，爲什麼不去再找找那個哈薩克斯坦人？但林林的消息正中我的下懷，而她卻當作一枚小炸彈投擲給我，這正是許多天眞姑娘的令人心酸之處。顯然，我與蕭禾的裸體同林林的相遇，反而成了我和林林關係的催化劑，她才用了個激將法，好激起我對蕭禾的憤怒。實際蕭禾趕緊找個主兒比什麼都強。

林林緊緊盯住我看我的反應，我只裝了滿腦瓜子燈泡和流行歌曲的旋律，光明加上音樂已是能叫人神魂顚倒。我用應付的口氣對林林說，蕭禾有這個自由啊，我不在乎。林林馬上追問我究竟在乎什麼。這話問到了根本，我想說我最在乎的就是窗外那個陽台，但我卻鬼使神差地說我最在乎的是你，可我現在有事，過一個星期咱們約個地方談談。

林林卻說一個星期可不行，一個月我也不一定和你談。你在乎我，我就得在乎你？

我說那就算我自作多情吧對不起。林林張張嘴還想說什麼，我已經拔腿走遠了。

在總務處，我向處長申請兩只五百瓦的燈泡。處長問我要那麼大的燈泡幹什麼，我說我是看倉庫的，倉庫亮點兒防賊。

處長說據他所知那個倉庫從來就沒進過賊，賊不會惦著一堆破桌椅爛板凳。這麼好幾十年了，他們只抓過一個附近農村的老頭。處長說那時他剛從部隊轉業，分配在院保衛處。有一次他們繞著院牆巡邏，發現有個老頭正用磚頭砸牆角上的燈泡。處長說那時候的設計院戒備森嚴，院牆上隔不遠便有個大燈泡。天一黑，燈泡都亮起來。處長說他們衝著老頭追過去，問老頭爲什麼砸燈泡。老頭說我們村的電不夠使，你們這兒的電多，截你們點兒電，正合適，光電線裡存的這兒點電也夠我們使了。處長說你老人家懂不懂電啊，電根本不是你說的那個道理。老頭說你說電是個什麼道理？有一回我去鋼磨上磨麵，出家門時拽拽燈繩燈還亮著，一到鋼磨上就停了電。我對磨麵的閨女說，停電了不要緊，電線裡存的那點兒剩餘的電正夠磨我這二十斤麥子。那閨女也和你一樣，說我不懂電，我怎麼不懂？澆地的工夫停了電，壟溝裡還能存住一股子水呢，電線裡怎麼就存不下一點兒電？老頭把處長給說樂了，處長說後來他還推薦這個老頭做過設計院的傳達。

這故事雖有幾分幽默，但對我卻毫無意義，我又提出領兩只五百瓦的燈泡。處長說給你講了半天老頭砸燈泡的事，就是告訴你那個倉庫不用防賊，要燈泡照明有個四十瓦的也足夠了。

我拿了四十瓦的燈泡，一出樓門就把它摔在台階上，然後上街專門去買。我在五金商店買了四個五百瓦的燈泡，還買了燈口、電線一大堆。從五金商店出來我又去音像商店買磁帶，我在如潮的錄音帶裡扒拉來扒拉去，最後抓鬮兒似的閉著眼拿了一盒。這是一盤從前的舊歌，有「阿佤人民唱新歌」，還有「紅太陽照邊疆」、「北京的金山上」什麼的。

我帶著這堆東西回到倉庫回到我的房間，忽然有一種前所未有的激昂之情，像是一名晚會的策畫正審視舞台，又好比就要登場的演員在後台醞釀情緒。我接好電線電源，將四個燈泡一溜排開懸在窗口，打開錄音機（我有一台燕舞收錄機）放進新買的盒帶，專心等待深夜那個時間的到來。

一天天過去，我只在白天見那高個子男人來過兩次，但來去匆匆。我知道我等待的是那矮個子，也許那矮個子得了個暴病死了，突然死了，這倒也乾淨利索，解氣！我想。但我仍然不敢掉以輕心，不錯眼珠地立在窗前空守了好幾個黑夜，心中感到氣餒又有些安慰。但願那男人當眞不來了吧，但願我那四個燈泡就此作廢！

可是，有一天深夜，當我已經開始犯迷糊時，對面的陽台亮了！透過廚房的玻璃，我看見對面一絲不掛地站在洗碗池前洗桃子。這是我第一次完完整整地看她，她顯得更加光芒四射。接著有個男人也進了廚房，正是那個矮個子。他光著上身，只穿一條中式短褲。他打開冰箱拿出一罐可口可樂，坐在高腳凳上悠閒地喝起來。他邊喝邊欣賞對面，對面也毫不在乎地請他欣賞。他好像又一次被她的美麗所激動，放下飲料就把她拉了過來……

一種邪惡的快感立即傳遍我的全身，就像開幕的鈴聲已響我必須果決地登場。矮老頭兒，別他媽怪我不仁不義了！我想著，一個箭步竄下床，啪的一聲拉動了電燈開關，同時把錄音機打開。驟然間刺眼的光明直奔對面而去，緊接著「紅太陽照邊疆，青山綠水披霞光……」響徹夜空。我看見我推開一扇久未開啓的窗戶蹬上窗台，手中握著望遠鏡，故作輕鬆地朝對面望去。我看見那男人沉重的後背凝固了一般僵持在我眼前，我看見我的對面正麻木不仁地和我對視，這是受了極度驚嚇後的麻木不仁。我還看見她的嘴角微微牽動著，像在發出無力的抱怨：你是這樣年輕，爲什麼會這樣殘忍？

啊，正因爲我這樣年輕，才會這樣殘忍。

我在極度興奮中忘記我的演出是怎樣結束的。

我再也沒有見過對面，陽台一直空著，廚房門一直緊關著，自那個「光明」的深夜之後她就消失了。

我把窗戶關上，擰下所有的燈泡重又過起黑暗的日子。我時常感到我的低下，我的卑鄙，我的醜陋，我的見不得人，我好比是個趁人不備從後面捅人一刀的歹徒，這種歹徒最大的資本就是趁人不備。

又過了些天，對面仍然沒有動靜。陽台上卻出現了一個男人，不是那個高個子，也不是那個矮個子，憑直覺我斷定他才是這陽台的主人——他隨隨便便地站在陽台上煮方便麵，面色很難看，白胳膊白腿的。他坐在廚房裡吃麵，不時停下來發一會兒愣。吃完把碗扔進洗碗池也不刷，洗碗池裡已經摞滿了髒碗筷。我眼前突然出現了對面一絲不掛地站在洗碗池前洗桃子的樣子。

有一天中午林林來了，手裡拿著一個報紙包。她很拘謹，又竭力裝作忘記了從前的不快。我對她說今天她這條連衣裙特別好看，林林顯得高興起來，打開報紙包說她最近在學剪裁，給我做了一件圓襬襯衫。我努力做出專注而感激的樣子從林林手中接過襯衫，想到有天夜裡，對面穿的就是這種圓襬男襯衫。接著出現在我眼前的便是對面的臉。

我願意相信這是幻覺，但事實上這不是幻覺。對面的臉的確出現在那張皺巴巴的報紙上。我拿起報紙才意識到我已經好幾年不看報紙了，我甚至忘記這城市還有這麼一張《南門晨報》。我放下襯衫拿起報紙，在報紙的一個角落印著對面的照片，照片下邊有一些文字，文字報導了南門市著名游泳教練、市政協常委的逝世，說是因心臟病猝發於某月某日不幸逝世年僅三十九歲。下面還有一些讚揚之詞，有文字說她不受金錢、名利之誘惑，安心國內甘當無名英雄，並幾次放棄出國與在國外讀博士的丈夫團聚……

我推算了一下，某月某日正是我大放光明的那天深夜。

林林發現我對著報紙出神，問我，你認識這人？

我說我不認識從來沒見過。

我的確不曾認識《南門晨報》所介紹的這個對面，更不知她還有這麼一大堆眼花撩亂的事業。我所認識的僅僅是我眼裡的那個對面，但我敢說世界上再也沒有人比我更認識對面了，再也沒有第二個人知道對面的眞正死因了。

對面死了，陽台上已換上了那個白胳膊白腿的男人。但我總像有事業未竟：我依舊固執地想看那高個子和矮個子出現的規律。爲此我決定做一次「微服私訪」，我必須親臨對面的空間去發現一些蛛絲馬跡。我找了個帆布工具袋揹在肩上，裡邊裝了些改錐、鉗子之類，扮作水暖工去造訪對面的家。我來到醫學院宿舍區，走到最後一排樓進了對面的單元，爲我開門的正是吃麵的男人，從國外回來奔喪的丈夫吧？他開了門，一臉沮喪地問我找誰。我說你是房主嗎？他說是的。我說我是水暖工，例行公事檢查下水道。他無可奈何地先把我引進了廚房，便幹自己的事去了。我熟悉地（我想我應該是）走進廚房敲敲這兒弄弄那兒，看看牆看看櫃，看看我熟悉的一切。當我站在洗碗池前擰動水管時，看見牆上有兩行用鉛筆書寫的數字。字雖特別小，但我憑著感覺還是覺出了它們的存在。第一行是二、五、七，第二行是四。我恍然大悟：二、五、七是屬於高個子的，那個四屬於矮個子。可對面爲什麼不把這字記在心裡，卻寫在牆上呢？這或許屬於心理學家的研究範圍。

我決心用沾了水的手抹掉這些數字。就像要隱匿起對面留在人世的最後的痕跡，隱匿起她的那些不方便，那些「陰暗面」；就像我早就知道這面牆上有幾個數字，而我的造訪就是專爲著消滅它們的。我抹掉那些數字來到陽台上，站在對面經常站的位置上張望著對面——我那骯髒的窗戶緊閉著，而陳舊的倉庫就好比一個貌似忠厚的陰謀家，無辜的對面曾經一覽無餘地把自己交給過這個陰謀家。

我從廚房裡出來，站在過廳裡，發現男主人正在臥室整理東西，像是要出遠門。在他眼前的衣物中，也有我所熟悉的那些：一件圓襬襯衫啦，幾件女人的小玩意兒啦。我對他說您的廚房眞乾淨我很少看見這麼乾淨的廚房。他說你這是什麼意思？說著臉上似有慍色。他的臉色使我發覺我的確說了反話，因爲眼前的廚房實在不乾淨，洗碗池裡的碗盤們都長了綠毛。但我的確不是故意，這是我意識中的習慣成自然吧——我曾經無數次站在對面欣賞過這間條理分明、整潔新鮮的廚房，或者說，它實在是有過我對男主人形容的那種時光。我抱歉地衝男主人笑笑告辭了這陌生的房子，我想我與他原本是沒有對話基礎的，我永遠也無法向他陳述我的歉疚，正如同他永遠也不可能向我復仇。

我不止一次地反省自己，又不止一次地爲自己的行爲辯護，說招致對面厄運的只能是對面自己，即使窺測本身就是低下的犯罪行為，可誰讓她自己給我提供了窺測的可能呢？那麼我究竟是誰呢？當我有意驚嚇她時，與其說是要張揚正義不如說是出於私慾，我是什麼？我不過是在那一高一矮兩個男人後面，對她充滿慾望的第三個男人罷了。那個深夜，我採取的那貌似光明的「措施」本身不也是一種假象麼。假象如同體面的鴉片迷惑既定的秩序，它操縱著人類的大部分生活，也緩解著生活本身帶給人的無盡的壓力。

無論如何我摧毀了一個女人最後一個個人的角落，我又慶幸我的確親眼見過一個女人生活中最眞實的片段。她使我領略到人在逃離了人類注視時那份無可比擬的自如的魅力，她在無意中教我學會了欣賞和疼愛生活中那些不為人知的自然。這一切其實是從她的背後而得，雖然她每天與我面對著面。原來人類之間是無法眞正面對著面的。

我搬出倉庫搬到我該去的地方，第一件事就是找到林林，明確表示我不愛她更沒有與她結婚的設想，我讓她盡可能把我往最壞處想。她低著頭，半天才問了一句：那你到底愛誰呢？這的確是個問題，但我覺得我和林林之間沒有探討這個問題的基礎，我說不清她也聽不明。也許我從來就沒有過愛，也許我根本就不曾具備愛的能力。愛的確是一種能力，我初次體味到這本是一種値得花費心血去鄭重尋找的能力。我望著林林的後脖梗，望著她那從白大褂裡露出一圈的花襯衫領子，領子已被磨損得露出了發白的經緯，但卻出奇地乾淨，就像整日接受著清水的漂洗和太陽的照耀。一股柔情從我心中油然而生，眼前的林林正好比一株色澤滋潤的嫩綠植物，使我相信她應該有自己美好的生活。而生活應該是美好的，生活本身面對著我們就像大自然面對著我們，只有它們能與我們永遠平等相待。當我有時被深夜的光亮偶爾驚醒時，會想起那個被我扼殺的女人，一種久違了的讓自己變得好一些的願望，在這時猶如遠空的閃電嘹亮地劃過我的心胸。

黃昏時分我願意到牆外的莊稼地去散步，我願意去呼吸空氣裡那又苦又甜的菜味兒，看壟溝裡的水是怎樣悄悄淹濕每一畦青菜。有一次我被一個強悍的農婦截住，她把澆地的鐵鍬橫在腿前高聲喝道：「站住，這兒不讓過！」我知道她們討厭我們這些人在菜地裡亂走，就順從地轉身撤退，農婦卻又從背後喝住了我：「回來！那兒不讓過！」我站在那兒開始不知所措了，聽著這種吆喝心想難道我又走上了一個陽台？最後農婦終於給我指出一條明路，我衝她點點頭感激地向前走去，原野漸漸安靜了。我來到一片玉米地前，地邊的壟溝上盛開著淡紫色的小喇叭花和金黃色的矢車菊，有兩輛自行車並排倒在壟溝邊上，一輛男車壓著一輛女車。小花青草簇擁著它們，在矇朧的光線裡我聽見遠方有鳥兒啼鳴……

我小心地遠離了自行車走上回程，我為之工作的白色樓群宛若一艘即將離港的巨輪正在等待它的乘客。當我穿越田野向它步步逼近時，忽然想起行政處長抓過的那個老頭。停電以後電線裡剩下多少電才夠磨他的麥子呢？人類或許再也不會產生這原始的浪漫了，但被嘲笑的究竟應該是誰呢？

對面一片清明。

李馮

和他的小說

李馮（一九六八～），生於廣西南寧，原來就讀南京大學化學系，後轉入中文系研習古典文學，畢業後在廣西大學任教三年，一九九六年辭職進京發展，現居北京。小說曾獲：長江文藝小說獎，以及一九九七年由《作家》、《山花》、《大家》、《鐘山》等四大文學刊物聯辦的「首屆聯網四重奏文學獎」，李馮與鬼子、東西三人被譽為「廣西三劍客」，是近年來廣西文壇進軍主流文壇的主力作家。

李馮的小說主要分兩類，其一是以後現代的戲仿、反諷、顛覆、拼貼手法，改寫大家熟悉的歷史、經典或神話題材。這一類作品對較保守的傳統文學讀者而言，會造成頗大的衝擊，當然也引起文壇較多討論。另一類是非常寫實的生活，但整體質量不及前者。

進入九〇年代之後，「先鋒派」小說家漸露疲態，以李馮、東西、畢飛宇、鬼子、陳染、魯羊、韓東、朱文、李洱等人為代表的「晚生代」（亦稱「新生代」）應勢而起，他們遠離國族歷史題材的宏大敘事，帶著新一代人（六〇年代出生）的現實生活經驗，重返當代小說的書寫舞台。身為「晚生代」小說家的李馮，認為文學的先鋒實驗是短暫的，真正能夠長時間保留在小說裡的，是寫作時某些隱晦的生活感受。

在創作〈我做為英雄武松的生活片斷〉時，他對生活的態度就憤怒且懷疑，這種情緒自然影響到作品的基調；於是他以充滿黑色幽默的「戲仿」手法，重新打造一個稱不上英雄好漢的武松，努力顛覆經典裡的英雄形象。懷疑神聖、經典的事物是他天性使然，小說英雄的不真實性與說書人和戲劇家的虛構成分，經典的重寫與戲謔遂成為李馮樂此不疲的小說技藝。事實上，他比較看重真實的生活素材，把「感覺」寫壞一次便很難再重寫；但經典卻不同，不慎寫壞了，頂多損失一個古典題材而已，不會傷及自己的真實生活庫存。由於他有多篇小說以個人化寫作顛覆大家耳熟能詳的故事，並且對已經成為標本式的歷史人物進行解構與再創造，故被稱為「新歷史主義」。古典文學碩士的學歷背景，確實為他的創作提供了一定的優勢。

〈我做為英雄武松的生活片斷〉的創作主旨，似乎是要透過敘事本身的不確定性，來彰顯「武松」的虛構性本質。李馮在敘述武松「現在進行式」的生活片斷時，先後植入《水滸傳》和《金瓶梅》的情節，對人物提出「命運預告」，使得武松原本就渾沌不清的角色意識，逐漸陷入真實與幻境、現實與典籍、自主與被創造之間的敘事迷宮。李馮一再強調：武松究竟有沒有打虎，並非史實上的考據問題，而是小說或戲曲作者書寫活動（創造）的結果。英雄的所有言行，都取決於作者的「虛構」，「武松」只是一則飽含暴力和性幻想的鄉野故事，用來滿足古代讀者百無聊賴的日常生活。陳曉明認為：李馮的小說總是在輕鬆自如中給人以明晰的快感，那些快樂和智慧的趣味，隨時隨地從那些看似不經意的敘事中流露出來（陳曉明《陳曉明小說時評》）；這篇小說的敘事，即表現出這種特有的「輕鬆自如」和充滿睿智的趣味性。

真正讓李馮聲名大噪的是《英雄》，那是一部詩化的歷史武俠小說。兼具詩人與小說家身分的李馮，一方面成功地吸收、借用了古龍的敘述筆法和節奏，將小說的武俠情境調校得更抽象，更玄妙；同時又以詩化的語言來強化敘事，所以人物的情感和血肉，難免實中帶虛。《英雄》以「刺秦」為名，將一則「朋友之間相互理解」的故事，包裝在大歷史的想像裡頭，讓互相不認識的大俠，為了一個共同的理想，慷慨地把生命也給對方。雖然電影「英雄」無法完整呈現小說的意境和精神，但它仍然是一部不可多得的武俠小說。

重要作品有：長篇小說《十面埋伏》（台北：時報文化，二〇〇四）、《英雄》（北京：中國戲劇，二〇〇二／台北：時報文化，二〇〇三）、《孔子》（鄭州：河南文藝，二〇〇〇）；短篇小說集《拯救逍遙老太婆》（北京：中國婦女，二〇〇四）、《梁祝》（台北：情報文化，二〇〇三）、《碎爸爸》（長春：長春，一九九八）、《盧隱之死》（瀋陽：春風文藝，一九九七）、《中國故事》（北京：中國廣播電視，一九九七）、《今夜無人入睡》（武漢：湖北教育，二〇〇〇），及遊記評論等百餘萬字。

我做為英雄武松的生活片斷

李　馮

那時已有申牌時分，
這輪紅日，懨懨地相傍下山。

——《水滸全傳》第二十三回

1　夢中的老虎

好不容易，就像擺脫那場瘧疾，我才擺脫了這位江湖上人稱及時雨黑宋江的糾纏。因酒後傷人，我來小旋風柴進的莊園避難已有一年。一年多來，雖是疾病纏身，全莊上下在小旋風的暗示下又對我冷面相待，我獨自過得倒也放任自在。可矮胖子宋江一到，生活的平靜立即給破壞了，他剛殺死了一個妓女閻婆惜——大概同是避難，又自詡爲英雄，他可能想對小旋風露一手，所以一面之下，他就如一名相馬專家，竟一口咬定我也是個俗眼難識的英雄。當時我瘧疾發作，全身打抖，正鏟了一鍬子炭在走廊下烤火。這個捂著膀腕慌慌張張出來找廁所的傢伙看也不看，便一腳踏翻了鏟子，火星炭屑飛了我一臉。我第一反應當然是跳起來，揪住他劈胸欲打。可看到他滿臉堆笑，小旋風又從廳內衝出相勸，我舉著的拳頭只好鬆下來——我這人吃軟不吃硬。後來我眞後悔，那一拳幹嘛沒落下去，否則不會有日後的麻煩。可那天我偏偏沒喝酒。我喜歡喝酒。除了在清河縣一拳打死一個人，我這一年酒後沒少和莊桿們幹架。不過應該申明，我打架不是爲了逞能，酗酒更不是爲了打架。只是爲了壓住體內那股不斷作怪的厭煩情緒，我才必須經常性地將自己灌醉。所以說我根本就不是什麼英雄，或者說在我看上去像一個英雄那會兒，我肯定正是個十足的醉鬼。

說來也怪，一見宋江，我的癔疾便消失了。大概比比折磨人的本事，它也自嘆不如甘心隱退了吧。我發覺這個傢伙極像螞蟥，一旦給叮上了你便再難脫身。他對自己的看法那麼固執，就連一向高傲自大的小旋風，都不由懷疑起過去的眼光來。小旋風猶猶豫豫地重新打量著我，令人端來了輕易不待客的美酒。以前，我僅是憑職業性的嗅覺聞到過它從地窖裡飄出的香味。我樂得大醉。一來機會難得，二來免得和宋江囉唆。所以每次我乾脆喝到人事不知，不然說不定眞控制不住給宋江一拳的慾望。可時間長了我覺得這不是個辦法。痛飲本是順著性子的樂事，現在爲這麼個彆扭的傢伙，實在有負佳釀。我還留心到小旋風對我表現出的海量，已經開始心疼了。

這時我接到了一個訊息——清河縣那小子並沒有死。當時他只是給我打閉了氣，數日後給雲遊的神醫安道全救活過來。於是我趁勢向宋江提出，我要回清河縣一趟，那裡尙有我一個哥哥。思念親人，天經地義。我自以爲這是個漂亮的脫身之計。但宋江沒肯輕易放過我。他堅持要送行。結果這一送便送出了莊十里。看看紅日平西他仍扯著我的手絮絮叨叨，我只好說，既然蒙他如此不棄，那我們不如結拜兄弟。這胖子高興極了。他似乎早等著我這話。他年長爲兄，受了我四拜。在路邊酒店交換盟帖時，我這才注意到，我居然沒有一個江湖上人人必備的綽號，便在帖上寫道「清河人氏武二郎」，簡單了事。

我不想爲幾天後陽谷縣的那次痛飲浪費太多筆墨。那時隨著離家漸近，我趕路的勁頭已經弱下來。因爲回家只是藉口。現在宋江已從生活中消失，我拿不準有沒有走下去的必要。我哥哥五短身材，比宋江更矮也更加乏味。誰知道去年我傷人逃跑就不是潛意識中要避開他的願望在作怪呢？可不回家，我又無處可去了。我愈想愈焦躁。於是我在那家「三碗不過崗」酒店裡悶頭待了一下午，一氣喝了十八碗——喝這麼多倒不是衝酒店招牌過不去，我主要想把宋江臨別時硬塞給我的那點碎銀子花完。幾天來，它們一直在我的包袱裡叮咚亂響。而且，十八碗在我的酗酒史中也不算什麼驚人紀錄。老闆提醒我時，我還沒醉呢！

和老闆吵完架，我不好意思在店裡留宿了。借著酒意，我用哨棒挑起輕飄飄的包袱晃出店門，行了約四五里路，徑直上了一座山崗。這時已有申牌時分，回身望去，一輪紅日，懨懨地相傍西落。十月間天氣，日短夜長。走了一陣，我酒勁上翻，眼前的路徑愈來愈難辨認。我開始後悔剛才的逞強好勝，一心想停下歇息一會兒。我確實感到不需要走下去。我一手袒開焦熱的胸膛，一手拎著哨棒，跌跌撞撞撲入一座亂樹林。除了風聲和樹影，那裡頭又黑又靜。人們都說醉酒的人膽子大，其實不過是那時無暇顧及外界罷了。迷糊中，我在月光下的空地間看見了一塊光滑的大青石，它像一張帶有磁力的床。我不由放翻自己躺上去。它又大又涼，我很快便安心地沉沉入睡。可我似乎剛開始做夢，平地一陣風，亂樹背後噗的一聲響，一隻吊睛白額大老虎就跳入我夢中來。我掙扎翻起，與牠遊身相鬥。這一段大家在戲台上都已見過。那老虎不過一撲、一掀、一剪，我則一閃、一躲又一閃，無甚新奇之處。奇怪的只是我倆初次配合，卻比老演員還默契，一招一式有板有眼，不差分毫。我眞疑心自己仍在做夢。直到我掄起哨棒，打到枯枝上將它折成兩截，我才意識到老虎可能具備某種眞實性。於是我一吼，轉身迎上。老虎也一吼，將兩隻前爪搭過來。我就勢拿住牠的頂門一把按下，揮拳亂打。牠毛皮抓上去手感很好。這理應是我感到痛快的時刻，可老虎的頭就如棉花包一般不著力，打著打著我的拳好像也成了一團棉花。我煩了，心想這算什麼事。我不想打了。我便鬆開手。老虎伏在地上不動，踢踢牠也沒反應，似乎睡著了，還十分香甜。我也睏得很。我沒奈何地想，好吧，就把這塊清靜地盤和剛才的好夢讓給這個畜生，我挪個地方總行了吧。

睡意和醉意都未清，我一腳深一腳淺摸下山。行不到半里路，枯草上又立起兩隻老虎。我「啊呀」叫了一聲。這回，酒嚇醒了。但定睛一看，老虎解開自己的毛皮，原來是兩名化裝的獵戶。接著十餘名持著鋼叉火把的鄉丁從四處聚攏過來。他們和我交談，說他們都是陽谷縣人，山上出了一隻傷人的老虎，他們正奉命捉捕。我說老虎剛被我打死了。他們不相信。我沒管他們。我心想，這老虎，是這些獵戶的事，或者說獵戶們，歸那隻吃人的老虎，可都與我無關。我想繼續趕路了。但他們纏著我，非要我領他們回去看不可。這時我酒既醒了，脾氣也就沒了。我一邊在前頭領路，一邊想這陣算是撞了鬼，先是宋江，再是老虎，然後又是這批獵戶，都和我過不去。我暗自狐疑，要是我剛才眞在做夢，那老虎根本不存在，這可怎麼好？或者牠僅是像我一樣睡著了，等一覺醒來便拍拍屁股溜了呢？我愈走愈擔心。一種更爲不妙的預感抓住了我，我可能是眞犯下了一個難以彌補的錯誤。因爲借助獵戶的火把，我猛然低頭看到了自己衣襟上的一塊血漬。

2 嫂子潘金蓮

人們叫他三寸丁谷樹皮，我喊他哥哥。當我在陽谷縣城狹窄而破舊的青石街道上閒逛，背後傳來一聲熟悉的叫喚時，我就如迷途獵犬聽到主人聲音似的那麼全身一緊。我回過身，一個滿面皺紋，挑著兩籠炊餅的小矮人笑嘻嘻地望著我：「啊呀，武都頭，你今日發跡了，如何忘了我則個？」他的語調中包含著意外重逢的驚喜，對我遲鈍的嗔怪以及身爲兄長的大度，模樣裝束與清河縣時無異。正午的陽光穿過旁邊酒店上方高懸的旗幡，打斷了我昏然的思緒和進去痛飲的企圖，使我一時弄不清究竟身處何處。我敏感地意識到，我想在陽谷縣獨自安身立命又成了一場徒勞。

眞的如被人尋見的小狗，我乖乖地隨這個興奮的小矮人往回走。我們留在地上的短短身形相差無幾，但我倆體形上的巨大差別卻引起了人們深深的好奇。事實上，近日來，我一直不可避免是人們注意的中心。當我們經過那些鐵匠舖、裁縫店和屠宰攤時，他們躲在屋簷的陰影下朝我們指指戳戳。由於急於知道我想避開的哥哥爲何會在此地出現，我無暇顧及那些可惡的人們。可因爲興奮過度，我哥哥本來不清的口齒就顯得更加混亂了。大批毫無意義的感嘆詞從他那只及我胸口的小腦瓜裡噴射出來，隨著炊餅擔子顫動的節奏，彷彿熱鐵鍋裡濺出的失去目的的水花。這樣來到他的新居時，我僅僅才弄清楚他搬來已有月餘，對屋內他新婚的妻子——我的嫂子，自然是一無所知。在戲台上，這常常被處理成男女主角意味深長的相會。但實際上她遠非後來人們傳說的那麼淫蕩漂亮。

在我第一印象中，她和一名普通的家庭主婦沒多少區別。她剛從被油煙熏黑的廚房內鑽出來，頭髮凌亂，沒抹脂粉，穿了一件染工粗劣的絳藍布裙，裡頭是一方綠色的絲綢抹胸。後來我猜測，這大概是她被逐出那個富人家時帶走的唯一奢侈品。

我並不是傻瓜，至少，在我沒喝醉時是如此。當我應哥哥嫂嫂的要求，順理成章又無可奈何地搬到他們家後，我嫂子便責無旁貸地負擔起了我的飲食起居，並逐漸對她的工作表現出了極大熱情。她像對待我哥哥一樣對待我。由於禮節我也用薪水送過她一匹彩緞。由於在這個三角構成的家庭中，我與她的關係處於一種不平衡和含糊的狀態，看上去我們的交往便有了某種暗示作用。這並不奇怪，我們東方人總是喜歡聚居，這麼個漫長無聊的日常生活中，家庭內部的通姦或同類企圖便變得很尋常。這是生活正常的分泌物。這一模式，甚至爲美國科學家的一份研究報告所證明。他們在調查我們鄰近尼泊爾的一個原始部落時發現，那裡的許多家庭，幾兄弟是合用一個妻子的。妻子對此習以爲常，她從容地調節著與幾兄弟間的關係。可由於這種關係仍從屬於日常生活，超不出這個範疇，它對我便失去了吸引力。在我清醒時，我一直試圖思考著近來生活的急遽變化。它就像一齣我身不由己的戲，把我由清河縣被通緝的逃犯，變成了陽谷縣受人尊敬的步兵都頭。我知道前因雖已發生，後果還遠遠沒有結束。可假如我是導演，我不清楚下面的劇情該如何發展。我看不出，我與我意外出現的嫂子有任何實質曖昧關係的可能。來自內心的折磨使我無暇考慮女人，那個本應留給情人或妻子的位置我早已讓給了酒精。如果我不採取主動，那我們的關係就既不會發展，也不會惡化。

想像中的打擊遲遲不至，我體內的情緒發作得更頻繁和強烈了。我經常在街上痛苦地閒逛，等待著命運新的安排。白天當班要守軍紀，晚上同僚相約，顧忌到家裡的哥嫂，我再不能像過去那麼沒有節制。於是在那些酒癮難捱的日子裡，我只得尋找其他娛樂來做爲替代物。我去看了一場戲，是根據我的打虎故事改編的。我被塑造成一個勇武過人的暴力英雄。可我發現，我仍然沒有一個讓人滿意的綽號。「打虎者武松」——這算什麼？太直露，太缺乏概括力了，甚至沒有我哥哥那難聽的外號形象。看完戲，我略帶遺憾地去夜市逛書攤，在一大堆花花綠綠諸如《女友》、《環球銀幕》、《足球世界》的書刊雜誌後的一個角落，我挑了一本嶽麓書社出版的《水滸全傳》和一本新感覺派小說選。到家後我先瀏覽了較薄的後一本。三〇年代小說家的文筆很一般。唯獨寫石秀的一篇——他的情形與我頗爲相似，也是和結拜兄弟楊雄夫婦住在一起——勾起了我的興趣。但他被拙劣地描寫成對嫂子想入非非，出於嫉妒，不僅刺殺了嫂子的情人，還挑唆楊雄肢解了妻子。殘酷的血腥場面敗壞了我的閱讀胃口。一想到在《水滸》中，我將和這個傢伙在梁山泊相遇，我便再沒興致翻這一本書。我發覺可供消遣的方式實在少，如果不外出，只能在屋裡不停地換電視頻道。我出了一筆錢，接通了有線電視台的衛星電視。這下節目豐富多了，頭一天，衛視中文台的歌舞和連續劇讓我興致勃勃地看到深夜。可幾天下來，我感到它們仍是另一個層次的千篇一律。這時恰好一個川劇班來巡迴演出，據說他們將我再度搬上舞台，剛剛轟動了全國。我連忙買了張黑市票去看了。這一回，我雖然倖免成爲像石秀那樣的性慾狂，但結果同樣糟。我嫂子成了一名感情豐富、光彩照人的新女性。而我，卻因爲對她熾熱愛情麻木不仁受到了譴責。我憤怒地退出了劇場，試圖以這種誇張的舉動反駁編劇的無知。但靜下心一想，這些胡編亂造，或許正是命運的某種啓示？所以後來只要一有關於我的新劇目上演，我仍然去看。

在陽谷縣，我看的最後一齣戲，是我奉知縣之命出一趟公差前。那是一個日場。在戲裡，我同樣因公出了遠門。趁我不在，我嫂子與一名叫西門慶的暴發戶勾搭成姦，謀殺了我哥哥。全劇在一場大屠殺中告終——我回來踢死西門慶，刀剮了嫂子潘金蓮。它嗜血的程度讓我幾乎嘔吐。可由於它與我第二天的行程銜接得如此緊密，我突然意識到，它展示的空間可能眞成爲現實。我急忙趕去縣府，求見知縣並請求他收回成命。他沒有答應，因爲我將護送的是一批珠寶，是他辛苦搜刮拿去賄賂上司以求遷升的。我再度懇求他。他好奇地問起原因。我稍一遲疑，不得不如實說出了擔心。他笑了，說戲上的事怎麼能當眞？就算我嫂子想通姦，那這事遲早會發生，我難道能守她一輩子嗎？那她算我哥哥，還是我的老婆？他猜測說我最近一定沒過足酒癮，思路才如此混亂。於是他吩咐衙役抬來了一甕好酒，一邊陪我喝一邊拍著我肩膀安慰說，即便這期間眞出了事，我殺掉了奸夫淫婦，也是比打虎更可歌可泣的壯舉，他絕不會因此判我死罪。

一罈酒落肚，我緊張的四肢鬆弛下來，頭腦反而愈加清醒。我感到了那冥冥之網又在朝我收攏。但這一回，我不願再受它擺布。我還沒有醉。我仍然是自己的主宰。回家途中我冷靜判斷著形勢。雖然它已成功地讓知縣迫使我如期出發，然而在這之前，我仍有機會扭轉局面。我到廚房裡找了一把尖刀，揣在懷裡，沒有停頓便又匆匆出門。我想如果慘案必然會發生，我注定要扮演劊子手，我可以先下手殺掉西門慶。以這種流血較少的方式，阻止另兩場謀殺和復仇。我在縣城裡逛了許久，四處打聽西門慶的下落。可人們都奇怪地看著我，說此地根本沒這個人。我也疑惑起來。按戲上的解釋，他是一名暴發戶，難道他是在等我離開後才突然出現，並迅速完成了暴發、通姦和謀殺這一系列罪行的嗎？這時，疲軟的四肢開始向我的大腦抗議了，並暗示它和它們一樣，已經被酒精燒得錯亂和盲目。

夜幕降臨，我掙開渾濁黯淡的空氣，一無所獲地返回家。哥哥得知我第二天動身的消息，特地提早收回了炊餅買賣，和嫂子在樓下備好了餞行的酒菜。他們對我的遠行各自感到依依不捨。嫂子讓我快去快回。哥哥則不住勸我多飲幾盅，等上了路就切莫貪杯，以免誤了正事。他的態度既誠懇又認眞，彷佛我眞是需要他照顧的小弟。這種家庭氣氛讓我感到窒息。在以前，對這些關心，我會本能地加以排斥。可由於預見到了即將發生的不幸，這些話便對我產生了另外的效果。我突然放下酒盅，請嫂子上樓避一下，說我有話跟大哥談。我的態度一定顯得突兀而粗暴，這兩個以不同方式愛我的人都怔住了。因爲剛才，嫂嫂還臉紅紅地特別敬了我酒。現在她的臉就像盛菜的瓷碗又白又難看。看到我固執地不做聲，她猛一摔筷子，氣沖沖地上了樓。我安慰自己這麼做是迫不得已的，來不及更多自責，便抓住機會叮囑大哥，要他從明日起，把每天的十籠炊餅減爲五籠，晚出早歸，到家便放下簾子。我哥哥一邊點頭，一邊不解地說兄弟我按你的吩咐便是，方才又何苦對嫂子那樣？我知道他認爲我喝醉了，但繼續說若嫂子對你不住千萬不要發作，諸事待我回來。這下哥哥不高興了，說兄弟你眞的喝多了。我沒法再說下去。因爲我要是提醒他留神一個叫西門慶而此刻又不存在的人，他更會認定我在說胡話了。

這天晚上，我昏昏沉沉地躺在床上，傾聽著巷內失去了間隔彈性的次次更聲和屋內單調持續的蟋蟀鳴叫。我明白在這場無形的搏鬥中又輸了一步。不是嗎？戲台上的我出發前，不也對哥哥說了那番話嗎？我不甘心地等候破曉來臨，連衣服都沒脫，在無奈中朦朧睡去。四更天工夫，對面房門吱啞一聲驚動了我。接著樓梯的顫動傳到我床上，隔著薄薄的樓板，我又聽到重物在下面案板的拍打聲。我知道和平時一樣，那個生活在炊餅世界裡的小矮人又早起和麵了。爲什麼他一定是我的哥哥，爲什麼我非得替代他忍受那預見死亡的痛苦，而且，僅僅是預見？我絕望地坐起身，一件硬物在懷裡梗了我一下。我把它摸出來，原來正是白天的那把尖刀。黑暗中我握住它，迷亂的心忽然亮堂起來。我赤腳下床，輕輕拉開門，邁過走廊。對面房門虛掩著，透過門縫可以看到裡頭亮著燈。我清楚我的舉動很荒謬，可這是不讓哥哥和西門慶死於非命的唯一方法和最後機會了。這時，樓下的忙碌聲在我耳中如同雷鳴。於是我慢慢推開門，桌上凝固的油燈映出了我牆上移動變形的黑影。我終於來到了床前。泛黃的紗布蚊帳半開著。我嫂子躺在那兒。她只戴著那件翠綠抹胸，露出的皮膚很白很亮。這是我頭一次如此近注視女人的肉體。但外部的事物，已不能觸動我分毫。它並沒有讓我暈眩。它只是一個象徵。我像一把繃緊的弓那麼專注，以至不知如何抬起手及手裡的刀。這時嫂子睜開眼，像排練似的對我淺淺一笑，似乎在一齣與我無關的戲中，按安排等待著這一時刻。她小聲說兄弟你來了。從她的表情看出，她把我誤解成一個企圖亂倫的小人，而且並不反感。這讓我既委屈又憤怒。我想告訴她，這一刻對我們的意義並不同。我可以亂倫，但我不會。我並不是那個武松，我也沒有殺死過那隻老虎。我剛這麼想，嘴上似乎已說出來。我很後悔。因爲這些事，這些話，一個被塑造成只關心家庭生活，只關心感情和性慾的女子，是不會理解的。難道，我還需要爲邏輯和動機而表白，爲洗刷自己而演說嗎？我需要的只是行動。但是已經晚了，我已經說了出來。果然她瞪大眼睛，說那你來幹什麼，那你滾出去。爲了不驚動樓下的哥哥，她盡力壓低聲音，但掩飾不住眉宇間強烈的怨氣。我發覺我們間的一切愈來愈不眞實了。應當趕緊結束這一切。我舉起刀想要結果她。可她的話卻那麼簡明有力。是啊，我憑什麼來干涉她的命運，憑什麼去懲處未來的罪行？我們倆是誰生活在現實中，又是誰更像個失去理智的瘋子？是的，我明明感到自己舉起了刀，可我卻分明又聽到了它與地板撞擊時發出的那聲鈍響。

3 景陽崗

在兩名公差的催促下，我邁出了那家把客人酒量限制在三碗之下的酒店。實際上除了一碗薄粥，我還滴酒未沾。今天早上一動身，兩名公差對趕路便顯得特別熱心。他們不住地用樸刀背敲打我，似乎不爲我的威名所動。他們嚷著趁天色好，要連夜爬越前面的山崗。我不知道他們急些什麼。背上剛剛癒合的棒瘡尚在隱隱生疼，脖子和手腕又給七斤半的木枷磨出了水泡。十月間日短夜長，一輪紅日，懨懨地相傍西落。我問公差此處是什麼山，他們回答說叫景陽崗。我忽然記起，這似乎是我第二次被判流放了。我知道兩名公差在急什麼。

對如此頻繁地登上舞台，在這座山亮相，我早就感到了厭煩。我曾試圖向導演指出，除了曖昧性關係和不停地殺戮，在我的故事中並沒有多少東西屬於我。不是嗎？身旁的兩名公差，即將折回孟州的蔣門神和張都監全家，以及再往後的蜈蚣道人等等，都陸續要成爲我的刀下之鬼。我的故事情節上合乎邏輯，實質毫無理性和意義。在兩次流放之間我曾希望終結這一切，主動要求葬身於一百殺威棒下。但營管之子金眼彪施恩相中了我的身手。他設計與我結爲兄弟，要求我替他除掉對頭蔣門神。結果去快活林打架那天，我不得不誆騙這個傻瓜，說我要喝了酒才長力氣，途中我每逢一個酒館便進去痛飲三碗，以期在新的恥辱來臨之前便將它忘卻，可這並不能改變我的獲勝及引出張都監對我的陷害。導演反駁說，我不可能有更好的選擇，難道我願意墮入芸芸眾生，爲瑣碎乏味的生活所呑沒嗎？性愛和暴力，一直是我們文學永恆的主題。爲證明這一點，他甚至捧出了一大擺作品。從古典到時下的流行，在裡面，人們總是在肆無忌憚地做愛和殘殺。導演指出，這雖然僅出自我們的想像，但顯然，我們需要它。他的話似乎有道理。所以回到家裡，我仍然在琢磨，這時我的身邊足夠清靜了。那些愛我或糾纏我的人暫時都存在於別的空間。哥哥已經死了。至於潘金蓮和西門慶，雖說在故事的另一版本中，我僅是殺死了一個與西門慶相貌相似的無辜，他倆在一部叫《金瓶梅》的書中又繼續生活了多年，可畢竟與我永遠脫離了干係。我住在高樓林立的居民區。高樓確如導演所說，意味著一種懸空狀態，即生活被形而上。清晨和黃昏，我定時下去取牛奶和報紙。我有大量的閒暇，去思考這兩件小事可能具有的含義。我購買了一台高倍望遠鏡，從百葉窗的縫隙窺視對面樓裡的人們。我希望為我開動的腦筋增添一些新奇的素材。但最大的場面，莫過於結婚和出殯。時值七月，屋內又熱又悶，我只得又添置了一台空調。它同時送出了充足的涼氣和噪音。我計算了一下電費，每天開十小時，將花去我月薪的三分之一。如果說它可能有助於思考，那麼這種生活的代價未免可太昂貴了。

我們登上山頂，天已經完全黑下來。一輪明月緩緩升出，景物變得夢幻般難以辨認。跟在後面的公差氣喘吁吁，喝令我歇息一會兒。我們穿過亂樹林，來到了一塊空地。兩名公差挑了一處陰影一屁股坐下，剛一坐下，立刻又湊著腦袋竊竊私語起來。為了讓他們感到更多的安全感，我走遠了一些，任山風和黑暗將他們隔絕在幕後。我獨自去到那塊大青石旁，安靜地等待著老虎出現。今天，我沒有喝酒。我完全處在現實中，如果牠來了，我能夠真正地殺死牠。可老虎一直沒有來。我十分疑惑。這應該是我命運改變的地方，是我被迫成為英雄的開始。難道，我已經失去了落足點了嗎？夜涼如水，我吃力地彎下腰，用夾住的雙手撫摸青石的表面。月光下它光潔如鏡，映出了我。憔悴的面容及通往各種時間的可能。我可以看到未來和最後死亡的終極。它不可改寫。我明白在今天晚上，我將暫時是自由和孤獨的，我所能做的便是等待，於是我坐在青石上耐心地等起來。這一刻在我的生活中沒有酒，沒有暴力，沒有老虎和女人。它多麼難得，而又難以信賴。我並不知道我在等什麼。我知道我終究要重返讀過的那本《水滸》，成為梁山泊一百零八好漢中的一員——這真是笑話，難道我真會投奔宋江，那個可笑的巫師嗎？說實話我一點不喜歡這書，其中唯獨一段，還堪堪讓我滿意。它預言我將遇到開人肉包子舖子的菜園子張清夫婦，他倆將贈給我一雙雪花鑌鐵戒刀，並勸我裝扮成頭陀，剪開頭髮遮住前額的刺配金印。從此我將獲得一個眞正的綽號——行者，將名副其實地這麼生活，不再替人負過，也不再輕易殺人。我要用我的一生去追逐那一直糾纏我的敵人，它可能是一個人、一本書、一隻老虎、一天，甚至，便是我自己。我希望能以我個人的方式……在我出神設想著將來的這一刻，我彷彿眞擺脫了命運的羈絆。但一陣山風，擾亂了我的思緒。它颳來了兩名公差的隻言片語。我聽到了「飛雲浦」這個詞，它使我心中一動。我不由望望木枷中的雙手，在黯淡的光輝的月色下它們突然布滿了殺氣，如同將來屬於我的兩把戒刀，在黑暗的寂靜中發出了奇特的嘯鳴。它們似乎已不屬於我。於是我將再無奈地回到現實。因爲我知道，至少在明天，已經有一場刀光劍影的格鬥在迎候著我了。

——收入《梁祝》（情報文化）

陳染和她的小說

陳染（一九六二～），出生於北京，幼年時學習音樂，十八歲時興趣轉向文學。就讀北京師範大學期間，曾在《詩刊》、《北京文學》、《人民文學》發表新詩數十首。一九八六年畢業後，曾在北京當過四年半的大學中文系教師，後調入中國作協作家出版社做編輯。曾在澳洲墨爾本的英國倫敦大學、愛丁堡大學等旅居生活和講學。現居北京，專事寫作。一九八五年，陳染發表處女作〈嘿，別那麼喪氣〉；一九八六年，她以小說〈世紀病〉在文壇脫穎而出，各種純文學選本紛紛選載，被視為先鋒派的新銳作家。爾後，她又寫了以〈紙片兒〉、〈小鎮的一段傳說〉為代表的小鎮系列小說，這些詭祕怪誕、瀰漫著憂傷、人性的扭曲與死亡之氣的小說，始於她的一次湘西之行，以及她在審美傾向對於「殘缺意識」的一貫傾注。這些作品使她在八○年代末期，一度被批評界稱為「神祕主義者」、「現代主義童話作家」。

陳染的重要作品集中在九○年代以後，從〈與往事乾杯〉、〈無處告別〉等作品刊出後，她的作品愈發趨於隱蔽，趨於心理、哲學與思想，以大膽的筆觸探索了現代人的孤獨、性愛和生命，在文學界形成廣泛影響。「女性文學」在九○年代中國文壇是一個相當突出的書寫主題，主要包括兩大類型：（一）女性作家所寫的具有明確女性意識的作品；（二）男性或女性作家對「菲勒斯（陽具）中心主義」進行解構或顛覆的作品。此外，也有一種非常寬鬆的界定：寫作主體是女性即可。西方女性主義影響了中國女性作家的性別思考，促使她們致力於突破菲勒斯機制的樊籬。當代女性小說最初是對男性思維進行反叛，她們首要面對的是女性在歷史上「消音」現象，進而重寫文學史。接著就是回歸女性本位，重新構建獨立的女性人格與文化尊嚴。大部分女性小說家投入「軀體寫作」，對女體經驗展開最直接、最深刻的探索。從精神到身體的敘事策略，遂成為當代女小說家的創作優勢和風向。

一九九五年《花城》刊出具有強烈的女性主義文化色彩的〈破開〉，陳染在小說裡提出幾個重要的性別觀點：（一）性別意識的淡化應該說是人類文明的一種進步，這種後天的「性溝」是兩性之間最大的一個潛在問題；（二）愛情或婚姻的性別覺醒：人與人之間的「親和力」不僅體現在男女之間，它應該超越性別的選擇，女人不一定要約定俗成地嫁給白馬王子；（三）女性形象是由男性文學藝術家刻劃出來的，女性的心靈歷程與精神史是由男性的「女性問題」專家所建構，這個社會現象和女性的自我認知，必須加以「破開」。陳染在小說裡呈現的女性自主意識十分清晰，超越性別之後，就不必計較同性戀或異性戀的問題，抽離性別的區分／障礙之後，女性的身體／婚姻才能夠贏得真正的自由。陳染透過「我」和殞楠之間的思緒互動，細膩地展開一場宏觀的性別論述，企圖瓦解異性戀的正統，以及性別成見，再將同性戀愛的合理性（並非合法性），從社會認知的邊緣推進到中心，成為一種共識。

所以徐岱認為〈破開〉其實是一部以小說形式出現的女權主義思想文獻，敘述者的性別政治立場體現於其獨特的「超性別態度」。它表現了一種無法滿足於世俗常規生活的現代女性心境，進而對男權體制下的性別規範與性別倫理提出深刻質疑，也探討了重建人類文明史的可能。（徐岱《邊緣敘事：二十世紀中國女性小說個案批評》）

一九九六年陳染推出長篇小說代表作《私人生活》，引起轟動，學術界為此召開了大型的研討會，給予高度評價。陳染在小說中融入大量內心獨白、記憶片斷，以及時空交替的遐想，企圖從另一個角度探索七〇到九〇年代女性意識底層的微妙變化。

陳染曾獲首屆中國當代女性文學創作獎等重要獎項，重要作品有：中短篇小說集《紙片兒》（北京：中國作家，一九八九）、《嘴唇裡的陽光》（武漢：長江文藝，一九九二）、《與往事乾杯》（武漢：湖北辭書，一九九三）、《獨語人》（北京：燕山，一九九三）、《在禁中守望》（北京：新世界，一九九四）、《站在無人的風口》（昆明：雲南人民，一九九五）；長篇小說《私人生活》（北京：中國作家，一九九六／香港：天地圖書，一九九八／台北：麥田，一九九八）；《陳染文集》（南京：江蘇文藝，一九九六）；另有隨筆、日記體散文多部。她的小說譯成多種外文在國外出版，而根據《與往事乾杯》改編的同名電影，被選為國際婦女大會參展電影。

破開——謹給女人

陳染

他把一個女人往天上一拋
那女人至今還在空中懸浮

——亞歷山大・葉列緬科

我和我的朋友殞楠在忽然變得空洞寂寥了的機場候機廳裡一下子清澈明晰起來，我們的聲音也從剛才的淹沒在嘈雜紛亂天南地北的語調中抽脫出來，一時間變得嗓音大了許多，我甚至聽到了她那熟悉的氣息。剛才這裡還是黑壓壓一片喧嘩起伏的人頭，波浪一般的手臂層層疊疊地舉向舷艙入口處的機場小姐，很像是好得要死卻結不成婚或者厭倦得要死卻離不成婚的人搶購特赦證書似的爭先檢票，獲准通過，捷足先登，生怕被飛機丟下，趕不上這一歷史性的時刻。

其實，前後總共不過十幾分鐘時間。

我們不急。我們甚至有一種賽著沉著的心理。

沉著是由生活的閱歷構成，那一種坦然面對一切的以不變應萬變的素質，我不及殞楠。她有一次說我在生活中像個受驚的小動物，比如陷阱叢生的森林裡的一隻母鹿，面臨殺戮奔赴哪一家的餐宴即將成爲盤中美食的一隻母羊，喪失了侵略天性的四面楚歌的一隻母狼……然後，她想了想，又統統把「母」字去掉，她說她不喜歡在我的一切稱謂前多出一個「母」字，這個字不屬於我，這個字有時候被世俗的性別偏見把它與愚蠢、軟弱、被動、無能之類的貶義詞彙聯繫或等同起來。她說，她喜歡我那「弟弟式的妹妹」或「妹妹式的弟弟」的樣子，瀟灑智慧、怪異而驚人的那種嫵媚。

她津津樂道地向我談論她家裡的兩隻狗，她給那隻母狗起名叫做逗號，給另一隻公狗起名叫做句號。她說，逗號很愛句號，愛得很專注；句號也愛逗號，只是句號愛逗號的時候，同時還惦記著鄰居家的母狗，她管那一隻母狗叫做冒號，她說，若有哪一隻不知好歹、賊膽包天的公狗膽敢親近冒號，句號便會呼嘯著從牠的愛侶逗號身邊一躍竄出去，嘴裡呼呼嚕嚕霸氣十足地嗚嗚響著。她說，句號的行爲使得冒號至今沒有伴侶，冒號總是引頸以待、孤苦伶仃的樣子，彷彿隨時都有提示並引出下文的危險。

「男人嘛，就是這樣，」殞楠說，「在我的家鄉，曾有一對相愛的男女，由於他們的婚姻遭到雙方父母的反對，於是兩人暗暗發誓要在山城裡最高的那座青石山上跳崖，以命殉情。終於，在一天傍晚，夕陽還沒有完全褪盡，兩人牽著手雙雙沿著腸子般的山道，盤環而上。兩人來到山頂的懸崖前，相擁而坐，在冷漠的雨霧中，在荒草淒淒、枯葉呻吟的襯托下，兩個人不斷地呼喚著對方的名字，海誓山盟度過了一段稠蜜的時光。漸漸晚風襲來，夜色四合。女人說，今生不能，讓我們來世再聚。你先跳吧，我隨你而去。男人說，說好了，我們來世在一起，你可不要讓我找不到你。你先跳吧，我隨你而去。結果，那男人方才如夢初醒，探出身子向下眺望，用力傾聽女人墜落到底的慘叫聲。可是，深不見底的懸崖哪裡還聽得到什麼聲音。他一個人在山頂害怕起來，既不敢跳下去，又不敢沿山路退回去面對女人的父母。一個人在山頂思前想後，趁著夜色痛痛快快哭了一整夜。第二天早上，玫瑰紅晨曦暖暖地鋪撒在他的身旁，噴薄欲出的太陽金光燦燦，如一只圓圓的雞蛋煎餅。他感到餓了，便從坐了一夜的樹根上站起來，眼前一陣發黑，他覺得睏了，然後他就一個人下山回家去了。哎，男人嘛。」

我說：「這很像一齣荒誕戲。」

「問題是，男人多把生活看成戲，而女人多把戲當成生活。」她說，「一般來說，兩個人較量，更壞的那個人取勝。這尤其適於男女之間。」

我的朋友殞楠，她的語言有著一種天賦的擋不住的藝術質感，她源源不斷隨意丟出的那些怪誕的詞語組合，常常讓我一唱三嘆，感慨係之，覺得自己的徒有虛表的嘴唇簡直只配是一隻漂亮而無用的紅蟲子，只會吃東西。

我們不在一起的時候，我便可以收到她長長的美麗至極的信。有一次，她在信中說：「我現在坐下來給你寫信，有點像老人寫回憶錄，我提煉著我的生活和經驗，試圖比較清楚地告訴你點什麼，有點像擺家什。唯一不太好弄的是我的激情，到這把年紀了，還如此少年，大有活到老學到老束縛到老之態了（其實，殞楠不過三十多歲，她只不過是想在比她小四歲的我面前炫耀一下歲月的滄桑）……我總想在這山城的江邊買下一幢木屋，你過來的時候，我們悠悠閒閒地傾聽低渾的濤聲水聲，遠眺綿延的荒丘禿嶺，那是個心靜如水的日子……」在信的結尾處，殞楠十分吝嗇地對我抒了幾句半玩笑半當眞的情，但緊接著她又迫不及待地追上去兩個字：「牙倒！」以對自己最後那酸溜溜的幾句話來個消解、稀釋和自嘲。「牙倒」讓我暗笑半天，我彷彿看見她那纖長的手指在紙頁上優雅地滑動，指尖上繚繞著揮之不去的藝術的敏感。

很多時候，我們根本沒有說話，言語也會以沉默的方式湧向對方，對話依然神祕莫測地存在著。對心有靈犀的人來說，言語並非一定靠聲音來傳遞。

記得埃利．維澤爾在《卡西迪派的慶典》裡曾提到，被時空隔開的兩個人也能互相理解。一個人提出一個問題，過了一些時候，離她很遠的另一個人也問了些什麼，而她沒有料到，她的問題就是對第一個人的問題的答覆。

這會兒，機場大廳裡的人流正在緩慢地進入艙口，空氣漸漸顯得空洞鬆散起來。

殞楠側過身，瞇起眼睛望著我。她的臉孔總能夠把冷峻與溫柔、滄桑與天眞這兩種相互對立相互排斥的特質微妙地融爲一體。她像一個熟識的陌生人那樣轉過頭來看我，出門前剛剛洗過的栗黑色的短髮蓬鬆地在她的臉頰旁邊跳躍，像一篷生命力旺盛的亂草，從她那慣於胡思亂想的頭腦中飛揚出來。微微蹙著眉，白皙的臉孔上閃爍著她那一種獨特的冷漠的激動。塗口紅的嘴唇，透出有點貧血的蒼白。頎長而懶散的腿，繃在淡棕色的牛仔褲裡，伸向與她的目光相反的一邊。她舉起潔淨的長手指，撫一撫自己從不化妝的顯得空空蕩蕩的臉龐，彷佛在拂去塵埃。想像中的塵埃。她的一個經常的習慣性的動作。

我的朋友很像我曾在維多利亞沙漠的一個部落裡見到過的一位女首領，這位女首領的儀容俊美、俠義、熱烈而冷酷，她的血管裡既湧動著對自己同胞姐妹的憐愛，又燃燒著某種刻骨的仇恨，這仇恨既有民族（種族）的仇恨，又有性別的仇恨。

殞楠的臉孔比起那位女首領多了一份高貴、心平氣和與現代文明城市的生活痕跡；她側身瞇起長長的眼簾凝望我的表情我十分熟悉，但是我始終把握不準這表情深處的內在含義，因爲它曾在多種不同的語言和情感氛圍裡出現。

有一次，某一位官員隆重提倡全國婦女們都要穿旗袍。這腰身美妙的國粹寶物的確曾殺傷力極強地摧毀過國內外全體男性公民的眼睛，令人心旌搖蕩。但是這種倡議卻使得滿街呼呼啦啦的旗袍們變成了一種工具。那一天，我和殞楠正站立在遠離N城的南國的江邊眺望汙濁的渾水，腳下的泥濘綿延到我們的心裡，灰天灰地灰水把我們籠罩得格外惆悵。那一天，殞楠就是這樣瞇起眼睛看我，看了很久，然後目光轉向江面。正是黃昏時分，夕陽把粼粼的水面塗染得半江瑟瑟半江紅。殞楠的思緒彷彿心不在焉地停泊在平淡無奇的江面，又像是匿隱在什麼重重心事之中。

她淡淡地自語般地說：「性別意識的淡化應該說是人類文明的一種進步。我們首先是一個人，然後才是一個女人。有的男人總是把我們的性別擋在我們本人的前面，做出一種對女性貌似恭敬不違的樣子，實際上這後面潛藏著把我們女人束之高閣、一邊去涼快、不與之一般見識的險惡用心，一種掩埋得格外精心的性別敵視。這種來自先天或後天的敵意有時候被隱匿得連他自己都不知道，性溝，是未來人類最大的爭戰。」

我說：「你不覺得這用心的後面有一些是出於對女人的恐懼嗎？」

「當然有這種心理，只有最出色的男人才敢和優秀的女人做朋友。一般的男人只敢找女人做老婆或者情人。」殞楠說。

「唉，男人嘛。」

「包括男人在議論女性作家或者藝術家作品的時候，」殞楠說，「也經常是這樣，他們看到的只不過是她們最女人氣的那一方面，是一種性別立場，他並不在乎它的藝術特質。有一個男人在評論法國女作家弗朗索瓦．薩岡時說，可憐的老弗朗索瓦．薩岡，如今她已人老珠黃，再也趕不上當今的文學新潮和後起之秀了。表面上看，她在美國的經歷就像那些中古時期美人的生平：十四歲花開，十五歲被採，三十歲色衰，四十歲滿臉皺紋。後來有一位女人，以牙還牙，她虛構了一個叫做弗朗索瓦．薩岡的男性作家，對他進行了回敬。她說，可憐的老弗朗索瓦．薩岡……表面上看，他在美國的經歷就像那些中古時期遊吟詩人的生平：十四歲手淫，十五歲初試雲雨情，三十歲陽衰，四十歲患上了前列腺炎。……。這就是男人和女人的立場溝壑。」

她的話像看不見的小刀子，鋒刃銳利地浮游在那一天凜冽的江邊。

我的朋友殞楠是一位出色而尖銳的藝術批評家。

這一天，我們倚著江邊濕漉漉的石岩，各自點上一枝香菸。後來，幾片鉛灰色的雷雨雲浮游到我們的頭頂，一滴涼涼的雨珠垂落在殞楠陡削白皙的臉頰上。我舉起左手，用尖細的食指骨節勾掉那顆雨珠。

一般說來，女人之間是需要保持身體距離的，正如同男人們一起一樣，需要維護自己私人感覺的一點點領地。但是，這種距離隨著相互之間的親密程度而縮短。就我的個人經驗而言，我以爲在男人和女人無限多的不同之中，這一點上的差別尤爲突出。女人們是比較容易相互接近並親密起來的性別類群。

我對殞楠說，在我活過的三十年裡，我聽到過的最美妙的稱呼只有兩個：一個是舊時我的一位當畫家的情人他曾公開叫我「黛哥兒」（我的名字叫黛二）；另一個是我的某一位前夫在一次給我的來信中稱我是「我的小娘子」卻被我誤讀成「我的小婊子」。我立刻掛電話告訴他我是多麼的喜愛「我的小婊子」這一叫法，他立刻糾正說他實際上在稱呼他的前妻「我的小娘子」而不是「我的小婊子」。

殞楠愜意地笑，親暱地把她自己指間的那一枝香菸舉到我的唇邊。我深深地吸了一口，如同品味我們彌足珍貴的情誼。

然後，我抬頭看她。於是我又看到了她那側著臉瞇起眼睛凝神專注地望著我的神情，她的乳白色的頸項和被黃昏的小風吹拂起來的深栗色的短髮，也一同隨著她的目光朝向我。

那一天，我們滅掉了香菸，已是傍晚時分。黑雨雲攪亂了我們原來的江邊野餐計畫，輕曼的雨珠已經微聲細語地滑落到我們隨風舞動的衣衫和光滑的額頭上。我們寬大的上衣向著對方發出快樂的尖叫。

殞楠說：「你知道嗎，我們倆的額頭長得很相像。」

我用手撫了撫自己的腦門，說：「這地方是我們思想的前廊，是我們龐雜的精神大廈的門堂，所以這裡和內部無論是斑爛的彩虹還是凋殘的破蜘蛛網，你我的構造也恐怕是大同小異了。」

殞楠摟摟我的肩，表示贊同。

然後，她抬頭望望儲滿陰雨的天空，說：「好了，今天這個『前廊』和『門堂』的會餐就到此結束吧，它永遠吃不到我們的肚子裡邊去。我們現在去吃一種最能勾引人慾望的食物好不好？」

如果用熱愛吃來衡量一個人是否熱愛生活的話，那麼我的確不能算是一個生活的強烈愛好者。我想不出任何一種食物讓我牽腸掛肚流連忘返，像思念一個人那樣刻骨銘心。

關於吃，殞楠比我津津有味並且擅長此道得多。她的胃總是很有靈感，遇到合乎她口味的食物，比如麵條之類，她的話就會變得像是把細嚼慢嚥吃進肚子裡邊去的那一根根麵條銜接起來那麼長，綿綿延延說不完。

我的朋友殞楠比我熱愛生活和生命。

殞楠說：「我們去吃這個江邊山城裡最有特色的火鍋好不好？它辣得如同一場夢幻，殷紅得好像最濃的愛情。」

然後，殞楠牽住我的一隻手，它們自自然然地勾在一起，一同滑進她暖暖的衣兜裡。

我們向堤岸闌珊的漁火燈光走去。

這會兒，我和殞楠將乘座南方航空公司的波音七四七回到我生活的那個北方的文化故都——N城。再過不到半小時，我們即將離開殞楠的家鄉——一座江南的陰雨纏綿的山城。

在這座灰霧濛濛的江邊小城，陽光都是濕淋淋的，高高低低曲曲折折的石板小路總是把我的沒有方向的腳步誘到江邊，使我在羅布著烏篷船和汽笛悠然的江輪的岸邊久久佇立，彷彿我是專程來這個東方的霧都等候一個人。

坦白地說，我眞的不知道我是否正在等待一個什麼人降臨。回想起來，在我活過的三十年裡其實一直在等待。早年我曾奢望這個致命的人一定是位男子，智慧、英俊而柔美。後來我放棄了性別要求，我以爲做爲一個女人只能或者必須期待一個男人這個觀念，無非是幾千年遺傳下來的約定俗成的帶有強制性的習慣，爲了在這個充滿對抗性的世界生存下去，一個女人必須選擇一個男人，以加入「大多數」成爲「正常」，這是一種別無選擇的選擇。但是，我並不以爲然，我更願意把一個人的性別放在他（她）本身的質量後邊，我不再在乎男女性別，也不在乎身處「少數」，而且並不以爲「異常」。我覺得人與人之間的親和力，不僅體現在男人與女人之間，它其實也是我們女人之間長久以來被荒廢了的一種生命力潛能（這種改變是在我系統地研究了人類性別的多種可能性傾向和性別深處複雜的原始潛能之後，在我走訪了澳洲的一些現代文明古國之後發生的）。但是他（她）必須是致命的，這一點無疑。

我知道這是一種緣分，刻意不得。也許忽然有一天在你並不期望什麼了的時候降臨。

正如同七天前，我乘飛機前往這座江邊山城的時候，我和美國前總統尼克松的關係在機艙裡在一瞬間忽然產生一樣。

我到江南這個城市當然是爲了找到一個具體的人——我的朋友殞楠。我們曾在長途電話中磋商建立一個眞正無性別歧視的女子協會，我們絕不標榜任何「女權主義」或「女性主義」的招牌；我們追求眞正的性別平等，超性別意識，渴望打破源遠流長的純粹由男人爲這個世界建構起來的一統天下的生活、文化以及藝術的規範和準則。長久以來，我們始終在男人們想當然的規則中，以一種慣性被動地接受和適應，我們從來沒有我們女人自己的準則，我們的形象是由男性文學藝術家硬朗的筆畫雕刻出來的簡單化的女人形象，我們的心靈歷程與精神史是由男性的「女性問題」專家所建構。一些女性爲了在強權的既成的規範中出人頭地，努力迎合男人觀念中的「女性意識」。我和殞楠在談到這個問題時曾對此深深爲我們的同胞姐妹遺憾。

在長途電話中，殞楠說有幾個女性畫家朋友提議這個協會的名稱定爲「第二性」。可是，我和殞楠一致覺得不好，這無疑是對男人爲第一性的既成準則的認同和支持。我們說來說去，最後終於達成一致，把這個女人的協會叫做「破開」。

我和尼克松的關係，就是七天前我投奔殞楠去籌劃「破開」時，在我登上飛機後不久忽然發生的。

當時，我找到我的座位十七A時，已遍體疲憊，雖然飛機還在地面跑道上滑行，我還沒有升天，但不知爲什麼覺得太陽逼近了，有點頭暈眼花。我癱坐在位子裡想念著即將見到的殞楠。想像她正安靜地坐在兀立江邊的那座兩層的小樓裡，面朝百葉窗，江面的睡思昏昏的小風從她那只敞開的窗子湧進房間，在她的天花板顯得低矮的房間裡徘徊。牆壁上掛著一只老式鐘錶，她依然像以前一樣懶得去上弦，彷彿不相信時間和未來，她喜歡讓日子過得鬆弛而悠閒。我想像她坐在房間裡，沉著冷靜地吐出靛青色香菸霧氣的處驚不亂的樣子，想像她蒼白的臉孔和她洞悉世情的眼眸深處的滄桑。這種不慌不忙泰然自若的情態構成一股無法抗拒的力量，無論在哪兒，都令她身邊的男男女女們環繞她時像歡快的小馬駒一樣熱情馴服。

這時，飛機乘務小姐走過來，也許是因爲我的臉色很難看的緣故，她問我是不是不舒服，我說沒問題。然後，她遞給我一份報紙，是《人民日報》。這種報紙關心和報導的事情一般都比較重大。我每天總是蒐羅一大堆邊邊角角的小報來讀，那些小報的顏色像我愛吃的發黑的全麥麵包，餵養著我蒼白的思想。這有點像我的生活，總是在一種沸沸揚揚的潮流之外，在清寂的邊角小道獨自漫走。孤獨於我是一種最舒服最深刻的情感方式，它幾乎成爲我生命血液裡換不掉的血型，與生俱來，與我相安爲伴。

我把空中小姐送給我的報紙丟在身邊空著的座位上，鬆弛身體閉目養神。飛機正在跑道上顛動而呼嘯地滑行，於是我讓自己從頭到腳沉浸在一種深摯友情的震顫中。然後，我睜開眼睛按動右手扶把上的黑鈕，試圖把椅背向後傾仰，以使那被長期的職業需要弄得僵緊的脊椎骨盡可能放鬆。

在我向右下方低垂目光的一瞬間，我的餘光瞥到了那張《人民日報》，一行醒目的「弔唁美國前總統尼克松逝世」的黑色字幕闖入我的眼睛。

我與尼克松的關係其實只是我與尼克松時代的關係，當我忽然看見尼克松這三字的時候，我看到的其實也只是我幼年時天真、憂戚、單薄而無辜的生活。我坐在一幢有著深栗色窗戶框和麥白色紙的老式大房子裡，坐在我父親在那紅色年代中絕望、憤怒的目光裡，這目光堵住了我嘴中鮮花爛漫的童年。我看見這個小女孩雙手抱著在貧瘠的夢幻中那瘦骨嶙峋、搖搖晃晃的膝蓋，睜大驚恐的眼睛，乾枯焦黃的頭髮如同風中的野麥，她不會梳頭髮，她在等媽媽回家。她站在紗門外寬闊的門廊上等，站在四合院漆黑殘損的木門前等。麻黃色的曬衣繩在她的身後悠悠蕩蕩，一籌莫展的貓咪耐性極好地在空洞的院子裡散步，夏日黃昏的小風環繞她麻稈一般細細的頸間。她像企圖過馬路的小狗一樣東看看西看看，然後猛地竄到胡同對面的那塊高大的白石頭上邊去。她站得高高的，以便早一分鐘看到媽媽從一個出人意料的方向露出身影。沒有媽媽的家，算不上是一個家，沒有女人的家，算不上是一個家，而這個小女孩還算不上是一個女人……

早在尼克松時代，女人就已在我心中奠定了她在這個世界的輝煌。當一個男人頤指氣使地發脾氣時，就會有一個女人母牛般默默地忍受，她們像我童年院子的那棵梨花樹，渾身上下被東西扯得沉甸甸的曬衣繩索拴緊墜壓，一日日忍辱負重，卻依然綻出幽香溫馨的梨樹花。

那一天，我拿起了身邊的《人民日報》，映在腦子裡的卻是童年的一幅幅黑白拓片畫。然後，我把報紙放在一邊，打算一同放下那遙遠的往昔。

我扭過頭望望機窗外邊漸漸貼近的藍天白雲，雲朵像一隻隻碩大的白兔悠閒地玩耍。陽光很朗，光線金黃，機翼在琴弦似的光芒上輕曼地撥動，一群群銀鈴般的嗡嗡聲舞邊瀰漫……

「東風吹，戰鼓擂，現在世界上究竟誰怕誰，不是人民怕美帝，而是美帝怕人民……」我混雜在童年小學校裡稚嫩的童聲齊唱當中，幾個跟隨尼克松來華訪問的美國佬，高興地聽我們演唱，他們聽不懂歌詞，他們走上前來抱起我們，一個個親吻我們的臉蛋……

機身抖動了一下，我從機窗外收回了目光。

我在心裡說，再見，尼克松，永別！

好像我此行是專程爲了在飛機上與尼克松告別。在高空中天堂的門口。

旅行時身邊無人搭話閒扯是最大的一件美事。現在，我將擁有一百零幾十分鐘的時間獨自守候內心裡的一個人，一份與殞楠有關的溫馨的記憶，這是多麼好。如果能夠放鬆神經地與自己單獨相處，那麼我願每隔兩三小時吃上一粒乘暈寧，使我的生活永遠在天上，在飛翔。

我相信偶然和緣分。相信我和我的朋友殞楠之間的姐妹情誼一點不低於愛情的質量。

這會兒，我和殞楠不忙不慌地坐在候機廳裡，我們將一同從這低矮的山腹盆地飛往我的家鄉——N城。我們不急，不想混雜在棘叢似的灰不溜秋人群裡蜂擁而上，不想把我們從容的腳踝埋沒在身前身後一包包肥頭大耳的行李下，埋沒在隨意丟棄的空啤酒罐以及橫倒的可口可樂的紙杯裡。

我們打算在飛機起飛之前十分鐘登上機艙。

我對殞楠說，我要去一下衛生間，我不習慣在天上用廁所，那兒離上帝太近，人間的事，無論是我們女人的還是他們男人的，凡與性器官有關係的問題，最好在地上解決，因爲上帝是無性別的，我們不要騷擾人家。

殞楠笑，她的象牙似的整齊細密的牙齒，像一排光滑的小石牆悠然打開，使得從那裡邊滑溜出來的每一聲笑聲都銀子般閃閃發亮。

我的朋友殞楠是個天性快樂的女人，一個顯得安靜而孤獨的享樂主義者。她不像我那樣總被一些想法糾來纏去，把自己的精神逼到一種絕望的邊緣犄角，一種情緒化的頂端，我總是執拗地把自己的腳步煽動得不顧一切，在死胡同裡勇往直前。

殞楠不。她常常不動聲色地佇立在人群裡左觀右望，即使是在骯髒得連天空都失去藍顏色的生意場，她也能心平氣和地用她那雙沾滿小提琴敏感樂聲的手與那些肥碩的專門用來數鈔票或者專門操縱印章的大手把握，屏息忍住咽喉的乾澀，然後站立在陽光之下游刃有餘地嚥下人世間最冷酷的現實。

但是一轉身，你看到的依然是她輕鬆而迷人的風采。

她曾不止一次地對我說過，無論是在她那茶褐色的柔情的家鄉，還是在我生活的這座連太陽都瀰漫著功利之光的硬邦邦的N城，她對我說：「我們眞是棋逢對手，天作地合。」

但我知道，在堅硬而現實的生活裡，我遠沒有她那麼富於彈性。

這會兒，她倚著那藍得發涼的候機廳的椅背上，表情顯得比往日嚴肅。她鬆軟明澈的水一般的目光一動不動落在我的眼睛上，並企圖穿過它，在我恍惚不清的思維脈絡裡碰撞到什麼擲地有聲的東西，又彷彿在用力抓住她自己腦袋裡最隱深處某種一閃即逝的念頭，或者擺脫某種糾纏不清的卻不該存在的什麼問題。

我以爲她正在走神，沒有聽到我的話，便轉身朝向衛生間方向。

我的多年來長久不衰地喜愛著走路的雙腿，如同兩棵悠閒柔韌的丁香樹，散漫隨意又穩立自守。有時候我依賴它勝於依賴我的腦袋，因爲它經常能夠替代我的頭腦總結出諸如「沒有前方……」或者「後退是前行的另一種方式，退一步海闊而天空」之類的道理。當我的一隻腳剛剛在光滑如冰的地面上踏出清脆而小心的一步，殞楠低啞的嗓音便追上我的後背，貼在我的脊骨上：

「嘿……」

我轉身。

我看到殞楠的眼睛也許是被午日白晃晃的陽光刺耀的緣故，空中旋轉的塵埃晶亮地透過落地的碩大玻璃窗，把粼粼水紋投射在她的眼孔裡，她的栗黑色的眼眸散發著琥珀般剔透的瑩光。

「怎麼？」我說。

她瘦削的臉孔有一種冷靜的激情：「你不知道你自己就是一種上帝嗎？」她說。

「什麼意思？」我一時抓不準這模糊的擁有多種語義可能性的句子。

「你不覺得我們在一起，好像都沒有性別了。那個問題……」她頓了一下，「那個問題……好像已退居到不重要的地位。你不覺得這是一個問題嗎？」

「好啊，」我笑，「那就為我們的無性別角色乾杯！」

說完，我仍舊轉身，朝衛生間走去。

當我尾隨一個幾乎全裸著大腿的穿皮短褲的女人走出衛生間時，我看到那兩條白花花的大腿在這冷風砭骨的冬季格外耀眼，彷彿兩枝茁壯的筷子立在地上自行移動。我想起穿著半條裙子風情萬種的香港歌星梅豔芳，在那一次賑災義演的演唱會上，她的自戀般的（自我撫摸）性感舞姿，不僅當場傾倒所有男人，而且也迷住了許許多多的女人。自從梅小姐舉著一條豐腴的大腿占領了舞台之後，我曾在N城的街道上多次見到爭先裸露出來的不同年齡胖瘦不一的梅氏大腿。無論是夏日還是嚴冬，大腿們對於氣溫的干擾搗亂刀槍不入，挺拔的白樺林一般的它們從路邊從從容容穿過，總是收視率極高，令路人頭暈眼花。

那穿皮短褲的女人目不斜視地走過我和殞楠的位置後，我在自己剛才的椅子上坐下來，然後與殞楠會心一笑。

「女人有時候眞是一隻可憐的動物，這麼冷的天，首先替別人的免費的審美愉悅著想，未免太大公無私了。」我說。

「人家是穿個自我感覺嘛。」殞楠說。

「但願如此。」

這時，傳來播音小姐的呼叫聲：「前往N城的旅客請迅速登機，飛機馬上就要起飛了……」

我和殞楠看了看手錶，離起飛時間還差一刻鐘。

我們站起來，這時才忽然發現身前身後一片空蕩，剛才婆娑不去的人群轉眼間已杳無身影。殞楠把最重的兩個背包都放在自己的肩胛上，把一隻輕便的旅行袋留在地板上。然後，她用她那懶散傲慢卻總是胸有成竹的瘦腳尖衝著那旅行袋一指：「喏，拿著。」

我還沒來得及抗議她這一不公平的分配方案，她已向入艙口走去。

她一邊用力揹著重重的行李往前走，一邊回過頭來對我說：「我們這種女人，有成熟而明晰的頭腦和追求，又有應付具體的現實生活的能力，還有什麼樣的男人能要我們呢？我們只會讓他們感到自己並不很強大，甚至使他們壓抑自卑。哪個男人願意自找這份感覺呢？」

這時的候機廳裡除了我和殞楠已空無一人，玻璃窗反射著午日刺目的白光，像一堵冰牆那麼冷漠。殞楠的話煙霧似地在這空洞的大廳裡撞擊出一股古怪的敵意。

我一邊追上她，一邊說：「有頭腦和才能的男人，大多以自我爲中心，他們早已把生活看透，他們找女人，要一個家，得圍繞著他的事業規則和生活前景旋轉。所以，他們很清楚，找那種肯於放棄自己或放棄自己一大部分的女人、甚至壓根就沒有過自己的女人，才能圍繞著他旋轉。生活嘛，還是和沒有深度的女人在一起比較輕鬆。你沒看到嗎，現在連最新潮的文學批評家都揀沒有深度的女作家作品來寫文章，招牌是『拒絕深度』。其實他們害怕我們這種女人。我們的頭腦對他們構成了威脅，即使往好處去看他們，起碼也是他們無法懂得我們。所以他們不會找我們這種女人。而願意來找我們的那種不太自我中心的男人，大多又平庸，我們又看不起人家……所以……」

殞楠接過來說：「所以我們只好單獨過生活。」

「這也沒什麼不好。」

「當然。」殞楠用她那骨節突出的手腕在行李帶上吃力地拉了拉，「我想不出女人除了生孩子，還有哪件事非離不開男人不可。幾乎所有的事我們都可以自己解決。不是嗎？就是生孩子，我們女人只要有自己的卵巢就行了，科學發展到今天，已足以讓每一個有卵巢的女人生育自己的孩子。」

「哈！」

我和殞楠步履蹣跚，一唱一和，玩笑得十分開心。

我們接受現實。

世界要我們心平氣和地接受現實。

……她們是軀殼，他們是頭腦；她們是陪襯，他們是主幹；她們是空洞的容器角落裡的泥盆，他們是棟樑之樹；她們的腿就是他們的腿，他們是馴馬的騎手；他們把項鍊戴在她們的脖頸上，她們把自由和夢想繫在他們的皮帶上；她們像小鳥在他們的懷裡銜草築巢，他們把籠子套在她們的腳踝上；她們的力量是危險的信號，他們的力量是用來擋風的垣牆……

當我和殞楠終於跌坐在機艙座位裡的時候，我們已是氣喘喘噓噓，微汗涔涔。

殞楠說：「這次北上，看來要離開家鄉很長一段時間嘍。」明顯地，剛才瀰漫在她眼中的閃閃發光的歡快消散了。

空中小姐已經開始檢查乘客的安全帶了，飛機馬上就要起飛。殞楠向舷窗外望了望，彷彿在用目光和這座冬雨綿綿的山城告別。

殞楠再一次提到了家鄉，我的朋友是個家鄉情結濃郁的女人。

這一點令我十分羨慕和感動。我從來沒有家鄉感，無論我在自己常年生活的N城，還是在世界上任何一個地方，我都感到斷梗飄蓬身處異鄉，沒有哪一條光滑如絲的街道在腳下鳴響記憶，沒有哪一株蒼老的栗樹或橡樹搖醒往昔，沒有哪一幢幽香清馨的紅房子能夠融化已經涼卻的夢境……我的家鄉隨著某種情感的移動而到處漂泊，它只不過是一個爲自己尋找理由的假想物，一個自欺欺人的大幻想。它是一瓶珍藏久遠的愛情牌香水，隨著年齡和經驗的與日俱增而揮發殆盡。它是內心中無望地守候著的一個人……

實際上，幾天來，在那座霧氣迷濛的山城，我的目光一直沒有停止尋索一幢木頭的或者石頭的房子。在菜圃和花園前圍起一圈籬柵，白色的躺椅懶懶散散的橫臥在門前。就在赭紅的斜坡土崗上，在水聲低潺的江邊。

在殞楠的家鄉，我見到零零落落的一些可愛的小房子，它們星星散散布撒在樹木蔥蘢的半山腰或者山巒頂端，褐色的土坡小路綿延而下，伸向每一扇玩具似的永遠敞開的住家的窗子，苗條而悠閒的狗在濕漉漉的草叢裡漫步，在彎斜的栗樹枝旁很有耐心地觀賞日落。我甚至聽到了那小房子裡飄出來的收音機的樂聲，看到灰白的牆壁上搖曳的婆娑葉影，彷彿那樂聲正是從牆壁上模糊不清的枝蔓影像上邊飄下來駛向我的。

這首叫做「美夢」的潘笛（排簫）的樂聲，曾被我無數次地描摹，這聲音像我的愛人一樣致命。它發源於這個世界上西半球的另一個霧都，一座暗紅色的兩層小樓的老式房宅裡。我曾在西半球的那一個霧都裡體驗過這種聲音，不知爲什麼這聲音好像專門是爲了擊垮我堅韌的理性而存在的，整個歐洲的綿綿陰雨都湧進了我的眼眶，流啊流啊流不完。現在，這聲音彷彿變成了一個隱形的傷感歌手，踏著月光，沿著髮絲般綿延不絕的緯線，翩躚而來，穿梭到東半球的這一個霧都來。

在殞楠的家鄉，我無數次想像自己就住在半山腰上某一幢孤零零的房子裡。在這異鄉的南國小城，關上房門與敞開房門都一樣，反正沒有人認識我，我可以把自己當成一個從遠方來落戶的山彎裡的閒婦。一個安靜無事的來這裡養老的年輕寡婦。當然，我的朋友殞楠最好也能住在與我毗鄰相連的不太遠也不要太近的另一座山坡上。我們可以經常一起喝下午茶，一起吃沒有施過化肥的新鮮水果。更多的時候，我會獨自一人在自己的房間裡，讀讀書，寫寫字，遠離我生活的那座北方的沸沸揚揚的N城，一座人情的沙漠和功名的競技場。「採菊東籬下，悠然見南山」，心裡將是無限的安定。

我和殞楠曾去過一次這座江邊小城的名勝古蹟佛山，在佛山我們忽然產生了一個十分荒誕又十分虔誠的念頭——去瞻仰烈士陵園渣滓洞，看看江姐的遺容和信仰。那一天，我們穿過那座被一位已故的詩人朋友描寫過的有著「很涼的雲」的歌樂山，心裡非常淒楚和混亂，如今是人亡詩在，我卻已不願再翻看那沾滿淋淋鮮血的詩篇。那雙握著男人的利物——斧頭砍向自己的女人的雙手，如同一桿旗幟，挑起的其實並不只是眾說紛紜的諸如個性、心理之類的爭端，而更多的是長久以來男性主義泛濫成災的性別之戰的宣言，也是喚醒我們沉睡不醒的女性意識的一聲叫喊。

在渣滓洞，在牆垣高聳陡峭的院落裡，我看見藍灰的碉壁上赫然寫著，「青春一去不復還細細想想」，「認明此時與此地切莫執迷！」當時國民黨留下的白色大字，把我和殞楠震懾得幾乎說不出話來。我們忽然發現我們清晰的頭腦已擺不清楚人性與正義的辨證關係，弄不清楚「可警」與「可笑」這個一字之差卻相距萬里的語詞怎麼會在今天變得僅一步之遙。心裡亂七八糟。但是，我和我的朋友一致認爲江姐許雲峰們是幸福的，擁有一種比自己的生命還重要的什麼而活過的人（比如信仰），無疑是幸福的。現代人是多麼的可憐。

記得那一天，我們剛一走出那冷色調的渣滓洞，殞楠便甩掉一身想不明白的滯重，恢復了她原來的幽默與頑皮，腳步也隨之變得羚羊般輕盈。而我還沉浸在剛才的思想的死胡同裡抽不出身。殞楠說，其實她喜歡的是甫志高做的一件事：他被捕前組織上已經告訴他敵人正暗中包圍著他的家，勸他不要回去落入虎口。可是，他不放心他的女人，他剛剛用省下的錢爲他的女人買了一包牛肉乾，他要回去送給她。他不顧一切回家看她，結果被捕。

殞楠玩笑地說：「我若是男人，肯定就是甫志高這種癡情男人，沒什麼大出息。」

「哎哎，別這麼糟蹋自己行不行，你若是甫志高，就別想再與我一起出現在N城了。」

我的朋友殞楠經常問我，她若是一個男人，我會不會嫁給她。

「當然，」我說，「不過，你最好帶著一些錢再來找我。物質是精神的基礎，否則你拿什麼向我抒情呢？甫志高的那一包牛肉乾嗎，可是……」

「如果我沒有很多錢呢？」

「那……我就去想辦法去掙。愛情需要某種情調來餵養，而情調需要一些金錢來餵養，順理成章。有些人是這麼想但不敢這麼說；有些人是沒辦法，所以不敢這麼說，久而久之也就不這麼想了。」

「啊——原來是這樣。」

我的朋友做出如夢初醒的樣子。

飛往N城的飛機已像碩大的笨鳥在跑道上滑翔。我和殞楠經過一上午的整理行裝以及趕赴機場的奔波，這會兒都感到倦意襲來。

「上帝保佑！」殞楠從家鄉的濕漉漉的機場草坪上拉回目光，她的會說話的褐色眼睛似乎安靜下來，迷迷濛濛。

「保佑什麼？」我問。

「讓我們平安。」

她從椅把扶手上抽回一隻手，放在挨著我的那一側肩上。

殞楠說：「在我很小的時候，大約是一九六九年七月，美國太空人阿姆斯特朗駕駛太空船阿波羅十一號進入太空，他一面飛行，一面四下張望，留心觀察地球以外的景觀。可是，他失望了，灰霧濛濛的太空什麼都沒有，四下延伸著空洞，無邊無際，像一個碩大無比的帳幕，綴著鬼眼似的繁星，此明彼滅，閃爍不定，令人毛骨悚然。他看不到活的物體和生命的跡象，只有花炮似的流星穿插交錯，劃空而過，留下幾道銀色的光弧，閃耀幾下便又消失。阿姆斯特朗一面用眷戀的目光瞭望遙天一角浮動的地球，欣賞著這個橙黃色的橄欖球在渾天涯涘的太空中，載浮載沉，閃閃發光，一面感嘆人類的荒唐和愚昧，他們不懂得珍惜反而想盡辦法來摧毀自己的家園……我記得，那時候我十歲，這件事誘發了我那渾沌未開的大腦的第一次思想，它使我第一次想到人類是孤獨無依的一群，想到未來的生命將與一個疏遠而莫測的宇宙獨處。」

殞楠的攬在我肩上的手臂使我睏意濃濃，瞌睡搖搖晃晃走來。她的話如同鋪天蓋地的天雨花，在我眼前模糊不清。

「你是打破兩次貞操、打破兩層意義的處女，才形成的女人，所以你稀有。」我稀里糊塗說。

「一個現代的女性難道不該是如此的嗎？」她說。

這時，我已經再也抓不住自己那可以對應她的話的明晰思路了，我的嘴彷彿先於頭腦進入了一片寂天寞地的空洞之境，我只能徒勞地張著嘴，發不出聲響。我感到身邊是一團團燈光黯淡的氣流，冰淇淋一般悠香沁腑的滋味，我昏昏沉沉掉入一團光滑的白色之中。啊天空眞大，大得彷彿失去了時間和記憶，身體上的重量都被看不見的韁繩鬆開了，四周是一片善意而安全的寂靜。當我的手指馬上就要觸摸到那一團涼涼的模糊不清的白顏色時，一扇意想不到的牆垣攔住我的去路，它順著遙遠卻又格外近逼的光線駛進我的耳鼓，然後我發現那堵攔路的牆是我肩上的殞楠的聲音，我聽到殞楠說：

「如果還有一分鐘，我們即將死去，你會怎樣？」她說。

我睜開眼睛：「哪有那麼多如果，我拒絕假設。我差不多要睡著了。」

「就回答這一個問題，然後你就睡。」

我想了想，說：「我會告訴你我十分喜歡你，一直沒有機會對你說。」

「就這個？」

「我會說我很愛你。」

「所有的人死之前都會對別人說我愛你。」殞楠仍不滿意。

「那你會怎樣？」我問。

殞楠頓住，好像正在她肚子裡那個語詞的百寶箱中搜尋。

然後，她說：「……我會親你……我們相處這麼久了，爲什麼不能……」

「當然。」我說。

「爲什麼只有男人可以親吻女人，親吻你？」

「……活到我們這個份上，的確已沒有什麼是禁錮了。這是一個玻璃的時代，許多規則肯定會不斷地被向前的腳步聲嘩嘩剝剝地搗毀。」

我和殞楠這時都發現這是一個敏感而吃力的話題。於是我們打住，都不再說。

我重新閉上眼睛。

殞楠的話，使我在腦中設制勾畫起人類蒙渾初開之時的景象來，我當然不是按照亞當和夏娃所建立的人類第一個早晨這個古老的傳說來勾畫，這個生生不息的爲繁衍而交配的圖景，盤踞在人類的頭頂已有幾千年，眾所周知。我在腦中設想的卻是另外一幅圖景：如果繁衍不是人類結合的唯一目的，亞當也許會覺得和他的兄弟們在一起更容易溝通和默契，夏娃也許會覺得與她的姐妹們在一起更能相互體貼理解。人類的第一個早晨倘若是這種排除功利目的開端，那麼沿襲到今天的世界將是另外一番樣子了。

機身早已脫離跑道，像一枚輕盈的銀灰色太陽從地平線上搖身騰起。我想努力冥想某種未來和遠方，正如同回頭眺望黑白相片般的記憶，使所有的未來都成爲過去。但是，無論我如何用力拉住腦中那根若斷若連的線路，都無法把昏昏沉沉的我從愈來愈多地坍塌而來一大朵一大朵的白雲裡拽出。漸漸，我被那些虛幻的白顏色埋沒了，我驚懼地踩在雲朵之上，張開雙臂，像一隻危險的母鴨倒映在白牆上的剪影，腳下踩踏的只是一層虛幻的白紙，它高懸在深淵之上一觸即破。一些不連貫的沒有次序的事物繽紛而來，我的一隻腳終於邁進一座嶄新而離奇的城門。

……忽然間，飛機劇烈地抖動起來，我和殞楠身前小桌子上的雪梨水和幾塊甜點滑落到地板上，然後它們像一只只汽球自動地彈跳，並且附魔般地出了聲，似乎在說：快快逃開這裡吧，快快逃開這裡吧！

我和殞楠這時不約而同地看到機艙裡所有的暗門和明門統統敞開了，機艙裡的人像奔赴金黃的光源一樣擁向艙門，驚慌失措地朝無底的下邊張望。這時的機艙已成爲一座沒有前方也沒有退路的孤島，搖搖欲墜地懸掛在高空。

這個局面再一次把我置身於一種龐大的象徵中，一種沒有往昔故鄉的痕跡也沒有未來遙遠的他鄉可以寄身的境地，一種空前而絕後的境地。

殞楠把垂落到額前的一縷拂亂的頭髮理到耳後，不勝淒涼地說，看來，今天果然就是我們的末日了。

我望著她那件青灰色的衣衫，在四處透風的高空裡瑟瑟抖動，閃爍著鑽石般的光芒。也許，再過一分鐘或者半分鐘，就會機毀人亡。一切再也不能遲疑。

殞楠用力抓住我的肩，神情嚴肅地說，我得告訴你一個長久以來的想法，再不說就來不及了，你是我生活中所見到的最優秀、最合我心意的人，你使我身邊所有的男人都黯然失色。

殞楠說完緊緊抱住我。

我大聲說，我也必須告訴你一件事，不然就來不及了……

這時，訇然一聲彌天撼地的巨響，整個飛機在雲中熔化消散，在倒塌了的玫瑰色陽光中墜落或浮升，時間在陷落在消逝。

接著，我便聽到我的心跳從我的肋骨間忽悠一下跳離，整個腑腔空空洞洞，我離開了我的肉體。我墜入一條漆黑的隧道，這隧道通向一個強光，我的四周穿梭著一些怪誕的物體，它們擁著我向著一片無法抗拒的潔白的源頭奔去，一路上彌響著「時光倒流七十年」悠遠的樂聲。

終於，我抵達了那個如花似畫的光源。

我知道，到達那裡時我已死去。

我環顧四周，發現眼前有一片水洼掩映在叢綠之中，那水面清澈透底，明亮如鏡，遠處望去如一盞銀燈，它牢牢地吸住我的腳步向它走去。我俯身朝那鏡中凝望，以便證實自己是誰，我高興地發現我依然是我。

這貯滿曙光的水洼，使我意識到此刻已是旭日東升的黎明，由於時間的坍塌與割裂，這個嶄新的毫無陰影的早晨對我顯得格外陌生。我沒有想到，在人間被黑暗和恐怖渲染得毛骨悚然的死亡，竟是這樣一片妖嬈芬芳、綠意蔥蘢、聖潔無瑕的地方。

這時，一幢房子彷彿忽然在我的視域內拔地而起，我看到一座殷紅色的天堂般美妙的房子矗立在我的眼前。我走到那扇圓拱形的木門前，發現這幢凸起的建築物牆垣上布滿眼睛似的豁口，大大地洞張著，房間的主人彷彿可以從各個角度和側面窺視外邊。我推開木柵欄，敲響了屋門，裡邊沒有回應。於是，我又推開裡邊的一扇隱蔽的房門，走進這套房宅的門廳。這裡，依然沒有人把守，看得出這是一個治安良好的地方。然後，我見到一階陡峭的樓梯，上面有些微的聲響傳下來。我拾級而上，再一次敲響樓上的房門。

彷彿有喧嘩的水聲伴隨著某種拖拖拉拉的腳步聲低吟而來。房門忽然一下被拉開，一位似曾相識卻格外陌生的老婦人佇立在我面前。也許是由於這裡距離太陽太近的緣故，她的皮膚呈金黃色，如同秋天的晚風在她的面頰上低徊留戀，纏繞不散，這渾然天成的膚色把她那栗黑的眼珠襯托得閃閃發亮。她臉孔上的褶皺晴朗得像夏日清晨的小路，灰色的頭髮像一圈堅硬的鋼盔，固執地罩在頭上。一副麥白色的老花眼鏡，把她的眼孔誇張得很大。

老婦人一見到我，立刻像熟識的故人那樣迎上前來，顫顫巍巍地拉住我的手，磨磨叨叨地與我搭訕。她溫和慈祥地望著我，勸我回到我的肉體中去，勸我不應該留在這塊虛幻之地而應該回到人間照顧我的母親，陪伴我的朋友殞楠。她說，你們要齊心協力，像姐妹一樣親密，像嘴唇與牙齒，頭髮與梳子，像鞋子與腳，槍膛與子彈，因爲只有女人最懂得女人，最憐惜女人。

老女人的聲音顯得格外遙遠，像空谷回音盤旋而來，顯得有點古怪。我感覺自己不是在用耳朵傾聽，而是用整張臉孔在諦聽，在呼吸她的聲音。那聲音卻一點也不模糊，我聽得眞眞切切。

我說，我要找到我的朋友殞楠才可以回去，找到剛剛我們還在一起的那個一瞬之間就杳無蹤跡的中午。剛才我們分手得太匆忙，有一件重要的事我還沒有說出。

老女人說，你有什麼事，可以等回去後再說。

我說，我必須現在就告訴她，就這會兒，不然就沒有機會了。因爲，我雖然有勇氣告訴她，但是我的肉體卻會隨時失去勇氣。

是什麼事情呢，這樣急迫？老女人問。

我說，我要對她說，如果我不能與你一起生活，那麼我要你做我最親密的鄰居，因爲我不能再忍受孤獨無伴的生活。我們要把天下的才女都招攬在一起，我們要姐妹成群。

老女人說，剛才我已見到了她，我已經說服了她，她現在正在回返人間的歸程之中。

可是，我憑什麼能相信你已見到殞楠，並說服了她呢？我說。

老婦人說，你的朋友穿著一件輕煙似的青灰色衣衫是不是？她的男孩兒似的短髮在陽光下穿過如同一隻起飛的褐色鳥。她年輕的牙齒閃閃發亮，點燃著她對生活的熱情。她細長的手指敏感而靈活得像她的思路，她的指尖可以替代她的頭腦獨立思考，她的家鄉在陰雨的江邊，從她的兀立的二層樓的窗口遙望出去，四周是一片鉛灰色的瓦礫場，遠處的山巒從圓渾的頂部有一條頭縫似的筆直小路傾流而下，把濃郁的山地分成兩半，一半火紅，一半青綠。她出生在一九五九年九月，一個瘋狂而誇張的年份之後，可是她卻極力冷靜。她喜歡尤瑟納爾、博爾赫斯以及愛默生的文章。她習慣飲用蒸青綠茶加入菊花，悠悠閒閒地浸潤她的有些慢性咽喉炎的嗓子。她吸菸的時候，總是在雪白修長的菸捲上塗抹一層清涼的風油精……

我十分驚異老婦人竟說出我的朋友這麼多的隱私特徵。我說，我非常願意相信你，可我已經找不到回去的路了。

此時，我已經清楚，還有一大段人間的路程我是非走不可了，我已責無旁貸。

老婦人又說，你沿著你的夢境，就可以退回到原路，回到你和你的朋友本來的地方。

老女人的話，忽然使我明白我原來是在夢中，於是，我開始努力要從夢中掙扎出來。可是，多年的疲倦像積厚的塵埃或淵遠的理論，緊緊地縛在我身上，使我清醒不過來。絕望中我想起早年我曾在一本頗爲怪誕的書上讀到的一段句子，於是，我高聲叫道，「……醒來了也沒用，無數的沙粒壓得人透不過氣來……醒來並不是回到不眠狀態，而是回到先前的一個夢。一夢套一夢，直至無窮，正像沙粒的數目。你將走的回頭路沒完沒了，等你眞正清醒時你已經死了……」

老婦人說，你不要洩氣，當你眼睛打開的時候，天空就會明亮地甦醒過來。

她一邊說著，一邊把一串光亮閃閃的乳白色石珠放進我的衣兜裡。她說，這是一種符號，當它們一顆顆單獨存在時，與遍地叢生的石子毫無二致，但是倘若把它們串在一起，這些特殊的石子便會閃爍出迴然相異的光彩。

然後，她在我的腦袋上輕輕地拍了拍，連聲說著，回吧，回吧，回吧。

當我終於掙脫夢境醒來時，我發現自己靠在殞楠的肩上，那肩如同枕頭一般柔軟。她正在用一隻手敲著我的頭。

「好了，飛機已經到達N城了。」殞楠說。

我立直身體，左右晃了晃發酸的脖頸，我說：「我正在做夢。一個與你有關的夢。你若是再晚一分鐘叫醒我，我就可以見到你了。這是很關鍵的一次見面。」

「是嗎，爲什麼?」

「因爲，我正要告訴你一件事。」

「太巧了，我叫醒你，正是爲了問你一件事。」

「快說，問我什麼事?」

「你還是先告訴我你做了一個什麼與我有關的夢吧，你要告訴我的是什麼事?」

我說：「我夢見我們的飛機出了事故。我在天國裡遇見一個陌生的老女人，她要我回到我的肉體中去，要我回來照顧我的母親和陪伴你，她說我們不應該像鬆散的沙粒抱不成團……」

然後，我詳細描述了老女人的模樣，她的多褶皺的面頰，寬綽的體態，她的引人注目的膚色頭髮，她的高山流水一般悠遠的嗓音。

忽然，我發現我的朋友淚光閃閃，她的嘴唇由於吃驚或者痛楚而近乎顫抖起來。

我停下來，看著她，不知如何是好。

殞楠說，那個老女人正是她已經去世十三年的母親。她說，那時，我和她還不相識。

說著，她從皮夾裡拿出一張她母親的黑白相片，這張相片的邊角已經枯黃。我驚異萬分地看到，相片上的這一個女人，正是我夢中見到的那個女人。

我和殞楠走下飛機舷梯時，已是N城剛剛從朦朧的午睡中醒來的時候。

我們帶著江邊山城的節奏，一步步緩緩地走進這個城市下午兩點鐘的陽光。這時，我忽然聽到了這個城市那久違了的熟悉又遙遠的心跳聲，它堅硬而冷漠地撲面而來，我一個踉蹌向後閃了一步，本能地感到這個急功近利的聲音與我肋骨間跳動的聲音再也無法吻合。那是做爲一種公共標準男人的律動和節奏。

殞楠打了個冷顫，從背包裡取出一件黑色的長外衣套在身上，並且豎起衣領，通體彷彿都被罩在一層陰影裡。「這個城市愈發像虛構的一樣了，」她說，「缺乏某種眞實性的溫馨和情調。」

「這個顯而易見，你很難想像多年來我一直就是這座大戲台上的一只木偶。」

機場外邊的廣場扇子似地在我們的腳下一葉一葉敞開，猛烈的陽光如同滂沱而來的白色雨柱耀眼閃爍，使得行色匆匆的人流彷彿都成了曝光度過強的活動相片。

在我視域所及的邊緣處，我望到了那座高大聳立的JG大廈，它正在用它那冷漠的玻璃泛著幽藍的寒光。這個參天的半環形的拱式建築物曾多次被殞楠視爲N城的象徵。她說那是一種冰箱般涼颼颼的質感、不穩定而且頗具頹廢特徵的鉛灰色。她說，穿透它的外表，你所想像的是那裡有著這迷宮似的莫測的走廊、呆滯的門窗以及有迴紋裝飾的天花板上餘音裊裊地滲漏下來的慘淡的樂聲。一種曖昧中而又拒絕的矛盾情緒。

這時，殞楠說：「對了，剛和你說你在夢中找我，要告訴我一件什麼事？」

她把頭轉向了我，栗黑色的眼睛暴露在流動的陽光之下。她眯著眼睛，彷彿正在用她那密密的睫毛阻擋著我之外的這個城市的一切。

「嗯……這個嘛，」我嘆了一口氣，「你知道我一直感覺不到哪裡是家，現在我已放棄再去尋找的念頭了，我累了。無論如何這座城市是我出生的地方，是我的呼吸、皮膚、內臟和睡眠適應的地方，我的母親永遠敞著家門在等我，這座城市命中注定與我割捨不斷。可是……你知道，一個人是否孤獨其實並不在於她沒有朋友，而恰恰是她在這個世界上擁有親密的朋友，而她的朋友卻都在遠方……」

「你到底要說什麼嘛？」

我轉過頭去看陽光，順著那刺目的光柱，我看到太陽像一枚孤零零的大銀盤在城市的上空懸掛，光影在頭頂上的枝葉間流動穿梭，空氣透出一股自命不凡的氣息。我忽然感到那大片大片的明媚耀眼的光輝不過是把捏碎的陽光人工地拼接起來的黏合物。

我沒有轉回頭來看殞楠，我說：「你……使我感到孤獨，在這個城市，我總是一個人……」「難道……你還不是也讓我感到如此嗎？」

終於，我大聲地說（彷彿是對著整個空氣在說）：「我要你同我一起回家！我需要家鄉的感覺，需要有人與我一起面對世界。」

殞楠轉過身，瞇起她那又大又光亮的栗黑色的眼睛看我，用她那種獨特的我早已熟悉的眼神。然後她舉起一隻手撫了撫臉頰上的塵埃，想像中的塵埃，像是抹去或者開始某種抽象的什麼。

殞楠理了理背包，然後騰出一隻手牽住我，「好吧，」她說，「我們走。」

我一邊用現實的右手緊緊抓住她伸給我的彷彿是溺水中稻草般的衣袖，一邊把我那隻天生耽於幻想的左手伸進自己的衣兜。

這時，我那漫不經心的左手在衣兜裡猛然觸碰到一個涼涼的東西，某種預感使我想起了夢中天國裡的老婦人丟在我衣兜裡的那串晶瑩的石珠。我急忙把那東西拿了出來，由於我的慌張，那東西掉落到地上，我和殞楠驚愕無比地看到一堆潔白的小牙齒似的石珠滾落一地。

我的舌頭僵在嘴裡像一塊呆掉的瓦片一樣。

徐小斌和她的小說

徐小斌（一九五三～），祖籍湖北，生長於北京的一個知識份子家庭。她自幼習畫，中學畢業後成為最後一批赴北大荒插隊的知青，在冰天雪地裡生活了三年才返回北京，考上中央財政金融學院。現為中央電視台中國電視劇製作中心一級編劇。中國作協會員，北京作協理事，當代女性主義寫作重要作家。

徐小斌在大三時，寫下第一篇小說〈請收下這束鮮花〉，甫發表就贏得讀者的喜愛，更獲得首屆「十月文學獎」。之後，中篇小說〈雙魚星座〉獲全國首屆魯迅文學獎，另一個中篇小說〈異邦異族〉則獲《鍾山》雜誌優秀中篇獎，散文〈海幻〉獲全國青年散文大賽創作獎，中篇小說〈對一個精神病患者的調查〉譯成英文後，受到美國心理分析大師諾曼·蘭德的關注，認為是中國最早的心理分析小說；經作者改編為電影劇本《弧光》後，該片獲第十六屆莫斯科電影節特別獎。長篇小說《敦煌遺夢》已譯為英、法文版，在海外發行；該小說獲一九九五年中國新聞出版署頒發的全國圖書第八屆「金鑰匙」大獎，這是一項暢銷書大獎，證明她的小說兼具文學評論與市場的魅力。《敦煌遺夢》再版後，獲作家報九七年度十部最佳長篇獎。自一九八一年始發表作品以來，迄今發表近四百萬字，包括長、中、短篇小說、散文、電影、電視劇本。

徐小斌於一九九六年在美進行了為期三個月的訪問講學活動，以「中國女性寫作的呼喊與細語」、

「逃離意識與我的創作」為題的文學講座，受到美國著名學者的高度評價，和研究中國文學的海外學人的歡迎。由於在女性文學方面的成就與貢獻，她獲得一九九八年中國首屆女性文學獎。同時她擅長繪畫及民間刻紙藝術，曾於一九九〇年八月在中央美院畫廊舉辦個人刻紙藝術展。

徐小斌的小說有一種非常獨特的想像力，在女性題材的書寫上獨闢蹊徑，從不同角度探討現代女性在男權社會裡的存在困境。一九九五年，徐小斌在《大家》上發表的〈雙魚星座〉就有一個很奇特的構想，她借「雙魚座」的星座命格來形塑女主角「卜零」的先天性格——畢生只幻想著愛與被愛，那是她生存的唯一動力，正如巫師所言：「你一輩子都在想男人。」偏偏她所渴望的愛情充滿危險。

卜零被定位為「菲勒斯中心社會」（菲勒斯即phallus，亦可譯為陽具中心社會）的逃離者，這個一度被籠罩在濃濃的父權陰影下的現代女性，不再想成為父權制的鏡像，於是她開始逃離、反叛和顛覆現代男女二元對立的社會（施蕾〈陰性返魅——解讀徐小斌中篇小說〈雙魚星座〉〉）。這個絕對沉溺於精神自戀的卜零，當她探索到最內在的存在時，就回到了身體，回到她最堅實的女性自我。只有一個自然存在的男性他者，才讓她對身體的意識獲得現實的愛慾內容（陳曉明《無邊的挑戰》）。故事裡的巫師洞悉一切，同時又催化著各人內心的慾望，甚至協助驅動著情節，讓整篇小說蒙上一層神祕感，暗暗呼應卜零的星座命格，也將卜零的女性自我經驗和內在慾望，融合在預言／占卜之中。

今年徐小斌剛出版一部新的長篇《德齡公主》，以清末駐法國公使的女兒德齡進宮做慈禧的御前女官為背景，講述了她目睹大清王朝，在歷史的演繹中走向衰亡的最後掙扎。為了寫這部小說，在很長的一段時間裡，徐小斌研讀了大量的前清祕史。鮮為人知的史料加上小說家的想像力，成就了一部「一半是藝術，一半是歷史」的長篇小說，並開掘了一種歷史小說的全新樣式。

重要作品有：《徐小斌文集》（北京：華藝，一九九八）；長篇小說：《海火》（北京：中國青年，一九八九）、《敦煌遺夢》（北京：北京，一九九四／石家莊：花山文藝，一九九七）、《羽蛇》（廣州：花城，一九九八／台北：聯經，二〇〇二）、《德齡公主》（北京：人民文學，二〇〇四／台北：印刻，二〇〇九）、《煉獄之花》（北京：人民文學，二〇一〇／台北：印刻，二〇一〇）；中短篇小說集《對一個精神病患者的調查》（福州：海峽文藝，一九九〇）、《雙魚星座》（天津：百花文藝，一九九九）、《清源寺》（北京：北京，二〇〇三）等三十餘種。

雙魚星座

徐小斌

雙魚星座，黃道十二宮的最後一個星座。

神祕的海王星主宰著這一星座。海王星是一切藝術靈感的發源地。因此，出生在這一生辰星位的人，敏感、神祕、耽於幻想，經常在只有冥想而無行動的特殊意境中生活。假若他是男性，則有一種天眞、忠厚的氣質，有烏托邦思想傾向，但也常常會有一種惰性和優柔寡斷；假若她是女性，則有一種奇異的魅力，她異常渴望愛情，她的一生只幻想著一件事，那就是愛和被愛——愛情，是她生命的唯一動力。她雖然聰明絕頂，但很可能一事無成：因爲脆弱、漫不經心、自由放任會毀掉她的靈性；而她幻想中的愛情則充斥著危險——那是所羅門的瓶子，一旦禁錮的魔鬼溜出瓶子，便會在毀掉別人的同時，毀掉她自身。

想像力豐富的雙魚座人說：我相信。

表達愛情的方式：被動的。

是一個：感情純眞的人。

渴望：愛的歡樂。

弱點：不會說「不」字。
喜歡：幻想。
害怕：被遺忘。
尋求：捷徑。
秉性：聽任自然。
假期生活：海邊。
開支：心中無數。
吉祥物：馬頭魚尾怪獸。
吉祥植物：一切能引起幻覺的水生植物。
吉祥寶石：翡翠。
吉祥日：星期四。
吉祥色彩：水色。
吉祥數字：九
理想居住地：埃及。波斯。巴里島。火奴魯魯。
出生在雙魚座的大人物：愛因斯坦。施特勞斯。米開朗其羅。哥白尼。雨果。蕭邦。拉威爾。
出生在雙魚座小人物：卜零。

1

那一輪星座就掛在對面的山牆上。

薄而纖弱的空氣絲綢一般抖動著，整個夜晚漂浮在一片倒影和反光之中，玻璃魚缸一樣地襯托出一對浮動的魚——那是星星的網結成的。星星珠串一般穿起兩個菱形的脈絡，寧靜而精緻。

記不清多長時間了，卜零眼裡的星星似乎蒙上了一層陳舊的顏色，她看不見那銀色甲殼蟲似的閃爍，只能看到失去光澤的星體，蒙受著一層陳年舊色，像一張舊照片那樣平面而泛黃。這種失去光澤的星星令人恐懼。韋說你的視網膜出問題了，你得去醫院看看。韋反覆說了多次。卜零總是答應著，但一到清早就忘了。畢竟，白晝比黑夜的時間要長。

卜零在一家市級電視台寫劇本。她寫的劇本，大半都不能用。僥倖上了一兩集的單本戲，還被排在零點以後播出。哪個導演也不願接她的本子。譬如有一次她在開場戲中寫道：日。外。河邊。春天，踏著濕漉漉的腳步走來了。又如，她這樣形容男主人公：他的外衣和靈魂都是灰色的，像一條灰色河流中的水分子。

劇組裡的人短不了拿這樣的本子開玩笑。卜零也從不到劇組去。所以，實行全員聘任制的方案剛一出台，卜零就知道自己的飯碗快要保不住了。

幸好，那一輪星座每天晚上都如期而至，可以很長時間地吸引卜零的目光。不必說話，也不必麻煩別人。

自從卜零從一本書上知道那疊在一起的兩個菱形是雙魚星座，是屬於她的生辰星位，她常常調侃地默望。

2

韋不知什麼時候已經坐上車了。

有一天黃昏，卜零像平常那樣走上陽台去眺望遠方尚未出現的星星，一輛小轎車靜靜駛來，暗綠色螢火蟲似的。一個年輕的司機輕捷地跳下來，很恭敬地打開車門，韋便從容不迫地下了車。韋挺胸凸腹的派頭正好與司機的謙恭態度形成反差。

卜零當時強烈地感覺到韋缺一雙男式高跟皮鞋。很奇怪，C市這兩年像是接到了什麼統一命令似的，男士的鞋跟一律不再隆起。卜零爲此曾專程跑到一家日製皮鞋專賣店，花了七百多元買了一雙四十三碼的高價男鞋，據說是日本直接進口的。很虔誠地請韋試過了，即使是鞋跟鞋尖塞滿了棉花，依然是大。卜零對一切數字都只有模糊概念，包括避孕套的大小型號。韋便半開玩笑地說：恐怕不是給我買的吧？是不是還在想著一米八二？

一米八二是他們夫妻間一個約定俗成的符號。很簡單，卜零過去的男朋友身高一米八二。韋把卜零從他手裡奪過來頗費了一番心思，因此總是耿耿於懷。韋在今天姑娘們的眼中屬於「全殘」，但卜零卻對此視而不見。卜零從來不重視過去時光。因此當她頭一次看到那失去光澤的星星時嚇了一跳，以爲是上天給予她的某種啓示。

後來一米八二到南方的一家公司裡當了總經理。前些年曾攜帶大量錢財珠寶來到C市，所有看到他的熟人都認爲他將和卜零鴛夢重溫。實際上也是這樣，他找到卜零，囁嚅著對她說，過去的觀念太陳舊了，好像愛就非得結婚似的。實際上他們完全可以成爲不必結婚的愛人。他把卜零摟進懷裡，吻她。他的臉脹得血紅，他的手燙得她皮膚生疼，但她的身體卻始終是冰涼的，臉色慘白如同冰雪。待他臉上的潮紅漸漸退卻，她客氣而冷淡地把他送到門廳，她的目光越過他看著他身後的門。那門竟緩緩地洞開了：韋不合時宜地夾著公文包走進來。韋和一米八二擦肩而過的時候，她迅速而又準確地計算了一下，他們大約相差十三四公分的樣子（當然，依然是模糊概念）。那時韋還在一家政府機關裡做小職員，穿著很寒酸。

韋什麼也沒說。甚至連一句話都沒問。卜零返回到沙發上坐了下來，撿起織了半截的毛衣。這是深灰和淺褐兩色線織成的玉蜀米花。卜零耐心地織著，一粒粒的玉蜀米在她手下凸起。後來她織成了一件十分時髦的大毛衣。但是韋穿在身上像個口袋。當天晚上韋下班之後就把毛衣脫了。韋脫掉了這件大毛衣之後便拒絕卜零爲他購買的所有衣物。至今這件大毛衣依然靜靜地躺在櫃櫥裡，發出一股強烈的樟腦味。

不過那時韋依然很尊崇卜零。韋驚奇寫劇本的人能在一張張白紙上從無到有地變出些黑字。韋從不在乎那些黑字說的是什麼。

3

直到韋調到一家大公司。一天深夜韋從一家歌舞廳回來，一邊還在回味著鹿鞭的香味。韋看到卜零正坐在窗前寫一個劇本。他看到那些枯燥的黑字源源不斷地從她手下流出，忽然感到操作這些黑字的女人十分貧弱。韋這時才悟到自己娶的原來是個百無一能的女人。他的耳畔於是又響起甘美水果一般的歌唱。年輕豐腴的少女，乳房在燈光下如同旋轉的星球，裙裾飄動宛若金蓮花的舞蹈。更重要的是，她們懂得最簡單的交換價值：一隻綿羊等於兩把斧子。

黑字的神祕性大概就是在那時消失的。

4

韋做了總經理之後更加早出晚歸。卜零漸漸領略了「商人婦」的滋味。夜深人靜的時候，卜零無法入睡。卜零於是學會在百無聊賴的時候用照鏡子來消磨時間的方法。

卜零的容貌，似乎該算作爭議很大、變化很大的那一種。有人說卜零很美麗，而另外一些人說卜零根本不美。卜零心裡有數，說她美的大半是男人，特別是五十歲左右的男人；說她不美的則百分之百是女人，尤其是六十歲以上的老太太。

卜零對自己的容貌一點兒也不自信。

有一次，一個同事借給卜零一本書。這是一本奇怪的書，上面畫滿了各種各樣的圖像，那是女性分解了的各個部位。這本書囊括了全球各個人種、各種膚色的女性。卜零對著鏡子一個部位一個部位地對照，終於發現自己接近西亞、北非那一族的女性。書上寫著：地中海式體形，豐乳，突臀，細腰，腿肥碩，略短，膚色較暗，毛髮濃密。卜零於是開始冥想：或許她的某個祖先來自古埃及或古波斯，肩上搭一條美麗的地毯，揹一袋黑麵包乾，騎著駱駝自西向東而來，先在古敦煌的石窟中落腳，做了一名工匠。後來，一位被放逐的唐代公主愛上了這工匠，就在那布滿團花、捲草和菱環紋的藻井下面，公主散開髮髻，摘掉釵環寶鈿，脫去雲頭履，波斯工匠拜倒在她的石榴裙下，第一次吻了她額前的五朵梅花。公主額前的梅花頓時金光閃閃晶瑩亮麗。於是在這佛國寶地他們生兒育女代代繁衍……這故事美則美矣，還是多少有些落套，卜零想。卜零不願做皇族的後裔。最好祖先是亞歷山大大帝東征時的一名武士。在青銅色的盾牌後面他看中了一個東方舞姬。那舞姬身穿銀紅綢衣，戴極大的珍珠，長巾飄拂，一臂上舉，一臂下彎，右側左傾。舞姬跳的是唐代名舞「綠腰」，靜時如池柳依依、楚楚動人，動時如雲飛鶴翔、雪回花舞……卜零浮想聯翩不能自已，彷彿自己便成了那舞姬。她做幾個動作，再瞥一眼鏡子，忽然像發酵的酒一般湧動起來，卜零知道自己一直在躲避著什麼，這躲避著的就像關閉在鐵窗裡的囚徒一般一有機會便越獄逃跑。這時她的心跳加速血流加快，鏡中，一種病態的紅潤漸漸席捲了她，一股燥熱空洞地湧起，她扯去衣衫，無助地站在鏡前舞姬般扭動身體，她覺得一股熱流正逼向那個隱祕之處，她閉上眼睛，把自己想像成正在被武士占有的舞姬。於是閉上眼睛的卜零心目中的意象變得朦朦朧朧神神祕祕難以言說……

很久之後卜零才清醒過來。她仰躺著，忽然明白上面根本不是什麼天空。上面是天花板，四周是牆壁。這個狹窄的空間裡只有她自己。要命的是此時世界上只有她一個人。那股熱流依然在體內湧動著，沒有降溫。她哆嗦著抓住身旁的杯子向鏡子砸去，隨著一聲意料中的爆響，她看到自己暗栗色的身體變成了碎片，她笑起來，笑得淚水噴湧而出，她浸泡在自己的淚水中像一條垂死的魚。

5

卜零生日那天的燭光晚會安排在一家四星級的飯店裡。

卜零曾堅持著不過生日。過一年就要大一年，老一年，卜零掩耳盜鈴地想忘掉自己的年齡。但是韋自有安排。韋不僅要為她過生日，還要利用這個機會大大炫耀一下。所以他給卜零娘家所有的親戚都打了電話。親戚們不來往已經有好幾年了。近來他們已從不同渠道獲悉關於韋的發達，正在尋找重新聯絡的紐帶，因此韋的電話讓他們喜出望外。他們早早便來飯店，擁著患早期腦血栓的母親，顯示出一派歡樂祥和的景象。

卜零扶母親坐在上座。母親伸出雞爪般青筋畢露的手指興奮地指向圓桌中心。卜零驚異地看到圓桌的中心不知什麼時候出現了一個大蛋糕。塔式的，大約有六層。每一層都有精緻的奶油花和生日快樂的字樣。那種淺米黃和巧克力色很幸福地搭配在一起，愈發襯托出幾個字的鮮紅欲滴，這種鮮紅因為過分華麗而引不起食慾。燭光珍珠般地滑落在亞麻繡花台布上。女眷們腕上的銀絲手鐲和金色指環交相輝映，顯示出一種溫潤可人的懷舊情調。卜零知道那蛋糕一定很貴。

韋眞是個好丈夫。母親、哥哥、弟弟和所有的親戚不約而同地說。這時韋來了，後面跟著他的司機。

6

韋大概是有意製造這種戲劇性效果的。他在宴客全體起立的隆重歡迎面前領袖般地揮了揮手臂，儘量揮得瀟灑和自然。大家自然一致稱讚韋。那些經過過濾的溢美之辭足以使韋把前些年在這個家庭遭受的茶毒忘得一乾二淨。韋的面部漾著油光，金絲眼鏡閃閃發亮。韋的全身都像鍍了金似的發出光彩。患腦血栓說不清話的岳母用慈祥的目光打量著心愛的女婿。哥哥和弟弟和嫂子和弟媳們則把一種嫉羨交錯的眼光投向卜零。韋發現了這個，便知道自己已經贏得了滿分。韋在心裡不出聲地笑了。

卜零卻發現他忽略了一個細節——他不該和那個司機一起進來。儘管韋西裝筆挺而司機只隨隨便便地穿著便裝，韋精心做了最時髦的髮型而司機只是留著最普通的頭髮。韋被司機修長的雙腿襯得像被裁掉了一截。連韋矜持的微笑也被淹沒了——司機那燦爛的笑使整個房間都變得明亮起來。卜零覺得韋適合走在司機後面。

生日快樂！司機石向卜零問候，態度依然很謙恭。

謝謝。她禮節性地點點頭，隨即覺察出那雙亮眼背後潛藏的危險。

7

那位來自古埃及或古波斯的巫師就坐在地毯上。地毯的圖案像一幅美麗的銅版畫一般精緻。上面密密麻麻地繡著枝葉茂密的樹林。林木深處有金黃色的林妖在舞蹈。卜零第一眼看到巫師的時候就想起俄羅斯童話中的老妖婆。好像這老妖與地毯上美豔的林妖們有著一種什麼神祕的默契似的，她們渾然一體。巫師容貌醜陋而破敗。看不出她的年齡。她面前的小桌子上擺著一個多稜多面的水晶球，水晶球把她破敗的臉分割成規整的幾何圖形。

關於這位巫師，C城有著各種各樣的傳聞。這些傳聞使一貫信奉唯物主義的韋也暗暗心驚。韋之所以選擇這飯店，大半正是爲了這位巫師。但韋在卜零面前並不想承認這個。韋表情淡漠地看著卜零走近那神祕的老女人。那女人坐在那裡，儼然是一位神話中的人物。她的頭髮高高盤起，上面插著一枝毛絨絨的鳥毛，從額頭沿面頰一側垂下，遮住了大半張臉。她穿了一件黑衣，細工洞明，透出肌膚的芳香，似乎又有些海藻的腥氣。她用一隻眼詭祕地盯著卜零，那隻眼發出幽暗的銀藍色的光，像是伏臥著的銀色蠑螈。

她用可笑的漢語發音問了卜零的姓名和陽曆生辰。接著她說：姑娘，請你說一句話，隨便說一句什麼。

卜零想了想。卜零的大腦呈現出一片空白。這時卜零看水晶球中朦朧顯現的月桂樹。月桂樹的紋路很像是精美的刺青。

刺青是世界上最美麗的殺菌藥。卜零說。

巫師微微一笑。巫師的笑容居然十分動人。巫師把自己藏在水晶球後面，球體慢慢轉動著，每一道晶瑩的折射都令人膽顫心驚。

你很聰明。巫師說，但是你活不長。

那沒關係。

巫師驚訝地看了看眼前的中國女人，接著說：你的家庭看上去很好，但其實你並不愛你的丈夫。

那又怎樣？

巫師把聲音壓到最低：今年春天，你會遇到一個男人。

一個男人？一個什麼樣的男人？卜零竭力避開水晶球的折射。這時她感覺到那折光似乎返照著一個影像，那影像似乎就立在她的身後。

巫師笑起來，用極難聽的漢語發音慢慢地說：你眞的不知道麼？你一生都在想男人。卜零幾乎暈厥了。她慢慢回過頭去身後眞的站著個人，是石，那個司機。這時他正睜著那雙亮眼怯生生地盯著她。巫師的話無疑他是聽到了，卜零覺得全身的血都湧到臉上，而石的臉也像被返照似的紅了。這眞是個尷尬的場面。

你有什麼事嗎？卜零避開那很亮的眼光。

我……我也想聽聽。我今天也過生日。

你也是雙魚星座？

那雙亮眼眨了一下，像水晶球泛起的漣漪。

呵——這麼說你比我整整小一輪。卜零的眼睛在睫毛掩護下悄悄打量他。這年輕司機的面容幾乎是完美的。前額光潔明亮，鼻梁修長挺直，瞳孔不是黑色，而是一種透明的湖水色，有許多的亮光汪在裡面要從這湖水中溢出來。卜零從沒見過這麼漂亮的男人。更奇怪的是他身上有一種與身分不相符的高貴，雖然他羞澀謙卑又小心翼翼，不留神的時候仍會流露出一種落難王子般的高貴氣質。卜零奇怪這種高貴從何而來。或許，蛋糕是他買的吧？卜零想。

蛋糕的確是石買的。韋上車後就證實了這一點。小石跑遍了大半個C市呢！還堅決不要錢！你還不謝謝人家?!可卜零拿不準石究竟是爲了她還是爲他的老闆。石轉動著方向盤囁嚅了幾句。可惜看不見他此刻的表情。卜零的位置只能看見他的背影，他總喜歡穿一件寫有「今宵屬於你」的白色文化衫。這幾字使她聯想到頭上插著的草標。或許僅僅是煙幕彈吧。她可以看到握著方向盤的筋節突起的胳膊和旁邊那條肥碩的白手臂的奇異對比。她把車窗放下來。坐在石身旁的韋回過身，韋說卜零你別忘了明天去看眼睛。

8

一個月之後的一天晚上，韋大腹便便地從浴室裡走出來，邊用毛巾揩著肚子上的水珠邊對卜零說：春天了，一起去樂水度假村釣釣魚好不好？

卜零當然說好。卜零的工作沒有任何進展，最近很怕見老闆，很想躲到一個地方散散心。何況，她知道石也同行。

不知從何時起，韋已經離不開石了。石不但是司機，還是聽差、保母和馬弁。韋興致勃勃地給石打了電話，讓他準備好三隻釣竿、三頂遮陽傘和三只小凳子。韋知道石肯定有這些東西的——石是個釣魚的行家。

那一天天氣特別好。C城的天空出現了少有的蔚藍色，並且有一絲絲白雲飄浮在天空，看上去像是一束彎彎的玻璃纖維。剛剛落起雨的湖水很明麗，倒映出兩岸沙沙作響的楊樹；再遠處有一片桃林，盛開著粉紅色的鮮豔花朵。好天氣總是帶來好心情。石從「螢火蟲」的後備箱裡拿出釣竿，穿上魚餌，石很利索地把三根釣竿和三柄陽傘安好。三人並排坐著，韋在中間，石和卜零在兩邊。韋不時講些符合老總身分的笑話。氣氛很愉快。第十七分鐘的時候韋的魚漂忽然動了。韋和卜零一起歡叫著把魚釣上來，卻是一條一尺多長的白鱔！韋紅光滿面地大喊：快摘鉤兒快摘鉤兒！石撲過去把白鱔按住放進網兜裡，然後把網兜一頭拴在岸上，一頭浸入水中。韋十分得意，反覆讓周圍的垂釣者們證實釣到白鱔何等不易。吃中飯的時候，韋買了整整一箱啤酒款待石，並且請度假村的小餐廳把白鱔烹了，三個人吃得讚不絕口。吃罷飯韋照例要小憩一下，於是石和卜零便有了單獨交談的機會。

這是個新開發的旅遊區，遊者甚少，因此乾淨和安謐。水是新鮮的碧藍，偶爾漾起雪白的泡沫，鮮奶一般醇濃。中間隔著一張空凳和一枝寂寥的釣竿，石和卜零都充分感受到對方的存在。

石連釣了四條魚，卜零的釣竿卻毫無動靜。不斷擴散的水的波紋很容易使人產生錯覺，卜零覺得魚漂好像動了一下，她急急地拉，竿彎了，根本拉不動。卜零暗暗祈禱這是一條與眾不同的大魚。卜零使盡了全身力氣仍然拉不動，卻被一種反作用力拉得魚竿脫手。釣竿就那麼輕飄飄地在風中轉了半個圈兒，一頭栽入湖中。卜零覺得自己也跟著栽進去了似的。

石走過來，一雙亮眼充滿了幸災樂禍的笑意。垂釣者們都看過來，卜零也只好捂了臉，低垂著眸子吃吃地笑，她不敢承接石的目光，只軟軟地抬起一隻手臂指著正在漂移的釣竿：眞糟糕，掉水裡了。卜零這時並不知道她這樣子非常好看。石格格一笑：沒關係，只要你沒掉水裡就成。卜零的兩腮立刻滾燙起來。卜零那隻舉起的手臂流露出一種不可言說的優雅意味。那是極優美的線條，像水流劃出的弧線那樣。卜零的膚色有些發暗，這時在陽光下變成淡黃色，半透明的，石榴一樣美麗，這種半透明的黃足以引起任何遐想。石看到這種黃色就恢復了某種記憶。石記起那天的生日晚會，在巫師的水晶球面前，卜零驀然回首，臉色就像湖邊盛開的桃花一樣鮮豔，她那驚慌失措的樣子像一隻被追逐的牝鹿一樣美麗。石無論如何不敢相信她已年近四十。她當時說她比他大一輪，但她說這話其實只是爲了掩飾她的驚慌。

石沿著湖邊斷磚砌成的斜面下到水中。卜零俯視著他。她剛好可以看到他寬肩闊背上不斷活動著的肌肉群。他那筋節突起的手臂正伸向水面的釣竿。他身上有什麼東西讓她怦然心動。人體內一定隱藏著某種密碼，只有高度契合才能互相感應。不知何時開始卜零發現只要她接近這小司機的身體，便會有一種強烈的異樣感覺。因此卜零開始有意地躲避——在她這個年齡已經不允許做這種毫無可能性的遊戲。但是，她身體內部的那個囚徒，那個饑餓的囚徒卻常常不合時宜地衝出她精神化的牢籠——越獄逃跑。

石把釣竿撈上來了。石告訴卜零，剛才釣竿拉不動不是因爲有了大魚，而是卜零不小心把魚鉤嵌進水底的石縫裡去了。石說需要立即換一個魚鉤。

9

石點了枝菸，伸出一隻大手。石說姐姐你給我看看手相吧。不知從什麼時候起石背著人就叫卜零姐姐了。卜零猶豫了一下，接過那隻大手，用手指輕撫石手掌上的紋路。卜零發現石的掌心似乎蒙上了一層白霜，而所有的掌紋都斷裂了，模糊不清。石有點羞怯地說姐姐你看不清吧，我這隻手被汽油給燒過，要不下回我刷乾淨了再請你看？看來得用刷豬毛的刷子——卜零噗哧笑出來。每到這時候他的大眼睛也脹得緋紅。卜零又讓他伸出另一隻手。卜零貌似認眞實際心不在焉地端詳一遍之後，說你三個月之內要有一次大災，這災和一個女人有關係。石驚呆了，石問這事怎麼才能躲得過去，卜零搖搖頭繼續說你這輩子有三個女人，其中一個女人能解救你，可另外兩個會讓你更倒楣。石大睜著眼睛想了半天，什麼？三個女人？他問。卜零的目光軟軟地淌過去：怎麼了？是嫌多了，還是嫌少了？石搖搖頭，大眼睛裡全是迷茫。卜零覺得他這種表情美得出奇。卜零說你是不是有什麼祕密？讓我瞧瞧。卜零又拉過他那隻被汽油燒了的手。

卜零再次握住這隻手的同時她覺得事情要糟了。一種情緒忽然以不可阻擋之勢湧動出來。因爲湧得太急太快她感到頭暈目眩。那隻絕對滄桑的粗糙的手充滿了性感。他近在咫尺，每一次呼吸都使她心旌搖蕩，他的身體還沒碰到她她便感到全身震顫，她渴望這雙手來捏碎她，她被這強烈的渴望壓迫得抬不起頭說不出話——而在韋面前，她甚至毫無羞怯感。韋雪白肥滿的腹部讓她噁心。她與韋做愛的唯一要求便是關燈。在黑暗中她可以把韋想像成任何一個男人，唯獨不是韋。

石等了很久，等到不正常的那麼久了，石忽然感覺到有點不妙。握住他手的那隻手溫潤如玉，那隻溫潤如玉的手起了一種微微的痙攣。接著他看到那張死死沉下去的臉。滿頭秀髮紛垂下來，遮蔽著她的表情。她的表情使人幻想湖水中一根青草的容顏。因爲頭垂得太低，她的胸部悄然暴露，從他的位置可以看到她的兩個乳房的上半圓，那半透明的杏子黃的石榴石，乳房弧形的圓潤純金一樣的溫暖，石覺得嘴唇陡然乾渴起來，他慌亂地往嘴裡放一枝菸卻忘了點火，後來總算把火打著了而火苗毫不留情地灼傷了他遲疑的手。

這時陽光非同尋常地有力度，雲彩的斜影在遠處山脊上搖晃，偌大一個湖面好像只有他們兩個人。天空在俯視著一種美麗，這種撕人心肺的無言之美。

就在這時韋伸著懶腰走來了。

韋看到卜零和石很近地坐在一起，卜零似乎還拉著石的一隻手。韋很奇怪這兩個人在一起會有什麼話說。卜零吃了一驚似的站起來。韋倒是很大度，拎起小凳子說你們慢慢聊著，我到那邊去釣魚。說罷就扛起魚竿向對岸走去。當韋快要走到對岸的時候石猶豫著站起來。石問姐姐你過去嗎？

卜零堅決地搖了搖頭。卜零的拒絕是希望石也同樣拒絕，但是石說那姐姐你一人在這兒釣吧，我得跟韋總過去。卜零沉默良久說其實你不過去也沒關係。卜零說這句話幾乎用了全身的力氣。但是石笑笑說還是過去吧。說罷便扛起魚竿拎著凳子走了。太陽把他長長的影子一直投到卜零眼前。卜零胸中溢滿了的東西從眼裡流出來了。對著空曠的湖水她淚流滿面不能自已。

10

第二天，卜零的老闆找她談話。

卜零的老闆原是南方人，前兩年剛調入市台。老闆個子很小，心計卻極深，他很知道如何使用卜零這樣的女人。這時他端坐在椅子上，很嚴肅地說：有一個題材，你去抓抓看。要下到少數民族的寨子裡，最邊遠的寨子。現在台裡要大批裁人，這也許是你最後的機會了。哦，費了好大勁才聯繫上的喲！

卜零向老闆表示了感謝，就立即去買了火車票。卜零心中對巫師的話似信非信。那個在春天裡相遇的男人，或許僅僅是遙遠的愛情灰燼中的一個迴響，它用面紗把你遮住，給你一種非物質的感覺，使你誤入歧途，以為它是走進另一世界的通道，可實際上，它不過是個陷阱。

要命的是，卜零的懷疑背後仍然存有希望，她的懷疑正是為了她的希望。她的希望背後是一個年輕男人的影子，那個男人在空曠的湖水的背景下向她伸出一隻手，他說姐姐給我看看手相吧。

台裡規定，處級以上幹部才能享受乘飛機的待遇。所以卜零只好買火車票。

11

臨行那天正好韋要與某國的投資集團簽約。暗綠色的「螢火蟲」把韋送到集團公司的大廈前，然後才轉向去車站的路。一路上韋半閉著眼睛一言不發。石按照韋慣常的要求打開車內的收音機收聽新聞。播音員平板的語調迫使卜零向韋做出求和的身體語言，韋卻毫不理睬。卜零看見韋眼角上殘留的黃色分泌物。她下意識地伸出手，然後手指像被施了定身法似的停在空中——她害怕觸碰韋的身體，害怕韋會做出過度的反應。但是真正對她構成威脅的，卻是前面反光鏡裡的那雙眼睛。

不知多久了，卜零總是習慣地坐在正對反光鏡的那一面，在鏡裡端詳自己的面容。鏡裡呈現的淑女般的面孔往往會使她產生莫名其妙的聯想。卜零看到淑女面孔的背後有一座空漠的房子。那房子通常有著一種幽冥般的寂靜。一個走來走去的女人面對一面形狀古怪的鏡子，慢慢脫下自己的衣服。光鮮的外衣裡面，是骯髒的胸罩和內褲。那些內衣的層層花邊都染上了別的顏色，或者說，是被歲月腐蝕得面目皆非。那一雙乳房在反光鏡裡寂寞地眺望。

卜零忍不住淚水涔涔。

石小心翼翼地把卜零的提包送上車。他看到一向溫柔可親的老闆娘在流淚。那眼淚像是在掩飾著什麼，又像在逃避著什麼。她穿著細羊毛黑衣的身子驚惶不定像一隻隨時準備飄逝的蝴蝶。石很想把這個哭泣的女人摟進懷裡。但是石實際上連碰也沒敢碰她。石只是戰戰兢兢地說姐姐聽說那地方的香水質量不錯，要是方便你給帶一瓶來吧車上要用。卜零點了點頭並沒有回頭看他，她覺得自己哭過的臉一定很難看。

12

火車走了四天四夜。卜零像一尊石像那樣不吃不喝也不動，直到火車進入一個遙遠的山寨。

寨子裡有一隻長長的木鼓，這是族人的通天神器。那些古銅色或暗褐色的男人女人們常常在夜晚圍著木鼓和篝火跳舞。明亮的篝火像古綢緞一般纏繞著這一群舞著的男女。男人用半隻葫蘆舞動，而女人則用美麗的樹葉來裝飾自己，姑娘都有著天眞燦爛的大眼睛和漆黑如墨的長髮，還有被檳榔汁染黑的厚嘴唇。那些形狀奇異的綠色、黃色或紅色的樹葉在那些古銅色或暗褐色的身體上閃爍，令人想起遠古時代開闢鴻蒙的女媧。妙就妙在這來自遠古的女人生長在現代的太陽下，在太陽的氣味中婦人們揹著背簍抽著水菸裸著曬黑的乳房踽踽獨行，與舞蹈著的姑娘們疊印成爲獨特的風景。

卜零忽然覺得他們便是自己的族人。

卜零被當做貴客請進寨子的家。有一位頭髮灰白的老人端坐在那裡，臉大而浮腫，像是被蒸過的黑蕎麥窩頭。卜零知道那便是頭人了，他坐在火塘邊默默地吸著水菸。裊裊的煙塵一般籠罩著周圍男人女人的臉。有一種強烈的氣味嗆得她幾乎透不過氣來。她要找的那一對夫婦影視搭檔也來了。從很遠的地方趕來。在周圍一片濃重的膚色中他們顯得蒼白如紙。他們很恭敬地把寫好的劇本交給卜零，卜零看了一眼題目便放下了。題目是《南國紅豆總相思》。做導演的夫人說，本子寫的是一個漢族女人在邊遠寨子裡的經歷。

爲了歡迎卜零和夫妻搭檔的到來，寨子做了過節才吃的菜。這些菜以外形看便使人驚心動魄，它們彷彿是某些動物的化石或標本，半透明的，蛹似地伏臥在那裡。卜零看到它們被許多長指甲的手指抓起來，送到自己面前的木碗裡。

家釀酒似乎很厲害，兩碗下去，劇作家的舌頭便已經發黏了。劇作家當眾摟住自己的妻子，像孩子撒嬌那樣呢喃著。劇作家穿著的寬而大的T恤衫，很明顯地透出兩片漆黑的乳暈，圓形膏藥似的糊在女人似的胸脯上，雙了幾層的下巴和脖子連在一起，但是依然很脆弱，像被卸掉頸骨似的，他的脖子軟塌塌地耷拉著。卜零一直擔心地看著他的頸子。他笑瞇瞇的風度很好，說出話來聲音細而軟——絕不像是從這樣偉岸的身軀裡發出來的。夫人徐娘半老風韻猶存，一口吳儂軟語，眼光總是閃閃地往空中飄，一臉浪漫少女的濃情和率眞。讓人看上去眞眞是琴瑟和諧，令人羨慕。

在大家端起木碗歌唱的時候，卜零看見做導演的夫人抓起一縷被切割得很細的牛腸舉起來，牛腸在光線下呈現出粉紅色的陰影，導演向它心滿意足地伸出舌頭。

那舌頭肥而厚，上面有暗色的舌苔。

卜零覺得喉嚨裡的東西一下子湧出來，和水菸噴射的粉塵一起在火塘邊飄舞。

13

族人認爲卜零劇烈的腹痛和嘔吐一定是中了邪。

這痛點是不斷變化的。猶如一條看不見的鞭子不斷變化著落點。奇痛之時，連杜冷丁也不管用。她像掉在油鍋裡那樣徒勞地掙扎，她的臉上呈現出枯葉飄落又腐爛的顏色。

族人說：她是中邪了，她一定是中邪了。頭人命令兩個剽悍的青年牽來一頭牛。那牛龐大而溫順，大睜著兩隻驚惶的眼睛，眼裡似有淚水滾動。一個青年抓起一把雪亮的長刀。長刀鳴叫出器官撕裂和分割赤金的聲音。卜零看見牛眼忽然凸了出來，然後又凹進去，這一凸一凹之間，牛眼暴發出一種奇特的驚懼，有一把刀血淋淋地從牛翻捲著的傷口拔了出來，牛像一團水一般柔軟地匍伏下去，血流如注。濃紫的血像完全成熟的紫葡萄一樣，顏色濃豔得無法化解。

有人把新鮮的血滴進酒裡遞給卜零。卜零連想也沒想便一飲而盡，這時如果有人告訴她毒藥可以治癒腹痛她也會毫不猶豫地喝下去。

卜零覺得劇痛好像突然消失了。頭腦一下子十分清醒。她清醒地發現夫妻搭檔已經走了，那個叫做《南國紅豆總相思》的劇本放在火塘旁邊，因無人看顧而十分冷清。

這時已是邊寨的夜晚。卜零看見雙魚星座在夜幕中漂浮起來，她看到這疊在一起的菱形便十分親切，畢竟大家還是生活在同一個天空下，她驚奇地發現那星座已退去陳舊的顏色，恢復了亮度。

她當然也想起那個和她共屬一個生辰星位的年輕男人。這星座或許是某種箴言的象徵。

14

就在卜零疼痛的那個夜晚，韋再次走進那個有巫師算命的飯店。巫師今天的精神似乎不佳，她在水晶球後面的臉顯得十分疲憊。她聽韋說明了來意之後就讓韋把右手放在小桌子上。韋猶豫著說應該是左手吧，不是男左女右麼？巫師聽了之後就抬頭看他一眼，巫師說你的命很硬，在你前頭有個姐姐，在你後頭有個弟弟。但是都沒活下來。對嗎？只這一句話便使韋高凸的腹部收斂起來。事實的確如此，但是韋儘量不動聲色。巫師接著說你夫人的命雖然硬一些但也硬不過你，你夫人如果……如果愛上別人的話一定會像進地獄一樣痛苦，你們雖然不太相合，但是不會離婚。

對不起，你剛才說什麼，我夫人如果另有所愛的話會怎麼樣？

……

巫師並不抬起沉重的、魚一樣的眼皮：我是說，如果她愛上了別人，就會像進地獄一樣痛苦。懂了嗎？比如說。她會肚子疼……

肚子疼?!

巫師狡黠地笑了一下：當然啦，我這是打個比方。

韋心神不定地看著水晶球後面的那張破敗的臉：那麼，我的事業呢？我的前程會怎麼樣？

巫師顯然已經很不耐煩，巫師沒有回答韋的話，只是疲憊地指了指眼前的蠟燭，蠟燭正呈現出軟化的滴落形態。

15

石把韋送到家的時候已經晚上十點，一路上韋沉默不語。石已經習慣了韋的沉默，但是今天韋的沉默裡還有一種明顯的憤慨。石知道這與算命有關。石幾乎一字不落地聽了老闆夫婦的命運。石並不認爲這巫師比那些街頭行騙者高明多少。奇怪的是他一向認爲高不可攀的兩個聰明人竟也如此輕信。直到家門口韋才長嘆一聲說卜零這個人眞是荒唐，她竟然相信這種老妖婆說的話。石急忙附和說這種老妖婆一定是在外國騙不下去，到中國騙錢來了。韋已經下了車，聽了這話又停住腳步，韋說小石你眞的這麼認爲嗎？石的臉紅了但是幸好有夜色掩蓋著。石說眞的韋總，您千萬別相信這種話，現在這種騙子太多了。韋點點頭拍拍石的肩膀，韋說你說得對小石，看來你比我們家卜零還明白點兒。石的臉更紅了，石說韋總您也不能這麼說，不是我明白，是卜零大姐太善了。韋這時才微微露出點笑模樣兒。韋走到台階時忽然舉目向天，天空晴朗星漢燦爛。韋輕輕咕嚕了一句：也不知道她的眼睛怎麼樣了。石聽到這話就知道他是想卜零了。

石也常常在想卜零，卜零是他以前沒見過的那一類女人。卜零對於他充滿了新鮮感，他覺得這女人聰明而天眞，時而憂鬱時而奔放，令人迷眩，並且常常引起他的衝動。但石是很實際的人，知道自己不該存有非分之想。對於他來說，卜零不過是飄在天上的雲彩，雖然美，卻搆不著。石從來不想勉強自己去搆那些搆不著的東西，何況，這還牽涉到他的飯碗。

石家距這裡還有十來分鐘的路程，但石沒有回家，而是把暗綠色的「螢火蟲」掉頭向西北方向駛去。正西北方五十來公里臨近郊區的地方有一座飯店，這飯店此刻正燈火通明。石把車停在飯店門口，然後步行走向臨近花園的一扇小門，那是內部職工的專用門。石推門進去，卻杳無人跡。石正在惘然四顧，一個苗條的黑影從他身後的石榴樹旁閃了出來。這自然是個女人，一個石在尋找的女人。石從一類女人的身邊逃開，走向另一類女人。

16

石的故事是這個年代最缺乏想像力的故事。石已婚，和妻子不睦，於是有了情人。情人是西北飯店貴賓廳的服務員。在妻子回娘家的時候，石把情人蓮子接到家裡來。第二天清早，在韋上班之前，再把蓮子送回。所以石總是顯得很忙。但是石樂此不疲。石打算在蓮子滿二十二週歲的時候再考慮換老婆的事。現在距此還有整整兩年。石還有足夠的時間全面考察她。石對蓮子是認眞的，這無可指責。唯一的不平等是蓮子並不知道石是有婦之夫。

現在蓮子已經坐在石家的沙發上，喝著石倒給她的紅葡萄酒。蓮子總是驚異著這房間的凌亂，石告訴蓮子這是他姐姐的家，而姐姐長期在外。蓮子喝著紅葡萄酒的時候石把床簡單收拾了一下，然後石坐在蓮子的身邊，像熟練工樣把手伸向她的衣扣。石著迷於這個過程。他從來不願意讓女人自己動作。他喜歡把一個穿著華麗的女人一點點剝得精光。在做這事的時候他從來不看對方的眼睛。即使這樣，他的臉上也常常泛起羞怯的潮紅，他的神態很讓女人們著迷和誤解，以爲他是完全沒有經驗的童男子，其實沒有經驗的正是她們自己。

蓮子的上身已閃爍在燈光下，但她仍然沒有放下那一杯酒。她怯怯地問他的姐姐什麼時候回來。他含糊地咕嚕了一句就抓住她的一隻乳房，她的乳房小而妖嫩不能盈握，但是十分潔白，顯然是一種典型的小家碧玉式。他忽然不合時宜地想起另一對乳房，那一對飽滿得要滴出汁水的、黃色石榴石一般美麗。

我們老闆夫人給我算命，說有個女人會給我帶來災難，是你嗎。石邊說邊緊緊擁抱住了蓮子，蓮子含情脈脈看了他一眼：你說是就是，你說不是就不是。

這樣的回答使石心旌搖蕩。他喜歡她這種徹底的順從。他迅速脫去衣服。她淡粉色的乳頭正饑渴地向上翹起，彷彿等待著吸吮，他咬住了那一點粉紅，這時他感到他身下的那個身子開始扭動。她的乳頭在他嘴裡勃動著，嬌嫩得彷彿入口即化，那一點淡淡的溫熱直化入他的心裡。他咕嚕著說我託人給你買香水了，你就等著吧。她雙眼迷濛的同時還沒忘了問是什麼牌子，他簡單回答了一句反正是名牌你會滿意的，然後他們就被激動和衝動淹沒了。

17

過了拉木鼓節，卜零就要離開寨子了。頭人很鄭重地把魔巴和兒女叫到一起，對卜零說：孩子，我們是最重友情的，你在我們這裡受了委屈，可我們看得出你也是個重感情的孩子。有件小禮物送給你，寨子裡別的不敢說，玉石和茶葉是有的。……喏，你看看這個，滿不滿意？頭人從身上掏出一個戒指，翡翠戒面晶瑩欲滴，碧綠無染。

卜零記起自己的吉祥寶石正是翡翠，眼淚幾乎滴落下來。卜零說大叔我來這兒眞給你們添麻煩了。這禮物我不能要，我只想知道什麼地方有賣香水的，我想買一瓶高檔香水。

頭人聽到香水二字就皺起了眉毛。頭人說要買香水只能到臨近的那座城市去，那裡是開放城市有著各國的名牌香水。可是需要過一座竹橋那竹橋搖來晃去就連當地人很少有人敢走。你過不去你肯定過不去。頭人搖著頭斷然地說。這樣吧，讓我的孫子幫你跑一趟，好不好？卜零想了一下說不行。卜零說我必須自己去這是我的一個朋友託買的我必須親自去挑。頭人聽了眨眨眼說我明白了。頭人接著讓自己的孫子阿旺陪卜零過橋。無論卜零怎麼推讓，頭人堅持著給卜零帶上了那枚翡翠戒指。頭人說：孩子，魔巴的手摸過的玉石能保護你，過竹橋的時候一定要帶上它。卜零看見那灰白頭髮的憂傷光澤便知道自己已經別無選擇。

小夥子阿旺提心吊膽地盯著走在前面的漢族女人卜零。卜零執意不肯走在後面。卜零說她看見前面人的雙腳會非常害怕。但是卜零上了竹橋才感到前面茫然一片更令人害怕。那竹橋柔軟得像一根弓弦一般，只要踏上去，便會深深陷落。下面是一片煙波浩淼的大水，兩岸高大的森林把濃重的陰影投射到水面上，卜零看到水便想起那個年輕的男人，那個垂釣者。他把魚鉤甩向湖面，願者上鉤。卜零想自己不過是一條凍僵的魚，哪裡有暖流便游向哪裡，哪怕那暖流裡藏著無數的釣餌。

阿旺看見漢族女人卜零的雙腿在不住地顫抖，她的慘白一直延伸到腳面。

18

卜零走過竹橋之後像是大病了一場。阿旺驚奇地發現這個女人好像一下子顯得蒼老和難看。在南國明亮的陽光下，她臉上的皺紋十分明顯。她的衣裳貼著她汗濕的身體，那身體仍然在顫抖，無法抑制。阿旺於是試探著說我們先休息一下好不好？但是漢族女人卜零堅決地搖搖頭。卜零說阿旺你還是帶我去香水市場吧，你出來時間太長你爺爺會擔心的。

但是這裡的香水市場讓卜零失望。的確各種牌子很多，但眞貨卻不多。從裝潢華麗的盒子裡只要拿出香水瓶，聞到的便是廉價香水的味道。年輕的阿旺是鑑別香水的專家。阿旺看到卜零不厭其煩地打開一只只的香水瓶，紫外線充足的陽光直射在她身上，她就像一棵焦渴的植物一樣正在慢慢萎頓。卜零讓強烈的陽光晃得睜不開眼，她看到的只是許許多多的香水瓶，晶瑩而多芒，使她想起水晶球。

快要夕陽西下的時候阿旺說卜零老師跟我走吧，我帶你到別處去。有個地方也許有你要的香水。卜零問那地方遠嗎，阿旺沒回答。阿旺揮手叫了一輛三輪車，阿旺請卜零坐上去，對車伕說了一句什麼，然後車伕就蹬起來，阿旺飛快地跟著走，阿旺無論如何不肯上車。

19

在這座城市的盡頭是山。山上有古老的岩畫。夕陽西下的時候，卜零看到山的斷層變成了單純的色塊，被斜陽薰陶得光熠四射。卜零還是頭一次體驗到這種純粹的顏色。有無數根古樸而美麗的線隱藏在岩石上，那些線深深地刻出遠古時代的生活。魚和鳥以及許多的生殖器官構成了這種生活。誇張的乳房和生殖器變成了符號成為母系社會的驕傲。卜零像一個遁世者一樣站在山上，等著太陽和月亮交接的那一瞬，這時的天空總有無盡的空白需要塡補。

阿旺把卜零帶到山腳下的一座作坊裡。很遠卜零便聞到一股醉人的香氣。作坊像神話般的矗立在山腳下。有無數雪白新鮮的花朵堆在這裡。體積龐大，卻輕似羽毛。有六個體態纖秀的少女把這些花朵捧進熱油裡攪拌，攪拌時不斷地向裡面加香料。豆寇、桂皮、番紅花、白檀香木、橙花香精、迷迭香酊……這許多的芳香變成香脂，再摻入優質酒精，然後放進純銀的蒸餾器中過濾。蒸餾器製成了孔雀開屏的形狀，只要輕輕按一下按鈕，便會有金橙色的濃縮液體從孔雀嘴裡流出。有個黑衣女人坐在蒸餾器旁邊。卜零驚奇地看著這一切，她幾乎是眼睛不眨地盯著，生怕眼前的神話會忽然消失。

那個黑衣女人忽然開口了。只是在那女人開口說話的時候卜零才注意到她。看她第一眼的時候卜零大吃一驚——卜零以爲巫師本人正坐在那裡！但是這種感覺很快消失了，這女人要比巫師美和年輕得多，可以說和巫師唯一的共同之處只是都穿黑衣服，還有，神態上有一點相像。

女人的話卜零並不懂。阿旺便和她搭腔。他們一問一答說了好長時間，阿旺回身告訴卜零說卜零老師你可以買香水了，這裡的香水都是最好的，大姑說她從來不賣給外人，看在爺爺的分上她賣給你一瓶，但是請你不要到外面說。卜零聽了連連點頭在阿旺的指導下她拿過一只中等大小的香水瓶，然後從這個銀質蒸餾器裡濾出了一瓶香水。香水在瓶中清澈透明，發出金橙色的亮光，神祕而美妙，令人遐想。黑衣女人看了看卜零狂喜的表情，伸出一隻被檳榔汁染黑了的手。

卜零不知所措地向她笑笑。阿旺低聲說：她是在向你要錢哩！

卜零的臉紅了。卜零從手袋裡掏出二百元錢放在那隻手上。那隻手仍在平平地伸著，沒有攏攏來的意思。卜零又往那隻手上放了一百元，卜零的手有點發抖。但那沾著檳榔汁的暗褐色的手仍然一動不動。

卜零發紅的臉又變白。小夥子阿旺對那個女人哇拉哇拉地叫起來。但那女人斜著眼睛，根本無動於衷。

卜零很費力地從左手無名指上退下那個翡翠戒指。這是頭人親自給她戴在手上的。戒面大而光潔，翠綠欲滴，水色很好。卜零把戒指放在那隻手上。阿旺驚奇地看見那隻暗褐色的手慢慢握緊，終於不再張開。

我們還會再見面的。那女人忽然用漢語對卜零說。她的聲音又低又啞，使人想起年邁的烏鴉。

就在這一瞬，卜零從黑衣女人臉上露出的陰險笑意中，忽然感到她就是巫師，或者說，她不過是巫師的幻影，是巫師無數面目中的一張臉。

20

回C城的火車晚了整整四小時。

本來應當是晚上十點左右到站，可現在已是深夜兩點。卜零曾打電報讓韋派司機來接，韋也很痛快地答應了，可現在，夜深人靜，連taxi也杳無蹤跡，誰也不會在這個骯髒的地方乾等四個小時，所以，沒什麼可埋怨的。

卜零提著行李袋出站，一路踉蹌著。行李袋裡是一堆號碼不明的衣服和一瓶香水。一路芳香使列車的乘務員們充滿了愉悅之情。但是現在這香氣正毫無意義地消失在夜氣裡。

C城的這個車站十分破舊和骯髒。從某種意義來說，這已經是個廢棄的車站。只有爲所有相遇的車讓位的慢車才偶爾經過這裡。卜零所以訂這趟車僅僅是因爲它最便宜。韋自從進入大公司以後不再把薪水如數交給老婆，只有在高興的時候給老婆一點零花錢。而卜零在台裡的處境更是尷尬。更糟的是卜零被人認定是大款的太太，這個頭銜給她帶來的還不僅僅是難堪。

卜零在一片黑暗中絕望地躲避著垃圾的臭氣。那一座殘破的鐵橋隔絕了市聲。這時她忽然發現，有個男人就站在鐵橋那邊，一動不動。就像被澆鑄在那裡似的。他長長的影子被風颳得飄忽不定。

卜零努力把驟然湧出的淚水吞嚥下去。那個年輕的男人走過來，一聲不吭地接過她的行李袋。

在黑暗中他們互相看不清對方的臉，但卜零覺得他充滿著與生俱來的親情。卜零費了好大力氣才克制住自己沒有投入他的懷中。卜零只好想出一句話來掩飾自己：你要的香水我給你買回來了。

石點頭說我知道了，老遠我就聞見香味了，謝謝你姐姐，玩得好麼？這時他們上了車。暗綠色的車就停在鐵橋那邊。卜零上了車還沒忘了說買這香水可不容易，是我冒著生命危險買的。石踩離合器的腳停頓了一下，石沒聽明白香水和「生命危險」有什麼關係。卜零看見石發怔的樣子決定不再說什麼就笑了一下，她的笑讓石覺得這句話純粹是一個玩笑。於是石心安理得地把離合器踩下去，又踩了一腳油門。飛馳的車把一種優雅的芳香灑了一路。

21

少女蓮子一進石家的門便聞見那股醉人的芳香。蓮子冷落了那杯紅葡萄酒，只是揭開香水瓶蓋不斷嗅著。在被石雙臂環擁的時候仍然把香水瓶抓在手裡。香氣使他們格外亢奮。石把香水噴向她的耳廓，她的腋窩，她的肚臍……直到她的全身發出百合花一樣的芳香。石覺得這香水像潤滑劑一樣使蓮子更加柔軟和光滑。

石點了一枝菸。石說這瓶香水要「悠著點兒使」。石說這是我們老闆的夫人從老遠的地方買來的。蓮子微微帶一點醋意地一笑，你好像老提你們老闆的夫人，她是個什麼樣的人？漂亮嗎？石深吸一口菸。聰明。特聰明。我要是有她那份才我早發了！……她這個人可真不錯。石說。

22

卜零回來後第一件事就是讀那個題爲《南國紅豆總相思》的劇本。

那一對夫妻搭檔現在影視界正是如日中天。劇作家前些年就獲過幾次獎，後來就傳他與原配妻子離了婚，娶了現在這位做導演的夫人。他們的婚姻應當算作珠聯璧合了。迄今爲止他們婚後已合作了四部作品，兩部獲獎，另兩部引起眾說紛紜。所以老闆格外重視他們的本子。

卜零仔細看了本子，卻完全不知所云。唯一給她留下深刻印象的，是劇本平均每隔兩頁便有一處形容女主人公「雪白的頸子」。卜零注意到導演的頸子並不白，因此她想這雪白的頸子大概是別的什麼部位的代名詞，不過因爲其他部位不太好提，所以以「頸」來代替而已。女主人公在短短六集戲裡遭到了三次強姦，每次激起男人獸慾的都是「雪白的頸子」。卜零覺得這樣的頸子實在罪大惡極，不如用鍋灰抹了，就像過去良家婦女對付日本兵那樣，或者，乾脆斬斷。

卜零對老闆說出的意見是「庸俗」。但這個意見立即遭了老闆的迎頭痛擊。老闆說卜零你該好好想想了，你怎麼永遠和群眾的想法格格不入？電視劇就是大眾傳媒，就是俗藝術，就是面向廣大群眾的，你工作了這麼多年連這個基本出發點都不懂！也難怪你總是完不成任務了！一席話說得卜零無地自容。老闆接著說有問題可談出來讓他們改嘛。沒聽說電視劇本一次成的。於是卜零按照老闆的意思發了封邀請信，邀請那位著名劇作家來京面洽修改劇本一事，那位劇作家很快回函表示樂意合作。

一個陰雨連綿的晚上，老闆爲了表示誠意親自去接站。老闆和卜零很虔誠地並排站著，準備列隊歡迎劇作家。老闆不斷地說一些並不可笑的笑話，卜零便也很迎合地笑。後來老闆再也說不出什麼來了。卜零也覺得喉頭哽住了，笑不出來。雨愈下愈大，雨傘和雨具已全不管用。這時老闆發現一行人熱熱鬧鬧地從站台走出來，在雨夜的紫光燈下這群人面目模糊奇形怪狀。卜零依稀認出劇作家肥胖疲軟的脖子，卜零還沒來得及確認，就看見老闆已經一步跨了過去，風把老闆的傘一下子掀翻了。老闆已顧不得許多，遠遠便向劇作家伸出手來。老闆精心吹過的頭髮濕漉漉地貼在頭上顯得很滑稽。對方怔了一會兒才跟老闆寒暄起來。老闆瘦小的身子在劇作家偉岸的身軀面前十分猥瑣可憐。做導演的夫人也急忙伸過手來，暴雨中夫人仍然不忘優雅的姿態和得體的言詞。在這種場合下卜零總是不知道說什麼才好。

於是四個人打了一輛「夏利」，在親切熱烈的交談聲中逃離車站。事情已經轉悲爲喜，卜零的心情也漸漸由陰轉晴，誰知在路過某個站牌的時候，老闆借助昏暗的路燈向外看了一下，忽然語調激動地招呼卜零下車，說這是離卜零家最近的一個車站。卜零還沒反應過來便在大家眾口一辭的「再見」聲中下了車，簡直好像是被什麼人攆下來似的。下車之後她發現站牌周圍空無一人，末班車已過，冷雨淒風如同幽魂一般包圍著她，她緊抱著雙臂在風雨中發抖，那把尼龍傘被冷風揪著彷彿隨時準備從她的臂腕裡飛走，就像一隻無家可歸的紙鳶那樣。當時她的一雙腳結結實實地泡在雨水裡，寒氣從腳心鑽上來，在毛孔中滲入，奇癢。她在身上抓了兩下，發現身上的斑點正在成片地湧起，那密密麻麻的紅斑，讓人看著就揪心。

卜零在風雨裡苦苦地想，怎麼也想不明白聰明的老闆為什麼要這樣做。因為老闆一向會做順水人情，而他的票是可以報銷的。卜零不明白老闆為什麼討厭她到必須攆她下車的地步。

老闆初來的時候其實是相當重視卜零的，起碼是非常感興趣。但是，卜零完全不懂與領導相處之道。她並不知道領導說話不算數恰恰是一種領導藝術的成熟和靈活，也並不知道被領導利用的時候應當感覺到一種幸福而不是屈辱，否則你就眞正是不知好歹了，也很容易讓領導掃興，最重要的，你得學會尊重領導，你得明白領導喜歡什麼，討厭什麼。可這一切卜零都做不到，豈止是做不到，還常常背道而馳，這也就難怪老闆對她失望了。世上有一種女人可以輕而易舉地得到男人的同情和欣賞，這種女人可以穿著銀色的剔花馬甲，一邊修剪著手指甲一邊向男人投去一個意味深長的眼風，同時或嫣然一笑，或淚水晶瑩——表情視需要而定，那麼她的全部願望都可實現。但世上也有另一種女人，缺乏一切女性的假面和道具，而她們的心靈又總是很豐富，總是很頑強地在塑造世上不可能存在的男性，她們從不為現實現世的利益所動，卻甘願為虛無縹緲的幻象去死。這種女人自然是眞實男人們敵視和排斥的對象。卜零正屬於後一種女人，在她清醒的時候她知道自己在劫難逃。

現在卜零正站在風雨中的一個公共汽車站旁，冰涼的雨水不斷地從額髮上滾落下來，臉上身上布滿了成片的紅斑。一輛車駛過，隨隨便便地往她身上濺了許多泥水，彷彿她已變成個「準站牌」似的。事實上她一動不動的樣子確實沒有什麼生命的感覺。

這泥水及時提醒了卜零。她在附近找到一家公用電話，她帶著一種蠻橫態度敲開大門，在主人驚奇的目光下她撥了號碼。十五分鐘之後，卜零看到那輛暗綠色的「螢火蟲」從茫茫雨霧裡靜靜地駛來了。

23

接到卜零電話的時候石正在和朋友搓麻將，看看錶已是深夜，外面又是風雨交加。正是因爲這樣的天氣石才沒把蓮子接來。但是石幾乎是毫不猶豫地站了起來。石說我得出一趟車我有點事，還沒等大家反應過來石就抓起掛在門後的雨衣衝了出去。他不知道老闆夫人發生了什麼事。

現在這暗綠色的豪華車正浸泡在雨地裡，雨點打在車身上像槍彈一樣沉重，儘管有雨刷不停運動，車前方仍是白茫茫一片。石像平常那樣爲老闆夫人打開車門，但是他馬上大大吃了一驚。一向尊貴可愛的夫人渾身透濕，臉上一片片隆起的紅斑使她面容大變，她雙眸噙著淚水，聲音發抖：我知道你會來的……我知道……石一邊拉開手閘一邊說你怎麼了姐姐？卜零流淚不語。我們現在去哪兒？石的話還沒說完，一聲抽泣好像從冥間綻出，然後是壓抑的撕裂心肺的哭聲。是啊，去哪兒，哪兒是我能去的地方呢？嗚咽著說出這幾句話卜零更感覺到心底深處的疼痛。石完全不知所措了。卜零扶著身子，豐滿的雙肩和細腰在劇烈地抽動著，淚水像蛛絲一樣沾在他的身上，他覺得渾身躁熱起來，但他仍然一動不敢動。

回家吧，韋總肯定要著急了。石囁嚅著說。但是這句話立即引起卜零更洶湧的淚水。不！他早就睡了，他肯定早就睡著了，你別高抬我了我在他心裡算不上什麼。石嘆了口氣說那怎麼辦呢姐姐，你別哭了再哭我也要哭了。卜零抬起哭腫的眼睛看著他，石的眼圈果然是紅的，石的一雙大男孩似的眼睛十分疲倦。卜零撲在他拉手閘的那隻胳膊上哭得喘不上氣來。卜零覺得她的整個世界只剩下了這個年輕男人。她想向他訴說，訴說她每天難以忍受的孤獨與寂寞，那些屈辱、難堪和不公正像一只巨大的網罩著她，而外面是冰河，碎裂的冰塊時刻都在吸收著她身體的熱力，把她的生命一點點地抽走。她看到這個，卻無法改變，她需要在凍僵之前尋找一個證人，在上帝面前爲她作證。

石的克制已經達到了極限。假如再有兩分鐘的時間，他一定會緊緊地把這個痛哭的女人摟進懷裡。可是卜零抬起身來了，卜零慢慢停止了哭泣。於是石的全身也跟著鬆弛下來。車窗外的雨漸漸小了。石拉開手閘踩了離合器。街燈昏暗的光使一切顯得迷離。石放了一支曲子。樂聲裡他看到卜零凝然不動的側影。有一顆晶瑩的淚珠就掛在她的頰上。石明白地看到自己的處境。石每天都在爲生計奔波，他不能不顧忌他的老闆，他的老闆也就是他的衣食，是他未來計畫的最終決策者。他的蓮子每天都在問：我們什麼時候結婚？

那天夜裡石最大膽的行爲也不過是撫摸了一下卜零的頭髮。卜零的頭髮很黑，又粗又硬，不像蓮子那樣，黃而稀軟，滲透了莫名其妙的柔情。

24

儘管確立了一流的寫作班子，《南國紅豆總相思》的拍攝計畫還是落空了。這是因爲上級領導發了話，說是該劇本有著嚴重的問題。首先涉及到對少數民族的政策問題，實際上僅僅這一個問題劇本就足夠被槍斃了，何況還有另一個問題：格調不高。知道後一個問題之後大家爭相傳看劇本，所有看過的人都跳起來說：這麼髒的本子居然要投拍？這是誰組的稿?!於是遮天蔽日的眼光統統壓向卜零。老闆上當了，上卜零的當了。大家都替老闆鳴不平，而老闆也似乎相信了這種說法。卜零清晰地記著關於「庸俗」的意見及老闆的態度，於是卜零在和老闆擦肩而過的時候緊盯著他的眼睛。但是老闆的眼睛像一片荒原一樣一馬平川，毫無內容。

卜零逃避這種很有聲勢的圍剿的唯一辦法是回歸家庭。卜零努力使自己做個好妻子。每天離丈夫下班還有一個來小時的時候，她就開始拉開架勢，剝丈夫最愛吃的碗豆，在這碗豆上市的季節卜零剝碗豆把手指甲都染成了綠色，而不管碗豆剝出來的數量是多少，最後肯定要被風捲殘雲地吃完，連最後的幾片青豆衣也要被韋沖了做湯喝。

韋因爲常常吃香檳大菜而格外眷戀家裡的素食。卜零炒菜放油很少，又不慣放醬油，因此炒的青菜便都透出鮮綠。韋覺得吃卜零炒的菜是一種享受，但是這種享受久而久之便成爲一種慣性過程——完全不可逆轉。偶然卜零沒有按時做好飯，韋就像天要塌下來似的。

卜零覺得韋洞察一切，任何細枝末節也休想逃出他的眼睛。譬如，韋命令點煤氣灶的火柴不能丟掉，要碼放整齊，在需要同時點兩個灶眼的時候，就可以節省一根火柴。千萬別以爲韋是吝嗇之人，在很多方面韋是揮霍無度的。譬如每週日韋都要去轉一趟附近的鞋市，買回一大堆各種號碼的鞋子。卜零說別買了，別糟踏錢，韋說這點東西要幾個錢，就源源不斷地買回來。韋買其他東西也很大手，每次買排骨要買十斤以上，同時再買魚買雞，一大堆冷凍食品往冰櫃裡一放，想盡辦法也吃不動，最後大半都扔了。卜零笑著說你每次少買點好不好，別像農民進城似的那麼貪。聽到這話韋便大發雷霆，韋大吼大叫地說我好不容易休息一天，給你買了你還挑三揀四，雞蛋裡挑骨頭，沒茬兒找茬兒！以後我不管了，你買！韋吼起來中氣十足，排山倒海，卜零頓覺自己無容身之處。韋最忌諱的就是別人說他像農民，因為他的確生長在農村。

但是韋也有許多優點，最重要的一條就是生活有規律。他的生活規律從來雷打不動。在手持遊戲機剛剛風行的時候卜零買了一個回來玩，卜零玩起遊戲機來也像寫劇本那麼投入以至忘了時間。韋提醒卜零說該燒水了，卜零答應著仍然一路玩下去。終於韋忍無可忍地大叫一聲：這日子沒法過了！呼嘯著便上來搶遊戲機。那個長方形的黑色遊戲機最終被摔成了碎片。卜零看著那一堆碎片，連眼淚也不會流了，只覺得眼前是一堆沉船的碎片，自己已落入黑夜的大海裡，連最後的碎片也被人奪走了。她只能眼睜睜地被海潮淹沒……

卜零覺得這個空屋裡有一種青苔的氣氛。在她無事可做的時候，她會忽然想起關於「刺青是世界上最美麗的殺菌藥」之類的廢話。想起這個她就聯想到那個在春天裡出現的男人。她祈禱那將是愛情灰燼中的最後一次迴響。那一片晶瑩而多芒的香水瓶和巫師的水晶球一樣，都是她的吉祥物，是她的箴言。她小心翼翼地走向那個男人。但是他比她還要膽怯。在那個暴風雨的夜晚，她聞到了他身上的氣味，聽到了他狂烈的心跳，但他像一個生病的香木俑人那樣一動不動。而在那之前，他臉上曾掛著燦爛的笑，在一片茫茫湖水旁伸出一隻手，他說姐姐你給我看看手相吧。

卜零想這原因無非有兩個，一是他怕丟掉飯碗，一是他並不愛她。無論是哪一種原因，都應當就此止步了。卜零決定克制自己的慾望。唯一的辦法便是遠離這個男人。有時身分的懸殊會帶來意想不到的羞辱。

卜零一度想有個孩子，但是韋沒有生育能力。韋知道自己沒有生育能力之後就對房事不再有興趣。韋說將來咱們可以要個孩子。卜零說要不要都沒關係，結婚並不是爲了生孩子的。韋沉著臉問那結婚是爲了什麼?卜零張口結舌答不出來。韋輕蔑地看了她一眼就沉溺到公司的事務中去了。韋的不同尋常就在於他能一天一天地保持沉默。沉默是金。沉默使韋變得像蘇格拉底一樣深不可測。但是卜零知道這沉默的背後其實是空虛。他的沉默迫使我們製造商標——卜零腦子裡忽然又冒出一句奇怪的話。卜零知道假如韋正點回家，他就能在飯後坐在電視機前，從新聞聯播開始直看到全天節目結束。無論卜零轉換話題也罷，搔首弄姿也罷，都一律地毫無效果。卜零覺得自己在韋的眼中完全化做了一團空氣。韋在高興的時候自詡「坐懷不亂」，常常以此爲自豪。卜零說既然如此還要結什麼婚啊?韋說這樣還不好嗎，你放心啊。我起碼不會在外面泡妞兒。卜零說還是泡妞好些，起碼證明你對女人還是有興趣，我很怕對女人沒興趣的男人，這樣的男人一般缺點人味兒。卜零說完這話就走了。韋想了又想，覺得除了卜零有病這個原因之外別無解釋。韋覺得卜零的病日益嚴重了，包括看星星的時候看出舊照片的顏色，都絕非什麼正常現象。

有天晚上韋在外面吃了狗肉煲喝了三鞭酒，微微的有一點興奮，好像第一次見到卜零似的發現她。韋像皇帝臨幸一個久居冷宮的妃子一樣走進卜零的工作間。卜零的工作間有八平米，滿滿地放著一張單人床，一張放文字處理機的桌子和一個書櫃。當時卜零正躺在床上看書。

韋做了很多預備動作之後才寬衣解帶，那姿勢頗有帝王之相。但是韋剛剛就緒卻又站了起來，在掛曆上用筆認眞地畫了個記號，卜零看到他這動作就覺得全部的情緒都蕩然無存了。——韋每次臨幸都要在掛曆上畫上記號，韋說要記住時間以免卜零賴帳。

韋這才把身體壓向卜零，卜零看到韋紫脹的臉就去關燈，就在卜零的胳膊剛剛碰到開關的時候，電話鈴忽然爆炸般地響起來，把他們兩個人都嚇了一跳。韋憤憤地拿起電話「喂」了一聲，然後聲音立即溫柔起來：「呵，是劉總！劉總您好！您有什麼指示？」那邊不知說了什麼，韋一把掀開被子很利索地爬了起來，比躺下時的態度要果斷多了。韋對著話筒連連說：我這就去，我沒事兒，老婆？老婆更沒事兒！她在那兒寫劇本呢！哈哈哈……

卜零披上睡衣走到陽台上。卜零知道這位劉總是集團公司的老總，是韋的頂頭上司。接下來是韋打上領帶拿起皮包關門去的聲音。卜零對這一切太熟悉了。卜零被調動起來的情慾在夜露中也無法安靜，她現在可以接受任何一個陌生的男人，她的手指感到她夜露中的身體像雪天裡的泉水一樣光滑，她寒氣中的乳房像成熟的果實脹得發痛，她的髮脂像核桃油一樣甜香，她的汗氣發出海風一般清新的味道，她的陰毛像萱草的陰影那樣搖動，她的生殖器像水母那樣散發出濃郁的海腥氣……她全身都在等著一個男人。巫師陰笑著說：你眞的不知道麼？你這一輩子都在想男人。那巫師有一張被水晶球分割成幾何圖形的破敗的臉。

卜零看到那兩個疊在一起的菱形星座，它們的光澤再度失去，恍惚間她覺得自己離它們很近，她伸了伸手，暗色綢緞的睡衣滑落下去，她全身赤裸站在夜空裡。雲氣飄動，她覺得自己也跟著飄動起來。

25

有一天韋提前下了班。韋心情很好，這種心情在韋來講十分罕見。韋輕輕推開門。韋忽然發現當他不在的時候這個家竟像一座荒蕪的墳場一樣幽寂。沒有任何生命的跡象。連窗台上的那一盆吊蘭也萎黃了。臥室的門虛掩著，從門縫裡他看到一雙雪白的腳搭在雕花銅床上，頭向斜後方耷拉著，一頭長髮垂向地面。垂直的髮絲像榕樹的長髯一樣呈現出乾枯的棕紅色。她的下巴微微翹起，暗色的頸子無力地延伸下來，乳房在胸部柔軟地攤開，一條淺色的條紋從肚臍一直伸展到小腹，那一些好似萱草樣的陰影凝然不動，在那片陰影裡好似潛伏著什麼動作著，隨著有節律的動作，她的下巴更加絕望地翹起。如果不是偶爾還發出一兩聲呻吟，韋覺得她看上去像是死去了似的。卜零的皮膚不知什麼時候已經失去了原來的明亮和鮮潤。韋忽然想起玻璃匣子裡陳列的西域女人的乾屍。那是風乾了幾千年的女人。韋感到一股涼氣慢慢敲擊著後背，他輕輕退了出去。

韋覺得卜零需要幫助。休大禮拜的時候，韋訂了個KTV包間，想帶卜零去散散心。當然由石開車前往。很巧，在飯店的大堂裡韋遇見了老朋友達。達現在是一家著名大公司的總經理。韋立即邀達完事後一起吃晚飯，達欣然允諾。酒過三巡，達起身去衛生間的時候韋低聲告訴卜零，達對於韋生意場很有用。卜零漠然看著他說那又怎麼樣。韋看見卜零那冷漠的臉就想起已經好長時間沒見她笑過了。韋說這你還不明白嗎小傻瓜，看得出他對你有興趣，你要跟他多聊聊對他多笑笑，一會兒和他一起唱唱卡拉OK。卜零看看那張龍蝦一般紅脹的臉就把頭扭開了。卜零覺得韋只要自己做生意需要便可以隨時把老婆典出去。

那一天卜零喝了許多酒。卜零那天穿的是法國摩根絲的曳地長裙，淺駝色的摩根絲在燈光下變成了肉色。卜零感覺到石和達纏繞在自己身上的目光。卜零想酒眞是個好東西，人可以躲在它後面，進可攻，退可守。卜零抓起話筒說：這首歌獻給達先生。達聽完這話就笑了，十分滿足。卜零在說這話的時候有一種名妓般的感覺。卜零設想自己是莫羅筆下那位金碧輝煌的莎樂美。每當她把自己想像成什麼角色總比眞實的感覺要好些。莫羅的莎樂美穿著阿拉伯後宮式的衣裳。那大概是最早的三點式。那些衣裳總是纏繞著富麗堂皇的金銀絲，有碩大的金綠色寶石鑲嵌其間。卜零忽然想或許那地中海周遭一族曾經分布在世界的許多地方。譬如波斯、埃及、阿拉伯、印尼的巴里島乃至中國的邊塞。這是個十分奇妙的聯想。這一族人的原生態是那麼相似，好像這是被遺棄在世界文明之外的充滿美麗原始生命的一族。卜零覺得自己正屬於這一族，她想自己成爲棄兒的結果很可能是伴隨恐懼流浪終生。

接下來卜零和韋合唱了一首歌。韋唱歌的時候總是與原調南轅北轍。韋很認眞地解釋這是因爲自己的一側耳骨有問題。儘管如此韋的嗓門特別洪亮，底氣十足。所以卜零在唱歌的時候總感到臉的一側在發燒，燒得滾燙。卜零甚至不敢轉一轉眼珠。飽經世故的達老闆當然一如既往地笑著，可卜零猜不出石這時會是什麼表情。幸好韋唱歌的興趣並不大。在鐵板燒烤端上來的時候，韋的話鋒已轉入正題。通紅透亮的肉片在鐵板上泛著油珠磁滋作響。韋端起一杯酒對達說你是老大哥生意做得很成功，希望今後在各方面多多關照。達端起杯子一飲而盡。韋又舉起第二杯酒韋說我們兩個公司今後肯定有聯手的機會，公司大概最近會有人事變動你明白吧別的我也就不多說了，來，爲我們今後的合作乾杯！兩個高腳杯碰在一起酒杯裡的液體泛出許多泡沫。韋端起第二杯酒的時候卜零就看了他一眼。這時石以潛移默化的方式拿起另一個話筒，屏幕上顯現出一個穿三點式泳裝的女人，那女人在沙灘上不斷挺胸收腹做波浪狀。卜零很奇怪幾乎所有的影碟都離不開一個三點式的女人，而每一張女人的臉都相似得讓人吃驚。那些女人的皮膚蒼白像被水浸泡很久的白色羊皮紙她們顯得那麼貧弱沒有一根線條有生命的色彩，或許這就是被男人們企盼的那種貧弱吧，因爲這一族的男人也同樣貧弱疲軟，他們害怕炫目的生命色彩，他們害怕那種強烈的色彩會把他們淹沒。

卜零和石的歌聲合作得天衣無縫。此前卜零並不知道石有這麼好的唱歌天賦。石的歌像亞熱帶的熏風吹過檳榔樹一般發出沙沙的聲音。石唱得很投入，在「讓我將生命中最閃亮的那一段與你分享，讓我用生命中最嘹亮的歌聲來陪伴你」「希望你能愛我到地久到天長，希望你能陪我到海枯到石爛」這類滾燙的句子出現的時候，卜零看到石的臉微微有點紅，眼睛立即也有了一種潮紅。那潮紅濕潤得彷彿可以滲出水來。卜零從來沒有在任何男人臉上看到過這種生動美麗的表情。

卜零忽然感到那一股熱流再次不合時宜地湧動出來。她死死盯著那個拿著話筒的健壯的胳膊，她想撲上去，掐他，把他掐紫，她想讓這強壯的雙臂緊擁，然後墜入久久想像中的境地而被虐待，讓自己的身體能像水一樣在他粗大的雙手裡流動變形，她不再懼怕羞辱，這年輕強壯的男人才是帝王。她渴盼著一種他施加給她的劇痛。她要在那劇痛中敞開自己，讓那個禁閉在牢籠中的囚徒發出高亢淒厲的歌唱。

26

那一天玩得很晚了，大概有凌晨兩點那麼晚了。把達送回家之後，石照例地送老闆夫婦。老闆夫婦照例地一言不發。石早已習慣了這種沉默。因爲達家很遠要經過一段高速公路。回來的時候仍要途經高速路然後斜插進入市內。上高速路的時候石緊閉車窗掛上五檔那速度風馳電掣一般。這時韋半閉著眼睛在養神，韋從半睜半閉的眼睛裡看到卜零起伏顫動的乳峰，韋的心裡忽然一陣恐慌，有了預感似的感到了什麼。這時卜零忽然開口了。卜零說你今天對達經理說的公司有變動是什麼意思，韋睜眼看了看她說這是公司的事你別管那麼多好不好。韋其實並不知道卜零對這些根本毫無興趣，卜零只是因爲像平常那樣懼怕沉默而尋找一個她自以爲韋會感興趣的話題而已。卜零於是不再說話，韋卻又忍不住似的說公司的變動近一個月就會見分曉，劉總這回死定了，說完這話之後韋大聲說小石你可別出去瞎講。石囁嚅著說我怎麼會呢韋總您放心吧。韋於是一發不可收地說上週和日本財團談判，雖然合同明確了是由日本提供備用零件技術培訓等項目，但是並沒注明是有償提供還是無償提供，這個漏洞有可能讓中方受損百萬以上，韋說做爲中方談判的首席代表劉總他不可能會忽視這一點，韋像個智者一樣半眯著眼睛說那麼就剩下了一種解釋——他和日方做了幕後交易！韋笑笑說劉老總的胃口眞是愈來愈大了！卜零睜著眼睛想了半天，卜零說你既然發現了爲什麼不及時指出來？韋像看外星人似的看了卜零一會兒，韋說你不認爲這是個千載難逢的好機會麼？卜零噎了一下卜零的目光深刻如雕刻的冰凌，這時車裡的燈光幽暗，石正在放一支憂傷的歌曲。卜零淡淡地說你找到了機會可你們公司失掉了機會。韋半天說不出話來韋哈哈笑了，笑過之後韋像很有經驗的電影明星那樣低聲說：我的天，我老婆什麼時候變成活雷鋒了？韋很不願在石面前失分寸於是韋接著說：當然，身邊睡個雷鋒比身邊睡個赫魯曉夫強吧。哈哈……還沒等韋笑完卜零就做了一個驚險動作，卜零叫石停車，因爲叫得突然車速又太快石還沒有停穩卜零就拉開車門跳了下去。卜零在高速路上像一隻松鼠那樣一下子跳出去十幾米遠。韋急忙閉眼他害怕血肉模糊的屍身但是他剛剛閉眼就聽到一聲慘叫，他還沒來得及斷定那是誰的聲音他就在原地轉了一圈，然後車嘎然停止。

等到騎著摩托的巡邏警察走過來的時候，韋才發現司機石伏在方向盤上。韋這才依稀記起剛才那聲慘叫像是石的聲音。韋下了車向巡邏警察指著卜零摔出去的方向說不出話來，韋的下巴一直在發抖，他眼前反覆出現一具被輾壓成碎片的女屍，警察的問話韋一句也沒有聽見。警察順著他手指的方向看去，在高速公路的那一邊，有一個女人正慢慢站起，那女人的黑色剪影很好看。女人的長髮在空中飄舞。那是卜零。

後來韋知道卜零除了胳膊上蹭破一點皮之外奇蹟般地毫髮無傷。

27

石被連夜送往醫院。韋斷然拒絕卜零想去看石的要求。直到第二天韋上班之後，卜零立即撥了石的呼機。二十分鐘之後有人回電話說，石現已轉到市立第三醫院骨科病房，是因急煞車和快速打轉碰撞而造成的右臂肘關節錯位。卜零一改平時懶洋洋的作風，像慢鏡頭拍攝的「摩登時代」裡卓別林的飛快動作，用高壓鍋做了個清蒸魚，然後放進保溫桶裡，這魚還是石前兩天釣到的。一路顛簸裙子上灑了許多魚湯。卜零就帶著那許多魚湯的汙跡推開了骨科病房的大門。

卜零第一眼看到石的時候覺得他變醜了。大約是傷痛和驚嚇的緣故。裸著上身的石在病床上坐著，醫生正在給他檢查。石的右側肩臂被馬馬虎虎地包紮起來，他的臉色蒼黃如紙，他受驚的眼睛求救似的望著醫生，而醫生十分淡漠，像擺弄一個人體模型似的擺弄著他。石的身體隨著醫生手指的觸碰痙攣著。這時卜零輕輕叫了他一聲。

卜零並沒有看到她所渴望的那種目光。石只是很費勁地微笑了一下，儘量平靜地說了一句「你好」。然後對醫生和周圍的人說這是我姐姐。但醫生和周圍的人都像是沒聽見似的。卜零看到石黝黑健壯的身體無助地暴露在眾人面前。醫生像看原始溶洞中的骨殖那樣隨隨便便地看了看石的X光片一眼，然後對卜零說，他這種錯位只有兩種辦法，一是做手術，用釘子來固定，二是不做手術，用繃帶來固定。石還沒聽完就說我不做手術。這樣便只好用繃帶來固定了。醫生叫來兩個穿手術服的壯小夥子，兩人一邊一個把石抓牢，醫生便拿了器械和繃帶開始操作，也許說上刑更準確一點，因爲石雖然不曾喊出聲，從他身體的掙扎和淋漓汗水來看，他的忍耐已經達到了極限。周圍的人都盯著他那黝黑的不斷扭動的身體，那身體現在已經汗濕發亮。卜零從眾人眼光中看到憐憫背後的一種快感。彷彿發生在那個肉體身上的劇痛帶有某種戲劇性或表演色彩，那是一種埋藏很深、很難表達的東西，使人想起古羅馬鬥獸場的腥風血雨。

那一天石和卜零很晚才回家。捆紮之後石吃了半條清蒸魚，是卜零一口一口餵的。卜零餵了一半像忽然想起什麼似地卜零問你太太怎麼沒來？石勉強笑笑石說我和她有大半年都不說話了，合不來。卜零說難怪你從來不提你太太。石好像不願意繼續這個話題石說我們可以走了大夫說我可以不住院。卜零拿了些藥兩人一前一後走出醫院大門。外面天已全黑，在黑暗中石忽然停步石說姐姐我眼裡進了沙子你幫我擦擦吧。卜零這才看到石的眼睛亮晶晶的似有淚水游動。卜零掏出手絹擦了一下，又擦了一下，石的淚變成了一條汩汩不息的河流。頃刻之間卜零覺得自己也化成了一團水，水一樣柔軟和頑強地匯入那條河流。

28

石每天都給卜零打電話。一聽到那沙沙的聲音叫一聲姐姐，卜零的心裡就溫柔地縮緊。後來卜零說你別叫姐姐了，石問那叫什麼，卜零說隨便，就是別叫姐姐，當你的姐姐我覺得累。石溫存地低笑了一聲，石說那就讓我好好伺候你。等我好了以後開車帶你跑遍全城，你願意上哪兒玩都行。卜零說你就不怕你的韋總說你把我拐跑了？對方沉默了一分鐘之後說如果你不怕我就不怕。卜零愣了一會兒心狂跳起來。這句話從石的嘴裡說出來很像是一個宣言。她忽然覺得他們之間有了一種默契，一種同謀式的默契。這種默契令她神往同時膽顫心驚。

如果不是石想看錄像帶，卜零大概不會再次墜入老闆的陷阱。石在電話裡說姐姐要是方便的話幫我借幾盤警匪片吧，也許看著別人流血我身上會好受一點。卜零噗哧笑出來，卜零當天便回到闊別已久的單位不顧旁人驚奇的目光長驅直入老闆的辦公室。石現在在卜零心裡至高無上是受寵的王儲，卜零在有這些感覺的時候心裡總是很充實。因爲單位規定只有老闆這一級以上的幹部才享有借帶子的權力，所以卜零打算放棄自己的驕傲暫時與老闆和解。卜零驚奇地發現自己竟也如此實用主義只不過促使實用的動力與旁人有點不同罷了。

老闆很痛快地答應借帶子，並且可以破例地借上五盤。但是老闆話鋒一轉說卜零我也需要你的幫助。這一段我壓力很大，你回家休假了，上面追究《南國紅豆總相思》，我只好一人承擔，這倒沒什麼。問題是現在是一年一度的獻血，適齡人要麼體檢不合格要麼出去拍戲了，完不成任務扣獎金不說還會出一系列問題，你看是不是能從大局出發報一下名？卜零覺得自己一下子被趕到了一個死角根本沒有迴旋餘地。卜零只好做出視死如歸的樣子說好吧什麼時候體檢？老闆笑了老闆說如果你同意的話今天就檢，如果合格的話今天就獻，因爲這是最後的期限了，你看好嗎？

卜零從來沒見老闆笑得這麼燦然。從這燦然的笑容裡卜零再度感受到老闆的人格魅力。卜零疑惑過去對老闆的看法或許僅僅是主觀偏見。老闆心裡是有數的。只不過圍繞著老闆的那些人有點差勁罷了。

卜零由老闆親自陪著就那麼走進獻血室。冷冰冰的針管觸到她的胳膊時她忽然感到她不過是被笑瞇瞇地押送進屠宰場的一隻小牲口，頓時她覺得那針管寒徹骨髓。她想抽回自己的胳膊，可是已經被一隻鐵鉗樣的手牢牢攥住，這時她聞見一股麝香一般濃烈的死亡氣息，她看見紫葡萄一般的血的時候就想起那隻瀕死的一凸一凹的牛眼，那血是如此相像，在許多目光的焦點中濃豔得無法化解。

29

幾乎是在卜零走進獻血室的同時，石的家門被敲開了。石以爲是老婆忘帶了什麼東西。石受傷之後妻子仍然堅持上班。因爲上班的地點很近可以隨時回來。午睡是肯定要在家裡睡的。這時大概是下午兩點多鐘，妻子午睡後剛剛又去上班。妻子對傷勢採取一種淡然的態度。

但是走進來的並不是妻子。這是個苗條秀弱的青年女人，白色鳥羽一般輕盈地飄了進來，看上去是刻意修飾了一番，一只鮮紅的木製髮卡束著一頭柔軟發黃的頭髮，同樣鮮紅的高領無袖長裙勾勒出來她纖柔的線條，愈發襯出兩隻銀白的裸臂和臂上戴著的銀絲瑪瑙手鐲。她是蓮子。

石覺得心臟好像一下子不會跳了。石的驚慌立即感染了蓮子，蓮子你怎麼了，石做夢也沒想到沒有那輛暗綠色的「螢火蟲」蓮子也能從五十多里之外的郊區找到這裡。石說我不是說過讓你別來麼？我姐姐馬上要回家了今天就要回來，你還是快走吧。蓮子垂淚說人家不是不放心想來看看你麼。只一句話石便軟下來，蓮子這種女人的無知無能和似水柔情都同樣能打動男人的心。石說那你先喝點水吧你自己倒，但是蓮子仍然無助地站在那裡，兩隻裸臂像受傷的鳥翅一般垂落著，頭微微地向後仰，每當這種時候石總要伸臂環擁住她，但石現在清醒地知道今天無比危險，妻子隨時都有回家的可能，石狠狠心說我姐姐一會兒就來，喝完水你就走。但是蓮子眼淚汪汪地說你眞的不想把我們的關係告訴你姐姐麼？石堅決地搖搖頭。蓮子走過來輕輕撫著石胳膊上的青紫說出一句話，石聽了這句話後幾乎暈厥過去。蓮子說我懷孕了。

就在石處於混亂狀態的時候蓮子靜靜地卸去了自己的衣服，然後從容地在自己身上灑滿香水。蓮子說看來我得有好長時間來不了。蓮子的身體在白晝的光線中通明透亮。石說不你得去做人工流產，你得先答應我去做人工流產，蓮子咬緊牙關一聲不吭，蓮的淚水在枕邊匯聚成一個冰涼的湖泊，石於是把一切危險都忘了石不顧一切地瘋狂地動作起來。那個柔軟馴順的身體因他的激情呻吟著，直到他精疲力盡地撐起身子他才覺得他太粗暴了。他問蓮子他把她弄疼了沒有，蓮子白得透明的臉上似乎十分迷亂，蓮子說沒什麼我裡外整個兒都是你的，你想怎麼樣就怎麼樣，今天我還能怎麼樣呢。石聽了這話就覺得心裡的熱流直燙到眼窩裡，他像抱孩子一樣把蓮子摟進懷裡，蓮子乖乖地偎依著他，像一隻受傷的小鳥。石愈發覺得自己罪惡深重。

就在這時門響了。

石驚慌失措地抓起衣裳他無論如何也穿不上，倒是蓮子從容不迫地整好床穿好衣裳去開門，石甚至忘了阻止她，石就那麼拿著衣裳架著胳膊在床上發呆。她聽到門開了，有一個熟悉的女人聲音在問，小石在嗎？

30

卜零覺得敲開這扇門非常難。像敲開一扇天堂或地獄之門一樣難。她等了那麼那麼久。她身體的一部分好像還在繼續滴著血，只是血的顏色已經不那麼濃豔了，它們變成了一些淺色的汁液，生命就是由這樣一些汁液構成的，如今它們走了，於是僅僅剩了一些軀殼，像浸在池中的苧麻一樣搖搖欲墜。那個年輕女人像一個秀弱的影子一樣飄了出來，帶出一股熟悉的優雅香氣。卜零覺得視覺上再度出了毛病，她很難看清這個女人。在盛夏下午陽光下，她覺得這個女人缺乏立體感，或者乾脆說，她像是一幅女人的捲軸，就那麼平平地貼在了門邊，被陽光拼出一條條瘦瘦長長的影子。

卜零其實並沒有特別注意石的驚慌，她過度集中於對那個年輕女人的思考，更確切地說，她在進行關於某種香氣的回憶。所以當石向她和盤托出的時候，她甚至在很長的時間裡在想，那女人的蒼白使人想起浮冰，一種可以被溶成月光那麼雪白的浮冰。卜零的腦子裡忽然又冒出一句廢話：她是被紫鯊魚吻過的多邊形浮冰。卜零之所以有這樣美麗的想像，是因爲當年輕女人轉過身去的時候，卜零看到她後背的拉鎖開了，有一抹雪白從華麗的紅色中閃出。

年輕女人在臨走時用極度疑惑的目光盯著卜零，卜零同樣不明白那目光的意義。在那種香氣消失之後卜零才聞到一股精液的氣味。她看到那個凌亂的床，那是一場大風席捲而去的蒼涼墓地。於是卜零用一種墓地般的聲音問石，卜零說我記得我曾經給你帶過一瓶香水，你說你車上要用的，怎麼一直沒見你用？石的頭深深地垂下去，卜零猜他現在的表情一定生動美麗像個初涉世事的童男子。石說姐姐眞對不起我對你沒說實話，那香水給她用了，她挺喜歡。卜零點點頭。卜零說她可能不知道這香水的來歷要是知道了可能更喜歡。卜零淡淡地說這香水是用很多鮮花製成的，那些鮮花都是一色的雪白，加了很多香料和優質的酒精，那個山腳下的小作坊裡，有六個鮮花一樣的妙齡少女，女老闆是個黑衣女人。那女人是個巫師，就是那個給我算過命的巫師，她說過我在春天會遇見一個男人。卜零說到這裡就停住了，她看見石的眼睛異乎尋常地驚慌，石向她走來，石說姐姐你怎麼了，你到底是怎麼了？她看到石的手伸向她的額頭，她就忽然聞見精液的氣味，她飛快地擋開他的手她大叫了一聲別碰我！她用了那麼大的聲音，四壁彷彿反覆響起回聲。

不知過了多久石才輕輕地說姐姐這事兒我早就想告訴你就是沒有機會。你那次給我看手相說我有三個女人，當時我就想說我只有兩個，一個是我老婆一個是她，我和她已經有兩年多時間了，有件事我想請你幫忙，我想只有你才能救我們……她懷孕了，你能不能幫她聯繫個醫院……

做人流嗎？卜零的嘴角上掛著一絲冷笑。

石點頭。

爲什麼不生下來？這可是你自己的骨血。

那怎麼行？我老婆那邊怎麼辦？姐姐我對她是眞心，是眞心要娶她，可現在不行，可能要一兩年以後我才具備娶她的條件，現在這時候，你就救救我們吧！姐姐，只有你能幫我……

卜零搖搖頭。卜零說不我做不到。而且……卜零奇怪地看了他一眼接著說，也可能我們以後就見不到了。

爲什麼姐姐爲什麼？

因爲……因爲我想和韋離婚。我離開韋，也就不會和你有任何聯繫了。

幹什麼呀姐姐？都快四十歲的人了還離什麼婚啊？

快四十的人是不是就不是人了？卜零說完這句話就向門外走去，在門口卜零又回過頭，在陽光下卜零的臉色一片青灰如同戲裝中的鬼魅。卜零對石一字一字地說你欠我的，你得還。卜零的臉和聲音嚇得石膽顫心驚。卜零走出很遠才感覺到右臂的沉重，她看到那五盤帶子仍然拿在手裡。那裡面好像浸著血液，牛的一凸一凹的眼睛，還有精液的腥氣席捲而來，迷惘的陽光把行人們分割成了碎片，然後定格。

31

從盛夏到初秋的三個月是韋一生中最痛苦的三個月。他的痛苦在於他鐵的生活規律被打亂了。他不知道怎麼對待躺在床上的卜零。那一天，幾個陌生人把昏迷不醒的卜零抬了回來，韋著實嚇了一大跳。韋想這類文藝型的女人實在乖張，甚至用自虐的方式來引起別人的注意——韋實在不理解卜零獻血的舉動，而且是在完全沒有和他商量的情況下，他認爲這起碼是對於家庭的不負責任。他甚至想這可能是卜零逃避剝碗豆的一個詭計。自從卜零躺下之後剝碗豆的重任全落在韋身上，韋每天下班之後的第一件事就是剝碗豆，到碗豆季節結束的時候韋的指甲染上了洗不掉的綠色。這綠色甚至被劉總注意到了，劉總笑笑說綠指甲倒沒什麼，只要不是綠帽子就行。氣得韋在當天的夢裡向劉總肥碩的腦袋舉起了刀子。自從那次合同的事之後劉總老是這麼對待他，就在那次韋向卜零和石宣布公司即將變動的消息、並且由此發生卜零跳車小石受傷的戲劇的第二天，韋便得知劉老總已和日方簽了堵塞漏洞的追加合同。韋這才自責自己太沉不住氣了，好事是不能讓別人過早知道的，特別是很有成功希望的好事。難怪那個怪異的巫師舉過一枝正在滴落的蠟燭做爲他事業的隱喻。

但韋並不是那麼容易屈服的。韋的信條之一便是「善敗者不亡」。韋在立秋的那一天第三次走進那座有巫師算命的飯店。三層的那個埃及餐廳呈現出一種衰落的氣象。用餐的人們像秋風落葉一樣零落而蕭條。曾經鮮豔美麗過的波斯花紋地毯現在像樹皮一樣薄而骯髒，上面灑滿了菸頭的灼痕。巫師已經回國了，原來她算命的那張桌子依然擺在那裡，布滿了灰塵。在放置水晶球的那個地方現在放著一盞巨大的花瓶式檯燈。韋想巫師的口袋大約已經滿得要溢出來了。不知那個巨大的水晶球如何放置在飛機上。或許會放在空中小姐的座艙裡，巫師吃完中國式烤鴨之後，或許會利用剔牙的功夫給哪位運氣好的小姐算上一命，然後帶著一種玩味的態度去欣賞小姐美麗的臉上或狂喜或憂傷的表情。當然，如果發生空難那麼那水晶球就會飛出窗外碎裂成無數繁星，若干年之後再以隕石的身分返回地面。

這時一位小姐拿著菜譜走來，輕聲問：幾位?

韋像被別人追逐著似的逃離那家飯店。那個花瓶式檯燈的昏黃燈光令他昏昏欲睡。這件事他當然沒有告訴躺在床上的卜零。他覺得卜零的形象在他眼裡愈來愈模糊他懼怕這個模糊的形象。他覺得躺在床上的這個女人就是一種情慾的化身她像一團烈火一樣可以毫不費力地吞食他，他過去天天盼著她會安靜下來會像「古井水」一樣「波瀾不起」。她現在眞正安靜下來了，她的眼睛從早到晚盯著天花板，對任何事情都毫無興趣，但是她仍然使他害怕。有一次他明明聽見她在嘟囔著但他問她說什麼的時候她卻斷然否認，而等他剛一轉頭便清楚地聽到她在說什麼「紫鯊魚……浮冰……」。

他斷定她是走火入魔了。因此當他回家後看到她，聽她說老闆來過，單位通知把她除名的消息之後，他本來以爲又是她幻想的什麼故事情節。

32

但是老闆送來的大包慰問品還擺在那裡。有月餅、葡萄、萊陽梨、紅富士……還有一大堆冷凍食品。所有的禮品加起來有上千元了，老闆說是單位「慰問獻血的同志」的，老闆語調親切眞摯，談吐幽默而迷人，老闆連說了六個笑話，這些笑話確實很好笑，卜零已經有好久沒這麼愉快過了。老闆在說完笑話之後就把頭轉來轉去地看卜零家裡的陳設，老闆說你家很樸素呀，你先生不是大老闆嗎？卜零說我先生是那種掙不了錢的大老闆。老闆說我可是聽說你是大款的太太，出門兒就坐豪華車的，單位這點錢掙不掙對你來講算不了什麼。卜零說那可太冤枉了對我來說單位這點錢是我的全部。老闆聽到這裡好像吃了一驚似的。老闆說那太糟糕了，這簡直是個天大的誤解。卜零驚訝地看著他。老闆顯得很沉痛地說有件事我不能不告訴你，下個月你就不要去單位上班了。卜零的反應出乎老闆的意料，在宣布這類消息的時候對方幾乎一律地要大哭大鬧尋死覓活，倘是男人便要大發雷霆以死相拚，但卜零的反應似乎過於平靜，以至老闆以爲她還沒聽懂。於是老闆進一步解釋說單位的情況你也是知道的，僧多粥少，上級領導從年初開始就想裁人，有人向他匯報了你的情況，說你長期完不成任務動不動就不上班，這次參加獻血的同志最多休了二十天，可你連休了三個月，也沒有假條，領導在這次中層幹部會上點了你，我爲你爭了很久，可沒用，所以……卜零仍然一語不發，但是老闆發現卜零的眼睛裡出現了兩朵綠色的火苗像蛇信子一樣噴吐毒光，但卜零的嘴角上似乎帶著笑意那是一種「毒笑」，老闆不知爲什麼有些害怕，接著卜零說出一句話來更加讓他恐慌。卜零看著他的眼睛說老闆你說的這時間不對吧，我想裁人的決定應該在我獻血之前，我猜得對嗎？老闆的肌肉在微微抽搐，老闆到底是英雄好漢，老闆想結束這場無意義的談話了。老闆說：你眞聰明，充滿智慧。卜零在說這話的時候平靜如水。老闆驚奇地發現卜零又有新的變化，這個女人的臉仍像過去一樣嫵媚，但那豐富的表情卻已蕩然無存。沒有一根線條能夠洩露她的內心祕密。就是過去那雙可以一覽無餘地看到她內心世界的那雙眼睛，現在也不過像一面玻璃鏡那樣鑲嵌在臉上，從裡面折射出的正是對鏡者本人。老闆在站起身的時候說你這句話可以進名言錄了，爲了你這句話我請你喝咖啡。晚上八點，花非花咖啡廳。

老闆走出去的時候仍然在想卜零的變化。卜零這個女人在他心裡始終是個謎。往往是他自以爲已經完全掌握了她的時候，她忽然有一種新的謎一般的變化。老闆剛剛調到市台時第一個注意到的就是卜零。這個女人並沒有標準美人的臉，卻從整個表情和體態上充盈著一種生動和嫵媚，給人一種「異邦異族」的感覺。老闆開始的時候很對卜零動了些念頭。應該說這種念頭對於老闆這樣的人是很不容易的。演藝界美女如雲圍繞著老闆每天都有人給老闆打飯、打水、清掃辦公室乃至做各樣的事情，要知道是老闆在決定著生殺大權。可是卜零好像一直把他視做一團空氣，老闆覺得這個女人在用輕蔑毀滅著他，使他產生一種失敗感。更讓他不能容忍的是卜零常常不顧場合地頂撞他，譬如有一次開會的時候，老闆爲了活躍氣氛，談到《南國紅豆總相思》裡關於雪白的頸子的描寫，老闆說他當時就向作者提出過刪改的問題，但作者修改的結果卻是增加了兩次強姦，老闆和眾人哈哈大笑。卜零站起來說老闆你說話不能完全不顧事實，據我所知根本就沒這回事兒這純粹是演繹。老闆說比「春天踏著濕漉漉的腳步走來了」還演繹嗎？眾人又是一陣哄堂大笑。卜零卻繼續認眞地說這兩句話根本不可比，因爲我的話最多受人嘲笑而你的話傷害了別人。說完了這句話大家就安靜下來，老闆從那時開始就想把卜零請走了。

但是老闆的好奇心使他犯了一個錯誤，他想探究這個女人之謎而約她去喝咖啡，他覺得如果不把卜零做爲他的部下而把她做爲一個純粹的女人來交往的話，也許會有味道得多。但是他忘了考慮代價的問題，以至犯了一個對於他來講十分罕見的錯誤。

33

老闆走後約十分鐘的樣子卜零起床對鏡梳洗。卜零好久沒有照鏡子了，卜零覺得好像過了一個世紀那麼長。但是鏡裡的女人依舊。稍稍瘦了一點，眉宇間卻有一種決絕的神氣。卜零用最精美的奧粉做底霜。她挑了一種淡赭石色，這種顏色和她的膚色很相配，並且使皮膚發出一種瓷一樣晶瑩的粉彩。唇膏她用了濃豔的深絳色。然後她戴上兩只很大的錫製耳環，一個美麗的阿拉伯公主在鏡中出現了。她發現自己似乎很適合濃妝。

後來她從鏡中看到了韋推門進來。她沒有回頭，就在鏡中注視著韋的臉說老闆來過了，單位已經把她除名。韋聽了之後好像並沒有什麼反應。卜零說我要出去一趟晚上要晚點回來。韋這時才看到老闆送來的東西韋說這麼說你們老闆眞的來過了？卜零說當然是眞的我雖然獻了血可腦子還沒獻出去。韋這才有些恐慌地說你剛才說什麼你們單位把誰除名了？卜零這才回頭看著韋指了指自己的鼻子，卜零說你的老婆從今後要靠你養活了，韋總你害怕吧？韋一下子跳起來韋的身體裡像裝了一條暗簧似的，韋大吼著說你不要處處犯神經病，平時你一點小事就掉眼淚可現在這麼大的事你倒不哼不哈了！快把你們老闆的電話給我，趁還沒有公布之前做做工作還來得及！卜零冷冷地看著他，卜零說你要怎麼樣？求他嗎？韋說當然難道你現在還放不下你的臭架子！現在多少下海的人又折回來找鐵飯碗，端個鐵飯碗容易嗎？你什麼都不懂，告訴你你要是想讓我養門兒都沒有！我沒有這個義務我不會給你一分錢的！……別廢話了快把電話給我！卜零說我要是不給呢？韋說那我就直接到你們單位去找老闆！卜零勃然變色卜零說你要是邁出這個門一步，我就殺了你！卜零說這話的時候眼睛裡又冒出那種綠色的火苗，這種綠色使卜零看上去充滿了雌獸的氣味。韋有點驚慌但立刻用冷笑掩飾了這種驚慌，韋冷笑著說你不就會窩裡橫嗎？你在你的老闆面前怎麼什麼都說不出來？你看上去挺聰明，其實是個不折不扣的笨蛋！笨蛋笨蛋！……韋就那麼長笑著轉過頭去，但是韋的笑容很快就定格在臉上了，而且是永遠刻在臉上。就在韋轉身向外走的那一瞬，卜零用一根很長的冰凍里脊擊中了他的後腦。

這隻冷凍里脊是老闆送來的冷凍食品的一部分。凍得很結實，像一根粗大的鐵棒。卜零清醒地記起曾經讀過一則著名的英語小故事，故事裡說有位女士殺了她的先生，用的是一隻凍硬的羊腿，在警方來調查的時候，這位女士把羊腿放進烤箱裡，待警方搜查一無所獲準備離去的時候，她很熱情地請警察們享用美味的烤羊腿。這個小故事中表現出的智慧是一種屬於女人的獨特智慧。這的確是一種通向絕境的智慧。

所以卜零把烤箱打開，把時間定在五十分鐘，把冰凍里脊放了進去。然後卜零盛妝走出大門。

34

卜零在走到這一片街區的時候記憶有些模糊。在她的記憶中好像沒有這座宮殿式的建築這座建築的外牆是由一系列長長的畫廊組成的。這些古怪的畫充滿了動人的官能之美。那些淌著血的樹林裡，有藍色的鳥羽在飄動，樹林的陰影覆蓋著湖面，湖裡的魚聚在陰影處吸吮著綠蔭的涼意，蝴蝶和蛇在樹林裡藏匿，牠們沒有任何隱喻或象徵的意義，一個面對畫面的女人冷冷地呆立著，還有色彩濃豔的裁縫或小丑在怪笑，他們似乎都處在無生無死的境界，這畫廊使人想起一個狹長的活體解剖室。在那樹林的深處，好像隨時都會有幽靈從裡面飛出來。

就在卜零猶豫著的時候，她看見宮殿式建築裡走出來兩個人，都穿著白大褂，她這才恍然大悟。原來她要找的醫院確實是在這裡，不過是改裝了一下門面而已。接著她發現那兩個人其中之一就是她要找的人。那是她唯一的醫生朋友。那醫生管理著一種劇毒藥品。

那醫生把她讓了進去。醫生的模樣沒變，仍然留著一綹小八字鬍。當醫生聽到她需要的藥品之後並沒任何驚奇的表示，只是簡單地問：你用它做什麼？卜零說我先生是攝影師他做暗房的時候需要這個。卜零剛剛說完就後悔了她忽然想起前次曾告訴醫生先生在公司裡工作，但是醫生似乎根本沒介意卜零的回答，他再沒問什麼。醫生走進裡屋拿出了一小瓶藥，看上去只有小指甲蓋那麼一點點，醫生說每次只能用百分之一。讓你先生一定要帶著膠皮手套操作，事後一定要好好洗手，醫生送卜零出門的時候還在叮囑。但是這話讓卜零聽起來更像一種職業性的醫囑。

花非花咖啡廳就在斜對面的街角處，旁邊是一個小郵局。卜零像影子一樣閃進了郵局，她奇怪的是沒有任何人注意她，卜零覺得自己好像已經祕密地穿上了一件隱身衣。卜零在塡寫匯款單的地方悄悄拿起一瓶墨水，卜零迅速地把那一小包東西倒進去，然後掏出鋼筆吸了幾下墨水。卜零沒有忘記在出門的時候把剩下的墨水灑在外面的土地上。

卜零走進咖啡廳的時候老闆已經等候多時了。老闆刻意修飾了一番，顯得風度翩翩瀟灑自如。老闆是那樣親切善意地對待她，這眞是個迷人的男子，卜零覺得和他說話眞是一件愉快開心的事，他們談得十分投機，精彩紛呈，很多美麗的語詞像肥皀泡一樣從他們的嘴裡源源不斷地噴吐出來，卜零覺得不記錄它們眞是太可惜了。老闆說你是個很有趣的女人，這我沒猜錯，我希望我們以後可以常常有這樣的談話，並且，不僅僅是談話。老闆說完這話就意味深長地看著卜零。卜零也心領神會地看著老闆，眼神既嬌羞又有一種嫵媚，卜零的表情恰到好處，以至連老闆這樣的人也感到心旌搖蕩。但這並不妨礙卜零在老闆去洗手間的時候向老闆的杯子裡擠出幾滴墨水。卜零擠得果斷而準確，沒有一滴灑在外面。

卜零走出咖啡廳的時候老闆已經趴在桌子上了，那樣子像是熟睡。卜零走出去的時候仍然沒人注意他，因此她覺得這一切眞是簡單極了，簡單得讓人覺得乏味。

35

卜零回到家裡。卜零依稀記得家裡的地毯上應當有一個人，但現在地上空空如也。卜零知道自己的時候不多了，於是她很快撥了石的電話。在聽到石聲音的時候她顫慄了一下。石說姐姐怎麼這麼長時間沒你的消息，你怎麼了生病了嗎？卜零沒有說話，她覺得自己一張嘴似乎就會流下眼淚來。石在那邊說，我給你打電話，沒人接，剛剛還打過，我已經好多了。再過兩天就能給韋總開車了。卜零的眼淚已經流下來她半張著嘴像魚一樣艱難地喘著氣，她手裡拿著的水果刀已經滑落在地毯上，但就在這時她聞見了香水和精液混在一起的味道。她聞見這股味道就想作嘔，於是她臉上的淚水就那麼一下子乾涸了。她在電話裡對石說：你來吧，來看看我。

石走進來的時候卜零已經重新化好妝。此時正是晚上九點鐘。石進門就聞見一股雞肉的香味他覺得這個家是那麼溫馨。卜零正在做枸杞燉雞。卜零走出來的時候石大大地吃了一驚。卜零穿著漂亮的阿拉伯長袍戴著錫製耳環化著濃妝顯得明豔逼人。石想起他看過的電影「後宮」那個美麗的蘇丹後宮浴池裡洗浴的女人。那浴池裡灑滿了鮮花。想起這個石的臉就紅了。卜零微笑著給石端來一碗枸杞燉雞，卜零說我早就想請你來吃我親手做的飯，你吃吧，以後也許就沒機會了。石埋下頭來吃，石的眼睛裡充滿了感激。石問姐姐我託你的那件事怎麼樣了？卜零看著他，眼裡流露出掩飾不住的憂傷。卜零說就是你那個情人的事嗎？哦我正在辦我認識一個大夫——說到這裡卜零忽然哆嗦了一下，她惘然四顧，好像想起了什麼，但是很快她便平靜了。她微笑了一下，她的微笑異常明媚。石覺得像是一股雪天裡的泉水在流動。石說姐姐你怎麼變得這麼漂亮像個公主似的？石說完這話臉又紅了，卜零笑笑說我給你跳個舞吧，你看看公主怎麼跳舞，願意嗎？石抬起大眼睛看著卜零，他隱約覺得有點什麼不對頭的地方，但是還沒容他細細思索，卜零就扭動身體跳了起來。卜零跳得的確很美，她雙臂上舉，身體顫出許多優美的波浪狀弧線，但是石很快目瞪口呆地看到，卜零每轉動一圈便脫了下一件衣服或飾物，卜零脫下它們就遠遠地扔掉像丟掉什麼垃圾似的。

終於卜零全身赤裸著站在他面前了。石捂住了臉。但指縫裡仍能看到他紅得要冒血的臉。他的眼睛又出現了那種潮濕，潮濕得彷彿要滲出水來。卜零毫不留情地把他的手扯開。卜零的眼睛像星星一樣在他眼前飄閃聚散，卜零輕輕在問：我美嗎？石的潮紅的眼睛裡全是乞求，石的眼前一片紅霧什麼也看不清，但卜零並沒有放過他，卜零狠狠地一把揪住他的頭髮：說啊，回答我啊！連這句話都不敢說，你是男人嗎?!石像被擊中了一樣清醒過來，眼前的人不再是老闆娘或者其他什麼，她不過是個女人，一個充滿動感的肉體，比起蓮子，這個肉體飽滿得快要炸裂，成熟得快要滴出汁水。這肉體的每一根線條都顫動著一種殘忍的猙獰之美，那似乎是一種決絕的召喚，一種遠古時代的金鉞之聲的迴響。石站起來，像古羅馬的鬥士一樣抓住了這隻雌獸，他在抓住她的時候好像吼叫了一聲。

事後卜零無數次地回想她是從什麼地方找到那把水果刀的，夢中的記憶總是不大清晰。卜零的皮膚像光滑的古綢緞一樣呈出淡淡的赭石色，當石的大手觸碰到這皮膚的時候卜零打了個寒噤，那是一種長久渴盼之後的逆反，恰如一個餓過頭的人見了飯就噁心似的。但是最重要的，是卜零再次聞見了香水和精液混和在一起的味道，從那股味道裡她看見了紫葡萄般濃豔的血。這血洗清了她的全部羞恥，她覺得自己比任何時候都清醒。情慾已成爲身外之物而遭到棄絕——她不知道這是超越還是更大的不幸。她看見石像一隻發情的狗一樣匍伏在她的腳邊，含糊不清地喘息著，她帶一種不動聲色的玩味態度不斷地撩撥他卻讓他無法得逞。她看見石的肉體徒勞地翻滾著，眼睛彷彿要滴出血來。卜零微笑了。卜零的全身心都在享受著復仇的快感。在兩性戰爭中，她覺得戰勝對方比實際占有還要令人興奮得多。

卜零刺向石的時候翻天覆地倒出了那天的話，卜零對他說，我說過你欠我的你得還。現在，你還吧。但是石比那兩個男人難對付得多。水果刀深深地扎起向下無限壓縮，然後再隨著刀尖膨脹起來。卜零驚慌起來她的刀落得又急又快，但是石的身體卻像水那樣不斷變形完全不受傷害。卜零大汗淋漓眞希望這不過是一場夢魘。

這場夢的結尾處是走進來幾個警察模樣的人，爲首的一個人高高舉著逮捕證。卜零看到他的眼裡藏著陰險的笑意，她在剎那間竟感到他是巫師的化身。

36

韋回家後在樓下信箱裡找到了一封奇怪的信，那信的背後黏著一枝山雞毛。信是寫給卜零的。卜零睡夢中的臉全是汗水，嘴裡不斷地說著夢話，韋相信她一定是在做惡夢。韋推醒了她。卜零剛睜開眼看見韋的時候很驚慌，那樣子就像是見了鬼似的。

卜零好不容易才確信眼前是一封雞毛信而不是逮捕證。卜零慌慌地拆開信。信是阿旺寫來的。阿旺說爺爺聽說卜零用戒指換香水的事，很過意不去，爺爺現在已經把戒指從大姑手裡要了回來，爺爺說歡迎卜零再次去山寨，爺爺說：「卜零老師很可能是我們的族人。」

卜零看信之後呆了半晌。接著她看見旁邊的桌子上放滿了食品。卜零皺著眉頭問這些吃的是誰送來的，韋看了她一眼說你這人怎麼了獻點血連神經也獻出毛病來了？這不是你們老闆送來的嗎？你還說你們單位把你除名了，咱們還吵了一架然後我就走了，你怎麼都忘了？卜零呆呆地說這麼說一切都是真的了，韋說你說什麼，卜零說沒什麼，但是我記得老闆送來是兩根里脊怎麼剩下一根了？韋看了看說這我倒不記得怎麼幾根里脊你倒記得挺清楚，卜零的神色有點詭譎卜零說那你今天怎麼回來這麼早，韋癱坐在沙發上雙手抱頭說今天也不知怎麼搞的後腦勺兒疼，剛才那陣可真疼現在好多了。卜零使勁捂著嘴才沒叫出聲來。她感到前所未有的恐懼。然而接下來韋的電話更使她的恐懼達到了極點。

韋撥了石的號碼讓他翌日上班，韋聽了幾句話就把電話掛上了。韋皺著眉頭說小石這人怎麼搞的，休病假還休上癮了，說不知怎麼突然心口疼，人兒不大毛病還不小！卜零聽了這話之後就走到陽台上。卜零看到晴朗的夜空裡星河燦爛，雙魚星座仍然在老位置上，那一對魚形的脈絡似乎比其他星座更加纖美。卜零想明天一定給老闆打個電話。卜零想說：喂，你認識花非花咖啡廳嗎？

37

卜零從車站買票回來已經很晚了。她買了一張去邊寨的臥鋪。她想上次的確是太匆忙了，那夕陽下的有著美麗岩畫的山，那種神話般的小作坊，那六個鮮花一樣的少女，那個黑衣女人，那寨子裡敲響的木鼓，那些篝火和舞蹈，甚至那隻流出葡萄一般濃豔的鮮血的牛……這一切都成爲一位民族老人的背景。那老人的灰白頭髮閃著憂傷的光澤，老人把一枚戒指放在她的手心裡，老人說孩子你戴著吧，魔巴摸過的玉石會保佑你的。

卜零看到街心花園裡有幾個孩子在玩，在秋風裡追逐著，有一個男孩手裡拿著一只彈弓。卜零好久沒見過這玩意兒了。現在的孩子被變形金剛占有著很少對別的什麼有興趣。卜零走過去拍拍那個男孩的頭，卜零說讓我玩玩好嗎？男孩點點頭困惑地看著她。卜零說阿姨小時候打彈弓可準了現在你也未必玩得過我，男孩指著遙遠的夜空說阿姨你要是能把星星打下來我就服你。卜零笑了卜零指著遠遠的星座說知道嗎那叫雙魚星座，那是一條公魚和一條母魚，男孩說阿姨你錯了，得說是一條雄魚和一條雌魚。卜零笑笑說還是你說得對，你看阿姨把那條雄魚打下來，男孩說不行那兩條魚是疊在一起的，一打就都打下來了，卜零說那就同歸於盡吧！然後就夾了一塊石頭把彈弓高高舉起，卜零用盡全身的氣力把石頭射向那星座。那個小石頭向夜空裡飛去，像流星一樣瞬息即逝。

也就是在這一瞬間，天邊的一扇門悄悄地開了，上帝本人探出頭來。上帝看到了那個不安分的夏娃的後裔。上帝隱約記起在伊甸園裡夏娃的惡劣表現。爲了偷吃智慧樹的禁果，上帝給予了她最嚴厲的懲罰：讓她妊娠，讓她流血，讓她忍受比男人大得多的苦痛。但一切已經遲了，因爲她已在男人之先吃了那禁果。上帝想到這裡不免有些沮喪，他不再看那個不自量力的女人一眼就關上了天門。他把天門向女人永遠關上了。

這裡石子隕落，天邊傳來遙遠而空寂的回聲。

何立偉和他的小說

何立偉（一九五四～），湖南長沙人。一九七五年考上湖南師範學院中文系。上大學之前做過五年工人，大學畢業後在長沙市凍肉廠子弟學校教書，一九八三年調入長沙市廿一中任教三年，再調入長沙文聯工作。現任長沙市文聯主席，中國作家協會會員，一級作家。何立偉從一九八一年開始發表詩歌，一九八三年才開始發表第一篇短篇小說〈石匠留下的歌〉，所以他的小說中詩意比較濃厚。一九八四年發表的短篇小說〈白色鳥〉獲全國優秀短篇小說獎。此後，又發表〈小城無故事〉、〈花非花〉、〈北方落雪，南方落雪〉等深受好評的中短篇小說，陸續獲得各種文學獎十餘次。

何立偉的作品大多取材自湖南城鄉老百姓的生活，或許是受了沈從文、周立波的影響，特別鍾情於瀟湘山水自然風光的描寫，把人物放置在或明麗或朦朧的山鄉風味背景上，著力渲染某種詩化的人生意境。他的小說特別講究文句的錘鍊，語言或簡潔明快，或含蓄凝練，惜字如金，留下寬闊的想像空間，故被譽為「絕句」式的小說。（金漢《中國當代小說藝術演變史》）

一九九六年發表的短篇小說〈到西藏找狗〉，可視為何立偉後期的代表作，被選入《中國百年文學經典》等多種重要選集。這是一則敘事者的友人蘇胖子轉述的故事，情節非常簡略。何立偉彷彿在訴說：人生本來就充滿許多不可預測的、「不期而遇」的「偶然」，充滿驚喜但無從期待。對敘事者而言，每次蘇胖子的出現總是「不期而遇」；蘇胖子的老闆忽然之間起了賣狗的念頭也是「偶然」，接著狗被毒死、蘇胖子直覺他一定可以找到逃跑的古蠡，一切變化與抉擇都在「一念之間」。傳說中的藏狗「古蠡」是否存在並不重要，蘇胖子是否找到古蠡也不重要。重要的是何立偉的敘事語言，全文有一半的篇幅是由蘇胖子連續五、六個大段落的獨白（轉述）構成，精簡、輕快、俐落的語言，把一則足以架構成中篇小說的尋狗奇聞，一氣呵成地轉述出來；同時又透過蘇胖子對老闆、強巴、古蠡等人物形象的生動形塑，在語氣中逐漸灌注一股堅定的事業憧憬，以及對傳奇的信任與執著。何立偉志在表現他在語言節奏上的細心經營，和文字的精巧錘鍊。

重要作品有：短篇小說集《天下的小事》（長沙：湖南師大，一九九八），中篇小說集《小城無故事》（北京：作家，一九九八），長篇小說《像那八九點鐘的太陽》（北京：十月文藝，二〇〇六）、《當代湖南作家作品選．何立偉卷》（長沙：湖南文藝，一九九七），以及散文、漫畫多種。

到西藏找狗

何立偉

我那天心情不太好——老實說，這個世界上有太多的事情讓人心情不好，中午我一個人就在河邊的一家小飯店裡悶悶地坐著喝酒，對著窗外緩緩流淌的湘江河水於是也緩緩地梳理著自己晦澀的情緒。後來我發現原來我的心情的不好並不因著某一件具體的事情的困擾或悵觸。這使我認識到人的情緒的波動有時候是完全不需要什麼口實的。煩悶、苦惱、憂鬱或者憎恨，有時會像晨霧或暮靄一樣，莫名其妙地籠罩著我們那敏感而脆弱的心靈，人生的方向有可能一瞬之間便消失掉了，這時你也許就多少知道什麼叫做茫然了。

幸好有一個人把我從茫然之中解救了出來。這個人就是蘇志。他搖晃著肥壯的身軀大聲地叫喚著我。

蘇志的小名叫做蘇胖子，當然這小名來自他那二百來斤的體重。蘇胖子是我的一位後來移民去了阿美利加德克薩斯的姓張的朋友的師弟。他們從十二歲起就從一位姓劉的有名的國術大師習武，可謂之情同手足。姓張的朋友在肯尼迪遇刺的那個達拉斯洗了兩年盤子後就開了家中國武術館，現在據說弟子已達數百人了，而蘇胖子則給一位台灣來的房地產發展商開奔馳車，當然是做司機之外又兼做私人保鑣。做兩份事，卻只給一份工資，由此可見台灣老闆的精明，也由此可見蘇胖子的抱屈。蘇胖子的工資原來是八百，後來漲到一千；所以增加兩百，是因爲台灣老闆親眼見識了蘇胖子的功夫。

有一回台灣老闆帶著他在長沙養的小情人去看他在河西的一處工地，打轉的時候小情人忽然想開開車玩，台灣老闆就叫蘇胖子讓她開。車開到火車北站時，一輛空叉車忽然從北站大門裡野野地衝了出來。蘇胖子喊：「快踩煞車！」小情人卻慌了神，等她猛地煞住車時奔馳正好橫橫地攔在了叉車的前面。當然叉車也吱吱嘎嘎地急煞住了。不過那司機卻是十足地暴出了火氣，衝著台灣老闆的小情人就是好一頓惡罵。小情人把腦殼伸出車窗外，氣憤地說：「你何事開口就罵人?!」「罵了你又如何？」叉車司機怒不可遏，「老子還要打你！」說完就從叉車上跳下來要打人。台灣老闆一見叉車司機五大三粗一臉狠相，就連忙打開車門走下去，說這位先生有話好講有話好講，不要生這麼大的氣嘛，呵呵不要生這麼大的氣。叉車司機輕蔑地覷了台灣老闆一眼，說：「你是什麼，你是她的爺？」台灣老闆就說這位先生你不要這麼說話嘛。「老子是吃生狗屎長大的，」叉車司機狠狠地說，「老子只曉得這麼說話。你要聽就規規矩矩站著聽，不聽就跟老子滾到一邊去！」這時蘇胖子不慌不忙，從車裡站出來，對那叉車司機慢條斯理說道：「我看你這位老兄罵也罵了，凶也凶了，面子占淨了，怕也要收點場了吧？」叉車司機見這個說話的胖子臉上有種綿裡藏針的憨笑，一下子就明白遇到的是一個什麼樣的角色了。但叉車司機是個勇蠻好鬥的傢伙，何況他又有恃無恐，一來他是這地盤上的人物，二來叉車上還坐得有他的一個副手，也是個喜歡打架的後生崽，他彷彿覺得今天如果不逞雄逞到讓人告饒的地步，就很對自己不住似的。於是他對蘇胖子惡狠狠地說：「老子今天就不收場，角色，你又把老子怎麼樣？」「我又能把你怎麼樣？你一口一個老子老子的，」蘇胖子臉上那種很特別的憨笑並不凋謝，「我看你今天早上是忘記刷牙了，嘴巴子這麼臭。」叉車司機聽了這話氣得脖子硬硬的，回頭朝他的副手喊了聲：「三毛、三毛，有事做！」

台灣老闆後來慢慢回想，才大約地記起來整個打架的過程。他先是看到叉車司機照蘇胖子臉上一炮拳衝來，蘇胖子身子一側，右手接住他的拳輕輕那麼一帶，就見叉車司機一個狗啃泥腦殼都插到奔馳車的底座下去了。接著那個叫三毛的後生崽撲過來一把死抱住蘇胖子的腰，蘇胖子一蹁腿，同時把對方的肩一掰，彷彿是把一件邋遢衣服扔到地上去那樣把三毛扔到了叉車司機的腳旁邊。

接下來的局面真是叫台灣老闆看傻了眼，隨著三毛的嚎叫，從北站裡頭衝出來了四條漢子，加上從地上爬起來的叉車司機和三毛，一共是六個人，其中兩個手裡還拿了鐵撬棍，他們都是北站裡頭的搬運馬仔——順便補充一下，火車北站是貨站，我小的時候上學路過這裡就常常看見這些搬運馬仔同別人打群架，印象裡有兩個特點很難忘，一是他們很蠻勇，二是他們很團結。現在他們六個人圍著蘇胖子打架，這兩大特點依然如舊。他們狂怒地吼著：「打死他！往死裡打！打死這頭胖豬！」一面吼一面亂拳亂棍朝蘇胖子鋪天蓋地打來。台灣老闆的小情人嚇得連聲驚叫救命救命！台灣老闆則嚇得把眼睛遮捂起來，他心裡面一黑：這下子蘇志完蛋了！——聽到鐵撬棍掉到地上的叮噹聲，聽到人摔倒在地的肉的鈍響，聽到罵娘，聽到呻吟，聽到很多的腳步聲朝這裡匯了攏來……等他睜開眼來時，他看到馬路上圍過來的黑黑的人圈子裡是六條漢子都躺倒在地的奇蹟。蘇胖子的肩膀中了一撬棍，烏烏地腫了起來。他一面揉著肩膀一面對發呆的台灣老闆說：「我們趕快走吧，等一下馬上還會有人來，麻煩會更大的。」就這樣，蘇胖子讓台灣老闆和他的小情人坐到後座去，他開著奔馳車犁開人群，衝上馬路，台灣老闆朝車窗後看去時就見從北站的大門裡又鬧烘烘地殺出來了七八條漢子，手中差不多都拿了傢伙。台灣老闆直感到背上彷彿是長滿了螫人的芒刺。

增加兩百塊錢工資並沒有使蘇胖子怎麼就快活起來。畢竟蘇胖子原來也辦過兩個小廠子，一個是做法國電瓶的，一個是做塑料鈕扣的，但都垮掉了，後來又買了一輛解放牌的舊卡車跑長途運輸，結果也跑垮了，然而不管怎麼說，他總是自己在做老闆，不至於像現在這樣，給別人家打工，聽別人家差遣。「你怎麼不像你師兄那樣，也開一個武館呢？」有一回我這麼勸過他。他聽了只把腦殼搖：「難呢，如今幹什麼都難。」聽蘇胖子說話的口氣，他好像對什麼都失去信心了似的。「我現在只能給人打打工，混口飯吃算了。」不管怎麼說，哪怕是如此英雄氣短的話裡面，也藏得有他那心有不甘的怨艾。就這樣，這位聲稱混口飯吃算了的七尺漢子，跟著他的台灣老闆，一下子把那輛奔馳車開到廣東，一下子開到上海。這幾年他們的身影不斷出現在中國大陸房地產投資回報率最高而且最快的地方。

我與在達拉斯開中國武館的姓張的朋友一直有書信往來，他在最近的一封信裡還問我有沒有見到蘇胖子，因爲他說蘇胖子很少給他寫信，要寫也是寫得像電報似的。看來我的這位朋友是很關心他的師弟的。我回信給姓張的朋友，說我有時能夠邂逅到蘇胖子，我告訴了他我了解到的蘇胖子的近況。

我與蘇胖子總是不期而遇，比方那天我在河邊小飯店裡獨自喝悶酒，一個人陷在茫然之中時就是如此。

我聽到有人叫我，抬頭一看，是蘇胖子。因爲經常是這麼不期而遇，所以彼此都沒有表示格外的訝異。但是我剛剛氤氳在心中的茫然卻由於他的到來而煙消雲散。他正好路過這裡，肚子餓了，於是進來吃飯。我說怕有兩三個月沒有見到過你了吧，你師兄還寫信問我你在忙些什麼呢。他說沒忙什麼沒忙什麼，就是在上海待了一段時間。

「怎麼待這麼久呢？」

「唉，一言難盡，一言難盡，慢慢呷酒慢慢聊好不好？」

我向招待招了招手，叫了一瓶現在廣告做得很多的「孔府家酒」，又叫了幾碟滷菜，同他慢慢對飲起來。我問他是不是打算長期地這麼打工。我話裡的意思是你的年紀已經不輕了，應當找準自己的事情來做，跟別人打工，畢竟最終是沒有什麼著落的。蘇胖子是一個聰明人，他聽明白了我的話，就說：「這次我看準了一樁事，打算自己來做。過幾天，我就會到西藏去一趟。」

「西藏？」我問他，「去那麼遠的地方幹什麼？」

「找狗，」他瞥了我一眼，不慌不忙地說，「你不要這麼樣地來看我，聽我慢慢跟你說。」

他呷了一口酒，望了望窗外。我於是就聽到了下面這個關於狗的離奇的故事。

「……這兩年大陸的房地產高峰期你曉得的，已經過了。國家對以房地產熱爲標誌的泡沫經濟從政策上進行了嚴厲的遏制。所以這次我的老闆到上海並不是去尋找房地產的機會，而是尋找新投資項目。上海的投資環境不錯，機會也不少，但是考察來考察去，卻沒一樣是適合老闆的興趣的。有一回我同老闆路過寵物市場，我們停下車來看了一會，發現上海的寵物市場滿紅火，尤其是狗生意，簡直好做得很。那些國外的名種狗，很賣得起價錢。上海的闊娘們多的是，而她們最新流行的顯闊時髦，就是牽著名種狗招搖過市。我的老闆忽然之間起了一個念頭，決定來做狗生意，賺大陸的闊太太們的錢。他的想法是把台灣的名種狗弄過來。一打聽，貨源是基本上沒有什麼問題的，但是入境時的免疫檢查卻極爲嚴格和複雜，簡單地說吧，就是幾乎無法把狗弄進來。老闆聽了非常沮喪，只好作罷。就在我們離開上海的頭一天，老闆在咖啡吧裡遇到了一個熟人，聊天的時候說起了想做狗生意的事。那熟人就告訴他，他有位做狗生意的親戚同他說起過，在西藏有一種犬名很古怪的藏狗，那狗可是了不得的好，只可惜如今極難找到了，誰要是能找得到的話，那是肯定能發大財的。僅僅就是這麼樣的一句閒聊天的話，叫老闆有了一種強烈的直覺，他覺得他可以找得到幾乎滅種了的名叫古獒的藏狗。於是直覺引導老闆決定親自到西藏去一趟。

「出發之前老闆僱了一位浙江農學院專學獸醫的高材生，他剛畢業，分到上海的崇明縣的農機種子公司守倉庫，正苦悶無聊得很，到西藏尋古獒的事叫他感到十分興奮，於是就答應同老闆一起進藏了——我則一個人百無聊賴地留在了上海。他們到拉薩後，找了許多人打聽，那些年輕一點的人搖著頭，甚至都不曉得有一種叫古獒的藏狗。這樣，一無所獲的他們一個星期後離開了拉薩，沿著雅魯藏布江西行，到了日喀則，到了拉孜、薩嘎，最後到了與尼泊爾交界的普蘭。在這裡，他們終於遇到了一位昔日農奴主的後代。他說他從他的父親那兒聽說過這種狗，那可是非常非常出色的狗，過去都是貴族才養得起。他說西藏被和平解放以後，有一年，古鰲們遭到了種族滅絕的慘運。人們只要見到這種狗就打殺。表面的原因是由於牠傳播了一種奇怪的熱病，而另一個內在的原因則可能是出於憎恨，因爲古鰲曾是農奴主們的貴族生活的象徵。這個有點饒舌的藏族男人還提供了一條有價值的線索：他說他的父親曾經有一個農奴，專門飼養這種討老爺們喜歡的狗。這個名叫強巴的農奴在獲得人身自由後仍以豢養古鰲爲生。在那些屠狗的日子裡，他和他的狗突然失蹤了。也就是說，從此，人們再也沒有見到過那種名叫古鰲的藏狗了。我的老闆當然追究那個強巴的下落。農奴主的後代只說了句你到孔噶山谷去找找看吧——聽說他是逃到那兒去了。

「就這樣，老闆和他的獸醫來到了人跡罕至的孔噶山谷。奇蹟般的事實是他們並沒有費多少氣力就找到了強巴。他們用很少的禮物和很多的禮貌，住在谷口的一位老獵手就把他們帶到了強巴住的帳篷裡。他們在那頂破爛的羊皮帳篷裡住下來了，根本一點來意都沒有透露，他們只是打著手勢聲明自己是好奇的旅遊者，他們想見識一下強巴的這種古老的與世隔絕的牧民的生活方式。他們把菸給強巴抽，把酒給強巴喝，總而言之，慢慢地，強巴就對幾乎是強行闖進他的生活的兩個陌生漢人放鬆了戒備，在朝夕相處了二十來天後，甚至變得有感情起來。強巴有十幾隻古鰲，確實是些非常出色的狗。如果拿人來做比的話，那麼牠就是人裡頭的高貴的勇士。每天，都是古鰲們忠實而頑強地守護著強巴的羊群。牠們活躍而沉穩的身影晃動在老闆和他的獸醫的眼裡，讓他們產生著感動。但是他們絲毫也不能讓這種感情流露出來。他們要裝做對此無動於衷的樣子。臨別的那一天，強巴竟有些依依不捨。他們將隨身攜帶的物品送了一些給強巴，強巴激動得手足無措，他比比畫畫地問他有什麼東西能夠回送給他們的嗎，老闆從口袋裡掏出錢來，指指他，又指指腳邊的古獒，並且豎起兩根指頭來，他的意思是說他要花錢買兩條這樣的狗。強巴起先有些愣然，明白過來後，臉色猛地往下一沉，緩慢而堅決地搖著頭，表示這種事情根本沒有商量的餘地。老闆和獸醫只好快快地走了。他們朝孔噶谷口走去，走了很久，猛然聽到後面有人呼喊。回頭一看，原來是強巴追上來了。他氣喘吁吁地指著那一群尾隨其後的古獒，又指著老闆的胸口，打著手勢問他們是不是從心裡眞的喜歡這些狗。老闆曉得這一下峰迴路轉了，於是一個勁地點頭。強巴又用手語對老闆說：『如果是眞的喜歡牠們，那你就要向我保證善待牠們。』老闆又是一陣點頭：一定保證一定保證。強巴的眼睛裡忽然湧出了一種憂傷憐惜的神情，他跪到地上，默默地抱起一隻古獒，抱了好久，才把牠放下，打著手勢說好吧，全送給你們吧，看得出你是眞的喜歡牠們，你不會拿牠們去幹別的什麼的，你保證了要善待牠們；我老了，我在這個世上沒有多少日子了，我把古獒交給你們，我也就放得下心了……

「老闆讓獸醫跟著強巴回羊皮帳篷裡去，他自己則走出孔噶山谷外，找到給他當過嚮導的那個老獵手，請他找人做了十幾隻木籠子，又僱一輛馬車，然後再進到山谷裡去把狗運出來。強巴幫他們把狗裝進籠子裡，他一面裝一面老淚縱橫。當馬車拖著古驫走了很遠，強巴的哭聲被山谷裡的一陣風吹了過來。老闆和獸醫停下腳步，回頭望見站在高處的強巴的蒼蒼白髮像一朵白色的火一樣飄動著。他們走了一程，再回過頭來還望得見那白色的火隱隱在風中燃燒著……

「他們終於到了成都，但是那些狗在長途顛沛中卻走失了七隻。老闆讓獸醫把剩下的幾隻古驫運到上海去，他自己則返回到西藏，返回到孔噶山谷。他再次在谷口外找到老獵手。果然不出他所料，那逃走掉的七隻古驫，眞的都先後回到了牠們的主人那兒。不過老獵手告訴老闆說，當古驫們逃回來時牠們的主人強巴卻已經捲起他的帳篷，帶著他的羊群，遷到那邊去了——所謂那邊，指的是境外，也就是尼泊爾。老獵人說他親眼見到那些逃回來的狗，圍著強巴紮帳篷的地方仰天長吠，吠了好長一陣子，就都走了，越過邊界去尋牠們的主人去了。老獵手說那種情形眞是叫人感動得想哭的……」

「後來呢?後來呢?」我聽得入了迷，於是急急地問。

「……後來，老闆回到上海，他在崇明島上建了一個養狗基地，把他的小情人也從長沙接了過去。有一天，他同那個獸醫大吵了一場，據說是爲了那個風騷的小娘們。他臭罵了獸醫一頓，而獸醫氣昏了頭，當天晚上就一傢伙用農藥把那幾隻古驫全毒死了。」

蘇胖子的狗的故事到此完結了。我望著窗外，湘江水在麓山下緩緩北去。我想像著那些古驫的模樣，想像著強巴的風中的白髮，我又開始有點茫然了。點燃一枝菸以後，我問蘇胖子，既然好不容易運到上海的狗已被毒死，而強巴和那七隻古鰲又已消失在國境線外，那你還到西藏去幹什麼呢？你還去找什麼狗呢？蘇胖子哼了一下，他面前的酒瓶已經空了，他說他也有一種非常強烈的直覺，那就是他也能找到那幾隻名叫古鰲的藏狗。「直覺引導我的老闆在那個孔噶山谷找到了古鰲，」蘇胖子自信地說，「我想直覺同樣也會引導我在離孔噶山谷不遠的什麼地方找到那幾隻瀕臨絕種的狗。我要把牠們弄過來，我覺得我今後的命運有可能將要同這幾隻狗聯繫在一起了。」蘇胖子說他也許先去崇明，找到那個獸醫同行，也許就這麼一個人去西藏，總之下個星期他就要動身了。

「我已經跟老闆辭了職了，」蘇胖子說，「依我的性格，我其實是不甘心給人家打工的。」蘇胖子說老闆因為那些千辛萬苦弄來的狗被毒死了，一直有些情緒低落。他同老闆提起辭職的事的時候，老闆流露出了傷感的樣子，並且再三挽留，還表示出要給蘇胖子加薪的意思。但是蘇胖子態度十分堅決。「老闆問我你是不是找到了非常理想的事情做，或者說有誰出了更高的薪水把你挖走？我什麼都沒有同他說。老闆沒有辦法，最後只說了一句：祝你好運。」

不曉得為什麼，我覺得蘇胖子到西藏去找狗是一件希望渺茫的事。我想勸他不要去，那結果一定是勞命傷財的。但我一見他呷了酒以後臉上放射出的滿懷信心的紅光，就覺得講什麼都是多餘的了。一個人哪怕是為了一個白日夢而去奮鬥，都是值得的，是可歌可泣的。何必去煞他的興致呢？

「你看，」蘇胖子指著窗外經過的一個牽著一條狗的珠光寶氣的女人說，「現在，女人牽狗散步幾多時髦呵！」

那女人長得還算好看。可是她的臉上卻幾乎看不出什麼表情來，就好像她的臉是蠟做的一樣。她手裡牽的不過就是常見的那種喜歡撒嬌的獅毛狗。這樣庸常的狗，絕不會產生什麼傳奇動人的故事，因此牠的主人的臉上也絕不會有什麼驕傲自豪的表情。我想這是簡直一定的。

我有差不多半年沒見著蘇胖子了。我想他一定是去了西藏。他至今沒有回來，而且也沒有任何音訊。一想起這事我有時就會產生一種念頭：難道一個人去尋找一種消失了的東西，其結果就是連自己也一併消失掉麼？

其實我根本就不願意有這麼樣的一種奇怪的並且是不祥的念頭。但那又有什麼辦法呢？

閻連科

和他的小說

閻連科（一九五八～），出生於河南省嵩縣的一個偏窮小鎮——田湖鎮，自幼割草、放牛、打工，在饑餓和寂寞中度過青少年時期。高中沒有畢業即輟學外出，遠離家鄉，操持極度繁重的體力勞動，連續兩年每天工作十六個小時，以換取微薄的收入補貼家用。一九七八年，為逃離苦難的土地和吃飽肚子而入伍，服役期間，先後畢業於河南大學政教系和解放軍藝術學院文學系。歷任戰士、班長、排長、指導員、幹事、編劇、創作員等職。一九八〇年開始發表作品，八〇年代末，以「窯溝系列」轟動文壇。九〇年代以後，再以長篇小說《日光流年》、《堅硬如水》、《受活》、中篇小說〈年月日〉等優秀作品，獲得兩屆魯迅文學獎、百花小說獎、上海小說大獎等全國性小說獎二十餘次。作品被譯成英文、法文、日文、希伯來文等多種外文。為當今中國文壇最具代表性的小說家之一。二〇〇四年脫離軍界，到北京市作家協會任駐會作家。

鄉土題材一直是閻連科擅長的主題，青少年時期的務農的經驗，讓他對土地和山村百姓有很深的感情和了解。評論家姚曉蕾認為：中國作家的「鄉土審視」有兩種形態，一是以現代理性視野去批評民間的糟粕；一是重新尋找自己的價值信仰時，從它古樸的道德情操和生存方式中，發掘出一種與人的生命本能相關的原始正義。閻連科就在兩者之間不斷自我轉化，用不同的書寫方式去處理「鄉土民間的本原性生命苦難」（姚曉蕾〈閻連科論〉）。發表於一九九六年的短篇小說〈限〉，足以呈現閻連科的鄉土審視。

〈限〉是一則有關「死期」的荒謬劇，帶有幾分魔幻寫實的味道。主角杜松從喉嚨的腫痛和種種異象（氣流與時間的局部停止）預測出自己的死亡日期，為了保住棺木不被村民拖去賣了來湊資修渠，他乾脆提早躺進棺木裡，以死衛棺。然而他兒子對父親預知死亡的態度，毫不在意，還說他的喉嚨「腫得和瓷一樣，亮得耀眼」，他急著離鄉去考國家幹部，用十三根長釘把棺裡的父親釘妥後，丟下這句更荒謬的話：「等忙過去這個月，我再回來給你辦喪事，等著，別急。」就走了。其他村民對杜松的死，同樣不關心，他們只關心那具可以賣錢的棺木。杜松在象徵式的「假死」之後，以荒唐的理由「真活」了一陣子；在「真死」之後，卻在工資名冊裡持續「假活」下去。杜松的假死與真死，根本是一場輕鬆、舒坦、荒誕的鬧劇，而且可以產生實質的經濟收益。此乃無限的大限。

〈限〉的荒謬感其實是閻連科以魔幻寫實手法「逼近真實」的一次鄉土審視，透過杜松的「假死／假活」顯現了窮鄉僻壤的生命價值觀和經濟思想，以及應付國家制度的鄉土手段。

閻連科的長篇小說《受活》，甫面世即受到熱烈的討論。它緣起於一九九一年讀到的一則報導：蘇聯解體後俄國保護列寧遺體的經費短缺；於是他把這則報導與盲人村的故事串連起來，虛構了一個遺世獨立、鮮為人知的「受活莊」，所有村民都天生殘疾，視健全者為另類。縣長欲籌款購買列寧遺體，修建紀念堂，發展當地旅遊業以致富，遂發生殘疾人離開故土，為籌款而登台演出的悲劇命運。閻連科認為，如今漢語創作對方言的擠壓十分嚴重，儘管方言寫作與當前的消費文化相牴觸，但如果沒有這樣一種語言文化存在，漢語將變得十分單薄。所以《受活》全書用豫西方言寫成，他希望通過方言來豐富漢語寫作。

重要作品有：長篇小說《日光流年》（廣州，花城：一九九八／吉林：時代文藝，二〇〇一／台北：聯經，二〇〇九）、《堅硬如水》（武漢：長江文藝，二〇〇一）、《受活》（瀋陽：春風文藝，二〇〇四）、《風雅頌》（南京：江蘇人民，二〇〇八／台北：麥田，二〇〇八）；中短篇小說集《年月日》（烏魯木齊：新疆人民，二〇〇二）、《朝著天堂走》（北京：中國青年，一九九四）、《耙耬天歌》（太原：北岳文藝，二〇〇一）；《閻連科文集》（長春：吉林人民：一九九六）。

限

閻連科

1

這年的冬日，湊資修渠成了三姓村建國一般的大事。

爲湊資，村人們踏雪賣掉了村裡許多婚喪用品。

杜松猛然間覺得，自己應該睡到棺材裡去。三寸厚的桐木棺板二寸厚的柏木檔頭，前方刻下了盆大的一個祭字，一年多來，這副棺材都在屋裡散發著鮮亮的油漆氣息和烤濕木板時的淺紅色溫馨。在政府裡燒了一輩子飯，月月從工資中抽出一塊、幾塊放在床頭牆縫的塑料袋裡，十幾年過去，就買了這副棺材，雖不是最佳質地的，可也是誰見了誰羨慕，忍不住說有這棺材，活一輩子也值了。然而，司馬藍卻硬要派人來把棺材抬去賣了，說工地上連買根鋼釘的錢都已沒了。

冬天的太陽溫暖而又潮潤。杜松坐在院裡的日光下，看著一隻刨食的母雞，聽到了日光落地時發出了細微如雨的聲音。他抬頭朝天上看看，感到了脖子裡疼痛欲裂，彷彿誰在撕扯著他的喉管，把手伸進喉裡去摸，摸到了那腫脹的亮塊如一個雞蛋卡在喉嚨中間。我該死了，他想，也許就死在這幾日裡。這麼計算著自己的生命，他從凳上起來，去抓一把蜀黍餵了雞子，又給圈裡的幾隻羊抱了一捆豆棵，便出門來到了村街上。

村街上安靜得能清晰地辨出日光中哪是飛塵的響動。十六歲以上的男人都到工地修渠去了，女人們在家侍弄田地，照料村落。一條一條的村街，在靜寂中有如丟在地上無人拾撿的腰帶。他從村街這頭走到村街那頭，從這條胡同走進那條胡同，除了碰到了一隻狗，就僅碰到了一個七歲還不會走路的孩娃。他說你還站不直腿吧？孩娃怔怔地望著他，手裡拿了一個白紙的風車輪子，說我這風車轉得歡哩，你來了它就不再轉了。杜松有些驚愕，往後退了一步，那風車果然轉起來，靠近孩娃一步，那風車就嘎然止住。杜松以爲是擋了風向，在孩娃三尺遠近繞了一周，那風車就是死下了不動，站三尺外任何一個地方，它都轉得旋兒旋兒。

杜松只好走了。

走了就想，我是果眞該躺進棺材去了。女兒竹翠不僅嫁了，連肚子都鼓了起來；孩娃杜柏雖還沒有結婚，到鄉政府接班，做了政府的通訊員，每日去郵局取幾張報紙，給鄉長和書記各燒一壺開水，至多再把鄉政府大院玩耍的孩娃們趕出院落，工作也就完了，清閒，乾淨，還天天和領導們交往，每月領幾十塊工資，這景況找媳婦成家是很容易的事。沒什麼可再憂愁了，唯一的擔心是村裡來人把棺材抬去賣了。

回到家裡，杜松上了廁所，清理了身子裡的閒雜，看看人，看看地，掃了一眼房子和豬圈雞窩走進上房，把架棺材的兩條凳子一點一滴地挪著，就把棺材從山牆下挪到了西屋正央。最後，把棺材蓋子打開，往棺材底兒上鋪了幾張報紙，一床薄褥，放了幾件冬暖夏涼的衣服，一個碗，一雙筷和他在鄉裡退休前鄉長送給他的一個小鬧鐘，黨委書記送給他的一個用舊的袖珍收音機。收音機是壞了的，書記說打開後一拍就響，他試了果然如此。他從容地做完這一切，欲要躺進棺材時，忽然發現本來好好的，走得有春有秋的鬧鐘這忽兒卻不再走了，竟和那孩娃的風車，隨他走近就不再轉了一樣。

杜松有些詫異，伸手把小鬧鐘從棺材裡取出，那鬧鐘一到棺材口上，又清清白白地響起來。麥芒似的紅秒針一步步走得勻稱而又輕快，震得杜松拿鐘的手一顫一顫。杜松木呆呆地站著，盯著那鐘走了一陣，他又把鐘伸進棺材。一伸進去那輕快的秒針就停住，一拿出來，就滴答有聲。這樣反覆幾下，他把鐘放在桌上，從棺材頭上取出那破損舊壞的袖珍收音機輕輕打開，發現先是在棺材外面，拍拍打打，才有吱吱啦啦的聲音，一如撕牛皮紙的聲響，隨後往棺材裡一放，收音機卻完好如新，不消拍打，那聲音就脆脆清清，有板有眼，頓挫分明，音樂聲如桃紅杏白時碧色的河流。

有這收音機就行。杜松把它放在棺材角上的衣服下面，心裡升起了一股甜絲絲的溫暖和慰藉，要往棺材中躺時，又覺得枕頭低了，轉身在屋裡掃了一遍，看見桌上放了幾本兒子杜柏的課本，其中夾了一本厚的，白皮紅字，他順手一抽，就塞進了枕下。然後，把棺蓋的下邊蓋在棺上，上方錯開一條口子，先跳進一個腿去，再跳進另一個腳去，身子一縮，他就鑽進了棺材裡。仰躺了身子，再把棺蓋一寸一寸地移動，至尾聽到一聲白亮亮的哐噹，棺蓋就恰到好處地蓋上了。

2

杜松在棺材裡甘甜甘甜地睡了一覺，醒來時聽到從村落裡掠過的冬風，十分尖利而又刺耳。棺材的腳頭那兒，從縫裡擠進來一絲輕細的小風，吹得久了，他的腳冷麻冷麻，如從雪地裡跋涉一樣。他就是被這風吹醒了的。動動麻木的腳，把褥子往那棺縫中蹬蹬，縫被堵上了。棺材裡立馬溫暖得純粹起來，熟麵粉一樣的木香味和棉衣、棉褥新裝棉花的白柔柔的氣息，在棺材裡蒸氣一樣瀰漫著。

喉嚨也似乎不再疼了。他嚥了一口唾沫，果然不再疼了，流暢得叮咚作響。把手伸進喉嚨試著摸了，那一腫脹還在，如胡同中倒下的一架馬車，把一個胡同全堵死了，可所有的來來往往，可以從牆下和馬車棚下鑽進鑽出。

這時候，他感到上身濕熱，下肢微寒，猜想是棺材的尾部近了門口，就後悔入棺時該把屋門掩了。而上身這兒，有清新的日光氣息，彷彿是置身在日光中曬暖。在棺材裡翻了一個身子，將腿縮了，便感到眼睛被光亮刺得犯瞇，便想到這光景可能是入棺後的哪一天下午。只有下午，落日才會曬在窗上，才會透過窗子，灑在棺材的頭上。他爲還能曬上太陽感到僥倖，想努力再把身子縮縮，讓日光透過三寸棺板，也能曬到他的腿上、腳上，可這當兒大門響了，院落裡響起了他熟如自己手紋的腳步聲。那腳步聲如白色的小花，由遠至近，飄到了近前，忽然停了下來。接下是兒子杜柏叫他的聲音，爹，爹——你在哪兒？他先咳了一下，說我在這兒，你不好好給人家鄉政府上班你回來幹啥？

杜柏立在門口，朝西屋的棺材盯了一陣，走過去嘩啦一下掀開棺蓋。日光噼噼啪啪打在杜松的臉上，他瞇著雙眼，如受冷風吹了一樣，身子叮叮噹噹，猛然哆嗦起來。

兒子說你瘋了。

他說你不好好上班你回來幹啥兒？

兒子說有個拖拉機路過山梁，我回來拿幾件衣裳，找幾本書，鄉裡組織考試呢，說考得好他就從通訊員轉成國家幹部了。又說屋裡有床你不睡，你躺這兒幹啥呢？

杜松便從棺裡坐了起來，說我要死在這三朝兩日子，喉嚨的腫脹像塞了一條大堤。說完他張開嘴來，兒子杜柏把他的下巴端起，扭了半個轉兒，讓他面對太陽，說啊——他就學著兒子的模樣，對著窗子張大嘴啊——了一下，感到日光曬進喉嚨，如火烤了一般。

看了很久，如端詳一個出土的瓷器，最後杜柏把他的下巴丟下了。

他說咋樣？

兒子說腫得和瓷一樣，亮得耀眼。

他說我活不了幾天啦。

兒子說剛好這幾天忙，還要考試。

他說你忙你的，後事我都安排停當了，你妹夫司馬藍這幾日就要回來賣棺材，你走時把棺材蓋釘死，讓他死了這條心就算盡孝了。說到這兒，從山梁上忽然傳來了拖拉機的喇叭聲，杜柏跑到門外，沿著胡同對著山梁喚了幾嗓子，讓不要著急，回來對爹說拖拉機催我了，就連三趕四的找齊了衣服，去裝桌上那疊課本時，忽然發現少了一本。

誰拿了？

啥兒？

一本書。

杜松躺在棺材裡，從枕頭下摸出那本書遞出來，說是這嗎？杜柏過去接了，在書皮上小心小膽地擦了擦，說你啥兒都敢枕，你知道這是什麼書？杜松就看著房頂，問是什麼書，兒子便說是一本毛主席的書，你以爲你枕了啥書哩。如此說著，就把那書往一個包裡塞著，不想這時杜松在棺材裡銀咯朗朗笑了笑，說你別以爲你爹不識字，你爹在鄉政府時還被評過先進呢，背語錄那幾年除了革委會主任，鄉裡的一般幹部誰也沒有我背的條數多。說那幾年他記憶力好，一聽就會，這本書就是他在一次比賽中獎的呢。聽到這兒，兒子杜柏裝書的手忽然不動了，彷彿忽然發現自己珍愛一樣物品不過是別人用得不愛再用的一樣日常家什。他把那本書從包裡抽出來，遞回到棺材口上去，說爹，你還枕著吧。

杜松沒有去接那本書，說咋的了？

杜柏說這書好借，人人都有。

這樣說了，杜松就又把那書拿進棺材，不高不低地塞進了枕頭下。其時，山梁上拖拉機的喇叭又山呼海嘯起來。杜松就告訴兒子說五寸長釘在門後窟窿裡，錘子在院裡雞窩旁，讓兒子趕快把棺材蓋釘了去梁上搭車回鎮子，別讓人家司機等得心急如焚，火燒火燎。杜柏聽了這話，又到門外叫了幾聲師傅，回來捎了錘，尋了釘，看那大鐵釘又青又長，說不會把棺板釘裂開？杜松說泡桐吃釘，你釘就是了。

兒子說，棺材裡不放別的東西了？

杜松說，放多了也擠，釘吧。

兒子說，腳不冷？

杜松說，你把我床下那雙棉靴放進來。

先把入冬後竹翠給父親做的新靴放進棺材裡，替他脫了舊靴，換了新的，杜柏說爹，你把眼閉上，別釘時灰土木渣掉進眼裡去，就抱著棺蓋朝棺口移動了。棺蓋是一塊獨木泡桐，抱起來並不沉重，只那麼對著槽兒一合，哐地一聲，也就水潑不進了。

杜柏說，爹，釘吧？

杜松說，釘吧。

杜柏說，我可釘了。

杜松說，你釘吧你，人家還在梁上等著呢。杜柏便把那一把青色四方的鐵釘，噹噹啷啷放在棺蓋上，數了一遍，統共十三顆，剛好棺蓋兩邊各五，頭頂兩顆，腳尾一枚。杜柏首先選了一顆長的，銳的，在口裡嘬著濕了，如入殮前一樣，唸唸有詞地說，爹，你小心著，蓋棺啦，躲躲釘兒，現在釘的是左，你往右邊側著。就噹——噹——噹——地釘起來。鐵錘砸在棺釘上的菜青色的脆響，又冷又涼，恰似這個季節有石頭從崖上落下砸在溝底結死的冰河上。杜柏就這樣一錘一錘砸著，釘到第三顆時，他隔著棺材問爹，說你還有事情交代嗎？爹說你抓緊成家立業，他說等我轉成了國家幹部再說，便從棺材左邊拿起三個釘子，全都塞進嘴裡，轉到棺材右邊，噹、噹、噹地砸起來。待十三顆釘子全部釘完時，杜松的聲音在棺材裡已經變得嗡聲嗡氣，如在缸裡說話一樣，還有些霉腐的味兒。他說兒子，你把錘子放在門後，別再用時找不著哩。

杜柏就把錘子放在門後。

山梁上又傳來催命般的拖拉機的喇叭聲。

杜柏說，爹，我走了。

杜松說，走吧，記住把門關上。

杜柏說，沒啥兒事了吧？

杜松說，好好考試，轉成國家幹部，一個鄉的村長、支書你都能管到了。

杜柏說沒事我就走了，等忙過去這個月，我再回來給你辦喪事，等著，別急。這樣說著，他就關了屋門，上門錦兒的聲響，清脆欲滴，如露珠在花朵上滾來滾去。隨後，他的腳步聲由近至遠，落日一樣退盡了。

3

三姓村的靈隱渠工地上，四面八方都需要添置工具，都需要錢去購買。誰都沒有想到，原來用一段麻繩，沒有錢也是不行的。村裡湊資的包括四口棺材、兩架房樑、一套婚具和一些豬、羊變賣所得的修渠費，轉眼就水落石出，露了底兒。司馬藍領了兩個村人回村拉糧食，自然也要把村裡的最後一口棺材賣掉，到鎮上買釬、錘、鍬、钁和麻繩運到工地去。

天亮趕回到村子時，把車子放在村口，按人頭每人收了十斤小麥，五斤玉蜀黍粒，二十斤紅薯，裝滿車時，就領著村人去杜松家抬棺材。太陽已經出來，村裡鋪了淺薄的暖意，從村胡同這頭望到那頭，如望一架玻璃筒兒，能看見幾里外山梁上的小麥苗都一律被風吹倒向東邊，一些細微的麥根，在上面如眉毛一樣絨絨地動著。司馬藍問了他的媳婦，說你爹在家嗎？媳婦竹翠說在吧，我有半月沒有回過娘家了。就都往杜家潮擁過去。

入院，開門，人們全都呆了。棺材擺在屋子中央，白光在棺蓋邊的釘蓋上灼灼生輝，把棺檔頭上的祭字照得金光燦燦，滿屋子明亮。竹翠的肚子已經明顯凸起，她用手撫著肚子驚慌在棺材邊上，爹爹的一聲聲叫著，拿手去棺材縫上又摳又掀，淚像錘樣砸在棺蓋上。

屋子裡寂無聲息。

司馬藍說啥時兒死的？那個七歲還不會走的孩娃在他娘的懷裡，說他剛剛還見杜松在街上走呢，還弄壞了他的風車。說了這話，他娘就打了孩娃，說啥兒剛剛，剛剛你還在床上睡呢，那風車半月前就壞了，都扔到糞池子去了。孩娃就在他娘的懷裡大聲哭叫，山崩地裂一般，說剛剛，就是剛剛，哭得鼻淚橫流。司馬藍看了看孩娃，顧不了許多，拿起門後那個釘錘，用翻過來就有岔口這邊去起棺材上的釘子。沒想到釘子已經鏽在棺木口，好不容易起出來一顆，連泡桐木的木屑都拔出來許多。拔出一顆，棺材就有了縫兒，第二，第三顆也都順勢拔了出來。有人扶凳，有人按棺，一個個屏住呼吸，手忙腳亂，把第十三顆釘子拔出後，村人要去掀那棺材蓋，司馬藍把手按在了棺蓋上，說，

先打開一條小縫兒。

就把蓋兒錯開了一條小縫兒。

說，把棺材抬到正屋門口上。

村人就把棺材抬到正屋風口地上了。

說，竹翠，你趕快給你爹弄一碗稀麵湯。

竹翠就去灶房攪麵湯了。

太陽光已經從門口洩進來，一鋪席樣長方一條，正好曬在棺蓋上。女人們都尋了門檻，凳子坐下來，看著棺材等著後邊的事。男人們一人捲了一根菸，抽得霧霧海海，滿屋子都瀰滿了嗆人的白菸味。時間滴答作響，桌上的那個退完漆的小鬧鐘，秒針竟和霹靂一樣。過了許久許久，男人們都捲了三根菸，杜松才在棺材裡，悄悄默默醒來。

杜松是被那白濃濃的劣菸嗆醒的，他首先在棺裡輕輕咳了一下。這一咳，所有人的心裡都叮咚出一個心跳，彼此相互望著，目光撞得嘩嘩啦啦。男人們手裡的菸都僵在手指上，菸灰呼隆呼隆地掉在了地面上。

又有一聲地動山搖的咳。

司馬藍過去把棺材蓋慢慢移開了。

棺材裡的杜松立馬把手擋在眼前，彷彿睡醒後發現，日光照在了臉上那樣兒。他說又悶又熱，大冬天的又悶又熱。司馬藍說你喉嚨咋樣兒？他說喉嚨裡的腫條兒就像一條大堤哩。這當兒村人們也都圍上來，看著棺材中的杜松，叫他叔，叫他伯。他也懵懵地望著村人們，扶著棺壁坐起來，把頭伸到棺材外。

司馬藍說，你出來吧，要把棺材抬去賣了呢，村裡就剩你這一口棺材沒賣了。

杜松把眼惡在司馬藍的臉上。

司馬藍說，工地上沒有分文了，連一般麻繩都買不起了。說著就去扶杜松出棺材，可手碰到杜松的身子時，杜松啪地一下，把一口痰哇地吐在了司馬藍的臉上，彷彿吐出了這口痰，他的喉道暢通了，一馬平川了，喘息聲又粗壯、又有力，連說話的聲音也比生了喉病前高亮許多倍。

他說，賣棺材就抬去賣吧，我就躺死在這棺材裡，除非你們把我和棺材一塊賣出去。說完這話，他如一架山脈一樣，又轟然倒進棺材裡。把眼睛鎖一樣閉上了。

你眞的不出來？司馬藍說人死如燈滅，死了啥也不知了，要那棺材還有什麼用？杜松沒有睜眼，他在棺材裡把頭偏到女婿司馬藍這邊，說人生在世如一盞燈，燈亮著要燈罩幹啥兒？活有房，死有棺，死人沒棺就如活人沒有房。說到這兒，他用手捶了一下棺材壁，吼叫著你們走吧，你們別想把我從棺材中拉出去，工地上沒錢了你們去鄉政府把我的安葬費領回來，七算八算比這棺材還要貴。

司馬藍不語了。

司馬藍臉上有了一層燦爛爛的光。

司馬藍默過一段時光說，爹，你到底還能活幾天？杜松在棺材裡聽到女婿叫了一聲爹，眼皮彈了一下睜開了，說我早都死過了，我死過半月啦。司馬藍說你活著每月多少錢？杜柏去接班，你這工資不是照發嗎？杜松盯著司馬藍的臉，問：

咋的了？

說，你權當你死了，日後三姓村人各戶輪流養活你一個月，每個月的工資村裡就領去修渠了。

4

輪流養活杜松是從村東藍家胡同開始的，因爲每個月的工資村裡都派人去鎮上替他領去了，在鎮上直接買了工地上的用品拿往修渠工地去，自然三姓村人該輪流養活他。杜松已經不是杜柏和竹翠的爹，他已經成了三姓村人的爹或爺。村長司馬藍對各家的媳婦說，誰要怠慢了杜松，使他喉病加重了，或在誰家死去了，就賣了誰家的房子去修渠。

杜松一輩子給人燒飯，雖也是國家的人，可終歸是侍奉別人的人，然這當兒被村人細細微微侍奉時，他開始有些不適宜，村人給他把飯燒好，喚他去家吃飯時，他就躺在棺材裡邊不出來。

來人說，杜伯，吃飯了，雞蛋撈麵。

他躺在棺材裡不出來，說我死了，別叫我啦。

藍姓的就把那碗特別爲他做的撈麵放在棺材頭上，又舀來一碗麵湯才去了。再或，用車子把那棺材拉走，拉到家裡讓他吃飯，飯後再把棺材拉著送回。這樣日子久了，熬不過村人的善意，叫飯的來了，他就從棺材裡坐了起來。再後來，他就從棺材走了出來。那副棺材，已擺回到原來的那個地方，除了天黑睡時進去，天亮起床時再從棺裡爬出來，餘時都已空盪下來。這樣過了一年有餘，他的喉病不知不覺間愈發輕了，且似乎也日漸好了。又一個夏末，輪到杜處時，因爲本姓同族，村人們在吃飯穿衣上，已經不如先前那樣周到，加之他看上去無病無災，他又兒女雙全，到飯時村人就時常忘了叫他。早先他侍奉別人，如今一村人侍奉他一人，不叫他吃飯時他就摔盤子摔碗，這樣七折八騰，似乎好了的病，又重新復發起來，忽然到了滴水不飲的境地。女兒竹翠回來看他，讓他張大嘴時，杜松的驚叫尖利乾裂，喚來了左鄰右舍，人們都看見，他喉嚨裡的腫脹完完全全把喉道堵了，腫塊如一座山嶺，除了一些稀麵流食，別的什麼也吃不進肚裡。他已經開始瘦削得如一捆乾柴，每次從棺材裡爬進爬出，都顯出了十分的艱難。

這個時刻，村人們來到，他就從棺材中坐直身子，探出頭來，含著眼淚，說我怕不行了，怕熬不過夏天了。這樣說完，淚就唏哩嘩啦掉下來，落在棺材板上，立馬被乾板吸收了。這當兒，村人們就說，杜叔，你想開一點，像這種病又撐這麼長時間，眞是奇蹟。又說你本來是準備死的，都已經死過了，也都把自己完完全全當做了死人，如今憑白活這年餘，享受了全村人的侍奉，就是舊時的皇上，也該知足了。他從村人們手裡接過飯碗，把碗底擱在棺沿上，以節用自己的氣力。然後，看了那飯食的好壞，用筷子攪了，說這飯裡磕一個碎雞蛋才好喝些。又說，你們對我好些，我每月有那一筆錢給村裡領去了，村裡修渠，全村人都得好處；我那錢就是全村人花了呢，家家有份兒，我多活一天，你們不就多花我一個月錢嗎？

到了秋天，樹葉飄落時候，黃燦燦的風聲日日夜夜地叫，吹得天長地久。樹葉雪花一樣飄著，滿世界都是葉片、柴草的翻捲。這時候杜松輪到了他女兒竹翠家裡，吃飯時候，竹翠燒了龍鬚細麵，麵條如髮絲一樣，雞蛋黃紅如早時的太陽。她來喚父親吃飯，父親已經不能從棺材裡爬將出來，就把雞蛋稀麵端回家裡，自己跳進棺材，扶他坐起，一口一口餵他。

杜松已經很久沒有吃過這麼順暢的飯了，半碗落進肚裡，他扭頭對女兒說，以後我的工資你去鎮上領了，一月就是一頭豬錢，可一頭豬餵一年才能長大。他說，你對我好些，我多活一月，就等於你一年間多餵了一頭豬，兩隻羊，半頭毛驢、六七十隻雞；我要多活一年，就等於你多餵了十幾頭豬，二十幾隻羊，五六頭毛驢。用這一年的錢買牛、買馬，牙口好的能買一頭、兩頭，好好算算這筆細帳，養活你爹比養活什麼畜牲都強。

聽了這話，女兒竹翠哭了，朝爹點了一個頭，說爹，你總不能老是睡在棺材裡呀，圖個吉利，也得睡到床上去。杜松說司馬藍不會再賣我的棺材了吧？竹翠說他就是要賣，等他回村再睡進棺材不遲。

這一夜，竹翠在爹的床上換了新草，鋪了新褥，把爹從棺材中扶到了床上。春夏秋冬，酷寒酷暑，很長一段人生，杜松都睡在棺材，吃在棺材，連聽見女兒在一夜間嘰哇著生產也沒離開棺材，唯這一夜他出了棺材，睡到了床上去。紅黃色的暖草味，從床鋪上散發出來，煙塵一樣溢滿屋子，被褥熱暖虛軟，燙人的身子。杜松躺在床上不久，就舒舒展展睡著了。

第二天，女兒竹翠把幾個荷包蛋端到床前時，杜松卻徹徹底底死去，喉嚨的腫塊，如紅柿子樣果實纍纍的長到了嘴外。再去看那一口棺材，一夜之間，雖是落葉的季節，卻長出了許多桐樹、柏樹的新芽，嫩生生的，普天下都是了淺黃深綠、半腥半甜的三四月間的春氣。

5

埋了杜松之後許久，兒子杜柏從鎮上回來，說他已經轉成了國家的幹部，去縣裡黨校學習了年餘。推門進屋，往西屋一瞅，棺材已經不在，屋子裡蛛網鋪天蓋地，只有桌上的小鬧鐘，終日沒人上弦，卻依舊走得腳不停，分秒不差，杜柏說，爹和棺材呢？身後跟來的妹妹竹翠說，都埋進土裡半年了，怕棺板都朽了，骨頭都成了灰。

杜柏猛然僵僵的立住。

死了還去鄉政府領工資？杜柏說一個鄉的領導都問我你爹的病咋樣兒？他咋就這麼能活呀？竹翠便說，司馬藍在葬埋爹那天，開了一個群眾會，說如果誰傳出去了爹死的消息，就把誰給活埋了，說只要鄉裡以為爹活著，爹的工資就會像河一樣碧水長流。

杜柏說，我考試考了全鄉第一，黨校畢業考了全縣第一，我是國家的幹部了，我不能不把這透給鄉政府。然他剛說到這兒，身後就響起了一聲低低沉沉的你敢，說你敢眞的把你爹當成死了埋過的人，我們打斷你的腿，縫了你的嘴。回過身子去，見說話的是司馬藍，他領了幾個村人回村收糧食，換工具，站在屋裡屋外，人人一臉土塵，眼睛瞪得如從杜松喉裡長出的紅柿子。

遲子建

和她的小說

遲子建（一九六四～），祖籍山東海陽，出生於黑龍江漠河北極村，那是中國最北的村子，河的對岸就是前蘇聯。小時候就讀的塔河縣永安小學的校長是她父親，是一個多才多藝的人。一九八一年考上大興安嶺師範中文系，畢業後回塔河教學一年；一九八五年發表了備受文壇矚目的短篇小說〈沉睡的大固特固〉，即被大興安嶺師範中文系調回系上教授中國現代文學史。一九八六年在《人民文學》發表早期代表作中篇小說〈北極村童話〉，之後又進入西北大學作家班，以及北京師大與魯迅文學院聯辦的研究生班學習。一九九〇年回到黑龍江作家協會專事創作，現為國家一級作家。自一九八三年開始寫作至今，遲子建已發表文學作品約五百萬字，曾以短篇小說〈霧月牛欄〉獲得首屆魯迅文學獎、〈清水洗塵〉獲第二屆魯迅文學獎、〈世上所有的夜晚〉獲得第四屆魯迅文學獎，此外她還獲得茅盾文學獎、莊重文文學獎、《大家》紅河文學獎、東北文學獎、《小說月報》百花獎等重要大獎。

遲子建的創作可以劃分成兩個時期，前期創作主要抒寫那片曠遠而空靈，浩瀚卻寧靜的漠河與雪原，以及純淨、敦厚的鄉俗民情，呈現出一種純粹感性、超脫束縛的個人化生命經驗，以中短篇小說集《北極村童話》（一九八九）為代表。進入九〇年代以後，遲子建將更多複雜的世相融入小說，刻劃出辛酸的幸福，但她不忘將渺小的生靈引渡到更高的精神境界，進而構築出另一個以現實為基石，以真誠和溫情為導向的心靈世界（張紅萍〈論遲子建的小說創作〉）。《清水清塵》（二〇〇一）和《霧月牛欄》（二〇〇二）是重要的里程碑。

她一直信奉用「樸素」的文字來表達傳神的生活，她覺得生活中的詩意就浸潤在樸素的生活中。從語言、意境、用詞、生活態度，乃至人格，樸素是最高境界。這片樸素、遼闊、厚實的極地鄉土，滋養了遲子建的性格和她的小說，所以我們讀到一支樸素、憂傷、詩意的筆觸，在書寫人生的美醜、善惡，和生死的背後，蘊含著寬容與希望。

〈霧月牛欄〉的山村三面環山一面臨水，每年六月總是被濃霧徹底籠罩一個月，所以叫霧月。原來生得虎頭虎腦的寶墜，被繼父一拳打倒在牛欄上，就把他給打傻了。從此堅持住在牛欄裡的寶墜，便成為繼父至死仍然自責、愧疚不已的痛。「牛欄」象徵著一齣無心之過，卻永遠無法挽回、無可彌補、無從救贖的人倫悲劇。遲子建用癡呆消弭、隱去寶墜的恨（癡呆，也算是另一種寬恕之心？）只留下繼父濃而不烈的愧疚，在病榻與牛欄間迴盪。「霧月」的迷濛氛圍則替此悲劇飾上一層朦朧的憂傷，人物的情感、思緒因此變得含蓄而朦朧。寶墜的失智（迷濛意識），更是一層永不散去的霧，盤踞著悲劇的牛欄，帶給他唯一讓人稍感欣慰的安詳。

重要作品有：長篇小說《晨鐘響徹黃昏》（南京：江蘇文藝，一九九七）、《偽滿洲國》（北京：作家，二〇〇〇）、《樹下》（太原：北岳文藝，二〇〇一）、《額爾古納河右岸》（北京：十月文藝，二〇〇五／台北：馥林文化，二〇〇六）：中短篇小說集《北極村童話》（北京：作家，一九八九）、《逝川》（武漢：長江文藝，一九九四）、《白銀那》（北京：中國文學，一九九八）、《白雪的墓園》（昆明：雲南人民，一九九五）、《清水清塵》（北京：中國文聯，二〇〇一）、《霧月牛欄》（北京：華文，二〇〇二）、《格里格海的細雨黃昏》（南京：江蘇文藝，二〇〇三）、《瘋人院的小磨盤》（北京：新世界，二〇〇四）、《世界上所有的夜晚》（上海：上海人民，二〇〇八／台北：馥林文化，二〇〇八）；以及《遲子建文集》（南京：江蘇文藝，一九九七）。部分作品被譯成英、法、日文等出版。

霧月牛欄

遲子建

寶墜在暗夜中傾聽牛反芻的聲音。這種草料與唾液雜揉的聲音使他陷入經常性的回憶。他總覺得有什麼重要的事情就裹在這聲音裡，可回憶像深淵一樣難以洞穿，他總是無功而還。

繼父大約是快死了的緣故，這一段他幾乎天天都來牛屋和寶墜說話。有時他一言不發地撫摸寶墜的腦袋，眼睛裡漫出混濁的淚水。寶墜就說：「叔，你餓了？」因爲他餓極了就想哭。

繼父搖搖頭，青黃的面頰抽搐著，他哆哆嗦嗦地拉住寶墜的手說：「等叔死了，你就回屋裡去睡。」

「我樂意和牛在一起。」寶墜嘻嘻笑著，「花兒快生小牛犢了。」

花兒是一頭棕白相間的花母牛，牠左臉有塊形似蘭花的白斑，這使牠比扁臉和地兒都顯得漂亮。地兒是一頭三歲的黑公牛，是家裡耕田犁地的主要勞力；而扁臉矮矮的個子，深棕色，是頭年長的公牛，由於尾巴太粗，拉屎時老是弄髒尾巴，寶墜便埋怨牠，夜裡往槽子裡添食時就拍一下扁臉的肚子，「別貪吃個沒完啊，吃東西要有時有響的。」

這話是母親經常說給他的，如今他轉嫁給扁臉。扁臉可不管這一套，牠食量驚人地照吃不誤，身後的衛生自然也就每況愈下。寶墜曾試圖將牠的尾巴用繩子拴起，高高地吊在牛欄上，可他僅僅試驗著剛把繩子繫在牛尾上，扁臉就拉下一盤屎，用尾巴捲著揚到寶墜的臉上，氣得寶墜直想割下牠的尾巴。

「割下你的尾巴餵狼！」寶墜威脅著，卻把扁臉尾巴上的繩子解了下來。

繼父已經好些天不來牛屋了。雪兒每次來給他送飯，寶墜就問：「我叔死了嗎？」

雪兒就將潔白的牙齒咬得咯吱咯吱地響，恨恨地說：「你才死呢！」

雪兒是寶墜同母異父的妹妹。她清清瘦瘦的，不愛吃葷腥食物，眼睛又黑又大，有幾分倔強。母親常說雪兒的肚子裡長滿蛔蟲。

牛反芻的聲音衰竭了，寶墜砸摸砸摸嘴闔上了眼睛。才睡著不久，一道強光刺痛了他的眼睛，一股濃烈的汗酸味襲來，母親聲音嘶啞地吆喝道：「寶墜，你醒醒，你起來看看你叔，他要撒手了，想要瞅瞅你。」

「你別讓它刺我的眼睛。」寶墜嘟囔著，指著那道射向他的電筒光。

母親連忙將那光轉向別處，正照在中間的牛欄上，三朵拴牛的梅花扣朵朵清幽，只是沒有香氣沁出。

寶墜坐了起來。

「你快去呀，你叔等不了多久了。」母親帶著哭聲說，「雖然說他是你後爸，可待你多好呀，你一住牛屋，他就把這拾掇得比人住的屋子還暖和，他還天天給你來送飯，寶墜——」

「我不回人住的屋子。」寶墜復又躺下，「我要和牛睡在一起。」

「你就去這一回。」母親乞求地俯身撫摸了一下兒子的額頭，「明天媽給你烙蔥花油餅。」

「捲土豆絲嗎？」寶墜的胃因爲興奮而跳了一下。

母親點點頭。

寶墜再一次坐起來，他覺得母親的那張臉跟凍白菜一樣難看，她的頭髮也跟扁臉的尾巴一樣髒。他穿上鞋，爲著天明後的一頓美味而出了牛屋。外面有些涼，星光像蟋蟀一樣在院子裡跳盪，他看見了屋子裡的燈光，就在開門的一瞬他害怕了，他瑟瑟顫抖著後退，屋子裡的氣息使他想哭，他哀哀地說：「我要回牛屋——」

「寶墜——」母親說，「媽給你跪下不成？」

「寶——墜——」繼父的聲音像在海浪中顛簸的小船一樣晃晃悠悠地飄來。

母親就勢一把將他推進屋子，然後將背後的門關上。

寶墜持續地顫抖著，他見雪兒正端著個黃茶缸給繼父餵水，繼父斜倚在炕頭，眼睛睜得大大的，垂在炕邊的胳膊像根乾柴棒一樣僵直。

寶墜被母親給推到炕沿前。雪兒瞪了一眼寶墜，把茶缸餘下的水潑到地上，然後到窗前去了。

繼父的嘴唇像蚯蚓一樣蠕動著，他喘著粗氣說：「叔要死了，你答應叔，以後你回屋來住。你自己住一個屋，你媽和雪兒住一個屋。」

「媽和叔住一起。」寶墜說。

「可叔要死了，她不能和叔住一起了。」繼父說。

「再來個活的叔和她住一塊。」寶墜說。

母親聲嘶力竭地上來打了寶墜一下，「孽——障——」

寶墜趔趄了一下，站定後不知所措地看著繼父。

「我要和牛住。」寶墜說，「花兒要生牛犢了。」

繼父憐愛地看著寶墜，大顆大顆的淚水流到凹陷的雙頰。

「叔——」寶墜忽然說，「你死後就不回來了？」

繼父「呃」了一聲，依然淚流不止。

「那我問你個事。」寶墜說，「牛爲什麼要倒嚼呢？」

繼父曾當過獸醫，對牲畜的事自然瞭如指掌。

「牛長著四個胃，」繼父說，「牛吃下的草先進了瘤胃，然後又從那到了蜂巢胃。到了這裡後牠把草再倒回口裡細嚼，接著，接著——」

「接著又嚥下去了？」寶墜目不轉睛地盯著繼父問。

繼父疲乏地點點頭，說：「嚥下的草進了重瓣胃，然後再跑到皺胃裡去。」

寶墜把「皺胃」聽成了「臭胃」，他不由嘻嘻笑道：「牛可真傻，倒來倒去，把那麼香的草給弄到臭胃裡了。到了臭胃就變成屎了吧？」

繼父的淚水流得更凶了，他仍然徒勞地想拉一拉寶墜的手，可他的每一掙扎都使得他與繼子之間的距離在增加。

寶墜惦記著該給三頭牛再添些夜草，所以他就轉過身朝屋外走。

母親哽咽著擋住寶墜的去路，她說：「你不謝謝你叔這些年對你的養育之恩？」

「他都要死了。」寶墜說，「謝他，他也記不住多一會了，還累腦子。」

「你這個傻——」母親號啕大哭。

寶墜繞開母親，他朝屋外走去。雪兒蹲在門檻上嗚嗚地哭。寶墜一腳跨過她，說：「你又不死，你哭什麼。」

「明天我屁也不給你吃！」雪兒咬牙切齒地指著寶墜的背影說。

「蔥花油餅，還捲土豆絲呢。」寶墜得意洋洋地說。

「做夢！」雪兒「呸」了寶墜一口。

寶墜一回到牛屋花兒就低低地叫了一聲，小主人從不夜間出門，牠大約為他擔心了。地兒也隨之溫存地「哞——」了一聲，就連脾氣暴躁的扁臉也短促地應了一聲，加入了問候者的行列。寶墜心下感動著，連忙去給牠們添草。取草的路上他被鍘刀給絆倒了，爬起後他數落鍘刀：「白天你還要幹活呢，晚上不好好睡覺，伸手拽我幹啥。」

乾草在槽子裡柔軟地起伏著，寶墜對著他的仨夥伴說：「你們急了吧？我叔要死了，他想瞅瞅我。」他摸著花兒圓鼓鼓的肚子說，「我現在知道了，你們長著四個胃，最後的那個胃是臭胃。」

花兒、地兒和扁臉吃過草後慢條斯理地反芻，寶墜堅持不住回炕睡下了。

霧氣使牛屋的早晨根本不像早晨。有霧的日子寶墜就格外想哭。他坐在炕上，還顧著愈發顯得昏暗的牛屋，不明白那霧怎麼年年都來。

牛槽上橫著的牛欄被一東一西兩根柱子支撐得永遠那麼牢固。那道欄是白樺樹做成的，黑色的樹斑像是一群人的大大小小的眼睛嵌在那裡，有的炯炯有神，有的則呆滯不堪。三朵拴著牛的梅花扣在霧氣中顫顫欲動，彷彿眞正的花在盛開。寶墜每天要爬到牛槽兩次接觸牛欄，早晨打落三朵梅花使牛獲得去野外的自由，晚上又將三朵梅花重新盤上。他每次在解和結梅花扣的時候都怦然心動，彷彿這個瞬間曾發生過什麼重大事情，可他無論如何也想不起什麼，一如他聽到牛的反芻聲努力回憶仍終無所獲一樣。

寶墜在霧氣中望著那道牛欄，這時牛屋的門開了，一汪亮色如泉水一般湧入，霧氣紛紛揚揚地漫了過來。雪兒清脆的聲音響了起來：

「寶墜，你的飯！」

自從繼父病危後，一直都由雪兒來爲他送飯。

寶墜沒有答應。

雪兒飛快地走到南牆的飯桌旁，將一個碗和一個盤子擺上去。她穿著翠綠色的短褂子，三頭牛圍著這黯淡光線中的鮮潤翠色而無比縱情地叫起來。

「蔥花油餅捲土豆絲！」雪兒說，「你別一頓都吃了，留下兩張中午吃。」

寶墜還是沒有答應。

「媽說了，今天下霧了，路滑，別把花兒帶出去了，牠要是摔著了，肚子裡的牛犢就保不住了。」雪兒伶牙俐齒地說。

寶墜答應了一聲，然後問：「叔死了嗎？」

「你才死呢！」雪兒幾步竄到寶墜面前，「他要死了你哪有蔥花油餅吃，吃個屁！」

「你肚子裡都長蟲子了，還這麼厲害。」寶墜說。

「狗肚子才長蟲子呢！」雪兒蹿了一下，那樣子像隻綠鸚鵡。

「叔怎麼還沒死。」寶墜頗爲失落地說。

雪兒氣鼓鼓地離開牛屋，走到門口時她又大聲重複：「別帶花兒出去啊，外面下霧了，路太滑！」

寶墜跳下炕去吃蔥花油餅。他將餅平攤在桌子上，然後將土豆絲捲上。奇怪的是他以回屋見叔爲代價換來的美食並未給他帶來快樂，他的胃裡好像塞滿了棉花，再吃進什麼都顯得多餘。他只嚥了一張就離開飯桌。

從矮矮的東窗可以看到外面的霧仍然很大。

寶墜跳上牛槽，他站在上面，頭顱就越過了牛欄，三朵梅花扣瑩瑩欲動地望著他。寶墜先解開了兩朵，地兒和扁臉就朝門走去。輪到花兒，他躊躇了一下，但還是把那朵花打落了，他跳下牛槽摸著花兒的鼻子說：「今天你要慢點走，外面下霧了，你要是摔倒了，肚子裡的牛犢也會跟著疼。」

花兒「哞——哞——」地叫了兩聲，溫順地答應了。

寶墜將兩張餅捲起放進飯袋，揹上水壺。趕著三頭牛出了牛屋。

霧氣轟轟烈烈地在大地上浮游。太陽像團刺蝟一樣在濃霧背後變幻不定地動著。寶墜視線模糊，只覺得腳下的路彷彿塗了豬油，踩上去東搖西晃的。扁臉顯示出長者風範，衝鋒在前，地兒緊隨其後，只有花兒聽話地跟在寶墜身邊，他們四個在大霧中穿行，經過一座座房屋。屋外的黑柵欄在白霧中像是在水中漂游的青魚。幾聲清冷的狗吠聲響起，接著是一縷金色的雞鳴。寶墜和花兒同時停下步子，等待雞鳴聲落下。他們都喜歡這聲音。偶爾有幾個過路人與寶墜擦肩而過，雖然看不清他們的臉，但那聲音寶墜卻是熟悉的。

「放——牛——去——?」拉長聲調的人是老張頭，他喜歡喝酒，舌頭總是不聽使喚。

「花兒還莫（沒）生?」這是做豆腐的邢嬸，她說話很快，口腔中老是散發出一股蔥味。

「你叔還撐得住麼?」問這話的一定是李二拐了，他扯著三歲的兒子紅木。他因爲死了老婆，老是一副慘兮兮的樣子，每天領著孩子在村子的小路上轉悠，誰吆喝去吃飯他就進誰家的門。他老婆死了一年，他便領著兒子吃遍了全村的人家。現在他每碰到寶墜都要打聽他叔的病。

寶墜回答這三個人的話都很簡短：

「嗯。」

「沒死。」

「快死了。」

寶墜和三頭牛走向離村兩里的草場。這裡的霧氣更大一些，草濕漉漉的，寶墜很快聽到了牛垂頭啃草的聲音，那聲音「嗤——嗤——」的，可見草的柔韌性和純度之好。他站在草叢中，伸出手抓了一把霧氣，覺得抓空了，就再抓一次，仍是空的，手上什麼也沒存下。他不明白能看得見的近在咫尺的東西爲什麼會抓不住。

寶墜的繼父本以爲自己夜裡就會撒手人寰，而到了凌晨竟然能悠徐自如地喘氣了。爲了證實自己還活著，他咳嗽了一聲，這時他身邊的女人便翻了一下身，有氣無力地問一聲：「你行嗎？」他「嗯」了一聲，便試探著下地走幾步路，出乎意料地能走到東窗前。天色灰濛濛的，外面白霧洶湧，瀰漫著猶如傳說中的天堂氣息，這使他心中的隱痛再次發作，淚水無聲地漫下。女人見他沒事了，就穿衣起來點火做飯。她一邊撥弄柴火一邊說，「昨晚答應了寶墜，今天要給他烙蔥花油餅，他還要捲土豆絲呢。你說他傻，可他吃的心眼一點也不缺，唉。」

雪兒不久也起來了，她出了自己的小屋就衝灶房的母親喊：「下大霧了，外面什麼也看不清，全都糊塗著。」

「霧月到了。」女人淡淡地說，接著無限憂傷地嘆息了一聲。

「這霧是什麼變成的呢？」雪兒惆悵地自問著。

女人說：「一會你給哥哥送飯時，告訴他今天別帶花兒出去，霧這麼大，滑倒了花兒，那肚子裡的牛犢可就遭殃了。」

雪兒看了一眼母親正和著的麵團，驚叫一聲：「眞給寶墜烙蔥花油餅呀！」

「雪兒——」寶墜的繼父從東窗轉過身來說，「以後不能老是寶墜寶墜地叫，要喊哥哥——」

「傻子也算是哥哥嗎？」雪兒滿不在乎地說，「他天天和牛在一塊，別人都說咱家養著四頭牛。」

「三頭。」女人強調，「那一頭還沒生下來呢。」

「寶墜也算頭牛！」雪兒說完，跑到院子裡給雞雛餵食。

霧氣到了上午十點左右才漸漸稀薄了。太陽依舊朦朧如窗紙後的油燈，寶墜的繼父喝了一些湯水，就走向院子另一側的牛屋。女人小心翼翼地跟在他身後。他推開牛屋的門，看著他親手盤起的火坑、壘起的火牆，看著牆上掛著的一些熟悉的物件：狍皮、馬鬃、成捆的棕繩、捕鼠夾子、掛網等等，想起他初見寶墜時他是一個多麼聰明伶俐的孩子，他的淚水又滾了下來。

「花兒怎麼不在——」女人忽然在背後慌慌張張地說，「這個傻子，告訴他下霧天別帶花兒出去，牠快要生了，要是摔倒了揣不住牛犢可怎麼好！」

女人返身快步地回屋去找雪兒：「你怎麼沒把媽的話傳給寶墜？花兒不在牛屋裡！」

「我說了——」雪兒大聲爭辯，「說了兩遍呢！」

「他今天能帶牠們去哪片草場？」

「我怎麼知道。」雪兒說，「他晚上回來就知道了。」

「他晚上能回來，可花兒不知能不能回來。」女人不由咒罵起已來的霧月，直罵得嘴角發麻，氣喘吁吁，然後才定下心來想著去尋寶墜。她剛剛換上膠鞋，突然想起丈夫臥炕半月已病入膏肓卻突然奇蹟般地能行走，內心甚感不祥，唯恐她出去的這一刻會有意外。雖然對於未來來說，牛比丈夫更重要，但她還是選擇了丈夫。

寶墜的繼父把目光轉向那道白樺木的牛欄。他的眼前閃現出八年前的寶墜。他第一次見到這孩子時就喜歡上了他。他生得虎頭虎腦，很愛笑，生父因為打草遭毒蛇咬而喪了命。那時寶墜的媽媽不像現在這麼邋遢，炕上的被褥拆洗得有皀香味，鍋碗瓢盆絕不存一絲汙垢。他雖然比她小兩歲，還是心滿意足地與她結婚了。那時他們只有一間屋子，寶墜睡在炕梢。由於新婚，他幾乎每夜都要和女人在一起。如果月光好，他就能看清寶墜熟睡時的臉。寶墜每翻一下身或發出一聲夢囈，他都要為之一抖，覺得已故的男主人的陰魂還在角落監視他。他曾發誓說要儘快造一座房子，讓已經七歲的寶墜獨自去睡。然而未等他的房子造起來，霧月來臨了。

他們居住的村子三面環山，一面臨水。每逢六月，霧就不絕如縷地飄來了。從早到晚，只有正午時分霧氣才會消散一刻。由於日照不充分，所以這個月莊稼長得很慢。人都說霧能連上三四天都難得一見，可他們這裡的霧卻能持續一個月。一些氣象學專家曾來此地做過考察，也終未能做出一個合理的解釋。倒是老百姓的民間傳說占了上風。說是三百年前有位仙人雲遊四方經過此地，但見田裡莊稼長勢喜人，牛羊成群，家家戶戶倉廩殷實，一派欣欣向榮的氣象。只是很多人家的男人都在罵老婆，罵的又都是一個詞「醜婆娘」。仙人大惑不解，問了幾家挨罵而啼哭的女人，她們都說一到六月，陽光燦爛而農事稍閒的時候，男人們就嫌她們醜陋而牢騷不止。仙人一笑，遂將此地的六月點化成霧月，斬首了潑辣的陽光。裊裊霧氣中的女人恍若仙女，男人都少了脾氣，有一種羽化登仙的感覺，消逝的柔情又濕漉漉地復活。

寶墜的繼父在那個霧月格外渴望自己的女人。有一天晚上，他們被大霧包裹著盡情地歡娛，寶墜不知什麼時候醒了，坐起來看著他們躍動的影子，後來發出嘻嘻的笑聲。寶墜的笑聲徹底摧毀了他的激情，他膽怯地從女人身上哆哆嗦嗦地下來，覺得受到了莫大的羞辱。

第二天早晨，寶墜到牛屋去，他便也跟去了。牛屋裡飄著霧氣，他小心翼翼地問寶墜：

「昨晚你看見什麼了？」

「我看見叔和媽疊在一起。」寶墜認眞地說。

寶墜跳上牛槽，解拴在牛柱上的牛繩，這時忽然問：「叔，你們弄出的動靜怎麼跟牛倒嚼的聲音一樣？」

他就是在這一刻躥上牛槽一拳將寶墜打倒在牛欄上的。寶墜的腦袋重重地磕在牛欄上，「呃」了一聲，然後像股水一樣瀉倒在牛槽裡了。他當時以爲不過是把寶墜打昏了，於是就抱著他回屋，對正在灶房忙碌的女人說：「寶墜把頭磕到牛欄上了。」

「他是個靈巧孩子，怎麼會磕到那？」女人叫著去試寶墜的鼻息，她感覺到了他的呼吸。就放寬心說，「磕昏了，睡一覺就會好的。」

寶墜在霧中一直昏睡了一天。他起來後是又一個霧天的早晨了。他看著一切都覺得陌生，目光呆滯，母親喊他寶墜時他也不知道答應。

「你覺得頭疼嗎？」繼父問他。

寶墜看著外面的霧說：「不疼。」

當天夜裡寶墜就鬧著要去牛屋住，他說不能和人住在一起。繼父以爲他不過是糊塗一兩天而已，並未太放在心頭，於是就去牛屋給他臨時搭了一張鋪。寶墜從此開始了與牛生活的日子。他堅持不回人住的屋子。後來他們發現寶墜不斷地說一些似是而非的話，而且貪吃貪睡，逢到有霧的日子就淚水漣漣，他們便知寶墜喪失了一部分意識，淪爲一個弱智兒童了。女人爲此哭得抽過好幾回。那時她已懷孕，動了胎氣，所以雪兒是個早產兒。繼父更是悔恨難當，他怎麼也想不明白那一拳會葬送繼子的前程。那道白樺木的牛欄在他看來跟屠刀一樣可惡。他不敢把眞實的一幕道給老婆，只是默默地給牛屋裝修起來，爲寶墜盤了一鋪火炕。他每天給寶墜送飯，跟他說話，希望能打開他記憶的閘門。三九天北風呼嘯的時候，他幾乎每到半夜都要起炕到牛屋給寶墜的炕塡些柴火，順便也餵餵牛。寶墜無法像其他孩子一樣上學，只能天天放牛。寶墜也喜歡牛，三頭牛的名字都是寶墜給取的。每年的除夕，他一大早晨就來到牛屋爲寶墜換上新衣，將窗戶貼上「福」字，還送給寶墜一盞他親手糊的燈籠。寶墜喜歡金黃色的南瓜燈，他就年年送他一盞。夜半吃餃子放鞭炮的時候，他還把寶墜帶到院子，讓他看火花和聽響兒。寶墜樂得忘乎所以，能吃下兩大盤餃子。

雪兒的降生並沒有給身爲父親的他帶來任何快樂。因爲他覺得雪兒的誕生與寶墜的病有著某種微妙的聯繫。雪兒兩歲的時候，他便喪失了與女人親熱的能力。他不敢再想那件他曾樂此不疲的事。負疚感使他沉默寡言，健康備受滋擾侵蝕。寶墜的母親因爲丈夫的病而討了無數個偏方，最終他還是萎靡不振。她的脾氣便一天天壞起來，整日面目浮腫，不事修飾。當丈夫瘦得已經全然脫相的時候，她便張羅著借錢去大城市給他看病，可丈夫堅決不同意，說以後的錢都要攢著，留給寶墜治腦袋。女人便落著淚說丈夫善心腸，對原方的孩子這麼好，是寶墜前世修來的福分。

霧氣使白樺木的牛欄顯得更粗了一些。他盯著那道罪惡的牛欄，恨不能將它當成脆骨嚼碎，嚥進肚子，把它帶到地獄去。四年前他便傾其所有翻蓋了房屋，使一間屋變爲了兩間，雪兒有了自己的一鋪小炕。他知道自己將不久於人世，他希望寶墜能回到人住的屋子，這樣也許會使他的病慢慢好轉。可寶墜昨晚的話卻使他最後的一口氣沒能暢快地吐出來，他說繼父死後還會來個活叔，人住的屋子依然沒有寶墜的位置。這樸素的道理他怎麼就沒想到？可他再也沒有力氣翻蓋房子了。

「寶墜——」他對著那道慘白的牛欄低低叫了一聲。

牛欄在整個牛屋裡處於極其顯赫的位置，正當牛槽上，而且是牛屋的中心。它的白色樹皮已經被拴牛的繩子給磨出亮光，但大大小小的黑色樹斑依然清晰如目。除了牛欄別具一格地橫空出世外，其他物件都是豎的。豎的柱子、豎的牆、豎的門，這使得被支撐在半空的白色牛欄格外搶眼。寶墜的繼父只在傳說中聽過猙獰的鬼的長而尖的利牙，在他看來，這道牛欄就是誰栽在他家的一顆牙。

「我要拔下這顆牙。」他暗暗對自己說。

他環顧牛屋，在西北角的工具箱裡翻出一把劈松明用的小斧子，然後返身走到牛槽前，試探著往上攀，可他覺得身上的力氣已經逃命在先了，他拚足勁也站不到牛槽上，只能眼巴巴地舉著斧子看著那道高高在上的牛欄。他這樣僵持了大約不到兩分鐘，忽然覺得更濃的霧氣湧來，白色的牛欄狡猾地隱身其中，彷彿一道雲層後的閃電讓人捉摸不定。他的眼前漸漸模糊，先是無邊的白色，接著是強大的黑色，再接著是激烈的紫色，他搖搖晃晃地衝著牛欄喚了一聲：「寶墜——」然後撲倒在地。他死時手裡還握著斧子。那斧子因爲久不使用，已經鏽跡斑斑了。

寶墜趕著三頭牛回村時已是晚炊時分了。扁臉和地兒走在頭裡，他和花兒落在後面。傍晚時的霧氣更大一些，寶墜走得很慢很慢，他生怕花兒有個閃失。他想好了，要是叔還沒死，他就再問他個事。

他未進家院就聽見一陣鋸聲和刨木板的聲音傳來。他停下來拍了一下花兒，說：「咦，聽聽，家裡怎麼有動靜？」

花兒沉默了一刻，然後仰起頭短促地叫了一聲，牠肯定小主人的話時總是這副舉止。

寶墜只覺得院子裡游動著許多人影。刨木板的聲音嚓嚓地像收割麥子。他不小心撞上一個人，那人說：「是寶墜回來了？」

寶墜「嗯」了一聲，然後問：「你們這是幹啥？」

「打棺材，」那人平靜地說，「你叔死了。」

「叔死了。」寶墜嘀咕一句，然後偏過臉對花兒說，「我還想問他個事呢。」

寶墜忽然委屈起來，他嗚嗚地哭了。哭聲在霧氣中流竄，幾乎所有的人都聽到了這聲音。人們不約而同地問：「誰在哭？」

「是寶墜。」

「寶墜哭他叔。」

「寶墜捨不得他叔走。」

大家七嘴八舌地說著內容相同的話，然後品評寶墜的哭聲：

「比親生兒子哭得還眞。」

「不和他叔有這麼深的感情，哪能這麼哭。」

寶墜的哭聲使得屋裡已經歇了的母親的哭聲再次號啕而起，雪兒明亮的哭聲也加入進來。一些人屋裡屋外地走來走去，一會勸老的，一會又勸少的。最後寶墜被一個人給領回牛屋，花兒一聲不吭地跟在小主人身後，地兒和扁臉已經在裡面等候多時了。那人將牛屋的燈拉亮，昏黃的燈光照著白色的牛欄、翹起的鍘刀以及繼父親手爲他盤的那鋪火炕。寶墜哆嗦了一下，內心有一股異常淒涼的感覺。領他的人見他不哭了，就關上牛屋的門去打棺材了。

寶墜跳上牛槽，將三頭牛拴在牛欄上。他每繫一個梅花扣眼前都要閃現出一下叔的形象，因爲他想問叔的那個問題是：他怎麼會繫梅花扣？這是他一個人白天在草場時所想的唯一事情。他再也無法從叔那裡得到這問題的答案了。

寶墜跳下牛槽給牠們塡了些豆餅，然後坐在炕沿望著牛欄上的三朵梅花扣。花兒離開槽子遠遠地走到一堆乾草前，這使牠脖頸上的繩子綳緊了一刻。牛欄的一朵梅花扣也跟著顫動了一下。寶墜不由衝口而出，「誰也別想弄開我繫的花！」

繼父的紅棺材被濃霧包裹著，那紅色就顯得有幾分溫柔了。停屍三天入殮後，繼父就要被埋了。一大清早門外就來了一掛載靈柩的馬車，寶墜被人給戴上孝帽子，腰間紮上長長的孝布，這使他很不高興。霧氣繚繞的院子裡人影幢幢，靈幡像枝碩大的蘆葦一樣斜插在院門口。母親來到牛屋叮囑寶墜，一會送他叔時要大聲地哭，到十字路口要朝著東西南北各磕一個頭，口中還要吆喝，「叔你好走──」

「你記住了？」母親淒怨地問。她的滿嘴起了燎泡，大約是抹眼淚和鼻涕的緣故，她的襖袖像塗了層漿子一樣，泛出乾硬的白色。

寶墜沒有搭腔。

母親加重語氣：「你叔對你那麼好，你要好好送他，那樣他在地下會保佑你好起來。」

寶墜很不理解，母親的話彷彿說明他哪出了毛病似的。可他覺得自己一切正常。

母親一出牛屋，寶墜就把孝帽子摘下扔到乾草上，孝布也扯了下來，這樣他覺得身上的血又流淌自如了。他熟練地跳到牛槽打開三朵梅花扣，然後帶著地兒、扁臉和花兒走出牛屋。他們經過院子的時候有很多人都指著牛問寶墜：

「你不送你叔了?」

寶墜「嗯」了一聲，說：「我要放牛去。」

「你不送你叔，你媽不生氣嗎?」

「她生氣就生氣去吧。」寶墜說，「叔都死了，送他他也不知道。」

人們看著寶墜趕著牛走上濕漉漉的村路，誰也沒有上前阻攔他，也沒有人去通報他屋裡的母親。大家都在想：寶墜已經很不幸了，還難爲他送葬做什麼呢?

霧氣使白天跟黃昏一般朦朧，而黃昏又比以往的黃昏更加灰暗。寶墜趕著牛回家時隱約能看見路上飄散的圓圓的紙錢，牛蹄把它們踏碎了很多。

他一進院子母親就迎了過來。她一言不發地撫摸了一下花兒的頭，然後長吁一口氣。

「叔走了?」寶墜問。

「走了，」母親平靜地說，「你今天還回牛屋住?」

「嗯，」寶墜說，「我喜歡和牛在一起。」

「你叔不是說了麼?」母親慢條斯理地說，「他走後讓你回屋來住。」

「不。」寶墜堅決地說，「花兒要生了。」

「那等花兒生了後你回屋?」

「花兒一生，牛就更多了，牛離不開我。」寶墜趕著牛回到牛屋。他跳上牛槽，將三朵梅花扣結結實實地盤在牛欄上，然後給牛飲水。

牛屋裡燈影黯然。空氣很靜，這使得牛飲水的聲音格外清脆。這時牛屋的門開了，雪兒穿件藍褂子進來了，她捧著一個碗，辮梢上繫著白頭繩。她默默地把碗擺在飯桌上，然後轉身定定地看著寶墜。

「你今天送叔去了？」寶墜問她。

雪兒「嗯」了一聲。

「去的人多嗎？」寶墜又問。

雪兒依舊「嗯」了一聲。

牛嗞咕嗞咕地飲水不止。

「哥——哥——」雪兒忽然帶著哭音對寶墜說，「以前我叫你寶墜你生氣嗎？」

寶墜搖搖頭，說：「我就叫寶墜呀，你喊我哥哥是什麼意思？」

「哥哥就是親人的意思，就是你比我大的意思。」雪兒說。

「扁臉還比你大呢，你也喊牠做哥哥嗎？」寶墜問。

「跟牛不能這麼論。」雪兒耐心地解釋，「人才分兄弟姐妹。」

「噢。」寶墜惆悵地說，「我是哥哥。」

三頭牛飲足水匍匐在乾草上。

「怎麼以前我不是哥哥呢？」寶墜糊塗地問。

雪兒委屈地說：「那時我恨你，才不會叫你哥哥呢。爸活著時從來沒有抱過我一回，他就在乎你，天天惦記你的牛屋。他快死的時候上不來氣，我就給他餵水，可他老喊你的名字。我還是他親的呢！」

「你就恨我了？」寶墜問。

雪兒點點頭，說：「爸一死就不恨你了。」

「不恨了？」

「沒人像爸那麼疼你了，」雪兒說，「還恨你幹什麼！」

「那你恨我叔？」寶墜又問。

雪兒噙著淚花搖搖頭，說：「我可憐他。他天天半夜都要挨媽的罵，媽一罵他，他就哭，邊哭還邊『寶墜寶墜』地叫。」

「你怎麼知道呢？」寶墜問。

「我聽到的啊，」雪兒說，「媽罵他的聲音很大，傳到我的屋子裡了。後來一到半夜我就醒，醒來就能聽見媽在罵他。到了霧月媽罵他就更凶。」

「媽罵他什麼呢？」

「窩囊廢，」雪兒答，「就這一句話。」

寶墜滿面迷惑。

「『窩囊廢』就是不中用的意思。」雪兒解釋。

「媽半夜要用叔幹什麼？」寶墜問。

「我也不知道。」雪兒說。

「叔挨罵後喊我的名字做啥？」寶墜又問。

「我也不明白，」雪兒說，「是不是你讓他變成窩囊廢了？」

寶墜正言厲色地說：我能放牛，我都不是窩囊廢，我怎麼能讓叔變成窩囊廢呢？媽淨胡說，叔什麼活都會幹，還知道牛長著四個胃，他多了不起。不過他不會繫梅花扣。」寶墜說，「你說叔和媽都不會繫梅花扣，我是跟誰學的呢？」

「你自己的親爸唄。」雪兒說。

「他在哪？」寶墜興奮地問。

「地下，」雪兒一呶嘴說，「聽人說，早死了。」

寶墜頗爲失落地「呃」了一聲。

「今天才把爸埋了，李二拐就領著紅木來咱家了。」雪兒說。

「媽給他們飯吃了？」寶墜問。

「給了，」雪兒說，「還把你小時候穿過的衣裳給了紅木。」

「你不樂意他們來？」寶墜問。

雪兒淒怨地說：「爸才死，媽就給他們飯吃，我都不想跟她說話了。」

「那就不跟她說話。」

「可屋子裡就我和媽兩個人，」雪兒憂心忡忡地說，「要是不說話，我怕她生氣，以後她半夜沒人罵了，會不會罵我呢？」

「她憑什麼罵你？」寶墜頗爲認眞地說，「你又沒讓肚子裡的蛔蟲跑到她肚子裡。」

雪兒聽後忍不住笑了一聲，然後她淚光點點地望著寶墜。

寶墜說：「你不用怕，她半夜要是罵你，你就來牛屋找哥——哥——」

寶墜在說到「哥哥」一詞時結結巴巴的。

雪兒「嗯」了聲，指著飯說：「快吃吧，一會熱氣都跑沒了。是剩下的喪飯。」

寶墜將目光轉移到喪飯上。

花兒生產了，是頭黑白相間的花牛，寶墜給牠取名爲捲耳，因爲牠生下來時有一隻耳朵像花苞那樣蜷曲著。捲耳給一家人帶來了霧月當中從未有過的融洽和快樂。雪兒天天來逗弄捲耳，不是用粉色的頭綾子纏牠的腿，就是用條帚篾扎牠的黑鼻頭。母親也夜夜來給捲耳餵豆漿。花兒對捲耳慈愛備至，總用舌頭舔牠的臉，地兒也對牠無限憐愛。只有髒尾巴的扁臉常常出其不意地衝著捲耳銳利地叫幾聲，企圖嚇唬牠，而捲耳對此毫不在意，扁臉的惡作劇也就只好偃旗息鼓了。一週後，捲耳就溜光水滑地四處閒逛了。牠很調皮，不是用嘴去拱地裡的青苗，就是用蹄子把柴垛蹬散。牠唯一安靜下來的時候便是望霧。白茫茫的霧氣使牠剛熟識的人和場景變得恍惚的時候，牠就現出若有所思的神情。

寶墜再去草甸子放牛時隊伍就擴大了。他想他的隊伍會不斷壯大下去，最終他會被牛群所包圍。他會了解每一頭牛的脾性，懂得牠們每做出的一個舉止所蘊含的內容。牛屋的白樺木牛欄的梅花扣會愈聚愈多，一朵朵相挨著開放。那時他趕著一群牛走在村路上會有多麼風光啊。

霧月將盡的一個黃昏，寶墜趕著牛剛回到牛屋，雪兒就興高采烈地跑了進來。她氣喘吁吁地說：「哥哥，媽今天把李二拐罵出門去了，他以後再也不會來了。」

寶墜木訥地說：「他不來就不來。」

「你知道媽爲什麼罵他嗎？」雪兒壓低聲說，「李二拐說跟媽過日子後，要把你送到金礦點去給人看點兒，說你傻，不懂得偷金子，人家願意僱你。說你去金礦點還能幫家掙錢，省下家裡的飯，他都幫你把活答應下了。」

寶墜吃驚地看著雪兒。

「媽聽完後就罵李二拐——」雪兒挺了挺胸脯，憋粗了嗓子繪聲繪影地學道，「你給我滾蛋，別想這麼作踐我們寶墜！他叔活著時對寶墜比親生的還好，誰要拿我的寶墜不當人看，這輩子就別想再踏我的門檻！」

「李二拐就給罵走了，」寶墜問。

「嗯。」雪兒說。

「好。」寶墜讚嘆道。

雪兒接著有些羞怯地說：「哥哥，你以後不用惦記我半夜可能會挨媽的罵了，她現在天天摟著我睡覺，還幫我捉頭髮裡的蝨子。」

寶墜放心地笑了，他跳上牛槽，到牛欄那去拴牛。他異常熟練地繫著梅花扣，這時雪兒對他說：

「哥哥，我昨天夢見爸和你了。」

寶墜跳下牛槽探詢地看著雪兒。

「我夢見爸領著你過年，」雪兒顫著聲說，「天很黑，還下著雪，爸領著你在院子裡放炮仗。炮仗聲很響，爸怕嚇著你，還幫你捂耳朵。」

寶墜非常想哭，因爲夢和霧氣一樣都不能使他抓到手。他不知道夢會是什麼滋味。

「我還夢見爸來到牛屋看捲耳，他伸手摸捲耳的鼻子，捲耳不認識他，就伸出蹄子踢他。」

「捲耳怎麼能那樣，」寶墜傷感地說，「那不是叔麼。」

那一夜寶墜聽著牛反芻的聲音，再一次竭盡全力回憶這聲音裡曾包裹著什麼重大事情，他想得腦袋發麻，可回憶的周圍仍然是森嚴的高牆，難以逾越。他又打開燈去看那道白樺木的牛欄，漆黑的樹斑睜著永不疲倦的眼睛望著懸在它身上的梅花扣，他的回憶縹緲如屋外的白霧，暗無天日。寶墜發了一會呆，然後望著睡態可愛的捲耳。他對自己說：「和牛過得好好的，想那些不讓我想起的事情幹什麼。」

寶墜關了燈，睡了。他的睡眠沒有夢，因而那睡眠就乾乾淨淨的，晶瑩剔透。早晨，他忽然被

「吱扭」的聲音和一道亮光所擾醒，他從炕上坐起來，只見捲耳把牛屋的門撞開了。花兒、地兒和扁臉都充滿深情地望著屋外久違的陽光。

霧月過去了。

寶墜下了炕，他走到牛屋門口。

捲耳歪著頭，無限驚奇地看著屋外飛旋的陽光。寶墜拍了一下牠的屁股，說：「出太陽了，到外面玩去吧。」

捲耳試探著動了動蹄子，又驀然縮回了頭。寶墜這才想起捲耳生於霧月，從未見過太陽，陽光咄咄逼人的亮色嚇著牠了。寶墜便快步跨過門檻，在院子裡踏踏實實地走給捲耳看，並且向牠招手。捲耳溫情地回應一聲，然後怯生生地跟到院子。

捲耳縮著身子，每走一下就要垂一下頭，彷彿在看牠的蹄子是否把陽光給踩黯淡了。

畢飛宇 和他的小說

畢飛宇（一九六四～），出生於江蘇興化，童年在鄉村度過，一九七九年隨父親獲得平反而返城，一九八三年考入揚州師範學院中文系。一九八七年畢業後，到南京一所偏僻的學校整整教了五年的書，在百無聊賴的教書生活裡，他為了消磨無窮盡的時光和精力，順從了潛伏在血液中的「本能」，開始寫作。很自然而且很拚命地寫，彷彿寫作是一項再簡單不過的生理行為。他甚至認為：這是命運。

命運卻是不可測的。一九九五年，畢飛宇生了場大病，很長的一段時間不能寫作不能讀書，只能躺在床上胡思亂想，腦袋裡長出一個奇怪的念頭：「渴望一種被撫摸的東西，像回到兒時那樣。」（張鈞《小說的立場：新生代作家訪談錄》）後來他把這個巨大的渴望，寫成一個短篇〈哺乳期的女人〉，並獲得首屆魯迅文學獎。之後，畢飛宇又以中篇小說〈青衣〉和〈玉米〉等作品，陸續獲得《小說月報》百花獎、《小說選刊》優秀小說獎、首屆中國小說學會獎、第九屆莊重文文學獎、中國作家大紅鷹獎等重要大獎。二〇〇三年底中國作協主辦的《小說選刊》聯合了數萬名讀者，評選出讀者最喜愛的「新世紀十大小說家」，畢飛宇也名列其中。（另九人為：賈平凹、莫言、蘇童、池莉、鐵凝、劉慶邦、遲子建、葉廣芩、方方。）

身為「晚生代」小說家的畢飛宇，喜歡讀傳記，總是羨慕那些飽經風霜的人物，因為生命的歷練可以提供創作的材料。如果要從經歷中找出引領他走向文學道路的原由，就是他一路生活過來的窮鄉落、小縣城、大都市，讓他有機會見識了不同的人事物，成為寫作時的參照。他覺得生活是壓抑的，包括內心和外部的環境，因為生活遠遠不如我們想像的那麼放鬆、舒展、開闊。於是，當有評論家問起他創作的起因，他回答了兩個字：「疼痛」。

因「渴望一種被撫摸的東西」而產生的短篇小說〈哺乳期的女人〉，時空背景就設定在一座只剩下老弱婦孺的寂寥村落，它的存在狀態足以醞釀出強大莫名的「壓抑」或苦悶。畢飛宇的「渴望／壓抑」由故事中一盈一缺的兩個角色構築而成：「通身籠罩著乳汁芬芳」的惠嫂，「因乳汁水的腫脹洋溢出過分的母性」，是「盈」的象徵；從未嚐過母奶的七歲孩童旺旺，被惠嫂坐在店門口坦然哺乳的景象誘發出深刻、不能制止的渴望和憂傷，是「缺」。這對近乎純潔，又近乎妖嬈的，母性十足的乳房，隱隱然就是畢飛宇兒時渴望撫摸的東西。這種渴望哺乳與被哺乳的原生慾望，猶如磁鐵之兩極，愈近的距離便產生愈大的急於滿足的不安與躁鬱。寧靜的小巷、簡單的人物，眉目舉止之間卻籠罩著乳汁芬芳，酥酥軟軟地催化著人物內心的期待與掙扎。故事的最後，透過旺旺的「忍痛放棄」，非常隱晦地傳達了雙方內心的「疼痛」。

評論家洪治綱認為：畢飛宇的小說無論是敘事內蘊的巧妙處理、對潛在人性的冷靜逼視、敘述節奏的掌控，或是細節的精緻化臨摹，都體現出一種輕盈而又舒緩、豐沛而又沉鬱的審美內涵，呈現出卡爾維諾所推崇備至的那種「以輕取重」的敘事智慧（洪治綱〈生命的妙曼之舞〉）。這篇〈哺乳期的女人〉營造出來的敘事氛圍，正是既輕盈又舒緩、既豐沛又沉鬱。

重要作品有：中篇小說集《青衣》（武漢：長江文藝，二〇〇一／台北：麥田，二〇〇三）、《好的故事》（濟南：山東文藝，二〇〇四）、《玉米》（南京：江蘇文藝，二〇〇三／台北：九歌，二〇〇五）、《男人還剩下什麼》（北京，譯文出版社，二〇〇二）、《哺乳期的女人》（濟南：山東文藝，二〇〇四）、《操場》（杭州：浙江文藝，二〇〇三）、《平原》（南京：江蘇文藝，二〇〇五／台北：九歌，二〇〇七）、《推拿》（北京：人民文學，二〇〇八／台北：九歌，二〇〇九）；《畢飛宇文集》（南京：江蘇文藝，二〇〇四）。作品被翻譯成法文、英文、德文、日文、韓文、荷蘭文等多種語言。《青衣》在二〇〇四年被改編成二十集電視劇；《上海往事》（北京：中國戲劇，二〇〇二）即是張藝謀電影「搖啊搖，搖到外婆橋」的劇本小說。

哺乳期的女人

畢飛宇

斷橋鎮只有兩條路，一條是三米多寬的石巷，一條是四米多寬的夾河。三排民居就是沿著石巷和夾河次第鋪排開來的，都是統一的二層閣樓，樓與樓之間幾乎沒有間隙，這樣的關係使斷橋鎮的鄰居只有「對門」和「隔壁」這兩種局面，當然，閣樓所連成的三條線並不是筆直的，它的蜿蜒程度等同於夾河的彎曲程度。斷橋鎮的石巷很安靜，從頭到尾洋溢著石頭的光芒，又乾淨又安詳。夾河裡也是水面如鏡，那些石橋的拱形倒影就靜臥在水裡頭，千百年了，身姿都龍鍾了，有小舢舨過來它們就顫悠悠地讓開去，小舢舨一過去它們便駝了背脊再回到原來的地方去。不過夾河到了斷橋鎮的最東頭就不是夾河了，它匯進了一條相當闊大的水面，這條水面對斷橋鎮的年輕人來說意義重大，斷橋鎮所有的年輕人都是在這條水面上開始他們的人生航程的。他們不喜歡斷橋鎮上石頭與水的反光，一到歲數便向著遠方世界蜂擁而去。斷橋鎮的年輕人沿著水路消逝得無影無蹤，都來不及在水面上留下背影。好在水面一直都是一副不記事的樣子。

旺旺家和惠嫂家對門。中間隔了一道石巷，惠嫂家傍山，是一座二三十米高的土丘；旺旺家依水，就是那條夾河。旺旺是一個七歲的男孩，其實並不叫旺旺。但是旺旺的手上整天都要提一袋旺旺餅乾或旺旺雪餅，大家就喊他旺旺，旺旺的爺爺也這麼叫，又順口又喜氣。旺旺一生下來就跟了爺爺了。他的爸爸和媽媽在一條拖掛船上跑運輸，掙了不少錢，已經把旺旺的戶口買到縣城裡去了。旺旺的媽媽說，他們掙的錢才夠旺旺讀大學，等到旺旺買房、成親的錢都掙回來，他們就回老家，開一個醬油舖子。他們這刻兒正四處漂泊，家鄉早就不是斷橋鎮了，而是水，或者說是水路。斷橋鎮在他們的記憶中愈來愈概念了，只是一行字，只是匯款單上遙遠的收款地址。匯款單成了鰥父的兒女，匯款單也就成了獨子旺旺的父母。

旺旺沒事的時候坐在自家的石門檻上看行人。手裡提了一袋旺旺餅乾或旺旺雪餅。旺旺的父親在匯款單左側的紙片上關照的，「每天一袋旺旺」。旺旺吃膩了餅乾，但是爺爺不許他空著手坐在門檻上。旺旺無聊，坐久了就會把手伸到褲襠裡，掏雞雞玩。一手提了袋子，一手捏住餅乾，就好了。旺旺坐在門檻上剛好替惠嫂看雜貨舖。惠嫂家的底樓其實就是一爿舖子。有人來了旺旺便尖叫。旺旺一叫惠嫂就從後頭笑嘻嘻地走了出來。

惠嫂原來也在外頭，一九九六年的開春才回到斷橋鎮。惠嫂回家是生孩子的，生了一個男孩，還在吃奶。旺旺沒有吃過母奶。爺爺說，旺旺的媽天生就沒有汁。旺旺銜他媽媽的奶頭只有一次，吮不出內容，媽媽就叫疼，旺旺生下來不久便讓媽媽送到奶奶這邊來了，那時候奶奶還沒有埋到後山去。同時送來的還有一只不鏽鋼碗和不鏽鋼調羹。奶奶把乳糕、牛奶、亨氏營養奶糊、雞蛋黃、豆粉盛在鋥亮的不鏽鋼碗裡，再用鋥亮的不鏽鋼調羹一點一點送到旺旺的嘴巴裡。吃完了旺旺便笑，奶奶便用不鏽鋼調羹擊打不鏽鋼空碗，發出悅耳冰涼的工業品聲響。奶奶說：「這是什麼？這是你媽的奶子。」旺旺長得結結實實的，用奶奶的話說，比拱奶頭拱出來的奶丸子還要硬掙。不過旺旺的爺爺倒是常說，現在的女人不行的，沒水分，肚子讓國家計畫了，奶子總不該跟著瞎計畫的。這時候奶奶總是對旺旺說，你老子吃我吃到五歲呢。吃到五歲呢，既像爲自己驕傲又像替兒子高興。

不過惠嫂是另外。惠嫂的臉、眼、唇、手臂和小腿都給人圓嘟嘟的印象。矮墩墩胖乎乎的，又渾厚又溜圓。惠嫂面如滿月，健康，親切，見了人就笑，笑起來臉很光潤，兩只細小的酒窩便會在下唇的兩側窩出來，有一種產後的充盈與產後的幸福，通身籠罩了乳汁芬芳，濃郁綿軟，鼻頭猛吸一下便又似有若無。惠嫂的乳房碩健巨大，在襯衣的背後分外醒目，而乳汁也就源遠流長了，給人以取之不盡、用之不竭的印象，惠嫂給孩子餵奶格外動人，她總是坐到鋪子的外側來。惠嫂不解扣子，直接把襯衣撩上去，把兒子的頭擱到肘彎裡，而後將身子靠過去。等兒子銜住了才把上身直起來。惠嫂餵奶總是把脖子傾得很長，撫弄兒子的小指甲或小耳垂，弄住了便不放了。有人來買東西，惠嫂就說：「自己拿。」要找錢，惠嫂也說：「自己拿。」旺旺一直留意惠嫂餵奶的美好靜態，惠嫂的乳房因乳水的腫脹洋溢出過分的母性，天藍色的血管隱藏在表層下面。旺旺堅信惠嫂的奶水就是天藍色的，溫暖卻清涼。惠嫂兒子吃奶時總要有一隻手扶住媽媽的乳房，那隻手又乾淨又嬌嫩，撫在乳房的外側，在陽光下面不像是被照耀，而是乳房和手自己就會放射出陽光來，有一種半透明的晶瑩效果，近乎聖潔，近乎妖嬈。惠嫂餵奶從來不避諱什麼，事實上，斷橋鎮除了老人孩子只剩下幾個中年婦女了。惠嫂的無遮無攔給旺旺帶來了企盼與憂傷。旺旺被奶香纏繞住了，憂傷如奶香一樣無力，奶香一樣不絕如縷。

惠嫂做夢也沒有想到旺旺會做出這種事來。惠嫂坐在石門檻上給孩子餵奶，旺旺坐在對面隔了一條青石巷呢。惠嫂的兒子只吃了一隻奶子就飽了，惠嫂把另一隻送過去，她的兒子竟讓開了，嘴裡吐出奶的泡沫。但是惠嫂的這隻乳房脹得厲害，便決定擠掉一些，惠嫂側身站到牆邊，雙手握住了自己的奶子，用力一擠，奶水就噴湧出來了，一條線，帶了一道弧線。旺旺一直注視著惠嫂的舉動。旺旺看見那條雪白的乳汁噴在牆上，被牆的青磚吸乾淨了。旺旺聞到了那股奶香，在青石巷十分溫暖十分慈祥地四處瀰漫。旺旺悄悄走到對面去，躲在牆的拐角。惠嫂擠完了又把兒子抱到腿上來，孩子在哼嘰，惠嫂又把襯衣撩上去。但孩子不肯吃，只是拍著媽媽的乳房自己和自己玩，嘴裡說一些單調的聽不懂的聲音。惠嫂一點都沒有留神旺旺已經過來了。旺旺撥開嬰孩的手，埋下腦袋對準惠嫂的乳房就是一口。咬住了，不放。惠嫂的一聲尖叫在中午的青石巷裡又突兀又悠長，把半個斷橋鎮都吵醒了。要不是這一聲尖叫旺旺肯定還是不肯鬆口的。旺旺沒有跑，他半張了嘴巴，表情又愣又傻。旺旺看見惠嫂的右乳上印上了一對半圓形的牙印與血痕，惠嫂回過神來，還沒有來得及安撫驚啼的孩子，左鄰右舍就來人了。惠嫂又疼又羞，責怪旺旺說：「旺旺，你要死了。」

旺旺的舉動在當天下午便傳遍斷橋鎮上。這個沒有報紙的小鎮到處在口播這條當日新聞。人們的話題自然集中在性上頭，只是沒有挑明了說。人們說：「要死了，小東西才七歲就這樣了。」人們說：「斷橋鎮的大人也沒有這麼流氓過。」當然，人們的心情並不沉重，是愉快的，新奇的。人們都知道惠嫂的奶子讓旺旺咬了，有人就拿惠嫂開心，在她的背後高聲叫喊電視上的那句廣告詞，說：「惠嫂，大家都『旺』一下。」這話很逗人，大夥都笑，惠嫂也笑。但是惠嫂的婆婆顯得不開心，拉了一張臉走出來說：「水開了。」

旺旺爺知道下午的事是在晚飯之後。儘管家裡只有爺孫兩個，爺爺每天還要做三頓飯，每頓飯都要親手給旺旺餵下去。那只不鏽鋼碗和不鏽鋼調羹和昔日一樣鋥亮，看不出磨損與鏽蝕。爺爺上了歲數，牙掉了，那根老舌頭也就沒人管了，愈發無法無天，嘮叨起來沒完。往旺旺的嘴裡餵一口就要嘮叨一句，「張開嘴唇，閉上嘴嚼，吃完了上床睡大覺。」「一口蛋，一口肉，長大了掙錢不發愁。」諸如此類，都是他自編的順口溜。但是旺旺今天不肯吃。調羹從右邊餵過來他讓到左邊去，從左邊來了又讓到右邊去。爺爺說：「蛋也不吃，肉也不咬，將來怎麼掙鈔票？」旺旺的眼睛一直盯住惠嫂家那邊。惠嫂家的舖子裡有許多食品。爺爺問：「想要什麼？」旺旺不開口。爺爺說：「克力架？」爺爺說：「德芙巧克力？」爺爺說：「親親八寶粥？」旺旺不開口，親親八寶粥旁邊是澳洲的全脂奶粉，爺爺說：「想吃奶？」旺旺回過頭，淚汪汪地正視爺爺。爺爺知道孫子想吃奶，到對門去買了一袋，用水沖了，端到旺旺的面前來，說：「旺旺吃奶了。」旺旺咬住不鏽鋼調羹，吐在了地上，順手便把那只不鏽鋼碗也打翻了。不鏽鋼在石頭地面活蹦亂跳，發出冰涼的金屬聲響。爺爺向旺旺的腮邊伸出巴掌，大聲說：「撿起來！」旺旺不動，像一塊鹹魚，翻了一雙白眼。爺爺把巴掌舉高了，說：「撿不撿？」又高了，說：「撿不撿？」爺爺的巴掌舉得愈高，離旺旺也就愈遠。爺爺放下巴掌，說：「小祖宗，撿呀！」

是爺爺自己把不鏽鋼食具撿起來了。爺爺說：「你怎麼能扔這個？你就是這個餵大的，這可是你的奶水，你還扔不扔？啊？扔不扔？——還有七個月就過年了，你看我不告訴你爸媽！」

按照生活常規，晚飯過後，旺旺爺到南門屋簷下的石碼頭上洗碗。隔壁的劉三爺在洗衣裳。劉三爺一見到旺旺爺便笑，笑得很鬼。劉三爺說：「旺爺，你家旺旺吃人家惠嫂豆腐，你教的吧？」旺旺爺聽不明白，但從劉三爺的皺紋裡看到了七拐八彎的東西。劉三爺瞟他一眼，小聲說：「你孫子下午把惠嫂的奶子啃了，出血啦！」

旺旺爺明白過來腦子裡轟隆就一聲響，可了不得了。這還了得？旺旺爺轉過身就操起掃帚，倒過來握在手上，揪起旺旺衝了屁股就是三四下，小東西沒有哭，淚水汪了一眼，掉下來一顆，又汪開來，又掉。他的淚無聲無息，有一種出格的疼痛和出格的悲傷。這種哭法讓人心軟，叫大人再也下不了手。旺旺爺丟了掃帚，厲聲詰問說：「誰教你的？是哪一個畜牲教你的？」旺旺不語。旺旺低下頭淚珠又一大顆一大顆往下丟。旺旺爺長嘆一口氣，說：「反正還有七個月就過年了。」

旺旺的爸爸和媽媽每年只回斷橋鎮一次。一次六天，也就是大年三十到正月初五。旺旺的媽媽每次見旺旺之前都預備了好多激情，一見到旺旺又是抱又是親。旺旺總有些生分，好多舉動一下子不太做得出。這樣一來旺旺被媽媽摟著就有些受罪的樣子，被媽媽擺弄過來又擺弄過去。有些疼。有些彆扭。有些需要拒絕和掙扎的地方。後來爸爸媽媽就會取出許多好玩的好吃的，都是與電視廣告幾乎同步的好東西，花花綠綠一大堆，旺旺這時候就會幸福，愣頭愣腦地把肚子吃壞掉。旺旺總是在初三或者初四開始熟悉和喜歡他的爸爸和媽媽，喜歡他們的聲音，氣味。一喜歡便想把自己全部依賴過去，但每一次他剛剛依賴過去他們就突然消失了。旺旺總是撲空，總是落不到實處。這種壞感覺旺旺還沒有學會用一句完整的話把它們說出來。旺旺就不說。初五的清早他們肯定要走的。旺旺在初四的晚上往往睡得很遲，到了初五的早上就醒不來了，爸爸的大拖掛就泊在鎮東的闊大水面上。他們放下一條小舢舨沿著夾河一直划到自家的屋簷底下。走的時候當然也是這樣，從窗櫺上解下繩子，沿夾河划到東頭，然後，拖掛的粗重汽笛吼叫兩聲，他們的拖掛就遠去了。他們走遠了太陽就會升起來。旺旺起來的時候天上只有太陽，地上只有水。旺旺的瞳孔裡頭只剩下一顆冬天的太陽，一汪冬天的水。太陽離開水面的時候總是拽著的，扯拉著的，有了痛楚和流血的症狀。然後太陽就升高了，蒼茫的水面成了金子與銀子鋪成的路。

由於旺旺的意外襲擊，惠嫂的餵奶自然變得小心些了。惠嫂總是躲在櫃台的後面，再解開上衣上的第二個鈕扣。但是接下來的兩天惠嫂沒有看見旺旺。原來天天在眼皮底下，不太留意，現在看不見，反到格外惹眼了。惠嫂中午見到旺旺爺，順嘴說：「旺爺，怎麼沒見旺旺了？」旺旺的爺爺這幾天一直羞於碰上惠嫂，就像劉三爺說的那樣，要是惠嫂也以為旺旺那樣是爺爺教的，那可要羞死一張老臉了。旺旺的爺還是讓惠嫂堵住了，一雙老眼也不敢看她。旺旺爺順了嘴說：「在醫院裡頭打吊針呢！」惠嫂說：「怎麼了？好好的怎麼去打吊針了？」旺旺爺說：「發高燒，退不下去。」惠嫂說：「你嚇唬孩子了吧？」旺旺爺十分愧疚地說：「不打不罵不成人。」惠嫂把孩子換到另一隻手上去，有些責怪，說：「旺爺你說什麼嘛？七歲的孩子，又能做錯什麼？」旺旺爺說：「不打不罵不成人。」惠嫂說：「沒有傷著我的，就破了一點皮，都好了。」這麼一說旺旺爺又低下頭去了，紅了臉說：「我從來都沒有和他說過那些，從來沒有。都是現在的電視教壞了。」惠嫂有些不高興，甚至有些難受，說話的口氣也重了：「旺爺你都說了什麼嘛？」

旺旺出院後人瘦下去一圈。眼睛大了，眼皮也雙了。嘎樣子少了一些，都有點文靜了。惠嫂說：「旺旺都病得好看了。」旺旺回家後再也不坐石門檻了，惠嫂猜得出是旺爺定下的新規矩，然而惠嫂知道旺旺躲在門縫的背後看自己餵奶，他的黑眼睛總是在某一個圓洞或木板的縫隙裡憂傷地閃爍。旺爺不讓旺旺和惠嫂有任何靠近，這讓惠嫂有一種說不出的難受。旺旺因此而愈發鬼祟，愈發像幽靈一樣無聲遊蕩了。惠嫂有一回抱了孩子給旺旺送幾塊水果糖過來，惠嫂替他的兒子奶聲奶氣地說：「旺旺哥呢？我們請旺旺哥吃糖糖。」旺旺一見到惠嫂便藏到樓梯的背後去了。爺爺把惠嫂攔住說：「不能這樣沒規矩。」惠嫂被攔在門外，臉上有些掛不住，都忘了學兒子說話了，說：「就幾塊糖嘛。」旺爺唬了臉說：「不能這樣沒規矩。」惠嫂臨走前回頭看一眼旺旺，旺旺的眼神讓所有當媽媽的女人看了都心酸，惠嫂說：「旺旺，過來。」爺爺說：「旺旺！」惠嫂說：「旺爺你這是幹什麼嘛！」

但旺旺在偷看，這個無聲的祕密只有旺旺和惠嫂兩個人明白。這樣下去旺旺會瘋掉的，要不就是惠嫂瘋掉。許多中午的陽光下面狹長的石巷兩邊悄然存放了這樣的祕密。瘦長的陽光帶橫在青石路面上，這邊是陰涼，那邊也是陰涼。陽光顯得有些過分了，把傍山依水的斷橋鎮十分銳利地劈成了兩半，一邊依山，一邊傍水。一邊憂傷，另一邊還是憂傷。

旺爺在午睡的時候也會打呼嚕的。旺爺剛打上呼嚕旺旺就逃到樓下來了。趴在木板上打量對面，旺旺就是在這天讓惠嫂抓住的。惠嫂抓住他的腕彎，旺旺的臉給嚇得脫去了顏色。惠嫂悄聲說：「別怕，跟我過來。」旺旺被惠嫂拖到雜貨鋪的後院。後院外面就是山坡，金色的陽光正照在坡面上，坡面是大片大片的綠，又茂盛又肥沃，油油的全是太陽的綠色反光。旺旺喘著粗氣，有些怕，被那陣奶香裹住了。惠嫂蹲下身子，撩起上衣，巨大渾圓的乳房明白無誤地呈現在旺旺的面前。旺旺被那股氣味弄得心碎，那是氣味的母親，氣味的至高無上。惠嫂摸著旺旺的頭，輕聲說：「吃吧，吃。」旺旺不敢動。那隻讓他牽魂的母親和他近在咫尺，就在鼻尖底下，伸手可及。旺旺抬起頭來，一抬頭就汪了滿眼淚，臉上又羞愧又惶恐。惠嫂說：「吃吧。——別咬，銜住了，慢慢吸。」旺旺把頭靠過來，兩隻小手慢慢抬起來了，抱向了惠嫂的右乳。但旺旺的雙手在最後的關頭卻停住了。萬分委屈地說：「我不。」

惠嫂說：「傻孩子，弟弟吃不完的。」

旺旺流出淚，他的淚在陽光底下發出六角形的光芒，有一種爍人的模樣。旺旺盯住惠嫂的乳房拖了哭腔說：「我不。不是我媽媽！」旺旺丟下這句沒頭沒腦的話回頭就跑掉了。惠嫂拽下上衣，跟出去，大聲喊道「旺旺，旺旺……」旺旺逃回家，反閂上門。整個過程在幽靜的正午顯得驚天動地，惠嫂的聲音幾乎也成了哭腔。她的手拍在門上，失聲喊道：「旺旺！」

旺旺的家裡沒有聲音。過了一刻旺爺的鼾聲就中止了。響起了急促的下樓聲。再過了一會兒，屋裡發出了另一種聲音，是一把尺子抽在肉上的悶響，惠嫂站在原處，傷心地喊：「旺爺，旺爺！」

又圍過來許多人。人們看見惠嫂拍門的樣子就知道旺旺這小東西又「出事」了。有人沉重地說：「這小東西，好不了啦。」

惠嫂回過頭來。她的淚水泛起了一臉青光像母獸。有些驚人。惠嫂凶悍異常地吼道：「你們走！走——！你們知道什麼？」

蘇童
和他的小說

蘇童（一九六三～），本名童忠貴，出生於江蘇揚中，那是長江上的一個小島，經濟非常發達，但地少人多，當地居民一般長到十三四歲，都要出去討生活（他後來寫的〈一九三四年的逃亡〉，即是反映揚中人的生活狀態）。一九八〇年，蘇童考取北京師範大學中文系，他在此受到了正統的語言訓練與文學薰陶，讓他從許多中國當代作家嗤之以鼻的中國傳統文學中汲取足夠的養分。當時中國的詩風很盛，十個大學生中有九個是詩人，蘇童很想當個詩人，對自己約法三章，每天寫一首詩，在吟誦一番後再進教室，心裡才感到充實。詩歌創作對蘇童的語言起了相當重要的磨礪作用，他後來開始學習寫小說，在一九八三年的《青春》發表了處女作短篇小說〈第八個是銅像〉，翌年獲得青春文學獎。

一九八四年畢業後，蘇童到南京工作，曾任《鐘山》雜誌編輯，現為中國作家協會江蘇分會駐會專業作家。一九八七年，他在《收穫》發表第一部中篇小說〈一九三四年的逃亡〉受到文壇矚目，後來成為先鋒小說的主將。一九八九年發表的中篇小說〈妻妾成群〉，卻被認為是脫離先鋒派美學的「新寫實」經典名篇，先後被張藝謀改編為電影「大紅燈籠高高掛」，以及芭蕾舞劇，並入選「二十世紀中文小說一百強」。（「新寫實」是繼「先鋒派」之後，由《鐘山》雜誌在一九八九年極力鼓吹而蔚為風潮的新小說浪潮，特別注重現實生活原生形態的還原，真誠直面現實、直面人生；並採取類似法國新小說的「攝像機」

式，或稱之為主體情感「零度狀態」的敘述方式。這股風潮僅持續到九○年代中期。）此後，蘇童的風格產生了明顯的變化，從形式實驗退回到故事，嘗試以古典方法敘述一些老式故事。一九九一年，蘇童發表了第一部長篇小說《米》，被黃健中（「我的一九一九」和「笑傲江湖」的導演）改編成電影「大鴻米店」。二○○二年，經歷寫作蟄伏期的蘇童，再發表長篇小說《蛇為什麼會飛》，展示了他對現實生活的獨特關注。

蘇童覺得「先鋒」只是一種創作姿態，所謂「先鋒派」則是相對的，在所有文化範疇中，總有一種比較激進且帶有反抗、背叛性質的文化，或者處於上升階段，或者瞬間便已逝去，但它的出現與存在，肯定有一種積極意義。年輕作家在文學創作初期往往以叛逆姿態出現，這種姿態往往被歸納為先鋒，它跟文學的創作本質不會有太大的關係。但沒有人會為先鋒去寫作，好比游泳的目的是到達彼岸，而不會考慮姿勢。先鋒與否，完全取決於一個作家的內心生活。已經卸下先鋒角色的蘇童，更指出中國當代的先鋒只是相對於中國文學而言，其實他們大都取經自歐美大師的經典，然後在內地的軌道上緩緩運行，注定無法超越世界。他覺得中國先鋒派悲壯而英勇，帶有神聖的殉道色彩。

學者王德威認為：蘇童天生是個說故事的能手，在小說中營造出陰森瑰麗的世界，敘說頹靡感傷的傳奇，開拓了當代文學想像的視野（王德威〈南方的墮落與誘惑〉）。說故事，依賴的是高超的想像力或虛構能力。蘇童非常重視小說的「虛構」，它不僅是幻想，更是一種超越理念束縛的把握，虛構的力量可以使現實生活提前沉澱為一杯純淨的水，成為一個可以無限延續創作生命的祕方；它不僅是技巧，更是一種讓作家對世界和人群產生無限慾望熱情的動力，是血液，它為個人有限的視野和思想提供了更廣闊的空間，然後按自己的方式去記錄它，產生有別於歷史的心靈史（蘇童〈虛構的熱情〉）。

偏愛短篇小說的蘇童，總是把創作短篇小說的時間放在一年中最美好的暮春與深秋，因為創作短篇是一種享受，他更期許「有朝一日讓我成為一個優秀的短篇小說大師吧，我將為此祈禱」。

一九九六年發表於《北京文學》的〈天使的糧食〉，便是「完全虛構」，卻有著「殘酷的真實感」的一篇短篇小說。它跟劉恆的「新寫實」代表作〈狗日的糧食〉（一九八六）處理同樣的題材，但創作理念與手法截然不同，比較像是一篇魔幻寫實小說。蘇童將虛幻的天使安置在現實的農村，以虛構的情景，逼視現實農村的存在境況，以及人性最赤裸、冷酷的內在。故事背景是一個貧瘠、落後的鄉村，村民沒有能力受教育，於是經濟的貧瘠造成知識的貧乏，長期的困頓更導致人性的多疑、自私和冷漠。天使的出現本該引起巨大的震撼，但無知的村民在關心那一牛車的稻穀，他們雖對天使的善行感到懷疑，但填飽肚子比較重要。「天使」只是一個陌生、與現實生活無關的名詞。吃飽的村民卻令天使感到失望，他們在饑饉和死亡前面不會悲傷，在飽食之後又不知感激。村民的麻木與冷漠，讓天使收集不到半顆象徵人類情感的淚水；他們視天使為怪物的無知言論與無情驅逐，讓天使徹底絕望。這種無知又無情的人性表現，將在無數的窮鄉僻壤無止境地惡性循環，所以天使替（天下）村民大聲哭泣，哭聲震耳欲聾。盛滿黑陶罈的，究竟是天使，抑或蘇童心痛、絕望的淚水？

重要作品有：中篇小說集《妻妾成群》（台北：遠流，一九九〇／廣州：花城，一九九一／南京：江蘇文藝，一九九四／瀋陽：春風文藝，二〇〇二）；長篇小說《米》（香港：天地圖書，一九九二／南京：江蘇文藝，一九九六／台北：麥田，二〇一〇）、《我的帝王生涯》（台北：麥田，一九九二／香港：天地圖書，一九九三／太原：北嶽文藝，二〇〇一）、《武則天》（廣州：花城，一九九一／南京：江蘇文藝，一九九四／台北：麥田，一九九四）、《菩薩蠻》（台北：麥田，一九九八／南京：江蘇文藝，二〇〇一）、《城北地帶》（北京：今日中國，一九九四／台北：麥田，一九九五）、《蛇為什麼會飛》（昆明：雲南人民，二〇〇二／台北：一方，二〇〇二）、《河岸》（北京：人民文學，二〇〇九／台北：麥田，二〇〇九）；中短篇小說集《天使的糧食》（台北：麥田，一九九七／香港：天地圖書，一九九七）、《刺青時代》（武漢：長江文藝，一九九三／台北：麥田，一九九五）、《一九三四年的逃亡》（上海：上海社科院，一九八八）、《離婚指南》（北京：華藝，一九九三）、《南方的墮落》（台北：遠流，一九九二）。作品譯成多種外語出版，其中由中文版直譯的德文版《米》，在德國書市和評論界都反應良好。

天使的糧食

蘇童

暴風雨過後河兩岸的土地還在呻吟，被大風連根拔除的玉米苗成堆地漂浮在河水裡，它們像一塊新生的土壤漂浮在河水裡，上面停息著一隻死去的母雞或者豬崽。通往村莊的土路泥濘不堪，一條渾黃色的溪流從土坡那裡奔瀉而下，在水窪處突然消隱，但它沒有完全消失，幾條泥漿流從水窪裡擠出來，蜿蜒地爬行著，一直爬到村裡人家的台階下，暴風雨過後村裡人紛紛走出茅屋，許多人注意到台階下的積水裡浮滿了金黃色的稻穀，他們從水中撈起稻穀，撚去糠皮放進嘴裡嚼著，是很新很香的稻穀，他們覺得這件事情很奇怪，現在不是收穫季節，這些稻穀是從哪兒漂到村裡來的呢？

天使的牛車終於出現在村外的土坡上，第一個發現天使的是牧鵝少年全子，全子看見一個身披蓑衣的男人拉著那輛牛車上了坡，那男人邊走邊唱，嘴裡哼著奇怪的小調，全子不認識那個人，他趕著鵝群蹚過一片河灘地，堵住了陌生人的路。

你從哪裡來？全子用柳枝在泥地上畫了一道線，充滿戒意地盯著那個人，他說，我們村死了好幾口人，不准外人進村。

我不是外人，那個人說，我是天使。

誰管你姓天還是姓地呢，反正你是外人。全子注意到天使的牛車用蘆席覆蓋著，幾粒金黃色的稻穀正從蘆席縫隙中瀉落下來，全子的聲音因此亢奮起來，你車上裝的什麼？是稻穀嗎？

是稻穀，天使微笑著回過頭，他走到牛車邊掀開蘆席一角，看，多麼飽滿的稻穀，天使說，可惜天氣不好，路上難走，灑了好多穀子。

全子跑過去把腦袋埋在車上，使勁嗅了嗅，他說，你是來賣糧食的嗎？現在來賣糧食價錢肯定壓死人。

我是天使，天使不做買賣。天使拉著牛車小心翼翼地下了坡，邊走邊眺望著村子，沒有炊煙，眞的沒有炊煙，他若有所思地說，人間的消息總是來遲一步，可惜我來遲了。

全子不知道什麼是天使，也不懂他說的話。全子趕著鵝群跟在牛車後面，他看見那個自稱天使的人腳步疲憊，赤裸的雙腿沾滿了泥漿，他的蓑衣上不時有晶瑩的水珠滾落下來，天使的牛車越過了地上的橫線，全子不再阻攔他，因爲他知道一車稻穀可以塡滿許多空空的肚子，有了糧食，許多人就能熬過這個春天。全子記得他已經吃了好多天的野菜樹皮，沒想到天使的牛車來了，牛車上的稻穀散發著如此誘人的芳香，饑餓的牧鵝少年忍不住把手伸到車上，偷偷地抓了一大把穀子。

村民們聚集在村長家的院子外面，面黃肌瘦的男女老少，每個人手裡拿著一只粗布米袋，伸長脖頸望著村長家的門板，擠在前面的人扒著門上了院牆，這樣他們看見了那個自稱天使的人，看見了天使的牛車，一車金黃色的稻穀奇蹟般地出現在村長家的院子裡。牆上的人便狂喜地叫喊起來，全子沒騙人，眞的是一車穀子，眞的來了一個大善人！

村長終於打開了門，村長滿面紅光，頭上肩上都落滿了穀糠。一個一個地進去，每人分五斤米，誰也不准多舀一粒米，村長高聲大嗓地說，李家媳婦，王家婆娘，你們別在那裡嘀咕，你們要是疑心我多吃多占就昧了良心啦，我要是多吃多占就是烏龜王八蛋！

是哪兒來的大善人？村民中有人問。

我也鬧不清楚，村長說，說是個天使，我也鬧不清楚天使是幹什麼的。

天使在天上飛的呀，怎麼會跑這裡來？人群中的私塾先生驚叫起來，他瞪大眼睛說，天使都長著兩個翅膀，那個人身上長著翅膀嗎？

你胡說八道些什麼？村長怒視著私塾先生罵道，你個不知好歹的東西，餓死你活該，人家好心送糧食來，你卻誣賴人家長翅膀，他又不是鳥，怎麼會長翅膀？

村長的話博得了大家的同感，你別來拿人家的糧食，他們一哄而起，乾脆把私塾先生推出了隊伍，孩子們平時對他又恨又怕，這時乘機朝他的後背吐唾沫，牧鵝少年全子則衝到私塾先生面前憤憤地說，他是好人，他不是鳥，我第一個看見他的，是我把他領到村長家的，你這麼誣賴人家，爲什麼還來拿他的穀子？

人群亂了一陣，擠在前面的人已經進了院子，後面的人便都著急，一窩蜂地往前湧。有個婦人被擠到別人的腳下，扯著嗓子尖叫起來。村長拚命用雙手撐住搖搖欲墜的門框，嘴裡斥罵著村民們，吃個白食就猴急成這樣？這輩子沒見過糧食？再這樣沒出息，我就讓天使把糧食拉回去！

村長發了火，人群稍稍安靜下來，很明顯誰也不想失去救命的糧食。又有人突然問，這糧食眞是白拿嗎？不會秋後算帳吧？

閉上你們的臭嘴，村長不耐煩地說，讓你們拿你們就拿，什麼事都有我頂著呢，你們吃上飯記著我村長的好，那我就滿意啦。

現在領取糧食的村民都看見了天使，天使就站在牛車的後面，他有著一張年輕而枯槁的臉，神情肅穆而安詳，讓人們感到奇怪的是天使的手和手裡的東西，那雙手像兩朵雪白的蓮花潔白無瑕，那雙手輕盈地托住一隻黑陶罈子，合抱在胸前，黑陶罈子吸引了更多的目光，有人提著米袋擠過去，好奇地朝罈子裡張望，他們發現罈子是空的。天使手中的罈子使人們感到迷惑，他們不敢貿然向天使打聽，退出去後就爭論起來。有人認爲那只罈子是裝糧食用的，說天使沒有米袋，所以就用罈子裝米，又有人說，有錢的大善人才不稀罕那五斤米，一個人假如把他的房子送了人，絕不會再去揭房頂上的一片瓦，罈子肯定有別的用途，說不定是夜裡起夜的便器呢。

牧鵝少年全子領到糧食後一直站在天使的身邊，好像天使是他家的親戚，全子不僅湊著罈子朝裡面看，還把手放上去亂摸一氣，摸過了就對別人說，什麼也沒有，空的。

天使沒有責怪全子。天使的眼睛巡視著每一個村民的眼睛，他的安詳的表情漸漸顯得有點哀傷。人們不知道他在想什麼，也許他後悔把糧食白白送人了吧，也許他等著別人的什麼回報？人們突然就有點心虛，扛著米袋往外面退。全子卻不走，他朝天使的罈子裡又看了一眼，忍不住嚷嚷起來，你怎麼不說話？你成啞巴啦，我問你呢，你想往罈子裡裝什麼？人群倏地安靜下來，幾乎所有人都眼巴巴地望著天使，所有的人都豎起耳朵等待著天使的回答。

天使疲憊乾瘦的臉上掠過一絲微笑，他低下頭，輕柔地將手中的罈子轉了一圈，然後他說，這是一只聖罈，我將用它裝滿人間的眼淚。

村民們面面相覷，他們盯著天使手中的罈子看了一會兒，臉上不約而同地顯露出一種驚悸之色，有些人拎著米袋慌慌張張逃了出去，不知是誰在院子外面怪叫了一聲，捏著嗓子喊道，他是瘋子，是個瘋子！

幾天來村子裡充滿了節日般的氣氛，這個貧窮的村子曾經因爲饑餓而奄奄一息，但天使帶來的糧食使人們再次煥發出生命的活力。孩子們又在村頭追逐玩耍了，河灘上又響起了女人們搗衣舂米的聲音，而男人們又聚集在大槐樹下，抽起已經發黴的旱菸，互相開起粗鄙下流的玩笑。

牧鵝少年全子看見天使坐在祠堂的台階上，天使似睡非睡，他的雙手仍然緊緊抱著那只黑陶罈子，一隻蜜蜂圍繞著天使嗡嗡地飛了一會兒，落在天使的蓑衣上。全子怕蜜蜂欺生叮他，就用細竹竿趕走了蜜蜂。天使仍然閉著眼睛，他的臉上有一種神祕的金黃色的光，全子端詳著天使的臉，突然想起私塾先生說過的話：天使都有兩只翅膀，村裡有些人是相信他的話的，全子很想知道天使是否眞的長著翅膀，他忍不住地把竹竿伸向天使，他想挑開天使身上的蓑衣，但就在這時天使醒了，天使的眼睛突然睜開了，他說，孩子，你還餓嗎？

不餓啦，我剛喝了三碗粥。全子撩起衣服讓天使看他的渾圓的肚子，全子說，怎麼沒見你喝粥，你在村長家吃乾飯了吧？

孩子，你忘了我是天使，他說，我是天使，天使不吃五穀雜糧。

村裡人都說你是瘋子，他們的良心讓狗吃了。我知道你是個大好人，只有你這樣的大好人才會把糧食送給別人，自己卻餓著肚子。

我不是瘋子，也不是大好人。天使說，我是天使，可惜你們以前從來沒見過天使。

我知道你是天使，可天使也有家吧，你家住哪兒呀？全子說，天使你怎麼還不回家？

天使這時候露出了苦澀的微笑，他朝全子晃了晃手裡的黑陶罈子。罈子是空的，天使說，我不能回去，我不能帶著一只空罈子回家。

你眞的要用這罈子盛眼淚嗎？全子噗哧一笑，但天使投來的目光使他忍住了喉嚨裡的笑聲，全子就捂著嘴說，可是，可是，你上哪兒去弄那麼多眼淚呢？

我以爲這是個有許多眼淚的村莊，也許我錯了。天使凝望著遠處大槐樹下的那群男人，他說，眞奇怪，這裡沒有人哭泣，你聽，他們正在那兒笑呢。

他們沒事就坐在那裡聊，一聊開就會笑。全子說，嬰兒才喜歡哭呢，可是村裡好幾個嬰兒都死了，死了就不哭了。

死了這麼多人，爲什麼聽不到哭聲呢？天使說，這眞奇怪，他們不爲自己的親人哭泣嗎？

剛開始死人時有人哭的，後來死人多了，他們就不哭了。全子說，我奶奶餓死了，我爹我娘都沒哭，我也沒哭。

爲什麼不哭，你奶奶不疼你嗎？

奶奶疼我，可她死了呀。全子說，我爹說死人不能復生，哭有什麼用？怎麼哭也不能把她鬧醒的。

我不相信你們會沒有悲傷，天使說，我不相信，這麼多災多難的村莊卻沒有眼淚。

我們沒有眼淚，不騙你，我們眞的沒有眼淚！

我以爲你們的眼淚流成了河，可是我已經等了三天了，罈子裡還是空的。天使把罈子輕輕地放在地上，突然想起了什麼，孩子我問你，我進村以前有人哭嗎，當你們餓得沒辦法時有人哭嗎？

沒有。全子搖了搖頭說，餓急了就沒力氣哭啦，也有人躺在床上哼哼，他們光是哼哼，沒有眼淚。

孩子我再問你，當你們分到稻穀後有人哭嗎？天使又問，有沒有人因爲感激而掉下眼淚呢？

沒有，全子更堅決地搖了搖頭，他說，分到糧食就更不會哭了，有了吃的還哭，那不是傻瓜嗎？

這時候天使沉默了一會兒，他注視著全子，眼睛裡充滿了憂傷。

你這人眞奇怪，爲什麼要讓別人哭呢？

天使憂傷的目光眺望著黃昏的村莊，他看見那些茅屋頂上又升起了炊煙，而大槐樹下那群男人的聲音清晰地傳了過來，你聽，他們在說些什麼，天使的臉上浮現出痛苦的表情，他說，我不敢相信，他們用鐵鍬打婦人的腳，用鏟子拍婦人的手，那些可憐的婦人，她們正在河邊爲他們洗衣服呢，那些挨打的婦人也不哭嗎？

有的婦人會哭，可她們光是乾嚎，一滴眼淚也沒有，別說這些了，老說這些有什麼意思？全子不耐煩了，他看見一隻鵝出了群，就追上去打牠的屁股，一只鵝蛋恰好落到地上，鵝生蛋啦！全子驚喜地叫了一聲，這是今年第一只蛋！全子高高地舉著鵝蛋，送到天使面前，給你，他說，你送給我們那麼多糧食，我該把這鵝蛋送給你，拿著蛋回家吧，別在這裡等眼淚了，再等下去每個人都會把你當瘋子，他們會把你捆起來扔到河裡去的！

我是天使，天使不怕捆綁，不怕水火。天使搖了搖頭，伸出一隻手在全子的頭頂上輕輕按了一下，他說，孩子，只有你讓我感到安慰，你的眼睛裡藏著許多眼淚，總有一天它會流出來的。

天使冰涼的手從牧鵝少年的頭頂上輕輕滑落，當那隻手快碰到全子的眼睛時，全子莫名地打了個冷顫，憑著某種本能甩掉了天使的手，他看見天使驚愕的表情和目光，看見天使的蓑衣猛地向兩側滑落，像一隻打開的河蚌，然後全子便發出了那聲刺耳的尖叫：

翅膀

他有翅膀

翅膀

牧鵝少年全子朝大槐樹下狂奔而去，一路上不停地尖叫著。幾乎每一個村裡人都聽見了他的叫聲。人們聞聲跑出屋子，恰好看見祠堂周圍突然升起一片淡黃色的煙靄，隱約可見天使站在煙靄之中，巋然不動。他們當時還看不見天使的翅膀，只是看見天使手中的黑陶罈子，它在煙靄之中放出一種神奇的金色的光芒。

村民們是在第三天夜裡開始驅逐天使的。村長帶著一群人來到了天使寄居的祠堂，他們手裡的火把把祠堂附近的天空照得如同白晝。

火把之光也映紅了天使的臉。天使似乎預感到了村民們的來意，我知道你們會來，只是沒想到是在今天夜裡，天使的臉上除了憂傷又添了焦灼之色，他的雙手也急迫地捧出黑陶罈子，呈送到每個人面前，你們知道我只想要眼淚，他說，三天了，你們仍然沒有眼淚嗎？

你別說瘋話了。村長無所畏懼地推開了天使的罈子，他說，我們以爲你是個大善人，誰知道你是個怪物，早知道你是怪物，我們情願餓死也不吃你的糧食。

我不是怪物，你們知道我是天使，天使說，我的糧食賜給每一個饑餓的人，收下的只是你們的淚水。

我們從來不哭，你休想得到我們的眼淚。村長瞪著天使身上的蓑衣，凶狠地說，你怎麼還不走，難道想讓我們扯開你的蓑衣嗎？我們才不管你是天使還是地使呢，長著翅膀的人就是怪物，是怪物就不准待在我們村子裡。

翅膀不是怪物的標誌，是天使的榮耀，可惜你們還不知道什麼是榮耀，什麼是恥辱。天使的眼睛悲哀地注視著村民們，他把聖罈緊緊地抱在胸前，發出了一聲長嘆，他說，我猜到你們會使用暴力，假如暴力會使你們後悔，假如後悔會使你們流淚，我會留在這裡，任憑你們撕碎我的蓑衣，折斷我的翅膀，可是請你們告訴我吧，你們會流淚嗎？

住嘴，我們就是把你扔進火堆也不會流淚！村長跺著腳高聲大吼起來，你以爲一車穀子就能讓我們跟你一起發瘋？快走吧，快點離開我們的村子，你要再說瘋話我們就要動手了！

天使站在火把的光焰下沉思了一會兒，他的臉現在看上去潔白如雪，他的眼睛裡有一滴淚水慢慢流出來，像一顆珍珠掛在他的面頰上，村民們突然都後退了一步，他們看著天使抱著聖罈慢慢走出人群，腳步遲緩而疲憊，祠堂附近的空氣一下子變得濕潤而黏稠起來，許多人感到臉上有水，胸口喘不過氣來。天使走到村口，回頭朝這個村莊望了最後一眼，許多人看見了他臉上的第二滴第三滴淚水，那些淚水像珍珠雨一樣瀉落在聖罈裡，朗朗有聲，天使就那樣一邊哭泣一邊對村民們說，你們永遠不會哭泣了，現在讓我爲你們哭泣吧，讓我爲你們大聲哭泣吧！

然後村民們便聽見了天使的哭泣，天使的哭泣猶如一串春雷，震盪了方圓一百里的土地和村莊，甚至夜空中的月亮和星星都搖晃起來。後來村民們回憶起天使的哭泣時，耳朵仍然有刺痛的感覺。他們說天使的哭泣比人要響亮一百倍，天使的眼淚也比人的眼淚要晶瑩一百倍。令人遺憾的是沒有人看見天使的飛翔，有人說那是因爲黑夜的緣故，你在夜裡看不見飛翔的鳥，所以你也看不見飛翔的天使。

凡是天使降臨的地方必然留下他的痕跡。牧鵝少年全子有一天在河灘上發現了那只黑陶罈子，他認出那是天使遺留下來的聖罈。聖罈卡在卵石和淤泥之間，罈子裡積滿了水，全子知道那不是河水，他用一根手指蘸了蘸罈子裡的水，放進嘴裡品嚐著，就像他所預料的那樣，聖罈之水果然有一種苦澀而清涼的味道。

牧鵝少年知道那是天使自己的眼淚。

——收入《天使的糧食》（麥田）

東西和他的小說

東西（一九五五～），原名田代琳，出生於廣西天峨縣，在廣西西北隅的河池師專念中文系，畢業後回到天峨縣中學教書，後來又擔任報紙編輯、記者等職，目前在廣西文化廳藝術創作中心工作。

一九九四年，東西成為廣東省青年文學院的客聘作家，就在這段時間他寫下成名作〈沒有語言的生活〉，一九九六年在《收獲》正式發表後，即獲得首屆魯迅文學獎中篇小說獎，以及《小說選刊》一九九六年優秀作品獎；並於二〇〇二年改編成電影「天上的戀人」，獲得第十五屆東京國際電影節最佳藝術貢獻獎。小說集《沒有語言的生活》和長篇小說《耳光響亮》分別獲廣西第三、第四屆文藝創作銅鼓獎，中短篇小說及散文入選多種全國性及年度選。

一九九八年初，陳曉明在廣西南寧的研討會上，以「廣西三劍客」為名，探討東西、鬼子、李馮的作品。當然這種說法只有地域性的意義，三人風格迥異。他覺得：東西筆下的生存狀況最重要的特點在「困境」，他的敘述力量主要來自對苦難或困境的超越；但他並不沉浸於苦難，始終保持距離，以冷峻的視角從不同的側面切入其中（陳曉明《陳曉明小說時評》）。東西的成名作〈沒有語言的生活〉，不但可以印證上述說法，它還表現出難得的創意。東西設計出：被馬蜂螫瞎的父親、天生的耳聾兒子、啞巴後母，再將他們湊成一個嚴重溝通不良的組合，以簡樸、活潑，最貼近生活原貌的語言，「拼貼」成一則複雜而有趣的故事。

東西很喜歡福克納。福克納的美國南方鄉土小說，讓祖宗十八代都是南方人的東西，堅定了做南方人的信心。福克納的《喧嘩與騷動》和《我在彌留之際》對東西有相當的啓發作用，前者用不同視角將一個故事寫了幾遍，再重組在一起；後者則以不同視角把一個故事講完。這種高超且充滿挑戰性的寫作技巧，深深吸引了東西。他一向把小說中非常規的元素統統稱為魔力，那是一種鬼魅之氣，是小說的氣質、作家的智慧。他更堅信小說不是照搬生活，它必須有過人之處。

這篇寫於一九九九年的〈肚子的記憶〉，原稿最初的一萬字是以第三人稱來敘述，即使順利完成，也不過是一個沒有什麼突破的中篇。一天夜裡他突發奇想：為何不可以讓所有的人物參與敘述？每一個人物都成為第一人稱的敘述者。於是他把小說從頭再寫一遍（東西〈小說中的魔力〉）。於是我們讀到一篇前所未見的，由無數個第一人稱敘述視角組成的實驗性小說，不管是主要角色或一閃而過的小配角，都有自己的發聲機會，形成非常另類卻更名副其實的「眾聲喧嘩」。尤其小說最前幾段，超乎預期的敘述視角的驟然轉換，令人驚訝不已；不同敘述視角之間的承接縫隙，十分細微且滑順，加上語言的節奏感調校得十分出色，將閱讀焦點毫不滯礙地帶過去。只有在某些較複雜的情節敘述，才需要倒退回來想一想。〈肚子的記憶〉在福克納的敘事技巧上，翻新出奇，更進一步，讓我們看到中國南方小說的魔力。

重要作品有：長篇小說集《耳光響亮》（長春：長春，一九九八）；中篇小說集《沒有語言的生活》（北京：華夏，一九九九）、《抒情時代》（深圳：海天，一九九六）、《目光愈拉愈長》（桂林：廣西民族，一九九九）；文集《東西卷》（桂林：灕江，二〇〇二）、《時代的孤兒》（北京：崑崙，二〇〇二）。

肚子的記憶

東西

我送完星湖路的報紙和信件，抬手用衣袖抹了一把臉上的汗。制服粗糙的線頭在我的臉上刮了一下，一種刀刮的感覺，火辣辣的感覺從我的臉上傳達到屁股岔上，全身的重量跟著下移。胯下的自行車發出嘰哩呱啦的叫聲，它的擋泥板和車鏈一直摩擦著，已經摩擦了十幾個月。它們的摩擦聲是我的通俗歌曲，有時我會跟著它唱。馬路兩旁正在走著的人們，白花花地一片，又直又粗的光線蓋住他們的頭頂，也蓋著我的自行車。自行車的羊頭愈來愈熱，一股烤肉的氣味衝進我的鼻孔，我的手快被羊頭烤熟了。頭頂上的樹枝偶爾遮擋一下光線，但只一閃光線又回到了自行車的羊頭上，它們緊緊地抓住自行車的羊頭。我的臉上已經冒出了幾百滴汗珠，其中有一滴特別大，它從我的左邊額頭慢慢地往下滾，滾一下我的身上就麻酥酥一下。我想讓我的身體繼續麻酥酥地，於是就讓它一直往下滾，直到它滾進我的眼眶。我的眼睛立即酸辣不止，但是我必須睜大眼睛看路。我拚命地睜大眼睛，睜得額頭上都堆起了一排皺紋。這一睜，我看到了名流購物中心。

早上出門的時候，老婆再三交代要買一樣東西，但是買什麼呢？我已經想不起來了。名流購物中心門前的空地上腦袋挨著腦袋，一根根手臂從腦袋上長出來，手臂上舉著紅色的綠色的白色的藍色的黃色的T恤、裙子和被套。大家都在買，我也該買點什麼。我用右腳撐住地面，把自行車停靠在馬路邊，老婆到底要我買一件什麼東西呢？它肯定不是服裝，也不是大件的家庭用品，那麼它是什麼呢？

我看見樹蔭下有一個留著兩撇鬍鬚的人正在烤羊肉串，一個長條形的鐵盒子裡裝滿通紅的火炭，火炭上冒著淡淡的煙。汗水從他的下巴和胳膊拐往下流，他站著的地方像下了一場雨。幾十串羊肉堆在烤箱的角落，它的香氣從那邊飄過來。我在香氣中打了兩個響亮的噴嚏。噴嚏一打，我就把要買的東西想起來了。菜刀，他媽的原來我是要買一把菜刀，剛才想不起菜刀，原來是欠這個世界一個噴嚏。

我提著一把菜刀從名流購物中心走出來，外面的搶購者紛紛爲我讓路。我還沒有走到的地方，人群已經自動分開。我剛走過的地方，人群馬上合攏。這個人簡直是瘋了，他手裡拿著一把菜刀，在人群裡故意拐來拐去，要我們爲他讓路。我們的手裡拿著被套和T恤，肩膀挨著肩膀，腳挨著腳，但是我們得爲他讓路。他離我們還有兩米遠，我們就紛紛散開，空出一條道路。他從我們空餘出的道路走出去，站到馬路邊。我們很慶幸沒有碰上他的菜刀，什麼事情也沒發生，我們還能夠繼續搶購東西。

站在馬路邊，羊肉串的味道再一次凶猛地撲過來，它那麼固執地堅定地引誘我。我橫過馬路，來到烤羊肉攤前。多少錢一串？他說一塊錢。我一揚手，多少？他說八毛。我再一揚手，八毛？他說五毛，你愛給多少給多少吧。五毛就五毛，說好啦五毛。我抓起一把羊肉串站在馬路上啃了起來，羊肉在我進入嘴裡的一瞬間，迅速變成一頭羊，在我的舌頭上跑了幾圈，在我的牙齒上撞了幾下，還碰了碰我口腔裡的肌肉，然後沿著食道一路小跑進入我的胃部，一種甜滋滋麻酥酥的感覺傳遍全身。羊肉的味道好極了，我已經好幾年沒有吃上這麼好吃的東西了，這才叫幸福呢，這才叫做人呢。他真能吃，手裡還捏著羊肉串，嘴裡卻不停地說接著烤，接著烤。我又把一大把羊肉串鋪到烤箱上，一股油煙從炭火上衝起。他很快就把手裡的吃完了，站著等我把烤箱上的烤熟。他吃了一把又一把，把我帶出來的羊肉串全吃完了。提籃裡的生羊肉串，現在全部變成了竹籤，那是一大堆竹籤，它們就像他吃剩的骨頭，一根五毛，這是五年前的價格，今天算是倒大楣了。他還在吃，我低頭數籃子裡的竹籤，聽到他說我怎麼吃了那麼多？而且現在我還想吃。他的聲音很響，把我捏竹籤的手嚇得抖了一下，一根竹籤掉到地上。我彎下身子去撿竹籤，看了一眼他手裡的菜刀。他不會對我怎麼樣吧？我重新數了一遍竹籤，他站在那裡看我數。如果你不滿意，我還可以給你再打個八折。他不說話，用衣袖抹了一把嘴巴，掏出五十塊錢遞給我，說不用找了，你的羊肉怎麼會這麼好吃？今天的羊肉怎麼這麼好吃？師傅接過我遞給他的錢，嘴巴笑得比窗口還大。他舉起油漬斑斑的雙手，把那張錢對著路邊的陽光透視。

這時我看看馬路的左邊，左邊是一溜的服裝店。我再看看馬路的右邊，右邊是一家字畫店和照相館。沒有什麼可吃的東西，但是現在我特別想吃，肚子裡不僅發出了喊聲，還有一隻饞嘴的爪子沿著食道伸出來，到處尋找機會。街道上的氣味十分複雜，就像一只大冰箱裡裝滿了各種食品，生的和熟的，甜的和鹹的打成一片。一股淡淡的甜味從遠處向我靠近，從那些複雜的氣味中冒出來，愈來愈近了。我看見一輛人力平板三輪車從我的眼前跑過，車上放著一只煤爐，爐上面放著一口鋁鍋，鋁鍋裡放著十幾節甘蔗，甘蔗上冒著熱氣，甜味正是從那裡飄過來的。我追趕三輪車，嘴裡不停地叫甘蔗。有人叫甘蔗，我煞住車子，看見一個人提著一把菜刀朝我跑來。我不認識他，他不會是找我報仇的吧。我雙腳一蹬，車子又飛快向前跑去。三輪車上的煤爐搖搖晃晃，鍋裡的水潑了出來灑在爐子上。三輪車愈蹬愈快，難道他沒聽到我叫甘蔗嗎？我追了一陣，怎麼也追不上。我看見三輪車在前面拐了一個彎，車上拋出兩截甘蔗。三輪車消失了，我撿起掉在地上的兩截甘蔗，然後又迅速地丟到地上。甘蔗還保持著較高的熱度，我的手被燙了一下。疼痛從我的手指滑到我的心臟，但是它們很快就滑了過去。我再次把甘蔗撿起來，用菜刀削去甘蔗皮，站在一只垃圾桶前狼吞虎嚥地嚼了起來。

吃完一節甘蔗，我又開始削第二節甘蔗。垃圾桶裡衝起一股嗆鼻的惡臭，在這股惡臭中，我竟然聞出了一絲蛋糕的味道。我突然想吃蛋糕。我一手提著菜刀一手拿著削好的甘蔗往七星路走。我的家就在七星路上，這條路上有好幾家著名的蛋糕店。當我把手中的甘蔗嚼完，就推開一家蛋糕店的玻璃門。蛋糕店裡的女孩一看見我走進來，臉色突然就白了。她雙手摀住嘴巴，全身顫抖不止。給我十個蛋糕。女孩的身子愈抖愈厲害，我提高嗓門，聽見了嗎？蛋糕，我要十個蛋糕。你自己拿吧，我想說你自己拿吧，但是我的聲音小得連我自己都聽不到。我看看身後，沒有木棒，只有一把小椅子。我怕得連尿都撒了出來。他抽抽鼻子，好像是聞到我的尿味了。他說你怎麼啦？是不是生病了？我搖搖頭，身子沿著櫃台滑到地上。他的左手隔著櫃台伸過來。他的手剛碰到我，我就發出一聲尖利的叫喊，身子往櫃台的角落收縮。他說不用害怕，我的女兒都有你這麼大了，我不會對你怎麼樣。如果你生病了，我可以幫你。我指指他手裡的菜刀。他舉起菜刀哈哈大笑，說原來你是怕這個，你們家沒有菜刀嗎？這是我老婆叫我買的一把菜刀，你幹嘛怕它？我在他的鼓勵下從地上爬起來，拍拍身上的泥土，爲他取了十個蛋糕。他說你不洗洗手？我啊了一聲，才想起自己沒有洗手。要不，等我洗手了，給你換換？他迫不及待地把一個蛋糕塞進嘴裡，說不用了，我已經等得不耐煩了。

我吃著蛋糕從蛋糕店那兩扇玻璃門裡擠出來，想想剛才的情景就想笑。現在我才知道爲什麼有那麼多人爲我讓路，爲什麼烤羊肉串的人給我打八折，爲什麼賣甘蔗的看見我就拚命地逃跑，原來都是因爲我手裡的這把菜刀。我笑了一下，一塊蛋糕噎住了我的咽喉，我的眼睛立即發白，雙腿頓時發軟，菜刀掉在地上，蛋糕掉在地上，屁股坐在地上，拳頭擂到胸口上。我用拳頭對著胸口擂了好幾次，才把蛋糕從咽喉處擂下食道。一口長長的氣，一口比一百年還長的氣從我的嘴裡吐出來，花朵開放萬物復甦，七八個蛋糕像馬糞一樣散落在人行道上。我把它們撿起來，放入食品袋。我要吃掉它們，但是我必須換一種吃法。我買了一瓶礦泉水，吃一口蛋糕就喝一口礦泉水，這樣再被噎住，就不能怪我了。

在我看到郵政局住宿大院的鐵門時，我聽到一陣咕咕聲。這聲音遠在天邊近在眼前。我看看周圍的人，他們都緊閉著嘴巴，況且都穿著名牌襯衣，他們的聲音會這麼粗俗嗎？但是咕咕聲依然執著地響著，像是從地底下發出來的。我拍拍肚皮，聲音沒有了，等我把手從肚皮上拿開，聲音又響了起來。肚子裡的山羊終於興奮了，牠在我肚子裡歡快地跑著。我彎下腰，對著一棵樹哇哇大叫，山羊跑了出來，雞蛋滾了出來，吃進去的所有東西全都吐了出來，一棵乾淨的樹就這樣被我弄髒了。我手扶樹桿慢慢地站起來，恨不得馬上離開這裡，但是我往前走了三步，就覺得不妥。我需要一張報紙。我在報攤買了一張當天的《南國早報》，然後返回到剛才吐的地方，用報紙把吐出來的東西蓋上。這樣別人就看不見了，這樣就不髒了。

我在往家裡走的時候覺得腳步有點打飄，手腳都顯得有氣無力。我用軟弱的雙手推開家門，對著空蕩蕩的屋子叫老婆的名字。屋子裡沒有回應，其實我在叫我老婆的時候就知道屋子裡不會有回應，小學老師李麗華從來都沒有按時回過家。我把菜刀剁到砧板上，然後鑽到臥室裡睡覺。躺到床上，肚子還隱隱作痛，嘴巴裡冒出許多清口水。我吞著那些清口水，發現裡面還藏著一些蔬菜和牛肉。看看牆壁上的掛鐘，已經到了煮飯的時間，我用那把剛買的菜刀切了一大堆牛肉。這不愧是一把名牌菜刀，它的刀口無比鋒利，為我節約了大量切牛肉的時間。

我計劃先炒一盤青椒牛肉。自從父親動手術以後，我就沒吃過青椒，它的氣味我差不多忘記了。我用生薑、芡粉和精鹽把牛肉醃好，然後打開煤氣灶，讓火慢慢地把鐵鍋燒紅。鐵鍋上冒起一股青煙，我往裡面倒入一勺花生油，花生油無比沸騰。我耐心地等著，一直等到花生油不再沸騰，才把牛肉投入鍋內。鐵鍋唏哩嘩啦地唱，這聲音裡帶著香氣，帶著甜甜的味道。我抓起一塊牛肉丟進嘴裡。牛肉很燙，它燙得我張開嘴巴，迅速地吸入幾口空氣。吃了第一塊，我又想吃第二塊。吃了第二塊，我想吃第三塊。我的右手在不停地翻炒，左手卻在不停地往嘴裡塞牛肉。我已經忘記了火候，也忘記了砧板上的青椒。鍋裡的牛肉愈炒愈少，愈炒愈老，我嚼食牛肉的速度逐漸減慢，碰上堅韌的嚼不爛的牛肉，我就同樣使用牙齒和手兩種武器，所以翻炒的工作有時不得不暫停下來。後來我乾脆關掉煤氣，專心致志地吃牛肉。一隻手不夠用，我就用兩隻手。我站著用雙手把那一鍋牛肉抓吃完，鍋裡除了幾根薑絲，就是一灘油膩。

冰箱裡還有九個雞蛋，和一半碗中午吃剩的排骨，我想無論如何也得等老婆回來再吃，於是在炒滑蛋和熱排骨的時候，我一再告誡自己不要嘴饞。電飯煲早已跳閘，用九個雞蛋炒出的滑蛋裝在一只大盤子裡，它和一盤油菜，和半碗排骨構成我今晚的菜譜。老婆還沒有回來，連一個電話也沒有打回來。這是常有的事，不是留學生做作業，就是解決學生打架的問題。只是在我特別想吃的今天，她把回家的時間一拖再拖就顯得有點過分。看著餐桌上的菜，我不停地吞口水。我還是先吃吧，鬼知道她什麼時候才回來？我把菜飯分成兩份，自己先吃了起來。吃完自己的那一份，我感到肚子裡空空如也，好像什麼也沒有吃過。今天的肚子比天大比海深，吃多少東西都不覺得撐。我拉過老婆那一份菜，推過去拉過來，現在又不是舊社會，犯不著爲一盤雞蛋，爲半碗排骨爲幾根油菜發愁，大不了請老婆進一回飯店。這麼想著，我把老婆的那一份飯菜也吃了。

現在冰箱裡眞的一無所有了，除了冷凍室裡的那幾個冰淇淋。巧男難爲無菜之炊，我抓起一個冰淇淋，關上冰箱，電視裡正好傳來新聞聯播的片頭曲，這分散了我的注意力。我坐到沙發上，一邊啃冰淇淋一邊看新聞節目，我發覺肚子翹得特別厲害，就像一個孕婦。我把翹著的肚子對著那台二十九吋的彩電，電視裡全是領導開會的鏡頭。我很快就靠在沙發上睡著了。

他手裡還捏著只吃去一半的冰淇淋。冰淇淋在酷熱的空氣中慢慢融化，沿著他的手臂滴到沙發上。家裡一點吃的都沒有，幸好我吃了快餐才回家。地板很髒，我得拖拖，得把小肯弄髒的地板拖乾淨。我動了動小肯的腳，叫他讓一讓。小肯的身子在沙發上讓了讓，一股比冰淇淋更爲骯髒的東西從他的嘴裡噴薄而出，把地板和我的手弄得一塌糊塗。小肯雙目一瞪，跳過我手裡的拖把跑進衛生間，對著抽水馬桶嘔吐。哼哼聲從食物的縫隙冒出來，他彎下腰，彎成弓狀。這樣堅持了一會，他的身子突然一直，屁股落到地板上，下巴擱在抽水馬桶的邊上。我用巴掌輕輕地拍打小肯的背部，到底怎麼了？出什麼事了？他沒有空閒回答。當他再也沒有東西可吐之後，才慢慢地平靜，雙手抓住抽水馬桶的邊，想用手把身子從地板上撐起來。撐了幾下，他都沒有撐起來。我扶了他一把，他站起來了，雙腿有些發抖。我把他扶進臥室，讓他平躺在床上。他用雙手不停地推揉腹部，我用雙手幫他推，四隻手在他腹部輪番磨動。這樣是不是好一點？要不要上醫院？明天我還有一節公開課。小肯說這樣舒服多了。

睡到半夜，我再也睡不下去，對著天花板說了一聲餓。儘管我說得很大聲，但是還是沒有把李麗華驚醒。聽一聽李麗華的鼾聲，你就知道她有多麼疲勞，你就知道做爲一名小學老師有多麼疲勞。我從床上坐起來，我一坐起來李麗華的鼾聲就被打斷了。小肯坐起來幹什麼？我把他扳回到床上，讓我幫你揉揉肚子吧，也許這樣就不餓了。小肯張開四肢，全身鬆鬆垮垮。我睡眼惺忪，哈欠連天，只象徵性地給小肯揉了幾下，就揉不動了。她的鼾聲再次響起，我拿掉李麗華的手，她的手又動了起來，它比剛才更有力地揉著我的肚皮，並且游離了目標，揉到我的下面。她說差不多有半個月沒做了。我不想做，我想吃。她說都半夜了，去哪裡找吃的，明天我還有一節公開課。我寧可給你做，也不願現在去給你找吃的。我自己去。我爬下床，她一把抓住我，說還是我去吧。

我爲小肯買回了花生、瓜子、口香糖、話梅、牛肉乾和紅薯乾，這些食品既可讓他充饑，又不至於讓他脹壞肚子而嘔吐。小肯把這些食品袋一一剪開碼到茶几上，雙手不停地往袋子裡掏，囊中取物，唾手可得，唾面自乾，當他的手從袋子裡拿出來時，他的每一個指縫裡都夾著一種不同的食品。比如他的右指縫裡就夾著花生呀、話梅呀、紅薯乾和牛肉乾呀。他把這些食品同時送進嘴裡。你慢慢吃吧，我要睡覺。他說你難道不想吃點嗎？明天我還有一節公開課。他說難道公開課比吃重要？睡覺比吃還重要嗎？我關上臥室的門，覺得他有點神經病。

這個夜晚因爲那一大堆食品而相安無事，只有床頭的鬧鐘打破了清晨的安靜。我睜開眼睛，看看枕邊，沒有小肯。糟啦，他一定出去找吃的啦。我撲出臥室，看見小肯橫躺在沙發上，他的右手指縫裡還夾著一枚花生，茶几上的食品幾乎被他席捲一空。你就好好地睡吧，等講完公開課我再帶你上醫院。爲了迎接今天的公開課，我在心理上做了充分的準備，本想在今天早上認眞地打扮一番，使這一節公開課滿堂生輝。但是小肯的反常讓我沒有心情，如果你的丈夫不停地吃，不停地嘔吐，你還有什麼心情打扮嗎？我胡亂地抹了一把臉，走出家門。是不是要把防盜門反鎖上？小肯會不會出事？我在門口站了一會兒，決定不反鎖，只是把門碰了回來。問題也許沒有那麼嚴重，也許小肯一覺醒來，什麼事也沒有了。

我聽到嘭地關門聲，從沙發上彈起來，滿地都是花生殼和食品袋。我拍了一下腦門，這是怎麼回事？我跑進衛生間，擰開水龍頭，讓早晨的冷水沖擊頭部。經過冷水的沖洗，我的頭腦清醒了許多，昨晚發生的一些事情一點一點地回到腦海。首先得打個電話請假，然後再去醫院看肚子。

我打開樓下的自行車棚，發現自行車不在車棚裡。昨天下午我是不是騎著自行車回家的？好像是的，我記得我是鎖好了自行車才上樓的。那麼自行車的鑰匙在什麼地方？我把全身上下的口袋都摸了一遍，沒有找到自行車鑰匙。我跑回家裡找了一遍，也沒有把自行車的鑰匙找到。我回到車棚裡，車棚裡瀰漫著老婆的摩托車留下的汽油味，這股汽油味從角落裡冒出來，氣焰十分囂張，熏得我直流口水。昨天下午我好像吐了一回，好像是在七星路上吐的，吐的時候，我的手邊沒有自行車。我是怎麼吐的？好像是吃了很多蛋糕。買蛋糕的時候我的身邊也沒有自行車。那麼是在買蛋糕之前。買蛋糕之前，我好像還吃了很多烤羊肉串。吃烤羊肉串時我的身邊也沒有自行車。那麼一定是我進名流購物中心買菜刀時，把自行車鎖到馬路邊了。

有人會偷這麼一輛自行車嗎？它的油漆已經剝落，車鏈和擋泥板摩擦出嘰哩呱啦的聲音，坐包露出了鋼絲，更何況它是綠顏色，是一輛破爛不堪的郵遞車。誰偷這樣的自行車，誰就是天底下最沒有水平的小偷。我抱著美好的幻想，來到名流購物中心門前。樹下排著長長的一串車子，它們都是今天早上才排在那兒的。我一輛一輛地看過去，眼前的自行車簡直就不是自行車，它的款式和顏色和我騎的自行車簡直沒法比。如果不是把自行車弄丟，我還不知道自行車有這麼好看。我看了大約二十部車子，沒有發現自己的那一部，連它的影子也沒有看到。馬路邊還有長長的一串自行車，對面烤羊肉的味道不時地飄過來，我不能再吃了，再吃就要吐了，只要找到自行車，就立即去醫院檢查身體，我是不能再吃了，眞的，我是不能再吃了。我又往前看了幾部車子，低著頭儘量不往對面的馬路看，但是我的雙腳卻離開車隊，朝對面走去。這不能怪我，我的腦子不讓我過馬路，可是我的腳卻要過去，這不能怪我，要怪也只能怪我的腳。我站在烤羊肉的烤箱前，臉差不多貼到了炭火上。師傅，先給我烤二十串。師傅說好的。二十串羊肉鋪到烤箱上。你先收錢吧。我把十塊錢遞給師傅。師傅嘿了一下，說不好意思，二十串要收二十塊。不是五毛錢一串嗎？師傅說從來都是一塊錢一串。昨天你不是收我五毛錢一串嗎？我把你一籃子的羊肉串都吃完了。原來是他，我朝籃子看了一眼，生怕籃子的羊肉不夠他吃。昨天是昨天，今天是今天。他說爲什麼？因爲今天你的手裡頭沒拿菜刀。他啊了一聲，像是現在才明白。他從口袋裡又掏出十元錢遞給我，拿著二十串羊肉走過馬路，到路口去等公共汽車。

我走得很快，吃得很慢，到了路口，只吃去了八串羊肉。希望剩下的十二串，能夠讓我到達醫院。等了一會，開往人民醫院的六路車停靠在路邊，車門口堆滿了人，他們拚命地往車上擠。我的手裡拿著在冒油的羊肉串，不便和他們往上擠。等人群全上去，車門嘩地一聲關上，我被這趟車拋棄了。這時巷道口的叫賣聲鑽進我的耳朵，我看見七星路菜市入口停著一輛手推車，車上碼著一大堆龍鬚菜，龍鬚菜上掛水珠。菜販子對著馬路叫喊：快來買啦啊——新鮮的龍鬚菜，沒有放過化肥沒有灑過農藥的龍鬚菜——快來買啦啊。家裡一點菜都沒有了，冰箱裡什麼也沒有。我還是先去買菜吧。如果把手裡的羊肉串全部吃下去，而又不嘔吐的話，我就不去醫院了。也許昨天的嘔吐純屬巧合，我什麼病也沒有。我幾大口就把手裡的羊肉串吃光，打了一個飽嗝，沒有不適的感覺。我打著飽嗝朝菜市走去。

我在七星路菜市買了以下幾種東西：兩條河鰻、半斤五花肉、二兩豬板油、一斤土豆、一把青菜心、五塊豆腐。我提著這些東西回到家裡，肚子依然沒有不適的感覺，現在我更加堅信我沒有病了。那麼就開始做菜吧，反正假已經請了。我將河鰻剁去頭尾，用筷條插入河鰻的咽喉，絞出河鰻內臟把河鰻清洗乾淨。緊接著兩條河鰻被切成八段，八大段被放入碗內，再加上鹽和紹酒拌勻醃漬。在醃漬河鰻的時候，我開始爲做土豆燒肉和豆腐丸子做準備。要把豆腐做成丸子，要把河鰻的骨頭剔出來，這幾樣菜差不多耗去我一個上午的時間。爲了保持出骨酥鰻的完整性，我強忍住不動這盤菜的一根毫毛，而在炒菜的時候，只吃豆腐丸子和土豆燒肉。後面這兩種菜可以不講究造形，邊炒邊吃只會影響其數量，不會影響其質量。當我把完整的出骨酥鰻，數量略有減少的土豆燒肉和豆腐丸子以及炒菜心擺到餐桌上的時候，李麗華剛好推開家門。對於她的提前回家，我感到很滿意。你回來得正好，否則再過兩分鐘，我就不敢保證這一盤出骨酥鰻會這麼完整。她說你去醫院了嗎？幹嘛要去醫院？她說你都已經嘔吐兩次了。可是今天早上我沒有嘔吐。她說今天不嘔吐，你就能保證明天不嘔吐嗎？你就能保證一輩子不嘔吐了嗎？又不是你嘔吐，幹嘛搞得這麼緊張。她說我只是不想做寡婦。

睡過午覺起來，我看見小肯仍坐在餐桌上大吃大喝，只是他細嚥慢嚼，嘔吐還沒有發生。我換好衣服，小肯，跟我走吧。他說去哪裡？醫院。他說我一直吃到現在都沒有嘔吐。我已經請假了，你也請假了。既然都請假，爲什麼不去看看？他說我不想走。我從坤包裡掏出一顆花生朝餐桌拋去，他伸出雙手一接，把花生丟進嘴裡。我不停地向他的方向拋花生，而且是一顆比一顆拋得近。爲了接住這些花生，他不得不從餐桌邊站起來，有一顆他甚至都沒用手，而是張開嘴巴直接把花生接住。我把花生拋出家門，拋到樓梯上。花生拋到哪裡他就跟到哪裡。他跟著我來到樓下。我騎上摩托車，他跟著坐上摩托車的後座，雙手攔腰抱住我，兩面夾擊，手從兩個方向伸進我吊在胸前的坤包裡掏花生。他的眼睛只盯著包裡的花生，而不管我的摩托車開得有多快。我把車開到醫院門口。他抬起頭說，從此以後，我再也不敢罵你笨蛋了。

我們來到內科門診，一位戴眼鏡的年輕的夏醫生說就是貪吃嗎？我嗯了一聲。李麗華說不光是貪吃，吃完了還嘔吐。我只嘔吐兩次，也許是純屬巧合。李麗華說不會是巧合，他一天到晚都吃，吃完了就吐。我從早上吃到現在，我吐了嗎？他們吵起來了，還相互推了一把，女的身子朝我這邊偏，但很快就回位。我問他們都吃了些什麼？女的搬著指頭數道：什麼都吃，除了吃飯還吃羊肉串紅薯乾花生口香糖瓜子牛肉乾話梅，反正除了睡覺，他沒有停止吃過。女的說話就像打槍，還把她的挎包打開，說你看，從家裡到醫院他就吃去了一半包花生，要不是這一包花生，他不會跟我來醫院。我是用花生把他一步一步騙到醫院的。天啦，她竟然把裝著花生的坤包打開了，那是一只我給她買的眞皮坤包，現在裡面裝的全是花生，她竟然當著醫生的面將它打開了，就像一個人把自己的內臟打開了讓別人參觀，這簡直是出我的醜，家醜不可外揚。這病他媽的，我不看了。我從椅子上站起來，臉色鐵青，胸口起伏，兩隻手捏成兩個拳頭朝門口走去。李麗華雙手撐住兩邊門框，用身軀擋住門口，說你想幹什麼？我掰開李麗華緊緊抓住門框的手，說我要回去上班。李麗華說你有病。你才有病，你們全家都有病。李麗華推了我一把，我也推了她一把。我們相互推來推去，開始扭打成一團。李麗華的頭髮被我抓住了，嘴裡發出慘叫。夏醫生跑過來抱住我，看上去他很柔弱，但他的手臂很有力。我掙扎了幾下，嘴裡發出一聲乾嘔，抓住李麗華的手鬆開，一股黏稠的白色的東西從我的嘴裡吐出，全部落到夏醫生的白大褂上。夏醫生罵了一聲，鬆開抱住我的手，嘴裡嘟囔著你怎麼能夠這樣？你怎麼能夠這樣？你太不講禮貌了。夏醫生衝出門診室。我蹲在地上繼續嘔吐。

從門診室的裡間走出一位四十來歲微微有些禿頂的醫生。他為我倒了一杯水，說你先漱漱口。你，他朝李麗華呶呶嘴，你到走廊的盡頭去把拖把拿來，把這些東西拖乾淨。李麗華點點頭，去走廊的盡頭找拖把。禿頂的醫生說我姓姚，你就叫我姚醫生吧。我點點頭。夏醫生看著我說沒事吧，我去去就來，你坐一會，我去去就來。夏醫生跟出門診室，姚醫生把我帶到裡間，說坐吧，坐一下我們慢慢聊，沒有什麼大不了的。夏醫生才三十歲，像他這樣的年輕醫生仗著自己的文憑高，出了不少成果，剛一出校門就分到了好房子，但是一般病人都不願跟他們打交道，而願意跟我這樣的醫生打交道。你不就是想吃嗎？誰不想吃？你不就是嘔吐嗎？誰吃多了不嘔吐？只要在醫院住下來，一切都會清楚。如果你願意，我可以做你的主管醫生。他爲我添了一點水，我喝了一口。他雙手捧著我遞給他的水杯，狠狠地喝了一口。他喝了我的水，也許就認可我了。他說非得住院嗎？我點點頭。他說那麼你必須做我的主管醫生。這還用說嗎？我叫姚三才，這是我的名片。他接過我的名片，認眞地看了起來。

我看見名片上印著：

內科主治醫師　姚三才

別人的名片都是名字比頭銜大，但是姚三才的名片上「內科主治醫師」這幾個字比他的名字要大三倍。這樣的名片我是第一次看見。我看見夏醫生氣喘吁吁地跑進來，問正在拖地板的李麗華，你愛人呢？李麗華朝姚三才的背影呶呶嘴。夏醫生說老姚，誰說財務室找我了？沒有人找我啊。姚醫師說那就奇怪了，剛才明明有人打電話找你，說是財務室的。這個老姚眞狡猾，爲了搶我的病人，竟然不惜編造謊言。我的衣服都被他弄髒了，病卻沒讓我看。姚三才對我做了一個鬼臉，在處方單上寫了一行字讓我看，那一行字是：找哪個醫生看病是你的自由。

我懷疑王小肯患的是甲亢，但經過驗血化驗，甲亢被排除。我讓護士要了王小肯的大小便去化驗，還帶王小肯去透視、拍片、做胃鏡，把這些全部做完，已經花去一個星期的時間。所有的數據表明，王小肯的身體一切正常，甚至可以說是特別健康。健康的王小肯一週來，除了每天吃幾粒抑制大腦食慾的苯特明外，還吃了大量的食鹽，一日六餐，餐餐不少，不過每餐的食品量由我嚴格控制。其餘的時間，王小肯則大嚼口香糖，反正他的嘴巴不能閒著。這一週王小肯沒有嘔吐。

爲了王小肯這種百年不遇的疾病，內科主任江豐召集內科的同事們坐下來開會。他沒有通知我，但王小肯是我的病人，我不用他通知就來到會議室。內科的骨幹醫生齊刷刷地坐到辦公室裡，他們用奇怪的眼光看著我。我一聲不吭地坐到會場的角落。姚三才怎麼來了，我沒有通知他，他怎麼來了？開會之前我掃了一眼會場，故意咳了兩聲，以示會議開始。夏醫生，你先說說疾病症狀。夏醫生說這個病人不是我主管。怎麼會不是你？那是誰？姚三才說是我。是你嗎？怎麼會是你？姚三才說是我。那你說一說吧。姚三才說病情很簡單，就是貪吃，嘴巴不能停住，吃完之後就嘔吐，不過住院期間因吃了藥沒有出現嘔吐。身體各個器官健康，連骨質增生壓迫神經我都考慮到了，但是他沒有骨質增生。我查遍醫書，沒有發現這種病的紀錄，連名稱都沒有。誰知道這是什麼病？所有的嘴巴都打開了，每個嘴巴都發出聲音，聲音糾纏在一起，爲這種病的名稱爭論不休。

一個小時過去了，三十六分鐘又過去了，醫生們明顯地分成兩派。一是以姚三才爲代表的「暴食症」派，一個是以夏醫生爲代表的「嗜食症」派。姚三才說這是暴食暴飲，叫暴食症比較合適，也比較口語化。我看過一些小說，作家們都把這種現象稱爲暴食。夏醫生說「嗜」是特別愛好的意思，有一個詞語叫「嗜欲」，指耳目口鼻等方面貪圖享受的要求，用嗜食症似乎更準確。兩派的支持者紛紛起來附和。我雙手做了一個向下壓的動作，試圖要把大家的聲音壓下去。我壓了好久，才把大家的聲音壓住，大家都別爭了，就叫嗜食症吧。姚三才說江主任，爲什麼？不爲什麼。姚三才說從心理學角度考慮，我們是不是徵求一下病人的意見？看他願意接受哪一種叫法。姚派的人一齊說把病人叫來，問一問病人。我對著門外喊：傳病人。

護士把我帶進會議室，我的嘴裡嚼著口香糖，醫生們的目光全部聚集在我的嘴巴上。這是一張平常的嘴巴，不大不小，嘴唇不厚也不薄，和廣大人民群眾的嘴巴沒有兩樣，但是此刻它備受注目。我感到嘴巴被醫生們的目光烤熱了，自己快變成一隻怪物了。從哪裡冒出來這麼多醫生？他們叫我來幹什麼？江豐朝我笑了笑，所有的醫生都朝我笑了笑。他們皮笑肉不笑。有的還點點頭，像看見老熟人那樣點點頭。江豐說坐吧，我們沒有別的意思，只是想徵求一下你的意見，假如要給你的這種病取一個名稱，你說叫「暴食症」好或「嗜食症」好？我不知道。江豐說叫哪一個名稱，你聽起來更舒服一點？叫哪個名稱我都不舒服，不就是愛吃嗎？又不是吃你們的，你們隨便叫好了，就是別影響我上廁所。我搗著肚子轉身走出辦公室朝廁所走去。會議室突然安靜下來，只有江豐沒有安靜，他的聲音迴蕩在辦公室裡：現在——我鄭重地宣布——把這種病——叫做嗜食症——。他的聲音抑揚頓挫，尾音拖得長長的。我呼地站起來，我反對。江豐說老姚，你就不要反對了，我能給你負責這個病人就不錯了，你的業務你不是不知道。

什麼鳥嗜食症？我就叫暴食症，難道叫暴食症還會犯法？我對支持我觀點的每一個醫生說。醫生們分別拍著我的肩膀，有的拍得重，有的拍得輕，有的拍左肩，有的拍右肩。他們把我拍矮了幾釐米。他們拍著我的肩膀說三才，不管叫什麼症，反正你的機會已經到來了。

傍晚，我躺在病床上聽收音機，姚三才穿著一條大褲衩踩著一雙拖鞋走進來。他的大褲衩後面躲著一個孩子，孩子的背上揹著一個書包，書包上寫著姚寧二字。姚醫生，我想出院。姚三才說你是黨員嗎？不是。姚三才說那你是不是勞模？他幹嘛問這些？他不是諷刺我吧？我當然不是勞模。我搖搖頭。姚三才說既然都不是，爲什麼急著出院？你在醫院休息幾天會影響你的工資嗎？你們單位會出不起醫藥費嗎？那倒不至於，只是我們家的米快吃完了。姚三才說不就是買米嗎？我去給你買。我的自行車挨偷了，還沒去派出所報案。姚三才一拍胸膛說我去給你報。我這個又不是病，不能因爲你幫我幹活，我就總住在這裡，姚三才說你可以不把它當病，我也不把它當病。但是你吐起來總是不方便，何況嘴裡還要不停地吃，你總不能叼著一隻雞腿去上班吧。我笑了一下，用手摸著腦袋說不過也是。

姚三才從大褲衩的口袋裡摸出一副撲克，問我會不會玩。我問他玩什麼？姚三才說你會玩什麼，我就會玩什麼。以前我跟別人玩過拱豬，但不是感興趣。姚三才晃動手裡的撲克，說我們到樓下去玩一玩。

我跟著爸爸和那個生病的王伯伯來到院子裡的一棵大樹下，大樹下有一張石桌。我們圍坐在石桌邊，爸爸先布置我做作業，由於石桌太高，我拚命挺直腰桿伸長脖子，才把下巴搆到石桌上。爸爸在石桌上發了兩堆牌。爸爸問王伯伯你沒有什麼業餘愛好嗎？王伯伯歪著頭想了一下，說沒有。爸爸說你感覺這幾天天氣怎麼樣？是不是太熱了？王伯伯說不怎麼樣，和去年差不了。爸爸說你的生日是八月幾號？爸爸在問這個問題的時候出錯了一張牌，王伯伯抓了他好幾十分。王伯伯終於笑了，說你就等著拱吧。你說拱就拱，只是你要告訴我你的生日是八月幾號，王伯伯說這和打牌有什麼關係？爸爸說沒有關係，我只是想知道，我會用撲克算命。王伯伯拍拍腦袋，說好像是八月十二號，不對，不是八月十二號，好像是八月九號，也不是，你不問我，我還記得，你一問我，我反而不記得了，剛才我還記得清清楚楚的，怎麼突然就忘記了。

我出完手中的牌，姚三才的手上還剩下五張。我算了算分數，姚三才多了我一百多分。這種撲克的玩法是誰的分高，誰就是輸家。每打完一盤，輸家必須用嘴巴在五十四張撲克中把黑桃Q拱出來，黑桃Q就是豬。姚三才說你怎麼連自己的生日都忘記了？我壓緊撲克，你先拱，你先把豬拱出來，我就告訴你我的生日。姚三才看了一眼姚寧，低下頭用嘴巴拱豬。他的嘴巴一起一伏，像一頭豬正在地下覓食，我忍不住發出幾聲怪笑，我的怪笑把姚寧的目光拉到姚三才的嘴巴上。姚寧說爸爸，讓我幫你拱。姚三才瞪了姚寧一眼，說少管閒事。撲克一張一張地從姚三才的嘴巴下飛開，他勤勞的形象在姚寧的面前慢慢地豎立起來。但是勤勞歸勤勞，他拱了一半，還沒有發現黑桃Q。姚三才扭扭脖子，抬起頭像是拱累了。你還沒有把豬拱出來。姚三才說你好好想想，你的生日到底是八月十二號還是八月九號？你好好想想，也許我豬拱出來的時候，你就想起來了。不要緊張，你慢慢地想一想，我相信你會想起來的。姚三才再一次低下頭，繼續拱面前的那堆撲克，眼睛卻盯住我。他說我一定把豬拱出來，但你一定得把你的生日想起來。我點點頭。姚三才說想起來了嗎？只要一想起來了，你就告訴我，我一定把豬拱出來。彷彿是爲了表示他的決心，姚三才拱得更加起勁了，他用下巴拱，用嘴巴拱，撲克唏哩嘩啦全部散開，那張黑桃Q在牌堆一閃而過。姚三才一直望著我，所以他沒有看見那張一閃而過的黑桃Q，他把黑桃Q拱進已經拱過的那一堆撲克下面。這意味著他往下面是白拱，只有在拱過的撲克裡拱，才會拱出那一頭母豬。我暗暗高興，你安心拱豬吧，我一定把生日想起來。姚三才用一種近乎哀求的口吻說你可別騙我。怎麼會呢？姚三才繼續往下拱，他的肩膀一聳一聳地。這個動作吸引了一些散步的病人的目光，他們全圍了上來。幾個實習的護士也跟著圍了上來。姚三才沒有把圍觀者放在眼裡，他專心致志地工作著。直到姚寧叫了一聲爸爸，拱出來了，他才抬起頭。

我舉起那張牌，額頭上掛滿汗水，你想起來了嗎？到底是八月幾號？王小肯說好像是八月十二號又好像不是。我把舉著的撲克向王小肯的眼睛逼進一步，就像足球裁判對著運動員舉起一張黃牌，到底是多少號？王小肯說我眞的有點模糊了。眞模糊了？王小肯說眞模糊了。那麼殺人呢？你想沒想到過殺人和強姦婦女？王小肯望了望周圍的人，周圍的人全都咧開嘴巴。這些不懷好意的笑聲，像哄抬物價把王小肯的屁股從石凳上抬起來。他說姚醫生，你這是什麼意思？沒什麼特別的意思，只是隨便問問。王小肯說那你呢？你想沒想過殺人或強姦婦女？我想不到王小肯會對我發出反問，我不停地抹臉上的汗，想找出一句合適的話來回答他。但是王小肯沒有等我找出話來，就走出了人堆。姚寧呼地站起來，對著王小肯的背影說我爸爸才不會想到殺人和強姦婦女。人堆哄地一聲，那是他們胸腔發出笑聲時引發的震動。這些病人哪，如果說他們有病，那也絕對不是跟胸腔有關的病。

第二天早上查房，我看見王小肯一直在嗑瓜子。他的手裡捧著一堆瓜子，他的床頭櫃上堆著一堆瓜子殼。我問了王小肯幾個問題，還想不想吐？還想不想吃？有沒有難受的感覺？王小肯對這些問題一概不加理會。他只是不停地嗑著瓜子，外加兩個搖頭的動作。姚三才眞厲害，把他的病人調教得這麼乖。我回頭看了一眼身後的姚三才。姚三才的臉上有一種幸災樂禍的表情。他說夏醫生你就別問了，這是我的病人，你們誰也別想從這裡撈到好處。我跟著夏醫生離開病房，走了幾步，再從查房的隊伍中返回來。小肯，怎麼會連生日都記不住？王小肯仍然在嗑瓜子，他對我並沒有特別的友好，這讓我很失望。我望著嗑瓜子的王小肯，王小肯望著問話的我，我們眼睛望著眼睛，一眨不眨，看誰睜得更久。最後我實在挺不住，眨了一下眼皮，國慶節是幾月幾號？王小肯搖頭。那麼元旦呢？你總不會不知道元旦是哪一天吧？王小肯仍然搖頭。你媽叫什麼名字？王小肯再次搖頭。你爸爸呢？你老婆呢？你知不知道他們叫什麼名字？王小肯第四次搖頭。你的記憶肯定出了問題，記不住老爸的名字還情有可原，怎麼會連老婆的名字都記不住？我說話時，伴以一個甩手，以此對王小肯的搖頭表示最強烈的抗議。抗議完畢，我轉身走出病房。我走過的地方颳起一陣旋風，身後傳來王小肯的說話聲：我是來治病的，不是來回答問題的。我被王小肯的這句話拉住，回過頭。這也是治病的一部分，小肯，你要知道世界上沒有無緣無故的吐，也沒有無緣無故的不吐，就連打噴嚏也是有原因的。

我看見姚三才停了下來，後悔剛才多嘴。姚三才有了回到我身邊的理由，他不厭其煩地來到我身邊，拍著我的肩膀，用一種長者的慈祥的聲音說，你好好想一想吧，我這也是爲了你好，其實我曾經想過強姦婦女。我有沒有過這種想法？我已經記不起來了。姚三才說是眞的記不起或是不想說出來？是眞的記不起，我發覺我的腦子眞的出了問題。姚三才說那麼請你想一下，你何時何地受到過何種處分或者獎勵？這個問題的提出，讓他又一次看見我的搖頭，這次搖頭可以說得上是拚命，它比前面的幾次都搖得厲害，像是要把一個難聽的問題快速地甩掉。

我覺得從王小肯的嘴裡很難挖出什麼有價値的東西，於是決定到郵政局走一趟。我來到郵政局人事處的門口，運了一口氣，想氣派地叫一聲：誰是處長？但是叫過之後，我才發現沒有達到預期的效果，聲音一點也不氣派，和蚊蟲的叫聲差不了多少。一個穿著淺紅色T恤的中年男人抬起頭，用緩慢的目光望著我。他的目光怎麼這麼漫不經心，望了好久才望到我的身上，我都看見它的速度啦。我低下頭，剛一低下頭，就聽到望著我的人說你找處長有什麼事？我從門口跑到那個人的桌前，向他遞上一張證明。

證明

郵政局：

姚三才是貴單位職工王小肯的主管醫生，爲了配合治療，希望貴單位能提供王小肯同志的有關檔案。

公章

X年X月X日

我看過他的證明，然後向他伸出了一隻熱情的手。我叫梁文廣，是這裡的負責人，但是能不能讓你看檔案我得請示上級。姚三才說幫幫忙，這個對我和病人都很重要。我拿著那張證明走出去，叫打字員小曠爲姚三才倒了一杯水。梁處長走出去了，我停下手中的打字，端著一杯水來到姚三才身邊，問王小肯得的是什麼病，有沒有生命危險，什麼時候可以出院？醫藥費大概需要多少？動不動手術？要不要化療？姚三才面對連珠炮似的提問，始終只說四個字，那四個字是：無可奉告。姚三才一直「無可奉告」。有什麼無可奉告的，這已經是公開的祕密了，誰不知道他得了愛滋病，全郵政局都知道了，你還無可奉告。姚三才說我可以負責任地告訴你，王小肯得的絕對不是愛滋病。那是什麼病？姚三才說無可奉告。女的說無可奉告就是愛滋病，除了愛滋病還有什麼無可奉告的？

梁文廣帶著一個人走進來，這個人的肚子比他的雙腳先進入門框，他的身體向前挺進時兩腿微微分開，走著那種標準的領導步伐。我再也不敢跟那位打字員囉唆，用一種哀求的眼神望著走進來的兩位。梁文廣向姚三才介紹，我是馮副局長。我握著姚三才的手，姚醫生，看檔案恐怕不太可能，除非你是人事部門的。姚三才說不讓看也可以，但你們就多付一點醫藥費。這個問題提得好，這是一個很現實的問題，這樣吧，你可以在這裡看，但必須由梁處長陪著你看。姚三才說我從來都沒說過不在這裡看，我只是看看，不會把檔案拿走。馮副局長對梁文廣說讓他看吧，然後跟我握握手，走了出去。梁文廣打開保險櫃，從裡面拿出一沓厚厚的卷宗。我一看見那一沓卷宗，心口就嘭嘭地猛跳了幾下，那不是紙，那是人，是一個人的生命、前途和健康，是活生生的王小肯，王小肯呀王小肯，你也有今天，我現在就要把你的肚皮劃開啦，就要看見你的心臟和大腸啦。

我站在門口等爸爸回來，帶我去食堂打午飯。早上媽媽送我到學校門口時，反覆對我說中午媽媽有特別重要的事情，不能回家買飯，放學後，你就回到家門口等你爸爸，一直等到他下班。那時我一邊繫著紅領巾一邊哼哼地回答媽媽。現在，繫著紅領巾的我，站在二樓的家門口等爸爸下班回來。住在三樓四樓的叔叔阿姨們，一個一個地從我的身邊走過，他們走過樓梯口時，分別摸了一下我的頭，說等你爸爸呢。媽媽中午不回家。

我在樓道裡站了一個多小時，兩腿開始發麻，肚子裡發出嘰哩咕嚕的聲音。我輪換了一下雙腳，最後覺得身體愈來愈重。我坐到樓道上，我的屁股一坐到樓道上，眼睛就立刻閉上了。不知過了多久，我被肚子餓醒，睜開眼睛看看樓道的外面，太陽光很亮，有幾個人在操場上走動，但是他們不是爸爸。爸爸肯定是不會回來了，也許是在給病人做手術。我走到門口去呼一呼媽媽，看她在什麼地方？

電話亭的張阿姨問我，你帶沒帶錢？等我媽媽回來了再給你。張阿姨說你媽媽的呼機號呢？1278203319。張阿姨說我幫你呼吧。張阿姨的手指在電話上跳了幾下。到現在姚寧都還沒吃飯，做父母的幹什麼去了？天大的事情，也得先讓孩子吃飯。電話鈴發出嘟嘟聲，我把話筒遞給姚寧。說吧，姚寧。我接過張阿姨遞給我的話筒，裡面傳來媽媽粗重的喘氣聲。不用說話，我就知道這是媽媽的喘氣聲，我還聞到了她身上的氣味。媽媽，媽媽媽媽。我哇地一聲哭了。媽媽說你爸爸還沒有回家嗎？啊——，你這個該死的，能不能輕點？痛死我了。媽媽，我快要餓死了，不是痛死了，爸爸到現在都還沒有回來。媽媽說我不是說你，你書包裡有沒有錢？啊——，你讓我跟兒子把話說完好不好？你又不是沒有見過，怎麼急成這個樣子？你從來都不讓我帶零花錢。媽媽說你到黃伯伯家去吃好不？你跟黃伯伯說爸爸媽媽加班回不去了，媽媽今天有特別特別重要的事情。啊——，你這個千刀萬剮的，能不能慢點，別動，啊——，別動，我快要死了。你做什麼快要死了？媽媽說你說什麼？我沒有聽，剛才手機掉到床上了。你做什麼快要死了？媽媽說啊——，不是說你，你到黃伯伯家去吃，聽話。媽媽好不容易才有今天這個機會。啊——，我求你了，快點快點快點。我不去黃伯伯家，我怕他家的狗。媽媽說不用怕，我打電話叫黃伯伯給你開門。啊——，搞死我算了。我要你回來，你不回來，我就離家出走啦。媽媽說別別別別別別，啊——，姚寧，千萬別離家出走。我的事現在已經辦完了，我馬上就回去。啊——。

我帶著一份盒飯回到家裡，這份盒飯裡裝滿了姚寧最愛吃的雞腿。我把雞腿擺到茶几上，讓姚寧慢慢地吃，自己卻在房間裡走來走去。其實我走過來走過去，沒有根據地。我只能往前走五步，又往旁邊走五步。五步乘以五步，這是我家住房留給我的空間。如果再想多走一步，我就得走出家門或走進廁所。我走了一陣，抓起茶几上的一個杯子砸到地上，乓地一聲，玻璃杯碎屍萬段。姚寧說媽媽，你爲什麼砸杯子？我又抓起一個杯子砸到地上，這一聲乓比剛才那聲還乓得厲害。姚寧說媽媽，你爲什麼砸杯子？你爸爸，他從來就沒有支持過我的工作。嫁給他算是血本無歸，你看看，這住房，連一張餐桌都擺不下，都什麼年代了，我們還在茶几上吃飯。今天我非跟他幹一架不可。雞毛撢子呢？你知不知道雞毛撢子在哪裡？姚寧指指衣櫃的上方。我踩到凳子上，把雞毛撢子從衣櫃上拿下來，說是誰把它放到這麼高的地方？萬一你爸爸動手動腳的，我要用它來做武器。姚寧說反正不是我放上去的，我又沒有那麼高。

姚寧，今天下午我已經和領導請假了，我要爲和你爸爸大幹一場做準備，你放完學後早點回來，如果我打不過你爸爸，你也可以幫幫我。姚寧說要不要我叫幾個同學來幫助你？不要，這是我們家的事情，自己的事情自己解決。姚寧揹著書包上學去了，我開始清理砸碎的玻璃杯，大塊的玻璃碎片留在原地，小塊的玻璃向四周飛濺，它們飛進家具的縫隙。我用手指把它們一點一點地摳出來，手指因此而出了一點血，同時還產生了一點痛，一點痛又帶出一大片憤怒。今天非吵一架不可。怎麼吵呢？等他的左腳一邁進家門，他總是先這樣是不是太突然了？太突然了他會不會對我拳打腳踢？象徵性地我還能夠承受，如果眞的把他惹火了，他來一次眞的拳打腳踢，那我可就慘啦。可不可以溫和一點，藝術一點，檔次一點？先是冷冷地看他，一句話也不說，什麼也不說，這樣他就會心虛。等他心虛了冒汗了，就開始罵他。必要的時候，還可以摔幾個杯子，鎮住他的淫威，並告訴他中國人是不好欺負的。如果摔杯子還鎮不住他，就把雞毛撢子高高地舉起來，時刻準備迎戰來犯之敵。如果摔杯子和舉雞毛撢子都鎮不住他，就跟他說離婚，如果離婚還鎮不住他，就哭，和兒子一起抱頭痛哭，我就不相信他不會感動。

我把那些好的玻璃杯放到茶几的下面，選了三個有缺口的玻璃杯放到茶几上。要摔就摔有缺口的，不可能把好的玻璃杯全摔了。但是摔玻璃杯的時候，有可能會砸壞電視，也有可能碰翻熱水器，碰翻熱水器，就有可能燙傷誰，燙傷誰就要付醫藥費，如果要付醫藥費，吵這一架就太不值得了。那麼就不吵啦，就不離婚啦？但是好不容易才有一個吵架的理由，怎麼能輕易放過呢？我把電視機搬到屋角，在上面搭了一張報紙，覺得光一張報紙還不夠，於是又在上面套了一個紙箱。套完紙箱，我開始搬熱水器。我把熱水器搬進廚房，然後關上房間的窗口，這樣吵架的聲音就不會被鄰居聽到。關窗的時候，我的身上沾滿了灰塵，我用毛巾拍打裙子，想好像還欠點什麼？我一邊拍打裙子，一邊觀察房間。裙子拍乾淨了，房間觀察完畢了，我還沒有想起欠的是什麼。這時我發現衣櫃已經好久沒擦了，上面沾滿了灰塵。我抓起雞毛撢子。我把雞毛撢子放到沙發的護手上，關上門，靜靜地坐在沙發上，專等姚三才的到來。

坐了一會，我覺得時間還早，心裡便一陣陣慌，我沒有一點把握。還是有必要把吵架的理由先寫出來。我從抽屜裡翻出一張醫院的處方箋鋪到茶几上，對著處方箋發了一會呆，呆得連腦子都有些發痛了，才把姚三才的八條罪狀一一寫下來。認眞地看了一遍八條罪狀，我覺得字字血聲聲淚，心裡的憤怒被一點一點地調動起來，簡直到了罄竹難書的地步。這時，突然傳來了拍門聲，我的身體一下就僵住了，他終於回來啦。拍門聲已經響起來了，吵架聲還會遠嗎？

我拉開門，看見門口站著的不是姚三才，而是姚寧。姚寧的雙腳沾滿了泥巴，手裡拿著一根木棍，木棍的一頭也沾滿了泥巴，另一頭卻沾滿水泥。原來是你，你怎麼搞得這麼髒？姚寧說打起來了嗎？什麼打起來了？姚寧說跟爸爸。還沒有。你去哪裡找來的木棍？姚寧說工地，我以爲我來晚了。我拍拍姚寧身上的泥土，說還早著呢。

媽媽剛說完還早著呢，我們就聽到爸爸的聲音從樓道裡傳來，說什麼還早著呢？媽媽低著頭給我拍身上的沙子，我們只聽到爸爸的聲音，還沒有看見人。但是從聲音可以判斷爸爸正從樓梯走上來，他笑嘻嘻地。姚寧，怎麼了？我看見蘇玉玲抱著姚寧拍打著。是的，我正低著頭拍打著姚寧沾滿沙子的衣服，沒有馬上把頭抬起來。沒有馬上抬起來是因爲我要整理一下臉上的表情，也就是要在幾秒鐘之內，把剛才放鬆的臉部肌肉繃緊，保證在抬起頭之後，有一張憤怒的面孔擺在姚三才的面前。十幾秒鐘過去了，我對自己的臉部還沒有百分之百的把握，我只是低頭說了一句你還有臉笑，你差不多把你的兒子餓死了。這句話的脫口而出，使我的憤怒變成眞正的憤怒。我的表情達到了預期的效果。看一眼蘇玉玲由白變黑的臉，我就知道問題有多麼的嚴重。我一拍腦門，我把姚寧的午飯給忘啦。蘇玉玲說不光是午飯，還有我的工作，早上出門的時候，我反覆交代今天中午我有特別重要的事情，可是你把我的話當成耳邊風，你從來就沒有支持過我的工作。是是是，我向你檢討。蘇玉玲說光檢討有什麼用？分不到住房你向我檢討，評不上職稱你向我檢討，買不起小車你向我檢討，沒有時間陪我們去旅遊你向我檢討，過不了性生活你也向我檢討，你都快成檢討專家了。今天我不要你的檢討，我要你跪下，我要你離婚。我看了一眼姚寧，玉玲，能不能換個時候，當著孩子的面不好。蘇玉玲說這有什麼。她的聲音突然提高了一個八度，我的雙腿一軟，叭噠一聲跪到房間的地板上。但是我挺胸收腹，擠眉弄眼，身體雖然跪下了，心裡卻高高地站著，臉上沒有一點想要改正錯誤的表情，倒像是在跟蘇玉玲玩下跪遊戲。

看看姚三才扭曲的五官，我差一點就笑了起來。再不聲討一下他，我就堅持不住了。我拿起寫滿罪狀的處方箋，姚三才，現在我給你開個處方：第一、你沒有一點本領，連副高都評不上。第二、分不上房子，結婚十幾年，我們的房間擺不下一張餐桌。第三、沒有給我買過任何化妝品，使我的皮膚過早萎縮，我的青春和心理損失巨大。第四、從來都不支持我的工作，比如今天，我好不容易才把我們報社的領導約出來，我們剛一開始談話，就接到了姚寧的傳呼，一樁好事就這樣被你給攪亂了。如果不是你不按時下班，就不會有這樣的結果。我們的事情就會延長一些時間。你看她裝模作樣的樣子，好像真的。你會有什麼？蘇玉玲說關於我的前途。不就是想讀研究生嗎？不就是不想交那幾千塊錢的學費嗎？如果我的這個課題進展順利，哪裡還用找你們的領導。這時姚三才的臉上除了滑稽還增加了一點得意，他從地上站起來。他就要動手啦。我向後退了一步，手裡緊緊抓住雞毛撣子。我等了一會，姚三才不但沒有動手，反而說今天我請客。聽到請客，蘇玉玲的面部稍微有點鬆弛，她說太陽從西邊出來啦？不可能，只是我發現了一個奇怪的病例，這個病例可以產生一篇震動醫學界的論文，這篇論文會給我帶來職稱，職稱會給我帶來房子，也會帶來項目，帶來項目就會帶來錢，帶來錢就會帶來你的青春補償費，就會帶來你不再跟我說離婚。蘇玉玲說這太遙遠了，我已經說過你再分不到房子，我就跟你離婚。再等半年，再等半年怎麼樣？你無論如何再等半年，我已經看見房子向我們走來了。蘇玉玲說我怎麼一點也沒有看見。那是因爲你患了盲目症，這麼多年你都熬過來了，還在乎這半年時間？蘇玉玲說我最多再等你三個月。假如三個月你再分不到房子，我是眞的要離了。三個月之後，也許說離婚的不是你，而是我。蘇玉玲撇了一下嘴巴，鬆開手裡的雞毛撣子。現在不用擔心了，這意味著解除警報，我以爲她除了叫我下跪，還會給我幾雞毛撣子。現在不用擔心了，她把雞毛撣子放下了。儘管我已經離婚了，但是我還是要請你上飯館。我捧起茶几上的一個空杯子，朝著蘇玉玲一舉，說祝賀！蘇玉玲說祝賀什麼？祝賀你今天辦了一件重大的事情。蘇玉玲的臉頓時舒展開了，臉上的皮膚都快包不住正在無限放鬆的肌肉了，她說（應該是她笑著說）這有什麼好祝賀的。

我帶著老婆孩子朝那家著名的飯館走去。爲了叫上王小肯，我故意拐了一個彎，從住院部門前經過。我雙手合在嘴邊對著住院部四樓的一扇窗口喊王小肯。喊了兩聲，窗口冒出王小肯的頭，他的嘴裡正叼著一隻雞腿在啃。你下來吧。王小肯說醫生不讓我亂吃。說完，他又把雞腿塞進嘴巴，像是要用這個吃堵住我說的吃。你的主管醫生不就是我嗎？我叫你吃，你還猶豫什麼？王小肯的嘴巴猛地張大，雞腿脫離他的牙齒從四樓往下飛，一個聲音也跟著往下飛：是呀，不就是你不讓我吃嗎？你讓我吃，那還有什麼說的，我早就盼望這一天了。王小肯的頭從窗口迅速地縮了回去。

我跟著姚醫生一家來到毛家菜館。姚醫生點了很多菜，其中最著名的一道菜是紅燒肉。服務員把紅燒肉放到餐桌的中央，一股撲鼻的濃香熏得我直打噴嚏。我抽抽鼻子，姚醫生，你怎麼知道我最愛吃紅燒肉。姚三才說吃吧，反正今天我高興。我夾了幾大塊紅燒肉放進嘴裡大嚼特嚼，嚼了一會，才發現桌上只有我一個人的聲音在叭噠叭噠地響，姚醫生和他的老婆孩子的嘴巴都緊閉著。他們咬緊牙關。姚寧那兩顆白森森的門牙也緊緊地咬住下嘴唇，下嘴唇上咬出兩個紅印。他們面前的筷子還彬彬有禮地躺著，碗裡一油不染，只有微弱的吞食口水的聲音，出自他們的鼻孔。我感到有點不對勁，磨動的嘴巴突然停住了，用手指著紅燒肉，吃呀，你們怎麼不吃？在我聽來，王小肯這句從一大團紅燒肉的縫隙裡冒出來的話，不是那麼太好聽，甚至還帶著紅燒肉的味道。他媽的姚三才，說是請老婆吃飯，怎麼請了這麼一個能吃的神仙？按這樣吃下去，今晚不突破五百才怪，我瞪了姚三才一眼。姚三才說你不是說結婚以後，從來沒跟我在餐桌上吃過飯嗎？現在這麼好的餐桌，還鋪了桌布，你們怎麼不吃？我給姚寧夾了一塊紅燒肉，然後把盤子裡剩下的幾塊紅燒肉全部抓到自己的碗裡。姚三才對著一位服務員喊，再加一碗紅燒肉，反正今天我高興。

我剛叫完，一盤燻魚端到餐桌上。王小肯說姚醫生，你眞會點菜，我最愛吃燻魚了。我夾起一塊燻魚，這個菜我也愛吃。蘇玉玲說這個菜我們全家都愛吃。王小肯說那就快吃，還點了什麼菜？還有辣子雞，東坡肘子，麻婆豆腐，魚仔炒酸豆角，牛腩煲，南瓜餅。王小肯說姚醫生，我們的口味太接近了，我們就像是一個媽生的。我現在突然記起我的生日了，八月十七號，我的生日是八月十七號，哎，我怎麼突然記起我的生日了？你還記起了什麼？王小肯吃一口燻魚，說我就記起我的生日。你記不記得，你曾經寫過兩次入黨申請書？王小肯點點頭，說那是十年前的事了。他們爲什麼不讓你入？王小肯吃了一口辣子雞，想了一下說，你不提這個問題還好，一提起來，我就冒火。他們都不提我的意見，一看見我的申請書了，他們的意見就一大堆。當然這不是主要的，主要的原因是我和領導關係不好。他想搞我老婆，如果碰到這種情況，你想入嗎？

往事打擊了王小肯的積極性，我爲他夾了一塊牛腩，你老婆給他了嗎？王小肯吃了一塊牛腩，說差一點就給了，她都已經化好妝準備出門了，她對我說就像火車和鐵軌，上面走的火車不同，但鐵軌還是鐵軌，爲了你的前途，我就豁出去啦。我對她說我的火車只跑專用車道，如果別的火車跑過了，我就不跑了，我寧要跑道，不要前途。她說我都化好妝了。我說化好了也給我洗掉。於是她跑進衛生間去卸妝，她一邊卸妝一邊哭，說我都是爲了你，我是爲了你呀，你以爲我喜歡這樣嗎？我爲王小肯舀了一勺麻婆豆腐，你們的婚姻是不是出現過危機？王小肯吃了一口麻婆豆腐，說那個春天，她幾乎天天跟我說這個事，我都聞到了她身上的騷味。我們差一點就離了。騷貨。騷貨，你指的是誰？王小肯吃了一口南瓜餅說，我老婆，李麗華。這也不能全怪她，難道你們領導都沒有一點責任嗎？王小肯吃一口酸豆角，說領導喜歡這個是正常的，姚醫生，你放眼一下世界，哪個領導不喜歡這個，連克林頓都喜歡，哪個不喜歡。可是我老婆喜歡這個就不正常了，她是良家婦女，是人民教師。

姚醫生為我夾了一塊東坡肘子，四個人都低著頭默默地吃。吃了一會，姚醫生說人民教師也是人嘛，你也不能光怪你老婆，在這方面你不比你老婆落後。我吃了一個辣椒，你這是什麼意思？姚醫生說你在讀技校的時候，就跟別人來過了。我呼地站起來，姚醫生，你以為請我吃飯就可以汙蔑我嗎？我從來就沒有跟人亂來過。姚三才示意我坐下，為我夾了一個小魚仔。看見小魚仔，我坐下來。姚三才說你真的沒有跟人亂來過？我把小魚仔含到嘴裡，我可以對天發誓。姚三才發出一聲冷笑，說恐怕你已經把過去的事情忘記了，為了這個事情，學校決定不是開除你就是開除她，她叫什麼名字我一時想不起了。啊，我想起來了，她叫劉丹，學校的意思是不開除你就開除劉丹，就看在這件事情上你們誰先主動？誰先主動誰就負主要責任，結果你自己要求開除。你就這樣離開了學校。姚醫生，你不是在講故事吧？當著你夫人和兒子的面。我怎麼會是這麼樣一個人呢？我都差一點評上勞模了，我怎麼會是這麼樣一個人呢？姚三才說可是你最後沒評上，你只是在投票時做了別人的陪襯。我在想這幾件事情，是不是對你構成了刺激？和你的嘔吐有關？絕對無關，何況我沒有跟過別的女人。姚三才說你經常記不住過去的事情，是不是這樣？你不就是指我記不住生日嗎？但這個事情我記得很清楚，我沒有過。姚三才說你好好想想。

王小肯把餐桌上的東西吃完之後，打了一個長長的飽嗝。他怎麼也想不起關於他被學校開除的事情。要麼，我再給你點幾個菜？王小肯拍著肚皮說再吃也記不起來。我們搖搖晃晃地離開餐桌，出了毛家飯館，回到住院部。我送王小肯上樓時，再一次問他，你眞的沒有和別的女人來過？王小肯像喝醉酒那樣，拖著腔調說我——絕對——沒來過。你一點都沒有印象？王小肯說你才有印象。說這話的王小肯顯得底氣十足，還用手掌打了幾下胸膛，嚇得我立即小心起來。我跟在王小肯的身後往樓上走，王小肯只當我不存在，頭也不回地走進病房，連澡也不洗就橫躺在床上。我跟著他走進病房，看見他剛一躺到床上就睡著了。也許他會吐。我拉出床底下的痰盂，爲王小肯放下蚊帳。住院以來，他的嘴巴沒有閒著，但他已經兩個多星期不吐了，今晚這麼一刺激，他會不會吐呢？他肯定會吐。如果他吐了，就和我的推斷吻合。快點吐吧，王小肯，不要不好意思了。我坐在王小肯的床頭等待著。我每撩開一次蚊帳，都渴望看到王小肯嘔吐。但是從深夜等到早上，我整整守了一夜，都沒有等到王小肯的嘔吐。王小肯鼾聲均勻，睡眠質量一流。看看窗口透進來的亮光，我拍了一巴掌叮在小腿上的蚊子，罵了一聲他媽的，然後離開王小肯的病房。

我跑到四樓住院部的時候，已經是氣喘吁吁了。我靠在姚醫生辦公室的門框上，想叫一聲姚醫生，但是我要忙著喘氣，沒有辦法發音。姚醫生聽到我粗重的喘氣聲，便抬頭往門口張望。他看見我張大著嘴巴，胸口起伏，手上抱著一大沓報紙和雜誌。姚醫生說你的身體也不是太好。我吞了一口氣，我是跟上來的，我想檢驗一下我的身體。姚醫生說進來吧。我走進辦公室，把報紙和雜誌放到辦公桌上。姚醫生撿起報紙和雜誌，認眞地翻閱起來。他從中拿出兩份報紙和一本雜誌，說這些你拿回去，不適合他看。你要多買一些好笑的雜誌，比如《幽默大師》什麼的，像這種有暴力傾向和揭露陰暗面的東西，不適合他看。姚醫生把他挑出來的報紙和雜誌高高地舉著。

我整理好那些健康的，走進王小肯的病房。王小肯看見我走進來，誇張地張開雙臂，做出要擁抱的姿勢。他一定是想得不得了，他已經好幾年沒有這種動作了。可是這是病房，姚醫生就跟在後面。我躲開王小肯的雙臂，姚醫生出現在門口。王小肯只好把張開的手臂舉向天花板，伸了一個懶腰，打了一個哈欠。李麗華彎腰整理床頭櫃上那些零亂的物品，姚醫生坐到床邊的凳子上，甚至還蹺起了二郎腿。這說明他一時半會不會走，他總是這樣，凡是有人來的時候，他總是這樣，坐在這裡聽我們談話，連我老婆他都不放過。珊珊打電話回來了？李麗華說打了。姚三才說誰是珊珊？李麗華說我們的女兒，在上海念書。姚三才說，小肯，你怎麼沒告訴我，這麼重大的事情也沒告訴我。我現在才知道你們有一個女兒，在上海讀書。這個事情很重要嗎？姚三才說很重要。她今年多少歲了？十九歲。姚三才說她談戀愛了嗎？沒有。姚三才說她的成績怎麼樣？不好不壞，一般般。姚三才說她不淘氣吧？李麗華說她很聽話，從不惹我們生氣。姚三才說從來沒惹你們生過氣？你好好想想，是不是從來沒有惹你們生氣？沒有。

談完女兒的情況，姚三才還沒有把蹺起的二郎腿放下來，他沒有離開的意思。那麼只能說說天氣。今天天氣眞好。李麗華說是呀，我都好久沒看見藍天了，今天的天眞藍，可惜熱了一點。家裡還有米嗎？李麗華說還可以挺幾天，你不在家，我都是吃快餐。要不要我回去給你買米？姚醫生說不用，過兩天我去給你們買，你最好不要離開醫院。李麗華說我自己能買。姚醫生說我看見你上樓都喘那麼大的氣，怎麼能買呢？李麗華說我吃快餐。別人的床頭都有鮮花，我的床頭沒有，下次送報紙來的時候，能不能買一束鮮花來？李麗華說好幾次都想買來，只是忙，一忙就忘記了。姚醫師說你忙你的吧，鮮花的事就交給我了。李麗華說這怎麼行？我們已經夠麻煩你的了。你又是請吃飯，又是買米，又是鮮花的，我們怎麼消受得起？姚醫生伸出舌頭舔舔嘴唇，說這是我應該做的。天氣太熱了，姚醫生的嘴唇都熱乾了，用舌頭舔也滋潤不了多少他的嘴唇，舌頭剛一滑過，嘴唇立即就乾。李麗華抬手看了看手錶，說我該走了。你就這樣走了？李麗華說那你還想幹什麼？姚醫生說不適合幹什麼，在這個特殊的時期，你們不適合幹什麼，李麗華的臉竟然被姚醫生說紅了，都三十五歲的人了，臉還會紅，看來她眞的有點想了。她紅著臉走了出去，讓她紅著臉走出去，我覺得有點對不起她。李麗華走出去以後，姚醫生的二郎腿終於放了下來，他也走了出去。現在我想好好的睡上一覺。

當我睡完午覺醒來的時候，發現我的床頭放著一籃鮮花。看著這一籃鮮花，你就會說姚醫師是一個守信用的人，說送鮮花就送鮮花。但是我立即發現病房裡除了這籃鮮花，還有別的東西，那就是在姚醫生坐過的地方，現在坐著一個女人。她看見我睜開眼睛，就叫了一聲，小肯，你還記不記得我？我搖搖頭，你是誰呀？那個女的先抹了一下眼角，兩滴不起眼的淚從她的手指縫漏出來。她說都二十年了，我想你也記不住我了。我拚命地想了一下，怎麼也想不起她是誰？爲什麼要送我鮮花？她說我是劉丹呀。劉丹？我不認識你。她說當年要不是你主動要求開除，那開除的將是我，其實我們之間，是我主動。你是不是姚醫生說的那個劉丹？前幾天姚醫生請我吃飯的時候，說過一個劉丹，他說我在讀技校時跟她發生過關係。可是我一點都不記得了。我說話的時候，她低下頭，臉刷地紅了，和上午李麗華的臉一樣紅。我看見她臉紅的過程，今天的女人都臉紅。當紅潤從她的臉上消失後，她說是姚醫生告訴我你病了，姚醫生說送一籃花就夠了，特別不能送吃的，我知道你最愛吃芝麻糖，於是偷偷買了一盒，但是被姚醫生沒收了。我伸頭往她的身後看了看，很奇怪姚醫師沒有來，這是我住院之後，有人來看我時唯一一次姚醫生不出場。小肯朝我的身後看了一眼，說你爲什麼讓他沒收了？你不說我不想，你一說我就想起了芝麻糖，我恨不得現在就吃芝麻糖。我眼角潮濕了，我抹了一把眼淚，想不到你變成這樣子，我知道姚醫生會沒收，就不讓他看見。他說感謝你來看我，你是哪個單位的，是不是家住在星湖路上，我平時給你送過信件？我搖搖頭，我現在婦聯工作。他說感謝你們婦聯對我的關心，如果可能的話，下次你給我帶點芝麻糖來。我想吃芝麻糖，我想吃芝麻糖。我被自己的聲音嚇了一跳，因爲我的聲音聽起來像小孩的聲音，還帶有哀求的腔調，就像小時候跟外婆哼糖吃。她說你還像個小孩。我知道你是一個好人，不是好人不會來看我，下次來的時候，可別忘了芝麻糖。她從凳子上站起來，一隻手還在抹淚。她抹著淚說你是提醒我該走了嗎？我知道你們婦聯的工作很忙，我怕耽誤你的時間。她說那我走啦？我點點頭，謝謝。她走出房間，走出去了好遠。我聽到她說怎麼會變成這樣？怎麼連我都不認識了？你是誰呀，我幹嘛要認識你。

這時花籃裡發出噠的一聲，我撥開鮮花，看見一台微型錄音機藏在花叢中。我把磁帶倒過來，聽見剛才我和劉丹的對話。這是誰放的呢？我把錄音機放到耳朵邊聽。我們的對話沒有什麼祕密，只是說了幾句芝麻糖。我把磁帶翻過來聽它的A面。天啦，我聽到了我和姚醫生說話的聲音。他竟然把我們吃飯時的談話錄下來了。我慢慢地往下聽，看那天我說了些什麼？錄音機裡的聲音很嘈雜，需要閉上眼睛才聽得清楚。我說了入黨的事。說了李麗華，我竟然罵她騷貨，這有點過分了。我剛罵完騷貨，錄音機就被一股力量拉走了。睜開眼睛，我看見姚三才緊緊地把錄音機握在手裡。你怎麼能夠這樣？我要出院，我要換醫生。姚三才豎起一根指尖，噓了一聲，返身關上房門，說這是爲了你好，我想了解得更多一些，爲了治好你的病。我要換醫生。姚三才說千萬別這樣，只要你不換醫生，要我做什麼都行，看在朋友的分上，千萬別換。那你把磁帶還給我。姚三才說能不能讓我聽一下剛才你們的對話？不能，你現在就還給我。姚三才坐到凳子上，把錄音機放到身後，說我們來商量一下吧，什麼事都不能做得太絕了，儘管我的這種行爲不可取，可是我的出發點是好的，我是一心想治好你的病，現在我對你的病比你還急，讓我聽聽，有利於對你的治療。我搖頭，還是不想讓他聽，但是我們的對話也沒有什麼祕密，只是說了幾句芝麻糖，如果他再堅持，就讓他聽吧。姚三才說大家都不容易，你患的是疑難雜症，換什麼樣的醫生都不一定有我適合，讓我聽聽吧，小肯。姚三才用哀求的眼光望著我，看他的表情好像還想哭，如果哭能給他帶來聽的權力，他肯定會哭。我點點頭，他打開錄音機聽了起來，他一邊聽一邊笑。我的聲音怎麼那麼難聽？自己一個人聽還過得去，兩個人一起聽，就太難聽了。姚三才一直笑著，不知道他是笑我的聲音還是笑我們的內容？一直聽完我們的對話，他才不笑。

他很嚴肅地把磁帶還給我，還在我的肩膀上拍了一下。這一掌拍得特別重，就像是語重心長。我感到一陣噁心，有一種要吐的感覺。我從他的手掌下面衝出去，一直衝進衛生間。我在住院之後第一次嘔吐了，肚子裡的所有東西，現在都一股腦兒地往外跑，它們不願在裡面多待哪怕是一秒鐘。久違了，嘔吐。我在嘔吐的時候，不但沒有感到痛苦，反而全身充滿了快樂。快樂持續了十幾分鐘，我洗乾淨嘴巴從衛生間走出來，看見姚三才站在走廊上等我。他說怎麼了？是不是又吐了？我咬緊牙關，一個字也不說，今後我也不會說，這是我的祕密。他跟著我在走廊上走了幾步，反覆問我是不是吐了？看見我不說話，他返身衝進衛生間。看著他衝進去的背影，誰還敢跟你說話呢？姚三才。

小肯，你怎麼連劉丹都不認識了？你是眞的不認識還是假裝不認識？她可是曾經和你睡過覺的。如果你假裝不認識，那你這個病還不是很複雜，我差不多找出它的眞正原因了。如果你是眞的不認識，那病情就比我想像的複雜啦。你別光傻乎乎地望著我，你說話呀，到底你還認不認識她？王小肯搖搖頭。他只是搖頭並不說話，他已經三天沒跟我說話了，搖頭是不是就說明你眞的認識她？我又沒帶錄音機，你大膽地說話吧，我向你保證再也不用錄音機了。王小肯走到我身邊，把我的衣服和褲子口袋都摸了一遍，然後才說眞的不認識。這就複雜啦，王小肯可能不僅是吃的問題，還有記憶的問題。姚醫師的臉刷地一下就白了，他是被我的這句話嚇怕了嗎？我只不過說了一句不認識，這也不至於把他嚇成這個樣子。但是他的臉百分之百地白了，像有一根棍子突然敲到他的頭上，他的頭低了下去。他不跟我打招呼就低著頭走了出去，好像不低頭就走不出去似的，其實門框離他的頭還遠著呢。

我脫下裙子，穿上睡衣，剛想睡午覺，就聽到門鈴叮咚地響了一下。下午要開家長會，我得睡個午覺。爲什麼門鈴偏偏在這個時候叮咚？難道是王小肯回來了？我從貓眼看外面，站在門外的不是王小肯，而是姚醫生。他扛著一袋米站在門外，頭上的汗珠，就是隔著貓眼也看得一清二楚。我以爲他是說著玩的，哪知道他當眞。我趕快打開門，姚醫生，你眞是一諾千金？姚醫生咧嘴一笑，彎腰走進屋來，把一袋重二十五公斤的優質大米，從肩膀上放到地板上。我爲他拍拍弄髒了的肩膀。姚醫生說還有什麼家務要做嗎？沒有。姚醫生說如果不影響你睡午覺的話，我想問你幾個問題。問吧，不過我得換一下衣服。我走近臥室，脫下睡衣，換上裙子，還對著梳妝台整理了一下頭髮，抹了一點淡淡的口紅。回到客廳，我看見姚醫生已經自己倒了一杯冷開水，坐在沙發上喝了起來。我連水都忘記倒了。姚醫生說我們可以開始了嗎？可以了。他從上衣口袋裡掏出一本筆記本，目光炯炯有神地望著我。我等待他的提問，可是他只是望著我，沒有馬上提問。我的身上有什麼不對勁嗎？沒有。那麼他爲什麼目不轉睛目光如炬目迷五色地望著我？我把頭扭向窗外，聽到姚醫生說我們可以開始了嗎？我一直在等你提問。姚醫生說小肯的記憶是不是有問題？他連自己的生日都記不住。不會吧？他連我的生日，爸爸的生日，女兒的生日都記得，怎麼會記不得自己的生日？姚醫生說我不敢肯定是暴食症對他的記憶產生不良的影響，但這裡面一定有聯繫。他的記憶時好時壞，昨天早上我對他進行測試，他連對過去的女朋友都不記得了。什麼？你說什麼？姚醫生說我說他的記憶有問題。不是，你說他的什麼女朋友？姚醫生詫異地望著我，說你不知道嗎？他過去讀技校時的女朋友，他們發生了不正當關係，後來小肯被校方開除了。我懷疑姚醫生是癡人說夢，我跟小肯生活了十幾年，對這些事情一無所知，姚醫生怎麼會知道這些事情。你是怎麼知道的？姚醫生不停地眨眼皮，眨了好久才神祕地說我查閱了他的檔案，你不要告訴小肯。我注意到說這句話時，姚醫生用右手掌在嘴巴邊搭了一個涼棚，生怕這句話被別人聽到。這是不是他的一個習慣動作？或者是爲了強調這句話的重要性？一股隱隱約約的怒火從我的胸中升起，這是一股千頭萬緒的怒火。它使我的腳下生風，想直奔醫院而去。但是姚醫生剛剛給我們買米了，我不能把他扔在客廳裡，也許還有其他情況。那麼他還有別的女朋友嗎？姚醫生喝了一口白開水，說沒有發現。那麼他受到過什麼處分？犯過什麼錯誤？姚醫生把杯子放到茶几上，說被學校開除之後，他一直表現良好，差一點就評上了勞模。這個我知道，但是他從來沒有告訴過我，他曾經跟過別的女人。他連告都沒告訴過我，一聲不吭，騙子，僞君子，只許州官放火不許百姓點燈。我衝進房間，拿了一把雞毛撣子，站到客廳裡，走吧。姚醫生。

李麗華要我跟她走到哪裡去呢？我的話都還沒有問完。她一跺腳，說到醫院去，下午的家長會不開了，我要找王小肯算帳去。她的臉色發青，連嘴唇上剛剛擦過的口紅都變了顏色，手裡的雞毛撣子噼噼叭叭地拍打著空氣。她怎麼和我的老婆一樣，一想找男人算帳，手裡就握著雞毛撣子。難道雞毛撣子一握到女人的手上，就是要找老公算帳嗎？雞毛撣子仍在飛舞著，它在催促我離開這裡。如果任其飛舞下去，我的計畫就要落空。我丟下筆記本，衝到她的面前，抓住她手裡的雞毛撣子，想把它繳過來。但是她抓得很緊，還用力往她那邊拉。別這樣，李老師，我不是有意的，我不知道你不知道這個事情，要不然我就不說了。我不是不讓你去跟他算帳，而是不合時宜，不是不報，時候未到，你這樣做會毀了他。她不說話，只是用力地跟我搶雞毛撢子，因爲用力過猛，她的五官扭曲了，臉憋紅了，嘴裡還發出欲哭無淚的聲音。我跟她從門口搶到沙發上，又從沙發上搶到廚房。我往這邊拉，她往那邊拉。畢竟她的力氣有限，拉了一會，她被我一頭拉進懷裡。她緊緊地抱著我，嘴裡發出嗚嗚聲。我用手撫摸著她的頭髮，別這樣，李老師，我求你別這樣，你找他算帳，會影響他的治療，還會影響我的研究。你要我做什麼都行，但是我求你別這樣。她說你看看，你只要看看，就知道我爲什麼要找他算帳了。我要離婚。

本來我不想讓姚醫生看我的傷疤，但是爲了說明問題，我還是把裙子拉了起來。天啦，我看見她的大腿啦。姚醫生的眼睛一亮。我指指大腿的兩排牙印，這是王小肯的傑作，他想入黨，但是他們的領導明確表示，要我去談一談才評給他。我想談一談就談一談吧，反正也是爲了王小肯。我剛產生這個想法，他就把我打翻在床上，還在我的大腿上咬了一口。你看這就是他咬的。他寧可不入，也不讓我去見他們的領導，當時我很感動，但是誰會想到，他早就是這方面的專家了。姚醫生把他的兩根右手指輕輕地，輕輕地放到我的傷疤上，嘴巴發出嘖嘖聲。他說可惜我不是皮膚科的，要不然我會給你植一塊皮。兩顆牙印擱在這裡，擱得眞不是地方。他的手慢慢地往上滑動，已經超出了傷口的範圍，也超出了一個醫生的範園。我的腦子一片混亂，連站都有一些困難。姚醫生把我推進房間，我雙眼一黑倒到了床上。如果小肯知道他會把你殺了。姚醫生說他怎麼會知道，現在他正躺在醫院的病床上輸液呢。

完事之後，李麗華問我喝不喝水？要不要沖一杯牛奶？就這樣躺著，我什麼也不要。她說你眞廉潔，連一杯水都不喝。我只希望你不要再去找王小肯算帳，也不要跟他離婚，請你務必不要破壞我的研究工作，反正現在你已經和王小肯打了一個平手，你們誰也沒有吃虧。李麗華說你會經常來看我嗎？我點點頭。你們的住房眞寬敞。她雙手勾住我的脖子，在我的肩膀上咬了一口，兩排牙印從我的肩膀上鮮明地顯露出來。你怎麼和小肯一樣到處亂咬？她笑了一下，說我只是輕輕地咬，沒有用力。但是牙印已經留在了上面，我老婆會發現的。她從床頭櫃裡找了一塊創可貼貼到我的肩膀上。她的手很輕，看上去比護士還貼得認眞。你和小肯一週過幾次這樣的生活？她的眼睛從創可貼那裡抬起來，奇怪地望著我，說爲什麼問這個問題？因爲我是小肯的醫生。她吞了好幾次口水，看看要說了，最後還是把話嚥了下去。說吧，李老師，到底多少次了？我們都已經這樣了，還有什麼不可以說的。她扭過頭，假裝去關床頭櫃的門，緊緊地咬住嘴巴。我拍拍她的嘴巴，沒有把她的嘴巴拍開。如果你不想說這個，那麼你能不能說一說經濟狀況？你們有多少存款？她的嘴巴終於張開了，而且張得很大，說連這個你也要問？怎麼不問，經濟糟糕也會對人造成強烈的刺激。她說這個我不知道，你去問小肯吧。可是小肯對我已經提防，他不會再告訴我什麼有用的東西。我不知道，怎樣才能取得他的信任？床頭櫃上的鬧鐘突然發出響聲，李麗華從床上彈起來，說我差點忘了，我還要去主持我們班的家長會。小肯的父親活不了多久了，你去找找他，也許能告訴你一些情況。小肯的父親住在哪裡？她說住在他妹妹家裡。我快要遲到了，改天再聊。她寫下了王小肯妹妹的電話號碼和地址遞給我，然後急匆匆地衝進衛生間洗了一把臉。爲什麼不洗個澡？她說已經來不及了，再洗澡就要遲到了。你先走一步，不要讓人看見。小肯的病，就拜託你啦。

按照李麗華提供的地址，我在文化大院找到了王小肯妹妹的住所。在按門鈴之前，我站在樓梯口暗暗地祈求，希望能從這裡得到一些有價值的信息。我細長白嫩的手指，也就是主治醫師的手指，經常給別人動手術的手指在門鈴上輕輕碰了一下，門裂開了一條縫，縫裡伸出一顆女人的頭，短髮齊耳，眼睛很大，她是一個我在電視劇裡看到過的演員。你是小肯的妹妹小芳嗎？她點點頭，圓瞪雙眼，從頭到腳把我看了一遍，說老頭子快不行了，請你不要打擾他。那顆美麗的頭迅速地縮回去，門嘭地一聲關上了，根本沒有商量的餘地，只有防盜門的碰擊聲，久久地迴蕩在樓道裡。

回到醫院，護士告訴我王小肯已經拒絕吃藥。我還沒有來得及洗一個澡，就直奔王小肯的病房，看見王小肯盤腿坐在床上，額頭上布滿了汗珠，眼睛死死地盯住一個地方。他盯著的地方是床頭櫃上的一張報紙，報紙上堆著羊肉串、瓜子、蛋糕、甘蔗、花生，每一種數量都不是很多，但品種豐富。我用自己的手帕爲小肯擦擦額頭上的汗。是誰的手這麼溫柔？我睜開眼睛，看見是姚醫生的手。這時，我的一串口水從嘴角流了出來，姚醫生分散了我的注意力。儘管口水流了出來，但我還是儘量克制自己。姚醫生說小肯，爲什麼不吃藥。從來就沒有什麼救世主，也不靠什麼神仙皇帝，要治好我的病，全靠我自己。從中午到現在，我沒有吃過一口零食。如果我能堅持到明天，英特納雄奈兒，我就要出院。姚醫生說別別別這樣，該吃還是要吃。姚醫生跑出房間，從他的辦公室拿來一盒芝麻糖，擺在我的面前。那是我特別想吃的芝麻糖。姚醫生說好好看看吧，這是劉丹買來的。我不認識劉丹，但我認識芝麻糖。姚醫生打開盒子，把鼻尖湊到芝麻糖上，不停抽動鼻子，說好香啊。一股濃香，一縷溫情，我的芝麻糖，我的口水加倍向外流淌，我的汗水成批地生產出來，襯衣濕透了，牙關咬緊了，眼睛閉上了，香氣飄遠了。我現在一點也不想吃芝麻糖了。

但是，你現在能夠記起劉丹嗎？王小肯說不就是婦聯的那個劉丹嗎？不是，我是指跟你讀技校的劉丹。王小肯搖搖頭。那就不要馬上出院，你的記憶還有一點問題。如果你願意，我想跟你談談你的父親。王小肯的臉色突然發生了一點變化，看上去有點黯然神傷。他說是誰告訴你的？是不是我的老婆？你爲什麼要管我家裡的事？你這是在給我治病嗎？你的身上沒有帶錄音機吧？王小肯的情緒極端惡劣，他的臉上已經下了逐客令。我只好從病房退出來，另找機會。

機會終於來了，那是第二天中午，李麗華把電話打到我的辦公室，叫我過去一趟。我打了一輛的士，趕到郵政局住宿區。李麗華早早地爲我打開房門。我看見她穿了一件比較鮮豔的裙子，好像是剛買的，裙子的皺褶裡還露出許多線頭。但是這條裙子很快就離開了她的身體，她在脫裙子的時候，說今天下午我已經請假了。脫完她的裙子，她就脫我的襯衣。我推開她，我們是不是先聊聊？她說聊什麼？聊聊小肯的父親。她說我不想聊。不聊，我就走了。她重新穿上裙子，說聊就聊吧。他哪裡像一個醫生，簡直就是間諜，問那些沒完沒了的問題幹什麼？但是爲了小肯，不聊還不行。他走到窗口邊把窗簾拉嚴，室內馬上變成傍晚。他坐在傍晚的席夢思上，說王小芳不讓進去，我說我是小肯的朋友，她怎麼會不讓我進去？我清了清嗓子，我們已經一年多時間沒敢踏進那邊的家門，不僅我們，就是和小肯有關的人也不敢進去。原因老頭子一看見我們，病情就會加重。你根本想不到那個老頭有多麼倔強。他喜歡吃辣椒，而且愛辣如命，這個嗜好是他當年跟隨鼓足幹勁工作隊下鄉時染上的。去年查出他患了胃癌，動了手術，但我們又不敢告訴他得的是癌症。我們的菜裡再也沒有辣椒了。就連辣椒把都沒有了，但是沒有辣椒老頭就不吃飯，他躺在床上說我幹了一輩子革命工作，辛辛苦苦把你們養大，難道連辣椒都不讓我吃嗎？爲什麼爲什麼爲什麼……老頭一連問了小肯十萬個爲什麼！小肯說你的胃剛剛動過手術，吃辣椒會要你的老命。老頭說沒有辣椒吃，要這條老命幹什麼?!沒有辣椒吃，我開始絕食，不打針不吃藥不喝水。我讓小肯把電話拉到枕邊，我不斷地給我的老同事老朋友打電話，把小肯不讓我吃辣椒這個問題上綱上線，小肯是不肖之子，不尊重我的飲食習慣，不讓吃就是想把我從這個家庭轟走。爲了爭回吃辣椒的權力，我打了不下一百多個電話，那些看著小肯長大的德高望重的我的老同事們，不斷地向我保證一定要做通小肯的工作，讓我在近期內儘快吃上辣椒。但是他們已經退休，手裡已經沒有實權，他們的保證產生不了任何效果。他們的胸膛愈是拍得響，我愈是吃不上辣椒。那些爸爸的老同事老朋友，也不敢告訴爸爸事實的眞相，他們在電話裡跟著爸爸聲討我，聲討之後，一放下話筒，他們就找我做思想工作。他們對我說小肯，讓他吃吧，反正他也活不了多久，不如讓他吃個痛快。這些建議得到了包括小芳在內的人們的大力支持。但是小肯不願意這樣，他把飯菜端到父親的床前，跪到地上求父親吃飯。父親閉著眼睛，任憑小肯怎麼叫，他就是不吃。他不吃，小肯就不起來。小肯跪了一個上午父親終於抓起飯碗。我們都以爲他被小肯的行爲打動了，但是誰也沒有想到，他把飯菜全部潑到了小肯的頭上。小肯的頭上沾滿了豆腐、雞湯和青菜，它們沿著小肯的頭髮往下滴。我去拉小肯，小肯死死地跪著不起來。我拿毛巾去給他擦臉，他一掌就把毛巾搧掉了。飯菜掛在小肯的頭上，就像冬天結出的冰。我們全都一動不動，老頭子奇蹟般地從床上站了起來。他對小芳說我在這裡再也住不下去了，你把我扶走吧，我不想再見到他們。小芳和妹夫把老頭子扶出家門。出門時小芳說哥，我們走了。跪在地上的小肯，看著他們走出去，眼淚刷地掉了下來。他跪在地上對著他妹妹輕輕地說了一句，記住了，你們千萬不要讓他吃辣椒。誰讓他吃辣椒，我就不認誰。小芳哼了一聲，走出門口。小肯一直跪在地板上，一直跪到小芳他們打電話來說到家了，才從地板上爬起來。他爬起來的時候，我已經聞到了他頭上飯菜的餿味。

我感到喉嚨有一點發乾，我剛一感到喉嚨發乾，姚醫生就把一杯冷開水送到我的嘴邊，他餵了我一口冷開水，然後把杯子捧到手上，目不轉睛地看著我的嘴巴，恨不得用目光撬開我的嘴巴。多像我的學生呀。他說你是上語文的吧？口才這麼好。我清了清嗓子，其實到了小芳家，小芳聽從小肯的吩咐，也沒有讓老頭子吃辣椒，老頭子也沒再堅持，估計是他從我們家跳槽到了小芳家，已經沒有可去的地方，所以不再堅持，也有可能是，他已經有一個可恨的兒子，就不可能再恨女兒。現在他的病情一天比一天惡化，小芳每天都向老頭子請示，說哥哥想來看你。老頭子就是不讓，他就是不原諒小肯。他一生都沒恨過誰，差不多死了才好不容易從自己的家裡，找到一個恨的對象。眼看自己的父親就要死了小肯卻不能和他說上一句話，只有我知道他的心裡有多痛苦。姚醫生又餵了我一口冷開水。他說你不僅講得好，而且音色也很美。好久沒有人這樣誇獎我了，我還想說點什麼，但是他的嘴巴已經封住了我的嘴巴。我們躺到床上，準備做事的時候，姚醫生突然問我，你們一週來幾次？我用標準的普通話，新聞聯播的播音速度告訴他，一至兩次，和書上說的差不多，很正常。他說其實你選錯了職業，你應該到電視台工作。是嗎？他說經濟狀況呢？你們有多少存款？

五萬三千六百九十二元三角零兩分。我的話音未落，他就騎到我的身上，說你說的這些情況太重要了，我得好好感謝你。

王小肯把一大堆食品丟進走廊的垃圾桶，然後不停地拍手，似乎是要把沾在手上的那些氣味拍掉。垃圾桶被變質的食物塞滿，王小肯看著垃圾桶裡的食物。他就要轉身了，就要轉身了，但是他沒有轉，站在那裡一動不動，看上去像是捨不得離開那只垃圾桶，也像在向那些食物做最後的告別。站了一會，他終於轉身。看見我正在看他，他拍著手向我走來，說讓我出院吧，姚醫生，我的病已經好了。其實現在讓他出院對我已經沒有什麼影響，我已經掌握了有關他的大量材料，即使現在他出國我的論文也能照寫不誤。我爲他開了一張出院單，他接過單子歡快地跑出辦公室。

王小肯一出院，我就立即請了十五天的工休假，抱了一大摞稿紙回到家裡。我從來沒有一下抱過這麼多稿子回家。姚寧和蘇玉玲都張大著嘴巴望著我。望什麼望。從今天起我就開始寫，希望你們能夠配合，不要干擾我，我們能不能分到房子，就看我的這篇論文了。爸爸把稿紙嘩啦啦丟到茶几上，一只玻璃杯被稿紙撞了一下滾下茶几，但是它沒有破，很堅硬。媽媽說你累了這麼久，要不要燒一碗雞湯補補身體？爸爸彎腰把那只杯子撿起來，說你看著辦吧。媽媽跑出房間，身影在廚房門口一閃，就不見了。爸爸收拾屋角的書桌，書桌上飄起好多灰塵。收拾完書桌，爸爸脫下襯衣，露出光禿禿的膀子，上面全是汗珠。我爲他打開電風扇，並且把風扇對著他的膀子吹。電風扇發出嘰哩呱啦的聲音。他回過頭，很凶猛地說誰叫你開電風扇？它把我的稿紙全吹亂了，還有聲音，那麼難聽，我需要安靜。我關掉電風扇，拿了一把扇子，對著他的膀子搧。我看見涼風從我的扇子出發，吹到爸爸的膀子上。他回過頭，摸摸我的頭髮，說爸爸不把這篇論文寫好，就不是好爸爸，就對不起給我搖扇的兒子。我對著他笑，就像分到一間大房子那樣笑。媽媽端著一碗雞湯走進來，雞湯上冒著熱氣。她嘟起嘴巴對著碗裡吹，吹得很輕，沒有發出吹的聲音。屋子裡很安靜，只有爸爸撕紙的聲音，嘩啦嘩啦地響著。他已經把十幾團紙扔到地板上。我看著媽媽，媽媽看著我，一個搖扇，一個吹湯。媽媽舀了一勺雞湯嚐了嚐，把雞湯放到書桌上，說吃吧，我已經把它吹冷了。爸爸沒有馬上吃，媽媽說難道要我餵你嗎？媽媽舀起一勺雞湯餵到爸爸的嘴裡。爸爸一邊喝雞湯一邊寫。喝完一碗雞湯，他的筆都沒有停過。如果下一次老師要我用才華橫溢造句，我就這樣造句，我就這樣造：我的爸爸才華橫溢。

這幾天爸爸很凶，晚上不讓我們看電視，不讓我們發出任何聲音。平時比他凶的媽媽，這幾天像一隻乖貓，連一個噴嚏都不敢打。她帶我到院子裡的路燈下做作業。散步。我們吃罷晚飯出來，在院子裡走來走去，一直走到晚上十點，我的腿都走困了，媽媽的故事講完了。回家吧，媽媽。媽媽說再散一會，回去早了會影響你爸爸。院子裡已經沒什麼人在走動了，我們還在走動。我實在走不動了，媽媽叫我靠在她的腿上休息一會。均勻的呼吸聲從姚寧鼻孔裡噴到我的大腿上，他竟然睡著了。他實在太睏了。我拿上他的書包，搖晃著他的身子，想把他搖醒。但是任憑我怎麼搖，他都不睜開眼睛。我只好抱他往家裡走。走走走走走啊走，走到家門口。我推開門，由於用力過猛，門嘭地一聲撞到牆壁上。姚三才扭過頭，瞪著眼珠看我。看就看吧，我們已經仁至義盡了，姚寧都已經睡著了。我對著門又踹了一腳，以爲他會從書桌上暴跳起來。他沒有暴跳起來，只是勾下頭，默默地轉過身。他的腳邊堆滿了紙團。第二天晚上，我洗完碗，拉著姚寧正要出門。姚三才捲起書桌上的一團稿紙，說今晚我出去，我到路燈下去。不，我們去吧。他說不，我去。他抱著那團稿紙走了出去。我發現他的腰略微彎了下來，腰桿再也沒有平時那麼挺拔了。他離去的背影，告訴我房子看來是沒有希望了。

這個晚上媽媽做了許多好吃的，一碟菠菜被媽媽特別擺在爸爸的面前。媽媽說菠菜能夠增加人的毅力，你把它全吃了。爸爸幾大口就把那碟菠菜吃光，抬手抹了一把沾滿豬油的嘴巴，說我怎麼感到一點毅力都沒有。玉玲，拿點錢給我，我要去跟他們買點資料。媽媽從櫃子裡拿出一沓錢，爸爸數了數，說不夠，起碼還要這麼多。媽媽說要這麼多哇，這麼多錢都差不多買得一套房子了。媽媽做出一副誇張的模樣，從櫃子裡又拿出一沓錢來。爸爸接過錢，拿上他的稿件，說我去去就來。

門鈴一響，我就知道是誰，但是我故意不去開門，而是等王小肯去開。王小肯勉爲其難地從沙發上站起來，歪歪倒倒地朝門口走去。不出我所料，在王小肯把門拉開的一瞬間，我看到了姚醫生。他手裡提著一大袋東西，笑容可掬地走。王小肯說你怎麼知道我住在這裡？姚醫生說我到樓下一問就知道了，你的名氣很大，他們都知道你。姚醫生把塑料袋裡的東西，全部拿出來擺到茶几上，他一邊拿一邊說這是桂圓，這是五糧液，這是你愛吃的牛肉乾，這是你愛吃的芝麻糖。王小肯說你太客氣了，姚醫生，你就別害我了。如果我又吃這些東西，就得住院。姚醫生把擺到茶几上的東西收回袋子，他說你不吃可以給李老師吃，給你爸爸吃。王小肯說他們也不能白吃。

我爲姚醫生倒了一杯白開水，我知道他不喜歡喝茶，一喝茶晚上就睡不著覺。他色眯眯地望著我，我生怕他露出什麼破綻，好在這時電話鈴響了，一聽到電話鈴聲，王小肯就像屁股著火一樣，生怕是妹妹打來的，生怕妹妹說父親不行了。他三步併作兩步走，抓起電話。姚醫生朝我眨眨眼。我神色嚴肅，故意把臉對著聽電話的王小肯，以表示我的一清二白。王小肯放下話筒，說是找你的。找我的，除了學生和家長，沒有別的人打電話找過我。

姚醫生買了那麼多東西，肯定是有求於我。但是我能給他辦什麼事呢，除了送報紙，我沒任何特長。我坐到姚醫生的對面，姚醫生低下頭，說你得幫幫我。這話應該是我說的，姚醫生，我能幫你什麼呢？姚醫生扭頭看了一眼正在通電話的李麗華，說你先得答應幫我。我看了一眼姚醫生送來的禮物，又看看他。只要我做得到的，我一定幫你。他的臉上露出了一點興奮，說那就好辦了，我知道現在只有你能夠救我。我對老婆誇下了海口，說只要寫好這篇論文，就一定能拿到房子，我寫了十天才把文章寫完。但是我估計大部分副高的評委不會同意我的意見。我需要跟你核實，並希望你能在上面簽字。如果你能在上面簽字，他們就不得不同意我的觀點。我不知道姚醫生有什麼樣的觀點，但是幫他簽個字總是可以的。我從姚醫生的手上拿起那篇論文，問他簽在什麼地方，怎麼簽？王小肯眞傻，還沒有談，就想簽字了。好在我是一個有良心的醫生，是一個負責的醫生。我把論文搶過去，說你都還不知道我寫了些什麼，怎麼就簽字了？我們還是先談談再簽。那就談吧。我一邊聽家長的電話，一邊聽他們的交談。姚醫生說你承不承認，有些事情對你的暴食症產生了影響？比如被學校開除，不能入黨，評不上勞模，你父親離開你。姚醫生一開口，我就有點火了，這簡直是放屁，如果這些東西能夠刺激我，那它早就刺激了，爲什麼到今天才刺激？爲什麼以前不刺激？他們吵起來了，我趕忙放下電話，坐到他們的中間，幹什麼？你們在幹什麼？王小肯說沒你的事，你繼續打電話吧。姚醫生說我的觀點是，即使打一個噴嚏都有其政治、經濟和社會的原因，所以我也是從這幾個方面對你的疾病進行分析的。首先以你的父親離開你爲刺激的契機，直接導致了潛在刺激的暴發，比如被學校開除，不能入黨以及評不上勞模等；其次，由於東南亞經濟危機的影響，儘管你有五萬三千六百九十二元三角零兩分存款，但是你害怕人民幣貶值，特別是看到別人搶購，使你產生焦慮；再就是社會上各種不正之風的干擾，使你的道德感不停地受到挑戰，內心產生矛盾衝突。小肯，你認爲我的分析有沒有道理？

姚醫生說話的時候，我的心裡像打鼓。他竟然把我們的存款說出來了，這會不會引起小肯的懷疑。果然不出我所料，小肯的臉色慢慢地變青了，他沒有直接回答姚醫生的問題，而是把目光轉向我，氣勢洶洶地對我說是誰告訴他的？他怎麼會知道我們的存款？我低下頭，那也是爲了給你治病。小肯說治個鳥病，你問問他，我的病是他們治好的嗎？是我自己用毅力克服好的。這個字我不簽了，你走吧。小肯提起姚醫生送來的禮品袋，打開門，把禮品袋塞到姚醫生的手上。說你拿走吧，我們不需要，我跑過去關上門，把小肯拉回來，君子不打上門客，你怎麼連這點禮貌都沒有？坐吧，姚醫生，他的脾氣不好，你不要計較。姚醫生尷尬地笑了一下，放下禮品袋，坐到沙發上。小肯站著，胸口一起一伏地，一副心情久久不能平靜的模樣。姚醫生說那你認爲，你的這個病的起因是什麼？小肯說我當然知道。姚醫生把頭往前一湊，眼睛突然睜大，臉上的皮膚突然綳緊，說什麼原因？小肯說天氣太熱。姚醫生的身子往後一仰，繃緊的皮膚鬆弛下來，眼睛也瞇上了。我知道他對小肯的這個答案很不在乎，好像還有一點蔑視。可能是姚醫生這種滿不在乎的態度刺激了小肯，小肯說，不信嗎？除了這個原因，我不會簽字。你只考慮政治經濟和社會的原因，而沒有考慮環境的原因。姚醫生躺下去的身子突然彈起來，他說有一定的道理，但是如果我加上環境的原因，你簽不簽字？小肯說除非你把其他的原因刪掉。我認爲我的病因，只有一個，那就是天氣。姚醫生說那怎麼可能呢。那哪裡像論文呢。我倒了一杯水遞給小肯，用手抹他額頭上的汗珠。你就簽了吧，幫幫姚醫生。李麗華都勸他了，他會簽嗎？我本來是想簽了，其實簽不簽也無所謂，簽了也不會怎麼樣，但是李麗華跟著起鬨，我就不想簽了。她竟然連我們家的存款都告訴了姚醫生，那還有什麼沒告訴他的？也許連我們的夫妻生活她都跟他講了。誰是我們的敵人，誰是我們的朋友，這是個首要問題。李麗華你到底站在哪一邊。一股怒火，從我的心頭升起，它們沿著我的身體往上升，一直升上喉嚨，升到頭頂。正好這時，李麗華從書房拿了一枝筆遞給我，說你就簽了吧，看在我的分上。我看了一眼李麗華手裡的筆，她把筆蓋都打開了，這更令我討厭，爲什麼要看在她的分上？不簽。我蓋上筆帽。

知道是這樣，我早讓他簽就好了。我掏出口袋裡的信封，裡面有一千元錢。我把它遞給王小肯，拜託。王小肯說你愈是這樣，我愈是不會簽，你把我當成什麼人了？王小肯和剛才判若兩人，他怎麼會一下子就強硬起來了？我總不至於跪下來求他，也不可能當著他的面哭，我只是覺得我的肩膀上突然重了，要到手的房子，就要從我的身邊跑開了。小肯，你不簽字，我怎麼向我的老婆孩子交代？你不幫我，我的家庭就要破裂了。你不知道我的兒子有多可愛。我說話的聲音有一些變化，自己都聽出了那一股淒涼的氣氛，不知道小肯會不會感動？還有李麗華，她會不會同情我？小肯不說話，只是在那裡站著。我估計這樣僵持下去，不會有什麼結果，只好再等機會。我把信封留到茶几上，朝門口走去。王小肯抓起信封想追上我。但是李麗華把他緊緊地抱住，說小肯，別這樣。

小肯把我按在床上，撩起我的裙子，指著大腿上那塊被他咬傷的傷痕疤。說你爲什麼不把這個也告訴他？你已經把我們家的祕密全告訴他了，存款還有父親，你爲什麼不把這個也告訴他？我想說我已經告訴他了，但是我不敢。小肯，我不是有意的。我都是爲了你好，才被他蒙蔽了雙眼。我以爲把什麼都告訴他，有利於對你的治療，哪知道他是一個小人，騙子，流氓。小肯說他是流氓嗎？不知道。但是他也挺不容易的，你是一個善良的人，我相信你不會眼睜睜看著一個家庭破裂而不伸出援助的手？與人方便就是給自己方便，你就簽了吧。小肯說可是，我不能說謊，我不認爲我的病是因爲他說的那些原因。

李麗華每天跟我通一個電話，她說想要王小肯簽字，除非你能再次取得他的信任。我揹上藥箱，來到文化大院，又按響了王小芳家的門鈴。這次小芳不在家，開門的是他們家的保母。怎麼來了一個穿白大褂的？芳姐說了，任何人也不讓進去。但是這是一個穿白大褂的，你找誰？我是老人家的醫生，上門給他檢查一下身體。保母啊了一聲，很熱情地把我放進去。我來到王川老人的房間，他躺在床上，目光有些呆滯，身體極度消瘦。我聽了聽他的心跳，摸摸他的脈搏。是誰在摸我的脈搏，你是誰呀？摸我脈搏的人說我是你的醫生，是小肯叫我來給你檢查身體的。這時我才看清他穿著白大褂，小肯？誰是小肯，我都不記得小肯是誰了？醫生說小肯是你的兒子。啊，我記起來了，小肯是不讓我吃辣椒的那個兒子。你走吧，我不想見他。醫生扭頭對保母說，你能不能離開一下？我要跟他單獨談談。保母不見了，醫生把門關上，從白大褂裡掏出一顆紅色的彎彎的長長的辣椒，在我的眼前晃來晃去。我一年多時間不見辣椒了，現在一看見它我的渾身都是力量。我從床上坐起來，伸手去抓他手裡的那顆辣椒。醫生的手一縮，辣椒不見了。你怎麼知道我喜歡辣椒？醫生說這是小肯讓我送給你的。小肯竟然讓我吃辣椒了，他終於想通了。我的好兒子，小肯哎，我想見你。

醫生說不過你得先回答我幾個問題。什麼問題？醫生說關於小肯小時候的問題，比如得過什麼病？受過什麼刺激？有沒有過嘔吐現象？自從我動過手術後，我的記憶力已經基本喪失，只記得今天的事情，記不得昨天的事情，只記得一些國家大事，記不住小事。你問我哪一年抗日？哪一年建國？哪一年大躍進？這些我還記得，但是我已經沒有精力記住那些小事了。醫師說你什麼也記不住了嗎？包括你死去的老伴。我的老伴？你不說我還不知道我有過老伴，她叫什麼名字？看來他真的不行了，不如讓他飽一次口福。我把辣椒遞給他，他一把抓過去，塞到嘴巴裡。辣椒剛一碰到嘴唇，他的眼淚就刷刷地從深陷的眼窩裡冒出來。他用手擦眼淚，擦了好幾次都沒擦乾，愈擦愈多，我根本無法想像，像他這樣骨瘦如柴的身體，還有那麼多眼淚冒出來。他的手把辣椒的辣，帶到了眼眶。因而他停下了吃，緊閉著眼睛說，我的兒子哎，你終於讓我吃上辣椒啦。你是我的好兒子。

老人的眼睛雖然閉著，但是嘴巴卻大大地張開，好像是要給從嘴巴裡源源不斷地湧出來的字讓路。不過我帶給他的那一顆辣椒，不時會堵一下他的嘴。他咬得很小心，也咬得很小口，生怕這種享受過快地結束。他說我這麼喜歡辣椒，是我幾十年前跟隨工作隊下鄉時染上的。那時沒什麼吃的，整天就吃辣椒。一吃到這個辣椒，我就想起了他們。我看見他們正朝著我走來，奇怪啦，我把他們給記起來了。王川老人的臉上布滿了一絲淡淡的紅潤，我把剛剛關上的錄音機打開了。他說我當時在一個村子裡蹲點，由於旱災，村子裡沒有收成，大家吃草根樹皮，白土，好多人都餓死了。村子裡的樹木全都剝光了皮，看上去白茫茫的一片，太陽下山的時候，晚霞照在白色的樹幹上，好看極了。即使是深夜，我們也看得見那些白晃晃的樹幹，它常常爲走夜路的我們指明方向。有一個村婦名叫楊金萍。誰在叫我的名字？是那個名叫王川的工作隊員。是的，我叫楊金萍，我已經在墳墓裡躺了四十一年，他竟然記得我的名字。那時我們都很餓，兩個人加起來還沒有一個人重。周圍的草根和樹皮幾乎被吃光了。我的丈夫看見林子裡長著一種鮮豔的蘑菇，就把它採回來。做晚飯的時候，炊煙從各家的屋頂升起，到處飄蕩著苦澀的草根和樹皮的味道。只有我們家的屋頂上，散發出一股香味，全村人都走出自己的屋子，聞我們家的香味。他們拚命地聞，生怕漏掉了。有的人還跑到我們的門口來聞。那一天，我們家就像過年一樣熱鬧。那個蘑菇的氣味，眞是香。我們飽吃一餐之後，睡到床鋪上。到了半夜，我突然感到肚子痛。我用盡老力，從床上起來，摸摸丈夫，丈夫已經冰涼，摸摸公公婆婆，公公婆婆已經冰涼，我沒有冰涼是因爲吃得比較少。我爬到豬圈邊喝了一瓢糞水，把肚子裡的東西全吐出來。才撿到一條老命。這時我才知道，我們吃的是有毒的蘑菇。

他們都死了。他們再也不會感到饑餓了。但是我卻餓得身子一陣陣軟，餓得眼睛裡冒金星。草根和樹皮又苦又澀，我想念蘑菇的味道，它是那麼甜那麼香。我悄悄地把它採回來，放到鍋子裡煮。我知道它們有毒，但是我只煮煮它們，聞聞它們的香味，並不一定吃。不過把它們煮熟之後，我就管不住自己的舌頭了，它愈伸愈長，一直伸到鍋子裡。我想吃，但是又不想死。於是我想了一個辦法，舀了一瓢糞水放到鐵鍋邊，我先吃那些鮮美的蘑菇，它們從我的舌頭上走過，滑進腸子。它們走到哪裡，哪裡就一陣快活。我的嘴巴我的舌頭我的腸子和肚子全都快活死了。但是這種快活的時間不長，只一桿菸工夫，我的肚子就隱隱地痛起來，眼睛昏花，一個水缸變成兩個水缸，一個鍋頭成兩個鍋頭。我知道這個時候就得把那一瓢糞水喝下去。我喝下那瓢糞水，肚子裡像插了一把刀，生不如死，所有的東西全都吐了出來。有時肚子裡的東西吐光了，還想吐，連黃膽都差不多吐出來了。嘔吐的時間遠遠長於快活的時間。在嘔吐的時候，我發誓不再吃這種蘑菇，但是隔了兩三天，我又忍不住要吃它們。我已經吃上癮了。吃了幾次，我竟然能慢慢地延長快活的時間，一次比一次時間長，不到非倒下去不可的地步，我絕不喝糞水。我不惜用長長的疼痛換取短暫的快活。八月十七日晚，我吃完毒蘑菇後，就被它的美味迷住了。我一再推遲吃糞水的時間，直到昏迷。

楊金萍說完了。楊金萍是死過的人，我怎麼還聽到她在說話？難道我也要死了嗎？我是在聽到一聲嬰兒的啼哭之後，才趕到楊金萍家的。我看見她的兩腿間躺著一個血淋淋的嬰兒，楊金萍已經斷氣了。大家都奇怪那是誰的嬰兒呢？那不是誰的嬰兒，而是楊金萍的早產兒。由於饑餓，我們都在找吃，平時根本沒有人注意到楊金萍已經懷孕。我竟然也沒有發現她已經懷孕。這時，全村人的目光齊刷刷地望著我，我聽到他們目光掃過來時的響聲。他們說誰都沒有能力把這個孩子養大，只有身爲幹部的我還有這個能力。於是有人用一塊破布包住那個小孩把他遞到我的手上。遞孩子給我的那個人是誰我已經記不得了，但是我記得她把嘴巴湊到我的耳朵邊，輕輕地說拿去吧，公社食堂把我們搞窮了，孩子你們不養誰養？她的那句話說得很輕，除了我沒有第二個人聽到。不說你也知道了，這個小孩子就是王小肯。我沒有對任何人說過這件事，我的老伴也沒有對人說過。小肯和小芳都不知道這件事，希望你也不亂說。

那顆辣椒他已經嚼完了，現在他在嚼辣椒把。躺下吧，王伯，你已經坐了好長時間了，他乖乖地躺到床上，臉上洋溢著快樂。但是有一顆淚滴已經枯乾，它在他的眼角。我站起來。醫生站起來了，醫生就要告辭了嗎？醫生，你貴姓？醫生說敝姓姚。你告訴小肯，我想他。姚醫生點點頭，在門口一晃就消失了。他會不會是我的幻覺？我舔舔嘴唇，辣椒的味道是眞實的，他不是我的幻覺。

我突然接到姚醫生的一個電話，他說小肯，你父親想見你。我放下電話，不相信這是眞的。但是我太想見父親了，我願意把它當成眞的。我買了好多好吃的東西趕到妹妹家，父親已經不省人事。我坐在他的床頭守了一天一夜，不讓任何人進來干擾我。你們都跟他待了一年多，把最後的一點時間讓給我吧。爸爸的房門緊閉著，也不知道裡面的情況怎樣。好幾次我都想推開門，但是我怕哥哥生氣。他一生氣我們全家都會亂套。但是我也害怕他突然睡去，萬一爸爸怎麼了，我們沒有照應。我跟嫂子和愛人商量，怎麼辦？他們一致推舉我去推爸爸的房門，因爲哥哥很愛我。小芳眞的去推房門了，我跟她結婚這麼多年，還沒有看見她這麼害怕過。我看見她的手和腳都顫抖不止，我甚至懷疑她還有沒有力氣把那扇門推開。門輕輕地推開了，我看見哥哥坐在爸爸的床前，沒有睡覺。他向我招手。我向身後的愛人和嫂子招招手。我們全來到了爸爸的床前。爸爸像是有預感，正好在這一刻睜開眼睛。怎麼有這麼多人？他們全都來了，是不是我要死了。我向他們揮揮手，但是我的手舉不起來。你們都出去吧，我想跟小肯單獨待一會。他們都出去了，門也關上了，只有小肯的手緊緊地抓住我的手。我想對他說我不是你的眞正爸爸，你的母親叫楊金萍。但是我的嘴巴動了好幾次，都沒有把話講出來，小肯的耳朵已經貼到我的嘴唇上了，還沒有聽到我的聲音。我已經沒有力氣說出任何一個字了。我閉上眼睛，聽到小肯喊了一聲爸爸，緊接著我聞到了小芳的氣味，李麗華的氣味，保母的氣味，女婿的氣味，他們全都來到了床邊。我已經看不見他們，但是我聞得到他們的氣味，在這些眾多的氣味中，只有小肯的汗氣最重，他好像幾天不洗澡了，這個從小就不愛洗澡的淘氣鬼。

處理完爸爸的後事，我覺得有必要見一下姚醫生，一是把他那個信封還給他，二是把已經簽好字的論文送給他。我們約好在滬江邊的露天茶座見面。我到達那裡的時候，姚醫生已經坐在一張靠河的桌前，不停地向我招手。我坐到他的對面，我的面前是一杯茶，而他的面前是一杯白開水。他說我不喝茶，一喝茶，晚上就失眠。我掏出信封和論文，推到他的面前。謝謝，你讓我最後見到了父親一眼。小肯這樣一說，我感到很內疚。現在我的口袋裡就揣著他父親關於他身世的那盤錄音磁帶。我的手幾次伸進去，想把它掏出來遞給小肯。但是我還拿不定主意。小肯簽過字的論文擺在我的面前，小肯的字不是很端正，但是很大個。小肯是這樣簽的：這些觀點屬實。患者王小肯。但是我知道這些觀點一點也不屬實，小肯的病因其實很簡單，那是她母親遺傳給他的。四十年前，就已經注定小肯會患這樣的病。他的出生決定了他的今天。

我的手又癢了起來，我又抓住了那盤磁帶。再拖下去，我對我自己更沒有把握。於是，我一狠心，把那盤磁帶掏出來扔到江裡。江裡噗嗵一聲。小肯說你把什麼丟掉了？沒什麼？這一刻，我只是覺得你的父親眞好。小肯低下頭，眼窩裡含滿淚水。我們默默地坐著，等待悲傷從小肯的身上滑過。等了一會，小肯，如果你願意的話，我很想再給你做一個小小的實驗，當然你必須願意，我不會強求你。小肯說什麼實驗？你還記得劉丹嗎？小肯搖搖頭，說不記得。我從衣兜裡掏出一塊芝麻糖，遞給他。把它吃了。他接過芝麻糖含到嘴裡，他的芝麻糖一含到嘴裡，眼睛就突然發光。他對著露天茶座的幾十號正在喝茶的亂烘烘的人群，叫了一聲劉丹。姚醫生，我看見劉丹了，她正朝著我走來。

莫言 和他的小說

莫言（一九五五～），本名管謨業，出生於山東高密東北鄉一個人口衆多的貧困農民家庭。這裡的村民大多是文盲，但很多人出口成章、妙語如珠，滿肚子都是神神鬼鬼的野故事，他的大爺爺（祖父的哥哥）更是一個故事大王，總是用第一人稱來隨機編造一些讓人感同身歷其境的傳奇故事。不可思議的鄉野傳奇，豐富了物資匱乏的貧瘠歲月，更為莫言日後的原鄉神話，儲備了足夠的「想像的糧餉」。一九六六年文革開始，小學五年級的莫言輟學回家放牧，與牛羊的交往比對人還要多，飽嘗了孤獨的滋味，但也因此對大自然有了深刻的理解。一九七三年，十八歲的莫言到棉花加工廠做合同工，一九七六年應徵入伍，離開了貧窮閉塞的故鄉。在部隊歷任戰士、班長、教員、幹事、創作員等職。一九九七年脫離軍界，到報社工作。先後畢業於解放軍藝術學院文學系和北京師範大學研究生班。

一九八一年在《蓮池》發表處女作短篇小說〈春夜雨霏霏〉，一九八五年在《中國作家》發表成名作中篇小說〈透明的紅蘿蔔〉，引起很大的反響，被譽為尋根小說的代表作之一。一九八六年發表〈紅高粱〉系列中篇小說，造成更大的轟動。當年夏天，即由張藝謀改編成電影，翌年榮獲柏林影展金熊獎，引起國際影壇對中國電影的關注。一九八七年春，代表作長篇小說《紅高粱家族》由解放軍文藝社正式出版；翌年秋天，山東大學、山東師範大學在高密聯合召開「莫言創作研討會」。十餘年來，這部經典之作陸續吸引了國內外數百篇的評論和多部學位論文的討論。一九九五年冬，《豐乳肥臀》在《大家》連載，並獲首屆「大家文學獎」。

莫言最推崇的作家是一九八四年才引進中國書市的福克納和馬奎斯，他深受《憤怒與喧囂》和《百年孤寂》這兩部世界小說經典鉅著所震驚，書寫方式也因此產生極大的轉變。莫言從中領悟到生長的土壤和根的重要性，促使他動念開闢一個屬於自己的領地，那是文學的，也是歷史／地理的「高密東北鄉」。原鄉神話加上魔幻寫實主義的書寫策略，莫言創造出屬於自己的鄉野傳奇，並將鄉野人物，拉拔到現代文明難以企及的「英雄演義」層次，並展示了驚人的生命內涵，從魔幻寫實的神奇想像、生猛靈活的生活語彙、滂沛洶湧的生理慾望，到顛覆傳統社會美醜尊卑的價值觀。這種「狂歡化／嘉年華」的生命形式，來自民間的活潑話語，迴異於史詩式的典雅／高尚語言，即是巴赫汀所謂的「怪誕」美學。

莫言以天馬行空的想像，創造出《酒國》、《食草家族》、《豐乳肥臀》、《檀香刑》等多部長篇鉅構，在充滿「怪誕」或「魔幻」的書寫背後，莫言以「種的退化」史觀，對現代文明生命力的衰敗進行嘲諷與批判。《紅高粱家族》一書，更以「酒神精神」的「狂歡敘述」（即是用戲謔、詼諧的文體來把握獨特的生命體驗，在敘述和言語表現方式上邏輯顛倒、荒謬率性、不拘形式），將肉體和慾望這兩個傳統文學的禁忌主題，逆轉、昇華為驅動革命和改變歷史（和人種）的力量。「說書人」莫言筆下的歷史，不但充滿滂沛的生命慾望，以及瑰麗、遼闊的想像，它更是由個體的生命力量所建構的「小我」的家族史，而非服膺於官方意識型態下的大敘述。

一九九九年在《作家》發表短篇小說〈祖母的門牙〉，篇幅雖短，卻表現了莫言小說擅長以鄉野傳奇說精彩故事的特質。敘述者一出生即有門牙，近百歲的祖母奇蹟似的再次長出了門牙，是這篇小說的兩「奇」，母親和祖母之間的婆媳問題，又是中國傳統女性的古老問題，這是莫言最擅長的，把魔幻寫實本土化／中國化式的書寫風格。門牙被賦予權力的象徵意義，然而權力往往帶來災難：敘述者因為有門牙，幾乎一出生就面臨被溺死在尿罐的噩運。祖母原有的大門牙未被母親打落時，她是家裡的掌權者；門牙被打落，她失去了掌權者的地位。再次長牙時，她成了社會的焦點，並且被強賦予政治意義，她的「牙」因此又對母親構成了威脅。這種天馬行空的魔幻想像，是莫言一直被批評家津津樂道的說書人風格，特別是出口成「粗」，卻又充滿農民／民間趣味的戲謔對話，更是莫言小說引人入勝的要點。

同樣以魔幻寫實著稱的〈紅高粱〉獲第四屆全國中篇小說獎、由此改編的電影《紅高粱》獲西柏林電影節金熊獎、長篇小說《紅高粱家族》入選「二十世紀中文小說一百強」、《豐乳肥臀》獲大家文學獎、《酒國》（法文版）獲法國「儒爾．巴泰雍」獎、《檀香刑》獲台灣《聯合報》十大好書獎、《生死疲勞》獲紅樓夢獎，由《白狗鞦韆架》改編的電影《暖》，榮獲二〇〇三年東京電影節金麒麟獎。

重要作品有：長篇小說集《紅高粱家族》（北京：解放軍文藝，一九八七／台北：洪範書店，一九八八／海口：南海，一九九九／北京：人民文學，二〇〇〇／濟南：山東文藝，二〇〇二）、《酒國》（台北：洪範書店，一九九二／長沙：湖南文藝，一九九三／濟南：山東文藝，二〇〇二）、《食草家族》（北京：華藝，一九九三／台北：麥田，二〇〇〇）、《豐乳肥臀》（北京：作家，一九九五／台北：洪範書店，一九九六）、《檀香刑》（台北：麥田，二〇〇一／北京：作家，二〇〇一）、《四十一炮》（台北：洪範書店，二〇〇三／瀋陽：春風文藝，二〇〇三）、《生死疲勞》（台北：麥田，二〇〇六）、《蛙》（上海：上海文藝，二〇〇九／台北：麥田，二〇一〇）；短篇小說集《透明的紅蘿蔔》（北京：作家，一九八六／台北：新地，一九八七）、《爆炸》（北京：解放軍文藝，一九八八）、《白棉花》（北京：華藝，一九九一）、《神聊》（北京：北京師大，一九九三）、《傳奇莫言》（台北：聯合文學，一九九八）、《莫言文集》（北京：當代世界，二〇〇四）等。其中二十四部作品被譯成英、法、德、義、日、韓、西班牙、希伯來、瑞典、挪威、荷蘭、波蘭、越南等十三種外文。

祖母的門牙

莫言

據說我剛生下來時就有兩顆門牙。我的祖母遵照古老的傳統用打火的鐵鐮給我開口時，還以爲我的牙床上沾著兩粒黃瓜籽兒呢，但她馬上就聽到了我的門牙碰撞鐵鐮時發出的清脆響聲。祖母的臉頓時就變黃了，因爲在民間的傳說中，生下來就有牙的孩子多半都是復仇者——是前世的仇人投胎轉世——這個復仇者不把這個家庭弄得家破人亡是不會罷休的。祖母扔下火鐮，提著我的兩條瘦腿，像提著一個剝了皮的貓，毫不猶豫地就要往尿罐裡扔。她老人家曾經是專業接生婆，在周圍十幾個村子裡都有名氣，經她的手接下來的孩子不計其數，經她的手溺死在尿罐裡的小妖精同樣不計其數。

我出生時，新法接生已經實行多年，村裡的人家生孩子已經不來請祖母，她的飯碗讓新法接生給砸了。我母親的肚子剛剛鼓起來時，祖母那兩隻閒了多年的手就發起癢來。我母親從過門那天起，就聽她咒罵新法接生。她說新法接生是邪魔歪道，接下來的孩子不是癡就是傻，不癡不傻長大了也是羅圈腿。我母親是上過識字班的人，認識起碼三百個字，能看簡單的小人書，在農村婦女中算知識份子，她當然不相信我祖母的鬼話，但五〇年代初期的農村家庭，還籠罩著濃厚的封建氣息，我父親又是個出了名的孝子，我祖母說什麼他就信什麼，即便心裡有懷疑，也不敢提出異議。他對我祖母的感情遠遠超過對我母親的感情，他和祖母經常聯手欺負我母親。

我母親嫁過來的第三天，我祖母就對我父親說：

「富貴，該給她個下馬威了！」

他有點羞澀地說：

「才三天……再說，她也沒犯錯誤……」

我母親說：

「你爹話還沒說完呢，你奶奶那個老混蛋就把一個雞食鉢子摔了！」

啪！祖母把雞食鉢子扔在地上，跌成了三六一十八瓣。

「富貴呀，富貴，你個雜種，我一把屎一把尿把你拉扯大容易嗎？」祖母瞪著金黃的眼珠子，指著我爹的鼻子控訴，「你可真是『山老鴰，尾巴長，娶了媳婦忘了娘！把娘扔到山溝裡，把媳婦揹到熱炕上！』」

「娘，我沒把您扔到山溝裡……」

「你還敢跟我犟嘴，你翅膀硬了是不是？自打這個小狐狸精進了門，你就不像我的兒子了！你說吧，今日你打不打？不打她，就打我！」

母親說：

「從來就沒見過你爹這樣的窩囊廢，他心裡其實是捨不得打我的，我進門三天，連大門朝哪開都沒摸清楚，你說我會有什麼錯誤？」
我父親見我祖母發了大脾氣，把嘴一咧，嗚嗚地哭起來。
祖母一屁股坐在地上，雙手輪番拍打著地面，呼天搶地地哭著、數落著：
「老頭子啊……你在天有靈，睜開眼看看這個好兒子吧……老頭子啊，我這就跟隨著你去了吧……」
我母親看到這種情景，自己從屋子裡走出來，跪在我父親面前，說：
「娘讓你打，你就打吧！」
母親說：
「我硬憋著不哭，但那些眼淚就像斷了線的珠子一樣，撲撲簌簌地滾下來。」
父親從灶前撿起一根燒火棍，在我母親的背上抽了一下子。
祖母瞪著眼說：
「我說富貴，你演戲給誰看呢？」
父親爲難地說：
「還得眞打？」
祖母氣得身體往後一挺，眼見著就背過氣去了。
這一下可把我爹給嚇壞了，他大叫著：

「娘啊娘，您別生氣，我這就打給您看，我狠狠地打給您看……」

父親掄起燒火棍，抽打著母親的背。打順了手，也就顧不上拿捏，一下是一下，打得眞眞切切，鮮血漸漸地沁透了母親的衣衫。母親起初還咬牙堅持著，後來就哭出了聲。

母親說：

「痛是次要的，主要是感到冤屈。」

祖母長長地出了一口氣，活了過來。

父親看到祖母醒了，手上更加不敢惜力，一下比一下打得凶狠。

母親身體一歪，倒在地上。

祖母抽著大菸袋，懶洋洋地說：

「行了吧，念她初來乍到，饒了她吧！」

父親扔掉燒火棍，眼裡含著淚，嘴一咧一咧的，活像個鬼。

祖母嚴肅地問我母親：

「你是不是心裡覺得冤？」

母親的眼淚嘩嘩地流著，說：

「不冤……」

祖母說：

「我看你心裡冤，冤得很吶！」

母親哭得連話都說不出來了。

祖母問：

「知道爲什麼打你？」

母親搖搖頭。

祖母說：

「當年，我進門三天，我的婆婆也是這樣，讓你公公打了我一頓，當時我也覺得冤，連死的心都有，但是現在我明白了，我婆婆讓你公公打我，是告訴我一個道理，知道是啥道理嗎？」

母親搖頭。

祖母站起來，拍拍腚上的土，說：

「多年的水溝流成了河，多年的媳婦才能熬成個婆！」

這句話讓母親在黑暗中看到了一線光明。

母親說：

「如果不是聽了她這句話，那天夜裡，我很可能一繩子就把自己擼死了。」

多年後我問母親：

「爲什麼不去找政府？爲什麼不去法院告她？」

母親搖搖頭說：

「你說什麼呀！」

母親懷著我將近臨盆時，曾經動過請李瓶兒來接生的念頭，私下裡也跟父親提出過請求。父親說：

「你這不是讓我到老虎腚上去拔毛嗎？」

祖母看出了母親的心思，敲山震虎地說：

「李瓶兒那個小婊子，只要她敢跨進我的家門一步，我就把她那個臊×豁了！」

就這樣，我一出生就落在了祖母那兩隻冰涼的手裡。

在我的頭就要被浸入尿罐的危急關頭，母親一躍而起，竄到炕下，從祖母手裡把我搶下來。祖母大怒，道：

「富貴屋裡的，你想幹什麼？」

祖母說著就把她的鐵硬的爪子伸過來，想從母親手裡把我奪回去。母親抱著我的頭，祖母扯著我的腿，我在她們兩個的手裡放聲大哭。那時刻我好像一隻剛蛻殼的蟬，身體還是軟的，在她們兩人的拉扯下，我的身體就像一塊橡皮，眼見著就被抻長了。我是母親身上掉下來的肉，儘管我長了兩顆暫時不該長的門牙，但母親還是痛我愛我，生怕在這樣的強力牽拉下把我拽成兩段。祖母這個老妖精，她不痛我也不愛我，在我還沒出生時她就開始咒罵我，因爲我在母親肚子裡讓母親幹活的速度和質量受了影響，祖母就罵我母親懷了個狗雜種。她一看到我長了兩顆門牙就把我判爲復仇鬼，爲了家庭的安全，她要把我摁在尿罐裡溺死。母親因爲愛我不敢用力，祖母因爲恨我往死裡用力，這場拔人比賽一開始母親就注定要輸，眼見著我就要落在祖母的手裡，落在祖母的手裡也就等於落在尿罐子裡，而落到尿罐裡也就等於落到了死神手裡。在我母親的眼睛裡，祖母滿頭的白髮根根都帶了電，就像陽光曝曬下的貓的毛。祖母的眼睛閃著綠油油的光好像暗夜裡的貓眼。祖母的鼻子彎曲，牙床突出，下巴又尖又長，活像一個搗蒜的錘子。祖母突出的牙床上掛著兩顆大門牙，牙根暴露，滲出血絲。這老東西自己明明也生著門牙而且是很大的很長的發黃的像老馬的門牙一樣的大門牙臭門牙卻不允許我長門牙這算怎麼個說法你也太霸道了。俗言道：父不慈，子不孝；奶奶不仁就休怪孫子口出惡言：你這個老妖精！母親在危急關頭，護犢情深，把三綱五常二十四孝統統地拋到腦後，抬起一隻手，在運動中攥成了拳，對準了祖母的嘴巴，捅了一傢伙。只聽到一聲肉膩膩的響，祖母怪叫了一聲，鬆了扯住我的雙腿的手，捂住了嘴巴。我的身體在母親懷裡很快地收縮起來，縮得比剛脫離母體時還要短，我恨不得重新回到母親肚子裡去，當然這是不可能的。難產的孩子其實都是先知先覺的孩子，他們不願意出來，是他們已經預見到世道的艱難和不公正。我之所以在母親的肚子裡連門牙都長了出來，是因爲我在母親肚子裡已經多待了三個月，這也是祖母把我當成了妖精的重要原因。其實，我之所以不敢出生，十分裡倒有八分是怕這個老妖精。母親這一拳有點狗急跳牆的意思，也有點困獸猶鬥的意思，她是勞動慣了的人，懷我到了八個月時，還挑著一擔水爬河堤，幹活練得胳膊上全是一條條的腱子肉，這一護犢子拳捅出去，少說也有二百斤的力氣，腐朽快要透了頂的祖母如何承受得了？受不了也得受，這就叫哪裡有壓迫哪裡就有反抗。正義的鐵拳打到祖母的嘴巴上，打得她發出了怪叫，打得她連連倒退，那兩隻從小就裹殘了的地瓜腳缺少根基，倒退連連是正常的，如果她不倒退才是不正常的。她的腳讓門檻絆了一下，然後她就一屁股蛋在了地上。如果她生著尾巴，這下子肯定把尾巴蹾斷了，她沒有尾巴，也把本來應該生尾巴那個地方的骨頭蹾痛了。她就那樣雙腳在門檻裡屁股在門檻外坐著，張開口往地上吐了一灘血，血裡有兩顆大門牙。這老傢伙的門牙其實已經搖搖欲墜，母親不用拳頭搗它們它們也掛不了幾天了。祖母撿起門牙，放在手心裡托著，仔細地觀看了一會兒，然後就嚶嚶地哭起來，那聲音像一個受了委屈的膽小如鼠的小姑娘。

母親說：

「聽慣了你奶奶扯著大叫驢嗓子哭嚎，乍一聽她換了這樣一副腔調，感到很不習慣。」

母親說：

「我原本是準備與她拚個魚死網破的，但沒想到她會這樣。」

母親一隻手抱緊了我，另一隻手抄起了一把剪刀，等著被打掉了門牙的婆婆發起瘋狂反撲。母親說當她看到祖母吐出她的大門牙時，心裡就做好最壞的打算。但出乎意料的是：祖母就那麼老老實實地坐著，嚶嚶地哭著，平時罵慣了人的嘴巴裡連一個髒字兒都沒出。母親認爲這是狂風暴雨前的平靜，就說：

「馬張氏，禍我已經闖下了，今日我是破罐子破摔了，人活百歲也是死，砍掉腦袋碗大個疤，自從進了你家的門，我過的就是牛馬不如的生活，人說世上黃連苦，我比黃連苦三分，與其忍氣吞聲活，不如轟轟烈烈死！我不後悔，我很痛快，我準備好了，你來吧，我先用剪子戳了你，接著就戳我自己！」

母親發表了她的血淚控訴與豪言壯語，祖母絲毫沒有反應，還是捧著她的門牙在那裡哭泣。母親納悶極了，心想這是怎麼回事？這事就好像是武松打掉了老虎的門牙老虎竟然坐在地上哭一樣。母親說：

「馬張氏，你別裝了，該動手了！」

祖母還是那樣。母親仔細研究著祖母的臉，發現丟了大門牙的祖母臉變了，甚至可以說變得可憐巴巴，或者說變得很像個弱者。後來的事實也證明，母親一拳把一個母老虎打成了一隻老綿羊，從此祖母就從家庭霸主的地位上退了下來，母親當家做了主人。至於我父親，祖母當家長時，他是個好成員；母親當家長，他表現得更好，因爲他當年畢竟在祖母的指示下充當過欺負我母親的打手，心中有愧，自然想好好表現。

祖母性格的突變，做爲一個問題，困擾了母親幾乎一輩子，直到祖母年近一百、母親年近六十時，才無意中找到了答案。

祖母九十九歲那年，萎縮得如一條乾蚯蚓般的牙床上，竟然又長出了兩顆小牙，這兩顆小牙長在門牙的位置上，說明了這是兩顆門牙。這情形很像一棵枯萎的老樹上生出來兩個嫩芽。對祖母嘴裡的這兩顆牙起初我們感到好奇，還把這當成了個新鮮事兒出去宣傳。公社裡一個報導員正爲稿子不能見報發愁，聽到了這個傳聞如獲至寶，騎著自行車到我家來轉了一圈，回去就添油加醋地寫了一篇稿子，說是新人新事新社會，新生事物層出不窮，鐵樹開花，枯枝發芽，百歲老人返老還童，重新生了兩顆門牙。這篇稿子很快就見了報。我母親對這種宣傳很反感。她對祖母重新長門牙心中不安，認爲年近百歲的祖母重新長牙就像公雞下蛋母雞打鳴一樣，很可能是個不祥之兆。後來發生的事實證明，母親的預感是正確的。

自從祖母長牙的消息見報後，到我家來看稀奇的人絡繹不絕。開始我們也把這當成了光榮，人來了就熱情接待，但很快我們就煩不勝煩。本村的人差不多都來了一遍，外村的人也來了。來了就讓祖母到院子裡，坐在太陽底下，仰起臉張開口，齜出那兩顆白白的兒童般的小牙。這樣的兩顆牙如果生在兒童嘴裡，一齜出來就像小狗一樣，的確很可愛，但這樣兩顆牙生在一個鶴髮雞皮的老太太嘴裡，看起來不但不可愛，反而有點彆扭。這種不好的感覺你也不能說是噁心，你也不好說就是硌磣，反正是夠彆扭的。不久，在我們村插隊的一幫知青試驗成功了一種特效菌肥「五二四八」，說是比日本尿素的肥效還要高一百多倍，把一棵地瓜秧的根兒放在「五二四八」的水裡蘸蘸，栽到地裡去，兩個月後，長出來的地瓜就像石磙子似的。這一下子我們村成了典型，轟動了半個省，前來參觀、「取經」的人一撥接著一撥，不知道哪個跟我們家有仇的混蛋造了一個謠言，說我祖母的門牙就是喝了一口「五二四八」溶液後長出來的。這下子我們家可熱鬧了，前來參觀的人必來我們家，村裡和公社裡那些幹部也揣著明白裝糊塗，他們明知道根本就沒有這碼子事，也不站出來闢謠。起初他們還支支吾吾羞羞答答，後來乾脆順水推舟，把看我祖母的門牙當成一個法定的參觀項目。

我母親煩透了，當著那些參觀者大罵公社幹部和村幹部，說根本就沒有這碼事。但我母親愈是這樣說，參觀的人愈認爲這件事是眞的。村黨支部書記宋大叔把我母親叫到大隊辦公室裡去，苦口婆心地開導她。

宋大叔說：

「大牙他娘，你這人怎麼這樣死性？」

「大牙」是我的外號，這個外號太響亮了，把我的乳名「紅星」和我的學名「馬千里」都給蓋住了。提起「大牙」沒人不知道是我，提起「紅星」和「馬千里」，就沒有幾個人知道是我。

我母親說：

「他大叔，這不是睜著眼說瞎話嗎？哪有這碼事？就算他奶奶喝了『五二四八』，那也應該滿口長牙，怎麼單單長了兩顆門牙？」

宋大叔說：

「說你死性吧，你還反吵，你以爲我不明白？我啥不明白？這叫社會，這叫政治，懂嗎？政治！」

我母親說：

「不懂你們的這個政治！」

宋大叔說：

「打個比方吧，一九五七年，誰不知道吃不飽？可誰要說吃不飽，馬上就是個『右派』！一九五八年，說一畝地能產一萬斤麥子，誰不知道這是放屁？可誰敢說這是放屁，立馬讓你屁滾尿流！這樣一說你就懂了吧？」

我母親說：

「懂了！」

宋大叔說：

「大牙他娘你眞是個明白人！」

我母親說：

「但是，他大叔，這麼多人，天天像趕大集一樣，驚得俺家的雞也不下蛋了，豬也掉了膘。他奶奶的嘴也給弄得合不上了，喝點水就順著嘴角往外流，這樣下去怎麼得了！」

宋大叔說：

「這個問題嗎，支部已經研究了，決定給你們家補貼三百斤玉米，讓大牙去找王保管領就行了，就說是我說的。」

我母親說：

「三百斤是不是少點了？」

宋大叔說：

「大牙他娘，可別得寸進尺！三百斤玉米，一個整勞力一年的口糧呢！」

用暫時的眼光看，祖母的門牙給我們家帶來了好處，但祖母可吃盡了苦頭。她每天白天的大部分時間都得坐在牆根的向陽處，人來了她就得張開嘴巴，齜出門牙，讓人觀看。時間長了，口水就沿著她的嘴角流下來，把胸前的衣服都弄濕了。最討厭的是那些人光看還不行，偏要追根刨柢地問：

「大娘，您怎麼想到要喝『五二四八』？」

我祖母瞇著沾滿眵的老眼，反問：

「什麼？」

「『五二四八』是什麼味道？」

「什麼？」

「您原來的門牙是怎麼掉的？」

除了這句問話之外，我祖母一律用「什麼？」來回答，好像她是個昏聵的老糊塗，但唯有這句話她回答得很清楚。

「您原來的門牙是怎麼掉的？」

祖母猛地睜開眼睛，眼睛裡放出幽幽的綠光，用綠光幽幽的眼睛盯住我母親的臉，響亮地說：

「是讓我的孝順兒媳一拳打掉的！」

於是，眾人的目光便齊齊地射到我母親的臉上。我母親在眾目睽睽之下，如同受審的罪犯。

就因爲那三百斤玉米，我母親忍氣吞聲，把這場戲艱難地往下演著。

我到生產隊的倉庫裡找到了王保管領玉米，王保管皮笑肉不笑地說：

「大牙，你們家可眞是好運氣！白得了三百斤糧食！」

我把那三百斤玉米分兩次扛回家。母親長嘆一聲說：

「人窮志短，馬瘦毛長，我們等於把你奶奶當猴耍了……」

我安慰她：

「娘，不能這麼說，這是政治需要！」

母親解開麻袋，抓起一把玉米看看，說：「王保管這個雜種，盡給了些發霉的！裝包時你就不看看?!」

「我去的時候他就把麻袋裝好了。」

「這個雜種是眼紅呢！」

「我找他算帳去！」

母親攔住我，說：

「算了，咱們丟不起人了！」

因爲天天接待參觀者，母親顧不上給豬打飼料，就挖了一瓢霉玉米倒進豬槽，順便抓了幾把撒給母雞。

當天夜裡，我們家的豬死了。

第二天早晨開雞窩，發現雞也死了。

母親從豬圈跑到雞窩，又從雞窩跑到豬圈。跑到豬圈裡她摸摸那頭關係著我們家經濟命脈的豬，眼淚嘩嘩地從她眼裡流到她的臉上。跑到雞窩前她摸著那七隻爲我家提供日常開支的母雞，眼淚嘩嘩地從她的眼睛裡流到她的臉上。

第二天，母親緊緊地關上了大門。當趙大叔帶著一群參觀者來看我祖母的門牙時，我母親站在院子裡破口大罵：

「狗娘養的趙大山，領著回家看你娘去吧！你娘也喝了『五二四八』，你娘不但嘴裡長了新牙，你娘的肛門裡都長了牙！」

我母親是個有文化的人，我從來想不到她也會罵人，而且罵得如此幽默。

我聽到參觀者在門外哈哈大笑起來。

我聽到趙大叔低聲嘟囔著：

「這個老娘們，瘋了！」

我祖母不知什麼時候從屋子裡出來了，還坐在她坐慣了的地方，仰著頭，好像在回答著參觀者的提問：

「什麼？」

我祖母瞇著沾滿眵的老眼反問：

「什麼？」

我祖母猛地睜開眼睛，眼睛裡放出幽幽的綠光，用綠光幽幽的眼睛盯著我母親的臉，響亮地說：

「是讓我的孝順兒媳一拳打掉的！」

我母親像讓電打了似地愣住了。我祖母不間斷地重複著上面那三句話，簡直就是個老妖精。

我母親想了許久，冷笑著說：

「不錯，是我打掉的！」

我母親大踏步地走進廂房。

我聽到廂房裡唏哩嘩啦地響著。

我母親提著一把生鏽的鐵鉗子走了出來。

我母親走到我祖母面前。

我大叫一聲：

「娘！」

我祖母猛地睜開眼睛，眼睛裡放出幽幽的綠光，用綠光幽幽的眼睛盯著我母親的臉，響亮地說：

「是讓我的孝順兒媳一拳打掉的！」

母親彎下腰，一手捏住了祖母的長下巴，一手舉起鉗子，夾住了祖母嘴裡那兩顆招災惹禍的門牙，猛地往下一拽。

祖母的手揮舞了幾下，然後就嚶嚶地哭起來。

母親扔掉鉗子，站了幾分鐘後，也坐在了祖母身旁，嚶嚶地哭起來。

我像根木頭似地站在她們面前，耳朵聽著她們倆難分彼此的哭聲，眼睛看著她們同樣蒼老的臉，油然地想起一句俗語：

多年的父子成兄弟，多年的婆媳成姐妹。

——收入《紅高粱的孩子》（時報文化）

余華 和他的小說

余華（一九六〇～），出生於浙江杭州，一歲的時候隨父母遷居海鹽縣，那是杭州灣裡一個「連一輛自行車都看不到」的小鎮，有一條比胡同還要窄的大街。余華就在此生活了近三十年。從小就在醫院的環境裡長大的余華，對醫生從手術室裡提出來的一桶一桶血肉模糊的東西已經習以為常；小學四年級時，乾脆搬到醫院裡住，對面就是太平間，那段日子他聽慣了死者親屬們各種淒慘的哭聲，對太平間也沒有絲毫恐懼。他喜歡一個人待在太平間裡避暑，因為那些用水泥砌成的床非常涼快。這時期的生活經歷深刻地影響了日後小說創作的「暴力」（與死亡）書寫。

在大字報風行的年代，群眾的想像力被發掘得淋漓盡致，從虛構、誇張、比喻到諷刺，所有文學手段都得到最徹底的發揮。那是余華最早接觸到的「文學」，愈貼愈厚的大字報竟啓發了余華的文學志趣。中學畢業後，他當過牙醫，但每天八小時準時上下班的工作太難受，他比較喜歡文化館那種懶懶散散的工作，於是五年後棄醫從文，進入縣文化館和嘉興文聯。他曾在北京魯迅文學院與北師大中文系合辦的研究生班深造。

一九八四年余華發表了處女作〈星星〉。一九八七年短篇小說〈十八歲出門遠行〉發表後，便接二連三的以實驗性極強的作品，在文壇引起頗多的震撼和關注，跟馬原、格非、葉兆言、蘇童等人並列先鋒小說的代表作家。

余華冷酷的暴力書寫是眾多評論家的討論焦點。謝有順即指出：「暴力」是余華對世界本質的基本指證，也是自始至終貫穿余華小說的一個主詞。早期的短篇名作〈一九八六〉、〈現實一種〉、〈河邊的錯誤〉即是以純粹的肉體暴力做為精神暴力和思想暴力的轉喻，以完成對內在真實的書寫，有著最為冷酷、陰鬱的血腥場面；後期的長篇小說《在細雨中呼喊》、《活著》、《許三觀賣血記》則透過命運的殘忍和無以復加的苦難，進一步指證一種更潛在、更強大、更難以抵抗的生活暴力。但隨著余華對人的體驗和理解的改變，他的暴力敘述逐漸產生變化，後期的作品多了一層善良、溫和、悲憫的精神底色。（謝有順〈余華：活著及其待解的問題〉）

余華的死亡／暴力書寫在後期逐漸產生轉變，同時也遠離了先鋒派。從《活著》（一九九三）開始，余華對「活著」有了不一樣的體會和思考。學者陳少華從精神分析的角度來審視余華對死亡的書寫，深入地探討了他的內心世界。他覺得余華對太平間過於詩化的描述並不單純，那是以麻木或習慣來自我偽裝的一種精神防禦機制，稱為「反向形成」。詩化描述正好暴露潛意識裡對死亡的恐懼。恆常的冷漠與憤怒、揮之不去的暴力和死亡事件，是自我與現實世界的關係陳述，也是對恐懼死亡的迴響。直到《活著》和《許三觀賣血記》，余華才逐漸從這種藉寫作以辨識內心、協調自我跟現實世界關係的行為，找到一種悲天憫人的力量，局部「治癒」了內心的恐懼（陳少華〈寫作之途的變遷〉）。「悲憫」之心，讓余華近期的小說產生微妙的變化，直接影響了對暴力和死亡的敘述。發表於二〇〇三年的短篇小說〈朋友〉，可以更清晰地印證這個變化。

乍讀之下，〈朋友〉是一篇非理性的肉體暴力書寫，故事從「提著一把亮晃晃的菜刀」的昆山展開，因為石剛打了他老婆一巴掌，所以他「揚言要把石剛宰了」。「昆山」的音韻形象是一塊石頭，「石剛」也是。這是兩塊頑石的盲目決鬥，甘為一個巴掌賠掉性命。昆山揚言殺人只為了區區面子，可他的行動立即匯聚了大量群眾。暴力本身即是一種男性魅力，它維護、肯定了男性的社會地位（面子）與人生理念（愚行的依據），並能迅速匯集（嗜血的）群眾。沒有人挺身勸阻，這場頗具武俠氛圍十足的決戰，順利地在群眾（同時也是讀者）的期盼中展開。太少的血腥，冗長的拉鋸，草草的收場。人沒死手沒斷，兩條好漢都「活著」，痊癒後還當了「朋友」。「一條毛巾打敗了一把刀」的結局，或許意味著「以柔克剛」的悲憫之心，已開始軟化余華的暴力書寫。

余華的小說被翻譯成多國語言在國外出版，並先後獲得義大利文學基金會頒發格林扎納．卡佛文學獎（Grinzane Cavour）、澳大利亞詹姆斯．喬艾思（James Joyce）基金會頒發懸念句子文學獎（Suspended Sentence Award）。代表作《活著》由張藝謀拍成同名電影，獲得坎城影展評審團大獎；此外，也入選由《亞洲週刊》的「二十世紀中文小說一百強」。

重要作品有：長篇小說集《在細雨中呼喊》（廣州：花城，一九九三／上海：上海文藝，二〇〇三）、《活著》（武漢：長江文藝，一九九三／上海：上海文藝，二〇〇三／台北：麥田，一九九四）、《許三觀賣血記》（南京：江蘇文藝，一九九六／上海：上海文藝，二〇〇三／台北：麥田，一九九七）、《兄弟》

（台北：麥田，二〇〇五）；短篇小說集《十八歲出門遠行》（北京：作家，一九八九／台北：遠流，一九九〇）、《河邊的錯誤》（武漢：長江文藝，一九九二／上海：上海文藝，二〇〇三）、《現實一種》（北京：新世界，一九九九／上海：上海文藝，二〇〇三）、《世事如煙》（北京：新世界，一九九九／上海：上海文藝，二〇〇三）。

朋友

余華

大名鼎鼎的昆山走出了家門，他一隻手捏著牙籤剔牙，另一隻手提著一把亮晃晃的菜刀。他揚言要把石剛宰了，他說：就算不取他的性命，也得割下一塊帶血的肉。至於這塊肉來自哪個部位，昆山認爲取決於石剛的躲閃本領。

這天下午的時候，昆山走在大街上，嘴裡咬著牙籤，眼睛裡布滿了血絲，小鬍子上沾著菸絲。他向前走著，嘴唇向右側微微歪起，衣服敞開著，露出裡面的護腰帶。人們一看就知道，昆山又要去打架了。他們跟在昆山後面，不停地打聽著：「誰啊？昆山，是誰呀？這一次是誰？」

昆山氣宇軒昂地走著，身後的跟隨者愈來愈多。昆山走到了那座橋上後，站住了腳，他「呸」地一聲將牙籤吐向橋下的河水，然後將菜刀放在了水泥橋的欄杆上，從口袋裡掏出一盒大前門香菸，在風中甩了兩下，有兩枝香菸從菸盒裡伸了出來，昆山的嘴唇叼出了一枝，然後將火柴藏在手掌裡劃出了火，點燃香菸。他暫時不知道往何處去。他知道石剛的家應該下了橋向西走，石剛工作的煉油廠則應該向南走，問題是他不知道此刻石剛身在何處？

昆山吸了一口菸，鼻翼搧動了幾下，此後他的眼睛才開始向圍觀他的人掃去，他陰沉著臉去看那些開朗的臉，他注意到了其中一張有眼鏡的瘦臉，他就對著那張臉說話了：「喂，你是煉油廠的？」

那張瘦臉迎了上去。

昆山說：「你應該認識石剛？」

這個人點了點頭說：「我們是一個車間的。」

隨後昆山知道了石剛此刻就在煉油廠。他抬腕看了看手錶，已經一點鐘了，他知道石剛剛剛下了中班，正向澡堂走去。昆山微微一笑，繼續靠在欄杆上。他沒有立刻向煉油廠走去，是因爲他還沒有吸完那枝香菸。他吸著菸，那些要宰了石剛和最起碼也要割下一塊肉的話，昆山就是這時候告訴圍觀者的。

當時，我正向煉油廠走去，我那時還是一個十一歲的男孩。這一天午飯以後，我將書包裡的課本倒在了床上，將乾淨衣服塞了進去，又塞進去了毛巾和肥皂，然後向母親要了一角錢，我告訴她：「我要去洗澡了。」

揹上書包的我並沒有走向鎮上收費的公共澡堂，我要將那一角錢留給自己，所以我去了煉油廠的澡堂。那時候已經是春天的四月了，街兩旁的梧桐樹都長出了寬大的樹葉，陽光明亮地照射下來，使街道上飛揚的灰塵清晰可見。

我是十一點四十五分走出家門。我將時間計算好了，我知道走到煉油廠的大門口應該是十二點整，這正是那個看門的老頭坐在傳達室裡吃飯的時間，他戴著一副鏡片上布滿圓圈的眼鏡，我相信飯菜裡蒸發出來的熱氣會使他什麼都看不清楚，更不要說他喜歡埋著頭吃飯，我總是在這時候貓著腰從他窗戶底下溜進去。在十二點半的時候，我應該赤條條地泡在煉油廠的澡堂裡了。我獨自一人，熱水燙得我屁眼裡一陣陣發癢，蒸騰的熱氣塞滿了狹窄的澡堂，如同畫在牆上似的靜止不動。我必須在一點鐘之前洗完自己，我要在那些油膩膩的工人把腿伸進池水之前先清洗掉身上的肥皂，在他們肩上搭著毛巾走進來的時候，我應該將自己擦乾了。因爲他們不需要太長的時候，就會將池水弄得像豆漿似的白花花地漂滿了肥皂泡。

可是這一天中午的時候，我走到那座橋上時站住了腳，我忘記了時間，忘記了煉油廠看門的老頭快吃完飯了，那個老頭一吃完飯就會背著雙手在大門口走來走去，而且沒完沒了。他會一直這麼走著，當澡堂裡的熱水冰涼了，他才有可能回到屋子裡去坐上一會兒。

我站在橋上，擠在那些成年人的腰部，看著昆山靠在欄杆上一邊吸菸，一邊大口吐著痰。昆山使我入迷，他的小鬍子長在厚實的嘴上，他說話時讓我看到肌肉在臉上像是風中的旗幟一樣抖動。我心想這個人腮幫子上都有這麼多肌肉，再看看他的胸膛，刺刀都捅不穿的厚胸膛，還有他的腿和胳膊，我心想那個名叫石剛的人肯定是完蛋了。昆山說：「他不給我面子。」

我不知道昆山姓什麼，這個鎮上有很多人都不知道他的姓，但是我們都知道昆山是誰，昆山就是那個向別人借了錢可以不還的人，他沒有香菸的時候就會在街上攔住別人，笑呵呵地伸出兩隻寬大的手掌拍著他們的口袋，當拍到一盒香菸時，他就會將自己的手伸進別人的口袋，將香菸摸出來，抽出一枝遞過去，剩下的他就放入自己的口袋。我們這個鎮上沒有人不認識昆山，連嬰兒都知道昆山這兩個字所發出的聲音和害怕緊密相連。然而我們都喜歡昆山，當我們在街上遇到他時，我們都會高聲叫著他的名字，我五歲的時候就會這樣叫了，一直叫到那時的十一歲。這就是爲什麼昆山走在街上的時候總是春風滿面，他喜歡別人響亮地叫著他的名字，他總是熱情地去答應，他覺得這鎮上的人都很給他面子。

現在，昆山將菸蒂扔進了橋下的河水，他搖著腦袋，遺憾地對我們說：「石剛不給我面子。」

「爲什麼石剛不給你面子？」

那個瘦臉上架著眼鏡的人突然這樣問。昆山的眼睛就盯上了他，昆山的手慢慢舉起來，對著瘦臉的男人，在空中完成了一個打耳光的動作，他說：「他打了我老婆一巴掌。」

我聽到了一片唏噓聲，我自己是嚇了一跳，我心想這世上還有人敢打昆山的老婆，然後有人說出了我心裡正想著的話：「他敢打你的老婆？這石剛是什麼人？」

「我不認識他，」昆山伸手指了指我們，「現在我很想認識他。」

瘦臉的男人說：「可能他不知道打的是你的老婆。」

昆山搖搖頭：「不會。」

有人說：「管他知道不知道，打了昆山的老婆，昆山當然要讓他見血，昆山的老婆能碰嗎？」

昆山對這人說：「你錯了，我的老婆該打。」

然後，昆山看了看那些瞠目結舌的人，繼續說：「別人不知道我老婆，我能不知道嗎？我老婆確實該打，一張臭嘴，到處搬弄是非。她要不是我昆山的老婆，不知道有多少人會打她耳光……」

昆山停頓了一下，繼續說：「可是怎麼說她也是我老婆，她說錯了什麼話，做錯了什麼事，可以來找我，該打耳光的話，我昆山自己會動手。石剛那小子連個招呼都沒有，就打了我老婆一耳光，他不給我面子……」

昆山說著拿起橋欄上的菜刀，微微一笑。

「他不給我面子，也就不能怪我昆山心狠手毒了。」

然後，昆山向我們走來了，我們爲他閃出了一條道路，人高馬大的昆山在街道上走去時就像河流裡一艘馬力充沛的客輪。而我們這些簇擁在他身旁的人，似乎都是螺旋槳轉出來的波濤。我們一起向前走著，我走在了昆山的右邊，我得到了一個好位置，昆山手裡亮閃閃的菜刀就在我肩膀前擺動，如同鞦韆似的來回盪著。這是一個讓我激動的中午，我第一次走在這麼多的成年人中間，他們簇擁著昆山的同時也簇擁著我。我們聲音響亮地走著，街上的行人都站住了腳，他們好奇地看著我們，發出好奇的詢問，每一次都是我搶先回答了他們，告訴他們昆山要讓石剛見血啦，我把「血」字拉得又長又響，我不惜喊破自己的嗓子，我發現昆山注意到了我，他不時地低下頭來看我一眼，我看到他的眼睛裡充滿了微笑。那時候我從心底裡希望這條通往煉油廠的街道能夠像夜晚一樣漫長，因爲我不時地遇上了我的同學，他們驚喜地看著我，他們的目光裡全是羨慕的顏色。我感到自己出盡了風頭。陽光從前面照過來，把我的眼睛照成了一條縫，我抬起頭去看昆山，他的眼睛也變成了一條縫。

我們來到了煉油廠的大門口，很遠我就看到傳達室的老頭站在那裡，這一次他沒有背著雙手來回蹱步，而是像鳥一樣將腦袋伸過來看著我們。我們走到了他的面前，我看到他鏡片後面的眼睛看到了我，我突然害怕了起來，我心想他很可能會走過來一把將我揪出去，就像是我的父親，我的老師，還有我的哥哥經常做的那樣。於是我感到自己的頭皮一陣陣地發麻，我抬起頭去看昆山，我看到昆山的臉被陽光照得通紅，然後我膽顫心驚地對著前面的老頭喊道：「他是昆山……」

我聽到了自己的聲音，又輕又細，而且還像樹枝似的抖動著。在此之前，老頭已經閃到了一旁，像剛才街道旁的行人那樣好奇地看著我們。就這樣，我們大搖大擺地走了進去，這老頭沒有表現出絲毫的阻擋之意，我也走了進去，我心想他原來是這麼不堪一擊。

我們走在煉油廠的水泥路上，兩旁廠房洞開的門比剛才進來的大門還要寬敞，幾個油跡斑斑的男人站在那裡看著我們，我聽到有人問他們：

「石剛去澡堂了嗎？」

一個人回答：「去啦。」

我聽到有人對昆山說：「他去澡堂了。」

昆山說：「去澡堂。」

我們繞過了廠房，前面就是煉油廠的食堂，旁邊是鍋爐房高高的煙囪，濃煙正滾滾而出，在明淨的天空裡擴散著，變成了白雲的形狀，然後慢慢消失。兩個鍋爐工手裡撐著鐵鏟，就像撐著拐杖似的看著我們，我們從他們身旁走了過去，來到了澡堂的門前。已經有人從澡堂裡出來了，他們穿著拖鞋抱著換下的衣服，他們的頭髮都還在滴著水，他們的臉和他們赤著的腳像是快要煮熟了似的通紅。昆山站住了腳，我們都站住了腳，昆山對那個戴眼鏡的瘦臉說：「你進去看看，石剛在不在裡面。」

戴眼鏡的瘦臉走進了澡堂，我們繼續站著，更多的人圍了過來，那兩個鍋爐工拖著鐵鏟也走了過來，其中一個問昆山：「昆山，你找誰呀？誰得罪你啦？」

昆山沒有回答，別人替他回答了：「是石剛。」

「石剛怎麼了？」

這一次昆山自己回答了：「他不給我面子。」

然後昆山的手伸進了口袋，摸索了一陣後摸出了一枝香菸和一盒火柴，他將香菸叼在了嘴上，又將菜刀夾在胳肢窩裡，他點燃了香菸。那個瘦臉的男人出來了。他說：「石剛在裡面，他正往身上打肥皂……」

昆山說：「你去告訴他，我昆山來找他了。」

瘦臉男人說：「我已經說了，他說過一會兒就出來。」

有人問：「石剛嚇壞了吧？」

瘦臉的男人搖頭：「沒有，他正在打肥皂。」

我看到昆山的臉上出現了遺憾的表情，剛才我在橋上的時候已經看到了這樣的表情，剛才是昆山認爲沒有給他面子，現在昆山的遺憾是因爲石剛沒有他預想的那樣驚慌失措。這時候有人對昆山說：「昆山，你進去宰他，他脫光了衣服就像拔光了毛的雞一樣。」

昆山搖搖頭，對瘦臉男人說：「你進去告訴他，我給他五分鐘時間，過了五分鐘我就要進去揪他出來。」

瘦臉的男人再次走了進去，我聽到他們在我的周圍議論紛紛，我看到他們所有的嘴都在動著，只有昆山的嘴沒有動，一枝香菸正塞在他的嘴裡，冒出的煙使他的右眼瞇了起來。

瘦臉的男人走了出來，他對昆山說：「石剛讓你別焦急，他說五分鐘足夠了。」

我看到有人笑了起來，我知道他們為什麼笑，他們人人都盼著石剛出來後和昆山大打出手。我看到昆山的臉鐵青了起來，他繃著臉點點頭說：「好吧，我等他。」

這時候我離開了昆山，我放棄了自己一路上苦苦維護著的位置，很多次都有人將我從昆山身旁擠開，我歷盡了艱險才保住這個位置。可是現在石剛吸引了我，於是我走進了澡堂，走進了蒸騰的熱氣之中，我看到有十來個人正泡在池水裡，另外幾個人穿著衣服站在池邊，我聽到他們在說著昆山和石剛，我仔細地看著他們，我不知道他們中間誰是石剛，我想起來瘦臉的男人說石剛正在打肥皂，我就去看那個站在池水中央的人，他正用毛巾洗自己頭髮上的肥皂，這是一個清瘦的人，他的肩膀很寬，他洗乾淨了頭髮上的肥皂後，走到了池邊坐下，不停地揉起了自己的眼睛，可能是肥皂水進入了他的眼睛，他揉了一會兒，擰乾了毛巾，又用毛巾仔細地去擦自己的眼睛。這時我聽到有人叫出了石剛的名字，有人問石剛：「要不要我們幫你？」

「不用。」石剛回答。

我看到回答的人就是揉自己眼睛的人，我終於認出了石剛，我激動地看著他站起來，他用毛巾擦著頭髮向我走了過來，我沒有讓開，他就撞到了我，他立刻用手扶住了我，像是怕我摔倒。然後他走到了外面的更衣室，我也走進了更衣室，那幾個穿著衣服的人也來到更衣室。我看著石剛擦乾了自己的身體，看著他不慌不忙地穿上了襯衣和褲子，接下去他坐在了凳子上，穿上鞋開始繫鞋帶了。這時有人問他：「眞的不要我們幫忙？」

「不用。」他搖搖頭。

他站了起來，取下掛在牆上的帆布工作服，他將工作服疊成一條，像是纏繃帶似的把工作服纏到了左手的胳膊上，又將脫開的兩端塞進了左手使勁地捏住，他的右手伸過去捏了捏左手胳膊上的工作服，然後站了起來，提著毛巾走到了一個水龍頭前，擰開水龍頭將毛巾完全淋濕。

那時候已經是下午了，陽光的移動使昆山他們站著的地方成爲了一片陰影，他們看到了走出來的石剛，石剛站在了陽光下，他的左手胳膊上像是套著一隻籃球似的纏著那件帆布工作服，他的右手提著那條水淋淋的毛巾。毛巾垂在那裡，像是沒有關緊的水龍頭一樣滴著水，使地上出現了一攤水跡。

那一刻我就站在石剛的身旁，我看到昆山身旁的人開始往後退去，於是我也退到了一棵樹下。這時昆山向前走了兩步，他走出了陰影，也站在了陽光裡。昆山瞇起了眼睛看著石剛，我立刻抬頭去看石剛，陽光從後面照亮了石剛，使他的頭髮閃閃發亮，而他的臉上沒有亮光，他沒有瞇起眼睛，而是皺著眉去看昆山。

我看到昆山將嘴上叼著的香菸扔到了地上，然後對石剛說：「原來你就是石剛。」

石剛點了點頭。

昆山說：「石蘭是不是你的姐姐？」

石剛再次點了點頭：「是我姐姐。」

昆山笑了笑，將右手的菜刀換到了左手，又向前走了一步，他說：「你現在長成大人啦，你膽子也大啦。」

昆山說著揮拳向石剛打去，石剛一低頭躲過了昆山的拳頭，昆山吃驚地看了看石剛，說道：「你躲閃倒是不慢。」

昆山的右腳踢向了石剛的膝蓋，石剛這一次跳了開去，昆山的企圖再次落空，他臉上出現了驚訝的神色，嘿嘿笑了兩聲，然後轉臉對圍觀的我們說：「他有兩下子。」

當昆山的臉轉回來時，石剛出手了，他將濕淋淋的毛巾抽到了昆山的臉上，我們聽到了「啪」地一聲巨響，那種比巴掌打在臉上響亮得多的聲音。昆山失聲慘叫了，他左手的菜刀掉在了地上，他的右手捂住了臉，一動不動地站在那裡。石剛後退了兩步，重新捏了捏手裡的毛巾，然後看著昆山。昆山移開了手，我們看到他的臉上布滿了水珠，他的左眼和左臉通紅一片，他彎腰撿起了菜刀，現在他將菜刀握在了右手，他左手捂著自己的臉，揮起菜刀劈向了石剛。石剛再次閃開，昆山起腳踢在了石剛腿上，石剛連連向後退去，差一點摔倒在地，等他剛站穩了，昆山的菜刀又劈向了他，無法躲閃的石剛舉起了纏著工作服的胳膊。昆山的菜刀劈在了石剛的胳膊上，與此同時石剛的毛巾再次抽在了昆山的臉上。

我從來沒有見過這樣窮凶極惡的打架，我看到昆山的菜刀一次次劈在了石剛的左胳膊上，而石剛的毛巾一次次地抽在了昆山的臉上。那件纏在胳膊上的帆布工作服成了石剛的盾牌，當石剛無法躲閃時他只能舉起胳膊；而昆山抵擋石剛毛巾的盾牌則是他的左手，那條濕淋淋的毛巾抽到昆山臉上時，也抽在了他的手上。在那個下午的陽光和陰影之間，這兩個人就像是兩隻惡鬥中的蟋蟀一樣跳來跳去，我們不時聽到因爲疼痛所發出的喊叫，他們「呼哧呼哧」的喘氣聲愈來愈重，可是他們毫無停下來的意思，他們你死我活地爭鬥著。這中間我因爲膀胱難以承受尿的膨脹，去了一次廁所。我沒有找到煉油廠裡的廁所，所以我跑到了大街上，我差不多跑到了輪船碼頭才找到了一個廁所，等我再跑回來時，我忘記了大門口傳達室老頭的存在，我一下子衝了進去，我似乎聽到老頭在後面叫罵著，可是我顧不上他了。等到我跑回澡堂前時，謝天謝地，他們仍在不懈地毆鬥著。

我從來沒有見過這樣漫長的打架，也沒有見過如此不知疲倦的人，兩個人跳來跳去，差不多跳出了馬拉松的路程。有些人感到自己難以等到結局的出現，這些失去了耐心的人離去了，另外一些來上夜班的人接替了他們，興致勃勃地站在了視覺良好的地方。我兩次看到石剛的毛巾都抽乾了，抽乾了的毛巾揮起來時軟綿綿的毫無力量，多虧了他的朋友及時遞給他重新加濕的毛巾。於是石剛將昆山的胖臉抽打得更胖了，昆山的菜刀則將石剛胳膊上的工作服砍成了做拖把的布條子。這時候隔壁食堂裡傳來了炒菜的聲響，我才注意到很多人手裡都拿著飯盒。石剛濕淋淋的毛巾抽在了昆山的右手上，菜刀掉到了地上。這一次昆山站在那裡不再動了，他像是發愣似的看著石剛，他的眼睛又紅又腫，勝過他紅腫的臉，他似乎看不清石剛了，當石剛向右側走了兩步時，他仍然看著剛才的方向，過了一會兒他撩起了自己的衣角，小心翼翼地擦起了自己疼痛的眼睛。石剛垂著雙手站在一旁，他半張著嘴，喘著氣看著昆山，他看了一會兒後右手不由一鬆，毛巾掉在了地上，又看了一會兒後，石剛抬起了自己的右手，十分吃力地將左胳膊上的工作服取下來，那件厚厚的帆布工作服已經破爛不堪。石剛取下了它，將它扔在了地上。於是我們看到石剛的左胳膊血肉模糊，石剛的右手托住了左胳膊，轉身向前走去，他的幾個朋友跟在了他的身後。這時昆山放下了自己的衣角，他不斷地眨著眼睛，像是在試驗著自己的目光。然後，我看到晚霞已經升起來了。

我親眼目睹了一條毛巾打敗了一把刀，我也知道了一條濕淋淋的毛巾可以威力無窮。在後來的日子裡，每次我洗完澡都要將毛巾浸濕了提在手上，當我沿著長長的街道走回家時，我感到自己十分勇猛。我還將濕淋淋的毛巾提到了學校裡，我在操場上走來走去，尋找著挑釁者，我的同學們簇擁著我，就像當時我們簇擁著昆山。如此美好的日子持續著，直到有一天我將毛巾丟掉為止。我完全想不起來為什麼會丟掉毛巾，那時候它還在滴著水，我似乎將它掛在了樹枝上，我只記得我們圍著一隻皮球奔跑，後來我們都回家了。於是我的毛巾丟了，我貧窮的母親給了我一頓臭罵，我同樣貧窮的父親給了我兩記響亮的耳光，讓我的牙齒足足疼痛了一個星期。

然後我喪魂落魄地走出了家門，我沿著那條河流走，我的手在欄杆上滑過去，我看到河水裡漂浮著晚霞，我的心情就像燃燒之後的灰燼，變得和泥土一樣冰涼。我走到了橋上，就在這一刻，我看到了昆山，腫脹已經從他臉上消失，他恢復了過去的勃勃生機，橫行霸道地走了過來。我突然激動無比，因爲我同時看到了石剛，他從另一個方向走來，他曾經受傷的胳膊此刻自在地甩動著。他走向了昆山。

我感到自己的呼吸正在消失，我的心臟「咚咚」直跳，我心想他們驚心動魄的毆打又要開始了，只是這一次昆山手裡沒有了菜刀，石剛手裡也沒有了毛巾，他們都沒有了武器，他們只有拳頭，還有兩隻穿著皮鞋的腳和兩隻穿著球鞋的腳。我看到昆山走到了石剛的面前，他攔住了對方的去路，我聽到昆山聲音響亮地說：「喂，你有香菸嗎？」

石剛沒有回答，而是一動不動地站在那兒，他盯著昆山。昆山的手開始拍打起石剛的衣袋，然後他的手伸進了石剛的口袋，摸出了石剛的香菸。我知道昆山是在挑釁，可是石剛仍然一動不動。昆山從石剛的香菸裡抽出了一枝，我心想昆山會將這一枝香菸遞給石剛，會將剩下的放進自己的口袋。然而我看到的情景卻是昆山將那一枝香菸叼在了自己嘴上，昆山看著石剛，將剩下的還給了石剛。石剛接過自己的香菸，也從裡面抽出一枝叼在了嘴上。接下去讓我吃驚的情形出現了，石剛將剩下的香菸放進了昆山的口袋。我看到昆山笑了起來，他摸出了火柴，先給石剛點燃了香菸，又給自己點燃了。

這一天傍晚，他們兩個人靠在了橋欄上，他們不斷地說著什麼，同時不斷地笑著。我看到晚霞映紅了他們的身體，一直看到黑暗籠罩了他們。他們一直靠在橋欄上，他們手裡夾著的香菸不時地閃亮起來。這天晚上，我一直站在那裡聽著他們的聲音，可是我什麼話都沒有聽進去。在後來很長的一段時間裡，我始終在回憶當初他們吸的是什麼牌子的香菸，可是我總是同時回憶出四種牌子的香菸——前門、飛鳥、利群和西湖。

——收入《黃昏裡的男孩》（麥田）

王祥夫和他的小說

王祥夫（一九五八～）出生於遼寧省撫順，現居山西大同。曾任攝影師、大同市委黨校講師、山西省作家協會理事，現為國家一級作家。一九七九年開始發表作品，曾獲趙樹理文學獎散文第一名、魯迅文學獎短篇小說第一名、小說月報百花獎等重要大獎。王祥夫的小說常常深入城市下崗工人和鄉村農民的生活，透過逼真度很高的事件，去探討中國傳統社會在現代化轉型中，藍領階層面對的生存困境和越來越大的貧富差距；同時他刻劃了底層老百姓在苦難中流露出來的奮鬥意識和抗壓力，有時還會在逆境書寫中，擠壓出深層的人性光輝或溫馨感。

本文選自台灣版的短篇小說集《人呢，聽說來了？》，南方朔在序文中指出：他不像許多大陸作家那樣有過度意識型態的皺褶，而只是以一個說故事者的身分，注視著他生活的社會，而後將故事以簡約、精確，偶爾會相當懸疑的敘述方式，將我們帶進故事人物的心靈世界中，去分享那或悲或喜的生命經驗，而王祥夫最傑出的乃是他那畫龍點睛式的收尾本領。他的小說都在收尾後開始波瀾蕩漾。（南方朔〈小說的一只慧眼〉）

除了小說結尾時那股直透人心的力道，王祥夫的小說魅力有一部分來自敘事「口吻」。作者彷彿端坐在讀者的面前，用近乎喃喃自語的旁述方式在講故事，不時夾帶著他的習慣性提問，自問自答；或者用具有個人說話習性的語氣，把他對人事物的主觀感受，融入其中。這就形成一種富有臨場感的說話節奏，特別動人，〈半截兒〉即是一個很出色的例子。

〈半截兒〉寫一對活得極度卑微的殘障夫婦，從命名為「半截兒」和「蜘蛛」開始，作者就以無情、冷酷的工筆，去描繪這對侏儒（異形）在眾人的厭惡眼神裡，如何艱難地生活，所有預料之中和意想不到的細節，全不放過。於是我們讀到常人的視野和心態，在故事中不斷壓縮「半截兒」和「蜘蛛」的生存空間，鞭撻在他們身上的字句，就來自我們心靈深處最醜陋的角落。作者不但描寫了兩個被長年踐踏的尊嚴，還透過他倆軀體的殘障，降低了實際觀看世界的高度，人間萬物在卑微的仰角裡自動放大，因而加倍感受到現實社會的殺傷力。王祥夫並沒有很庸俗的將「半截兒」描寫成憤世嫉俗的殘障份子，相反的，「半截兒」雖然放棄了可能的對抗意識，但沒有放棄對人性的希望，在卑微中保住了一點堅韌。這篇小說最可怕的壓力在於情節的無情推展，作者不斷將他倆往難堪的絕境裡推，從「蜘蛛」的懷孕開始，節節逼近醜態的極限；在此同時，卻又在半截夫婦心中建構一個溫馨的小世界，比毫雕更微小的幸福光景，讓他們為了守護這微弱的幸福，而付出超乎想像的代價。這種殘酷的處境，在我們的閱讀中很能夠形成一股悲劇的力量。最後，才在出人意料的結尾處，輕輕釋出「半截兒」的哭聲，和溫暖。

重要作品有：長篇小說《種子》（桂林：灕江出版社，一九九三）、《百姓歌謠》（桂林：灕江出版社，二〇〇二）、《榴槤榴槤》（春風文藝出版社，二〇〇五）、《屠夫》（廣州：花城出版社，二〇〇五），短篇小說集《西牛界舊事》（太原：北嶽出版社，一九九六）、《永不回歸的姑母》（北京：人民出版社，一九九六）、《狂奔》（太原：北嶽出版社，二〇〇六）等十餘部。部分作品小說被翻譯為英、法、日、德等國文字在國外發表。《懷孕》、《兒子》、《回鄉》、《西風破》、《駛向北斗東路》等小說被改編為電視或電影。

半截兒

王祥夫

這個春天，雪簡直是下得無休無止，人們都說農民這下子種地不用發愁了。平城是北方的一個小城，這幾年總是鬧乾旱，有時候六月都過了地裡還是下不了種。今年可好，雪是一場接著一場，但雪是給農民下的，城裡人的麻煩可就太大了，雪下多了路光溜溜的不好走；白天太陽好，路上的雪慢慢化了，到了天黑一起風，路上的雪水又會給凍得嚴嚴實實，這樣一來路就更加難走，路比玻璃都滑，玻璃滑嗎？玻璃是看著滑，實際上不滑，但路上的雪水一經冰凍，滑得簡直怕人。甭說騎自行車，步走都危險，但人們都還得去上班，在路上虛虛地走，樣子個個像賊。現在呢，畢竟是春天了，雪下到路上就化，路上是一片卑鄙的泥濘，雖然不再滑得讓人摔跟頭，但這泥濘給人們外出帶來多少不便，好一點的鞋子不能穿，好一點的褲子也不能穿。路上的泥濘對一般人來說還能湊合著過去，但對蜘蛛和半截兒來說就太難了。

蜘蛛是個女的，個子怎麼說，只有正常人的一半兒，她不是侏儒，而是小時候得了一種怪病，這種病連醫生都說不出是什麼病，這種病讓她長到一半兒就不再長了，她的四肢看上去好像還正常，但和她的身子比就顯得特別的長而細，而且蜷曲著。這在以前好像還不怎麼顯，自從她一結婚，而且呢，去年居然還懷了孩子，這簡直就是奇蹟！人人都認爲她根本就不可能有孩子，但她居然就有了，而且是和那樣的一個男人，她的男人叫什麼？就叫「半截兒」。半截兒是個正常男人，只可惜在十六歲上和院子裡的孩子們趴火車玩兒，從火車上摔了下來，讓火車把下半截給收了去。半截兒現在是連一點點腿都沒有，是實實在在的半截兒，半截兒是個鞋匠，就在街邊擺個鞋攤子。人們想不到半截兒會找上物件〈注：「物件」指男朋友。〉，但是呢，半截兒居然結婚了，這簡直又是一個奇蹟。鄰居們都奇怪他們是怎麼有的孩子？鄰居們都一致認爲他們根本就不可能會有性生活，一個那樣，一個這樣，怎麼如膠似漆？更怎麼如魚得水？這怎麼能不讓人們興奮？人們說這事的時候就都忍不住要笑，想一想這麼兩個怪物在一起做愛，可笑不可笑？但人家肯定是該做的都做了，一點兒也不比別人差，該有的也有了，一點也不比別人含糊！而且，蜘蛛就要生了。雖然醫生一再申明說像她這樣的人絕對不能生孩子，生孩子也許會要了她的命，但半截兒和蜘蛛就是想要孩子。像他們這樣，幾乎是爬來爬去，再沒個孩子，老了怎麼辦？

蜘蛛叫吳豆花，她怎麼會被人們叫了蜘蛛呢？是她懷了孩子了，肚子一天比一天大，好像是，有誰專門要出她的洋相，因爲她的那種身體，她的肚子一旦懷上孩子就要比別人還大還誇張，肚子裡的孩子六七個月的時候，鄰居們忽然對她避而遠之，她的樣子實在是難看極了，或者是實在讓人慘不忍睹。肚子那麼大，那麼突出，配上她那麼畸形的小個子，因爲肚子太大，遠遠看去她簡直是在那裡爬，但離近了看，她還是在那裡走，長長的胳膊一擺一擺，眞像個蜘蛛。她可以說是在那裡拖著一個大肚子走。她不得不出來進去氣喘吁吁地走來走去，她要給她的丈夫半截兒送飯，半截兒就在院子外邊的街邊擺了個釘鞋攤兒。中午，她出去了，提著那個兩層的鋁飯盒子，一層是燴菜——山藥豆腐，一層是饅頭。晚上，半截兒總是要堅持釘到很晚，是爲了多掙一點錢，所以飯也總是在外邊吃，所以蜘蛛還得再去送一次，還是那兩層的鋁飯盒子，一層是饅頭，一層是燴菜——山藥豆腐。那天晚上，她黑乎乎的出去，把看到她的人嚇了一跳，是個上晚自習的女孩兒，那女孩兒眞是嚇得不輕，簡直是嚇壞了，那女孩兒扔了書包尖利地叫起來，以致那女孩兒的家長氣憤地找到了蜘蛛家裡，又找到了街道：那家人也太不講理了，說像蜘蛛這樣醜陋的人就不應該上街，說到後來，那女孩兒的家長動了氣，居然又說像蜘蛛這樣的人應該待在雜技團，如果一下子，怎麼說，嚇壞了從外面來觀光的外國人，怎麼辦？應該是涉外事件！爲了這事，蜘蛛和半截兒還給對方道了歉，半截兒和蜘蛛是被叫到了街道辦事處，半截兒和蜘蛛立在辦公室的地上，情形簡直是讓人可憐極了，半截兒和蜘蛛只有別人的一半兒，他們想努力看都看不到別人的臉，只能看到別人的褲襠那一部分或者是別人的腿，別人抽的菸灰時不時會飄落到他們的臉上。那家人一開始還大聲說些不好聽的話，後來辦事處的小個子左主任忽然火兒了，認爲那家人也實在是太過分了。後來呢，是辦事處的左主任安慰了半截兒和蜘蛛。辦事處左主任蹲下來，一半開玩笑一半正經地對半截兒和蜘蛛說這事也不能怪人家是不是？大晚上，黑咕隆咚，你們兩個，古里古怪，別人還以爲是電視劇《西遊記》裡的蜘蛛爬了出來！人家又是那麼個小女孩兒，要是你們的孩子呢？辦事處主任這麼一說，半截兒和蜘蛛心裡就更不安了，蜘蛛不由得把手放在自己隆起的肚子上，感到一種從沒有過的溫情，兩個人互相看著，好像眞是有些對不起人家了。

從那以後，人們就叫吳豆花「蜘蛛」，無論人們怎麼叫吧，爲了生活，蜘蛛不能不出去，爲了生活，半截兒也不能不出去。蜘蛛和半截兒的生活有多麼不易！每一次出去進來都是一次歷險，蜘蛛在前邊走，拉著半截兒的釘鞋車，半截兒跟在後邊，坐著一塊木板子行動，木板子下邊有四個小軸承。這時候要是來了汽車，那轟轟隆隆的汽車對他們的威脅別人是永遠不能想像的，車轂轆簡直就懸在半截兒和蜘蛛的頭上，下雨天，路上聚了一坑一坑的雨水，半截兒簡直就是從一個水坑又一個水坑爬過去，忽然來了一輛大車，車轂轆濺起多高的水，都會從天而降落到半截兒和蜘蛛的身上。鄰居們簡直是有些討厭半截兒和蜘蛛，起碼是有那麼一點點敵意或者是不友好，因爲他們的樣子，因爲他們的早出晚歸，他們能不弄出些動靜嗎？他們原來住的是平房，被拆遷了，給他們分房子的時候，居然！操他媽的！是六樓！半截兒託了人去找分房部門，好不容易才又給換成了一樓。一樓也有兩級臺階，不管怎麼難，半截兒也習慣了，他每天是先把釘鞋車子從屋子裡弄出來，一點一點把釘鞋車子先送下去，送到那兩個臺階的下邊，釘鞋車子上也釘了四個軸承，是半截兒小時候的同學幫他做的。這釘鞋車子正好和那兩級臺階相平，然後，半截兒再慢慢慢慢挪到那釘鞋車子上，釘鞋車子實際是個箱子，以前半截兒試著坐過釘鞋車子，但釘鞋車子太高，不便於用手把它划動了走，後來半截兒的同學又給他做了一塊有四個輪子的木板子。

早上，半截兒儘量不弄出動靜，但他是個半截兒，許多事都不可能由著他的想法來，或者是，釘鞋車子一下子翻了，發出很大的聲音，或者是晚上有人把走廊門插上了，他怎麼也開不開，只能用一根棍子去捅，捅半天，發出很大的聲音，這都讓鄰居討厭。半截兒能聽到鄰居家裡的動靜，能感覺到他們的情緒，半截兒生性特別敏感而自尊。

半截兒有兩家鄰居，一家是教員。這教員姓王，脾性呢，是清高的，想過的是高雅生活，幻想著讓理想在空中飛翔。王老師意中的生活環境是到處開滿了玫瑰，周圍都是光閃閃的高雅之士，這樣一來呢，好像是，他的身分也會隨之提高了。但是呢，他怎麼會想到和半截兒蜘蛛這樣的怪物生活在一起，這就讓他生了氣，簡直是無名之氣，說不能說，發不能發，只能憋出些臉色給半截兒和蜘蛛看。王老師有時候簡直都怕外邊的朋友們到他的家裡來，就怕讓他的朋友碰到半截兒和蜘蛛。

半截兒的另一家鄰居是個姓張的小商販，專賣各種假貨，他對半截兒的反感源於半截兒總是擋他們的道，他又不能一腳從半截兒的頭上跨過去，半截兒又不能從走廊過道裡一下子消失掉把路讓開。但半截兒是客氣的，總覺著是自己妨礙了人家。可憐的半截兒，他的目光注定了只能注意別人的下半截兒，半截兒的生理條件，好像是，怎麼說呢？頂頂合適做一個鞋匠，他總是先看到別人的腳，然後才看到別人的兩條腿，努努力，把頭往後背再往後背，還可以看到別人的下巴殼兒。半截兒能幫助別人什麼呢？那就是釘鞋，他總是注意王老師的鞋子，王老師愛穿那種舌頭皮鞋，這種皮鞋便宜，是教員的鞋，這種鞋子總是愛開線。半截兒碰到王老師的時候就總是注意王老師的鞋，有時候，王老師都沒注意到自己的鞋子需要修了，卻給半截兒發現了。半截兒會主動提出給王老師修修鞋。

半截兒對做小買賣的那家鄰居更是這樣，那家的孩子多，鞋子總是壞了又壞。半截兒就總是主動提出來給人家把鞋子修了又修。到了後來，半截兒的行爲簡直像是贖罪。人的身體可以和別人不一樣，但心一定還是一樣的。愛美之心人人都有，半截兒和蜘蛛都知道自己是醜陋的，不堪入目的，所以，簡直是平白無故，半截兒和蜘蛛就好像自己欠了鄰居什麼。

今年的八月十五，半截兒的鄰居王老師忽然給半截兒送過來六個石破天驚的月餅，半截兒和蜘蛛感動的什麼似的，半截兒和蜘蛛也想到鄰居家去看看，但一想自己是這樣，他們就不敢去了。但他們這次決定了，生小孩兒之前一定要去兩位鄰居家裡說一聲，看一下，問題是：蜘蛛就要生孩子了，問題是：醫生說，也許孩子生不下來，大人也沒命了。問題是：半截兒也不知道蜘蛛這一去還回得來回不來。他們的生活太艱難了，一點點風吹草動也許就會要了他們的命，他們是太擔心了。

這個世界上，沒人知道他們的擔心，沒人知道他們的艱難。蜘蛛是從孤兒院裡出來的，半截兒呢，父親早早去世了，母親已經八十多，他只有一個姐姐，也是顧了東顧不了西。所以，他們只好自己處理自己的事情。他們已經找好醫院了，因爲行走不便，他們找了最近的醫院，就在一出院子的街邊，是一家單位的醫院，他們不可能走太遠了，就單位的醫院吧。而且呢，他們還要提前行動，因爲醫生對半截兒說蜘蛛的情況和一般孕婦大不相同，不能等到見了紅才行動，要早來一兩天或者三四天才行，若不這樣就怕出意外。半截兒和蜘蛛是又怕又喜，蜘蛛不怕死，她說這一輩子找到了像半截兒這樣的好丈夫死也不怕。除了腿，半截兒簡直什麼都和別人一樣，只能說他比別人更加簡練了一些，之外呢，什麼也不比別人遜色。讓蜘蛛害怕的是如果生下個孩子像自己怎麼辦？半截兒有什麼法子呢，只有安慰蜘蛛，說蜘蛛的好處別人想來還來不了，首先是省衣服，天塌下來呢，首先是砸到別人。半截兒這麼一說呢，蜘蛛就忙用手堵半截兒的嘴，說可不能這麼說話，這麼說就是不對，要是地陷進去呢？半截兒就和蜘蛛苦笑了起來。半截兒勸蜘蛛放心，老天既然給咱們受了這麼多的苦，還會再給咱們的孩子受苦嗎？蜘蛛是個堅強而樂觀的女人，但半截兒這麼一說呢，蜘蛛就怎麼也忍不住了，眼淚像開了閘。一想到肚子裡的孩子，蜘蛛自己就感動得了不得。她現在的感覺是既溫馨，又害怕，還有那麼一點點自豪，從來沒有過的自豪。

蜘蛛要去生孩子了，這對他們可眞是大事。他們輕輕敲響了鄰居的門，像是怕把別人嚇著。王老師開了門卻一下子沒看到立在外邊的半截兒和蜘蛛。做小買賣的那家是孩子，噗通噗通跑過來開門，便尖聲喊了起來，說半叔叔來了。

和鄰居告了別，半截兒和蜘蛛出門了，這是他們多少年來第一次在白天雙出雙入，他們很少在白天出門。半截兒想開了，他要帶蜘蛛吃一回好東西，買一些蜘蛛喜歡的東西。他們在白天出現在商店肯定是會引起轟動的，但半截兒想開了，也許就這麼一回了。就這麼一回。半截兒對蜘蛛說。

讓半截兒和蜘蛛感動的是他們和兩家鄰居告了別，兩家鄰居居然會送他們出來，還問了他們去哪家醫院？王老師還奇怪半截兒怎麼這麼早就送蜘蛛去醫院？不是說離產期還有三四天？半截兒就悄悄把話背著蜘蛛告訴了王老師，王老師是蹲下來和半截兒說的話，這就讓半截兒特別的感動。

半截兒其實是性情中人，只是，一個人既然只剩下了半截兒，好像就不會再引起人們的注意了，誰會注意他呢？王老師讓半截兒放心，說蜘蛛一定能生出個漂亮健康的孩子，要相信老天有時候也是公平的。這話就更讓半截兒激動了。

半截兒和蜘蛛在頭天晚上都擦了澡，蜘蛛給半截兒擦，半截兒用雙手撐著身子一下子就穩穩進了那個很大的塑膠盆。半截兒一旦進了盆裡，好像是，人一下子就完美了，好像下半截兒其實還在，只不過是那半截兒在地下。蜘蛛給半截兒擦完澡，卻說什麼都不讓半截兒給她擦，也不讓半截兒看自己，她讓半截兒出去，她從來都不讓半截兒在明處看一下自己，她把自己關在裡邊自己給自己擦拭，慢慢慢慢擦自己那高高隆起的肚子，肚子上的皮現在給裡邊的孩子撐薄了，好像馬上就要裂開了。她把手放在自己的肚子上，感覺著裡邊的動靜，眼淚卻怎麼也止不住。她恐懼極了，她覺得自己是做了一件蠢事，怎麼會要孩子，她不敢想自己再生出一個小型的蜘蛛。哭是哭，她把自己從上到下擦拭乾淨了，用的時間並不長，等在外邊的半截兒簡直是急壞了，砰砰砰地敲門。半截兒突然變得執拗得了不得，他一定要帶著蜘蛛去吃一回飯，再逛一回商店。這是早上九點多的事，蜘蛛拗不過半截兒，跟他出發了。他們這樣的兩個人，又能走多遠呢，在春天的泥濘裡。

對半截兒和蜘蛛來說，上街可是件大事。半截兒除了對自己釘鞋的那一片地方熟悉之外，對別的地方簡直是一無所知。街上到處是泥泥水水，人行道上泥泥水水更多。這樣的兩個人，在街上古古怪怪地出現了，引來多少吃驚的目光。蜘蛛無論怎麼說都太像是隻蜘蛛了。但兩個人的衣服還很乾淨。雖然走在人行道上已經在衣服上濺了許多泥水。半截兒還是終於找到了那家加州牛肉麵館，他釘鞋子的時候聽人們說到過這家牛肉麵館，就記住了。半截兒和蜘蛛上加州牛肉麵館的臺階時費了好大的勁兒，終於還是進去了，但他們都無法坐到座位上去。他們的到來，讓麵館裡的年輕女服務員都吃了一驚並且也嚇了一跳，之後，那些年輕的女服務員嘻嘻嘻嘻地笑了起來。半截兒和蜘蛛也早已習慣了這些。他們就坐在那裡，服務員給他們找來兩張凳子，他們就在那兩張凳子上吃了麵，香噴噴的牛肉麵端上來，半截兒居然沒有胃口，蜘蛛就更沒有胃口。坐在其他座兒上的客人們簡直是豈有此理，怎麼說，也好像一時都沒了胃口！都停了筷子，朝他們看，都弄不清這個女的怎麼會是這麼個樣子？個子這麼矮，肚子呢，怎麼說，太讓他們害怕了，是不是得了什麼病？居然有那麼大。許多客人甚至都有了嘔吐的欲望，再也找不著他們如狼似虎的食欲。

半截兒和蜘蛛從來都沒到過這種在他們看來實在是漂亮的地方，也害怕了，他們的那種害怕有些像是小孩兒，是慌亂加害羞。半截兒忽然想到的是自己十六歲以前的生活，那種感覺一下子就回來了，這讓他忽然傷感得了不得。半截兒忽然覺得自己要是在澡盆裡出現就好了，半截子泡在水裡，半截兒的上半截兒身子可以說是很棒。讓半截兒奇怪的是，他要回想十六歲以前的情形不閉上眼睛簡直就辦不到，一閉上眼睛，十六歲以前的情景就都在眼跟前，他就又和別人一樣高，又能臉對臉說話，要是把眼睛睜開，半截兒就怎麼也想不起以前的事。半截兒和以前的同學們的關係已經都很遙遠了，怎麼能不遙遠呢？他這個樣子，做什麼都不方便。他也想給過去的熟人打個電話，告訴他們自己的女人要生孩子了，人和人可以在身體上不一樣，但在心裡肯定是一樣的。半截兒多希望有人關心一下自己和蜘蛛，多希望有人來看看自己和蜘蛛。但一想蜘蛛是那樣，自己又是這樣，這種念頭就會在他心底消失了，但實際也消失不掉，只是變成了一種痛苦和遙遙無期的期待，期待什麼呢？半截兒總是期待自己是在做夢，期待著夢醒。

半截兒閉著眼睛，眼淚一點一點流了下來。要在一般的人，坐在這樣的麵館裡，會有一點點激動嗎？那怎麼會！但半截兒就是半截兒，十六歲前還是好好一個人，十六歲後呢，好像一下子，就與這個世界分開了，他的生活在一點一點縮小，小到只能看到自己和周圍一點點的地方，小到只能與蜘蛛天天相對相守。忽然，爲了生孩子的事，他和蜘蛛鼓起勇氣來到加州牛肉麵館這樣的大地方了。這種地方對他的刺激不能說小。更重要的問題是：蜘蛛就要生了，醫生說的話其實在半截兒和蜘蛛的心裡產生了一種不停迴響的效果——絕對不能生、絕對不能生、絕對不能生、絕對不能生、絕對不能生、絕對不能生——。半截兒現在是有些後悔了，後悔要孩子。沒人知道半截兒心裡的那種後悔，後悔一旦說不出去便會在一個人的心裡變成一種恐懼。有多恐懼？簡直是無法言說，恐懼成一片黑暗。但這種恐懼在半截兒來說始終是模糊的，讓這恐懼突然變得明朗起來是昨天夜裡蜘蛛對他的一番囑咐，蜘蛛告訴他家裡還有八百塊錢，放在廚房的一個廣口大瓶子裡，瓶子裡僞裝了一些豆子，那錢就藏在豆子裡，還有什麼？半截兒和蜘蛛還能有什麼？還有就是蜘蛛告訴半截兒她給他織了一件又長又厚的毛衣，壓在鋪下，還有呢，就是還有一雙可以讓十個指頭露在外邊的厚毛線手套，也在鋪下壓著。還有呢，讓半截兒心裡發酸，就是蜘蛛還給半截兒的母親打了一件毛線背心。好像是，這種囑咐是一種告別儀式。

半截兒昨天晚上沒有睡好，他覺得自己是那麼孤單，上不著天，下不著地的孤單，蜘蛛也是那麼孤單，當然也是上不著天下不著地。但自己的孤單加上蜘蛛的孤單還好一些，總算是有個伴兒，如果蜘蛛，他輕輕摸了一下蜘蛛，如果蜘蛛不在了呢？半截兒把手輕輕輕搭在蜘蛛高高隆起的肚子上，蜘蛛現在只能仰面朝天睡覺，再累也只能這樣。半截兒輕輕輕輕地把手放在蜘蛛的肚子上，他怕把她驚醒，卻想不到蜘蛛突然長長出了一口氣，「你還沒睡著？」蜘蛛說話了。半截兒卻沒答話，他讓自己裝出睡著的樣子，只不過是在睡夢中不經意把手搭了過去。蜘蛛呢，怎麼能不明白半截兒是失眠了，半截兒因爲沒有下身，他每側一下身子都是困難的，從矮矮的床上下地，或從地下上矮矮的床，半截兒都是用雙手把全身撐起來行動。

半截兒愉快的時候可以給蜘蛛表演一下，那就是用有力的雙手把半個身子撐起來在床上一前一後，一前一後地晃蕩，越晃蕩越快，越晃蕩越快，快得讓蜘蛛眼花撩亂心花怒放，像是在看體育表演。半截兒也是用這種方法和蜘蛛做愛，那簡直是一種打擊，快樂的打擊。所以，半截兒的胳膊就特別的有力，特別的粗壯。

黑暗中，蜘蛛的手輕輕放在了半截兒的臉上，蜘蛛說：「我知道你還沒睡著，你睡不著就說說話，你說說話就會睡著了。」說什麼呢？半截兒想不出自己要說什麼，好像是，他什麼話都對蜘蛛說過了，但是呢，突然，半截兒想起來了，有一件事他還沒告訴過蜘蛛，怎麼說，他有那麼點害羞，不好意思把那話告訴蜘蛛，那是半截兒的祕密，半截兒的祕密就是他最愛聞各種各樣鞋子裡散發出來的味道。半截兒失去的最最重要的部位就是腿和腳，人的怪癖往往就是這麼產生的，那既是一種刻骨的痛楚，也是一種刻骨的羨慕。釘鞋的時候，要是在夏天，恰好呢，顧客又是光腳，半截兒就總是愛偷偷看人家的那雙腳，無論是男人還是女人，有時候，他會把送來修的鞋子放在鼻子下聞了又聞。那味道對半截兒而言是誘人的。半截兒把這話對蜘蛛說了。停了停，半截兒摸摸蜘蛛，再搖搖她：「我都說了，你會不會笑話我？」半截兒在暗裡說。

蜘蛛在暗中靜靜的，她的手，慢慢慢慢撫在了半截兒的臉上。

半截兒忽然不睡了，用雙手把自己撐起來，開了燈。

半截兒要給蜘蛛表演了，半截兒赤裸著，他睡覺從來都是這樣，他沒有辦法穿短褲，或者，他頂多穿一件長一點的襯衣遮遮下邊，半截兒沒地方可以讓自己穿短褲，他赤裸著。

半截兒在床上表演了起來，用雙手把自己撐了起來，開始一前一後，一前一後，一前一後地晃蕩，半截兒越晃蕩越快，越晃蕩越快，一邊晃一邊用手撐著在床上轉圈兒，一連轉了好幾圈兒，然後猛地停下來，這回更讓蜘蛛吃驚了，半截兒忽然用一隻手把自己的半截兒身體支撐起來，支撐了一會兒，又換了另一隻手，被支撐起來的半截兒身體朝一邊慢慢蹺起來。

啊呀，啊呀，啊呀。蜘蛛驚叫起來。

半截兒還能給蜘蛛表演什麼呢？

半截兒和蜘蛛終於出現在醫院裡了，是下午。吃過加州牛肉麵，半截兒又帶蜘蛛去買了一條紗巾。半截兒和蜘蛛出現在醫院裡的時候蜘蛛的脖子上就圍了一條鮮豔的紗巾，紗巾的顏色是紅色的，半截兒聽人們說過，紅色是能讓人逢凶化吉的，半截兒這麼一說，蜘蛛就同意了。他們是在地攤兒上買的紗巾。時間已經不早了，已經是下午了。醫院畢竟是人道的，婦產科在一樓，所以，從醫院大門那條斜面的道上半截兒和蜘蛛很容易就進了醫院。醫院的氣氛和特有的味道忽然讓半截兒又回到恐懼中去。恐懼從來都是與孤獨並行的，蜘蛛看到半截兒臉上的汗了，不是累出的汗，而是恐懼，把汗液從他的體內驅趕了出來。半截兒好像是累壞了，張開嘴大口大口地出氣，他覺得自己的胸口憋得厲害，像是馬上就要爆裂了。你沒事吧？蜘蛛問半截兒。蜘蛛也滿臉是汗，她走得更困難，一搖一搖，一搖一搖，遠遠看像是在走廊裡爬。因為是下午，醫院走廊裡人不是很多，但還是有人停了下來，吃驚地注視半截兒和蜘蛛，這一輩子，他們也許再也見不到這樣的一對兒。

是一個年輕的女護士，把半截兒和蜘蛛帶到了蜘蛛的病房。開門的一剎間，半截兒和蜘蛛都吃了一驚，把頭都往後猛地一背，像被棍子擊了一下。但他們還是爬一樣急匆匆地進去了，然後，雙雙立在病房的地上了。半截兒和蜘蛛都努力，再努力，把臉往後背，往後背，他們不但看清了站在病房裡那些人的鞋子和褲子，也馬上看到了那些人的下巴和臉。忽然呢，半截兒的喉嚨深處發出了啊、啊、啊、啊的聲音，好像有誰一下子扼住了他的喉嚨，但人們馬上明白過來這就是半截兒的哭聲。半截兒只有半截兒，他站不起來，他能做到的只是把頭努力往後背，再往後背，他看清了，哭聲也更加怕人了：啊啊啊啊，啊啊啊啊——。半截兒的哭聲簡直是怕人，壓抑而又無法壓抑得住。

半截兒和蜘蛛，怎麼說，幾乎是同時看到了站在那裡的鄰居和街道辦事處左主任，他們已經在病房裡等了很久了，他們都已經等急了，他們焦急得團團轉，他們以為半截兒和蜘蛛出了什麼事，這樣的兩個人，在這樣的季節裡，遍地都是泥濘，該有多麼的不易！他們都開始自己責備自己了，他們都準備出去找了。

外面又開始落雪了，是那種零零星星的雪，還沒落到地上就已經化成了雨。這時有個年輕大夫從外面急匆匆地進來，問：人呢，聽說來了？人在什麼地方？

——收入《人呢，聽說來了？》（寶瓶文化）

徐皓峰和他的小說

徐皓峰（一九七三～），本名徐浩峰，出生於北京，現為北京電影學院導演系教師。十六歲那年全中國掀起少林武功熱潮，他向一位武術大師學習拳法，時間很短，卻成就了日後的緣分。一九九三年於中央美院附中油畫專業後，考上北京電影學院導演系，一九九七年畢業時，正值中國電影的衰敗時期，他不願意從場記混起，花十年去搞人事和培養人脈，遂轉行埋首研究道教文化，試圖尋求另一種奇特的知識體系，來代替毫無樂趣可言的現實生活。此事，花了八年。這期間，他為道教學者胡海牙先生、形意拳傳人李仲軒先生整理資料、口述歷史，累積了豐富的道學知識和武林掌故。

二〇〇六年，徐皓峰出版了口述歷史紀實文學《逝去的武林：一九三四年的求武紀事》，此書非常生動的刻畫了李仲軒的武學造詣和經歷，三個月內狂銷三萬冊，被卓越網評為（社科類）年度十大好書之一，開啓了當代硬派武俠小說的先河。徐皓峰少年的習武經驗，對此書在武術或武道方面的敘述，起了很大的作用。翌年，又出版了傳奇武俠小說《道士下山》，此書盤踞卓越網武俠類圖書銷售排行榜第一名，達數月之久。自此奠定徐皓峰在現代武俠小說的傳奇地位。

《道士下山》的故事背景選在一九二六年的杭州西湖。民國時期的杭州乃奇人異士聚集之地，當年確實舉辦過一屆聲勢浩大的武林大會，全國的武術高手雲集於此，親睹盛事的武術界前輩在徐皓峰的訪問中，陳述了許多歷史事件和江湖掌故，徐皓峰將部分掌故轉化成為《道士下山》的肌理，所以書中某些重大事件或人物，可以得到史實的印證。前人的見聞與閱歷，經過徐皓峰強大的創造力，重新焠煉成一部融合了太極武術和密宗功法的現代武俠小說。

為了突破傳統武俠小說跟現代生活接軌的困境，徐皓峰嘗試把武俠小說散文化，融入對傳統文化的體悟，不注重情節的驚險感，改重意境。他在《道士下山》裡簡化了武功招式，集中在練武人的心態和交手的心理，企圖表現出一種抽象的武道意境。這麼一來，中國的古武術便成為一種以自身武學修為作基礎，於一招半式的實戰中決勝負的生死搏鬥；在散文化的敘述中，各種形態的武者心理、武術原理、武學意境，不但可以產生巨大的吸引力，也比較能夠說服讀者：這種開啓人類身體潛在能量的武門奧義，在近身搏鬥中，或許能夠凌駕在現代槍械之上。

本文節錄了此書的前三節，寫的是年輕道士何安下，因不堪忍受山中修道的苦悶，五年後毅然下山踏入江湖的過程。徐皓峰營造出一幅充滿細節的現實生活圖景，何安下修習的道術在生活的困頓中變得很尷尬，人間煙火與男女情慾對修道者的挑戰，成為這三節的重要命題。徐皓峰的敘事語言比一般武俠小說來得安靜，他沒有安排一場驚天動地的江湖械鬥或巨大的武林陰謀來開啓序幕，從何安下到店裡謀生到制裁可能的奸情，都不起大衝突，只見暗流湧動。故事裡沒有絕對的真相，或明顯的悲憤，何安下不但將最後的制裁結果交付給偉大的岳王，他的情感也融入西湖的寒冬之中，帶著一衣冰冷的湖水走到岳王廟前，入定十日，終成傳奇。這種「靜中之動」和「凡中見奇」的敘事策略，貫徹全書。武俠小說也不再是正邪二元對立的老梗，江湖人生更多的是無奈和偶然。人在江湖的何安下，何處可以安下心來？

徐皓峰主要影視作品有：電視劇《都市第五季》、《命案十三宗》、《吳清源》，電影《詛咒》、《北京蝴蝶飛》。另著有：長篇紀實武俠小說《逝去的武林》（北京：當代中國出版社，二〇〇六），長篇武俠小說《道士下山》（天津：百花文藝出版社，二〇〇七／台北：大塊文化出版社，二〇〇九）、《國術館》（青島：青島出版社，二〇〇八）

道士下山

徐皓峰

1　一下青山萬里愁

一九二六年，杭州西湖邊一棵大柳樹下，睡著一個道士。他的道袍滿是土塵，不知走了多少路，當太陽即將下山時，他伸個懶腰，醒了過來。

他已經睡了六個小時，見到湖面上血色斑斑的夕陽，不由得兩眼癡迷。他叫何安下，十六歲時因仰慕神仙而入山修道，不知不覺已經五年，山中巨大的寂寞令他神經衰弱，到了崩潰的邊緣。爲了內心的安靜，他回到了塵世。

飢餓來臨，聽著腹部的鳴響，看著遠近的遊客，何安下捫心自問：「你能不能從世上得到一個饅頭？」他站了起來，離開湖邊，向杭州市區走去。

市區一片酒綠燈紅，細腰長腿的時髦女子高頻率地閃現。何安下走了兩條街，也不能伸出乞討的手，終於他在一棵柳樹下站住，伸出了他的右手。

四十秒後，一個拎著鱷魚皮手包的女子走了過來，她從手包中掏出一塊銀角，要向何安下右手裡放去。何安下忽然抬起右手，抓住一片飄飛的柳葉，顯得是在尋找生活情趣，並非乞討。

女人奇怪地看看何安下，把銀角收進手包，轉身走了。

望著她的背影，何安下喘出一口長氣。心裡殘留的一點自尊，使得他繼續忍受飢餓。腸胃的怪異感覺，令他不能再平靜地站立，他垂頭縮肩地向前走去。

在山中修道時，曾學過一種抵禦飢餓的功法，名爲「食氣」——含一口氣在嘴裡，等著它溫熱起來，然後像吞一個飯糰般吞下，此法會引起大量唾液分泌，在喉頭發出「咕嚕咕嚕」的聲響。

何安下大口大口地吞嚥著杭州的空氣，走到了一戶灰磚綠瓦的店鋪前。店鋪門面很小，掛著一幅對聯「告別山中寂寞，迎來世上煩惱」，橫批爲「自救救人」。門上還懸有一個菱形燈籠，寫著「男科」二字。

店內陰暗，一個瘦小枯乾的中年男人正坐在桌前打算盤。發現有人走進店中，他停下手中的活計，站起身問：「這位道爺，有何貴幹？」何安下猶豫片刻，說道：「我下山還俗，還沒找到營生，不知你能不能給口吃的？」

店主嘿嘿一笑：「不瞞你說，我也是個下山還俗的人。你哪座山上下來的？」何安下：「龍頸山。」店主：「我是萃華山的，知道麼？」何安下搖頭。店主：「怎麼會？萃華山紫雲閣可是天下聞名的道場！」

何安下「噢」了一聲，勉強做出敬佩神情，店主登時滿面紅光，連呼「快坐快坐！」給何安下沏茶倒水。

一口濃茶下肚，更感飢餓難當。店主聊起了紫雲閣典故，顯得興致頗高，而何安下連喝幾杯，被茶水刺激得胃部難受之極，終於忍不住了，賠笑一句：「道兄，還是給我個饅頭吧！」

店主一愣，隨即哈哈大笑，跑到後屋拿出一個盤子，盛了三個饅頭一塊鹹菜。何安下狼吞虎嚥吃起來，顯得十分香甜，店主也被感染，嚥了口唾沫，喃喃道：「你完全就是我的當年。」

何安下：「道兄，當年你為何下山？」店主：「嗨。都是這一口吃的鬧的。老哥我當年情場失意，一時萬念俱灰，就上了萃華山。誰料到山上只有瓜果蔬菜，吃得我虛火上升，原本以為食肉會欲念強，誰知吃素對情欲刺激更大。老弟，虛火也是火呀！」

店主長嘆一聲，似有天大委屈：「那時候，見到個小貓小狗，只要是雌的，我就一陣心慌，簡直中了魔障。唉！上山是為了成仙，可我差點做了畜生。我跑下山來，衝進個飯館，吃了一大碗紅燒肉，方才平靜下來。老弟，當時我透過飯館窗戶，望著外面的高山，邊吃邊哭。我破了魔障，可再也回不去啦！」

店主說著說著，兩顆眼淚滾了下來。何安下不敢發出咀嚼的聲響，將嘴裡饅頭嚥了下去，問：「我怎麼沒有這種情況？」店主：「老弟，你上山時多大？」何安下：「十六歲。」

店主：「嗨，你還是個童男子。我上山前，已經碰過女人了。男女之事，只要開了頭，就等於是跳了懸崖，和一切好事都絕了緣，只有墮落再墮落。」

何安下聽得目瞪口呆，這時一個背著書包的小男孩走進店鋪，叫了聲「爸！」走入後屋。何安下：「這是你……」店主用袖子擦了把眼淚，嘀咕一聲：「冤孽，冤孽。」一臉痛不欲生的表情。

一個豐滿白皙的婦人拎著個菜籃子走了進來，說一句：「老李，有客人？」向何安下禮貌地一點頭，也走入了後屋。那婦人眼部很美，是雙眼皮。

何安下：「這是你……」店主眼珠一轉，竟有了一絲得意：「怎麼樣，我媳婦不錯吧？知書達理，能生能養。」

何安下覺得眼前的情況不是自己所能理解，嘴裡加快速度，想吃完饅頭就走。見了媳婦後，店主恢復平靜，給何安下倒了杯茶，問：「小兄弟，還俗可不是容易事，我拚死拚活才有了這份家業。沒有一技之長，是活不下去的。」

何安下：「我上山前，曾在藥鋪裡當學徒。中草藥名目至今沒忘，大不了重新做起。」店主一拍大腿，音調高昂：「對路子！看看這是什麼！」

店主胳膊挺直，指著門口的燈籠，正是令何安下百思不得其解的「男科」兩字。何安下：「什麼？」店主嘿嘿一笑，打開旁邊的壁櫃，拿出一個小鐵盒，從裡面取出一把小刀，上下揮舞一圈，鄭重說道：「我是個醫生呀！而且是西醫。」

何安下肅然起敬，說：「聽說西醫能開膛破肚，切肝挖肺。」店主：「唉，不用那麼費事，我切點小東西，就能養活全家了。」何安下：「你切什麼？」店主：「包皮。」

何安下更加不理解，不敢做什麼反應。見到何安下面無表情，店主以爲被何安下輕視，於是補充一句：「我還能切雙眼皮！」

這句話何安下聽懂了，想到他媳婦的美目，不由得眞心佩服，說了句：「好手藝！」店主登時兩腮緋紅，如飲美酒，一拍何安下的肩膀，豪氣萬丈地說：「你留下來吧，跟我學本事。」

2 風過西湖千竹悲

三十天後，何安下學到了切雙眼皮的技術，就明白了店主夫人的雙眼皮是天生的。切出的雙眼皮，閉眼時會顯現刀痕，而天生的在閉眼後則是平滑的一整片。

店主夫人眼神清亮，總是雙眼瞪得大大，何安下看到她閉眼是難得的機緣。那天中午，店主坐在門口等著病人上門，不由得打起盹來，忽然摔倒在地。何安下扶店主去了裡屋臥室。

夫人正躺在床上午睡，閉合的眼皮彷彿荷葉，是完整的一片。何安下本想叫醒夫人，而店主衝他擺擺手，自己上床，依偎在了夫人身邊，一會兒就睡著了。

何安下退出臥室，心中頗爲感慨，他們夫妻的睡相，正是「相依爲命」一詞最生動的寫照。後來的日子裡，店主經常會打盹摔倒在地，何安下認爲是男人進中年後精力衰弱了。

在一個沒有病人的下午，何安下對店主說：「你在山上的情欲魔障，主要是你沒有修煉呼吸，調整呼吸就可以克服素食引發的虛火了。」店主喃喃道：「紫雲閣很保守，說要考驗我三年，才教這個。」

何安下：「我倒是懂，此法能清爽神志，想不想學？」店主瞟了何安下一眼，並沒有一絲嚮往。但店主還是跟何安下學了，兩人每天早晨去西湖邊，坐在石凳上面對湖水吐故納新，何安下彷彿又回到了山中歲月，而店主並不是很上心，常常會坐一會就睡著了。

店主蜷曲在石凳上，睡得像個小孩，純潔得令何安下不忍驚動他。但何安下每次都很快地把他拍醒，因爲石凳的冰涼就像深山的寒氣，足以滲透到人的內臟。

他們旁邊有一片竹林，有風吹過時，竹葉聲和緩得猶如沉睡人的喘息。一天，何安下拍醒店主，對他說：「孩子之所以能夠成長，因爲他和大自然是一體的。隨著年齡的增長，人身上的自然越來越少，於是就病弱衰老。但呼吸是大自然在人體上安裝的密碼，傾聽呼吸就是接近大自然。希望你認眞修煉，一定能治好暈厥的毛病。」

店主怔怔地看著何安下，說：「你是好人。但我的暈厥不是病而是毒。」

店主比夫人大十五歲，一年前，他倆夫妻生活已不和諧。爲此，店主開始喝一種叫「黑腐芋」的草藥，據說可以刺激男性能力。

三個月前，他開始頭痛，有時兩眼會瞬間失明。他走訪了西湖名醫崔道融，得到的診斷是，他只剩半年壽命。

何安下大驚，急忙說：「你不能再喝黑腐芋了！」店主淡然一笑，轉頭望著西湖，一片水波來而又去。店主：「其實你的聽呼吸法門，我也知道，但我不會去修，因爲我本是爲了情欲，方才下山的。」

這時竹林被風吹動，沙沙作響，彷彿男性低沉的哭泣。店主：「山上山下的奔波，令我悟出一個道理——其實成仙是沒有意義的，與其無聊地活上千年，不如快樂地度過一宿。」

何安下從此變得沉默寡言，不辭辛勞地料理醫館業務，不再讓夫人做菜，他來負責一日三餐。

他像奴隸般拚命幹活，直到半年後店主逝世。

按照遺囑，店主的葬禮辦得十分簡樸，只是要求給他守靈七天。七天中，夫人哭暈過幾次，都是何安下將她抱回臥室。看著她美麗的雙眼皮生出了黑色，何安下總是隱隱心痛。

半年來，何安下幾次想告訴她眞相，相信她會制止店主服藥。但店主選擇了自己的命運，他沒有權利去干擾。他只能安慰自己，當他出現的時候，悲劇已經發生，他所能做的，就是看著悲劇完成。

守靈結束後，夫人帶著孩子回浙江老家，何安下繼續料理醫館生意，每月給夫人寄十塊銀元。他覺得自己將永遠留在這裡，修道已成了一個荒誕的舊夢，因爲他要負擔一個女人和一個孩子的生活。

十年後，那孩子將長大，會有贍養母親的能力。而他仍會每月寄去十元錢，這是他一生的任務，好了，永遠留在這裡了。

把杭州人都切成雙眼皮——這是何安下的遠大計畫，但他永遠來不及實施了。三個月後，夫人回到杭州，嫁給了名醫崔道融，然後夫人賣掉「男科館」的房產，何安下被趕出了門。

他帶走的唯一物品，就是那件舊道袍。道袍捆成一卷，包在一張報紙中，拿著它，何安下無目的地走著，忽然聽到一片竹聲。

這正是他和店主鍛鍊呼吸的地方，何安下撫摸著石凳，坐了下來，眼前湖水的波紋猶如夫人的雙眼皮，自然天成。

黑腐芋中也許混入了毒藥，崔道融和夫人也許早已通姦，何安下這樣想著，忽然感到極度睏倦，他倒在石凳上，蜷曲著睡著，正是店主的姿勢。

但他知道，沒有人會將他拍醒，石凳的冰涼已滲進了內臟。

3 入定

西湖賞月——是天下聞名的景致，而杭州百姓其實是不看月的，他們下午五點出發七點回家，躲避月亮像躲避仇人。

來旅遊的外地人和攜帶妓女的官員才聚集在岸邊，更有一批年輕無賴，唱著不成調的小曲，在人群中往來穿梭，大呼小叫，裝醉賣傻。月圓之時，西湖岸邊總是頗爲不堪。

只在湖面上，還有賞月的人。他們定下小船，圍著乾淨的茶几暖爐，一面煮茶一面聊天，觀天上明月，看身邊美人，延續著古代士大夫的風流。崔道融是杭州名人，此刻坐在一艘小船上，隨波逐流到了西湖深處。

他的身邊，是一個穿著深紅色旗袍的美婦人，裸露著白皙的脖頸，正是店主夫人。夫人處在一個女人最好的時光，有著青春的元氣，同時有著少女不具備的韻味。

崔道融留著山羊鬍，眉弓高聳，一副古人相貌。這樣的一張臉，能令病人信服，也能震懾女人。夫人眼光流離，慢慢地依偎過來。感受著她肌膚的清涼，崔道融想起了古人遊西湖所用的樓船。

啊，月光，美人，是一定要有樓船的。在江面上占有一個女人——沒有比這更愜意的事情了。想到在船上造房，古人的智慧令人欽佩。

崔道融挽住了夫人的腰部，那是一種滑膩的手感，船尾的船夫顯得更加多餘。崔道融向船尾瞥了一眼，猛地站了起來。

撐船的船夫消失了，離得最近的船也在兩公里外。崔道融忽然覺得腳面一涼，低頭見甲板已湧上了江水……

湖邊賞月的群眾起了騷亂，因爲一個人突然鑽出水面，他濕淋淋地穿過眾人，小跑著向岳王廟而去。冬季湖水陰寒，在此刻游水無異於自殺，群眾好奇地尾隨。

那人跑到岳王廟前，面對黑漆漆的廟宇，盤腿坐在地上。他身上的水凝成了冰塊，整身衣服支起稜角。

也許錯了。沒有證據，他是憑著直覺認定了崔道融和夫人的罪行。不知道他倆會不會游水？何安下緊閉雙眼，對著岳王廟祈禱：偉大的岳王，希望您主持公道，如果他倆無罪，就讓他倆游上岸來吧……

何安下祈禱得筋疲力盡，仍不敢睜開雙眼，因爲怕岳王不能顯靈。不知過去了多少時間，身體緊張到了極限，忽然一鬆，眼皮張開。

耳邊響起一片驚呼聲，何安下的視線兩秒後方才清晰，看到離他十米遠站著一大群人，均一臉敬畏。一個黑衣和尚牽著一匹馬，走了過來，謙恭作揖，說：「道爺！」然後蹲下身來，按摩何安下的肩膀和腿部。

何安下：「我這是怎麼了？」黑衣和尙：「您在這入定，已經十天，轟動了杭州。如松長老不願您擾民，讓我接您去靈隱寺。」

在黑衣和尙的攙扶下，何安下起身上馬。十天的入定，令他筋肉癱軟，一下伏在馬上，再也直不起腰。

到達靈隱寺用了四十分鐘，沿路不時有人跪拜，岳王廟的圍觀群眾也有三十多人跟隨。如松長老的住所在靈隱寺最深的庭院，何安下被攙扶進禪房時，他正坐在床上，就著一個小炕桌寫字。

何安下被放在床上，爲防止傾倒，黑衣和尙搬過床上的棉被，墊住何安下的後腰。如松舔了一下毛筆頭，說：「我從十六歲開始，每天抄寫七遍《般若波羅蜜多心經》，已經有五十三年了。這一篇還差最後一筆，你能幫我麼？」

如松把毛筆遞過來，何安下拿住筆，上身探到小炕桌前，只見一張黃色毛邊紙上寫著清秀的小楷。

何安下顫巍巍地在紙上寫了一筆，這一筆粗大深重，破壞了整張書法的和諧。看著自己的這一筆，何安下兩眼發直，「哇」地一聲哭了起來。如松：「孩子，你怎麼了？」何安下：「我寫壞了。」

如松：「沒關係。可以重新再寫。」如松把紙一揉，從炕桌下又拿出一張紙，鋪在桌面。何安下上身伏在桌前，正要下筆，卻抬起頭來，瞳孔黑得如同地獄。

何安下：「西湖上有沒有發生命案？」如松：「九天前的早晨，杭州名醫崔道融和他的新婚妻子死在湖心。船沉後，他倆抓到根木頭，但湖水陰寒，他倆是被凍死的。」

何安下的瞳孔泛起一片蒼茫灰色，消滅了所有神情。如松長嘆一聲，將一卷經文放在桌上，說：「抄吧。」何安下立刻俯身抄寫起來。

如松下了床，走出屋去，關上了門。院落中站滿了跟隨的民眾，如松兩手合十，聲音厚重得如同千斤銅鐘：「阿彌陀佛。人間只有痛苦，哪有什麼熱鬧看？都散了吧。」

何安下在如松的禪房中抄寫《般若波羅蜜多心經》，一抄就抄了四十九天。他走出禪房的時候，正是除夕夜晚，杭州民眾有到靈隱寺聽新年鐘聲的習俗，如松僻靜的小院也受到了喧囂聲的騷擾。

何安下站在庭院中，仰頭望天，杭州城在今晚燈火通明，將天空的底邊染成粉紅。一個聲音在何安下耳邊響起，「看來，今晚的天是黑不下來了。」

正是如松長老。

如松穿一件黃袍，應是上等絲綢，他的頭剛剛刮過，閃著亮光，整個人煥然一新。如松：「畢竟是新年，你去首座堂，領身新衣服吧。」何安下：「我想正式出家，再也不出寺門了。」

如松：「你站到月光下，讓我看看你。」何安下移動兩步，對著月光，想自己一定憔悴不堪。

如松眼光一閃，隨即暗淡，說：「你在人世間還有一番熱鬧，現在不是出家的時候。」

何安下：「我該如何生活呢？我知道許多修煉的祕訣，但我沒能力從人間賺回一個饅頭。」如松發出一陣長笑，笑得何安下毛骨悚然。

如松：「你在岳王廟入定十天，俗人看你已是神仙。我保證，只要你走出靈隱，杭州的富商官僚會追著你轉。」何安下：「我並不想要這種生活。」如松：「但你在岳王廟顯示神奇，引發了你多生以來的善緣惡緣，總要有個了結吧？」

此時鐘聲傳來，深邃得可以鑽入心田。何安下向如松鞠躬，轉身打開小院的門，走了出去。

十五天後，何安下接受了一個富商的資助，在西湖邊建起兩層小樓，成立了一家藥房。藥房門庭若市，常有民眾來問禍問福，何安下總是說：「我只是個藥劑師，別的不會。」

他對那個資助他的富商也如此，半年後，富商終於厭倦，只是催著他還債。一年後，何安下還清了錢，從此與富商斷了聯繫。

只是杭州仍有一小批民眾把他當做神人，有著種種傳聞，說他每晚都會走出藥房，到湖邊的一片竹林中修煉，有好事之徒半夜潛入竹林，卻看到他閉目而坐，臉上掛著淚痕。

還有傳聞，說他每到月圓之夜，會划一條小船到西湖湖心，飲酒到天亮。他每喝一杯，就會往湖水中倒一杯，彷彿與水神對飲。

——本文節選自《道士下山》（大塊文化）

（全書完）

國家圖書館出版品預行編目資料

天下小說選 II.，1970～2010 世界中文小說（大陸卷）／
汪曾祺等作 鍾怡雯、陳大為主編. — 第一版.
— 臺北市：遠見天下文化, 2010.07
面； 公分. —（風華館；062）

ISBN 978-986-216-585-0（第1冊：平裝）
ISBN 978-986-216-586-7（第2冊：平裝）

857.61 990133113

風華館 062

天下小說選 II

1970～2010　世界中文小說（大陸卷）

作　　者／汪曾祺等
主　　編／鍾怡雯、陳大爲
系列主編／項秋萍
責任編輯／李麗玲、王玉蘭、陶蕃震（特約）
校對／王玉蘭（特約）
封面設計／葉雯娟（特約）
美術編輯／葉雯娟（特約）

出版者／遠見天下文化出版股份有限公司
創辦人／高希均、王力行
遠見・天下文化・事業群　董事長／高希均
事業群發行人／CEO／王力行
出版事業部總編輯／許耀雲
版權部協理／張紫蘭
法律顧問／理律法律事務所陳長文律師　　著作權顧問／魏啓翔律師
社　址／台北市104松江路93巷1號二樓
讀者服務專線／（02）2662-0012
傳　眞／（02）2662-0007；2662-0009
電子信箱／cwpc@cwgv.com.tw
直接郵撥帳號／1326703-6號　遠見天下文化出版股份有限公司

電腦製版／立全電腦印前排版有限公司
印刷廠／崇寶彩藝印刷股份有限公司
裝訂廠／政春裝訂實業有限公司
登記證／局版台業字第2517號
總經銷／大和書報圖書股份有限公司　電話／（02）8990-2588
出版日期／2005年1月5日第一版
2010年7月29日第二版
2014年11月15日第二版第3次印行
定價／460元
ISBN：978-986-216-586-7
書號：LC062
天下文化書坊 http://www.bookzone.com.tw

Believing in Reading

相信閱讀